Machinations
infernales

Caroline Graham

Machinations infernales

Traduit de l'anglais
par Véronique David-Marescot

Cette édition de *Machinations infernales* est
publiée par Succès du Livre Éditions
avec l'aimable autorisation de Flammarion SA

Titre original : *A ghost in the Machine*

ISBN 13 : 9782738224040

À Jane, la sœur que je n'ai jamais eue.
À Bob et Rebecca.

GLENDOWER : Je puis appeler
les esprits du fond de l'abîme.

HOTSPUR : Et moi aussi, je le puis,
et tout le monde le peut
Mais veulent-ils venir
quand vous les appelez?

Henry IV, Ire partie, Acte III, scène I

LA SALLE DE GUERRE

1

CAREY Lawson avait été la crème des tantes. Sa grande maison pleine de coins et de recoins et son jardin à demi sauvage avaient offert à Mallory, durant toutes les vacances de son enfance, un terrain illimité de jeux et d'aventures. Tante Carey semblait deviner instinctivement quand il avait envie d'être seul. Elle le nourrissait de plats fameux, bien gras et bien caloriques, qui auraient fait défaillir d'horreur sa mère. Souvent, quand il partait, elle lui glissait dans la poche bien plus d'argent qu'il n'en gagnait en un an en lavant la voiture de ses parents. Mais surtout, elle lui avait rendu le plus grand des services en l'encourageant, à l'âge de quatorze ans, à fumer jusqu'au bout un de ses cigares de La Havane, et il avait été si malade qu'il n'avait plus jamais touché au tabac depuis lors.

Et voilà que, dans sa quatre-vingt-neuvième année, la vieille dame venait de mourir paisiblement en dormant. Toujours aussi perspicace et compréhensive, elle était partie juste au moment où son neveu bien-aimé atteignait, physiquement et moralement, le point de rupture. Il pensa alors, et longtemps après coup, qu'hériter d'elle à cette période-là lui avait évité de perdre la raison. Et lui avait peut-être même sauvé la vie.

*
* *

La nouvelle de la mort de tante Carey survint au beau milieu d'une dispute familiale. Kate, la femme de Mallory, était en train de faire à sa fille les remontrances délicates et épineuses auxquelles les parents soucieux se sentent parfois contraints même quand leurs enfants sont officiellement majeurs. Depuis quelque temps, c'était à elle qu'incombait ce fardeau. Mallory, qui avait toujours gâté sa fille, était de toute façon trop abattu pour s'engager dans la moindre querelle.

Polly venait de terminer sa seconde année à la London School of Economics[1], en comptabilité et finances. Bien que la maison des Lawson se trouvât à un quart d'heure en métro de la LSE, Polly avait absolument voulu habiter seule. La première année, elle avait dû se contenter de la cité universitaire. Puis, après les grandes vacances, elle avait trouvé un appartement en colocation à Dalston. Ses parents lui allouaient une somme suffisante pour son loyer, sa nourriture et son argent de poche.

Durant ces douze mois, les Lawson avaient peu vu leur fille. Mallory en avait été extrêmement blessé mais Kate, elle, avait compris. Polly était au seuil d'un nouveau monde, d'une nouvelle vie, et sa mère se félicitait qu'elle ait

1. LSE : Célèbre institut d'enseignement supérieur, spécialisé dans les sciences sociales et politiques.

hâte de plonger dans le grand bain. Elle était intelligente, ravissante et sûre d'elle-même. Psychologiquement parlant, elle savait nager. Mais financièrement ? Ça, c'était une autre paire de manches. Et là était tout le sujet de la bagarre.

Apparemment, elle avait l'intention de redéménager. Elle avait trouvé un trois-pièces à Shoreditch. Elle comptait sous-louer les deux chambres pour couvrir le loyer. L'agence réclamait trois mois de caution et un trimestre de loyer d'avance.

— Et tu vas dormir où ? demandait Kate.

— J'ai la place de mettre un futon que je roulerai dans la journée. On fait bien ça au Japon. – Polly poussa un long soupir : la patience n'était pas son fort. La discussion, qui durait déjà depuis une demi-heure, s'avérait plus rude qu'elle ne s'y attendait. Si seulement sa mère avait été absente ! – Ne prends pas cet air épouvanté. On croirait que je vais coucher sur les quais.

— C'est meublé ?

— Non...

— Alors, il te faudra de l'argent en plus pour...

— Je l'économise, ton argent, bon Dieu !

— Ne parle pas comme ça à ta mère, Polly. – Mallory fronça les sourcils et les rides gravées profondément entre ses yeux se rejoignirent. Il triturait nerveusement ses manchettes. – Elle se fait du souci pour toi.

— Mais tu ne comprends pas que tu n'auras plus à payer mon loyer ?

— Alors, c'est pour nous que tu fais ça ?

— Pas la peine d'ironiser.

Kate se serait mordu la langue. Pourquoi suis-je ainsi? Mal sait se montrer patient avec elle, il écoute, il comprend. Il cède le plus souvent, et il reçoit des baisers en retour. Mais moi! – La moindre critique, la moindre tentative de s'opposer à des exigences insensées ou d'instituer un tant soit peu de discipline, même quand Polly était petite, faisait resurgir l'éternelle accusation : Kate n'aimait pas sa fille. Aux yeux de la mère, c'était plutôt le contraire. Néanmoins sa remarque était déplacée. Elle allait s'excuser quand Mallory la devança.

— Et pour ces meubles...

— «Ces meubles»... Je ne vais pas acheter des meubles de luxe, je ferai les brocantes.

— Tu ne peux pas demander deux cents livres par semaine pour une chambre meublée de camelote.

— Il ne s'agit pas de chambres meublées! – Polly s'interrompit, respira profondément et compta à voix haute jusqu'à dix. – Je te l'ai dit : c'est une co-lo-ca-tion.

Kate hésita. Elle croyait que les colocations étaient moins chères que les meublés. Et, d'habitude, n'était-ce pas un mois de caution qu'on réclamait?

— De toute façon, tu ne connais rien à l'esprit récup'. Les gens jettent des trucs incroyables.

— Il va falloir qu'on aille voir, dit Kate.

— Pourquoi ça? – Et, devant l'air interloqué de sa mère : – Je ne demande que dix mille malheureuses livres. Je rembourserai, avec les intérêts, si c'est ce que tu veux.

— Ne sois pas ridicule.

— Et qu'est-ce que ça peut te faire? C'est pas ton argent.

Ça pourrait bien l'être, pensa Kate. En effet, elle continuait à travailler pratiquement à plein temps. Mais peu importait. Elle se préoccupait surtout de l'usage réel que Polly ferait de cette somme. Récemment, elle avait entendu à la radio que près de soixante-dix pour cent des billets qui circulaient dans le quartier des banques de la City révélaient des traces de cocaïne. Pourvu que Polly n'ait pas besoin de cet argent pour ça...

— Quand même, chérie, ce serait bien de voir où tu vas vivre, risqua Mallory pour détendre un peu l'atmosphère.

— C'est que... – Elle regarda franchement ses parents, droit dans les yeux. Elle ignorait que, depuis sa plus tendre enfance, sa mère voyait dans ce regard le signe indubitable qu'elle était en train de mentir. – Il est encore occupé. Il ne sera libre que dans deux semaines.

— Je ne vois toujours pas pourquoi...

— J'ai envie d'espace, d'accord? Plus de place.

— Mais si vous êtes trois...

— Oh, merde avec ça! J'en ai marre d'être fliquée comme si j'étais une criminelle. Si tu ne veux pas me prêter cet argent, dis-le, et je fous le camp.

— J'ai déjà entendu ça.

— Ça veut dire quoi, au juste?

C'était le préambule d'une longue harangue : quand donc avaient-ils apporté tous les deux un soutien réel, témoigné une vraie sollicitude à l'égard de quiconque, dans leur petite vie d'égoïstes? Et maintenant qu'ils avaient l'occasion de faire quelque chose pour quelqu'un et que ce quelqu'un était leur fille unique... Mais elle aurait dû s'en douter : ils étaient tellement radins. Eh bien, elle n'avait plus qu'à emprunter à la banque et quand elle serait endettée jusqu'au cou à cause des taux astronomiques de...

C'est alors que le téléphone sonna. Le répondeur automatique des Lawson, toujours branché même quand ils étaient présents, se mit à biper et à siffler. On entendit des pleurs bouleversés et des cris rauques.

— C'est Benny !

Mallory se rua sur l'appareil. Il écouta, répondit avec douceur. Sa femme et sa fille virent soudain son visage se décomposer, et leur colère se dissipa instantanément.

*

* *

Les obsèques eurent lieu par un après-midi d'été plutôt venteux. Mallory, Kate et Polly recevaient les condoléances tandis qu'une église bondée se vidait lentement et que l'organiste jouait : « *The day Thou gavest, Lord, is ended.* »

Presque tout le village était présent ainsi que les amis et les parents encore vivants de tante Carey. Un homme âgé en fauteuil roulant avait été amené en voiture d'Aberdeen. Mallory était touché mais non surpris devant ces manifestations d'affection et de regret. Si sa tante n'avait pas été facile à aimer, peut-être, il était en revanche impossible de la détester.

Les Lawson restèrent près de la tombe tandis que les autres rentraient chez eux ou à Appleby House. Mallory, qui avait toujours cru que la mort d'un être cher est plus facile à supporter si l'on sait qu'il a joui d'une vie longue et heureuse, découvrait son erreur. Mais il se félicitait que la mort ait été soudaine, tout en regrettant de n'avoir pas eu l'occasion de dire adieu. Elle aurait eu du mal à accepter de décliner à petit feu. Il devinait que Kate, qui aimait beaucoup la vieille dame, pleurait en silence. Polly n'était venue qu'à l'issue d'une « partie de bras de fer affectif », comme elle disait ; un peu à l'écart de ses parents, elle tâchait de prendre un air de compassion tout en se mordillant la lèvre avec impatience. Elle n'arrivait pas à éprouver de la peine – elle n'avait pas vu sa grand-tante depuis des années – et elle n'allait pas faire tout un cinéma uniquement pour contenter les autres.

Ils regagnèrent à pas lents la maison où étaient servis les viandes et le cidre dans des cruches de grès, cidre confectionné avec les pommes du verger qui donnait son nom à la maison. Benny Frayle, la compagne de la défunte, avait tout organisé et refusé qu'on l'aide. Elle avait cherché coûte que coûte à occuper ces premiers jours. Les pires. Elle s'était activée, affairée, lancée à corps perdu dans le travail. Un derviche tourneur accablé de chagrin.

Les portes à claire-voie des vastes pièces du rez-de-chaussée avaient beau être repliées, les gens avaient commencé à se répandre sur la terrasse et dans le jardin. Deux filles du village en jean et en T-shirt proposaient sur des plateaux ronds des choses marron foncé, pleines de bosses, et des tortillons de pâte grisâtres. Les gens buvaient mais le bol à punch, rempli de jus de fruit sans alcool, avait été à peine entamé. Apparemment, tout le monde sifflait le cidre maison. Normal. La plupart des invités rentreraient à pied chez eux et ceux qui habitaient loin regagneraient leur hôtel en taxi.

Kate regardait autour d'elle la foule endimanchée : il était indéniable que les gens s'amusaient. C'est quoi, au fond, des obsèques? La réponse évidente – chacun est secoué, et euphorique d'être en vie – n'est certainement pas exhaustive. Toujours est-il que le chagrin peut prendre bien des formes. Par exemple, Mme Crudge, femme de ménage à Appleby depuis trente ans, qui, il y a quelques heures, pleurait toutes les larmes de son corps dans la cuisine et qui, maintenant, souriait et bavardait en triturant nerveusement les plis de son voile de crêpe épinglé à la diable sur un feutre informe.

Voilà cinq jours que les Lawson étaient arrivés à Forbes Abbot. En apportant du cidre à Mallory, Kate remarqua qu'il avait déjà changé. Le changement était imperceptible en un si bref laps de temps, mais quand elle effleura son avant-bras, les tendons, d'ordinaire bandés comme des cordes à violon, cédèrent légèrement à son contact.

— Ce truc vous met complètement K.-O., dit Mallory en prenant tout de même le verre. Je le sais depuis longtemps.

— Tu crois qu'on devrait circuler un peu parmi les gens? demanda Kate.

— C'est nous qui sommes les membres de la famille, ce serait plutôt aux autres de défiler devant nous, dit Polly, comme à un mariage grec.

Peut-être que, si elle restait assez longtemps sans bouger et qu'elle souriait assez aimablement, quelqu'un viendrait lui confier son argent. Il faudrait que ce soit beaucoup, parce qu'elle en devait beaucoup. Énormément. Avec des intérêts composés qui faisaient grossir la somme de jour en jour, si ce n'était d'heure en heure. La dette gonflait, comme un monstrueux succube dans son bocal. Rageusement, Polly tenta de s'arracher à ces pensées pour revenir au présent. Elle s'était juré de tenir en respect... quoi? La peur? Non, Polly n'avait jamais peur. Disons, de tenir en respect l'image reptilienne de Billy Slaughter. La face plate, courtaud, répugnant. Un écho surgi d'une comptine enfantine : «Je connais un homme. Quel homme? L'homme avec le pouvoir. Quel pouvoir? Le pouvoir du vaudou... »

Polly se débattit, immobilisa ses pensées, les vissa à fond et les concentra de force sur l'assemblée. Elle observa tout en détail, les vêtements, les bijoux, les tics, les voix, et conclut qu'ils étaient une bande de pauvres cons. Moyenne d'âge : soixante-dix ans; pas habillés mais tapissés, et tenus ensemble par de la colle à dentier. À l'idée de toutes ces mâchoires claquantes, elle éclata de rire.

— Polly!

— Oups! Pardon, pardon, p'a.

Il avait l'air terriblement fâché. Subitement contrite, elle décida de se faire pardonner. Qu'est-ce qui lui ferait vraiment plaisir? Qu'il soit fier d'elle? Elle allait se mêler aux gens, et mieux encore, se montrer absolument charmante avec chacun, aussi décrépit, aussi gâteux qu'il soit. Et si cela rendait son père plus malléable la prochaine fois qu'elle lui demanderait un service, eh bien, ce serait tout bénef. Son visage se transforma, exprimant une tristesse empreinte de sensibilité. Son sourire se fit presque spirituel. Elle murmura : «À tout à l'heure» à ses parents et se fondit dans la foule.

Polly connaissait à peine les invités mais certains se souvenaient d'elle petite fille quand elle venait voir sa grand-tante. Un ou deux le lui rappelèrent, interminablement. Elle resta assise durant cinq bonnes minutes à côté d'une vieille excentrique, cousine de Carey, se penchant vers elle avec déférence tout en notant mentalement les phrases et les tics de la dame, avec l'intention de l'imiter plus tard pour amuser la galerie.

Le pasteur errait, personnage imposant, ni vieux ni jeune. Il avait une masse de cheveux châtain clair, mous, qualifiés sur les flacons de shampooing de « rebelles ». Mais pour l'heure les rebelles faisaient certainement de leur mieux en se dressant et en ondulant autour de sa tête comme une auréole animée. Il posa une main moite sur le poignet de Polly.

— Mme Crudge vient juste de me demander si j'étais content de la réception, incroyable, non, ma petite ?

Elle eut bien du mal à feindre l'incrédulité. La question lui paraissait à la fois inoffensive et appropriée.

— Qu'est-ce qui a pu arriver au mot « veillée » ?

— Je ne comprends pas.

— Exactement ! Complètement « épuisé », de nos jours. – Il esquissa des guillemets en l'air de sa main libre. – Et pourtant, comme il est métaphysiquement opportun ! Car il ne manque qu'une lettre à ce mot pour qualifier l'état heureux dont jouit à présent cette chère Mlle Lawson. É-veillée dans les bras de son Père Céleste.

Bon Dieu ! pensa Polly. Elle se dégagea de la main du pasteur.

— Regarde, Polly.

Le ton de Mallory était plein de tendresse. À l'évidence, sa fille avait déjà plus que racheté sa conduite étourdie de tout à l'heure.

— On la regarde déjà bien assez comme ça, je trouve.

Ce qui était vrai. Presque tout le monde, et pas seulement les hommes, regardait Polly à la dérobée, enfin, surtout ses jambes fines, interminables, gainées de soyeux collants noirs. Elle portait une longue veste en lin noir sur rien d'autre, apparemment. La jupe, d'ordinaire guère plus épaisse que du papier crépon, était un peu plus longue aujourd'hui, eu égard à la gravité de la circonstance, sans doute. Cette jupe-là aurait pu contenir un soufflé.

Kate se sentit gênée d'avoir fait cette remarque dont la brusquerie trahissait du ressentiment ou pire, de la jalousie. Mais il ne s'agissait sûrement pas de ça? Un petit homme roux se dirigeait vers eux, à travers la pelouse, et elle sourit, soulagée et ravie de la distraction.

— Dennis! s'exclama Mallory avec chaleur. Quel plaisir de vous voir!

— Nous nous voyons demain, comme vous le savez. Mais je voulais simplement vous exprimer ma sympathie, Mallory, mon cher. – Dennis Brinkley tendit une main dont le dos était légèrement strié de poils d'un roux doré. – Votre tante était quelqu'un de tout à fait exceptionnel.

— Puis-je vous libérer?

Kate proposait de soulager Dennis de son assiette à demi remplie. Elle avait goûté les tortillons aux noix et les petits friands à la saucisse quand Benny les arrangeait sur les plateaux, dans la cuisine.

— Certes non ! – Dennis se cramponna à son assiette. – Je vais manger jusqu'à la dernière miette.

Vous serez bien le seul, alors, pensa Kate. Dans les années à venir on va trouver des tortillons et des friands enfouis dans les urnes du jardin et enterrés. Les archéologues, dans quelques siècles, gratteront délicatement au couteau leurs formes extraordinaires, perplexes quant à l'usage que les anciens pouvaient en faire. Depuis longtemps au fait des talents culinaires de Benny, Kate avait apporté plusieurs boîtes d'amuse-gueule de chez Marks and Spencer, en prenant la précaution d'expliquer que c'était seulement en cas d'urgence. Avant de partir pour l'église, elle les avait discrètement disposés sur une table à l'écart dans le massif d'arbustes. Ils avaient tous disparu depuis belle lurette.

Mallory remerciait Dennis pour son aide lors de la mort de Carey. Pour s'être chargé de ce qu'il appelait « les trucs techniques ». Il trouvait que Dennis avait l'air en forme, débordant de vitalité. Ils avaient neuf ans de différence et Mallory pensa malgré lui qu'un étranger pourrait aisément se tromper sur le plus jeune.

Mallory était âgé de onze ans quand Dennis Brinkley était venu pour la première fois chez sa tante pour régler des questions de détail au sujet de ses investissements à l'étranger. Récemment entré dans une société de courtage et de conseil financier, Dennis était extrêmement intelligent et s'exprimait avec clarté quand il s'agissait de chiffres, mais il était affligé d'une timidité maladive. La société s'appelait alors Fallon et Pearson, bien que ce dernier fût mort depuis longtemps. Quand George Fallon avait pris sa retraite, Dennis faisait partie de la maison depuis trente ans, et vingt comme associé. Avec le temps, il était devenu plus ouvert, forcément, et avait acquis un peu d'assurance mais rares étaient les gens dont il était vraiment proche. Mallory était au nombre de ceux-là. Ainsi que Benny Frayle.

— Un rendez-vous dans la matinée vous irait-il, Kate? Il va y avoir beaucoup de... hum... de choses à mettre en ordre, je crois.

Dennis paraissait hésitant, incertain de ce que recouvrait l'expression « mettre en ordre ». Lui-même était soigneux et ordonné à l'extrême, sur sa personne comme dans ses affaires. Sa femme de ménage, la même Mme Crudge, et son excellente secrétaire en savaient quelque chose.

Kate lui assura que ce serait parfait.

Un brusque éclat d'hilarité, promptement réprimé, leur fit tourner la tête.

— Ah, dit Mallory, je vois que Drew et Gilda ont eu la gentillesse de venir présenter leurs respects.

— Ce n'est pas moi qui les ai invités, je vous assure.

Le ton de Dennis dépourvu de chaleur en disait long. Andrew Latham était le second associé du cabinet Brinkley et Latham, comme il s'appelait désormais. Il n'avait jamais eu affaire à la tante de Mallory. En réalité, comme elle se déplaçait rarement au siège, ils ne s'étaient probablement jamais rencontrés.

— Il a ses raisons, sans doute, fit sèchement Mallory.

— Oh oui. Ça, c'est sûr.

Kate murmura une excuse et se tourna vers l'assemblée : et si elle se rendait utile au lieu de continuer à avaler ces amuse-gueule consistants et consolateurs?

Elle aperçut David et Helen Morrison qui se tenaient à l'écart et paraissaient un peu isolés. Ils représentaient Pippins Direct, l'entreprise qui louait le verger de Carey depuis vingt ans, l'entretenait et vendait pommes et jus. Alors qu'elle s'apprêtait à les rejoindre, un autre couple la devança, se présenta, et ils se mirent tous quatre à bavarder.

Une des filles en T-shirt, assise sous un araucaria, était en train de boire du cidre, et ce manifestement depuis un certain temps. Kate soupira et chercha des yeux la deuxième, qui avait disparu. Mais elle voyait tressauter la perruque de Benny, avec ses grosses boucles dorées comme des saucisses de cuivre. Benny elle-même, en nage et agitée, ramassait assiettes et verres qu'elle empilait sur un plateau.

— Mère!

Polly bondit à l'approche de Kate, abandonnant le général Ruff-Bunney, le cousin âgé en fauteuil roulant venu d'Aberdeen. Le pauvre homme, qui était en train de décrire avec pittoresque son opération de la cataracte sous anesthésie locale, resta planté au beau milieu de son histoire.

— Ce fut un plaisir de bavarder avec vous. – Polly lui adressa un sourire radieux, prit le bras de Kate et l'entraîna plus loin. – J'espère que je mourrai jeune.

— Je parie que les Who[1] ne chantent pas ça aujourd'hui. Tu as vu la fille qui est censée aider?

1. Célèbre groupe de rock formé dans les années 60, qui éclata en 82 et se reforma en 89 pour fêter le 25e anniversaire de sa création.

— Tu parles de celle qui se biture sous l'araucaria?

— Non, l'autre.

— Ohh.

— Il faudrait donner un coup de main à la pauvre Benny.

Benny Frayle était «pauvre Benny» depuis toujours. Petite fille, Polly avait associé les deux mots, croyant que «Pauvrebenny» était son vrai nom. Un jour, Kate qui l'avait entendue lui avait expliqué ce qu'il en était et l'avait priée de ne plus l'appeler ainsi, car l'intéressée pouvait en être blessée.

Polly regarda sa mère prendre un lourd plateau des mains de la compagne de tante Carey; elle remarqua la façon naturelle dont Kate s'y prenait, sans simagrées, sans donner à entendre que Benny présumait trop de ses forces. Elle était douée pour ça. Et elle ne se mettrait jamais en avant pour rabaisser quiconque. Pour trouver le point faible et enfoncer le coin. Son père non plus, du reste. Fort versée dans ces deux spécialités, Polly se demandait parfois de qui elle tenait.

— Je viens t'aider.

Elle avait proposé son aide spontanément, en voyant Kate passer à portée d'oreille. Mais elle regretta immédiatement sa fâcheuse impulsion. Au moins serait-elle hors d'atteinte des pattes osseuses des croulants. Franchement, il y en avait un ou deux qui auraient pu s'épargner le trajet de retour du cimetière.

— Bien, répondit Kate en réprimant sa surprise. À tout de suite.

Elle se dirigea vers la maison par le potager et la pelouse de croquet. La cuisine s'ouvrait sur une imposante véranda edwardienne à ossature d'acier. Quelques personnes, inconnues de Kate, se prélassaient, légèrement comateuses, sur des chaises longues et un immense sofa en rotin. Elle leur adressa un sourire amical et plein de compassion en les enjambant.

Seul dans la cuisine vide, Croydon, le chat de tante Carey, était endormi dans son panier auquel Benny avait attaché un nœud de soie noire. Kate repensa au jour où Carey avait rapporté l'animal à la maison. La tante de Mallory qui allait rendre visite à une amie avait dû changer de train à Croydon où elle l'avait trouvé, dans un panier d'osier, fourré derrière une pile de caisses en bois. Le chat et le panier étaient absolument dégoûtants. Carey avait raconté plus tard comment l'animal affamé s'était assis tout droit, avec une grande dignité, au milieu de son tas de saleté, avait regardé autour de lui, plein d'espoir, en miaulant.

Après avoir jeté feu et flammes sur le personnel de la gare pendant dix minutes sans se répéter, Carey avait pris un taxi, s'était rendue au centre ville, avait acheté un panier, de la nourriture, une écuelle et des serviettes, annulé son voyage et rapporté le chat à la maison. Une fois décrassé, il se révéla de toute beauté, avec une robe tachetée crème et ambre, une collerette rouge orangé, de grands yeux dorés, et aussi reconnaissant qu'un chat peut l'être – ce qui, il faut bien le reconnaître, n'est pas beaucoup dire –, ronronnant à l'envi et s'installant dans son giron quand elle voulait se mettre à sa tapisserie ou lire les journaux.

Kate se pencha et caressa Croydon. Elle lui dit : « Ne sois pas triste », mais il se contenta de bâiller. Difficile de savoir s'il était triste ou non. La figure des chats ne change pas beaucoup.

Elle enfila des gants de caoutchouc, pressa un peu de liquide à vaisselle dans l'évier et ouvrit les robinets. Les verres étaient beaux et elle ne voulait pas risquer de les mettre dans la machine. Quand l'évier fut à demi rempli, elle les déposa doucement dans la mousse et les lava avec soin. Aucun signe de Polly. Kate n'avait pas vraiment cru qu'elle viendrait l'aider. Alors, pourquoi proposer? Et qu'était-elle en train de faire?

Tout en se reprochant sa mesquinerie, elle traversa la salle à manger et se dirigea vers la terrasse. Elle aperçut immédiatement Polly, assise sur un tabouret en bois, qui parlait, riait en faisant voltiger ses cheveux, en compagnie d'Ashley Parnell, le plus proche voisin d'Appleby House. Étendu sur une chaise longue rayée vert et blanc, il se reposait, comme à l'ordinaire, son état de santé ne l'incitant guère à gambader. Même vu de loin, même souffrant, il était d'une beauté remarquable. Kate l'observa alors qu'il répondait à Polly, qui devint sur-le-champ grave et attentive, les yeux dans les yeux de son interlocuteur, le menton dans la main, penchée en avant.

La femme d'Ashley, Judith, s'avançait vers le couple d'un pas pressé. Elle interrompit net la conversation en gesticulant vers l'allée. Puis elle tira son mari autant qu'elle le soutint, et ils s'éloignèrent, Ashley se retournant pour adresser un dernier sourire.

Polly fit signe de la main, se leva et s'étendit sur la chaise longue qu'il venait de quitter. Elle resta un long moment sans bouger. Comme hébétée, les yeux fixés sur le ciel bleu.

*
* *

Une demi-heure s'était écoulée et Judith Parnell encore un peu chancelante commençait seulement à se remettre.

— Désolée... de t'avoir forcé à partir. Je me sentais vraiment bizarre.

— Ça va, maintenant?

— Très bien. J'ai seulement besoin de me reposer.

Elle tourna la tête vers son mari, assis dans un fauteuil en osier, une couverture de laine angora sur les genoux malgré la chaleur, le regard perdu, plein de regret à ce qu'il sembla à sa femme, vers le jardin, en direction d'Appleby House.

Judith scruta ses yeux bleu foncé, brillants, les méplats délicats de sa joue, la mâchoire parfaite, et se sentit mal pour de bon. Jusqu'ici, cette mystérieuse maladie n'avait fait que peu de ravages. Mais c'était le début, seulement trois mois depuis l'apparition des premiers symptômes. Incapable de résister, elle traversa la pièce et posa une main sur les cheveux blond pâle de son mari. Il eut un brusque mouvement de tête pour se dégager.

— Pardon, chéri.

Depuis quelque temps, il avait horreur qu'on le touche. Judith l'oubliait souvent; elle se rappela alors qu'elle avait aussi cherché à lui prendre la main pendant le petit déjeuner.

— Non, c'est moi qui te demande pardon. – Il enlaça ses doigts qu'il serra doucement. – J'ai mal au crâne aujourd'hui, c'est tout.

— Pauvre Ash.

Était-ce l'unique raison? Était-ce encore un symptôme de sa maladie? En l'absence de diagnostic précis, il était impossible de le savoir. Ashley pouvait très bien inventer ce prétexte pour la tenir à distance. Peut-être ne l'aimait-il plus.

Il fut un temps où elle pouvait le toucher partout, à n'importe quelle heure du jour ou de la nuit. Une fois, ils avaient fait l'amour dans son bureau, sur la table, derrière des portes non verrouillées, quelques minutes avant l'arrivée attendue d'une délégation d'hommes d'affaires japonais. Or, il y avait des semaines qu'il ne s'était pas approché d'elle.

Judith n'aurait jamais avoué à quiconque – elle ne se l'était avoué à elle-même qu'une seule fois, dans un douloureux éclair de lucidité – qu'elle se réjouissait de la maladie d'Ashley. Malade signifiait hors circuit. Elle désirait qu'il guérisse – bien sûr – mais peut-être pas à cent pour cent. Qu'il se remette sans retrouver sa force et sa beauté d'Apollon, car alors elle serait obligée de reprendre son collier de misère. Jugeant jalousement toutes les femmes qu'il regardait, auxquelles il parlait, dénigrant par le menu leurs cheveux, leur teint, leurs yeux, leurs vêtements. Pas à voix haute, bien sûr. Il ne devait surtout pas se rendre compte qu'elle était terrifiée de le perdre; il ne fallait surtout pas lui mettre cette idée en tête.

Les pensées inquiètes de Judith s'envolèrent vers la veillée funéraire dans le jardin de Carey Lawson. Aussi fatigué qu'il fût, Ashley avait paru vraiment heureux de sortir un peu et de se mêler aux autres. Il regrettait visiblement qu'elle l'ait traîné à la maison sous prétexte d'une nausée soudaine. Naturellement, c'était à cause de cette horrible fille Lawson qui jouait des jambes et des dents, à demi nue comme une pute dans un bordel. Elle l'allumait, certainement, car quel intérêt pouvait présenter un homme d'âge mûr, souffrant, aux yeux d'une jeune fille robuste, ravissante... ? Judith s'efforça de garder son calme, en respirant lentement et régulièrement. Elle l'avait éloigné, c'était le principal. La fille était là pour les obsèques ; dans un jour ou deux, ils seraient débarrassés d'elle.

Mais on disait déjà au village que ses parents allaient s'installer pour de bon. Alors, avec sa peau de pêche et ses taches de rousseur, ses cheveux blond cendré attachés négligemment, Kate serait à un jet de pierre. Elle approchait de la cinquantaine mais, malgré la vie dure que lui faisait mener Mallory, elle paraissait facilement dix ans de moins. Ashley aimait bien Kate. Elle était douce, intelligente, plutôt sexy dans le genre maîtresse d'école. Oh, merde !

— Qu'y a-t-il ?

— Rien, ça va.

— Tu es sûre ? – Il avait l'air inquiet. Il se mit à se frotter les bras avec nervosité. – Tu pourrais peut-être décommander ton rendez-vous de ce soir, Jude. Dis que tu ne te sens pas bien.

— Il ne vaut mieux pas. C'est un nouveau contact. Je ne veux pas faire mauvaise impression.

— Qu'est-ce qu'il fait, déjà ?

— Il fabrique des instruments chirurgicaux. Une petite entreprise mais apparemment stable. Il paraît que son comptable part à la retraite, alors il cherche quelqu'un.

— C'est bizarre qu'il ne t'ait pas donné rendez-vous à l'usine, non ?

— Pas du tout. Les rendez-vous d'affaires ont souvent lieu dans les hôtels.

À ce moment précis, le fax se mit à bourdonner dans le bureau de Judith, un coin exigu et sombre près de l'escalier. Le « petit salon », comme ils l'avaient baptisé pour blaguer quand ils avaient emménagé dans leur villa victorienne, où les gens de la bonne société auraient donné leur carte et se seraient vu proposer un xérès et un biscuit au cumin avant de passer au grand salon pour échanger de discrètes médisances. Ils s'étaient imaginé recevoir, eux aussi, de façon modeste, mais pour une raison ou pour une autre, ils n'en avaient jamais eu l'occasion. Et maintenant, avec le moindre sou consacré à soigner Ashley, ils ne pouvaient plus se le permettre.

— Je sais qui c'est. – Elle quitta la fenêtre, mit de la distance entre elle et son mari. Laissant « un peu d'air » à Ashley, comme il disait. – C'est ce lèche-bottes d'Alec.

— C'est une façon de parler d'un client ?

— Il me faxe ses fausses dépenses. Il réclame des dommages et intérêts pour une Alfa Romeo neuve qui lui a été volée pratiquement à la livraison. Hélas...

— Les papiers étaient encore dans la boîte à gants.

— Tu vas plus vite que moi.

— Dis-lui que ça va comme ça.

Judith se dirigea à contrecœur vers le vestibule en s'émerveillant de la désinvolture avec laquelle la solution lui avait été proposée. Ce n'était pas la faute d'Ashley. Il n'avait aucune idée de la gravité de leur situation. Il croyait que sa femme avait quitté son bureau d'Aylesbury et licencié son employé uniquement pour pouvoir travailler à domicile et s'occuper de lui. Mais ce n'était que partiellement vrai.

Le cœur du problème, c'était que l'assurance d'Ashley ne rembourserait pas tant que la maladie ne serait pas précisément diagnostiquée, et le service chargé de verser l'allocation d'invalidité ne voulait rien savoir non plus. Judith n'avait pas les moyens de payer la location d'un bureau et un salaire d'employé.

Sa décision de travailler à domicile avait entraîné une conséquence inattendue : un client très en vue lui avait suggéré de diminuer ses tarifs, puisque ses frais généraux étaient considérablement réduits. Au lieu d'expliquer les circonstances qui l'avaient contrainte à prendre ce parti, elle avait refusé tout net, parce qu'elle était à bout de nerfs et inquiète. Il avait changé de bureau comptable.

La crise de la fièvre aphteuse avait ébranlé l'agriculture britannique et plusieurs de ses clients agriculteurs avaient choisi cette année-là pour abandonner. Puis il y avait eu ce jeune couple, à la tête d'un commerce alimentaire florissant, qui avait décidé, grâce à l'aide d'internet, de continuer seul.

Alors il n'était pas question, pensa Judith en regardant les feuillets perforés tomber en douceur dans son casier, de dire à ce lèche-bottes d'Alec que « ça allait comme ça ».

*

* *

Pendant ce temps, à quelques kilomètres au sud, dans le village de Bunting St Clare, les Latham rentraient de l'enterrement de Carey

Lawson dans leur résidence autrement chic que la villa des Parnell.

Gilda commença à déboutonner son cache-poussière scintillant de dentelle noire qui menaçait d'éclater sous la pression de son buste imposant. Tout juste si l'on n'entendait pas l'étoffe soupirer d'aise à mesure que les boutons sautaient. En dessous, des kilomètres de taffetas en ruché comme des stores autrichiens : une robe aussi large que courte. Couleur chair, comme elle apparut aux yeux horrifiés de son mari, telle la version froissée de la chose réelle. Elle pirouetta lentement.

— Comment tu me trouves?

— Tu fais honneur à ton entrepreneur de pompes funèbres, mon amour.

— Arrête de marmonner. Je te l'ai déjà dit. – Elle tira sur l'ourlet de sa robe, qui remonta aussitôt. Elle soupira. – Si c'est pas un bel après-midi gâché, ça?

Prenant la remarque de sa femme comme un tir préliminaire, Andrew ne répondit pas immédiatement. C'était un homme à la tête pleine de pensées turbulentes – grossières, violentes, implacables –, à la bouche pleine de platitudes toutes prêtes – polies, conciliantes, veules. Parfois, les deux coïncidaient, comme à présent.

— Je suis désolé que tu ne te sois pas amusée, chérie.

Définir un bel après-midi gâché. Eh bien, c'est traîner la tondeuse derrière soi sur cette foutue pelouse tandis que l'objet de tracas et de discorde, étendu sur un hamac rembourré, écrase des noix du Brésil au chocolat entre ses redoutables mandibules tout en faisant remarquer que les raies de gazon ne sont pas droites. Ou déjeuner dans un restaurant hors de prix avec une partenaire pas du tout à votre goût, qui mange la bouche ouverte et s'enfourne les trois quarts des plats avant de se plaindre qu'ils ont un drôle de goût et de les renvoyer à la cuisine. Mais, en fait, le pire, le pire de tous les beaux après-midi gâchés, Andrew Latham n'osait même pas l'envisager mentalement de peur que l'idée ne soit contagieuse.

— Et qu'est-ce que j'ai dit avant que nous partions? demanda Gilda.

— « Est-ce que mon derrière ne fait pas trop gros là-dedans? »

— Voilà que tu remets ça, avec tes marmonnements. – Elle retirait une épingle à chapeau aussi longue qu'une brochette, avec un éclat d'ambre collé au bout. – J'ai dit : on n'a pas besoin de tes blagues, citation, minables, fin de citation.

— Ah bon?

Andrew ne pouvait quitter la brochette des yeux. Il trouvait que la pierre ressemblait à un étron luisant de petit mammifère nourri exclusivement au caramel.

— Quand ce pauvre vieux nous a dit qu'il venait de perdre sa femme et que tu lui as proposé de l'aider à la chercher, je ne savais plus où me mettre.

— J'ai mal compris...

— À d'autres! Tu te crois obligé de mettre de l'ambiance dans toutes les réceptions mais il s'agissait d'un enterrement, bon Dieu!

— *Un enterrement*!!?

— Ne commence pas. – Elle ôta son chapeau. C'était une chose noire, diaphane, en forme de soucoupe volante, à la végétation abondante et bizarrement colorée. – D'abord, je ne vois pas pourquoi on devait se traîner là-bas. C'était la cliente de Dennis, pas la tienne. – Elle posa le chapeau avec précaution sur un canapé en dralon doré de la taille d'une péniche. – Ce n'est pas pour ça qu'il t'aura à la bonne.

Pendant une fraction de seconde, Andrew péta les plombs.

— Je me contrefous de ce qu'il pense de moi.

— Surveille ton langage, s'écria Gilda, aux anges.

— Oui, eh bien... c'est ce que je dis quand je veux communiquer. Tu me trouves peut-être vieux jeu...

— Ce n'est pas comme si tu avais besoin de racoler le client, quand même.

Racoler? Oh, c'est d'un vulgaire!

— Et qui dois-tu remercier pour ça, Andrew?

— Toi, mon petit sucre d'orge.

— Et qu'est-ce que j'ai en échange?

Un automate, voilà ce que tu as. Un rictus de tête de mort. Un esprit rempli de haine qui est toujours ailleurs. Le sexe mécanique. Si tu étais un être humain, tu verrais la différence.

Il murmura : «Gilly...» Elle avança la lèvre inférieure, pleine et brillante comme une saucisse écarlate. «Gill*ee*...» Il traversa la pièce, se pencha et l'embrassa sur la joue. La peau était sèche et légèrement grêlée. Ses cheveux sentaient les fleurs fanées.

— Pourquoi tu n'irais pas t'étendre un peu? Et Drew t'apportera un bon petit gin tonic.

— Tu crois que c'est la réponse à tout.

Pour lui, c'était la réponse à tout. Sans quoi il n'aurait certainement pas pu se lever le matin, se forcer à avaler son petit déjeuner tout graisseux, se traîner jusqu'au bureau où il restait assis toute la journée, et encore moins se traîner pour rentrer chez lui.

— Alors, qu'est-ce qui te ferait plaisir, mon ange?

Sans un atome d'affection ni même d'intérêt, Gilda lui dit ce qui lui ferait plaisir.

— Et un bon coup, cette fois. Pour changer.

Elle sortit en faisant glisser son cache-poussière de dentelle sur le tapis comme dans un défilé de mode. À l'en croire, plein de gens lui disaient autrefois qu'elle aurait dû être mannequin. Elle avait même pris des cours mais papa avait mis le holà. Andrew avait compati en secouant la tête. Certes, Gilda aurait fait un parfait mannequin. Avec dix kilos et trente ans de moins, et un million de livres de chirurgie esthétique.

Il choisit un verre, y mit de la glace, se gargarisa avec le gin. Puis il prit une longue goulée et attendit, mesurant l'effet. Tout était dans le dosage. Le bonheur sur une tête d'épingle. Il visait le moment où la foi s'éveille. Ce moment exquis, quasi mystique qu'apportait la conviction souveraine que les beaux jours étaient là, tout proches, que l'avenir était radieux. Une autre lampée. Une troisième. Pourquoi pas? Pourquoi pas, bordel? Une chose était sûre : il ne pourrait jamais la baiser à jeun.

Et pourtant, et pourtant...

*

* *

Il était une fois, dix ans à peine de cela, Andrew Latham s'était imaginé qu'en épousant Gilda Berryman il avait décroché la timbale.

Les affamés sont prêts à n'importe quoi si le pain fait partie du marché. Andrew n'avait jamais connu la faim, bien sûr, mais il avait été privé de toutes les choses qui, à ses yeux, donnaient du prix à l'existence. Une maison à lui, une voiture convenable, des vêtements de bon faiseur, voyages, argent, dans la poche comme dans la vie. Vins fins, restaurants huppés, taxi pour aller à deux pas.

À l'entendre, ce n'était pas vraiment sa faute s'il lui manquait tout cela. Il n'avait pas eu de bol, voilà la vérité. Il avait eu l'énergie, l'enthousiasme, les idées, mince! les idées qu'il avait eues! Les affaires qu'il avait lancées, les rêves. À le voir, on aurait juré qu'il était né pour réussir. Et on aurait eu presque raison, car la réussite couronnait la plupart des entreprises d'Andrew. L'ennui, c'était qu'au bout d'un certain temps, cette réussite signifiait la perte de tout ce qui rendait la vie amusante. Pas le temps de boire un verre avec les gars ni de parier sur un canasson. Quand le soleil consentait à se montrer, pas moyen de se dorer la couenne. Debout tous les matins à des heures indécentes, ce qui voulait dire pas de nuits blanches au casino. Et puis il y a les femmes, qui vous prennent un temps fou, mais là, ça vaut bien tout le reste. Le problème, c'est qu'il faut être disponible. Les sortir, leur parler, les écouter, les emmener au cinéma, se promener à pied et en voiture, en pique-nique. Les faire danser, les baratiner, les embrasser beaucoup. Comment peut-on faire tout ça et diriger une affaire?

Ce n'est pas que les affaires aient toujours été nettes. En vérité, pendant un temps, il avait frisé l'illégalité. Un type avec qui il allait aux courses lui avait prêté quelques centaines de livres pour miser sur un tuyau sûr qui s'était révélé nul. Complètement fauché, il fut engagé à aider cet homme par tous les moyens qui s'imposaient, aussi longtemps que la dette ne serait pas remboursée. L'autre solution, brutale, n'ayant rien d'attirant – Andrew tenait à ses genoux –, il avait accepté. Ce n'était pas si terrible. Parfois, il conduisait un camion, de nuit généralement, jusqu'à un endroit convenu ; il attendait qu'on charge des cartons de tailles variées, puis il se rendait à une autre adresse où on les déchargeait en vitesse. Il lui était arrivé de porter de lourdes valises chez un teinturier à Limehouse, où on les prenait sans remerciements ni commentaires. De temps en temps, il faisait le guet. C'est durant une de ces veilles que les arrangements entre son créancier de jadis et lui commencèrent à tourner à l'aigre.

Ce soir-là, Andrew se trouvait dans le jardin d'une grande propriété près de Highgate, et guettait les visiteurs, les chiens et les voitures de police. La maison était plongée dans le noir quand le voleur qu'il couvrait s'y était introduit mais, au bout d'un moment, une lumière s'alluma dans une chambre à l'étage. Bientôt, on entendit des cris, puis une sirène se déclencha.

Le cambrioleur sortit en trombe de la maison, s'arrêta pour fourrer quelque chose dans la poche d'Andrew et lâcher un sac à ses pieds avant de sauter par-dessus la haie et de disparaître dans la nuit. Andrew vit la voiture de police franchir les grilles, les policiers introduits dans la maison, et il s'enfuit à toute berzingue. Il abandonna le sac qui contenait des outils, peu désireux d'être inculpé pour s'être baladé avec une panoplie de voleur et, à l'heure du premier métro, il sauta dans un wagon de la ligne de Picadilly et quitta Londres.

Il avait toujours le petit «souvenir» de cette déplaisante expérience, les pics du voleur fourrés dans sa poche. Il aurait été bien en peine d'expliquer pourquoi il les avait gardés. Il n'avait sûrement jamais eu l'intention d'embrasser une carrière de criminel. Il l'avait échappé belle et cela l'avait mis complètement à plat.

Finalement, le métro s'était arrêté à Uxbridge. Avec seulement ses habits sur le dos, Andrew s'était inscrit à une agence pour l'emploi et, le lendemain, il débutait comme employé de bureau, premier travail d'une longue série de petits boulots faciles. Il loua une chambre puis un studio, enfin il se décida à risquer un retour à Londres pour récupérer les affaires qu'il avait laissées derrière lui. Mais le travail était si monotone qu'il faillit devenir fou d'ennui. Ce qui le conduisit naturellement à s'absenter, à prolonger ses heures de déjeuner et à se faire régulièrement licencier. Les ordinateurs l'assommaient, ce qui n'arrangeait pas les choses. Ils étaient pour lui comme un paysage étranger sans carte, quoiqu'il soit capable, grosso modo, de se débrouiller dans le simple traitement de texte.

Que faire? Andrew pensait souvent que le moyen le plus agréable pour se sortir d'embarras était de rencontrer une riche *patronne*[1], qui l'entretiendrait avec largesse en échange d'une conversation spirituelle, d'un respect infini, d'une dévotion et d'une gratitude éternelles. Alors, au lieu de se contenter de rêver, il décida

1. En français dans le texte.

d'agir. Il commença à passer des annonces dans les courriers du cœur, se décrivant comme un PDG, avec maison et voiture, ainsi on ne croirait pas qu'il en avait après l'argent. Naturellement, il fut contacté par des tas de femmes sans maison, pourvues de tacots rétifs, et qui toutes se bidonnaient quand elles découvraient la véritable situation financière du PDG, toutes à part celle qui lui avait lancé son verre de Bailey's sur la cravate. Il était sur le point de se jeter du premier pont de chemin de fer venu quand il rencontra Gilda.

À cette époque, il travaillait depuis trois mois à Palm Springs Hotel, établissement extrêmement select. Sa tâche principale consistait à faire la liaison téléphonique entre les cuisiniers du restaurant et leurs nombreux fournisseurs, et à se faire engueuler des deux côtés, quand les choses ne tournaient pas rond, c'est-à-dire tous les jours.

L'hôtel comportait un centre de remise en forme. La cotisation, d'un coût exorbitant, limitait les inscriptions et excluait la racaille. Malgré le règlement sévère qui prohibait toute relation avec les adhérents, Drew se faufilait, en catimini, dans les vestiaires, passait un slip de bain anonyme et discret, chaussait de luxueuses lunettes de plongée et nageait dans la piscine.

Mine de rien, il observait les femmes. Pour la plupart, elles étaient bien conservées, à défaut d'être jeunes : trop minces, bronzées aux UV jusqu'au caramel dur, et argentées. Il en remarqua une qui crawlait, des bracelets éblouissants glissant sur ses poignets au rythme de ses mouvements, des bagues à chaque doigt, y compris une alliance. Comme toutes, quasiment.

Gilda se distinguait des autres. Déjà, à l'époque, elle était bien en chair. Près de soixante-huit kilos, pensa Andrew assis en équilibre sous un jet, dans le jacuzzi. Il la suivit des yeux alors qu'elle foulait l'herbe artificielle en direction de la piscine. Elle portait un maillot à fleurs généreusement baleiné, agrémenté d'une jupette plissée. Elle resta quelques minutes sur le bord, puis se décida à tenter un plongeon mais ne parvint qu'à tomber maladroitement dans l'eau. Elle barbotait en cercles comme un chien.

Andrew se mit à évaluer les possibilités. Elle ne portait pas d'alliance mais cela ne voulait rien dire. Sa peau était d'un blanc crémeux, elle avait une masse de cheveux d'un blond artificiel, et sans être ébouriffante, elle ne manquait pas complètement de séduction. Il se rhabilla, se faufila par la sortie de secours et attendit qu'elle s'en aille. Alors qu'elle traversait le parking de l'hôtel, quelqu'un lui fit signe de la main et la héla : « Hé ! Gilda ! », ainsi apprit-il son nom. Elle s'éloigna dans une alléchante BMW. Andrew alla consulter sa fiche d'inscription : les renseignements n'étaient pas moins prometteurs. Elle était célibataire, habitait à Mount Pleasant, un groupe de grandes maisons avec des grilles, entourées de pelouses et de jardins paysagés, connu localement sous le nom de « rue des Millionnaires ». Il y avait son numéro de téléphone mais le carré pour l'âge était resté en blanc.

Si fraterniser avec les membres du club était interdit, les bavardages entre les employés ne l'étaient pas. Les langues allaient bon train et égayaient follement la banalité de leurs heures de travail. Drew n'eut pas plus tôt mentionné la superbe voiture qu'il apprit tout sur les Berryman, *père et fille*[1].

C'était un homme parti de rien. Il avait commencé dans la ferraille, au début des années soixante-dix, avait développé une chaîne de magasins, avait vendu, racheté dans l'équipement de sport et bien réussi. Passé dans les affaires avec deux jeunes à l'esprit créatif qui cherchaient un financement pour leurs jeux de réalité virtuelle. L'un des jeux était monté en flèche dans la stratosphère, faisant la fortune de Charlie Berryman mais laissant les gamins quelque peu ahuris par la modestie de leurs propres bénéfices. Après quoi Berryman avait joué sur les marchés financiers, investi avec astuce et vendu ses investissements avec plus d'astuce encore.

Jusqu'ici, pensa Andrew, ça va très bien. Mais, et Gilda? Pourquoi n'y avait-il pas de mari dans le tableau? Un mariage était-il imminent? Tania Travis, des réservations étranger, fut en mesure de le tuyauter sur le sujet. Il allait sans dire qu'avec tout cet argent, les hommes venaient flairer. Elle sortait quelque temps avec eux, Gilda, et puis les choses se gâtaient. Manifestement, Tarn n'était pas en mesure de préciser ce qui clochait exactement, n'étant pas au parfum, comme qui dirait. Elle était comment, Gilda? Eh bien, comme la plupart des riches : il fallait que tout marche à sa façon, sans quoi elle pouvait se montrer un peu brutale. Mais Tarn avait vu pire. Tiens, par exemple, cette vache de Melanie Bradstock...

Andrew alla inspecter l'extérieur de la maison mais sans grand succès. La propriété était ceinte

1. En français dans le texte.

d'un mur de quatre mètres de haut fermé par d'énormes grilles en fer forgé, entre des piliers de bronze dont l'un recelait un système de surveillance électronique. Tout près, une guérite. Quand Drew s'était apprêté à garer sa minable Fiesta pour regarder de plus près, un homme en uniforme était sorti de son abri, l'avait dévisagé et noté quelque chose sur un petit carnet.

Se faire présenter à Gilda semblait impossible. Les cercles dans lesquels ils évoluaient pouvaient difficilement être plus éloignés. Il ne lui restait guère qu'à tabler sur le bon vieux coup de la bousculade « par hasard exprès », ce qui n'était pas commode non plus. Il n'avait qu'un jour de congé par semaine qu'il passait garé à Mount Pleasant Drive, espérant la filer quand elle sortait. Ce qu'il fit un mois durant : résultat zéro.

Gilda allait à Amersham se faire sécher les cheveux, après la piscine. Drew lui bloqua le passage sur le trottoir étroit, juste au moment où elle sortait. Ils s'évitèrent l'un l'autre en disant « pardon ».

— C'est ma faute, dit Andrew.

Puis : – On ne s'est pas déjà... euh... je suis sûr de vous avoir déjà vue. N'était-ce pas au Springs Hotel? Vous êtes... Gilda, c'est ça?

Et voilà le travail! Étonnant que ça marche à tous les coups. Les gens sont rarement soupçonneux quand on les appelle par leur nom. Ce qui est incroyable quand on songe à quel point il est facile de se procurer le nom de quelqu'un, et ses autres coordonnées, du reste.

Il expliqua qu'il avait une heure à tuer avant un rendez-vous. Aurait-elle la gentillesse... terriblement culotté, vraiment... mais de venir prendre un café?

Subitement en grand émoi, Gilda accepta, oui, volontiers.

Après cette première rencontre, la cour progressa à un rythme plus lent mais de manière fort satisfaisante. Elle était solitaire et vulnérable. Versé dans l'art de la séduction, Andrew jouait l'ami affectueux. C'est seulement petit à petit, alors que leurs rendez-vous devenaient plus fréquents, qu'on le vit tomber amoureux.

Entre-temps, il mettait au point son histoire. Il habitait avec un ex-collègue en attendant de trouver une maison car il avait vendu son appartement de Londres. Il était promoteur immobilier, principalement sur la côte sud de l'Italie et à Capri. Beaucoup plus classe que l'Espagne et pas si facile à vérifier.

Il réussit à obtenir un prêt de cinq mille livres à sa banque. Il vira la Fiesta, loua une voiture plus chic et commença à inviter Gilda dans les bons restaurants. Il se paya un beau costume en espérant que ce ne serait pas une perte sèche. Il fit la connaissance du père qu'il détesta au premier regard.

Il y a bien des sortes d'hommes qui se sont faits tout seuls et Charlie Berryman était du genre qui ne vous permet pas de l'oublier. En l'espace de dix minutes, on en savait plus sur ses modestes débuts qu'il n'était séant. On connaissait son mépris pour la bande des gens nés-avec-une-cuiller-d'argent-dans-la-bouche, qui n'avait d'égal que celui qu'il vouait aux parasites et aux lèche-cul tout en bas du tas. Quant aux soi-disant demandeurs d'asile il fallait tous les embarquer avec les feignants et les bonnes âmes sur un rafiot, les remorquer jusqu'à la mer et faire sauter le tout.

Sa figure était aussi laide que ses idées, presque aussi laide que son mobilier. Sachant à quel point son sort dépendait de l'opinion que cette crapule se ferait de lui, Andrew s'appliqua à plaire sans paraître onctueux. Il acquiesçait, souriait de temps à autre et échangeait des regards affectueux avec Gilda. Il éprouva comme de la tendresse pour elle, à ce moment-là, et certainement de la compassion. Quelle vie, de grandir avec ce sombre crétin ! Étonnant qu'elle soit aussi mignonne que ça !

Quand il jugea le moment propice, c'est-à-dire quand il ne lui resta plus que deux cents malheureuses livres, Andrew se déclara. Gilda accepta, radieuse ; son bonheur était palpable. À tel point qu'Andrew dut faire un effort pour rester détaché. Une joie pareille le mettait mal à l'aise.

Convoqué subito presto à Mount Pleasant, il approchait de la maison quand il entendit par la fenêtre ouverte Berryman qui braillait et Gilda qui pleurait. Elle s'écria : « Si, c'est ce que tu fais... tu sais bien que c'est ce que tu fais... à chaque fois... »

Andrew sonna. Il attendit une dizaine de minutes qu'on lui ouvre. Berryman secoua la tête, traversa l'immense vestibule à la moquette épaisse et vint s'appuyer à une table en marbre, une main glissée sous sa veste, comme Napoléon. Derrière lui, tout un lot de grands portraits dans des cadres dorés – maires, conseillers municipaux et autres notables – tapissait les murs de la cage d'escalier. On était sans doute censé croire qu'il s'agissait des ancêtres de Berryman. Andrew lui aurait bien ri au nez, mais l'heure était capitale.

— Monsieur.

— Je crois savoir que vous voulez épouser Gilda.

— Oui. J'ai promis d'essayer...

— Et moi, je peux vous promettre une chose, mon coco. Le jour où vous l'épousez, elle n'aura plus un fifrelin de moi. Vivant ou mort. Et ça vaut pour vous et pour tous les autres.

Son discours achevé, il resta là à observer attentivement Andrew.

Celui-ci comprit que, malgré ses paroles belliqueuses, Berryman n'était pas réellement furieux. Ses yeux étincelaient de méchanceté, un rictus lui tordait les lèvres.

Andrew s'efforça de rester impassible alors que les pensées tournaillaient dans sa tête comme un rat dans sa cage. La menace de Berryman était-elle sérieuse? S'y tiendrait-il si Gilda le défiait? Ou était-ce du bluff, destiné à éprouver les motifs d'Andrew?

Sa mémoire joua et il entendit soudain Tania lui parler des petits amis de Gilda. « Elle sort quelque temps avec eux et puis les choses se gâtent. » Voilà. C'est pour ça que les choses se gâtent.

Alors, qu'est-ce qu'on fait maintenant? Pas question de laisser tomber, pas à ce stade. Il avait investi, sérieusement et coûteusement, dans son avenir. Il ne pouvait abandonner, il ne pouvait revenir aux petits boulots de constipés dans ces bureaux infernaux pour gagner des clopes! Sans quoi les rêves, les projets resteraient à jamais mort-nés. Il allait le prendre au mot, le salaud, et jouer les cartes comme elles venaient.

— Je ne veux pas de votre argent, monsieur. Je veux Gilda. Je l'aime.

Il entendit alors un cri plaintif, un petit gémissement derrière une porte entrouverte, à l'autre bout du vestibule. Elle devait se tenir là depuis le début.

— Ma fille a des goûts de luxe.

— Je m'occuperai d'elle.

Sur le point de se lancer avec beaucoup d'expression dans une grande tirade, Andrew se ravisa. Arrête pendant que tu as l'avantage, mon gars. Pendant que tu sonnes encore juste.

— Il faudra bien que vous vous occupiez d'elle. Passque moi, je lèverai pas le petit doigt.

— Franchement, monsieur, dit Andrew, je m'en balance.

À ces mots, Gilda fonça sur la moquette à longs poils, et direct dans ses bras. Puis elle se retourna et brûla la distance qui la séparait de son père d'un regard empli de haine. Il montra les dents et déclara :

— On a tout le temps.

Gilda voulut fixer la date sur-le-champ. Le premier jour disponible proposé par le bureau d'état civil était à un mois moins trois jours de là. Il se trouvait que c'était l'anniversaire d'Andrew. Il revint à Causton pour contracter un nouvel emprunt. Comme on pouvait s'y attendre, puisqu'il n'avait pas remboursé le moindre sou du précédent, on le lui refusa. Il expliqua que sa demande était motivée par les frais du mariage et mentionna le nom de la fiancée. Magique ! Les formulaires se matérialisèrent comme par miracle, ainsi qu'une tasse d'Earl Grey et des biscuits au chocolat, ou préférait-il un xérès ? Andrew préféra le xérès, convint que cinq mille livres étaient une bagatelle pour un mariage de nos jours et accepta le double.

Après quoi, sur le trottoir de High Street à Causton, il envisagea sérieusement de mettre les bouts. Il avait dix mille livres d'avance, et puis son costume. Dans quelques jours, quelques heures peut-être, l'argent commencerait à filtrer de son portefeuille pour aller engraisser les traiteurs, les fleuristes, les imprimeurs et les loueurs de voitures. Et tout ça pour rien. Pas vrai?

Andrew acheta le *Times* et se faufila dans le Soft Shoe Café pour prendre un cappuccino et réfléchir un brin. Toute sa vie, il avait parié. Au berceau déjà, il pariait. À présent, voilà qu'il se retrouvait à la pire table de merde de la ville.

Les choix étaient limités. Soit il se risquait à aller jusqu'au bout de cette sinistre histoire, en misant sur un revirement de Berryman quand celui-ci aurait compris que Gilda se marierait de toute façon, même sans un fifrelin. Soit il continuait en acceptant que Berryman ne change pas d'avis pendant un bout de temps, si jamais il changeait d'avis. À moins que... Ne dit-on pas que les petits-enfants raccommodent les dissensions de cette nature? À cette idée, les lèvres d'Andrew se figèrent. Il faillit régurgiter son café. Il n'y aurait pas d'enfants. Il *avait horreur* des enfants. Dernière solution, il foutait le camp.

Tout en envisageant cette idée, Andrew savait que c'était hors de question. Il n'avait jamais, de toute sa vie, approché d'aussi près autant d'argent et il n'avait pas la moindre chance que l'occasion se représente. Alors, il accepta, il admira les cartons d'invitation gravés de cloches d'argent et de rubans, discuta des mérites comparés du réséda et de la gypsophile pour assortir aux boutons de rose, et s'évertua à garder les yeux ouverts tandis que Gilda entrait et sortait des salons d'essayage avec différentes tenues, taille 48. Quand il s'était déclaré, elle faisait du

46 mais depuis, admit-elle en minaudant, elle était tellement heureuse qu'elle avait pris un ou deux kilos. Durant les quelques heures qu'elle avait de libres, ils visitaient des maisons.

Il se demanda plus d'une fois durant cette période d'attente s'il se pouvait que Gilda apporte quelque chose dans la communauté. Des économies, des bijoux, des actions. La BMW lui appartenait-elle vraiment? Bien trop futé pour poser la moindre question même indirecte à ce sujet, Andrew touchait du bois tandis que s'égrenait le compte à rebours.

Alors, à quelques heures de la veille du mariage, arriva un message : Charlie Berryman désirait le voir. Cette fois, l'entrevue eut lieu à l'étude du notaire à Uxbridge. Andrew se présenta sans trop d'appréhension. Il épousait un sac d'argent deux jours après et croyait ferme que personne ne pouvait l'arrêter.

C'était Berryman soi-même qui trônait derrière le bureau. Le notaire était appuyé à la fontaine d'eau. Andrew ne fut pas prié de s'asseoir. On lui expliqua qu'on avait pris des renseignements sur lui, qu'on ne l'avait pas trouvé dans la liste des promoteurs à l'étranger, ni où que ce soit, d'ailleurs. Quant à son intégrité financière ou autre, sa réputation ne fleurait pas la rose.

— Vous êtes un branleur et un aventurier, conclut Berryman. Mais ma fille vous aime. Et, contrairement aux autres, vous avez l'air prêt à jouer la farce jusqu'au bout pour fourrer votre groin dans l'auge.

— Ce n'est pas juste! s'écria Andrew. Je l'épouserai même si...

— Épargnez-moi vos conneries. On sait tous les deux qui vous êtes. – Charlie fit signe au notaire qui approcha et tendit un papier à Andrew. – Signez-moi ça.

— Qu'est-ce que c'est?

Il ne fit pas mine de lire le document.

— Un arrangement prénuptial, expliqua le notaire. En cas de séparation définitive ou de divorce, vous n'avez droit à rien.

— Pas un rond, dit Berryman.

— Eh bien, dit Andrew en jetant le papier sur le bureau, le cœur battant, puisque vous l'avez déjà affranchie du moindre «rond», ceci est sans objet.

— Gilda ne manquera de rien. J'y veillerai. Signez.

Andrew haussa les épaules, le calme incarné. Mais ses doigts, qui tremblaient d'impatience et de soulagement au point de pouvoir à peine tenir le stylo, le trahirent. Il signa.

Berryman reprit le contrat.

— Vous n'êtes qu'un tas de merde, Latham. Et j'espère qu'avant de crever, je vous verrai retourner à votre vraie place, dans le caniveau.

Autant pour les espoirs de Charlie : il mourut trois ans plus tard d'une hémorragie cérébrale. Mais il vécut assez longtemps pour se réconcilier avec sa fille qui dut bien convenir finalement qu'il avait eu ses intérêts à cœur.

Ce fut fâcheux pour Andrew que le vieux ait duré tout ce temps. En tombant sur l'arrangement prénuptial parmi les papiers de son père, Gilda le renvoya au notaire en le déclarant toujours valable. Un an après le mariage, ou peut-être un peu plus, elle aurait pu le déchirer mais, à ce moment-là, malgré les inlassables efforts déployés par Andrew pour jouer les maris dévoués et les amants, elle commençait à apercevoir des fissures dans la façade et devinait que derrière se cachaient la peur, la cupidité et, pire que tout, une totale indifférence à son bien-être et à son bonheur.

Ils vivaient à l'aise, du moins matériellement, dans un beau pavillon style ranch aux volets verts, doté d'une grande véranda. Dix pièces entourées d'un hectare de jolis jardins et d'une piscine. La maison baptisée « Bellissima » par Gilda était à son nom. Elle jouissait aussi d'une rente confortable, suffisante en tout cas pour faire cadeau à Andrew, lors de son quarante-deuxième anniversaire, d'une Punto jaune, d'occasion, mais en très bon état. Le coupé beige qu'elle conduisait toujours se trouvait appartenir à Berryman qui refusa de modifier l'assurance pour inclure un autre conducteur.

Andrew était censé gagner sa vie. À son âge et avec ses références, il ne servait sans doute pas à grand-chose qu'il écrive des lettres ou sollicite des entretiens – et là, Berryman avait pointé un doigt calleux sur le plexus solaire de son gendre.

George Fallon, de Fallon et Brinkley, qui s'était occupé des affaires de Berryman depuis qu'il avait poussé sa ferraille au début des années soixante-dix, était sur le point de prendre sa retraite. Charlie fit transférer son compte aux mains de Dennis Brinkley puis proposa de racheter la part de Fallon. En qualité de membre du Lion's et du Rotary Club, il savait que sa proposition serait préférée à plusieurs autres.

Deux raisons avaient déterminé cette acquisition, raisons dénuées du plus vague relent d'altruisme. D'abord, la société s'était beaucoup développée et se portait fort bien, et l'acquisition représentait un bon investissement. Deuxio,

Gilda commençait à être très embarrassée par un mari qui était toute la journée à la maison ou qui insistait pour l'accompagner partout, même chez ses amies. « Et puis, expliqua-t-elle plus tard à son père, les gens bavardent. J'ai entendu une employée à la piscine, elle a traité Andy de sangsue sycophante. » Si Berryman ignorait le mot « sycophante », en revanche, il connaissait bien les sangsues ; il jugea que la petite nénette était futée et avait tapé dans le mille.

Gilda mit du temps à prendre pleinement la mesure de sa désillusion. Ayant enfin trouvé quelqu'un qui l'aimait pour elle-même, elle ne pouvait supporter de renoncer à sa chimère, même quand elle commença à avoir des doutes. Elle continua de s'y accrocher quand elle découvrit les mensonges de son mari sur son passé, sa passion pour le jeu et ses dettes croissantes. Et bien qu'elle soupçonnât, sans en avoir jamais la preuve, qu'il voyait d'autres femmes. Mais chaque révélation rongeait et émiettait le noyau de son enchantement passé jusqu'à ce qu'un matin elle se réveille et s'aperçoive que l'illusion avait disparu ensemble avec l'amour. Le dépérissement avait été si progressif que cette ultime découverte ne fut même pas douloureuse.

La liberté lui fit un drôle d'effet, au début, un trou propre et vide comme la cavité d'une dent arrachée. Mais, l'esprit humain étant ainsi fait, la cavité ne reste pas longtemps vide ; pour ce qui était de Gilda, le trou fut comblé par la conscience croissante, ô combien exquise, du pouvoir absolu qu'elle détenait. Sans elle, Andrew, qui frisait maintenant la cinquantaine, n'avait rien. Pas de foyer, pas de pain, pas d'argent. Et aucune perspective de se procurer l'un ou l'autre. Sa faiblesse, son incapacité à agir l'avaient mis sur le sable, rejeté sur le rivage comme ces mollusques que la marée en se retirant laisse sur le dos, sans défense. De temps à autre, il formulait une timide requête : une veste neuve, ou des livres. Ou, plus rarement encore, il protestait vaguement quand on lui faisait remarquer d'un ton sec que, s'il n'était pas content, il pouvait toujours s'en aller. Sauf qu'il ne pouvait pas, parce qu'il n'avait nulle part où aller.

Ce n'était pas la joie. Gilda songeait parfois qu'elle ne connaîtrait plus jamais le bonheur ; en vérité, elle avait presque oublié à quoi il ressemblait. Mais elle était persuadée d'une chose : à défaut de bonheur, le pouvoir, ma foi, ce n'est déjà pas si mal.

2

Le rendez-vous des Lawson, auquel avait fait allusion Dennis Brinkley, était fixé à dix heures et demie. À dix heures, Polly n'était toujours pas levée. On l'avait appelée à deux reprises, elle avait répondu à deux reprises qu'elle s'habillait. Alors Kate finit par entrer dans la chambre pour trouver sa fille encore au lit. Elle ne fit même pas semblant de dormir ; elle était simplement étendue sur le dos, les yeux au plafond.

— Tu sais qu'on doit être à Causton à dix heures et demie.

— Non, je ne savais pas.

— Je te l'ai dit quand je t'ai apporté ton thé.

— Et alors ? – Polly s'assit, secoua ses boucles brunes. Se gratta la tête. Soupira. – Et, d'abord, pourquoi devrais-je venir ?

— Parce qu'elle t'a fait un legs dans son testament.

— Un legs. – Le mot était un grognement de dédain. – Je parie que c'est ce truc nul, ce camée...

— Écoute ! – Kate saisit sa fille par le bras et la tira du lit. – Ne t'avise plus jamais de parler de Carey ni de ses objets de cette façon. Surtout devant ton père.

— OK... OK...

— Tu sais combien il l'aimait. – Épuisée par l'agitation de la veille et par la nuit blanche qu'elle avait passée à consoler son mari, Kate s'efforça de retenir des larmes de lassitude. – Je veux que tu sois en bas, prête à partir dans dix minutes.

En fait, ils ne furent que légèrement en retard. Il était dix heures trente-cinq quand ils arrivèrent à la réception, endroit clair et de bon goût, pour être accueillis par une femme élégante aux formes plantureuses, aux manières un tantinet trop gracieuses. Un Toblerone en bois indiquait qu'elle s'appelait Gail Fuller. Près du Toblerone, un gros bouquet de roses et de lis crémeux dans un vase en cristal. Polly fut impressionnée. Elle s'était imaginé Dennis tout seul dans un cagibi exigu, entouré de dossiers poussiéreux et d'un ordinateur préhistorique.

Elle fut encore plus impressionnée quand on les conduisit dans la vaste pièce principale, qui occupait la largeur du bâtiment. Il y avait de nombreux bureaux, tous personnalisés : des photos, un joli petit jouet, une plante, une peluche, un personnage de bande dessinée. Sur chacun, un ordinateur dont le clavier cliquetait. Une photocopieuse bourdonnait. Aux coins, en diagonale, deux grands box de verre. Gail Fuller ouvrit la porte de l'un, qui portait le nom de Dennis, et les annonça.

Polly présenta ses excuses de façon charmante dès qu'ils furent assis. Elle dit qu'elle était responsable de leur retard et qu'il devait la pardonner. Le tout avec force battements de cils qui, à la secrète satisfaction de Kate, ne parurent guère être remarqués.

— C'est tellement passionnant, dit Polly d'une voix flûtée, en pensant que Dennis devait être plus âgé qu'il ne paraissait.

Elle se souvenait de lui, bien sûr. Enfant, elle avait admiré ses cheveux cuivrés en brosse, son teint semé de taches de rousseur et sa moustache châtaine. À présent, les pattes rousses décachetaient une lourde enveloppe rouge, en sortaient le testament. Dennis lissa l'épais parchemin et le maintint avec un presse-papiers en forme de papillon. En dépit de ses maigres espérances, Polly sentit sa gorge se serrer. On se serait cru dans un de ces vieux films policiers qui passaient des fois à la télé. Sauf qu'il y aurait d'abord eu un meurtre. Voilà qui animerait un peu les choses. Dennis avait commencé à parler.

— Comme vous le savez déjà – il sourit directement à Mallory –, Appleby House et les terres vous reviennent sans substitution d'héritiers. J'espère que vous maintiendrez l'accord avec Pippins Direct.

— Nous en avons déjà parlé. Ils sont ravis de continuer. Et je le confirmerai cette semaine par écrit.

— Le loyer de dix mille livres est modeste mais c'est une petite entreprise bio extrêmement sérieuse. Votre tante aurait été contente de votre décision.

Polly se demanda quels bénéfices la « petite entreprise » palpait en réalité. D'après elle, la vieille dame avait été un pigeon qu'ils avaient plumé. Peut-être pourrait-elle amener son papa à y regarder de plus près.

— Suivent quelques petits legs, continua Dennis, qu'en qualité d'exécuteur testamentaire je serai heureux de transmettre.

Il entreprit de les énumérer sur un ton monotone. Polly décrocha et se mit à regarder autour d'elle. Elle s'imaginait, l'année prochaine à cette heure-ci, au cœur de la City, dans un environnement semblable, et se demanda ce qu'elle poserait sur son bureau. Un truc chouette, certainement. Pas de billes en argent qui claquent, exclu. Pas de photos non plus, de qui d'ailleurs? Et s'il devait y avoir de la verdure, ce ne serait certainement pas la plante banale d'une jardinerie lambda.

Tandis qu'elle rêvait ainsi sur la forme de sa plante exotique – les orchidées, ça fait un peu commun, non? Et puis n'ont-elles pas besoin d'une atmosphère particulière? –, la porte de l'autre bureau privé s'ouvrit. Un homme en sortit et traversa la salle. Plutôt courtaud, brun, un peu plus jeune que Dennis et bien mieux de sa personne. Elle le reconnut : il était aux obsèques où il riait exagérément et buvait trop. Il avait des papiers à la main qu'il tendit à une fille à la photocopieuse avec un large sourire. Il donnait, dans ses gestes, une impression de vigueur et d'entrain; pourtant, il y avait en lui quelque chose d'étrangement artificiel, comme s'il s'inventait une vitalité qu'il ne possédait pas vraiment.

Polly s'interrogea, mais d'une façon détachée, sans réelle curiosité. Aucun homme n'aurait pu la séduire en ce moment. Du jour au lendemain elle avait été immunisée contre ce virus-là.

Reportant son attention sur l'entretien (ça allait bientôt être son tour, non?), elle entendit Dennis déclarer :

— Quand ces legs auront été réglés, le reste de la propriété de votre tante, y compris son portefeuille d'actions, est estimé à un peu plus de trois cent mille livres.

— Je ne savais pas que... – Mallory buta sur les mots. – C'est... merci.

— En ce qui concerne Benny Frayle...

— Ne devrait-elle pas être ici avec nous? demanda Kate.

— J'ai déjà eu une conversation avec Benny, après la mort de Mlle Lawson. Carey avait beau tâcher de la rassurer sur son avenir, vous savez comme elle est... hum...

Complètement idiote? suggéra Polly *in petto*. Genre, con comme un balai, oui.

— ... peut-être anxieuse. J'ai été en mesure de la rassurer. Aussi longtemps qu'elle le désirera, elle pourra vivre dans son appartement au-dessus des écuries. S'il se trouve qu'il faille vendre la propriété...

Dennis suspendit sa voix, fronçant ses sourcils roux en accent circonflexe.

— Il n'en est pas question. – Kate prit la main de son mari. – Nous avons des projets.

— Parfait. Mais si cela arrivait, une somme doit être consacrée à l'achat d'un logement comparable, qui sera alors mis à son nom.

Mallory dit : – Je comprends.

Polly émit un petit sifflement.

Kate foudroya sa fille du regard.

— Sa pension, même en tenant compte de l'inflation, reste très confortable. Elle devrait être en mesure de vivre convenablement de ses rentes. Il y a aussi une somme assez importante en placements sûrs. Si elle venait à... – Dennis s'interrompit et regarda dans le vide d'un air lugubre, puis il s'éclaircit la gorge et poursuivit : –... à décéder, dirons-nous, cet argent reviendrait à la propriété. Et enfin, Polly.

Il lui sourit et attendit un instant. L'air de quelqu'un qui cache une fascinante surprise derrière son dos. S'il n'avait pas été aussi gentil, on aurait pu qualifier son expression de sournoise.

Polly lui rendit son sourire et, malgré elle, éprouva de nouveau ce frémissement d'impatience. Elle savait qu'elle n'avait guère de chances d'hériter de beaucoup d'argent mais même un vieux camée pourri pouvait valoir quelque chose. Et s'il se trouvait qu'il soit super rare et fameux, comme l'horloge dans *Only Fools and Horses* ?

— Il y a cinq ans, j'ai conseillé à votre tante de réaliser son portefeuille d'actions qui ne rapportait que de maigres bénéfices et d'investir dans des laboratoires pharmaceutiques. Ceux-ci ont réussi bien au-delà de mes plus grandes espérances.

Il y eut un blanc. Personne ne voulut demander à combien se montaient d'abord ces « grandes espérances ». Pas même Polly.

— Selon les volontés de votre tante, ces actions, estimées à l'index de la fermeture du marché au jour de sa mort, sont destinées à sa grand-nièce...

Polly avala de l'air, un grand hoquet. Puis se couvrit la bouche, confuse. Elle ne respira plus.

— ... à son vingt et unième anniversaire. La somme se monte aujourd'hui à un peu plus de soixante mille livres.

Silence. Dennis adressa à Polly un sourire radieux. Mallory sourit aussi, bouleversé par cette nouvelle preuve de générosité de la part de sa tante. Kate ne sourit pas. Tout en se reprochant sa mesquinerie, elle sentit son cœur se serrer. Polly exhala un « Ouh » puis se mit à rire.

— Mon Dieu... – Elle lança les mains en l'air au-dessus de sa tête. Un geste triomphant de vainqueur qui s'empare d'une couronne. – J'y crois pas ! Soixante mille livres...

— Félicitations, ma chère, dit Dennis.

— Et comme j'ai presque vingt et un ans...

— Tu as eu vingt ans le mois dernier, dit sèchement Kate.

Les autres la regardèrent. Même Mallory fut contrarié qu'elle ait ainsi délibérément joué les trouble-fête.

— On va fêter ça, Poll.

— On va acheter du champagne en rentrant à la maison. – Polly ne riait plus mais sa voix tremblait encore d'une gaieté qui menaçait de basculer dans le fou rire. – Et, ce soir, on pourrait aller dîner dans un super resto.

Elle s'interrompit alors, se rendant compte que sa légèreté pouvait passer pour de l'insensibilité, posa ses mains sur les genoux et les regarda tous les trois, dégrisée. Elle compta mentalement jusqu'à cinq puis leva les yeux, le visage grave.

— Comme c'est gentil de la part de tante Carey de s'être ainsi souvenue de moi.

Cette subite volte-face, peu convaincante même aux yeux de Mallory, fut suivie d'un silence gêné. Dennis dissipa adroitement le malaise.

— Vous avez parlé de projets, tout à l'heure, murmura-t-il en regardant tour à tour les parents. Pour la maison ?

— Oh oui, dit Kate, dont le visage s'éclaira peu à peu. Nous avons toujours rêvé...

— Le rêve de Kate, en fait, expliqua Mallory.

— De monter notre propre affaire. Éditer de très bons romans.

— Cela fait une éternité que Kate a ça derrière la tête.

— On commençait à se dire que ça n'arriverait jamais.

— Une grande décision, dit Dennis. Qui exige une sérieuse planification. Et de judicieux conseils financiers.

— Quant à ça...

Ils regardèrent Dennis avec une confiance pleine d'espoir. Polly reporta de nouveau son attention sur le monde extérieur. Elle avait entendu parler *ad nauseam* du merveilleux rêve de sa mère. La dernière des ratées. Polly avait mieux à penser. Par exemple : c'était formidable, elle allait très bientôt être délivrée de la dette qui l'étranglait. Mais elle ne pouvait certainement pas se permettre d'attendre encore dix mois, pas avec les intérêts à vingt-cinq pour cent qui s'additionnaient. Alors comment tourner cette stupide restriction ?

*

* *

Le lendemain matin, Mallory rentra à Londres. Polly, qui devait l'accompagner, voulut rester, inexplicablement, pour aider sa mère à « trier et à ranger ».

Kate fut déçue. Elle avait espéré deux ou trois jours tranquilles, agréables en dépit de l'inévitable mélancolie, avec Benny. Elle s'était imaginé inventorier les affaires de Carey, tout en se remémorant la dernière fois que la vieille dame avait porté telle robe, lu tel livre. Elles se seraient consolées mutuellement et sans doute auraient-elles pleuré un peu. Maintenant, ce ne serait plus pareil. Kate avait compris depuis longtemps qu'elle aimait davantage sa fille quand celle-ci n'était pas là. À présent, elle avait du mal à envisager l'affreuse éventualité : et si elle n'aimait Polly qu'absente ?

Le plus irritant, c'est que si Polly voulait rester, sa mère le savait parfaitement, la raison quelle qu'elle soit n'avait rien à voir avec le rangement. Mais Kate n'avait pas l'intention de provoquer une dispute en le disant ou en cherchant à découvrir le fin mot de l'histoire, vaine entreprise de toute façon. On ne pouvait tirer à Polly un mot sur la pluie et le beau temps quand elle avait décidé de se taire.

Soudain, Kate se rappela la brève scène dont elle avait été témoin dans le jardin, l'avant-veille, entre sa fille et Ashley Parnell. Même de loin, elle avait senti l'extraordinaire intensité du moment. Et l'immobilité de Polly qui avait suivi, son silence rêveur. Kate espérait de tout son cœur que sa fille jeune, vigoureuse, belle, déterminée, n'avait pas jeté son dévolu sur le pauvre homme, même pour un flirt anodin.

Elle avait prévu de travailler deux heures avec Benny puis de faire une pause pour prendre un café. Elle choisit de rester dans la cuisine pour passer la vaisselle et les verres en revue. Polly accepta de trier les deux placards et la monumentale commode de la salle à manger, remplis de serviettes, de sets brodés, de chemins de table et de nappes.

Benny avait proposé de s'attaquer à l'armoire à linge. Alors qu'elle trottait sur le parquet ciré du palier, elle aperçut la porte fermée de la chambre de Carey et détourna vivement la tête. Elle n'y avait pénétré qu'une seule fois depuis la mort de la vieille dame, avait défait le lit, jeté tous les médicaments et rangé sommairement. Avec quel chagrin avait-elle touché aux affaires de son amie ! Les beaux vases chinois et la collection d'éléphants. Les photos de famille et d'amis, dans des cadres d'argent – si nombreuses, et plus encore dans les pièces en bas. Et le roman qu'elle lui avait lu à haute voix, la dernière nuit. Encore ouvert à la page 176. « Arrête-toi là, lui avait dit Carey. On en est presque à mon passage favori. Gardons-le pour demain. »

À ce souvenir, brusquement accablée de tristesse et de solitude, Benny se mit à pleurer. Elle se précipita dans une chambre voisine et se couvrit le visage de son tablier pour étouffer le bruit. Kate avait bien autre chose à faire qu'à moucher le nez d'une pleurnicheuse. En outre, il ne fallait pas bouleverser Polly ; Benny était convaincue que la jeune fille était beaucoup plus affectée par la mort de Carey qu'elle ne le laissait paraître. Il y a des gens qui se refusent à faire étalage de leurs émotions.

Kate avait ouvert un grand tiroir qui ne contenait que des torchons. Craquants, blancs, parfaitement repassés. Tout au fond, il y avait une pile séparée nouée soigneusement d'un ruban. Aussi douce et légère que du papier crépon. Elle les sortit délicatement quand elle sentit une présence derrière elle.

— Oh, Polly. Regarde ça !

— Mmm..., dit Polly. C'est l'heure du café ?

— Non, on a commencé il y a à peine une demi-heure.

— J'ai fini. – Polly alla d'un pas nonchalant à la fenêtre et regarda le ciel bleu et ardent. – Quel temps génial !

— Alors à quoi veux-tu t'attaquer maintenant ?

— Je préfère rester ici, en bas.

— Il y a deux énormes boîtes de couverts...

— Je pensais sortir faire un tour.

— Très bien.

— Tu n'as pas l'air d'approuver. – Et, alors que Kate gardait le silence : – À tout à l'heure.

— Tu ne...

Mais elle avait disparu. Kate allait lui suggérer de passer une veste. Elle savait que la tenue de sa fille ne la regardait pas. Polly s'habillait comme elle voulait depuis toujours. Mais Forbes Abbot, ce n'était pas Londres. Il déplaisait à Kate qu'on puisse dire du mal de sa fille derrière son dos, qu'on se moque d'elle, peut-être. Qu'on pense qu'elle n'était pas une « vertu ». Archaïsme ridicule, mais qu'on employait encore. Et tout le monde savait ce que ça voulait dire.

Polly était vêtue d'un débardeur blanc moulant, profondément décolleté, et d'une jupe bizarre à pans flottants, asymétrique et très courte. Pas tout à fait transparente, mais loin d'être opaque. Autour du cou, elle portait une bourse en forme de petite étoile avec des breloques d'argent sur un lacet de cuir. Chose curieuse, savoir que sa fille était totalement indifférente à l'opinion des villageois ne diminuait en rien l'inquiétude protectrice de Kate.

Elle alla à la grande fenêtre, au-dessus de l'évier. Elle avait beau avoir honte, elle n'en épia pas moins Polly qui franchissait les grandes grilles de fer, tournait à droite et s'éloignait sans même jeter un coup d'œil à la maison d'en face. Furieuse contre elle-même, Kate se demanda si elle n'avait pas imaginé l'émotion qu'elle avait cru déceler dans la scène surprise le jour de l'enterrement. Elle le souhaita. Pour se changer les idées, elle décida finalement de s'interrompre pour prendre le café. Elle alla dans le vestibule appeler Benny. Pas de réponse. Alors, elle entendit de petits gémissements étouffés et elle monta en courant.

*

*   *

Polly parcourait à grandes enjambées la grand-rue de Forbes Abbot, ce n'était pas King's Road, mais elle avait son charme. Un étranger dans une petite communauté excite toujours la curiosité et même si beaucoup de gens savaient qui était Polly, à cause de l'enterrement, elle demeurait à leurs yeux une inconnue. C'est pourquoi plusieurs têtes se tournèrent sur son passage, une ou deux personnes la saluèrent d'un « Bonjour » mais sans manifester rien de l'intérêt, de l'admiration et de l'irritation auxquels elle s'attendait. Alors elle remarqua que les villageois parlaient par petits groupes de deux ou trois, l'air grave et quelque peu exalté, ce qui ne la troubla pas outre mesure. Elle présuma qu'il s'agissait d'une affaire locale grossie de façon disproportionnée par des gens qui n'avaient rien de mieux à faire de leur temps.

Comme tout, ou à peu près, ce que Polly entreprenait dans la vie, cette marche matinale était indexée et avait un double but. D'abord, elle espérait tomber sur l'homme rencontré aux obsèques, dont elle s'était aussitôt entichée. Il ne devait pas être difficile à cueillir. Elle n'avait jamais désiré un homme qui ne la désirait pas. Et elle avait de l'énergie pour deux, au cas divin où la situation déraperait.

Bizarrement, bien qu'elle n'ait pas pensé à grand-chose d'autre depuis la veille, elle se trouva dans l'impossibilité de reconstituer les traits de son visage. Mais elle se rappelait son allure, ses cheveux dorés et clairsemés, ses mains fines. De quoi souffrait-il, précisément ? Il ne faisait aucun doute que la maladie, dans ses débuts, vous avait un petit côté romantique. Et plus tard aussi, à l'occasion, il n'était que de voir les illustrations dans les romans victoriens. Les yeux immenses, les êtres mélancoliques montant au paradis sur des nuages moelleux, quittant doucement cette vie, entourés de proches navrés qui pleurent et se tordent les mains. Non qu'elle ait le moins du monde envie d'avoir affaire à la maladie elle-même. Administrer des pilules et des médicaments, faire des piqûres, ou nettoyer, très peu pour elle. Le nettoyage, surtout pas.

Mais l'objet de ses affections ne semblait pas en être à cette extrémité. Polly dépassa le petit salon de thé, le Secret Garden, et jeta un coup d'œil à la fenêtre sans trop y croire. À quoi bon sortir pour des scones et une tasse de thé quand on est à trois minutes de chez soi ? Elle espérait davantage du magasin du village, qui faisait aussi office de bureau de poste et de maison de la presse, mais il n'y était pas non plus. Piquée et déçue, elle eut envie de s'en prendre à quelqu'un, ne serait-ce qu'un peu, et elle demanda le *Financial Times.* Naturellement, il n'était disponible que sur commande. Polly soupira et secoua la tête tandis que le commerçant s'excusait, acheta une petite bouteille d'eau gazeuse et poursuivit son chemin en s'arrêtant de temps en temps pour boire.

La deuxième raison de sa sortie était beaucoup plus terre à terre. Elle avait l'intention de rendre visite à Dennis Brinkley. La veille, en présence de ses parents, il n'aurait servi à rien de chercher à établir une quelconque relation, d'affaires ou autre, d'attendrir Dennis, d'étaler ses connaissances et ses compétences en matière fiscale. En d'autres termes, lui donner à comprendre qu'il était inutile de la faire attendre dix mois pour débloquer l'argent qui, de toute façon, lui appartenait déjà. Non, pour ça, il fallait qu'elle soit seule avec lui.

Ces réflexions rappelèrent inévitablement Billy Slaughter. Visqueux, gluant, fuyant Billy, avec son cœur tout noir et ses veines qui charriaient or et venin. Elle se réfugia, comme souvent, dans une attitude de supériorité cruelle. Elle s'imagina jetant l'argent à ses pieds. Riant de mépris alors qu'empêtré par son gros ventre il se baissait péniblement pour le ramasser. Quelles insultes, choisies et fourbies pendant des heures passées à ressasser sa rancune, lui lancerait-elle à la figure ! Ensuite, elle tournerait le dos et s'en irait, majestueuse, insolente.

Bien que ne se souvenant pas exactement de l'emplacement de la maison de Dennis, elle savait qu'il avait reconverti l'ancienne école du village. Mais son aspect actuel était si étrange – on aurait dit une forteresse, avec des archères situées très haut – qu'elle la dépassa et finit par demander son chemin.

En sonnant à la porte, Polly était déjà en train de reconsidérer sa tactique. S'il était sage d'afficher de l'assurance, n'était-ce pas aussi judicieux de demander à Dennis son avis sur la façon de gérer son argent ? Bien sûr, elle n'en tiendrait pas compte, mais quel homme reste insensible à la flatterie ?

Elle avait beau entendre tinter la sonnette, personne ne vint ouvrir. Le sifflement rauque, assourdi d'un aspirateur la déçoncerta. Dennis ne faisait quand même pas lui-même son ménage ?

Elle contourna la maison et entra dans le garage. Il était presque vide. Seulement quelques cartons soigneusement empilés et des outils de jardinage. Au fond, une plaquette perforée où étaient accrochées des clés. Elle était en train de lire les étiquettes clairement libellées en s'étonnant de la stupide candeur des gens de la campagne quand l'aspirateur s'arrêta. Une porte renforcée d'un grillage métallique donnait un accès direct à la maison. Polly frappa doucement, puis, n'obtenant pas de réponse, elle tapa plus fort et pénétra à l'intérieur.

Une femme faisait tinter de la vaisselle près de l'évier. Une bonne femme balèze, un visage carré avec de petits yeux de cochon dont l'un était résolument tourné vers l'intérieur, lui donnant ainsi une vue bien nette de l'arête de son nez. L'autre œil furibond regardait l'intruse.

— Oh ! s'écria Polly surprise en battant des paupières puis en gaspillant le plus frais et le plus candide des sourires. Bonjour !

— Vous ne savez pas qu'on frappe avant d'entrer ?

— J'ai frappé mais vous n'...

— Qu'est-ce que vous voulez?

Ça alors! Me parler sur ce ton! Et une femme de ménage, en plus. Pour ajouter encore à son embarras, elle avait la certitude d'avoir déjà vu cette femme mais elle ne pouvait se rappeler où. Elle répondit avec fermeté :

— Je suis venue voir M. Brinkley.

— Il est au courant?

— Naturellement.

— Drôle qu'il soit parti travailler, alors.

— Ah... oui... – Polly claqua des doigts tout en se maudissant de n'avoir pas pensé à vérifier. En ville, personne ne travaille le samedi. – Je me rappelle maintenant. Il m'avait donné rendez-vous à Causton.

L'œil baladeur roula sur Polly et se posa enfin sur le triangle de son décolleté profond.

— Pour affaires, hein?

— M. Brinkley est mon conseiller financier, oui.

Pourquoi est-ce que je parle à cette affreuse bonne femme? Je n'ai pas d'explications à donner. Pauvre Dennis. Tu t'imagines un peu, devoir supporter cette grosse empotée bigleuse et mal élevée qui te traîne dans les pattes?

La femme croisa des bras solides gantés de mousse étincelante. Elle n'ouvrit plus la bouche. Elle restait là sans bouger, à la dévisager.

Polly tourna brusquement les talons et s'en alla. Quand elle se retourna pour refermer le portail, l'horrible vieille bique était à la porte du garage, pour s'assurer qu'elle quittait bien les lieux. Polly était furieuse. Manque pas d'air, celle-là! Et en plus, pas question de retourner à Appleby House pour se défouler. Elle n'avait aucune intention de faire savoir à sa mère qu'elle voulait baratiner Dennis.

Mais quand elle rentra, son humeur avait changé. En entendant des voix dans le jardin de la maison d'en face (le jardin de ce type pas mal du tout), elle ralentit le pas et s'arrêta à la grille.

Les Parnell déjeunaient sur la pelouse, à l'ombre d'un grand parasol à fleurs. Hélas, c'était Judith qui faisait face à la route brûlante et poussiéreuse.

Polly lui adressa un sourire faux mais éclatant, fit un signe de la main et reçut en retour un bref hochement de tête. Guère démontée, car elle ne s'attendait pas à plus, elle s'écria :

— Salut! Génial, ce temps, non?

Ashley se retourna lentement sur sa chaise pour voir qui parlait, et la reconnut immédiatement. Polly sourit de nouveau, cette fois en anticipant le plaisir à venir. Puis elle s'éloigna d'un pas nonchalant.

*

*   *

— Jolie fille, dit Judith, en prenant les devants sur un ton détaché, légèrement amusé, comme si elle parlait d'une charmante gamine. Intelligente avec ça. – Sa magnanimité ne connaissait plus de bornes. – Mallory a dit qu'elle est à la LSE.

— C'est exact. Elle m'en a parlé le jour des obsèques. C'est un peu la fosse aux lions, à ce qu'il paraît.

— Elle se débrouillera, je n'en doute pas. Quand on est aussi jeune, ça stimule.

À présent, les années entre la fille, Ashley et elle-même étaient un gouffre béant. Ils avaient le double de son âge. Je devrais avoir davantage confiance, se dit Judith. Elle sourit à son mari et se persuada à grand-peine qu'elle était vraiment aimée.

— Tu ne m'as toujours pas raconté comment s'était passé ton rendez-vous, l'autre soir.

— Rendez-vous ?

Judith fronça les sourcils en répétant le mot avec une vague perplexité comme si elle en avait oublié le sens.

— À l'hôtel Peacock. Le nouveau client. Les instruments chirurgicaux.

— Oh, ça ! Il n'y a rien à raconter, en fait.

Rien à raconter ? Sauf qu'elle avait vécu l'expérience la plus désagréable de sa vie, encore fraîche, et odieuse, et brûlante dans sa mémoire. Sauf qu'après, elle avait passé des heures à tremper et à se frotter dans un bain parfumé et qu'elle s'était encore sentie souillée en se glissant dans le lit près d'Ashley. Le souvenir de cette expérience s'estomperait forcément mais Judith savait qu'elle n'oublierait jamais tout à fait. Comment récurer l'intérieur de sa tête ?

Il avait paru plutôt agréable, un homme corpulent d'âge mûr avec une petite moustache grise toute raide et des lunettes demi-lune pas nettes. Un costume à rayures marron trop juste, avec une chemise rose. Il était assis sur une banquette devant une chope de bière, avec son portefeuille posé à côté de lui. Quand ils se furent serré la main, il se leva et repoussa la table. Elle se faufila devant lui pour s'asseoir, il tira la table et Judith se retrouva coincée. Elle ouvrit sa serviette.

— Alors, monsieur Paulson...

— Polson. Avec un O.

Il ouvrit exagérément sa bouche humide et rouge puis y fourra son petit doigt et le passa autour de ses lèvres en élargissant l'orifice.

— Ça vous dit quelque chose?

— Pardon... je ne...

— Juste une petite blague à moi. Alors qu'est-ce que vous avez pour moi?

Judith sortit un dossier et lui tendit une brochure de quatre pages en papier glacé qui décrivait ses services. Il y jeta un coup d'œil et la lui rendit en se rapprochant sans nécessité.

— La photo ne vous flatte pas.

— Alors en quoi pourrais-je vous être utile, monsieur? demanda Judith d'une voix très ferme et sèche. Vous avez un comptable actuellement?

— En effet.

Il avait les yeux fixés sur l'échancrure de son chemisier.

— Puis-je vous demander pourquoi vous envisagez de le remplacer?

— Je n'envisage pas de le remplacer.

— Alors, je ne vois pas très bien ce que je peux faire pour vous.

Judith s'exprimait avec brusquerie. Elle avait laissé Ashley qui ne se sentait pas bien du tout, elle avait fait quinze kilomètres juste pour ce rendez-vous. Elle rangea la brochure dans sa serviette qu'elle referma d'un coup sec.

— Moi, je vois, dit M. Polson. – Il ouvrit son portefeuille et le lui tendit. – Essayez ça pour voir la taille.

Judith le prit sans réfléchir. Elle vit des préservatifs alignés soigneusement. Il devait y en avoir trente... quarante peut-être. Pas très agréable, l'expérience, mais pas vraiment de quoi vous assommer. Elle les regarda assez longtemps pour montrer son indifférence puis lui rendit le portefeuille.

— Je vois que vous êtes un optimiste, monsieur. – Puis sentant monter la colère devant l'insulte, elle ajouta : – Regardez-vous dans une glace, un de ces jours.

Il tordit la bouche spasmodiquement. Elle regretta immédiatement ses paroles. La figure de l'homme s'était assombrie et le sang lui monta aux joues. Judith regarda autour d'elle.

La salle était très vaste et, à six heures et demie du soir, il n'y avait pas grand monde. Cinq ou six consommateurs étaient attablés à l'autre bout. Coude à coude, ils chuchotaient, rejetaient la tête en arrière en riant très fort. Deux jeunes femmes bavardaient au comptoir avec le barman, et deux ou trois couples dispersés étaient absorbés dans leur conversation.

Elle était prise au piège. Polson bloquait un côté, l'angle de la banquette qui faisait le coin bloquait l'autre. Elle poussa légèrement la table mais il se rapprocha encore, pressa sa jambe contre celle de Judith, lui souffla son haleine empestée dans la figure. Et lui déversa à l'oreille un flot d'obscénités.

Puis il posa son...

Après coup, Judith ne parvint pas à comprendre comment elle avait pu rester ainsi paralysée, incapable de réagir. L'embarras n'avait rien à voir là-dedans. C'était comme si l'espace entre eux et autour d'eux était devenu aussi impénétrable et solide qu'une épaisse couche de glace. La main qui reposait sur son genou glissa jusqu'à l'intérieur de sa cuisse. Le pouce était pointé vers le haut.

Alors elle remarqua quelqu'un qui s'avançait dans leur direction sur les kilomètres de moquette. Elle intercepta le regard de l'homme, le retint de peur qu'il ne les dépasse puis montra des yeux, avec désespoir, son bourreau.

Polson comprit ce qui allait venir. Il se leva, prit son attaché-case et dit à voix haute :

— J'espère bien faire affaire avec vous, alors. À la semaine prochaine?

Il s'en alla à grandes enjambées et Judith ferma les yeux. Elle se rendit compte que l'autre homme s'asseyait mais elle ne releva pas les paupières. Elle resta ainsi des secondes, des minutes entières. Son visage figé commença à se détendre. Elle prit conscience des battements de son cœur, des larmes qui ruisselaient sur ses joues. L'homme se leva et revint avec un grand cognac.

— Buvez ça. – Il lui mit le verre dans les mains. – Allez, madame Parnell.

— Je ne peux pas.

— Mais si. Une gorgée à la fois. – Judith but, s'étrangla. But encore. – Bien. Vous savez, vous devriez aller à la police.

Rien que d'y penser! L'idée de le décrire, devoir répéter ce qu'il avait dit, encore et encore. Elle fut saisie de nausée. Le cognac et la bile lui emplirent la bouche.

— Excusez-moi un instant. – Il se leva. – Je vais chercher de l'eau.

— Il faut que je m'en aille.

— Non, c'est justement ce qu'il ne faut pas faire. Vous n'êtes pas en état de conduire.

— Très bien.

Elle céda immédiatement tout en reconnaissant sa lâcheté. Totalement lamentable! Pourtant le soulagement fut intense. Elle resta assise, tranquille, toute petite et, surtout, en sécurité. Enfin, elle se sentit mieux, les muscles de ses jambes s'assouplirent et elle fut en mesure de se lever et de se diriger vers la porte. Comme il était gentil et sage, cet homme ! Cet étranger qu'elle n'avait jamais vu et qui, pourtant, inexplicablement, connaissait son nom.

3

À PRÉSENT, même le dimanche avait son heure de pointe. Kate avait prévu de quitter Appleby House vers midi pour éviter la foule des retours de week-end. Elle chargea dans le coffre de la Golf des cageots de superbes légumes du potager, elle passerait par Tesco pour faire le plein de diesel.

Subitement dégoûtée de la campagne, Polly rentra avec sa mère. Elle passa tout le trajet dans un silence maussade. Incapable de chasser de son esprit son entrevue manquée avec Dennis, elle était persuadée que le village avait déjà entendu une version bien enjolivée de sa déconvenue. Personnellement, elle s'en fichait complètement mais l'idée d'être vue par Dennis à son désavantage lui déplaisait. Bien sûr, il restait une petite chance que cette bonne femme, avec sa tête de bœuf en conserve, ne lui ait rien dit.

Cependant, elle avait commis une erreur à rôder comme ça autour de chez lui. La prochaine fois, disons dans une semaine – elle n'osait pas repousser davantage –, elle prendrait rendez-vous. Elle emprunterait une tenue bien mémère. Elle s'imagina dans un tailleur sombre, sobre, vieillot et terne, demandant à Dennis son avis sur la manne qui lui était tombée du ciel, tout en riant sous cape.

L'autre raison de sa bouderie était le divin Ashley. Leur première rencontre n'avait pas eu de suite et Polly avait vu ses plans contrariés l'un après l'autre. Elle n'avait même pas réussi à échanger un mot avec lui par-dessus la barrière du jardin. Apprendre par Kate que sa femme travaillait à domicile l'avait démontée. D'un autre côté, Judith devait bien parfois quitter la maison, ne serait-ce que pour faire des courses ou aller à la poste. Penses-tu ! Pendant deux jours entiers, elle n'avait pas bougé. Et Polly l'avait vue tendre au facteur une pile de lettres. Quand elle avait demandé à sa mère d'inviter les Parnell à prendre un verre, puisqu'ils allaient être voisins, celle-ci lui avait répondu très sèchement.

Kate avait proposé à Benny de les accompagner à Londres et d'y rester avec eux quelque temps. Mais celle-ci avait refusé catégoriquement. Et Croydon ? Quelqu'un pourrait bien nourrir le chat, certainement. Mais c'était cruel d'abandonner la pauvre bête si tôt après que sa maîtresse chérie avait disparu, inexplicablement. Et puis il y avait les cambrioleurs. Une maison inoccupée était une invite au crime. Les voleurs pouvaient s'introduire et dérober les beaux objets de Carey.

C'est ainsi que, quand Kate et Polly s'en allèrent, Benny leur dit au revoir à la grande grille de fer en agitant son mouchoir. Clignant des yeux à travers ses verres épais, elle leur fit signe de la main jusqu'à ce que la voiture bleu foncé soit hors de vue. Puis elle hésita, se sentant soudain très seule.

Elle aperçut Mme Parnell qui sortait de sa maison et cria : « Ohé ! »

Judith lui répondit d'un hochement de tête et Benny traversa la rue pour bavarder un peu, repoussant le moment où il faudrait rentrer. Mais quand elle parvint au portail d'en face, l'autre avait disparu et elle n'eut plus qu'à revenir sur ses pas. Une fois à l'intérieur, elle erra dans la vaste cuisine vétuste puis s'arrêta au beau milieu et regarda autour d'elle.

Pour la première fois depuis toujours, elle se trouvait seule à Appleby House. Un terrible silence s'était glissé insidieusement dans la maison. On aurait dit que les murs familiers exsudaient un froid étrange, et le désœuvrement.

Benny commença à se sentir mal à l'aise. La bâtisse était très grande et, à ce qu'il lui parut, très isolée. À droite s'élevait l'église du XVe siècle, Saint-Anselme, séparée de la maison par le cimetière. La moitié environ des trois hectares de vergers s'arrondissait de l'autre côté. Le reste s'étendait derrière le jardin clos, à l'arrière. En fait, on pouvait dire sans mentir, ce que Benny se murmura à elle-même, que l'endroit était coupé du monde. Bien sûr, il y avait le téléphone, mais pas dans toutes les pièces. Et si quelqu'un s'introduisait dans la maison et qu'elle n'ait pas le temps d'atteindre l'appareil?

Elle demeura immobile, aux aguets. Petit à petit, elle se rendit compte que ce silence, qui ne l'avait jamais troublée, n'était pas du tout du silence. Par exemple, il y avait les freux dans les ormes qui flanquaient l'allée de l'église, un bruit de fond discordant et continu. Elle les entendait maintenant comme pour la première fois. Un «parlement de freux», avait dit un jour Carey. Étant donné les vilains bruits qu'ils produisaient, graillements et grattements, l'expression semblait parfaitement appropriée.

Benny se rappela qu'une fois, elle était allée fleurir une tombe et, en reculant, elle avait marché sur un freux mort. Il avait cédé mollement sous son pied, une bouillie de plumes roides, d'une substance rouge, gluante, et grouillant de vers. Écœurée, Benny avait été inondée de sueur froide. Elle ressentait la même chose à présent : un froid sournois, nauséeux.

Une tasse de thé, c'est ça qu'il me faut ! Même quand elle faisait attention – inutilement, désormais, puisque Carey n'était plus malade en haut –, tous ses gestes déclenchaient un vacarme étourdissant. L'eau jaillit du robinet de cuivre, la tasse et la soucoupe de porcelaine se heurtèrent dans sa main. Puis l'antique frigo, haut, beige sale, à la poignée de chrome rouillée, ressuscita subitement en vrombissant. Et le voilà qui se met à trembloter, à grelotter. Trembloter, grelotter.

Benny s'assit à table. Elle alluma la radio puis l'éteignit aussitôt, se rendant compte qu'elle ne pourrait pas entendre si quelqu'un approchait de la maison. Au-dessus de sa tête un séchoir de cuisine en bois, hissé jusqu'au plafond et drapé de serviettes, grinça légèrement. Voilà qui est singulier, pensa Benny en penchant la tête en arrière et en levant des yeux effrayés. Pourquoi se mettrait-il à bouger ? Pas de fenêtre ouverte. Pas de courant d'air. Et pourtant, il bougeait. En fait, il se balançait...

Carey avait dit une fois que Benny se sentirait perdue si elle n'avait pas un motif d'inquiétude. En effet, elle n'avait pas souvenir d'une époque exempte d'une anxiété fluctuante. « Et si ? » gouvernait sa vie. Elle ne pouvait s'empêcher d'insuffler une vague terreur aux situations les plus anodines, les plus bénignes. Et le moindre instant de bonheur était aussitôt terni par l'incertitude angoissée de l'instant qui suivrait.

Personne, Benny encore moins que les autres, ne parvenait à comprendre pourquoi il en était ainsi. À en croire les manuels de psychologie, elle aurait dû être aussi insouciante qu'un oiseau. Enfant désirée, elle avait été élevée sans excès d'imagination par des parents aimants et placides. Timide, indifférente et extérieurement sereine, elle allait à l'école, faisait ses devoirs, jouait parfois au tennis, quoiqu'elle eût toujours préféré la lecture aux jeux, connut quelques amitiés banales, dans une existence banale.

Adolescente, elle allait de temps à autre aux bals du village où son visage sérieux, lunaire, et ses cheveux fins, rares (après une sévère attaque de teigne, ils n'avaient jamais repoussé convenablement), d'un châtain terne, n'attiraient guère l'attention. On l'invitait rarement à danser et, de toute façon, elle s'en allait bien avant la fin pour être sûre de rentrer en toute sécurité chez elle. La peur ne la quittait jamais. Jamais. *Et si ...?*

Soudain, un cri perçant. Perdue dans ses souvenirs, Benny cria de même, bondit en renversant sa chaise. Mais ce n'était que la bouilloire. Elle redressa la chaise et entreprit de préparer son thé, contente que personne n'ait été témoin de sa stupidité. Elle pouvait s'offrir une nouvelle bouilloire, maintenant. Une silencieuse, qu'on branche. Carey avait tenu au sifflet depuis que Benny avait laissé la précédente bouillir jusqu'à ce que le fond se détache.

En sirotant son Earl Grey, elle se força à penser au dîner. Mallory, qui avait prévu que la compagne de sa tante, une fois seule, sombrerait dans une triste apathie, avait insisté pour qu'elle se nourrisse convenablement. Kate avait fait des provisions au supermarché avant de partir et le congélateur était rempli. Et pour ce soir, il y avait une bonne petite limande fraîche.

Benny s'était à peu près calmée quand elle entendit le cliquetis de la grille. Elle s'assit brusquement, le dos droit, sur le qui-vive. Qui cela pouvait-il être? Pas de facteur le dimanche. Des pas résonnèrent sur l'allée de briques patinées. Donc, on ne cherchait pas à se cacher. C'était rassurant. Elle se précipita à la fenêtre et se hissa sur le bord du vieil évier en pierre. Elle se tortilla, se pencha de biais et appuya aux petits carreaux sa joue rebondie. Sous cet angle, en fermant un œil et en clignant de l'autre, il était possible, à travers le treillis du porche, d'entrevoir le visiteur.

C'était un ami. Probablement son meilleur ami, maintenant que Carey était partie. Réconfortée, un peu exaltée même, Benny se hâta d'aller ouvrir.

*

*   *

Les villageois de Forbes Abbot avaient depuis longtemps renoncé à se mettre d'accord sur ce qui se passait exactement entre cette vieille toquée de Mlle Frayle et le très respectable (en apparence) Dennis Brinkley. Franchement incapables d'imaginer aucune sorte de relation d'ordre sexuel, les gens se perdaient en conjectures : que pouvaient-ils fabriquer d'autre, tous les deux? Alors on avait simplement étiqueté le duo ennuyeux « couple qui promet », et on le laissait aller son bonhomme de chemin. Ce que faisait le couple en question, avec une réticence pleine de dignité, sans guère avoir conscience d'être objet de spéculations : Benny, parce qu'il ne lui serait jamais venu à l'idée qu'on pût la juger assez intelligente ou séduisante au point de susciter des commentaires ; Dennis, parce qu'il présumait que le manque total de curiosité dont il faisait preuve à l'égard de son prochain était naturellement réciproque.

Forbes Abbot n'avait pas toujours été aussi confiant. C'était chose admise quasiment depuis le premier jour : la contribution de Benny Frayle à la vie du village comptait pour du beurre. Mais on avait placé de grands espoirs en Dennis. On ne tarda pas à découvrir qu'il exerçait une profession libérale, associé dans un cabinet-conseil prospère et qu'il possédait une propriété de dimensions respectables quoique étrangement transformée, dans la partie chic du village. En cette qualité, il aurait pu prendre sa place dans la communauté et jouir de la considération générale. Le conseil municipal l'aurait accueilli à bras ouverts ; idem pour le club du Vin Maison. Cependant, il ne fallut pas longtemps aux villageois pour reconnaître que les apparences étaient trompeuses et que le nouveau venu devait cacher son jeu.

D'abord, bien qu'il fût aussi séduisant que peut l'être un homme d'âge mûr enfermé dans son bureau toute la journée à s'occuper de l'argent des autres, il n'était pas marié. Et puis il y avait cette absence de visiteurs, des deux sexes. Et tout le monde sait ce que recouvre le mot « solitaire ». Mais ce qui provoquait le plus grand malaise chez les gens du cru, c'était le violon d'Ingres de Dennis Brinkley.

Chacun se doit d'avoir son violon d'Ingres, c'est chose entendue. Ça vous maintient dans le droit chemin et vous empêche d'être dans les jambes de votre femme. Un peu de bricolage, de jardinage, de boules ou de billard, des occupations mystérieuses dans la remise – parfait. Des machines à tuer, c'est autre chose.

Non que tuer *per se* soit vu d'un mauvais œil. Après tout, on était à la campagne. Ils étaient quelques-uns dans le village et dans les fermes alentour à posséder un fusil en toute légalité, comme plus d'un lapin ou d'un faisan l'avaient découvert à leurs dépens. Une ou deux personnes qui prenaient le sport au sérieux étaient membres d'un club de tir à Causton, ce qui leur valait d'être considérés comme des types très bien. Il faut que jeunesse se passe, n'est-ce pas?

Le problème, c'était l'échelle. Un homme, un fusil, une cible : c'est logique, rien à dire. Mais des armes de destruction massive entre les quatre murs d'une maison... Et, en plus, ce n'était pas tout le monde qui pouvait les reconnaître, ces armes.

Des souvenirs de guerre, normal. Médailles, carnets de rationnement, casque allemand, obus, masques à gaz : ces reliques à valeur sentimentale pouvaient rappeler le bon temps aux gens d'un certain âge. Mais il fallait être un tas de poussière vieux de six siècles, comme une pointure en histoire l'avait expliqué au pub Horses and Hounds, pour se délecter au souvenir des monstruosités de Brinkley.

Avant d'emménager dans l'ancienne école primaire, Dennis avait malmené les lieux.

C'était à prévoir : une école n'est pas un logement. Mais au lieu d'opérer une coquette transformation, il avait fait abattre toutes les cloisons, démolir les plafonds pour ne laisser qu'une immense coque vide renforcée par des poutrelles métalliques. Un appartement modeste avait été aménagé, qui occupait à peine un tiers de la surface. Tout ceci suscita force bavardages et spéculations, que le contenu du camion de déménagement – quelques caisses et du mobilier banal, vieillot – contribua largement à désamorcer. C'est alors qu'une semaine plus tard arrivèrent les machines.

Non qu'on les identifiât comme telles. Démembrées, les parties massives aux formes étranges avaient été acheminées dans des caisses fabriquées sur mesure. Quatre hommes les avaient transportées dans la maison et étaient ressortis des heures plus tard avec les caisses démontées et cordées ensemble.

Peu après, d'autres hommes étaient apparus, munis d'échelles et d'échafaudages, avaient fait des allées et venues durant trois jours, cognant et tapant du marteau. À la minute où ils étaient partis, le village était là, à commencer par le chef de la Surveillance et consorts. Les autres suivaient, par ordre d'ancienneté. Hélas, ils furent tous déçus. On les reçut courtoisement, on les introduisit dans le petit living mais ils ne furent pas encouragés à jeter un coup d'œil. Ainsi en fut-il durant les dix années qui suivirent.

Rares étaient donc les gens du cru destinés à voir les constructions assemblées dans toute leur gloire, car les fenêtres de la salle aux machines étaient très hautes et fort étroites. Même en sautant, on ne pouvait entrevoir qu'un bout de corde pendante. Ou une énorme griffe de fer.

Mais Mme Crudge, qui était autorisée à cirer le parquet où les machines étaient installées, faisait des rapports sensationnels sur leur extraordinaire apparence. Paraît-il, il y avait un grand carton imprimé sous verre près de chaque engin, présentant l'historique détaillé de son épouvantable potentiel. Certains étaient même complétés par des illustrations qui avaient positivement retourné l'estomac de Mme Crudge. Pire que la chambre des Horreurs au musée de Mme Tussaud. Pas des plus sympathiques, comme violon d'Ingres. Et elle avait tout à fait raison. Car, pour Dennis, les machines de guerre n'étaient pas un violon d'Ingres, c'était une passion dévorante.

Il se rappelait avec netteté le moment où cette passion avait pris corps. Il avait quatorze ans et jusque-là n'avait montré aucun intérêt à quoi que ce fût. Il ne faisait pas de sport et n'avait pas d'amis, en tout cas aucun qu'il amenât à la maison. Quelque peu honteux, ses parents finirent par admettre que leur enfant unique était ennuyeux comme la pluie.

Il n'y avait qu'un poste de télévision à la maison et le père de Dennis surveillait de près la télécommande. Alors Dennis lisait, parce qu'il n'avait rien d'autre à faire. Comme il semblait indifférent aux sujets, la mère changeait à la bibliothèque les livres de son fils avec les siens. Elle essayait de choisir un assortiment intéressant : romans pour adolescents, récits d'aventures – voile, montagne, etc. –, biologie, sciences naturelles, histoire. Ce fut dans ce rayon qu'elle tomba sur un ouvrage intitulé : *L'Arsenal du Soldat du XII*e *au XVI*e *siècle..*

Dennis l'ouvrit, aspira un bon coup, et s'écria : « Ouaouh ! Regarde un peu ça ! »

La page en question montrait un truc pour briser les genoux, les coudes et le cou, et dévisser la tête du prisonnier jusqu'à faire craquer la colonne vertébrale. Mme Brinkley avait à peine exhalé un soupir de protestation que son fils, serrant le livre sur son cœur, se précipita dans sa chambre et, au contraire de l'infortuné sur l'illustration, tout alla de mieux en mieux pour lui.

Durant les vingt ans qui suivirent, Dennis fouilla dans l'histoire à la recherche de la moindre bribe de renseignement existant sur l'époque en question. Ses étagères étaient bourrées de livres sur le sujet. Il passait ses vacances dans tous les musées du monde, penché sur des manuscrits décrivant des batailles ; il photographiait les armes, les armures et toute la lourde et meurtrière machinerie de guerre de jadis. Les modèles réduits étaient très fragiles, et il n'obtint qu'une seule fois, dans une bibliothèque à Vérone, l'autorisation de reproduire un document. C'était une carte montrant la bataille de Montichiari (mille lances, sept cents archers). En touchant le parchemin usé, ivoire, il sentit la terre chaude et dorée couler, écarlate sous ses doigts, mêlée au sang des guerriers.

Petit à petit, il se constitua une modeste collection : un faisceau d'arcs d'un équilibre exquis ; un affût de canon surmonté d'une immense arbalète, si lourde qu'il fallait deux hommes pour manœuvrer le carreau ; un casque rouillé avec une crête en crin de cheval et des charnières.

Il avait presque atteint la quarantaine quand il lui vint à l'esprit que rien ne l'empêchait de posséder le fac-similé d'une de ces grandes machines de guerre. Il dessina des plans précis, bien que la machine ne fût pas destinée à fonctionner jamais. Il commença avec le trébuchet, une catapulte géante en cuir sur un treuil dans un cadre de neuf mètres de hauteur, qu'on utilisait pour projeter pierres ou liquides bouillants par-dessus les murailles des châteaux. Il fit suivre cette machine d'un beffroi, une tour mobile capable de recevoir une centaine d'hommes, et se mit en quête d'un artisan qui eût les compétences nécessaires pour les construire. Ceci fait, il commença à chercher une propriété susceptible de loger ses nouveaux trésors.

Dennis avait été enchanté par l'achat et la transformation de Kinders. Il ne se passait pas un soir qu'il n'entre dans le vaste espace qui abritait les machines de guerre. Il aimait surtout s'y trouver au crépuscule, quand leurs ombres grotesques se mêlaient, s'imbriquaient, s'étalaient comme une brume grise sous ses pantoufles.

En parcourant la salle, il s'imaginait entendre le sifflement d'innombrables flèches. Ou le grincement d'un câble quand l'immense fronde de cuir du trébuchet était hissée en position de lancement. Petit à petit, au fil des années, le spectacle devenait plus net, s'enrichissant d'un nombre croissant de détails macabres, puis du fracas, et, tout récemment, de l'odeur du carnage.

Pendant longtemps, ces extraordinaires récréations historiques ne survenaient que lorsque Dennis était confiné dans les limites de la salle de guerre. Quand il en refermait la porte, le bruit et la fureur se dissipaient aussitôt. Mais, depuis peu, le passé avait ouvert une brèche dans son esprit. Une fois, à sa grande inquiétude, cela s'était produit au bureau pendant une discussion avec deux de ses employés. Parfois, les gémissements des blessés, les cris de terreur des femmes et des enfants troublaient son sommeil.

Naturellement, Dennis gardait pour lui ces expériences effrayantes. Cependant, les souvenirs quotidiens de ces horreurs nocturnes finirent par le miner et il décida de consulter. Répugnant à aller voir un psychiatre – il n'était ni malheureux ni inadapté à la vie normale –, il finit par jeter son dévolu sur une thérapeute spécialiste du rêve. Il raconta son histoire avec embarras. La femme l'écouta, puis proposa diverses interprétations qui lui parurent plutôt loufoques ; elle lui donna aussi le conseil saugrenu d'écrire ses visions et ses rêves pendant un mois. Mais il résolut d'essayer et, à sa grande surprise, le résultat se révéla si satisfaisant qu'il n'eut plus de raison de retourner la voir.

*

* *

Mallory se rappelait avoir discuté un jour avec sa tante de l'amitié qui liait Benny et Dennis Brinkley. Comme la plupart des gens, il trouvait cette relation étonnante, légèrement amusante même, et eut l'imprudence de le dire. La remarque avait fâché Carey : à croire que les gens peu sociables et dénués de charme ne méritent pas d'avoir d'amis. Ou que, si par extraordinaire ils s'en font un, cet ami se doit d'être également banal et gauche.

Après que Mallory se fut excusé, Carey avait consenti à parler un peu de la situation de Benny. Selon elle, la relation ne reposait pas seulement sur la sympathie réciproque, bien qu'elle existât, bien sûr, mais sur un tendre équilibre résultant d'une certitude partagée : ils ne se feraient jamais de mal l'un à l'autre. La timidité pathologique que Benny dissimulait derrière un empressement maladroit et brusque était parfaitement compensée et apaisée par les manières patientes de Dennis et l'intérêt sincère qu'il lui portait. Ils se sentaient à l'aise l'un avec l'autre.

Benny ignorait tout de cette conversation mais, à présent, alors qu'elle se hâtait d'aller ouvrir la porte d'Appleby House, l'expression de son visage confirmait les dires de Carey.

— Entrez, Dennis. Je suis ravie de vous voir.

— J'ai vraiment hésité... Un peu tôt après les obsèques. Mais j'ai aperçu la voiture de Kate qui s'en allait et j'ai pensé que vous auriez peut-être envie d'un peu de compagnie.

— Vous avez raison, comme toujours.

— Nous allons dans la cuisine?

Et ils s'installèrent sur-le-champ à la table marquée par l'usage. Benny jeta son Earl Grey et prépara ce que Dennis appelait une « bonne vraie décoction ». Elle sortit les tasses en porcelaine jaune et bleu au ravissant décor fleuri, des déjeuners, en réalité, mais d'après Carey, on devait se servir des objets comme on voulait : elle coupait la crème glacée avec un couteau à poisson s'il était sous la main, et elle avait même présenté des huîtres, avec les tranches de citron, la glace pilée et les algues, sur un serviteur à gâteaux à trois étages. Eh bien, Carey se ficherait complètement si...

— Oh, Benny, ma chère !

Les larmes tombaient comme des gouttes de pluie. Dennis sortit un grand mouchoir blanc, en secoua les plis immaculés et le déposa près de la soucoupe de Benny.

— Je suis tellement désolé.

— Ouh... ouh... – Reniflante, sanglotante, Benny se croisa les bras sur la poitrine, et se sangla comme dans une camisole de force. Elle s'empoignait les épaules pour soulager sa douleur. – Ça allait bien... tant que tout le monde était là...

Dennis attendait en silence et Benny lui en fut reconnaissante. On lui en avait tant dit durant ces derniers jours ! L'intention était bonne mais les lieux communs édifiants n'avaient pas de sens. Pire, ils étaient irritants. Que connaissait-on de la vraie Carey ? Que savait-on de son goût pour la plaisanterie, et de ses humeurs épisodiques, et de son rire éclatant, et de ses imitations caustiques des notables du village, dès qu'ils avaient le dos tourné ? Elle raffolait des cancans, du bon vin et du tabac corsé. Rappeler tout cela à voix haute, développer, cela prit du temps, et le thé refroidit.

— J'en refais ? demanda Dennis.

C'était davantage une affirmation qu'une question. Il remplit la bouilloire, et quand elle se mit à siffler et à hurler, Benny avait cessé de pleurer.

— Y a-t-il du gâteau ? demanda-t-il, non par avidité, bien qu'il eût un faible pour les sucreries, mais pour distraire son amie.

— Oh oui, oui. – Et Benny de s'affairer à sortir des boîtes du placard dont une tomba et roula par terre. Puis elle se souvint que Polly avait emporté les restes de la réception. – Il n'y a que du gâteau à la pâte d'amande.

— Le préféré de ma mère. – Dennis reprit des tasses. – Alors qu'elle n'aimait pas la pâte d'amande.

— Mais il n'est pas maison. – Benny disposait les tranches sur une assiette presque translucide lisérée d'or quand elle enregistra enfin l'anomalie. – Elle n'aimait pas... ?

— Elle enlevait la pâte d'amande et mangeait la génoise. Je lui disais : « Pourquoi tu n'achètes pas plutôt de la génoise sans rien ? » C'était rose et jaune, si vous vous rappelez, Benny.

— Oh oui, avec du sucre cristallisé.

Dennis continua de parler. Il passa des habitudes alimentaires originales de sa mère à des histoires de famille, dont certaines étaient bien connues de Benny, puis il fit apparaître de singuliers voisins qui habitaient près des Brinkley à Pinner.

— Ils avaient un tatou empaillé. À la nuit tombée, quand il n'y avait personne dehors, ils allaient le promener.

— C'est merveilleux ! – Benny applaudit, ravie. – Il était sur roulettes ?

— Ils le portaient.

— On ne peut pas promener et porter !

Tandis que Dennis brodait sur cette famille entièrement imaginaire, Croydon sauta sur les genoux de Benny et se mit à ronronner, pour la première fois depuis longtemps. Elle plongea les doigts dans la collerette crème et orange et lui massa le cou. Le chat étira le menton pour faciliter les caresses. Petit à petit, grâce à la légère causerie à bâtons rompus, aux pauses de silence et au ronronnement du chat, le cœur de Benny s'apaisa. Ses angoisses de tout à l'heure lui parurent de folles inventions. Il fallait absolument qu'elle s'applique à mettre un frein à son imagination morbide.

Il était fâcheux que Dennis se préparât à lui annoncer quelque chose qui allait bannir cette tranquillité difficilement acquise. Par les ragots et le journal local, Benny apprendrait forcément la terrible nouvelle. Connaissant bien son tempérament nerveux à l'extrême, Dennis tenait à ce qu'elle l'entendît de sa bouche.

Voici les faits. Au village de Badger's Drift, à quelques kilomètres de là, on avait découvert, dans son pavillon, un homme âgé battu à mort. Son petit-fils de dix-sept ans, qui vivait avec lui depuis cinq ans, avait disparu. Les voisins avaient été témoins de disputes incessantes, et le jeune garçon avait déjà eu des ennuis pour vandalisme et bagarres. La police le recherchait et une affiche avec une photo récente avait déjà été mise en circulation.

Benny écouta, en pâlissant peu à peu.

— Et s'il vient ici? s'écria-t-elle enfin.

— Il n'y a aucun risque, dit Dennis avec fermeté. C'est un crime domestique, comme dit la police. Cela veut dire que seule la famille du meur... du coupable est en danger. Et, de toute façon, la police a l'air de penser que le garçon est déjà à Londres.

La dernière phrase était pure inspiration.

— Je suis toute seule.

Benny avait sauté sur ses pieds et semblait prête à s'envoler.

— Benny, écoutez : où voulez-vous passer la nuit? Ici ou dans l'appartement?

— Chez moi. Ici, c'est trop grand.

— Alors, on va aller tout vérifier pour plus de sûreté, d'accord? Puis nous irons acheter ce qu'il faut, des serrures pour les volets ou autres, et je les installerai tout de suite.

— Oh, Dennis ! – Benny se rassit. – Qu'est-ce que je ferais sans vous ?

4

Il y avait longtemps, huit ans pour être exact, même s'il semblait qu'il y eût des siècles, Mallory Lawson avait été un homme équilibré, sain et satisfait. Il avait toujours voulu enseigner et, après avoir quitté Cambridge où il étudiait la biologie, il avait été diplômé de troisième cycle en pédagogie à Homerton et s'était mis à la tâche sans délai. Il avait d'abord postulé un emploi d'enseignant dans un établissement polyvalent à Hertford mais, à sa grande surprise, il n'avait même pas décroché un entretien, en conséquence il accepta un poste dans une excellente école dans les Fens, près d'Ely. Il était déjà amoureux d'une ravissante jeune fille, Kate Allen, qui faisait ses études d'anglais à Girton, et à la fin du premier trimestre dans la nouvelle école, ils s'étaient mariés. Kate avait réussi à prendre pied dans une grande maison d'édition londonienne, première étape vers la réalisation de son ambition de devenir éditrice, et se rendait à Londres tous les jours.

Jeunes et sans enfant, les Lawson louèrent un petit appartement à Cambridge plutôt que de se mettre sur le dos un crédit immobilier. Ils recevaient des amis, allaient au concert et au théâtre, prenaient de longues vacances coûteuses et profitaient bien de la vie en général. Tant que Mallory fut à Little Felling, il continua à écrire et à faire de la recherche, il publia plusieurs articles, dont « La migration du cygne chanteur » dans la revue *Nature*, très favorablement accueilli par la critique. Lors d'une conférence, il rencontra le directeur d'un lycée sous contrat à Cheltenham, qui lui suggéra de postuler la direction des sciences, quand le poste serait vacant à la fin du trimestre. Ce que fit Mallory et, après deux semaines d'appréhension et deux entretiens, il obtint le poste désiré.

Kate était enceinte à cette époque-là. Extrêmement heureux tous les deux, ils prirent soudain conscience qu'il était temps de s'installer. D'agir en adultes responsables. Acheter une voiture et, bien sûr, une maison. Jumelle de quatre pièces, pour commencer. Ayant laissé leur adresse aux agences immobilières de Cambridge, ils furent étonnés par la documentation qu'ils commencèrent à recevoir par la poste. Ils savaient que les prix avaient triplé à Cambridge durant les dix dernières années mais il s'agissait d'une ville universitaire. À Oxford, il en était de même, si ce n'est pire. Mais là, c'était la campagne, bon Dieu !

Enfin, comme ils désiraient tous deux vivre à Cheltenham, ils choisirent une maison victorienne, souscrivirent à un emprunt de cent pour cent et consacrèrent leurs économies à refaire l'installation électrique, la décoration et à se meubler. Kate abandonna son emploi pour travailler à la pige ; les bons correcteurs étant des oiseaux fort rares, elle n'eut aucun mal à trouver du travail. Elle ralentit quelque peu le rythme après la naissance de Polly et se mit à faire des lectures de manuscrits, occupation beaucoup moins accaparante, plus facile à laisser et à reprendre au gré des caprices d'un enfant pleurnicheur. Médiocrement payée mais on ne peut pas tout avoir.

Ainsi vivaient et prospéraient les Lawson. Kate nourrissait la famille, Mallory payait les remboursements, les diverses factures ainsi que l'entretien de la voiture. Intelligente, entêtée, déjà dissimulée, Polly s'épanouissait. Elle se révéla bonne en sciences, exceptionnelle en maths et très bonne en sport, sur le terrain et en dehors. Elle était réclamée dans toutes les équipes.

Mallory enseignait depuis bientôt dix ans au lycée de Willoughby-Hart quand le poste de censeur se libéra et on lui suggéra discrètement de déposer sa candidature. Sa demande reçut un avis favorable. C'est alors qu'un an plus tard il se produisit un événement qui changea leur vie, pour le pire.

Quelque temps après cette catastrophe, alors qu'ils s'enfonçaient lentement dans le désespoir, Kate revint sur l'époque heureuse de Cheltenham et s'étonna de sa propre complaisance. Mais n'est-ce pas l'attitude générale tant que tout va bien ? On s'exclame, on secoue la tête, on soupire en apprenant le malheur des autres aux informations ; on se délecte à regarder *Crimewatch*[1]. Comme s'il s'agissait d'un feuilleton policier, en plus pimenté parce que pour de vrai. Voyeurs, tous tant que nous sommes, persuadés que cela ne peut pas nous arriver, à nous.

1. Émission télévisée qui diffuse des informations sur les crimes non élucidés à laquelle le public est invité à participer.

La chute commença avec une émission télévisée prise en cours de route par hasard, tard le soir. Mallory allait éteindre le poste après les informations de la nuit pour se coucher quand son attention fut fatalement attirée par le générique d'un documentaire sur une école secondaire, dans une région défavorisée du Nord-Est de l'Angleterre. Des bâtiments défigurés dans un paysage défiguré, où on luttait pour maîtriser, voire même éduquer, des enfants marqués à vie. Ce que les média appellent une école « dépotoir ».

Mallory resta longtemps sans bouger, toute la nuit en fait, après la fin de l'émission. Il ne pouvait chasser de son esprit les visages pincés, amers, désespérés. Un sentiment de culpabilité, de honte même, l'envahit peu à peu. Il repensa à son idéalisme juvénile, aux discussions acharnées avec les copains qui le jugeaient fou parce qu'il voulait enseigner dans les mauvais quartiers. C'était gâcher son diplôme de Cambridge. Furieux, il rétorquait alors : était-ce du gâchis que d'ouvrir des fenêtres dans la tête d'enfants défavorisés, d'y faire pénétrer la lumière et l'espoir, de transformer leur vie? Ce qui provoquait larmes et moqueries ; on souhaitait sincèrement que, dans le film qu'on tirerait de son histoire, Tom Hanks jouerait le rôle de Mallory.

Quelle serait devenue sa vie s'il avait obtenu le premier poste qu'il avait demandé? Celui dans le collège polyvalent? Dès le début, Kate avait compris et partagé ses ambitions ; ils auraient été tout aussi heureux. Ils auraient eu Polly. Et il aurait été un peu utile dans ce monde.

C'est cette réflexion qui fit mouche. Car Mallory avait bien conscience que, s'il quittait son poste actuel, les enfants n'y perdraient absolument rien. La réputation de l'école était telle qu'il serait rapidement remplacé par quelqu'un d'au moins aussi compétent. Alors qu'il y avait des endroits où sa présence pouvait tout changer.

Il s'imagina embarqué dans des situations dramatiques où non seulement ses talents pédagogiques mais son cœur, son âme et la moindre parcelle de son énergie seraient mis à l'épreuve. Soudain, à trois heures du matin, dans une pièce vide et totalement silencieuse, il sentit se réveiller la foi dont il avait presque oublié l'existence. L'ambition, de nouveau, pétilla en lui, il renaissait à la vie, la tête bourrée de perspectives exaltantes.

Plus tard, en préparant le petit déjeuner pour Kate et Polly, Mallory se mit à réfléchir pour de bon. Ce serait un sacré bouleversement, la famille devrait consentir un énorme sacrifice. En songeant à l'aisance de leur vie jusqu'ici, il reconnut que pour la première fois il serait beaucoup exigé d'eux trois.

L'école Ewan Sedgewick dans le sud-est de Londres passait sans cesse des petites annonces dans le supplément pédagogique du *Times* et dans le *Guardian*. À l'époque, ils cherchaient des professeurs dans presque toutes les matières ainsi qu'un proviseur. Mallory demanda un dossier de candidature. Après tout, cela ne l'engageait à rien. Quand il eut complété et renvoyé les papiers, il s'exhorta à l'indifférence. De toute façon, sa brève expérience en tant que censeur ne lui permettait guère de prétendre au poste de directeur d'un grand collège polyvalent dans un quartier défavorisé. Mais, quinze jours après, il fut convoqué pour un entretien durant lequel le conseil d'administration s'appliqua poliment à cacher son ahurissement. Une semaine plus tard, on lui proposait le poste.

Kate, qui jusque-là avait toujours encouragé et soutenu dans leurs entreprises son mari et sa fille, eut toutes les peines du monde à dissimuler sa consternation face à cette nouvelle situation préoccupante.

Chose surprenante, étant donné les amis qu'elle s'était faits et son goût pour divers aspects de la vie à la campagne, Polly fut immédiatement enthousiaste. C'est bien connu : Londres, c'est géant ! Avec une assurance qui frisait l'imprudence, source de nombreux ennuis dans sa vie future, elle attendit avec impatience leur prochaine installation pour pouvoir aller traîner dans les rues.

L'argent allait constituer le principal souci. Leur crédit était loin d'être remboursé et ils savaient que les prix dans la capitale étaient exorbitants. Un dédommagement dérisoire de trois mille livres passa presque inaperçu. Pour tout arranger, Kate refusait que Polly pâtisse du brusque accès d'idéalisme de son père en fréquentant une école de troisième ordre. Ce qui excluait les quartiers relativement abordables. Mallory, qui se sentait coupable de vivre au-dessus de ses moyens avant même d'avoir pris ses nouvelles fonctions, fit valoir l'argument rebattu que les écoles pauvres ne s'amélioreraient jamais si les classes moyennes les désertaient. Kate n'en démordit pas. Pour la première et la dernière fois de leur vie conjugale, les Lawson furent à deux doigts de la guerre totale.

Kate finit par l'emporter. Ils trouvèrent une excellente école à Parsons Green et achetèrent une maison de trois pièces dans le quartier en engageant le modeste bénéfice retiré de la vente de celle de Cheltenham, et en empruntant le double du salaire annuel de Mallory plus cinquante mille livres supplémentaires sur les gains de Kate, ce qui montait leur crédit à cent soixante-dix mille livres. Elle retourna travailler à plein temps et, au début du mois de septembre, Mallory entra en fonction à Ewan Sedgewick.

Son arrivée coïncida avec le versement d'une subvention modeste consentie au collège. On avait fait des réparations, repeint les bâtiments, touché de nouveaux bureaux. Le gymnase fut équipé et on fit l'acquisition de quelques instruments de musique. Cinq nouveaux professeurs vinrent grossir les rangs du personnel permanent, cynique et écœuré. Ils étaient nombreux à s'absenter, en raison du délabrement de leur santé physique et/ou mentale.

Petit à petit, Mallory prit la mesure de la lourde responsabilité dont il s'était chargé. Observable à un moindre degré partout où il avait travaillé, la violence prenait à Ewan Sedgewick une forme de sauvagerie organisée véritablement effrayante. La drogue était omniprésente : vendue, achetée ou échangée ouvertement. Un professeur avait récemment tenté de s'interposer. La nuit suivante, sa fille adolescente était rentrée à la maison couverte de bleus, les vêtements déchirés. Peu après, on avait rempli sa boîte aux lettres d'essence, ajouté des allumettes avec ces mots « La prochaine fois », placardés sur la boîte.

Mallory découvrit tout cela progressivement. Il découvrit les enfants violents, les enfants malades mentaux, les enfants prostitués, les enfants enceintes, les enfants qui n'étaient plus du tout des enfants – qui peut-être ne l'avaient jamais été. Souvent, devant les parents qu'il convoquait, il s'émerveillait que leurs rejetons soient encore en vie. En un mois, à Ewan Sedgewick, il eut affaire à plus de policiers que durant toute sa vie.

En dépit des apparences, la majorité des élèves continuaient de lutter, avec des professeurs usés et désenchantés, ou des visiteurs qui ne savaient rien d'eux, n'avaient aucun désir de savoir ; à peine avait-on le temps de se familiariser vaguement avec leurs figures qu'ils disparaissaient.

Mallory s'accrocha. Durant les quatre années qui suivirent, et malgré l'espoir fortement ébranlé, il trouva tant bien que mal la force et l'énergie de poursuivre sa tâche. Écrasé sous une montagne de paperasserie, terrassé par des professeurs querelleurs, une administration incompétente et des finances indigentes, il contint vaille que vaille le grand flot de désespoir qui menaçait constamment de le submerger. Il s'évertua à rester disponible pour les enfants en difficulté qui lui étaient confiés, même pour celui qui lui avait planté un tournevis dans la main. Alors, un événement terrible se produisit.

Deux hommes, l'un se prétendant l'oncle d'un élève de douze ans, se présentèrent à l'école en prétextant que la mère avait eu un accident et qu'ils venaient chercher l'enfant pour le conduire à l'hôpital. On laissa partir le gamin. Ne voyant pas son fils rentrer à la maison, la mère contacta l'école. Mallory prévint la police. Plus tard, dans la soirée, on retrouva l'enfant qui errait sur le trottoir à quelques kilomètres de là, traumatisé, nu et en sang.

Mallory assuma l'entière responsabilité de cet incident affreux alors qu'il n'était pas présent à l'école à ce moment-là. Ce n'était que justice, mais il s'en ressentit profondément. Il comprit qu'il n'était plus en mesure d'exercer ses fonctions, tout en sachant qu'il y était obligé. Il avait déraciné sa femme et sa fille, avait plongé la famille dans de lourdes dettes, en vertu de ce qui lui apparaissait maintenant comme un rêve larmoyant et sentimental. Il se rappelait avec amertume comment, soulevé par des vagues de vanité naïve, il s'était vu se battre pour transformer une école prétendument irrécupérable. Il s'était même vu donner des conférences ici et à l'étranger. Célèbre pour avoir...

Écœuré par la grandiloquence de ses idées passées, Mallory se mit à chercher un autre poste de directeur car il ne pouvait se permettre la moindre diminution de salaire. On accusait réception de ses demandes mais on s'en tenait là, généralement. Les deux entretiens qu'il était parvenu à obtenir se conclurent très rapidement car, à la vérité, on flairait en lui les relents de l'échec et de la névrose. Il fut dès lors forcé de rester à Ewan Sedgewick. Pour garder sa raison, il se borna aux contacts strictement nécessaires, s'endurcit et se défendit de tout engagement affectif à l'égard du personnel enseignant ou des enfants.

Mais le prix à payer fut exorbitant. Toujours conscient de la pression qui s'exerçait sur les murs de sa prison, Mallory ne pouvait jamais se détendre. Bientôt, il lui fut impossible de dormir sans somnifères. Pour la première fois de sa vie, il souffrit de violents maux de tête et de dos. Il avait peine à respirer. On lui prescrivit des tranquillisants, il se mit à boire, et sa libido sombra dans le néant. Les derniers temps, il avait été secoué de spasmes violents au milieu de la nuit et s'était retrouvé incapable de bouger. Ignorant qu'il était à quelques jours de sa délivrance, il avait sangloté de peur.

*

* *

Bien qu'il eût toujours su qu'il hériterait d'Appleby House, Mallory n'avait jamais compté sur ce legs. C'était la maison de sa tante, et non le jeton d'un jeu immobilier. De toute façon, il aimait beaucoup trop Carey pour miser sur sa mort. Mais quand, finalement, elle disparut, Mallory, pourtant sous le choc, ne put se défendre de prendre en considération le changement que l'événement apporterait dans sa vie et il s'émerveilla qu'une fenêtre se soit enfin ouverte, laissant pénétrer lumière et espoir dans le trou infernal qu'était devenue sa vie.

Au milieu de la semaine suivant l'enterrement, ils étaient tous deux dans l'enclos, derrière la maison, en train de contempler le coucher du soleil en buvant du meursault. Kate avait peint les murs d'un bleu doux et délavé. Des poteries grecques où poussaient chèvrefeuille et clématites, et une petite fontaine à tête de lion embellissaient quelque peu l'endroit sans parvenir à donner le change : c'était une cour exiguë en brique et en béton. Kate avait toujours du mal à croire que leur maison était en vente à quatre cent mille livres.

Du rock résonnait sourdement depuis la porte voisine, la grosse Lucy chantait à pleins poumons « Nessun dorma » de l'autre côté, et les avions vrombissaient au-dessus d'eux. En proie au chaos permanent qui faisait rage dans sa tête et à l'extérieur, Mallory remarquait à peine le bruit du voisinage. Mais Kate, surtout quand Polly vivait encore à la maison, le supportait difficilement et avait fréquemment recours aux boules Quiès. Elle avait toujours attendu avec impatience les visites à Forbes Abbot. Parfois, elle en rêvait. Baignée de soleil, de calme et de silence, elle marchait dans les champs de blé parmi les fleurs de mai. La perspective d'aller s'installer là-bas définitivement, d'y vieillir avec son mari, la comblait de joie. Bien sûr, ce n'était pas pour demain ni même pour la semaine prochaine. Il y avait encore des tas de choses à régler et cela prendrait du temps, mais bientôt...

Ils avaient passé ces trois heures à parler d'argent. Mallory prenait sa retraite anticipée et ne pouvait donc s'attendre à une pension complète. Pourtant, il avait travaillé vingt-six ans, les sept dernières années au sommet de sa carrière, et pouvait espérer autour de vingt-trois mille livres par an. Ce n'était pas le Pérou mais cela couvrirait leurs dépenses de base. L'argent provenant de la propriété de sa tante resterait sagement placé. Le revenu du verger serait consacré à l'entretien de Polly pendant sa dernière année d'études. Après quoi, elle serait indépendante et, heureusement, loin d'être sans le sou.

Quant à la maison, s'ils en obtenaient le prix demandé, et Kate en avait reçu l'assurance, l'emprunt serait remboursé et ils feraient un bénéfice de cent mille livres environ.

— Alors, avec ça, était-elle en train d'expliquer, et mes économies, nous voilà bien partis!

— Et sans loyer! s'exclama Mallory. De quoi impressionner les spécialistes.

Il faisait allusion aux auteurs des piles de brochures en papier glacé regorgeant de conseils fournies par banques et administrateurs de biens : «Comment démarrer votre première entreprise», «Vous et votre avenir», «Devenez votre propre patron», empilées sur le bureau de l'ordinateur. Bien qu'assurée de l'aide et des avis de Dennis, Kate tenait à montrer qu'elle avait fait des efforts de son côté.

Hélas, si les banques et les conseillers paraissaient tout disposés à lui prêter de l'argent, les brochures répétaient à l'envi qu'il fallait d'abord trouver un créneau dans le marché pour lancer un produit. Selon les gens bien au fait de la situation, il n'y avait pas de créneau pour le genre de littérature qu'elle souhaitait éditer.

Ce qui ne voulait pas dire qu'il ne s'en publiait jamais. Quelques romans de qualité figuraient au catalogue des grands éditeurs. Et il arrivait, très rarement, qu'un de ces ouvrages étonne la profession en rapportant de l'argent. Mais la plupart étaient publiés pour le prestige et se révélaient une perte sèche, bien que largement compensée par les ventes du dernier Tom Clancy ou Danielle Steel.

Kate ne doutait pas qu'il existât de bonnes choses. Elle avait lu trois manuscrits l'année précédente qui lui avaient paru absolument remarquables. Elle s'était battue pour eux mais, à une exception près, ils avaient été refusés parce que non commerciaux. Celui qui en avait réchappé remportait déjà des prix. Elle se rappelait le choc qu'elle avait ressenti en parcourant les premières pages, et sa joie quand on lui en avait annoncé la publication.

— Tu n'écoutes pas.

— Quoi?

— Tu n'écoutes pas, Kate.

— Si, j'écoute.

— Qu'est-ce que je viens de dire?

— « Tu n'écoutes pas, Kate. »

— Et avant ça?

— Sais pas.

— C'est important.

— Pardon.

— Je disais : n'oublie pas que la première visite est à onze heures et demie demain. – Mallory indiqua de la tête le répondeur téléphonique qui était entre eux sur la table en zinc. – Alors ne va pas te balader.

— Tu parles! – Kate ramassa les notes. Il y avait déjà trois rendez-vous et elle n'avait pris les renseignements que deux heures avant. – Je n'arrive pas à croire au prix qu'ils demandent. C'étaient des pavillons d'ouvriers avant.

— Aujourd'hui, le type qui présente le journal télévisé habite au coin de la rue.

— Ah bon?

Kate ne connaissait presque personne. Les gens allaient et venaient, achetaient et vendaient. L'idée que Londres formait un groupe de petits villages ne s'était guère vérifiée à ses yeux. Ou peut-être n'avait-elle pas fait l'effort de s'intégrer.

— Tu crois que je devrais acheter ce truc qu'on vaporise?

— Quel truc?

— Qui sent comme le pain frais ou le sandwich au bacon. Il paraît que ça donne envie d'emménager.

— Et si on est végétarien?

— Il faut qu'on vende la maison, Mal.

— Elle se vendra. Et alors nous nous installerons à Forbes Abbot et vivrons dans la paix et le silence de la campagne, nous mangerons des pommes et publierons de merveilleux bouquins. Que demander de plus?

Il versa du vin. Kate prit son verre et but une longue gorgée du liquide vert doré. Puis elle reposa la tête sur le coussin à rayures de sa chaise, ferma les yeux et glissa dans une rêverie indolente. Les mots, la paix et le silence... la campagne... manger des pommes... merveilleux bouquins... dans sa tête s'enroulait et serpentait un fil d'or de pur délice.

*

* *

— Ne dis pas non. – Mme Crudge, qui avait rincé le dernier torchon, le suspendait sur le séchoir. – Dis peut-être.

— Mmm...

Benny remarquait constamment des habitudes et des rituels qui pouvaient désormais être honorablement transgressés. L'autre jour, elle avait jeté la bouilloire hurlante. Maintenant, il serait possible de laver les torchons à la machine au lieu de les faire tremper la nuit et bouillir pendant des heures dans la petite lessiveuse en zinc. Cette prise de conscience ne lui procurait aucun plaisir.

— Ouf... – Mme Crudge tira sur la corde en nylon, une main au-dessus de l'autre comme un marin qui danse la matelote. Le séchoir monta en grinçant jusqu'au plafond. Elle enroula la corde bien serrée autour d'un piton dans le mur et s'écria par-dessus son épaule : – Tout est bien propre. Ça te dirait une petite tasse de thé, Ben ?

Cinq minutes plus tard, les deux femmes étaient assises l'une en face de l'autre et remuaient leur breuvage. Mme Crudge repartit à l'attaque, comme Benny s'y attendait. Mais « attaque » n'était pas le mot juste. Elle voulait sincèrement aider. Dommage, simplement, que sa proposition soit inacceptable. Tout à fait impossible. Non seulement impossible mais un peu effrayante.

— Mais je suis anglicane, Doris, dit Benny.

— La religion n'a aucune importance, insista Mme Crudge.

— Même s'il s'agit du paradis?

— Il s'agit du monde de l'esprit.

— Carey disait que tout était dans la tête.

— Mme Fawcett, au club de jardinage, celle qui fait la méditation – Doris prononça ce dernier mot avec un grand dédain –, elle pense que la tête, c'est du vide.

— Ça ne peut pas être vrai, dit Benny. Il doit bien y avoir un support. Sinon, comment pourrait-on voir toutes les images?

Mme Crudge engloutit son thé. Elle n'avalait pas comme tout le monde. Elle ouvrait simplement la bouche et déversait le liquide dedans. Excepté un très rare déglutissement, on aurait dit de l'eau qui s'écoulait dans un tuyau. Même après vingt ans, Benny restait impressionnée par l'étrangeté du phénomène. Doris semblait tout à fait inconsciente de cette faculté extraordinaire.

Elle reposa sa tasse vide et se pencha en avant. Benny tenait bon.

— Tu vas rencontrer des gens adorables, Ben. Très sincères.

— Mais je n'en doute pas.

— Et les enfants viennent aussi. Tu aimes les enfants.

C'était vrai. Elle était très attirée par les enfants.

— Une des médiums amène toujours sa petite fille.

— Ce n'est pas que je ne sois pas reconnaissante...

— J'ai un faible pour Karen. C'est une gamine adorable. Très calme et timide.

— Je ne sais pas...

— Après le service, il y a une dînette : des brioches aux fruits, du pain d'épices. Des roulades.

Benny eut l'air ahurie.

— Comme un gâteau roulé mais avec un cure-dents.

— Je vois.

— Et si on se bagarre un peu, il y a l'imposition des mains.

— Oh là, là!

— Mais ce n'est pas obligatoire. Pourtant... – Sa main rêche glissa sur la nappe à carreaux, se posa sur celle de Benny et la serra doucement. – Tu n'aurais pas besoin d'un peu d'aide dans le domaine en ce moment?

Pas de cette aide-là, pensa Benny. Pas d'aide surnaturelle, merci beaucoup. Elle avait su, dès que Carey était morte, que ce moment viendrait, et elle était reconnaissante à Doris de s'être contenue pendant quinze jours. Quel dommage qu'elle ait choisi un vendredi treize pour dire son fait.

Durant ces vingt et quelques années, Benny en avait beaucoup appris sur la religion de son amie, qu'elle décrivait elle-même comme « terre à terre mais fondée sur l'esprit ». Benny en avait recueilli petit à petit les tenants et les aboutissants. On n'en parlait pas pendant des semaines. Puis une révélation étonnante venue de l'au-delà suscitait des chuchotements passionnés. Mme Crudge, après force louanges sur la médium en question, aboutissait triomphalement à la même conclusion irréfutable : « Alors, comment aurait-elle pu le savoir, *ça* ? »

Ces tête-à-tête n'avaient lieu qu'en l'absence de Carey. Au début, quand Doris Cotterby, comme elle s'appelait à l'époque, en était venue à déballer ses penchants secrets, Carey était tombée à bras raccourcis sur ce qu'elle appelait « des inepties de timbrés ». Alors, aujourd'hui, Benny se sentait en droit de protester : – Je suis sûre que ça déplairait à Carey.

— Mais si, ça lui plaira ! Je parie qu'elle est morte pour avoir l'occasion de te parler.

— Elle disait toujours que les morts n'avaient rien à faire avec nous.

— C'était dans la sphère terrestre. Maintenant, Carey vit dans la lumière. Et elle connaît la vérité.

— Mmm.

— Profites-en, Ben. Pendant qu'elle en est encore au premier niveau éthérique.

Elle n'était pas convaincue. Dans l'éventualité improbable où Carey en était encore au premier niveau éthérique, Benny était persuadée qu'elle n'apprécierait pas d'être rappelée dans la sphère terrestre. Elle serait sans doute en train de siroter un cocktail, de tirer sur un de ses cigares et d'essayer de jouer un rob de bridge. Toute interruption ferait virer l'éther au noir.

— Je crois qu'on ne devrait pas se mêler de ces choses.

Elle hésita. Par nature, elle répugnait à offenser quiconque. Elle poussait ce trait de caractère à l'extrême, cherchant même à se réconcilier avec Croydon quand il boudait ou qu'il était simplement un brin réticent.

— Et puis j'ai entendu des histoires à faire froid dans le dos. Sur les oui-jas et les boules de cristal. Des gens assis dans le noir qui se tiennent les mains. Des coups sur la table... des fantômes...

— On ne se tient pas la main. À moins qu'on en ait envie.

Benny remarqua qu'elle n'avait pas répondu sur les fantômes.

— Et on n'est pas du tout assis dans le noir. L'Église de la Proximité est l'endroit le plus gai qu'on puisse imaginer.

Benny était passée souvent devant le bâtiment, et s'il y avait un mot qu'elle n'aurait pas employé pour le décrire, c'était bien l'adjectif « gai ». Pourtant, tout en se reprochant sa sottise, elle ne put s'empêcher de penser que ce serait merveilleux de recevoir un message de Carey. Peut-être de vive voix. Elle inspira profondément.

— Je vais y réfléchir. – Et elle se hâta de changer de sujet. – Mallory a téléphoné hier soir. Il voulait parler de leur projet.

— Alors, qu'est-ce que c'est ?

— Édition. Ils tiennent beaucoup à ce que je participe. Nous en discuterons quand ils viendront le week-end prochain.

— Tu feras merveille. Tu es comme qui dirait une lectrice.

— Je pourrai être très utile à la réception, je crois. Accueillir les gens, les mettre à l'aise. Carey disait que j'étais vraiment douée pour ça. Je pourrai leur proposer du thé, aux auteurs. Peut-être même mes tortillons.

— Tout à fait ce qu'il faut ! s'exclama Mme Crudge.

*

* *

Dans son bureau, Dennis avait sagement écouté Kate et Mallory lui exposer le projet de leur nouvelle entreprise. Mais sous ses dehors professionnels, en fait, il était tout en émoi. Forbes Abbot qui avait toujours pensé que ce M. Brinkley devait cacher son jeu avait absolument raison. Le jour, un brillant stratège financier, et par inclination, un collectionneur de machines étrangement inquiétantes ; la troisième corde à l'arc de Dennis n'avait été jusqu'ici révélée à personne. Pas même à Benny.

En transcrivant ses rêves, comme la thérapeute le lui avait suggéré, il avait été surpris de découvrir le plaisir qu'il tirait de cette occupation. C'était même exaltant. Il se levait une heure plus tôt que d'habitude, alors que les rêves étaient encore tout frais dans sa mémoire. Loin d'en être contrarié, il avait hâte de s'y mettre, et commençait parfois à écrire avant d'avoir pris son thé.

Quand il n'avait rien à consigner, il s'installait tout de même, relisait ses notes et tâchait de discerner un fil conducteur. S'il n'y parvenait pas, il en inventait un pour tenter d'ordonner son chaos nocturne. Bien qu'il n'eût jamais été bon en anglais à l'école, il découvrit que cette méthode créative lui venait assez facilement.

À cette même période, ses déambulations autour des machines de guerre se ralentirent, se firent plus rêveuses. Il faisait des haltes fréquentes pour étudier les notices encadrées qui détaillaient leur redoutable potentiel, ces notices qui avaient tant inquiété Mme Crudge. Elles montraient des êtres humains, surtout pour donner une idée de l'échelle. L'imagination dès lors bien échauffée, Dennis se mit à les examiner de plus près. Il leur donna de la chair, leur attribua des noms, prenant note de leur âge et de leur probable occupation. Ils finirent par devenir de plus en plus réels. Il les plaça dans un paysage verdoyant de collines, de cascades et de châteaux aux blanches tours, empruntant son fond aux tableaux religieux des Primitifs qu'il avait vus à Florence et à Rome. Il les dotait de femmes, et d'enfants, et d'aventures. Il les affligeait d'ennemis. Petit à petit, un homme plus net, plus passionné que le reste, se détacha au premier plan.

Ce fut alors qu'il abandonna le simple carnet et le Bic dont il se servait jusqu'ici pour écrire ses rêves. Trop timide pour s'avouer ce qui était en train de se passer, il commença néanmoins à prendre l'affaire très au sérieux. Il se procura plusieurs rames d'un vélin de la meilleure qualité et de l'encre noire. Il s'offrit un stylo Mont-Blanc mais se surprit à regretter de n'avoir pas de plume à tailler. Une plume de cygne ou d'oie ou, mieux encore, de corbeau, comme en utilisaient les maîtres cartographes. La vague conscience qu'il avait d'écrire se précisa, et il finit par s'en aviser pour de bon à mesure que le tas de feuillets soigneusement manuscrits grossissait. Il se hâtait de rentrer chez lui, après le bureau, s'accordait à peine le temps de manger, parfois, avant de se replonger dans le monde médiéval.

Lorsque au bout d'un an Dennis parvint au morceau de bravoure qui achevait le roman, il l'écrivit à toute vitesse, étourdi par l'émotion et la joie. Quand tout fut fini (il était trois heures du matin), il releva la tête et regarda autour de lui, ahuri. Le décor ordonné et familier du salon lui apparut comme irréel, étranger. Pour lui, la réalité, c'étaient les tournois. Les gonfanons flottant au vent, les tentes de soie qui oscillaient sous un ciel cuivré, le cliquetis des armes, le fracas des sabots fumants, le cuir grinçant, le crottin et la sueur des chevaux. Les hurlements de haine, les cris d'encouragement. Le sang, partout.

Lorsqu'il eut recouvré un peu de calme, les deux soirs suivants, il réécrivit la scène finale, en dosant les effets, en s'évertuant à garder l'éclat de la couleur, l'énergie farouche, la puissance qui entraînaient inexorablement le roman à sa sinistre conclusion.

Dennis avait l'impression que sa main droite allait tomber. Depuis quelque temps, il avait reconnu la préciosité de ses poses en matière d'écriture mais s'était trouvé incapable de changer de méthode à mi-parcours. Il transcrivit alors sur ordinateur *L'Armurier du roi* en le peaufinant. Il se rappelait encore la sensation enivrante d'autorité qu'il avait éprouvée en frappant la première ligne, l'émotion étrange qu'on ressent à créer un être humain à partir de rien.

Le manuscrit complet comptait près de cinq cents pages et, une fois achevé, Dennis se trouva fort embarrassé. Il se sentait épuisé mais satisfait. Et ses rêves avaient changé. Plus rares, atténués, sans menace. Maintenant qu'il avait un roman qui vivait et respirait dans le coffre d'officier du salon, sa création demeurait pour lui un mystère. Comment peut-on vivre jusqu'à cinquante ans en ignorant qu'on est un écrivain ? Incroyable. Il ne le dirait à personne, bien sûr. Ce serait trop gênant. Il suffisait simplement de l'avoir écrit, ce roman.

5

Une semaine à peine après la mise en vente du 13 Cordwainer Road, l'affaire était conclue. Les Lawson obtinrent cinq mille livres de leur maison. «Je te l'avais bien dit», fut le commentaire de Mallory.

Les nouveaux acquéreurs avaient une fille jeune et désiraient s'installer dans le quartier, comme les Lawson, à cause des écoles. Heureusement, ce n'étaient pas des investisseurs, et la promesse de vente put être signée sur-le-champ. Le couple était aimable, posait des questions sur le quartier, racontait un peu la vie à Hong Kong, où ils avaient vécu récemment. Ils étaient encore là quand Mallory rentra à la maison. Il ouvrit une bouteille et ils burent à la conclusion de la vente en se serrant la main.

Ceci se passait le lundi soir de la dernière semaine à Ewan Sedgewick. Plus tard, en dévorant le haddock, les croquettes de pommes de terre et les brocolis de chez Marks and Spencer arrosés de tavel rosé, ils se mirent à planifier le déménagement.

Kate avait terminé la correction de son dernier manuscrit le mois précédent. Toutes ses relations dans l'édition, au courant du grand projet, l'avaient vivement encouragée en précisant que la porte restait ouverte si... eh bien... si les choses ne marchaient pas tout à fait comme il se devait. En conséquence, libérée de toute contrainte, elle avait le loisir de trier, de jeter, d'emballer, de faire établir les devis de déménagement. Elle attendait tout ceci avec une furieuse impatience, car elle avait toujours éprouvé une intense satisfaction à se débarrasser des choses. Même un bocal vide ou une boîte de conserve jetés à la poubelle la mettaient de bonne humeur. Il lui semblait, pour un temps, que sa vie était moins embrouillée. Elle avait l'impression parfois que si elle pouvait tout jeter, sauf sa famille, quelques amis proches, les livres et la musique, elle finirait par pénétrer dans un monde serein et équilibré, rempli d'air frais, de lumière et de bonté. Ah!

— Qu'est-ce ça veut dire, ce «ah!»?

— Oh... je rêvais d'Utopie.

— Moi, je rêve de pudding au pain.

— Ce ne sera pas long. – Kate alla dans la cuisine jeter un coup d'œil dans le four. Elle s'écria : – Il faudra que Polly vienne trier ses affaires. Et qu'on décide de ce qu'on emporte.

— Je pense qu'on devrait proposer à Benny de prendre ce qu'elle veut à Appleby House.

— Bien sûr. – Kate revint avec le dessert. – Elle a un tas de cochonneries dans son appartement.

— Mais c'est à elle. Il faudra procéder avec tact. Elle est tout à fait capable de se séparer de choses auxquelles elle tient pour en accepter d'autres dont elle ne veut pas, simplement pour nous faire plaisir.

Tandis qu'ils commentaient l'impossibilité d'obtenir jamais de Benny une réponse simple et directe, le téléphone se mit à sonner. Mallory était le plus proche de l'appareil.

— Poll ! – Il s'épanouit. Ses yeux se plissèrent de plaisir, comme s'il clignait au soleil. – Hé... la maison est vendue.

— On n'a pas encore signé, intervint Kate.

— Ne fais pas attention à ta mère. – Il balaya l'objection d'un revers de main. – L'affaire est dans le sac. – Il écouta. – Je suis heureux... Comme c'est gentil... très gentil de ta part, chérie... N'oublie pas de l'embrasser pour nous. Appelle quand tu rentres.

Kate entendit le déclic du téléphone. Mallory se rassit.

— De quoi s'agit-il ? demanda-t-elle.

— Polly pensait aller à Appleby House pour quelques jours.

— Quelque chose ne va pas ?

— Non, elle s'inquiète un peu que Benny soit toute seule : tu connais Benny, elle s'affole pour un rien.

— C'est pour ça que j'ai essayé de la convaincre de venir avec nous.

— Elle sera plus à l'aise avec quelqu'un là-bas. – Alors que sa femme gardait le silence, Mallory ajouta, sur la défensive : – Je trouve que c'est adorable de la part de Polly.

Kate ne crut pas un instant à cette histoire. Tout en ignorant la raison de ce retour subit à Appleby House, elle était persuadée que sa fille n'agissait que dans son propre intérêt.

*

* *

Voilà que cette fille était de retour! Celle qui se baladait avec quasiment rien sur le dos. Quelqu'un l'avait vue descendre d'un taxi dans l'allée de la maison de Carey, vêtue d'une robe pas plus grande qu'un torchon, tenue par un ruban. Et puis, avait ajouté le curieux en transpirant (M. Lattice, de Mon Repos), pour autant qu'il pouvait en juger, juste un coup d'œil, vous comprenez, apparemment il n'y avait ni dos ni devant.

Polly n'avait pas pensé à téléphoner à Benny pour la prévenir de son arrivée. Celle-ci entendit un claquement de talons anonymes sur les dalles usées, puis un bruit sourd, comme si on lâchait quelque chose, et les talons continuèrent à claquer sur le parquet du living.

Invisible, pâle de frayeur, Benny se recroquevilla dans un grand fauteuil près de la cheminée vide. Elle ne put s'empêcher de se rappeler cette conversation de l'autre jour avec Doris, à vous donner la chair de poule. Et si parler de fantômes, ça les incitait à se matérialiser? Est-ce qu'ils se manifestent en plein jour? Mais ils ne peuvent pas faire de bruit, si? Avec quoi feraient-ils du bruit? Et puis il y avait cet horrible crime à Badger's Drift. On n'avait encore arrêté personne. Et si ce jeune que la police soupçonnait n'était pas allé à Londres, après tout? S'il était venu à Forbes Abbot? Benny retint son souffle et jeta un coup d'œil craintif du coin de son fauteuil.

— Ohhh...! s'exclama-t-elle.

Polly faillit sauter de ses triples semelles compensées.

— Mon Dieu!

— Pardon, je ne voulais pas...

— C'est ma faute, je suis rentrée comme ça. Quelle idiote, cette bonne femme! Pourquoi elle ne ferme pas la porte à clé si elle est hystérique à ce point?

Benny pensa : mais j'avais fermé la porte, non? Et il va faire nuit bientôt. Si elle en arrivait à oublier une chose aussi importante, alors... Elle se leva précipitamment, avec sa maladresse habituelle, pour s'occuper de Polly.

— Tu as mangé, ma chérie? Je pourrais te préparer une omelette. Mais tu veux peut-être faire un peu de toilette avant?

— Non, merci. Mais je prendrais bien un bain, avant de roupiller.

— L'eau ne devrait pas être longue à chauffer.

— Quoi?

— Encore que le chauffe-eau soit capricieux.

— Laisse tomber. Je prendrai une douche.

— Je suis désolée, on n'a jamais trouvé le temps de faire installer une douche.

Polly soupira puis, magnanime :

— Il y a quand même l'eau courante ici?

Sur ce, elle se retira en emportant la radio de Benny qu'elle laissa allumée, assez fort, jusqu'au milieu de la nuit.

Benny se réveilla très tôt et commença immédiatement à se préoccuper du petit déjeuner de Polly. La veille, elle avait sorti du congélateur des saucisses et du bacon mais se rendit compte alors que le menu ne serait sûrement pas du goût d'une jeune femme mince et charmante. Elle demanderait probablement un fruit. Un jus d'orange frais, et les céréales que les Lawson appréciaient, avec des noix. Mais Kate avait emporté la boîte presque pleine. Benny n'avait plus que des flocons d'avoine. Du porridge, ça irait ? Pas très fameux, tout ça.

Polly finit par faire son apparition à midi, et Benny dans son ingénuité trouva qu'elle ressemblait à une princesse de conte de fées. Elle alluma une cigarette, réclama du café et dit : « Bon Dieu, de l'instantané ! » alors que c'était le meilleur de Sainsbury. Toutes les oranges luisantes, les bananes sans tache et la mangue mûre que Benny avait réussi à dénicher dans la petite épicerie de Forbes Abbot restèrent dédaignées sur la table.

— Ma foi, sauter le petit déjeuner, ça donne un merveilleux appétit pour le déjeuner. Tu as une envie particulière, Polly ?

— Je prendrai quelque chose à Causton. J'ai un rendez-vous cet après-midi.

— Et ce soir ?

— Oh, arrête tes histoires, Ben. – Avec un peu de pot, elle serait dans le train pour rentrer chez elle. – Il y aura bien un truc dans le placard.

*

* *

Le taxi déposa Polly près du Magpie Inn. Décidée à être exacte au rendez-vous, elle s'était donné tant de temps qu'elle avait vingt minutes d'avance. Elle pénétra dans le pub, et le regretta immédiatement. L'atmosphère d'après déjeuner était étouffante. Une odeur de friture, d'épices éventées et de cigarettes lui parvint par bouffées de la salle à manger. Polly y jeta un coup d'œil en passant. Le pingouin régnait en maître. Ils étaient partout : ils posaient dans des niches, se perchaient sur les cendriers, escaladaient les rideaux et les banquettes, s'entassaient sur les chaises pour enfants. Un grand en bois, avec un vrai nœud papillon, tenait une pancarte « Bienvenue » où était inscrit le menu.

Polly commanda un Campari-soda avec de la glace. La barmaid prit l'argent et poussa vers elle le seau à glace en ébauchant un sourire aigre. Polly n'y prêta pas attention. Elle était habituée à l'aigreur des femmes d'âge mûr. Des hommes aussi, quand elle les envoyait paître. Cinq ou six personnes étaient accoudées au bar. Elle ramassa un exemplaire froissé du *Times*, s'assit aussi loin que possible et but son Campari en savourant son parfum d'herbe acide.

Bien rafraîchie par son verre, elle quitta le bar, poussa une porte bleue avec un pingouin en tablier et se retrouva dans les toilettes des dames. Elle passa cinq minutes à se considérer avec satisfaction dans la glace.

Elle portait une robe bleue en coton souple qui lui arrivait mi-mollets, pêchée dans la garde-robe de sa mère lors d'une récente visite chez elle, des espadrilles blanches lacées sur des jambes bronzées. Ses cheveux mousseux étaient attachés sur la nuque par un catogan noir en gros-grain. Elle était belle, elle n'y pouvait rien, – ses joues étaient veloutées comme des pêches, – mais elle s'en était bien sortie : elle n'avait pas l'air louche ni trop franchement sexy. Pour la première fois de sa vie, elle regretta de ne pas porter de lunettes. Une monture en écaille aurait apporté la touche finale, lui aurait donné un air concentré, responsable, intelligent et honnête. L'air d'une femme capable de manipuler judicieusement soixante mille livres.

Une fois dehors, Polly traversa la place du marché et consulta sa montre : elle était à l'heure à la seconde près. Elle atteignait l'immeuble quand elle vit un Asiatique, qui tenait un petit garçon par la main, ouvrir la porte. Le gamin serrait un bateau sur son cœur et babillait, tout content, tandis qu'ils montaient l'escalier, Polly sur leurs talons. Puis l'homme ouvrit une seconde porte et Polly entrevit une volée de marches. Il y avait donc un appartement au-dessus des bureaux. Appartenait-il aussi à Brinkley et Latham? Dennis devait avoir pas mal de fric. Elle se trouvait maintenant exactement au même endroit que quelques jours auparavant mais, Dieu merci, débarrassée de ses parents.

— Mademoiselle... – La réceptionniste consulta son registre. – Hum... Layton?

— Lawson.

Manifestement, Gail Fuller avait décidé de ne pas la reconnaître. Un peu sur le retour, celle-là. Sa lèvre supérieure s'ourlait d'une moustache soyeuse, qu'elle avait essayé de décolorer. Parfait, tant que la lumière ne tombait pas dessus, sinon elle étincelait littéralement. Un teint granuleux, masqué par une épaisse couche de fond de teint vermeil. Elle a l'air, conclut Polly, d'une glace marbrée à la framboise.

— Je crains que M. Brinkley ne soit un peu en retard. – Un vague geste de la main vers une chaise dure et étroite, aux accoudoirs en bois. – Asseyez-vous.

Polly s'installa sur un petit canapé, se carra sur les coussins et examina ce qu'il y avait à lire : les journaux du jour, des numéros récents de l'*Economist*, du *Spectator* et de *Private Eyes.* Les minutes passaient, elle était de plus en plus agacée. Quand elle pensait au mal qu'elle s'était donné pour arriver à l'heure !

La porte s'ouvrit et Polly leva les yeux avec impatience. C'était Andrew Latham. Il avait une pile de lettres qu'il lâcha dans un casier marqué « Courrier » sur le bureau de Mlle Fuller. Il adressa un sourire épanoui à Polly, lui fit un clin d'œil avant de disparaître. Il lui déplut autant que le jour de l'enterrement.

Tout était différent de ce qu'elle avait imaginé. Elle s'était vue arriver, Dennis l'attendait pour la saluer dans l'entrée, chaleureux et amical. Il l'introduisait, faisait quelques chichis, s'assurait qu'elle était bien installée, puis entamait une longue conversation à cœur ouvert. En réalité, il s'écoula encore une demi-heure avant qu'elle puisse enfin poser les yeux sur lui.

— Ma chère enfant...

Enfant ? Me plaît pas beaucoup, ça.

— Gail vous a fait patienter ?

Je me serais plus amusée sous anesthésie.

— Tout à fait, Dennis.

— Voulez-vous boire quelque chose ? demanda-t-il quand ils furent dans son bureau.

— Il est un peu tôt pour moi, dit Polly en rougissant.

Elle vit les narines de Dennis frémir et se demanda s'il sentait l'odeur du Campari.

— Je voulais dire une tasse de thé.

— Oh oui, avec plaisir.

Dennis sonna puis se lança dans une série de questions polies. Où étaient ses parents ? Avaient-ils avancé dans leur projet ? Polly allait-elle rester longtemps ? Benny devait être tellement contente d'avoir de la compagnie.

Difficile d'être plus gentille et accueillante que Benny. Et ses parents lui transmettaient leurs amitiés. Quel soulagement pour eux de savoir qu'elle pouvait s'adresser à Dennis. Un vieil ami de la famille.

Une fille entra avec sur un plateau des tasses remplies d'un liquide brun rougeâtre assez fort pour dissoudre le sucre et la cuiller avec. Il y avait aussi une assiette de biscuits. Dennis but avec tous les dehors d'une profonde satisfaction. Polly prit avec méfiance une unique gorgée. Pourvu que ça s'en aille au brossage! Enfin, il repoussa sa tasse, le reste des biscuits, et déclara :

— Alors, Polly, qu'est-ce que je peux faire pour vous, exactement?

— Eh bien...

Elle ne savait plus par où commencer. Elle avait répété plusieurs entrées en matière, en pensant choisir, le moment venu, en fonction d'une juste appréciation de la situation. On y était, et l'appréciation se révéla plus délicate qu'elle ne s'y attendait.

En apparence, Dennis était comme à son ordinaire, un peu paternel. Mais ses yeux étaient perçants. Il ne s'était pas excusé de l'avoir fait attendre. Et si ce retard n'était pas simple oubli mais la manifestation délibérée d'un rapport de forces, petit jeu auquel elle aimait à se livrer elle-même? Une chose était claire : il ne s'agirait pas d'un entretien amical où les affaires n'interviendraient qu'incidemment. Polly jugea plus sage d'employer la manière directe.

— C'est à propos de mon... – Elle s'interrompit en se rappelant que le mot «argent» n'avait pas été prononcé une seule fois durant la lecture du testament. Il valait mieux s'en tenir à cette délicatesse ridicule. – Mon legs.

— Je vois, répondit Dennis qui avait toujours su de quoi il retournait. Eh bien, puisque vous ne pouvez le toucher que dans onze...

— Dix.

— ... mois, mes conseils ne vous serviront pas à grand-chose pour le moment. Le marché est un animal versatile. Ce qui promet de rapporter gros aujourd'hui peut vous ruiner demain.

— Je comprends très bien. – Il lui parlait comme si elle avait six ans. – Je ne sais pas si papa vous l'a dit mais je suis en dernière année d'économie.

— Il me l'a dit. Bravo.

Polly rougit. Elle déglutit. Cette petite tape condescendante sur la tête, c'était le bouquet. Dennis prit un bloc de papier à en-tête et dévissa son stylo.

— Si vous avez des économies à placer, je peux vous recommander...

— Merci, Dennis. Je ne cherchais pas de conseils gratuits. – Des économies! Si seulement... Elle n'avait rien. Seulement cette dette monstrueuse qui grossissait de jour en jour. – Je voulais simplement montrer que je suis tout à fait capable de manier de l'argent. Même... de grosses sommes.

— Polly, là, je ne peux rien pour vous.

Il savait depuis le début pourquoi elle était venue. Bien sûr. Il savait comment ça se terminerait. En ce cas, c'était pour se moquer d'elle qu'il avait accepté de la voir. L'indignation monta en elle. Monta et explosa.

— C'est tout à fait ridicule, vous ne trouvez pas? Je peux voter, avoir un enfant, me faire tuer à l'armée, me marier, gagner à la loterie, commettre des crimes, passer en jugement et aller en prison, mais on ne me considère pas capable de manier soixante mille malheureuses livres.

— Cela paraît très injuste...

— Vous ne seriez pas obligé de mettre mes parents au courant. – Oh, bon Dieu, qu'était-elle en train de dire? Comme s'il pourrait jamais songer à se liguer avec elle contre eux! Tout allait de travers. – Pardon. Ce n'est pas ce que je voulais dire.

— Je comprends tout à fait votre frustration, ma chère. Et je la partage. Mais il n'est pas en mon pouvoir de débloquer cet argent.

L'affirmation, quoique vraie, n'était pas seulement inspirée par la probité professionnelle. Le fait était que le legs, faisant partie de la propriété de Carey Lawson, était déjà techniquement dans les mains des Lawson. Dennis espérait que Mallory aurait la sagesse de garder cela pour lui.

Furieuse, déçue, au bord des larmes, Polly se leva et se dirigea sans grâce vers la porte.

— Polly? – Elle s'arrêta mais se tourna à peine. Sa gorge palpitait. – Vous avez des ennuis?

— Des ennuis? – Elle lâcha un petit rire incrédule. – Franchement, Dennis...

— Et si vous m'en parliez? Je pourrais peut-être vous aider. – Elle serra la poignée de porte. Il y eut une brève hésitation. Il poursuivit : – Les conversations avec mes clients sont confidentielles. Personne ne saura que vous êtes venue me voir.

C'est ça! Personne, hein? sauf Andrew Latham et Miss Poilue à la réception. Tous les employés du bureau. Plus ceux qui m'ont vue monter l'escalier. Elle claqua la porte et s'en alla.

Latham la vit partir. Remarqua les lèvres pincées et les joues rouges alors qu'elle naviguait entre les bureaux. Il ne fut pas le seul. Alors qu'elle disparaissait, Andrew passa un instant instructif à observer les gens qui la suivaient des yeux.

Il alla à la fenêtre En traversant la place du marché, Polly s'arrêta subitement devant la statue de Reuben Cozens, sculpteur de troisième ordre, unique prétention de Causton à la célébrité. Elle s'assit sur les marches près des grosses bottes de bronze, pianota furieusement sur ses genoux, puis pivota avec brusquerie et regarda fixement vers les bureaux de Brinkley et Latham.

Andrew ne s'écarta pas. Il aurait été stupide de bouger. Il était trop tard, elle l'avait aperçu, et reculer aurait paru sournois. Il aurait eu l'air de l'épier. La colère de la jeune fille était évidente, même à cette distance. La position du cou, les épaules rigides. On aurait dit qu'elle allait brandir le poing dans sa direction.

Andrew regarda autre part comme s'il contemplait l'animation de la rue, puis il quitta lentement son poste d'observation. Il aurait donné cher pour savoir ce qu'il s'était passé dans le bureau de Dennis, ce qui l'avait mise dans cet état. Inutile de poser la question, le vieux salaud avec son air pincé était fermé comme une huître quand il s'agissait des clients. Pourtant, rien n'empêchait d'avoir un mot. Un échange banal, normal.

*

* *

— Ah... Dennis.

Tout, chez Andrew Latham, exaspérait Dennis. L'air qu'il affichait toujours en ouvrant la porte marquée « Dennis Brinkley », comme étonné de trouver derrière un homme qui s'appelait Dennis Brinkley. Et ça, ce n'était que le début.

On lui avait imposé Latham sept ans plus tôt, sur la conviction de George Fallon, le propriétaire du cabinet, que les cadres étaient trop nombreux et que l'affaire s'effondrait. Ce qui n'était pas exact, comme Dennis se tuait à le lui répéter. Oui, le cabinet avait grossi avec le temps et on avait engagé du personnel supplémentaire mais il y avait du travail pour tout le monde. Le vieil homme, sceptique, pensait qu'il fallait licencier. Ils étaient dans l'impasse quand, un soir à un dîner au club de golf de sa femme, Fallon s'était retrouvé voisin de Charlie Berryman.

Quinze jours après, la fille de Berryman et son mari visitaient les bureaux de Fallon et Brinkley. Au bout de quelques semaines, à la suite d'une énorme injection de liquide du beau-père, Latham succéda à George Fallon qui partit à la retraite.

Selon Dennis, prendre quelqu'un en grippe à première vue était extrêmement injuste ; en conséquence, il s'efforça d'apprécier les qualités de l'homme. Il dut se rendre à l'évidence : c'était hors de question. Alors il s'efforça d'être poli. Il y arrivait presque toujours, bien que les plaisanteries lourdes et vulgaires de Latham et son manque de tact rendent la tâche ardue.

Les trois quarts des clients de George Fallon avaient reporté leur confiance sur Dennis ou Leo Fortune, son subordonné le plus ancien. Le reste s'en alla. Parfois, Dennis se demandait ce que Latham faisait toute la journée. Il venait à peu près régulièrement, s'installait, remuait des papiers mais recevait peu de visiteurs. Et ceux qui venaient paraissaient de la même farine : des fiers-à-bras bruyants et démonstratifs.

— Vous vouliez quelque chose de particulier, Andrew?

— Nan. – Il cueillit au passage les biscuits qui restaient et se les fourra dans la bouche. Puis il repoussa l'assiette, ricanant en lui-même quand Dennis l'aligna avec précision à côté de sa tasse et sa soucoupe. – Juste une petite visite en passant pour faire la causette.

Dennis avait horreur de cette phrase. C'est ce qu'on disait à la télévision, raison pour laquelle, du reste, il l'allumait rarement.

— Je suis complètement débordé en ce moment, navré.

— Vous devriez souffler un peu, Den.. Ça détend. – Andrew sourit en voyant le cou de son compagnon s'empourprer au-dessus du col. Dennis détestait qu'on l'appelle Den. – Vous avez pris des vacances, cette année?

— Pourquoi poser une question dont vous connaissez parfaitement la réponse?

— Juste histoire de parler.

— Eh bien, vous avez peut-être le temps, moi pas.

Dennis se tourna vers son écran, frappa quelques touches, fronça les sourcils. Andrew, qui s'était perché sur le bureau, se laissa tomber dans le fauteuil que Polly venait de quitter.

— Mmm, dit-il en enfonçant le derrière plus profondément dans les coussins, c'est encore chaud.

Dennis rougit davantage, serra les dents et continua à taper.

— Belle fille. Pourquoi est-ce que je n'ai jamais de clientes comme ça, moi? – Silence. – Ne l'ai-je pas vue à l'enterrement de Carey Lawson? – Silence. – Ne me dites pas qu'elle est venue chercher sa part de butin?

Dennis pinça les lèvres, pressa le bouton d'appel avec une précision féroce et demanda à la secrétaire de venir car il avait du courrier.

— Écoutez... – Drew Latham prit son temps pour s'extirper du fauteuil. – Vous devriez venir dîner à la maison. Gil me disait l'autre jour : « Ça fait des siècles qu'on n'a pas vu Dennis. » Vous savez à quel point elle vous apprécie.

Dennis ne répondit pas. Il pouvait compter sur les doigts d'une main ses rencontres avec Gilda Latham.

Quand ce fut l'heure de rentrer et que les gens commencèrent à ranger leurs affaires, il décida de jeter un coup d'œil au compte des Lawson. En tant que conseiller financier de la nouvelle maison d'édition, il se devait de présenter les derniers chiffres lors de leur réunion inaugurale. Il tapa le mot de passe, qui était « parmain[1] ».

Dennis était enchanté de ses mots de passe qui étaient tous tirés de l'ancien français. Ils étaient choisis avec beaucoup de soin et correspondaient à l'entreprise ou la personnalité du client en question. Leo Fortune, seul au courant, hésitait à lui faire remarquer que le titre de la disquette « ENTROUVRIR » pouvait peut-être cons-

---

1. Mot de l'ancien français : sorte de pierre tendre dont le grain est très fin.

tituer un indice. Mais il convenait que les mots en eux-mêmes étaient impénétrables. Ni l'un ni l'autre ne s'y connaissant beaucoup en matière de pommes, ils n'avaient pas remarqué que « parmain » était fort proche de « permaine[1] ».

*

* *

Dans le bus qui la ramenait à Forbes Abbot, Polly bouillait de rage. D'abord parce qu'elle ne s'imaginait pas du genre à prendre le bus, manquerait plus que ça ! Mais aussi parce qu'elle avait été humiliée par une espèce de vieux croûton, ravi de la voir se tortiller. Et il en parlerait à Mallory. Bien sûr. C'était le genre. Ah, elle l'entendait déjà, faussement contrit, décrire pompeusement la scène dans son bureau. J'estime que vous devez savoir, vous êtes son père... Ouais, c'est ça.

Il y avait deux arrêts dans le village, le premier près de la mare aux canards, au tournant de Hospital Lane, juste en face de la maison de Dennis. Plusieurs voyageurs s'apprêtèrent à descendre. Cela prit un peu de temps. Ils étaient chargés de paquets, et le chauffeur aida une femme avec un bébé dans une poussette.

De sa place, Polly scrutait par la fenêtre le garage de Kinders. Vide : Dennis allait au bureau en voiture, probablement. Pas trace non plus de cette odieuse femme de ménage. En fait, aucun signe de vie. Le conducteur se rasseyait quand Polly bondit, cria : « Une petite minute ! » et descendit du bus.

---

1. « Permaine » : variété de pomme.

Dans la rue, les voyageurs s'étaient dispersés sauf deux femmes qui parlaient à voix basse. Polly se dirigea vers la mare et sentit qu'elles la suivaient des yeux. Elle s'assit sur un petit banc et observa les canards. Queue en l'air, ils rasaient l'eau et se battaient. Soudain, il y eut une explosion de caquètements féroces et quand le calme revint, les deux femmes étaient parties.

Polly regarda autour d'elle. Un homme en casquette promenait son labrador plus haut dans la rue, dans la direction opposée. Elle traversa rapidement, ouvrit le portail de Kinders et pénétra dans le garage. Le grand tableau était toujours là, avec les clés. Quel fou, ce type ! D'accord, elle ne voyait pas les clés de l'entrée principale, mais il les cherchait, les ennuis. À la limite, elle lui rendait service, en attirant son attention sur le risque qu'il courait. On n'est jamais trop prudent. Polly décrocha le trousseau étiqueté « Bureau » et le glissa dans sa poche.

Elle redescendit la rue, le poids des trois clés tirait sur le coton souple de sa robe. Voilà, c'était fait. Elle les avait. Personne ne savait qu'elle les avait. Pas de danger. Pourtant, elle se sentait mal à l'aise. Elle les avait prises sur un coup de tête et maintenant il fallait qu'elle réfléchisse au moyen de les remettre en place le plus tôt possible. D'ici une heure, Dennis rentrerait du bureau. Bien sûr, il se pouvait qu'il ne vérifie pas le tableau. Et il n'y laisserait sûrement pas les clés de la belle Lexus bleu foncé qu'elle avait repérée, le jour de l'enterrement. Mais il devait bien, à un moment donné, refermer la porte du garage. Oui, mais quand ?

Petit à petit, elle se rendit compte que si elle devait utiliser les clés – et puisqu'elle les avait subtilisées, c'est bien qu'elle avait cette intention –, elle ne pouvait risquer de les rapporter. Même au cas où Dennis ne remarquerait pas leur disparition, il serait sûrement très difficile de trouver l'occasion propice. Dans le cas contraire, si elle les remettait au tableau, il s'inquiéterait pour de bon. On pourrait relever ses empreintes. Il préviendrait peut-être la police. Mais si elle laissait les choses en l'état, Dennis croirait les avoir perdues, tout simplement. Les vieux, c'est comme ça. Ils perdent toujours tout.

Dans la cuisine, elle sortit une canette de Coke Light, dont elle avait fait sagement provision le matin même à la poste, roula le métal frais sur sa joue brûlante, écouta avec plaisir le doux sifflement du gaz qui s'échappait et but à longues gorgées. Elle ôta son sévère catogan, passa les mains dans la masse brillante de sa chevelure en dégageant son visage. Puis elle tira sur sa robe qui lui collait à la peau, s'aspergea la figure et le cou, et laissa sécher les perles d'eau.

La maison paraissait vide, ce qui convenait parfaitement à Polly. Jacasser, c'était bien la dernière chose dont elle eût envie. Peut-être Benny était-elle à l'église. Elle avait dit, ce matin, que c'était à son tour d'arranger les fleurs. Polly n'en revenait pas : si Dieu l'avait créée aussi laide et bête que Benny, elle n'irait sûrement pas faire la bonniche au pied de son autel. Elle lui aurait pissé dessus de très haut. Si ce n'est pire.

Une fois rafraîchie, elle décida d'aller s'asseoir dehors. Elle pensa d'abord aux berges du ruisseau qui coulait sous un petit pont à quelques mètres de Saint-Anselme. La perspective de se tremper les pieds dans l'eau claire était fort attirante mais, en fait, elle n'alla pas plus loin que la porte. Un lourd parfum de lavande mêlé à la fragrance d'un grand buisson de chèvrefeuille qui recouvrait le porche lui fit changer d'avis. Elle s'assit sur un des bancs de bois – en réalité, une simple planche –, mit les pieds sur la planche opposée et, durant un bref instant, regretta presque de devoir partir pour Londres à la première heure, le lendemain.

Mais retour aux affaires. Elle avait deux problèmes à résoudre. Primo, quand pourrait-elle sans risque retourner à Causton et s'introduire dans les bureaux de Brinkley et Latham ? À quelle heure la nuit était-elle tombée, hier ? Neuf heures et demie ? Dix heures ? À quelle heure les pubs fermaient-ils ? Et si un soûlot la voyait glisser la clé dans la serrure, c'était grave ?

Deuxio, même si elle pouvait aller et venir à sa guise tant qu'elle était à Appleby House, Polly estimait plus prudent d'avoir un prétexte pour ses balades nocturnes, à cause des conversations toujours possibles entre Benny et ses parents. Elle imagina d'appeler son portable depuis le téléphone fixe de la maison, de feindre une conversation avec un ami de passage dans le coin, qui voulait l'emmener prendre un verre. Non, il ne viendrait pas à la maison. Elle le retrouverait au pub du village. Elle rit, ravie de son astuce. Elle finit sa canette, la jeta dans une touffe de lunaire, consulta sa montre et soupira. Encore trois heures à tuer. Elle reniait déjà son impression de tout à l'heure, à savoir que la paix, le silence et le parfum des plantes aient un quelconque attrait. Quelle barbe ! La campagne, c'est trop nul.

Elle songea à aller chercher la radio de Benny dans sa chambre mais elle avait la flemme. Une bonne ligne de coke, une vodka, et les derniers chiffres de la Bourse, clic-clic, takatakata, sous ses doigts avides.

Alors il se produisit quelque chose qui dissipa aussitôt son irritation. Judith Parnell sortit de la maison d'en face, monta dans une vieille Mazda grise, démarra et tourna à droite, probablement en direction de Causton. Polly observa son départ, bouche bée. La ville se trouvait au moins à une quinzaine de kilomètres. Même si elle n'avait que deux ou trois courses à faire et qu'elle rentrait directement, il lui faudrait au moins une heure. Et en une heure... hé, il peut s'en passer des choses !

Elle se dirigea à pas lents vers la villa baptisée Trevelyan, l'asphalte était mou sous ses pieds. Elle contourna la maison, passa devant un nuage de delphiniums et de juliennes de Mahon, qui exhalaient leur parfum dans la chaleur aveuglante.

La porte de derrière était munie d'une boîte aux lettres et d'une patte de lion en cuivre. Polly saisit le heurtoir et frappa très doucement, bien trop doucement pour être entendue à l'intérieur. Puis elle souleva le loquet et entra.

La lumière disparut dès que la porte se referma derrière elle. Elle se trouvait dans un petit vestibule avec trois portes blanches ouvertes. Polly attendit, immobile, retenant presque son souffle puis appela à mi-voix : « Ohé ? »

Seul le silence lui répondit. Peut-être n'avait-il pas entendu ? Malgré l'immense plaisir qu'elle ressentait à la perspective de leur rencontre toute proche, elle n'était pas fâchée de faire durer encore un peu son attente. Elle avait rêvé d'être avec Ashley. Leur bref échange de sourires sous surveillance, la dernière fois, ne comptait pas.

Et s'il devait planer une certaine gêne – mais pas question de se mettre ça en tête –, elle prétendrait être venue inviter Judith et Ashley à prendre un verre à Appleby House avant le dîner. Prétexte transparent. Judith refuserait et Ashley comprendrait que l'invitation n'était qu'une couverture, et il aurait assez de jugeote pour ne rien dire. Et, avec un peu de pot, quand elle s'en irait, il y aurait déjà entre eux une connivence qui rendrait ce subterfuge inutile à l'avenir.

Polly poussa la porte de gauche et se retrouva dans la cuisine. Elle ne s'attarda pas, pour quoi faire ? Une cuisine, c'est une cuisine. Mais elle ne manqua pas de remarquer que tout y était vétuste, avec des placards mal repeints. Elle poussa la seconde porte et pénétra dans un petit salon très encombré.

Des étagères pliaient sous le poids des livres, avec quelques grands espaces vides. Un beau papier peint fané (une toile de Jouy jaune et ivoire) était déchiré par endroits. Dans un coin, un rectangle plus sombre, du plancher au plafond, témoignait de l'ancien emplacement d'un meuble, probablement une horloge de parquet ; sur les murs, des tableaux qu'on avait enlevés avaient laissé leurs marques. Au plafond, autour d'une suspension couverte d'un abat-jour en lin, on voyait les chevilles qui avaient servi à accrocher un lustre ; une vitrine en noyer qui ne contenait que trois objets : une salière en argent avec sa coupelle en verre bleu et un couple exquis de bergers en costume à la Watteau.

Sur la vitrine une grande photographie d'Ashley et de Judith. En bateau, appuyés au bastingage, ils riaient dans le vent, les cheveux flottants, et le cardigan de Judith dont les manches étaient attachées autour du cou se gonflait derrière elle comme une voile. Elle contemplait, dévorait des yeux Ashley dont le regard était perdu à l'horizon.

Polly, qui n'était pas facilement impressionnée, retint son souffle en voyant Ashley, la vivacité de son sourire, son teint bronzé et éclatant, ses épaules musclées. Quel contraste avec sa compagne ! Des cheveux noirs, rêches, un cou épais, et une peau mate et brouillée, franchement basanée de l'avis de Polly. En plus, elle était drôlement petite, elle lui arrivait à peine à la poitrine. Quasiment naine, pour être précis. Polly était si absorbée dans sa contemplation ravie de la robustesse trapue de Judith Parnell que son cœur s'arrêta à un claquement soudain, derrière elle. Elle fit volte-face, faillit tomber. Il n'y avait personne.

Alors elle comprit que le bruit provenait d'un fax, dans la dernière pièce, pas beaucoup plus grande qu'une niche à chien, sous l'escalier. Polly fit un pas ou deux – trois auraient été vraiment limites – et regarda autour d'elle. Un petit écran d'ordinateur, un clavier, sur une table de jeu. Une vieille imprimante, une chope remplie de crayons et le *Financial Times*. Le téléphone, le répondeur et le fax étaient posés sur le large appui de la fenêtre.

Peut-être Ashley était-il couché ? Endormi, sans doute, sinon il aurait répondu à son appel. Eh bien, voilà ! Pas question de monter. Ce serait extrêmement maladroit. Grossier. Il s'agissait d'un flirt, léger et sans importance. Elle flirtait, elle n'était pas en chasse.

Alors, en sortant, elle l'aperçut à l'autre bout du jardin, à l'intérieur d'une cage à fruits. Il tenait au creux du coude une coupe en porcelaine blanche et cueillait des framboises.

Polly fut stupéfiée par l'intensité de sa propre réaction. Gorge sèche, pouls accéléré, nausée, ces sensations ne lui étaient pas familières et la mettaient profondément mal à l'aise quand elles survenaient. Elle en avait peur. Elle hésita. Il ne s'était rien passé, jusqu'ici. Elle pouvait s'en aller – descendre l'allée, franchir les grilles de fer forgé, traverser la rue sans se retourner. Mettre un point final avant même que ce soit commencé, rester maîtresse de la situation. C'était la sagesse.

Mais Polly, qui avait toujours obtenu ce qu'elle désirait, était mal pourvue de sagesse, et moins encore d'esprit de sacrifice. La nausée fit place à une vague de joyeuse impatience. Elle allait se diriger vers le potager quand elle remarqua un mouvement. À ras de terre, entre deux rangées de tuteurs, il y avait un grand rond rayé de bleu et blanc, qui bougea soudain : c'était le postérieur de Benny.

*

* *

Rentrée à Appleby House, Polly n'éprouva aucune gratitude à l'endroit des Parques pour avoir pris dans son intérêt une décision qui pouvait se révéler extrêmement sage. Au contraire, elle était furieuse contre Benny. Qu'est-ce qu'elle pouvait donc bien fabriquer là, à monopoliser Ashley? S'ils avaient eu quelque chose en commun, encore! Mais Benny n'avait rien en commun avec qui que ce soit, sauf peut-être avec ces gros minables des jeux télévisés qui bafouillent et sont incapables de répondre à des questions simplissimes.

Quand Benny revint avec une montagne de framboises, l'humeur de Polly s'était radoucie. Après tout, il n'y avait pas le feu. Ne dit-on pas que l'espoir différé encourage? Bon, d'accord, elle avait un peu oublié la citation[1]. Une fois, sa mère lui avait offert un agenda avec, sur chaque page, une citation de Shakespeare, de la Bible ou autre. Elle avait essayé de lui expliquer la beauté des mots, leur contexte, espérant ainsi attirer Polly vers la littérature, lui élargir les idées. Elle lui avait même conseillé de lâcher un peu les chiffres pour un temps. Tu parles! Qu'est-ce que la littérature lui avait jamais rapporté, à sa mère? Vingt-cinq ans dans le métier et elle gagnait toujours des clous. Polly connaissait des courtiers, dont certains à peine plus âgés qu'elle, qui se faisaient autant en un mois.

Un peu plus tard, Benny était en train de couper du pain et du beurre, accompagnement des harengs fumés (des harengs fumés!) pour le dîner quand Polly, qui trouvait le temps long, se rendit compte tout à coup de l'excellente occasion qui se présentait. Pas besoin d'interroger sa mère sur les Parnell. Il n'y avait qu'à voir son air soupçonneux et sa réponse sèche quand Polly avait proposé qu'ils viennent prendre un verre! Mais Benny, qui connaissait le couple depuis son installation à Forbes Abbot, Benny, elle, ne serait pas soupçonneuse. Elle adorait parler. Polly n'aurait qu'à dire quelque chose comme : « C'est gentil de

1. Le proverbe anglais dit exactement le contraire : « L'espoir différé décourage. »

la part d'Ashley de t'avoir donné ces délicieuses framboises, Ben! Ils ont l'air charmants, ces gens-là.» Ce qu'elle fit, et l'artifice réussit à merveille.

— Oh, mais il nous apporte toujours des salades et des légumes, répondit Benny. Judith aussi. Ils sont tellement gentils.

Au fil de la soirée, Polly en apprit davantage sur la gentillesse des voisins. Ils s'occupaient de Croydon, prenaient le courrier et surveillaient la maison quand Ben et Carey s'absentaient. Durant la maladie de Carey, Judith était allée à Causton chercher les médicaments alors qu'elle avait son travail et qu'elle s'occupait d'Ashley. Le pauvre, malade depuis des mois maintenant et sans qu'on soit capable de trouver ce qu'il avait. Judith avait tout essayé, dépensé une fortune. Et elle travaillait si dur.

Quand il y en avait un peu trop sur Judith, c'est-à-dire plus de quelques secondes, Polly ramenait adroitement le babillage sur Ashley.

Benny continua à bavarder de bon cœur. Elle était ravie de l'aubaine et en profitait. C'était le soir surtout qu'elle se sentait seule – dans la journée, elle pouvait facilement s'occuper. Ce qui faisait vraiment plaisir, c'était que Polly avait l'air de s'intéresser à ce qu'elle disait. Voilà qui réchauffait le cœur.

Benny dévia un peu sur Dennis. Est-ce que Polly avait vu ses machines de guerre? Vraiment étonnantes, encore qu'un peu effrayantes. Elle n'était entrée qu'une seule fois dans la salle de guerre et pour rien au monde elle n'y remettrait les pieds. Alors, sentant s'émousser l'intérêt de son auditoire, elle se mit à décrire les notables du village, apparemment tous aussi gentils et sympathiques que les Parnell.

Polly écoutait, dissimulant à grand-peine son ahurissement. Elle n'avait jamais rien entendu de pareil. Cette femme ne pensait du mal de personne, semblait-il. Comment était-il possible, aujourd'hui, de conserver une pareille innocence? Et comment se débrouillait-elle dans la vie? On ne pourrait même pas compter sur elle pour mettre une lettre à la poste.

Enfin, le soir tomba. Polly s'excusa et monta à l'étage pour téléphoner de la chambre de sa grand-tante. Ça marcha du tonnerre! Elle descendit en courant, fourragea dans son sac à dos sur la table de la cuisine et se mit à parler, tout excitée, à un ami qui était venu spécialement de Londres pour la voir. La communication terminée, elle coupa court aux questions curieuses et légèrement anxieuses de Benny, en disant la première chose qui lui vint à l'esprit:

— On part ensemble en vacances, Ben. En Crète. On veut mettre au point les derniers détails.

6

LES bâtiments de la place du marché à Causton dataient des XVIIIe et XIXe siècles, certains étaient même plus anciens. M. Allibone, le poissonnier, qui vendait aussi du gibier, était un des joyaux de cette couronne. La devanture de sa jolie boutique, installée par son grand-père, Albert Allibone, dans les années 30, était demeurée en l'état jusqu'à nos jours. Une inscription calligraphiée en noir profond, sur un fond qu'on eût dit de papier d'argent froissé, indiquait son commerce. Dans les vitrines, des crabes et des maquereaux luisants, des moules, des limandes tachetées d'orange, des lottes et un haddock fumé couleur naturelle encerclaient un énorme turbot, le tout couché sur de grands blocs de glace enguirlandés d'algues véritables. Le gibier était stocké dans une chambre froide.

Dennis était friand de poisson frais, et chez Allibone, il était frais, le poisson. Les yeux brillants, les écailles étincelantes et l'odeur de la mer. Pas donné, mais ses clients n'en avaient cure. Ils avaient plutôt tendance à s'en vanter, du reste.

Il y avait la queue : trois femmes avec des paniers en osier passés de mode. Dennis se mit patiemment au bout de la file en échangeant des saluts à la ronde.

— Qu'est-ce qui vous dirait, aujourd'hui, monsieur Brinkley? demanda Brian Allibone, avec un clin d'œil qui n'était adressé à personne en particulier, et en repoussant d'un doigt son canotier. Des beaux harengs? Un aileron de raie?

— À vrai dire, je regrette de gâcher une telle perfection, mais je prendrais bien un morceau de ce turbot.

— Alors ce sera du turbot, monsieur!

Il souleva l'énorme poisson, s'essuya les mains sur son tablier à raies bleu et blanc et s'empara d'un couteau pointu. Le chapeau de paille coquin, les joues vermeilles, les moustaches noires et cirées donnaient dès l'abord une impression de jovialité chaleureuse et de gouaille. Mais les yeux qui clignaient étaient froids, le nez blanc était pointu et pincé. Le nez rêvé pour fouiner dans les affaires des autres, disait-on. Et on était loin d'avoir tort.

— Vous avez encore travaillé très tard, l'autre soir, monsieur Brinkley?

— Tard? – Dennis eut l'air perplexe.

— Mardi, je crois. Je n'ai fait que jeter un coup d'œil rapide mais votre petite lampe-serpent est restée allumée bien après minuit.

M. et Mme Allibone habitaient au-dessus de la boutique qui faisait face au bureau de Dennis, de l'autre côté de la place pavée. On prétendait que ses coups d'œil rapides étaient renforcés par des jumelles puissantes qu'il gardait à dessein sur l'appui de la fenêtre dans son salon.

— Ce n'est pas possible.

Dennis savait ce que M. Allibone voulait dire par «encore». Deux semaines auparavant, il avait eu l'obligeance de faire la même remarque, quoique l'heure eût été moins tardive. Et il l'avait réitérée, la semaine dernière.

Dennis avait présumé qu'on avait laissé une lampe allumée et s'était assuré, chaque soir, de tout éteindre avant de s'en aller. Il avait même collé une petite note « Éteindre » au dos de la porte.

— Ooh..., fit M. Allibone avec un frisson, en ajoutant du persil au turbot et en enveloppant le tout dans du gros papier blanc. Pas catholique, tout ça.

Les narines frémirent, se tordirent, flairant le mystère. Tout ceci était parfaitement déplaisant.

— J'ai... euh... une de ces minuteries, dit Dennis en tendant un billet de cinq livres et recevant quelques pence en échange. On n'est jamais trop prudent, de nos jours.

— Ah, ça explique tout. – M. Allibone fourra le paquet dans un sac en plastique qui montrait un carrelet dansant sur sa queue, avec un chapeau claque, un nœud papillon et une canne qu'il faisait tournoyer. – Alors, pas la peine de vous prévenir la prochaine fois?

— Non, pas la peine, répondit Dennis.

Que pouvait-il dire d'autre? Il quitta la boutique en se rendant compte que la satisfaction temporaire d'avoir douché la curiosité malsaine de M. Allibone avait été chèrement payée. Maintenant, il n'avait plus aucun moyen de savoir si la lumière se rallumerait après la fermeture des bureaux. À moins de faire le guet dans sa Lexus, toutes les nuits, ce qui était évidemment ridicule.

Au lieu de monter en voiture et de rentrer chez lui, Dennis mit le poisson dans le coffre et retourna à son bureau. Il alla à la fenêtre : M. Allibone enroulait sa banne et s'apprêtait à fermer. Puis il se jeta dans le fauteuil confortable qui faisait face à sa table de travail et se mit à réfléchir.

D'abord – et c'était le plus important – il n'y avait pas eu effraction. Deuxièmement, quelqu'un avait pénétré tard la nuit dans ce bureau inviolable, et ceci à plusieurs reprises. À la première occurrence, ou plutôt la première fois qu'on le lui avait signalé, car M. Allibone ne pouvait tout de même pas être à son poste à chaque seconde après le coucher du soleil, Dennis avait été très troublé. Seuls Latham et lui-même possédaient les clés et, après avoir vérifié que son trousseau de secours était bien au tableau du garage, il avait demandé à Andrew si, par hasard, il n'était pas retourné au bureau. Mais tout en précisant les dates, Dennis se rendit compte que l'éventualité était peu probable. C'était déjà la mer à boire si Latham consacrait quelques heures dans la journée à son travail, alors la nuit !

Andrew avait été indigné. Il avait expliqué qu'il assistait avec Gilda à un dîner de charité pour la sclérose en plaques au Lion's la première fois, où il était si fatigué et ému que le notaire des Latham, membre du club, les avait reconduits en voiture. Il était même resté un peu pour faire du café et aider Andrew à se coucher. Pourquoi est-ce que je serais ressorti, demanda-t-il hargneux, pour le seul plaisir de rester dans un bureau vide ? D'ailleurs, si vous voulez le savoir, je trouve que c'est vachement insultant, votre affaire. Six jours plus tard, alors que l'incident s'était paraît-il reproduit, les Latham étaient au théâtre avec un couple ami.

Il n'y avait pas d'argent liquide au bureau. Il était possible que quelqu'un se soit introduit dans le bureau du caissier pour se renseigner sur les affaires financières d'un client. Possible mais extrêmement improbable, et difficile par-dessus le marché. Les mots de passe de tous les comptes sauf le sien étaient enregistrés sur une disquette gardée dans le coffre-fort. La moitié au moins de la clientèle de Dennis était privée, ce qui excluait tout soupçon de micmacs industriels. Privée et très considérable : elle comptait deux multimillionnaires.

Il soupira et essaya de ne pas penser à son turbot qui suait dans la Lexus au lieu de suer dans son four, avec du vin blanc, de la crème et un hachis d'échalotes. Il faudrait décidément qu'il examine en détail tous les comptes, un par un, pour voir si quelque chose clochait. Étant donné l'étanchéité des mots de passe, il estimait la démarche superflue, mais il lui paraissait irresponsable de ne pas vérifier.

Il alluma son ordinateur, ouvrit le dossier John Scott-Abercombie et s'y absorba sérieusement.

Deux heures plus tard, il étudiait celui de Harris-Tonkin quand une idée inquiétante jaillit dans sa tête. Sous ses pieds se trouvait l'arrière de la banque. La chambre forte, pour être précis. Était-il possible qu'une bande de casseurs soit occupée à faire une reconnaissance des lieux?

— Ne sois pas ridicule, marmonna-t-il pour lui-même. Voilà ce qui arrive quand on écrit des romans.

Pourtant, il songea un instant à appeler la police. Puis il imagina l'entretien.

Du tapage nocturne à votre bureau, monsieur? Pas exactement. Effraction? Non...

c'est-à-dire quelqu'un est vraiment entré... On a pris quelque chose? Rien n'a été volé, non. Alors, c'est quoi exactement, votre problème? Un... euh... quelqu'un que je connais a vu les lumières de mon bureau allumées tard dans la nuit, alors que je suis sûr de les avoir éteintes. Et pas qu'une fois. Je vois. Le nom de cette personne, monsieur?

Évidemment, Dennis ne pourrait pas le donner. D'abord, parce qu'il avait eu la bêtise de dire à M. Allibone que la lumière s'allumait à cause d'une minuterie. Deuxièmement, parce qu'il ne supportait pas de voir l'autre saliver à l'idée de participer à un drame impliquant sa propre déconfiture, à lui, Dennis.

Zut de zut, et flûte! Il enfouit la tête dans ses mains et gémit. Il avait horreur, une sainte *horreur* de la pagaille et du désordre. Pourquoi ce type, cette espèce de fouine, avait-il éprouvé le besoin de l'inquiéter avec ça? Mais Dennis s'avoua qu'il n'était pas raisonnable. Il était tout de même bien content d'avoir un comité de surveillance à Forbes Abbot.

Penser au village, tranquille dans la lumière du crépuscule, le réconforta. La maison, voilà ce qu'il lui fallait! Tout lui paraîtrait différent quand il serait dans son fauteuil favori, avec un whisky de précision, du pain aux noix et un bon morceau de fromage. Il pourrait se plonger avec délices dans Xénophon. Ou dans l'*Economics*, au choix. L'ordre régnait, là-bas. Une place pour chaque chose et chaque chose à sa place. Quelques mots avec la chère Benny, peut-être, s'il n'était pas trop tard. Le turbot pouvait attendre dans la glace jusqu'au week-end. Elle serait sans doute contente de venir le partager avec lui.

Derrière le volant rembourré de sa voiture, en levant les yeux vers son bureau, Dennis s'aperçut de la proximité des autres fenêtres. Celles des appartements de chaque côté, par exemple. Il était possible que le vieil Allibone se soit trompé. D'un autre côté, il avait paru bien sûr de lui...

Assez, c'est assez. Terminé. À la première heure, lundi, il ferait changer les serrures.

*

* *

Plus tôt, ce même jour, Judith était dans la cuisine en train d'ensacher des haricots d'Espagne à mesure qu'Ashley les équeutait. Elle trouvait merveilleux qu'il soit encore capable de travailler au jardin et elle l'avait dit, en employant fâcheusement le mot « bricoler ». Il lui avait répondu plutôt sèchement. Elle le faisait passer pour un vieux qui n'a rien de mieux à faire. Il s'excusait toujours après mais, cette fois, il s'était abstenu, aussi s'était-elle excusée pour eux deux.

En griffonnant à la hâte la date sur une grande planche d'étiquettes, Judith se rappela leur première récolte. Des cassis cueillis sur des arbustes déjà établis, des carottes, de l'oseille et quelques courgettes. Modeste, mais elle avait décidé d'en congeler une partie. Après avoir libellé les étiquettes, elle les avait ornées avec soin aux crayons de couleur de fruits et de baies. La confection des chutneys avait été un nouveau plaisir. Elle avait découpé des ronds de tissu vichy avec des ciseaux à cranter et en avait coiffé les couvercles, entourés de rubans. Ashley avait ri, avait parlé de sa période Trianon et avait sorti un cabas de chez

Laura Ashley pour plaisanter. Dix ans de cela. Maintenant, ce n'était plus qu'une fastidieuse corvée. Judith avait hâte que l'été s'achève.

— Quand est mon prochain rendez-vous à l'hôpital ?

— Dans trois semaines. Tu n'es pas inquiet, si, Ash ?

— Non. J'aimerais mieux. Cela me donnerait au moins un peu d'espoir.

— Oh, ne dis pas ça. Je suis sûre que les choses vont...

Judith s'interrompit. Cela lui arrivait de plus en plus souvent, ces derniers temps : elle lui reprochait d'être pessimiste, elle lui promettait la lune. Tout à fait comme ces bouquins ineptes de psychologie : *Vous aussi vous pouvez danser comme Darcey Bussell; Ressemblez à Michelle Pfeiffer; Écrivez comme Woody Allen; Le Monde entier vous appartient.*

Voilà si longtemps, semblait-il, que cette triste, cette angoissante affaire avait commencé. Insidieusement. Fatigue générale. Vagues douleurs dans les membres, inexplicables. Légère irritation de la peau. Perte progressive de l'appétit. Mal de dents, alors qu'une visite chez le dentiste n'avait rien révélé d'anormal. Il avait froid au-dessous de vingt-cinq degrés. Son pouls s'était ralenti.

On avait procédé à des examens sérieux et approfondis. D'abord des prises de sang, qui n'indiquaient aucune anomalie. Le système immunitaire n'était pas atteint. Il n'était pas anémique. Le foie et les reins fonctionnaient normalement. Il avait subi une endoscopie. Une coloscopie. Un scanner (très désagréable). Une IRM (encore pire). Tout récemment, un nouvel examen de sang. Pauvre Ash.

En même temps, il avait essayé toutes les médecines douces possibles et imaginables. Aucun résultat physique mais, parfois, il paraissait un peu plus tonique, plus confiant. Les frais étaient astronomiques, sans compter les heures, les jours, les semaines passés à surfer sur le Net, car il y avait des centaines de maladies rares, et des courriels à envoyer et à recevoir.

— Je me demandais... Jude?

— Pardon. Je pensais à autre chose.

— Et si on sortait, qu'est-ce que tu en penses?

— Sortir? Hum... je crois...

— Ne serait-ce que pour une tasse de thé. Un changement de décor, ce serait bien.

— Bien sûr qu'on peut. – Il doit en avoir par-dessus la tête de ces quatre murs. Pourquoi diable n'y avait-elle pas pensé? – Un endroit en particulier?

— Il y a ce nouvel hôtel sur la route de Beaconsfield. Je crois que ça s'appelle le Peacock...

— Non, je... je n'ai pas envie d'aller là-bas.

— Bon, d'accord.

Ashley fronça les sourcils et écarta la passoire. Il attendit la suite, curieux et attentif.

— Ils sont... euh... désagréables. – Judith maîtrisa sa respiration. – Je les ai trouvés désagréables.

— Bon, alors autre part. Le Soft Shoe Café?

— J'adore ce nom.

— Comme Fred et Ginger.

Judith se mit à chanter : «*Isn't this a lovely day to be caught in the rain*?»

Subitement, elle était heureuse. Ce serait un petit événement s'ils sortaient ensemble, même s'il ne s'agissait que de manger un morceau à

Causton. Elle sourit à cette perspective. C'était la deuxième nouveauté agréable depuis bien longtemps, la première étant la disparition de la fille Lawson.

Judith présumait qu'elle était rentrée à Londres. Elle avait vu Polly l'avant-veille, qui franchissait en courant les grilles d'Appleby House dans la douce grisaille du crépuscule. Le sac balancé sur l'épaule, la tête levée vers les premières étoiles, elle souriait. Où allait-elle, à pied, à cette heure? Elle avait un rendez-vous, sans doute. Avec quelqu'un qui n'avait pas envie de pousser jusqu'à la maison. Puis, après quelques mètres, elle avait pris son portable. Elle avait parlé brièvement, consulté sa montre et s'était dirigée nonchalamment vers le village.

Le souvenir était si net que Judith eut un petit sursaut en entendant la sonnerie du téléphone. Elle se leva mais Ashley, qui était plus près, tendit le bras et décrocha. Il s'exclama « Kate ! », surpris et ravi.

Le contentement de Judith se dissipa comme neige au soleil. Elle mourait d'envie de lui prendre le combiné. De toute façon, c'était pour elle, non? Une affaire domestique. Elle tendit la main. Ashley l'écarta d'un geste.

— Comment allez-vous? Et surtout, quand revenez-vous? – Il rit puis ajouta : – Trop long, trop long.

— Qu'est-ce qu'elle veut? – Judith elle-même trouva sa propre voix perçante. – Ashley?

— Vraiment? Nous l'avons vue pas plus tard que ce matin... Bien sûr. Vous auriez dû appeler avant... Ne vous inquiétez pas. Je suis sûr que tout va bien. Vous voulez dire un mot à Jude?... Parfait. On va vérifier. Au revoir.

— Qu'est-ce qu'elle voulait ?

— J'aimerais bien que tu arrêtes de faire ça.

— Quoi ?

— M'interrompre, vouloir prendre l'appareil. Je suis peut-être malade mais je suis encore capable de répondre au téléphone.

— Pardon.

« Je devrais enregistrer un disque. »

— Cela fait deux jours qu'ils essayent d'appeler à Appleby House. L'opérateur leur a dit que le combiné était décroché.

— Très bien. – Judith se leva, contente d'abandonner les haricots. – Je vais voir.

Benny fut stupéfiée par la nouvelle. Les postes du rez-de-chaussée étaient correctement raccrochés. Le seul autre combiné, expliqua Benny, se trouvait dans la chambre de Carey où personne n'était entré depuis sa mort. Oui, enfin, elle y était entrée une fois, mais parce qu'il le fallait absolument.

Devant l'angoisse et la détresse croissantes de Benny, Judith avança que l'opérateur s'était peut-être trompé et que la ligne devait être en dérangement. Tout de même, avant de le signaler, ne valait-il pas mieux s'assurer que... ?

— Je dois y aller avec vous, s'écria Benny, qui le regretta aussitôt.

Elle avait réagi sans réfléchir, avec la vague idée qu'elle seule avait le droit de pénétrer dans la chambre de Carey. Pourtant, en montant l'escalier, elle comprit la sottise de sa réaction. Très bientôt, Kate et Mallory viendraient vivre ici et la maison tout entière, pas seulement la chambre de Carey, serait probablement méconnaissable.

— C'est là.

Benny s'arrêta le temps d'une grande respiration, tourna la poignée de porcelaine blanche et entra. Elle aperçut immédiatement le combiné décroché qui reposait sur la table de nuit.

Judith s'approcha vivement et passa son bras autour de la taille de Benny qui s'appuya de tout son poids.

— Benny... voyons, ça va. Venez vous asseoir. Vous devez avoir appelé et oublié de...

— Non! *Non!...* – Benny se laissa mener vers le lit. – Je n'ai pas mis les pieds ici depuis...

Elle s'assit, pâle comme un linge, les lèvres tremblantes, les mains tressautantes. Elle continuait de nier en secouant la tête d'avant en arrière avec une telle violence que Judith craignit qu'elle ne se fasse mal.

— Oh, mon Dieu! – Judith s'efforçait de la tenir, de calmer cette terrible agitation sans perdre patience, ce qui n'était pas facile. La réaction est exagérée, non? La prochaine fois, j'enverrai Ashley. – Vous voulez que je vous fasse du thé?

Benny ne répondit pas mais ses yeux continuaient à loucher vers le téléphone. Elle s'immobilisa. Quand Judith raccrocha le combiné, elle poussa un petit gémissement d'effroi. L'autre soupira en réprimant à grand-peine son exaspération et descendit faire chauffer la bouilloire. Dès que le thé serait prêt, elle appellerait les Lawson. Il valait mieux qu'ils viennent le plus tôt possible. Elle n'était pas responsable de Benny. Elle en avait déjà assez comme ça sur les bras sans avoir, en plus, à s'occuper d'une vieille fille hystérique.

*

*   *

Le lendemain matin, Mme Crudge, qui avait passé plus d'une demi-heure à essayer de réconforter, consoler et conseiller, était sur le point de renoncer. Comme elle le raconta à son Ernest, le soir : « J'étais complètement lessivée. »

— Benny, ma chérie, tu ne connais pas ta chance. – Elle engloutit sa tasse de café. – Il y en a qui donneraient leur bras droit pour recevoir un signe paranormal.

— J'ai cru que c'était cet assassin, là. Celui de Badger's Drift.

— Il est loin maintenant.

— Ou un cambrioleur. – Benny se remit à pleurer et à renifler.

— Les cambrioleurs, ça cambriole. Ça ne décampe pas après avoir décroché un téléphone.

— Non, je ne pense pas.

— Ça ne vaudrait pas le coup, avec la prison et tout le reste. D'aller chez les gens juste pour décrocher leur téléphone.

— Judith dit que j'ai dû appeler mais je t'assure que non, Doris. Je n'ai pas mis les pieds dans cette chambre depuis l'enterrement.

— Mais oui. Ce n'est pas une main matérielle qui a touché cet appareil. C'est dommage que tu ne m'aies pas passé un coup de fil tout de suite. Il devait rester des traces éthériques.

— Qu'aurais-tu pu faire, Doris?

Celle-ci hésita. Ses joues épaisses prirent une teinte de clou de girofle et Benny se rendit compte que son amie était en train de rougir.

— Eh bien, en fait, je suis hypersensible, comme on dit dans les cercles psychiques.

Benny faillit demander « hypersensible à quoi? » mais la question lui parut un peu impertinente.

— Qu'est-ce que ça veut dire, exactement?

— On voit des choses. – C'était indubitable, une note de supériorité s'était glissée dans la voix de Mme Crudge. – Des choses que les autres ne voient pas.

— Tu veux dire des choses qui ne sont pas là?

— Pas besoin de te tracasser avec des détails techniques, ma chérie. Ce qui importe, c'est que... on t'a donné un signe. Mlle Lawson est en contact. Tu n'as plus qu'à venir dimanche après-midi pour recevoir le message.

Cette fois, Benny ne rejeta pas immédiatement l'idée. Elle s'assit en silence et réfléchit. Et si, en dépit du savoir moderne et de l'intelligence et de la science et du bon sens et de tout, Doris avait raison? Était-il possible que Carey déploie des efforts surhumains pour la contacter, laisser des signes, des petites traces et autres choses du genre? Pense un peu! L'effort, la pure énergie qu'il a fallu pour décrocher ce combiné! Elle ne serait pas très contente si je ne me donnais même pas la peine d'aller chercher ses messages. Je préfère ne pas y penser. Même désincarnée, Carey était une force avec laquelle il fallait compter. Et si elle venait hanter la maison?

— Est-ce que les autres sentiront une... présence, Doris? – Rien que prononcer le mot lui donnait la chair de poule. – Kate et Mallory, par exemple?

Doris hésita avant de répondre. Elle connaissait Mallory depuis toujours. Il avait sept ans quand elle avait commencé à travailler chez Carey Lawson. Il venait régulièrement à Appleby House, c'était un petit malin qui chipait des gâteaux et des biscuits dès qu'elle avait le dos tourné. Ou qui lui cachait son sac et ses chaussures, puis qui les retrouvait juste au moment où elle allait exploser, au summum de l'exaspération. Mais Doris, qui était sans enfant, s'y était attachée car il n'y avait pas, en lui, un atome de méchanceté. On ne pouvait pas en dire autant de cette espèce de catin effrontée qu'était sa fille. Petite, elle était méchante et manipulatrice, et Doris avait été bien contente quand la gamine avait atteint l'âge de rester toute seule à la maison.

Mais Mme Crudge aimait bien Kate. Contrairement à certains visiteurs de Carey, la femme de Mallory était pleine d'égards. Pas d'évier débordant de vaisselle sale, quand les Lawson étaient là. Ni de lits défaits ni de piscine dans la salle de bains ni de serviettes trempées jetées partout...

— Pardon, Ben?

Doris avait un peu décroché. Bizarre, le passé : dans le souvenir, il paraît beaucoup plus intéressant que le présent alors que, sur le moment, c'est plutôt monotone.

— Ils viennent aujourd'hui, tu comprends...

Benny avait été bouleversée quand Judith, après avoir appelé les Lawson, était revenue la prévenir de l'arrivée de Kate le lendemain. Mallory la rejoindrait dès la fin des cours à l'école. Elle avait pleuré des larmes de gratitude, au grand embarras de Judith.

— ... alors je me demandais si je devrais leur dire. À propos de Carey... hum...

— De la communication?

— Oui.

— Vaut mieux pas.

En décourageant Benny, Mme Crudge n'était pas mue par quelque volonté d'exclusivité. Elle n'avait aucun désir d'écarter les Lawson, au contraire. Rien ne l'aurait rendue plus heureuse que d'aller avec eux à l'Église de la Proximité pour partager une nourriture spirituelle. Mais l'expérience lui avait appris qu'une expédition de ce genre ne se ferait jamais. Il y aurait toujours une barrière entre des gens comme les Lawson et la congrégation. Avec les années, Mme Crudge en était venue, bien malgré elle, à la conclusion que cette barrière, c'était l'éducation.

Ou la sur-éducation. Doris avait quitté l'école à quinze ans et commencé aussitôt à travailler. Elle n'avait jamais compris à quoi servaient les examens et ne regrettait pas son inaptitude à en passer aucun. À ses yeux, l'intelligence pouvait être un handicap pour les gens simples. Évidemment, on a tous besoin de savoir lire et écrire, de comprendre les chiffres, encore que ce ne soit pas aussi important qu'avant, maintenant qu'il y a les calculettes et tout le reste. Mais après ça, il faut tirer un trait. Continuer encore et encore, ça ne rapporte que des ennuis. Les scientifiques qui font des bombes, les docteurs qui ne vous enlèvent pas les bons morceaux, les juges qui relâchent les criminels sans les punir, tous des gens soi-disant éduqués.

Quant à l'ouverture d'esprit que conférerait l'éducation... Ce n'est pas du tout ce que constataient Mme Crudge et ses compagnons de lutte pour l'avènement d'un nouveau monde cosmique. L'esprit de ces ricaneurs cyniques – à croire que c'est tout le monde, aujourd'hui – il est fermé comme une huître. Oh, ils le savent bien, allez, les travailleurs du haut méridien, ce que c'est d'être une minorité opprimée ! Et ces je-sais-tout, ces intellos, c'est eux, les vrais ratés, car ils ont perdu la faculté de croire aux miracles. Ils ont perdu leur voie.

— Je crois, Ben... si ça te tracasse d'en parler à Mallory, dis que tu vas prendre le thé chez moi dimanche.

— Oh non, je ne peux pas, protesta Benny, fort embarrassée. Ce serait un mensonge.

— Non, ce ne serait pas un mensonge. – Doris se levait, prenait son manteau en laine légère malgré la chaleur de la journée. – C'est justement ce qu'on fait après le service, on prend le thé tous ensemble.

— Tu as raison, je crois.

Malgré son air soumis et même un peu effarouché, Benny avait déjà décidé d'y aller. S'il survenait un événement dramatique, elle serait avec une amie, entourée de gens, il ne pourrait rien lui arriver. Et si rien ne se produisait, elle considérerait toute l'affaire comme une aventure et profiterait du petit buffet.

Elle soupira : elle aurait bien aimé se sentir « un peu plus maline », comme aurait dit Doris. Elle avait dormi profondément, si ce n'est très bien, et s'était réveillée avec la bouche sèche, un léger mal de tête et une sensation générale d'hébétude. Judith lui avait donné des pilules que Benny avait refusé de prendre, sous prétexte que les somnifères avaient été prescrits à Ashley et à lui seul.

Alors Judith avait expliqué très sèchement qu'elle ne pouvait la laisser dans cet état, qu'elle avait un travail à faire pour le lendemain, un mari malade, et qu'elle avait autant besoin de sommeil que Benny, si ce n'est plus. Alors celle-ci avait docilement avalé deux pilules, ce qu'elle regrettait maintenant.

*
*   *

Après le départ de Doris, Benny se leva lentement, lava les tasses à café, fit le lit dans la chambre de Kate et Mallory, avec des draps propres, et glissa des sachets de lavande sous les oreillers. Elle décida d'aller acheter du pain frais à l'épicerie au cas où Kate arriverait avant le déjeuner. Elle mit presque vingt minutes à parcourir les quatre cents mètres car il fallait qu'elle s'arrête pour bavarder avec tous les deux-pattes, caresser tous les quatre-pattes. Dans la boutique, il y avait un joli jambon d'York à l'os. Benny en prit une demi-livre pour faire des sandwiches, ajouta des pêches et un rouleau de papier absorbant décoré de fleurs de pommier ainsi que le *Times* et, en allant à la caisse, elle repéra une petite chose absolument ravissante. Un terrier des Highlands sculpté dans un énorme pain de savon, couleur et parfum du lilas, avec une éponge en forme d'os, aussi couleur lilas. L'os était ceint d'un petit collier en cuir véritable avec un médaillon marqué : « Pour » et « De la part de ».

Benny se dit qu'elle devait des excuses à Judith pour s'être montrée aussi pénible la veille et des remerciements pour son aide. Elle passerait sur le chemin du retour, ils auraient fini leur petit déjeuner, et, qui plus est, elle offrirait le terrier en cadeau !

Judith parut assez déconcertée par le savon et l'éponge. Elle tendit le tout à Ashley.

— Regarde un peu ce que Benny nous apporte.

— C'est charmant. – Il sourit en prenant la boîte. – Entrez boire une tasse de thé, Ben. Vous devez vous sentir un peu seule, là-bas.

— Si vous croyez...

Quel accueil! Elle adressa un sourire radieux aux Parnell et s'installa, toute contente, près de la fenêtre. Elle entamait le récit de la dernière aventure de Croydon – victime de son avidité et de sa présomption, il était tombé dans le bassin aux poissons – quand Judith bondit en criant : – Le fax! Excusez-moi...

— On doit avoir une de ces peurs sous l'eau! dit Ashley. Moi, j'ai toujours eu peur de me noyer.

— Moi aussi! s'exclama Benny comme s'il s'agissait de la plus réjouissante des coïncidences. – Elle avait peur, en outre, d'être kidnappée, de tomber du ciel, d'être mordue par des tarentules, qu'on trouve régulièrement dans les régimes de bananes, comme chacun sait. – C'est pour ça que je n'en mange jamais. Et je ne prends jamais le bateau.

Ashley lui proposa un croissant.

— Il en reste plein. Avec de la confiture de cerises noires.

— Vous vous êtes fait une vraie amie à Appleby House, dit Benny en acceptant le croissant qu'elle tartina de beurre. Polly n'a pas cessé de parler de vous l'autre soir. Elle a posé plein de questions.

— Ah oui?

— Elle est si gentille. Si compatissante.

— Je ne l'ai vue qu'une fois mais elle m'a paru... charmante. – Ashley arrangea la couverture sur ses genoux puis la rejeta d'un geste impatient. – Je devrais peut-être retourner le compliment. Vous savez quand elle revient? Elle va vivre avec ses parents quand ils se seront installés? Et elle a des petits amis? Sûrement des tas. Quelqu'un en particulier?

— Quelqu'un a téléphoné très tard l'autre soir et elle est sortie en courant. Les jeunes... – Benny soupira et secoua la tête avec une expression de grande perplexité : à croire qu'elle parlait de jeunes dinosaures. Elle ajouta : – Je sais que c'est impoli de faire des remarques personnelles, j'espère que vous me pardonnerez, mais vous avez bien meilleure mine aujourd'hui, Ashley.

La réflexion n'était pas seulement de politesse : les lèvres d'Ashley s'étaient colorées, ses yeux brillaient et ses joues avaient rougi.

— Vous trouvez?

Il n'avait pas remarqué sa bonne mine – Ashley évitait de se regarder dans la glace, ces derniers temps – mais il y avait peut-être du vrai. En fait, il s'était senti très bien l'autre jour, en bavardant avec Kate dans la cuisine. Il devrait voir davantage de gens. Ce n'était pas sain pour Jude et lui d'être cloîtrés ici toute la journée. Et si sa maladie était psychosomatique?

— Écoutez, j'ai une idée! Quand Polly reviendra, il faut qu'on organise un petit dîner, juste nous quatre, comme ça Judith et moi pourrons faire sa connaissance.

— Ça alors, quelle bonne idée!

— Peut-être pourriez-vous me donner son adresse à Londres? Et on fixerait une date.

— Je vous l'apporte tout de suite.

La vie devient plus intéressante à chaque minute, pensa Benny.

— C'est bientôt l'anniversaire de Judith. On pourrait faire une petite fête.

— Quelle merveilleuse idée! s'écria Benny.

— Seulement... – Ashley mit un doigt sur ses lèvres et déclara à mi-voix : – J'aimerais que ce soit une surprise.

— Je comprends. – Benny chuchota de même : – Motus et bouche cousue !

Judith tendait l'oreille depuis son cagibi obscur. Elle fut intriguée par les murmures soudains. Il n'y avait pas eu de fax, bien sûr. Il fallait simplement qu'elle s'en aille. Une minute de plus à subir l'enthousiasme bondissant et inconditionnel de Benny, et elle se mettait à hurler. Quant à cette horreur de savon...

Maintenant, ils riaient. Depuis quand n'avait-elle pas entendu rire Ashley ? Il riait fort, comme autrefois. Comment cette imbécile arrivait-elle à le faire rire alors qu'elle-même n'y parvenait que rarement ? Eh bien, elle n'allait pas se laisser exclure. Judith referma son ordinateur quand le téléphone sonna. Elle décrocha avec brusquerie et tous ses marmonnements intérieurs cessèrent. C'était la secrétaire de leur médecin. M. Parnell pourrait-il venir à quatre heures et demie mardi prochain ? Elle resta vague dans ses explications, ce qui agaça Judith... Ce devaient être les résultats de l'examen de sang. La bouche subitement sèche, elle se précipita pour prévenir Ashley.

7

En cet après-midi du 20 juillet, dernier jour de sa dernière semaine au collège d'Ewan Sedgewick, Mallory s'efforçait de cacher son euphorie. Par délicatesse. Tous les professeurs l'enviaient, il le savait. Ils étaient parfaitement au courant qu'il n'avait pas gagné sa retraite de façon équitable. Comme s'il avait décroché le gros lot – il avait surpris sa secrétaire en train de marmonner – et, au fond, Mallory en convenait. Sauf qu'il avait gagné bien plus que de l'argent : la liberté.

Il était dans son bureau, en train d'enlever les affiches, les emplois du temps, les tableaux d'horaires de sport fixés sur les murs. Des dates qu'il allait oublier à jamais. Il prit son gros agenda, en feuilleta les pages avec le pouce et sept mois malheureux défilèrent ainsi sous ses yeux. Il allait jeter l'agenda haï à la corbeille quand il fut saisi soudain du désir puéril, malicieux de détruire. Il l'ouvrit pour en casser le dos, arracha les pages par poignées, les déchira puis lança les morceaux en l'air comme autant de confetti. Il s'arrêta au beau milieu, saisi par l'inutilité de son geste, ce qui l'attrista.

Encore quarante minutes. Il n'était pas obligé de s'y tenir, naturellement. En fait, il aurait pu ne pas venir du tout, il avait même l'impression que le Bureau avait été surpris de le voir. Mais, curieux paradoxe, maintenant que Mallory avait le choix, il avait décidé de faire acte de présence jusqu'au bout.

Il se défendit de trop regretter l'annulation de la petite fête qu'ils avaient projetée avec Kate, le soir même. Bien sûr, il fallait qu'ils aillent à Forbes Abbot si Benny était malade. Mais il s'en était fait une telle joie.

Ils n'étaient pas retournés à leur restaurant favori, Riva, depuis bientôt trois ans. La dernière fois, c'était à l'occasion de l'anniversaire de Mallory, mais il était si fatigué, si crispé que même les plats délicieux, le service discret et le charmant décor n'avaient pas réussi à lui faire apprécier la soirée. Comme tout aurait été différent, aujourd'hui !

À ce moment-là, le téléphone se mit à sonner. Il fut tenté de ne pas décrocher. En quoi cela le regardait-il ? Il s'était libéré de toutes les contraintes, avait dit au revoir aux quelques rares personnes qu'il regretterait et il n'y avait certainement pas de surprise-partie qui l'attendait. Alors pourquoi décrocher ?

Après coup, il se demanda ce que cela aurait changé s'il était parti. S'il avait enfilé son manteau et s'en était allé avec la sonnerie dans les oreilles. À long terme, probablement pas grand-chose. Les événements auraient été retardés, voilà tout. La conclusion aurait été la même.

— Allô ?

Il y eut un bruit étrange, comme étranglé dans le combiné.

— Qui est à l'appareil ?

— Ahh... – Des pleurs, des sanglots. – Papa...
— Polly? *Polly...*
— J'ai... un gros problème.
— Où es-tu?
— À la maison. Oh, papa, s'il te plaît, viens...
— Qu'est-ce qu'il y a?
— *Viens, je te dis.*
— Bon, bon! Je pars tout de suite. Écoute, ne.. Reste où tu es, d'accord? J'aurai peut-être... La circulation...
— Ne dis rien à personne, je t'en prie! *À personne.*
— Non.
— Promets-moi!

Naturellement, il avait promis avant de se ruer comme un fou dans sa voiture. En démarrant, il érafla le poteau métallique et s'aperçut qu'il n'avait pas demandé de quelle maison il s'agissait. Peut-être appelait-elle de son appartement, qui se trouvait à Dalston, à des kilomètres de Parsons Green. Et si elle l'attendait là-bas, affolée, en le guettant par la fenêtre?

«Bon Dieu!» Déjà coincé dans un super encombrement, il appela chez lui de son portable. Pas de réponse. Il composa alors le numéro de l'appartement. Rien. Mallory se maudit de s'être ainsi précipité. S'il s'était donné ne fût-ce que deux minutes pour réfléchir, il aurait pu composer le 1471. Mais alors, si elle ne décrochait pas...

Il se répéta les phrases brèves qu'ils avaient échangées. Elle était terriblement bouleversée, ça oui. Elle pleurait, oui. Elle avait peur? Il n'en était pas certain, parce que Polly, à sa connaissance, n'avait peur de rien. Il lui vint alors à l'esprit qu'elle n'était peut-être pas seule. Et si quelqu'un l'avait forcée à appeler? Quelqu'un qui se tenait à côté d'elle. Elle avait peut-être surpris un cambrioleur qui mettait l'appartement à sac... Rien que d'y penser, Mallory devenait fou. Il commença à mettre sa terreur en mots, il proférait des menaces, marmonnait des obscénités. Puis il cogna sur le tableau de bord et se meurtrit la main.

Deux femmes s'arrêtèrent sur le trottoir et se penchèrent pour le dévisager par la vitre. L'une d'elles remua les lèvres : «Vous allez bien?» peut-être. L'autre se mit à rire. La file de voitures s'ébranla lentement.

Mallory respira profondément et se força à se concentrer sur sa conduite. Il était doué de raison, il devait penser rationnellement. Essayer de démêler ce qu'il savait réellement de cette foule d'images effrayantes qui menaçaient de lui faire éclater la tête. S'en tenir aux faits. Sa fille était angoissée, elle avait des ennuis. Elle était chez elle et presque certainement seule. Il serait bientôt avec elle et ils tâcheraient tous deux de résoudre le problème. On respire profondément.

Quand il arriva à Cordwainer Road, il s'était un peu apaisé. Mais son calme relatif fut balayé par une vague d'inquiétude quand il aperçut les voitures stationnées tout du long, pare-chocs contre pare-chocs, des deux côtés. Il hésita mais fut obligé d'avancer à cause d'un furieux coup de klaxon, derrière lui. Il tourna dans Elmstone Road, rien à faire. Harbiedown, pareil. Désespéré, il finit par laisser sa voiture devant une porte de garage marquée : Interdiction formelle de stationner.

Polly ouvrit la porte et dévisagea son père avec étonnement. Suant, haletant, appuyant sur son point de côté, Mallory pouvait à peine parler.

— Papa? – Elle tendit la main et le fit entrer. – Mais qu'est-ce que tu fabriquais?

— Courir... j'ai couru.

— Mais pourquoi?

— Ça va. – Elle avait grand-peine à le soutenir. – Franchement, ça va.

— Et pourquoi as-tu couru?

— J'étais inquiet. – Mallory s'appuya sur la rampe de l'escalier, les genoux flageolants. Il exhala une longue respiration douloureuse. Son souffle se ralentit peu à peu. – Tu avais l'air si...

— Oh, papa. – Elle l'enlaça. Ils chancelèrent et faillirent perdre l'équilibre. – Là, viens t'asseoir.

Le salon, qu'il avait imaginé sens dessus dessous, qui sait? saccagé, avait son apparence normale. Les pâles rayons du soleil de l'après-midi caressaient les meubles en révélant la poussière, effleuraient un vase de roses fanées. Mallory se dirigea vers le canapé et Polly l'aida comme s'il était invalide.

— Je te prépare un verre...

— Non, non! Dis-moi, Polly, pour l'amour du Ciel!

Il la scruta intensément. Pas de traces de larmes. Il fut touché qu'elle se soit débarbouillée et qu'elle ait fait l'effort de surmonter son angoisse. Elle paraissait plus calme que lui. Il continuait à la regarder et elle se rembrunit, sa bouche s'affaissa et se mit à trembler. Elle serra les lèvres jusqu'à les faire disparaître. Mallory lui prit la main.

— Dis-moi, Polly.

Alors, elle lui raconta. Qu'elle s'était laissé entraîner à jouer en bourse avec une bande de requins qu'elle croyait ses amis. Qu'elle avait gagné, gagné, puis perdu, perdu. Qu'elle avait eu la possibilité de tout récupérer et de gagner encore plus parce qu'on murmurait partout que cette nouvelle start-up allait faire un tabac. Désespérée de ne pouvoir profiter de cette fantastique occasion, quand le banquier du groupe lui avait proposé un prêt, elle avait sauté dessus. Les rumeurs étaient avérées et il avait toujours raison.

— Franchement, papa, ce type n'a pas trente ans, et il est tellement riche, il est parti de zéro. Il a sorti un contrat. J'ai signé et, pendant quelques semaines, tout allait bien. Pas génial, mais les actions avaient l'air stables, et puis ça s'est effondré du jour au lendemain, et j'ai tout perdu.

» Alors j'ai lu ce qui était écrit en petit sur le contrat. Vingt-cinq pour cent d'intérêts composés parce que je n'avais pas de garantie. C'était il y a trois mois et les intérêts étaient déjà presque aussi élevés que la dette. Il... hum... a bien suggéré un autre moyen d'en sortir mais je n'ai pas pu. On dirait une limace, aussi visqueux, gluant...

— Pas question que tu fasses une chose pareille, voyons !

Une rage noire monta en lui. Une haine de l'inconnu, une furieuse envie de le prendre à la gorge, et de le serrer, et de le secouer, et de l'étrangler, et de l'étouffer. Bon Dieu, mais quel salaud !

— Papa, tu me fais mal.

— Pardon. – Il lui lâcha la main. – Pardon, chérie.

— Alors ça ne fait que s'accumuler. C'est un requin vicieux, comme les promoteurs. Tu empruntes cinq livres, tu fais trois petits tours, et tu en dois cinq cents.

— Combien as-tu emprunté, Polly?

— Dix.

— Dix *mille*? – Elle baissa la tête. Ses cheveux retombèrent sur son visage, en épaisses boucles noires. – Et à combien se monte la dette maintenant?

— Presque seize.

— C'est incroyable. – Mallory inspira prudemment et exhala un long soupir de désespoir. – Tu en as parlé à quelqu'un?

— Comme qui?

— À la fac, ils n'ont pas un conseil...

— Je n'ai pas besoin de conseil, hurla Polly. J'ai besoin d'argent, merde!

Elle éclata en sanglots, enfouit la tête dans ses mains et se balança lentement d'avant en arrière.

— Oh, mon Dieu!

— Je croyais que tu comprendrais. – Sa voix était étouffée. Plate et monocorde comme s'ils se disputaient depuis des heures et qu'ils aient épuisé le sujet. – Je croyais que tu m'aiderais.

— Je vais t'aider. Je regrette seulement que tu ne m'en aies pas parlé plus tôt.

— Pouvais pas. Pas avec tous les soucis que tu avais.

— Quand je pense que tu as porté ce poids comme ça, toute seule...

Il se souvint alors de la dispute au sujet de l'appartement. Dispute interrompue par le coup de fil de Benny qui leur annonçait la mort de Carey. Voilà sans doute à quoi devait servir l'argent. Il se rappela la prudence de Kate; son scepticisme méfiant. Elle avait raison. Il eut l'impression qu'en le reconnaissant, il manquait de loyauté à l'égard de sa fille.

— C'est pour ça que, quand tante Carey m'a laissé toutes ces actions, je suis devenue dingue tellement j'étais soulagée. Mais, tu vois bien, papa, si j'attends encore dix mois, je serai écrasée. Il ne restera pratiquement plus rien. – Polly regarda son père, les yeux noyés de larmes contenues. – Tu connais Dennis depuis toujours. Si tu lui demandes, comme un service exceptionnel, de faire une entorse à la règle, je suis sûre qu'il acceptera.

— Polly...

— Je ne réclame pas tout, juste de quoi rembourser la dette.

— Pas la peine de demander à Dennis.

— Je ne comprends pas, fit-elle sur un ton déconcerté.

Les yeux limpides et brillants, elle soutint le regard de Mallory. Elle s'était préparée à ce moment depuis qu'elle avait découvert, dans le bureau de Dennis, qui en réalité disposait de son héritage.

— Ton legs fait partie de la propriété Lawson. Qui m'a été transférée en totalité.

— Je ne peux pas... quoi? – Polly prit l'air incrédule, en ouvrant toute grande sa jolie bouche. Puis elle se mit à pleurer et à rire tout à la fois. Elle lui jeta les bras autour du cou et inonda sa veste de larmes. – Alors, tout va bien.

Mallory lui tapota les cheveux avec maladresse. Au bout d'un moment, elle se rassit, s'essuya les joues sur sa chemise et le regarda avec un grand sérieux. Elle fronça les sourcils puis carra les épaules comme si elle venait de prendre une décision.

— Je l'ai fait pour toi, papa.

— Quoi?

— Tu étais coincé dans cet horrible endroit comme dans un asile de fous. C'était tellement dur. Je voyais bien que ça te tuait. Et tout ça parce qu'on n'avait pas d'argent.

— C'est fini, maintenant.

— Un jour, quand je suis passée, tu avais l'air d'un vrai maniaque. Tu m'as regardée comme si tu ne me reconnaissais pas. Tu te rappelles?

Mallory secoua la tête sans rien dire.

— J'avais peur que tu fasses une bêtise. Je n'aurais pas pu supporter. Je n'aurais pas pu. – Elle serra les poings, et cogna sur les accoudoirs du fauteuil. – Ces salauds, ils se font un fric, c'est dégueulasse. Alors je me suis dit : « Pourquoi mon papa n'en aurait-il pas un peu? »

— Oh, Polly!

Étranglé par l'émotion, Mallory put à peine sortir un mot. Dans sa tête, tout se bousculait. L'admiration pour sa fille, pour le courage qu'elle avait montré en portant ce poids en silence. La haine malsaine pour l'inconnu qui avait osé, *osé* la faire chanter, pour qu'elle couche avec lui. Mais, par-dessus tout, la joie et la gratitude devant cette preuve d'amour qu'elle lui donnait. Naturellement, il l'aimait depuis toujours. La plupart des parents aiment leurs enfants, ça fait partie du métier. Et eux, ils nous aiment quand ils sont petits. Ils sont obligés, on est leur survie. Mais quand ils sont adultes, qu'ils n'ont pas de raison de nous aimer et qu'ils continuent à nous aimer quand même, alors, mon Dieu, c'est pas de la chance, ça?

— Papa?

— Pardon... oui, Polly.

— Combien de temps... c'est-à-dire.. quand est-ce que tu pourrais...?

— Rapidement. Dans un jour ou deux.

— Et je pourrais l'avoir en liquide, s'il te plaît?

— *En liquide?*

— Un chèque, il serait capable de le garder. De ne pas l'encaisser, je veux dire. Dieu sait, il n'en a pas besoin, de cet argent. Comme ça, d'une certaine façon, il reste encore maître de la situation.

Ce n'était pas la vraie raison. En réalité, Polly avait hâte de jeter l'argent à la figure d'un Slaughter ébahi. De balancer une poignée géante sur ses bajoues baveuses. D'en enfoncer un peu dans ses narines poilues. De fourrer les billets dans la ceinture de son pantalon. Haletante de triomphe et d'impatience, elle se mit à rire. Le portrait était d'un tel réalisme. Sa réaction à lui n'entrait pas dans le tableau. Privé de son pouvoir, Billy Slaughter n'était plus rien.

Mallory s'était levé et se dirigeait vers la fenêtre.

— Je ferais mieux d'appeler ta mère...

— Non! – Polly bondit. Subitement affolée, elle se précipita pour saisir le téléphone. – Il ne faut pas.

— Elle m'attend.

— OK, mais... c'est-à-dire... ne lui parle pas de ça, tu veux, papa. Tu promets?

— Je ne peux pas.

— Cela ne la regarde pas.

— C'est ta mère, Polly.

— Elle ne comprendra pas, elle s'en fiche.

— N'importe quoi !

— Elle me déteste.

— Mais non, elle ne te déteste pas.

— Tu te fâches maintenant, s'écria-t-elle, en retenant comme un enfant le bras de son père qui tentait de s'emparer du téléphone. – Tu vois, elle vient déjà se mettre entre nous.

— Tu te montes la tête.

— Ah bon? Rappelle-toi comme elle était contente quand j'ai quitté la maison.

Mallory répéta : « N'importe quoi ! » tout en repensant, malgré lui, au changement qui s'était opéré chez Kate quand Polly était partie. Noyé comme il était dans le malheur dont il était seul responsable, il s'était pourtant rendu compte que son visage et ses manières s'étaient éclairés. Elle se déplaçait avec lenteur, passait du temps assise à ne rien faire, tout en souriant souvent. Elle restait davantage à la maison, elle avait même abandonné des cours du soir, qu'elle avait toujours assuré ne pouvoir manquer. Certes, elle avait été plus heureuse après le départ de Polly.

Celle-ci observait son père non sans une certaine affection. Il était si transparent. Elle dit, avec une gravité attristée : – Tu vois?

— Je ne vois rien du tout.

— Je n'aurai pas fini d'en entendre parler. Comment tu veux que je vienne dans ces conditions-là?

— Qu'est-ce que tu veux dire?

— Oh, ne prends pas cet air abattu, papa. – Elle relâcha le téléphone et le reposa sur la table, puis eut un sourire rassurant. – On se verra encore tous les deux. On se retrouvera en ville pour déjeuner et...

Mallory, glacé, déclara : – C'est indigne de toi, Polly.

— C'est forcé. J'en ai marre des disputes. Et celle-là, elle va durer un bout de temps.

Peut-être avait-elle raison. Mallory ne considérait pas Kate comme quelqu'un de particulièrement intransigeant, mais il ne faisait aucun doute qu'elle ne se contenterait pas d'écouter l'histoire et d'en rester là. Elle poserait des questions; elle serait aussi furieuse que lui. Elle exigerait le nom de l'homme, elle essaierait même de le voir. Ce qui revenait à impliquer une personne de plus dans l'embrouille. Deux, en fait, car il serait impossible à Mallory de rester à l'écart si sa femme s'en mêlait. Lentement, il composa le numéro d'Appleby House.

— Allô, chérie? Oui, tout va bien. Je serai simplement un peu en retard... Oh, j'avais plus à faire à la dernière minute que je ne pensais. Les gens n'ont pas arrêté de défiler... pour dire au revoir, tu comprends? Pour me souhaiter bonne chance...

— Tu appelles de la maison, Mal?

— Hum... Pardon? – Il se rappela alors qu'il avait chargé la voiture le matin même pour partir directement de l'école à Forbes Abbot. Kate l'avait aidé. – De la maison?

— J'entends le marteau-piqueur.

— Ah oui! De la maison, oui. J'ai oublié quelque chose.

— Quoi?

— ... Des livres. Écoute, dînez toutes les deux avec Benny. J'arriverai dès que possible.

Il raccrocha et regarda Polly. Elle était immobile, la tête baissée. Il remarqua qu'elle avait les pieds légèrement en dedans et un souvenir poignant lui revint. Petite, elle se tenait exactement de la même manière quand elle avait eu le dessus dans une discussion ou une dispute. Une enfant moins subtile se serait réjouie; aurait triomphé, même. Pas Polly. Elle ne fanfaronnait jamais. Elle se contentait de sourire, de hausser les épaules, de murmurer quelques mots plus ou moins intelligibles et de s'éclipser discrètement.

— Merci, papa, je n'oublierai jamais.

— Cela va prendre quelques jours pour faire virer l'argent.

— D'accord, parfait.

— Et c'est seulement pour couvrir ce que tu dois, Polly. N'en demande pas plus.

— Non, non, s'écria-t-elle, en regrettant aussitôt d'avoir eu la bêtise d'énoncer le montant exact.

*

* *

Kate avait vidé les placards de la cuisine et le congélateur avant de partir pour Forbes Abbot. Inutile, vraiment. Il aurait été plus rationnel d'arriver d'abord, de voir ce qui manquait, puis de ressortir faire les courses. Cependant, elle ne se sentait pas d'humeur rationnelle. Pour elle, vider le congélateur, remplir les sacs isothermes, les charger dans le coffre de la voiture, c'était un déménagement en miniature, un avant-goût du vrai.

En vidant ses sacs sur la table de la cuisine, elle demanda à Benny ce qu'elle aimerait pour le dîner. Celle-ci n'avait pas de préférence; elle assura que tout paraissait délicieux et qu'elle s'en remettait à Kate. Alors elles se décidèrent pour du poisson au curry avec du riz thaï parfumé, et des mange-tout du jardin.

Malgré ce qu'avait dit Mallory, Kate retarda le dîner d'une heure, au cas où. Elle ouvrit une bouteille de vouvray demi-sec. Après un verre, Benny se mit à glousser jusqu'à s'étouffer. Aussi, Kate but-elle plus qu'elle n'en avait l'intention. Alors qu'elle se versait le troisième verre, elle se sentit changer d'humeur. *In vino veritas*, et tout ça. Elle avait l'impression d'être lésée, ce qui la disposa à la provocation. C'était un peu stupide puisqu'il n'y avait personne à provoquer.

À vrai dire, elle s'était fait une joie de sortir avec Mallory ce soir. De tirer un trait sur leur passé et de fêter le début de leur nouvelle vie.

Quand Judith avait téléphoné en décrivant l'état de Benny, Kate, sincèrement alarmée, n'avait pas hésité. Mallory serait venu avec elle s'il l'avait pu. Tous deux avaient convenu que c'était dommage pour Riva mais ils trouveraient bien une autre occasion. Pourtant, leur dîner de ce soir aurait tout de même pu être une fête, à trois cette fois, ce qui était normal puisque Benny allait travailler avec eux. Mais, à huit heures, elles étaient toujours seules.

Elles avaient très faim et commencèrent à dîner. Elles prirent leur temps, et s'accordèrent un dessert, de la panacotta à l'abricot. Kate s'aperçut que, d'ici une heure ou deux, cette journée, qui devait être si particulière, toucherait à sa fin.

Alors, où était Mallory? Le trajet, même en tenant compte de l'exode du vendredi soir, ne prenait pas plus de trois heures. Ils s'étaient parlé au téléphone vers cinq heures et demie et il était presque dix heures et demie.

Devinant que Kate était quelque peu sur les dents, Benny essayait d'exprimer sa sympathie et son inquiétude en évitant de trop parler. Elle savait d'expérience que le bavardage pouvait être très irritant quand on était à cran. Elle débarrassa la table, lava la vaisselle en silence et rangea.

Elle se sentait beaucoup mieux au fond d'elle-même. L'incident du téléphone, quoique non encore éclairci, semblait maintenant très puéril. Kate en avait ri, en disant qu'il lui arrivait toujours des choses bizarres à elle aussi. C'était merveilleux qu'ils soient là tous les deux pour le week-end. Elle se voyait attablée en leur compagnie dans la cuisine, en train de faire des tas de projets sur les livres, elle préparant du thé et servant sandwiches et biscuits. Occupée, utile, contente.

Soudain, des phares balayèrent les murs délavés, les baignant d'un flot de lumière ambrée. Une voiture s'arrêta dehors et Benny se hâta d'aller ouvrir. C'était Mallory.

Il dit « Salut ! » sur un ton de cordialité forcée.

— Mallory, déclara Benny, nous étions si inquiètes. – Il fronça les sourcils et elle regretta aussitôt ses paroles. – C'est-à-dire... moi, j'étais inquiète. – Ça non plus, ça n'allait pas. Comme si Kate ne s'était pas du tout inquiétée... – C'est-à-dire...

Mais il n'écoutait pas.

— Eh bien, conclut-elle, soudain embarrassée sans savoir pourquoi, je m'en vais dans mon petit dodo. Peux-tu dire bonne nuit à Kate pour moi, s'il te plaît ?

Elle referma la lourde porte derrière elle et se dirigea vers les écuries. En grimpant l'escalier qui menait à l'appartement au-dessus, elle se surprit à être impatiente de se retrouver chez elle. Vraiment, comme dit le poète, on n'est jamais si bien que chez soi. D'abord, elle prendrait un bain chaud, puis elle se préparerait une bonne tasse de cacao, empilerait les oreillers sur son lit et s'installerait avec la dernière livraison du journal de la paroisse.

*

* *

Kate, qui avait passé les deux dernières heures à tâcher de dissiper un gros nœud de rancœur, le sentit se reformer avec vigueur quand elle entendit la voix de Mallory dans le vestibule. Elle se força à se faire l'avocat du diable. Au moins, attends de savoir pourquoi il arrive si tard. Ce n'est probablement pas sa faute. Et s'il avait eu un accident, pense à ce que tu ressentirais maintenant. Remercie le Ciel qu'il soit là enfin, sain et sauf. Elle regretta d'avoir trop bu.

— Kate... je suis terriblement...

— Mais qu'est-ce que tu as foutu?

— Je suis désolé.

— Désolé? Il n'y a pas de quoi être désolé. Ce devait être notre soirée, tu te rappelles?

— Bien sûr, je...

— Une journée particulière.

— Je sais bien.

— Le premier jour de notre nouvelle vie, comme on dit dans les livres de psycho.

— Qu'est-ce qui te prend?

— Eh bien, voyons : déception. Ennui croissant. Irritation. Ressentiment qui s'accumule...

— Et un peu d'alcool par-dessus, à ce qu'il paraît.

— Oui, ça aussi. Choc. Horreur.

— Je peux t'expliquer.

— Alors vas-y.

— La voiture n'a pas voulu démarrer.

— Mallory, Mallory. Cinq heures, et c'est tout ce que tu trouves à dire ?

Au contraire, il avait imaginé des tas de choses à dire durant le trajet mais il savait que, venant de lui, elles seraient toutes invraisemblables. Les explications en soi n'étaient pas extraordinaires, mais il suffisait qu'elles soient fausses. Même à l'âge où les enfants racontent des bobards comme ils respirent, lui n'y arrivait pas. Il devenait écarlate, se tortillait, pleurait. Naturellement, aujourd'hui, il ne se conduisait plus ainsi mais le mensonge lui restait toujours sur la langue, aigu comme une piqûre d'abeille.

La vérité, c'était qu'il avait pris le thé avec Polly. Ensuite elle avait proposé qu'ils aillent manger un morceau à Orlando, juste au coin de la rue. Il n'y aurait personne à cette heure-là. On les servirait rapidement ; juste une assiettée de pâtes. En vingt minutes, ce serait bouclé.

Mallory se rendit aussitôt à l'évidence : même s'il partait maintenant, elles auraient probablement fini de dîner quand il arriverait. Ce serait vraiment égoïste de les obliger à refaire un repas.

Chez Orlando, qui était presque complet, Mallory songea que c'était la première fois qu'il sortait seul avec sa fille depuis qu'elle était petite. Il remarqua que les gens la regardaient, ce qui ne le surprit pas. Elle portait un haut moulant à manches courtes, dans un tissu noir diaphane, constellé de taches argentées, qui, même au regard profane de Mallory, paraissait très coûteux. Elle avait fait quelque chose à ses cheveux qui prenaient des reflets d'un rouge profond à la lumière. La masse de boucles souples et brillantes était retenue au sommet de la tête par un peigne de bronze serti de perles, de turquoises et de petits éclats de corail. Coûteux aussi, visiblement.

Ils attendirent près d'une demi-heure leurs *tonnarelle alla paesana*, en buvant un vin rouge de Vérone tandis que Polly inventait des histoires drôles et méchantes sur la vie privée des autres dîneurs. Puis, au milieu du repas, elle se mit à parler tranquillement et sérieusement de sa vie à elle. Surtout des cours à l'institut et des problèmes qu'elle rencontrait avec son professeur de statistiques. Mallory qui, durant des années, n'avait eu droit comme Kate qu'à des miettes lancées avec parcimonie, buvait chacune de ses paroles.

Polly en était venue aux étudiants qui se rangeaient, selon elle, dans deux catégories : ceux qui cherchaient à tout prix à être ses amis et ne la laissaient pas en paix, et les autres, qui étaient simplement jaloux, quand Mallory remarqua l'heure avancée. Polly réclama à toute force un sabayon. « C'est ce que je préfère au monde, papa, et regarde, c'est prêt sur la table roulante, ça ne prendra qu'une minute, et je le mangerai pendant que tu régleras l'addition. »

Mais il n'en alla pas tout à fait ainsi, car elle commanda en même temps un cappuccino puis disparut aux toilettes pendant des heures, c'est-à-dire une dizaine de minutes.

Mallory eut droit à tous les feux rouges à Londres et, une fois engagé sur l'autoroute, il avait à peine mis le pied sur l'accélérateur que les feux arrière redoutés apparurent, qui aboutirent à un bouchon de près de deux kilomètres.

— Quoi ?

— Pourquoi n'as-tu pas appelé ?

— Le portable n'avait plus de batterie.

— Comme par hasard !

— Je suis fatigué.

C'était au tour de Mallory d'être mécontent. Merde, il n'y avait pas que sa fille qu'il sauvait de la ruine !

— On l'a fait réviser la semaine dernière.

— Quoi donc ?

— Cette fichue voiture ! – Kate s'assit brusquement. Elle avait l'impression qu'on lui enfonçait un ciseau dans le crâne. – Tu n'as pas appelé le dépannage ? Ou le garage ?

— ... Hum... non... c'étaient les bougies qui étaient humides.

— Humides ? Il faisait vingt-deux degrés aujourd'hui.

— Oh, bon Dieu, fiche-moi la paix !

Ils se regardèrent, soudain atterrés. Deux étrangers dans un endroit inconnu. Atterrés et effrayés.

Si seulement je n'avais pas promis à Polly ! J'ai eu tort de lui promettre de ne rien dire. Et tort de l'emmener dîner alors que je savais que Kate m'attendait. Maintenant, elle est en colère et méfiante, et je suis là, avec mes mystères et mes mensonges.

Si seulement je n'avais pas bu ! Elle rejoua l'arrivée de Mallory dans sa tête. Elle se vit sortir pour l'accueillir, soulagée qu'il soit là, elle l'embrassait. Lui servait son repas qu'elle avait gardé au chaud ou lui préparait quelque chose. Ils auraient ri, bavardé, bu du vin, puis seraient allés se coucher et auraient fait l'amour, le premier jour de leur nouvelle vie. Au lieu de quoi, il était là, éreinté, de mauvaise humeur et elle, elle se retenait à grand-peine de pleurer. Mais peut-être n'était-il pas trop tard.

Elle se força à sourire.

— Tu dois mourir de faim, Mal. Je vais te chercher quelque chose.

— C'est bon. J'ai déjà...

— Ah bon, vraiment?

— Je veux dire... il est trop tard.

— Ça va, j'ai pigé! dit Kate, et elle s'en alla.

*

* *

Le lendemain matin, Mallory, qui avait passé la nuit sur le canapé de la bibliothèque, prépara du thé dès qu'il jugea l'heure civilisée. Il emporta le plateau dans la chambre de Kate. Elle était profondément endormie. La douce lumière qui filtrait à travers les rideaux à demi transparents révélait les traces de larmes sur ses joues. Brûlant de tendresse et de honte, il déposa très doucement le plateau sur la table de nuit mais elle ouvrit les yeux et se réveilla. Elle se hissa en position assise.

— Kate chérie, je suis tellement désolé pour hier soir. – Mallory s'assit au bord du lit. – Vraiment, je suis désolé.

— Non, non, protesta-t-elle. Je n'aurais pas dû te parler comme ça. J'avais bu... j'étais inquiète...

— Écoute, je veux te dire...

— Ça n'a pas d'importance.

— Si, ça en a. – Il lui prit la main. – J'étais avec quelqu'un qui a de gros ennuis. Il m'a demandé mon aide et je n'ai pas pu refuser. Cela a pris plus de temps que je ne pensais.

— C'était quelqu'un de l'école? – Déjà le cœur compatissant de Kate allait vers ce pauvre malheureux. – Je peux faire quelque chose?

— J'ai promis de n'en parler à personne.

Alors elle comprit. Et il sut qu'elle avait compris. Il lui prit l'autre main. Les serra. Et attendit.

Nous y voilà encore! Deux contre une. Du pique, cette fois-ci. Du fichu pique! Jusqu'ici, tout ce qui s'était passé entre eux trois – les discussions, les disputes, les farces, les querelles – se passait entre eux trois, justement. Vraiment? C'est bien là tout le sens des secrets. Ceux qui en sont exclus ne savent pas qu'ils ne savent pas.

Kate se considérait comme une femme pragmatique. Il fallait bien qu'il y en ait une dans la famille. Lucide, elle voyait les choses telles qu'elles étaient, même si ce n'était pas facile d'accepter. Elle se rappelait Polly, toute petite, grimpant sur les genoux de son père, jouant avec sa cravate, lui passant les bras autour du cou, lui chuchotant à l'oreille, lui enroulant autour des doigts ses cheveux soyeux.

Maintenant qu'elle avait « de gros ennuis », sa mère n'était pas autorisée à l'aider. N'était même pas autorisée à savoir en quoi consistaient ces ennuis. À son grand étonnement – car ne s'était-elle pas surprise l'autre jour à se demander si elle aimait encore sa fille? – cela lui fit très mal. Elle accompagna sa souffrance, en se penchant légèrement, une main sur la poitrine. Mallory l'enlaça et ils se balancèrent doucement pendant un moment.

— Je prépare le petit déjeuner aujourd'hui, dit-il enfin.

— Génial ! – Elle respira profondément. – Je fais ma toilette et je descends tout de suite.

— Et après, on tient notre première réunion de travail.

8

BENNY avait été invitée à dîner à Kinders. Elle s'en faisait une fête d'abord parce qu'elle appréciait la compagnie de Dennis, mais aussi parce qu'il était un fameux cuisinier.

Elle arriva à sept heures avec une bouteille de cidre et un stephanotis qu'elle avait fait pousser dans la serre. Le pot en équilibre précaire au creux du bras, elle ouvrit le portail. Le petit jardin qui courait le long de la façade, foisonnant d'agapanthes et de marguerites, avait l'air archi-sec et les mains lui démangèrent de prendre un arrosoir. Elle frappa discrètement à la porte bleue et attendit. Personne. Elle frappa encore, aussi fort que sa timidité le lui permettait, sans plus de résultat.

Elle se dirigea vers le garage, se faufila le long de la voiture et gravit les deux marches menant à la porte de la cuisine qui n'était pas fermée à clé. En pénétrant à l'intérieur, Benny fut saisie d'appréhension. Si Dennis était là et qu'il ne l'avait pas entendue frapper, il n'y avait qu'un endroit où il pouvait se trouver. La cuisine était remplie d'odeurs chaudes et délectables. Elle déposa la plante et le cidre sur la paillasse impeccable puis s'engagea dans le couloir moquetté qui desservait le reste de l'appartement.

— Coucou ?

Elle jeta un coup d'œil dans le salon. Le soleil couchant illuminait les beaux tapis chinois et dorait les cadres des tableaux. Il y avait des roses jaunes, des tas de livres et de journaux. Un gémissement triste et doux provenait des haut-parleurs et elle reconnut les chansons sarrasines des croisades de Dennis.

Elle passa devant la salle de bains et s'arrêta brièvement devant la chambre monacale. La porte était entrouverte. Elle toussota et appela de nouveau. Silence. Il ne restait plus que la salle de guerre.

L'appartement était doté de cloisons légères de trois mètres cinquante de haut et de faux plafonds. Une fois à l'intérieur, les alentours étaient invisibles et en conséquence non menaçants. Mais vu d'une des meurtrières pratiquées sous le toit, il devait paraître extrêmement fragile. Vulnérable aussi, telle une hutte nichée entre d'abruptes et silencieuses falaises de calcaire blanc, menacée par les grands dinosaures d'acier, de fer et de bois qui rôdaient sur le parquet ciré.

Au seuil de la porte qui ouvrait sur ce vaste espace, Benny avait déjà élaboré sa stratégie. Elle balaierait la salle d'un seul regard, rapide mais attentif. S'il était là, elle le verrait. Alors elle se dirigerait droit sur lui, prudemment, les yeux rivés au sol. Elle l'avait déjà fait, ce serait moins impressionnant la deuxième fois. Et encore moins la fois d'après. Etc.

« Et, après tout, murmura Benny en soulevant le pêne d'une main qui tremblait, elles ne sont pas vivantes. »

Elle l'aperçut immédiatement. Il se tenait devant la catapulte géante, la tête levée vers le râtelier aux lourds boulets de bois et les redoutables cordes et crochets. Immobile comme une statue, les mains derrière le dos. En grand émoi, Benny se hâta de le rejoindre.

— Dennis? – Elle hésita. – Mon cher, vous allez bien?

Il y eut un bref silence, puis il secoua la tête et soupira.

— Qu'y a-t-il? insista-t-elle. Qu'est-ce qui ne va pas?

— Je ne sais pas. Rien, sans doute. – Il sourit, l'air préoccupé. Enfin, il se détourna et ajouta sur un ton distrait, presque pour lui-même : – Ou peut-être... un fantôme dans la machine.

— Oh! – Benny hoqueta comme si on l'avait aspergée d'eau froide. – Quelle horreur! Des fantômes, oh!

Il la prit par le bras, ce qu'il n'avait jamais fait. Il devait être vraiment inquiet. Ce fut bien volontiers qu'elle s'écarta de la machine de mort, et ils quittèrent enfin cet endroit épouvantable.

— Quel plaisir de vous voir, Benny, excusez-moi de ne pas vous avoir accueillie. – Il lui servit un verre de madère pour lequel elle avait un faible marqué. Elle s'assit à la table de la cuisine pendant qu'il sortait du four une petite cocotte en fonte bleue. – C'est du turbot au vin blanc.

— Délicieux. On dit que le poisson, c'est bon pour le cerveau, vous croyez que c'est vrai?

— Ça ne vaut pas, dit Dennis en ajoutant des petites carottes et des pommes de terre nouvelles dans les assiettes chaudes, la lecture, la musique et la peinture.

Ils dînèrent dans la salle à manger, assis dans des fauteuils moelleux, avec des plateaux sur les genoux. Benny accepta avec assurance un autre verre, cette fois du vin blanc. Elle savait qu'elle serait à la hauteur, pas comme l'autre soir avec Kate. Elle ne gloussait pas sottement avec Dennis. Il avait le don de la révéler sous son meilleur jour. Ce qu'elle disait paraissait plus réfléchi par l'attention sérieuse qu'il lui portait. Elle ne se sentait jamais obligée de raconter n'importe quoi pour combler les silences comme elle le faisait avec les inconnus. Au contraire, les pauses lui paraissaient de petites haltes confortables le long d'une charmante promenade.

— Ce turbot est tout simplement superbe.

— Ouf, tant mieux! Je l'ai acheté jeudi mais je suis rentré trop tard pour le préparer.

— Trop de travail, Dennis?

— Dans un certain sens, oui.

Benny était bien la dernière personne à laquelle il puisse se confier. L'incident le plus anodin l'inquiétait. Un vrai mystère, et elle serait dévorée d'angoisse pour lui. Mais il avait envie de parler de ses préoccupations. Il espérait qu'un point de vue extérieur pourrait relativiser l'affaire des lumières. La ramènerait à des proportions insignifiantes, probablement plus justes. Il y avait pensé toute la matinée et s'était presque décidé à s'en ouvrir à Mallory.

— Nous avons tenu notre première réunion aujourd'hui.

— Vraiment? – Dennis se sentit un peu déçu. En tant que conseiller financier de la nouvelle entreprise, il avait espéré être présent. – Comment cela s'est-il passé?

— C'était passionnant! Nous n'avons pas parlé d'argent, bien sûr, parce que vous n'étiez pas là. Mais Kate a rédigé une annonce qui devrait paraître dans le *Times* lundi. Et nous avons trouvé le nom. Excusez-moi.

Elle s'interrompit pour terminer son turbot et son vin. Amusé par les «nous», il attendit en souriant.

— Évidemment, nous avions une liste de noms et il y en avait quelques-uns, je dois dire, qui étaient un peu hors du sujet. Mais, finalement, nous en avons sélectionné trois. Les éditions Pierrot, une idée de Kate, Les Incombustibles de Mallory...

— J'aime bien, interrompit Dennis.

Il pensa aux films d'actualités qui montraient des piles de livres en flammes dans les pays sous le joug de la tyrannie. – C'est bien. Les Incombustibles.

— Oui, mais Kate pense que tout le monde ne comprendra pas le sym... hum... symbole...

— Vous voulez dire qu'on pourrait prendre le titre au sens propre?

— Exactement. En tout cas... – Benny se tortilla, embarrassée et ravie. Elle pouvait à peine parler, comme si on lui tirait les mots de la bouche malgré elle. – Ils ont choisi mon idée.

— *Benny!*

— Oui, oui. – Radieuse, elle hocha la tête. – La mienne.

Ils se regardèrent en souriant, aux anges.

— Et alors?

— J'y ai pensé parce qu'il y en a plein le verger au printemps et Carey les aimait beaucoup. Et il y a une ravissante aquarelle dans la bibliothèque que Kate pense utiliser comme marque de fabrique. Alors nous allons nous appeler... les éditions Chélidoine!

— Ça mérite du champagne ! – Dennis les resservit de vin. – C'est drôlement intelligent, Benny !

Elle sentit ses joues brûler et la picoter. Jamais personne ne lui avait dit qu'elle était intelligente.

— Demain, nous allons voir ce qu'il nous faut comme matériel. Ordinateurs, imprimantes et autres.

— Un dimanche ?

Dennis était désappointé. C'eût été le jour idéal pour avoir une conversation avec Mallory.

— Il y a des magasins ouverts tous les jours, maintenant, dit Benny. Ils me ramèneront puis ils rentreront à Londres pour commencer à emballer.

— Je vois. – Deux jours, ce n'était pas long. Il appellerait Mallory avant le départ. Pour fixer une date. – Vous voulez du gâteau au chocolat ?

— Oui, volontiers.

Dennis servit le gâteau et la crème dans des coupes en verre en forme de nénuphars, puis posa le plat sur une petite table.

— C'est que... hem... j'ai un ami.

— Ah oui ? – Benny, qui s'était attaquée étourdiment au gâteau, avait maintenant une petite moustache brune et crème sur la lèvre. – C'est vraiment succulent !

— Il a écrit un roman.

— Quel genre de roman ?

— Historique, je crois. Est-ce que par hasard ça serait le genre de livre que les éditions Chélidoine rechercheraient ?

— Tout ce qui a des qualités littéraires, a dit Kate.

— Quant à cela...

Dennis parut incertain.

— Ne vous en faites pas. Vous savez ce qu'on dit : qui ne risque rien n'a rien. Comment s'appelle votre ami ?

Il la dévisagea.

— Pour que je puisse le repérer.

— Walker.

— Dites-lui de l'envoyer. J'y consacrerai une attention toute particulière.

*

* *

Finalement, Polly ne changea pas en liquide l'argent qu'elle devait à Billy Slaughter pour le lui fourrer dans le pantalon et le lui enfoncer dans le nez. Elle se rendit compte de la puérilité de son envie, inspirée par sa rage impuissante. Et puis il pourrait bien lui taper dessus.

Il fallait user de prudence. Alors elle décida de payer avec une traite sur la banque.

Naturellement, elle avait été incapable d'attendre, comme son père le lui avait conseillé. Dès le lendemain, elle avait appelé au seul numéro dont elle disposait ; on lui répondit que M. Slaughter était à la campagne et rentrerait le lundi après le déjeuner.

Polly avait été surprise en apprenant l'adresse de Billy. Elle le voyait crécher dans un endroit plutôt tape-à-l'œil. Mais non, il habitait à Whitehall. À quelques minutes du Cénotaphe. Central, d'accord, mais d'un banal ! Elle sortit du métro et marcha jusqu'à l'immeuble. Le hall était luxueusement moqueté de rose pâle et abondamment fleuri. Elle fut arrêtée par un portier qui s'enquit de ce qu'elle cherchait. Il appela pour s'assurer qu'elle était bien attendue et lui indiqua l'ascenseur.

En parcourant les interminables couloirs agrémentés de piliers en marbre gris et beige et de panneaux en vitrail, Polly commença à se sentir impressionnée malgré elle. Quel silence ! À quelques minutes de Trafalgar Square, à peine, et on aurait entendu une mouche voler.

En sortant de l'ascenseur, elle déboucha dans un corridor faiblement éclairé, obscur à l'autre bout. Alors une porte s'ouvrit et, dans le carré de lumière, elle vit un homme en tenue de soirée. Il leva la main et dit quelque chose que Polly ne saisit pas.

Il la regarda s'avancer. Elle portait une robe souple beige à pois bleu marine dont les plis dansaient au-dessus de ses genoux à fossettes. Elle marchait avec assurance en balançant les hanches, sur ses longues jambes bronzées. Les pieds aux ongles vernis en rose étaient perchés sur des hauts talons noués aux chevilles de liens en strass.

Comment font les femmes ? se dit rêveusement Slaughter en admirant la démarche de Polly. Comment arrivent-elles à rester debout là-dessus ? Comme elle approchait, il rentra dans l'appartement. Polly, qui avait craint un *rapprochement*[1] physique, sous une forme ou une autre, fut soulagée. Elle n'aurait pas à passer devant lui, il n'essaierait pas de l'embrasser ni de lui prendre sournoisement la taille. Il avait assez de culot pour ça.

L'intérieur de l'appartement ajouta encore à sa surprise. La pièce où se trouvait Billy ressemblait à un salon de maison de campagne. Le divan vert foncé était usé, ainsi que les fauteuils. Des bibliothèques en pointe de diamant étaient bourrées de livres fatigués. Des

1. En français dans le texte.

tableaux, des paysages surtout, d'élégants chevaux dans des jardins à la française devant des fontaines. Des crayons de danseuses. Une clarinette sur une table basse à côté d'une pile de revues scientifiques et d'un plat bleu glacé, rempli d'abricots.

— Eh bien, Polly?

Slaughter se tenait derrière un bureau en acajou et cuir vert, qui paraissait aussi assez ancien, sur lequel il n'y avait qu'un ordinateur et l'*Evening Standard.* Impressionnée et surprise par le décor, Polly ne répondit pas tout de suite. Elle était aussi légèrement étonnée par l'apparence de Billy. Des semaines s'étaient écoulées depuis leur dernière rencontre mais, dans son souvenir obsessionnel et furieux, il était gros. Énorme, même. À présent, elle voyait un homme fort, certes, mais nullement gros. Avait-il maigri ou l'avait-elle grossi dans son imagination?

Il n'était pas si laid, non plus : des yeux en amande aussi froids que dans sa mémoire mais les lèvres étaient pleines sans être épaisses. Il ne souriait pas. Du reste, maintenant qu'elle y songeait, elle ne l'avait jamais vu sourire.

— Vous ne vous asseyez pas?

— Non, merci. – Elle ouvrit son sac, sortit l'enveloppe contenant la traite. – Je suis simplement venue vous donner ça.

— Attendez un peu. – Il disparut dans la cuisine et revint avec deux verres et une bouteille dans un seau à glace. – Il faut fêter ça.

Sur le point de refuser avec hauteur, Polly se ravisa en reconnaissant la bouteille vert foncé dans un panier métallique décoré de délicates feuilles bleu pâle. Slaughter remplit avec grâce les deux verres jusqu'au bord, sans verser une goutte. Elle accepta le sien avec une réticence exagérée, prit une gorgée et alla à la fenêtre qui donnait sur deux grandes statues en pierre, au sommet d'une voûte.

Elle allait poser la question quand elle fut devancée par Slaughter.

— Ministère de la Défense.

Polly avala d'un trait son champagne, une merveille.

— Votre verre est vide.

Il le remplit en s'approchant d'elle, tout en observant une distance respectable. Elle s'écarta tout de même.

— Je ne savais pas que vous jouiez de la clarinette.

— Je joue à bien des choses.

— Billy, supposons que... c'est-à-dire... si je n'avais pas été en mesure de me procurer l'argent, auriez-vous...

— Oui.

— Jusqu'au bout?

— Et pas vous? demanda-t-il en remplissant son verre.

— Bien sûr, répondit-elle après une imperceptible hésitation.

— Et s'il s'était agi d'un ami?

— Je ne crois pas aux amis.

— Vous les remplacez par qui?

— Par des gens qui peuvent m'être utiles. – Elle hésita. – Ce n'est pas votre philosophie?

— Ma philosophie, comme celle de tous les hommes d'affaires qui réussissent, c'est de discerner, avec une clarté absolue, ce qu'il se passe vraiment.

— Et ceux qui ne réussissent pas?

— Ils voient ce qu'ils souhaitent voir.

— Je m'en souviendrai.

— Cela vous sera bien utile, Polly.

Il tendit la main. Elle lui donna l'enveloppe. Il la glissa sans la lire dans sa poche et s'assit au bureau. Il écrivit quelques mots sur une feuille de papier à en-tête, la plia et la lui tendit. Pour ne pas être en reste, elle glissa le papier sans le lire dans son sac.

— Encore un peu de bulles?

Polly ne répondit pas. La tête lui tournait. Trop inquiète, elle n'avait pas pu avaler un morceau avant de venir. Elle prit le verre, plantée là comme une idiote, et lâcha la première chose qui lui vint à l'esprit. Impossible de faire plus banal.

— Vous êtes très élégant.

— Je vais à l'opéra.

— À l'*opéra*?

— Où pensiez-vous que j'allais? À une soirée déguisée?

— Je... – Polly rougit. – Je ne pensais rien du tout.

— *Fidelio*. Amour, mort et trahison.

— On dirait une journée à la Bourse.

— Excepté l'amour. – Il passa derrière le bureau et s'assit devant l'ordinateur. – Je voudrais vous donner quelque chose, Polly. Un cadeau. – Il se mit à taper sur les touches du clavier. – Vous avez de l'argent?

— Vous ne parliez pas d'un cadeau?

— Si vous en avez ou si vous aviez la possibilité de vous en procurer, je peux vous mettre sur un tuyau : acheter à 1.04 et revendre jusqu'à 1.50 peut-être en quelques heures.

— Acheter quoi? – Elle eut du mal à maîtriser sa voix qui trahit sa fébrilité. Et sa peur. Elle traversa lentement la pièce, vint se placer derrière lui pour lire par-dessus son épaule.

— Gillans et Hart? Bon Dieu, c'est des minables. Ça ne vaut rien.

— Pas tout à fait.

— Qu'est-ce que vous faites? – Elle scruta l'écran. Les chiffres; les zéros. – Vous n'êtes pas en train d'acheter?

— Comme vous voyez.

Quand elle retrouva sa voix, elle demanda : – Qu'est-ce qui se passe?

— Il y a eu rachat par Channing Voight.

Polly se soutint au bureau. Elle se sentait légèrement barbouillée.

— Comment le savez-vous?

— Un banquier de Channing. Il me doit de l'argent.

— Ça doit être une sacrée dette!

— En effet.

— Alors ça sortira demain à la première heure?

— La rumeur court déjà. Deux points de plus dans le *Standard.*

Polly prit le journal et vérifia : c'était vrai.

— Vous achetez par un intermédiaire?

— Petite maligne. Vous connaissez quelqu'un que vous pouvez utiliser?

— Bien sûr. Mais pourquoi moi?

— Disons... – Il se retourna et lui sourit. Le sourire n'atteignait pas les yeux mais, au moins, cette fois, il effleurait les lèvres. – Je garde l'espoir qu'un jour vous me regarderez gentiment.

Elle entrouvrit ses lèvres aussi roses que ses ongles d'orteils et lui rendit son sourire. Quel mal à cela? Elle ne serait jamais obligée de le revoir, après tout. Elle se pencha davantage sur l'épaule de Billy Slaughter pour observer le transfert de cette énorme somme d'argent et il sentit son parfum, subtil mais présent. Un clic, et c'était fait.

À présent, Polly avait envie de partir. Il le devina, à cette fébrilité qu'elle avait. Il se leva et elle recula précipitamment, déconcertée. Mais il se contenta de lui tendre la main. La poignée était ferme et sèche, brève. Puis il la raccompagna à la porte et dit : « Au revoir. »

Polly courut dans le couloir vers l'escalier. Euphorique, tournant en roue libre, elle n'aurait pu supporter d'être enfermée dans un ascenseur. Elle était sauvage et belle. Billy Slaughter la suivit des yeux, un masque de calme inflexible, narquois.

9

DENNIS se disposait à quitter le bureau. Il avait contacté une société de surveillance plus tôt dans la journée et on allait changer les serrures mercredi matin. Évidemment, Andrew Latham, le seul avec lui à avoir les clés, devait être mis au courant. Dennis avait repoussé le moment mais, à présent, Andrew, qui avait déjà enfilé son imperméable d'un blanc peu discret, aidait Gail Fuller à passer sa veste.

— Eh, dites donc? appela Dennis à travers le bureau déserté. Je peux vous voir une minute?

Latham se retourna puis pivota aussitôt vers la réceptionniste. Il affichait amusement et irritation comme si Dennis avait été un enfant abusant de l'hospitalité de ses hôtes. Il chuchota quelque chose et Gail Fuller s'en alla en ricanant.

— Je partais. – Il alla au-devant de Dennis et se percha sur un bureau. – Ça ne peut pas attendre?

— J'ai... euh... – Dennis s'éclaircit la gorge. Que c'est bête d'être aussi timide. – Je vais faire changer la serrure de ma porte, Andrew. Et celle du grand bureau.

— La serrure?

— Mercredi matin.

— Mais pourquoi, merde?

Dennis s'empourpra. Il était profondément offusqué par les grossièretés. Latham n'aurait jamais osé parler ainsi quand il était entré dans la société. Son attitude devenait de plus en plus ouvertement méprisante.

— Vous vous rappelez certainement les incidents récents, avec les lumières...

— Bon Dieu, vous n'allez pas remettre ça! Vous perdez la boule, Brinkley. Bientôt, ce sera des voix dans les radiateurs. – Il laissa échapper un petit hennissement espiègle en montrant les dents. Ignorant qu'il s'agissait d'un rire, Dennis sursauta. – Reprenez-vous, mon vieux.

— Et comme vous ne faites jamais surface avant dix heures au mieux, j'ai l'intention de confier les clés à Fortune. Il est très fiable...

— Comme vous voudrez. Je file. J'ai une nana qui mijote dans un bar à vins. Pas envie qu'elle refroidisse.

Dennis s'assit à sa table. Il ne buvait jamais au bureau mais il gardait en réserve du xérès, sec et doux, pour certains clients qui, visiblement, s'attendaient qu'il leur en propose. Il sortit la bouteille et se servit un verre en le mesurant soigneusement.

Il avait la tête pleine et il n'aimait pas ça. Il préférait faire une chose à la fois en y portant toute son attention avant de passer à la suivante. Il tira vers lui un bloc-notes, dévissa le capuchon de son stylo et écrivit : « 1. Serrures changées », et cocha. Puis, sur la ligne suivante : « 2. Poster le paquet. » Le paquet, c'était *L'Armurier du roi*, qu'il avait prévu d'envoyer le matin même, en petite vitesse. Il avait déjà vérifié que l'annonce de Kate était bien parue ce jour dans le *Times* et s'était procuré une adresse de complaisance à Londres.

Alors, il se rappela son coup de fil de la veille à Mallory. Ils étaient convenus de se retrouver le lendemain soir et il inscrivit : « 3. Dîner à Appleby House/réunion des éditions Chélidoine. » Il avait hâte de prendre part à la nouvelle entreprise et se sentait très impatient de connaître la réaction future à la lecture du roman de E.M.Walker (les initiales de sa mère et son nom de jeune fille).

Il suçotait son stylo, tapait le talon de sa chaussure sur le sol, une manie qu'il avait quand il était énervé. Pour se calmer, il but le reste de son xérès et alla à la fenêtre.

Ce qui n'était pas du tout pour le calmer. M. Allibone était en train de fermer boutique en enroulant la banne, comme l'autre jour. Il aperçut Dennis qui l'observait, fit basculer son canotier en arrière et agita la main. Embarrassé, Brinkley lui répondit d'un signe et d'un hochement de tête. À son bureau, il écrivit : « 4. Demander à Mme C. pour les clés. »

En rentrant chez lui mardi dernier, il avait inspecté son tableau dans le garage et avait remarqué la disparition des doubles du bureau et de la porte de l'immeuble. Il lui vint à l'esprit, naturellement, qu'on les avait subtilisés délibérément, surtout après sa conversation avec le poissonnier, mais il ne pouvait s'empêcher de juger l'hypothèse improbable. Le garage était fermé la nuit, la maison donnait sur High Street, il aurait donc fallu agir en plein jour avec le risque d'être surpris. Dennis en conclut qu'il avait dû les prendre par distraction et les laisser quelque part.

Revenant alors à M. Allibone, il repensa aux suites de leur échange, mardi dernier. Il avait regagné le bureau, décidé à vérifier ses comptes et avait renoncé après Harris-Tonkin. Il avait imaginé d'attendre sur la place du marché, au cas où quelqu'un, un étranger, pénétrerait dans l'immeuble. Allumerait sa lampe-serpent. Fourrerait le nez, comme aurait dit M. Allibone, dans ses affaires.

Il y avait renoncé, parce que son plan était impraticable : il aurait pu rester ainsi des nuits entières, peut-être des mois, sans la moindre touche. Mais maintenant les choses avaient changé. Maintenant, l'inconnu n'aurait plus guère l'occasion. Il l'ignorait, bien sûr, et Dennis montait la garde à tout hasard. Mais ça valait le coup d'essayer, pourtant.

Il faisait jour assez tard. Présumant que l'intrus n'avait pas le droit de pénétrer dans le bâtiment, Dennis supposait qu'il ou elle allait attendre au moins jusqu'au crépuscule, et peut-être plus tard. D'un autre côté, s'il avait le droit? Et si un employé mal intentionné s'était procuré les clés et en avait fait des doubles?

Il se reprocha rudement son imagination qui, ces derniers temps, avait tendance à s'emballer et à se déchaîner. Une fois encore, il incrimina l'écriture, en se demandant si le fait de s'enfermer dans des mondes imaginaires n'était pas susceptible à la longue de nuire gravement au sens des réalités.

Il réfléchit un moment puis décida de procéder à son expérience. Il retournerait à Causton très tôt, au cas où. Il attendrait d'abord au Magpie, de l'autre côté de la place. De là il avait une bonne vue de la banque et, quand il ferait nuit, il pourrait poursuivre la surveillance dans sa voiture.

Sa stratégie mise au point, Dennis se sentit mieux. Au moins, il agissait, même si tout cela sentait fort son roman d'espionnage. À la réflexion, ce n'était pas pour lui déplaire. Il avait beau être satisfait de son sort, il ne pouvait nier que sa vie manquait d'animation. Une aventure, même aussi insignifiante et aléatoire, y ajouterait indubitablement un peu de piment.

*

* *

Les Lawson emballaient. Des caisses partout, à moitié remplies de vaisselle, de tableaux, et de la batterie de cuisine. Kate fourrait des poignées de copeaux de bois entre les verres enveloppés de papier bulle. Mallory rajoutait des livres à une grande pile près de la porte de la cuisine. Deux cartons de vêtements attendaient dans l'entrée.

— Autre chose pour la boutique de l'hospice?

— Je ne crois pas. – Kate avait été impitoyable avec sa garde-robe. Il était étonnant de constater combien de vêtements tombaient dans la catégorie non-porté-pendant-un-an-à-jeter. – Quoique...

Elle hésita, monta en courant et redescendit de même avec un chapeau qu'elle déposa sur la pile.

— Ton chapeau d'apiculteur! Non!

Le chapeau était en paille naturelle, copie d'un véritable couvre-chef d'apiculteur, la calotte s'élevait directement du bord et se terminait en demi-pointe, comme un petit gland. Le bord large et retourné était enveloppé de tulle noir serti de petites abeilles-bijoux.

Kate adorait ce chapeau. Elle l'avait payé très cher pour un mariage, au lieu d'en louer un, et ne l'avait pas porté depuis. Il était associé dans son esprit à un temps délicieux et à la chance.

— Désolé, dit Mallory en le retirant du carton, mais les abeilles font partie du tableau.

— Mais je ne le mettrai jamais.

— Je vais avoir des ruches que j'installerai dans le verger.

— Ne sois pas ridicule. – Kate se mit à rire. – On ne va pas se lancer dans l'apiculture juste parce que j'ai le chapeau adéquat.

Mais Mallory vit bien qu'elle était contente. Il la coiffa avec précaution du couvre-chef en l'inclinant de façon à cacher à demi ses yeux.

— Tu as l'air très mystérieux. – Il l'embrassa. – Tu es ravissante.

Une sonnerie perçante retentit.

— Pourquoi le téléphone sonne-t-il toujours comme s'il était en colère?

Ce fut Kate qui répondit.

— Oui... merci... dans dix minutes... C'est la boutique de charité, expliqua-t-elle à Mallory en raccrochant. Ils envoient quelqu'un.

— Il y aura encore des choses à donner, j'imagine, quand on aura mis la main sur Polly.

Ils avaient essayé de la joindre la veille toute la journée et ce matin. Du moins, Mallory avait essayé. Le déménagement proprement dit n'ayant lieu que dans quinze jours, Kate ne jugeait pas la chose urgente. Mais elle devinait qu'il s'inquiétait. Était-ce parce que Polly avait des ennuis qu'elle n'osait pas poser de questions? Il composait une nouvelle fois le numéro. Il écouta, fronça les sourcils, raccrocha.

— Je ne comprends pas. Où peut-elle être?

Kate prit l'air préoccupé mais, en vérité, elle n'était que perplexe. Durant ces deux dernières années, il était arrivé qu'ils ne sachent pas où était Polly pendant un certain temps et cela n'avait pas paru tracasser son père outre mesure. Les enfants grandissent et s'en vont. C'est la vie.

Le silence se prolongea, il semblait de plus en plus tourmenté. Elle chercha à dévier la conversation aussi naturellement que possible.

— On devrait peut-être appeler Benny, non? Lui rappeler qu'on apporte ce qu'il faut pour le dîner demain. On sera quatre, et elle doit déjà être dans tous ses états.

— Bien sûr. Bonne idée.

Mais avant qu'il ait pris l'appareil, on sonna à la porte. Kate se chargea d'appeler tandis que son mari aidait les employés de la boutique à porter les cartons. Il passa une tête à la porte du salon.

— Je vais leur donner un coup de main pour décharger là-bas.

— Parfait. – C'est ça, à d'autres! – À tout à l'heure, alors.

Mallory se retrouva coincé à l'heure de la sortie des écoles. Il ne pouvait ni avancer ni reculer. Il perdait son temps de toute façon parce que Polly n'était pas chez elle. Sans quoi, elle aurait répondu au téléphone. Et si elle était là mais dans l'incapacité de répondre, il serait tout aussi impuissant car il n'avait pas la clé. Pourtant, il fallait qu'il tente le coup.

À dire vrai, il était malade d'inquiétude à cause de cet homme obscène, dégoûtant, ce Billy Slaughter. Polly n'était certainement pas avec lui.

Elle avait promis d'envoyer la traite du banquier en recommandé.

Elle n'avait pas pu oublier. Ni manquer à sa promesse. Il ne pouvait pas y croire. Kate y aurait cru, elle, et cette idée attrista Mallory. Parfois, quand ils parlaient de leur fille, on aurait dit qu'il ne s'agissait pas de la même personne.

L'appartement que Polly partageait avec ses colocataires était situé à proximité de Queensbridge Road. Elle l'occupait seule pour le moment : l'une était partie au Liban et l'autre faisait une retraite de yoga et de méditation à Majorque.

Il monta l'escalier aux degrés usés. C'était une maison vétuste de cinq étages, avec douze noms au tableau. Polly n'y figurait pas. Il n'en fut pas autrement surpris, elle tenait farouchement à son intimité. Le problème, c'est qu'il ne connaissait pas le nom des autres filles. Il appuya à tout hasard sur tous les boutons sans résultat. Alors, en se retournant, il aperçut des marches étroites qui descendaient au sous-sol. L'escalier, très raide, était muni d'une rampe en métal. Une porte vitrée au fond, avec des barreaux et un carton imprimé indiquant : « Fforbes-Snaithe. Hartogensis. Lawson. » Pas de sonnette.

Il frappa au carreau et appela : « Polly ? »

Il remonta au moment où une dame âgée chargée de sacs à provisions entrait dans la maison.

— Excusez-moi, dit-il en s'approchant d'elle.

Elle se tourna vers lui, apeurée, et se précipita à l'intérieur, manquant lâcher les sacs dans sa hâte à refermer la porte. Il ne put se résoudre à coincer le battant avec son pied.

En jurant à voix basse, il regagna sa voiture. Il n'aurait pas dû venir et il regretta d'avoir vu où vivait Polly. Pour couronner le tout, il était parti depuis plus d'une heure en laissant Kate se débrouiller avec les cartons. Il consulta sa montre : trois heures et demie. Ils avaient prévu de partir avant quatre heures afin d'éviter les encombrements.

Quelques secondes après le départ de Mallory, Polly apparut, la démarche dansante, au coin de la rue. Elle portait une bouteille de champagne, et dansait, et riait. Éclatante de *joie de vivre*[1], elle était très belle dans une robe légère et d'étincelantes chaussures à hauts talons.

*

* *

À sept heures et demie, Dennis était de retour à Causton. Beaucoup de voitures étaient garées sur la place, probablement des clients du Magpie car Causton, comme la plupart des petites villes une fois les commerces et bureaux fermés, était complètement morte. Dennis gara sa Lexus aussi loin que possible de la banque et pénétra dans le pub.

Le fait était si rare qu'il ne sut quoi commander. Le whisky était un blend bon marché et il n'était pas amateur d'autres alcools. Il demanda un verre de vin blanc, on lui proposa du doux ou du demi-sec, il choisit ce dernier. Ce n'était pas l'idéal mais, d'un autre côté, il accaparait une place près de la fenêtre qui faisait un excellent poste d'observation.

---

1. En français dans le texte.

Il avait apporté le *Telegraph* pour servir d'écran. L'atmosphère était décidément fort déplaisante, surchauffée, enfumée et très bruyante. N'importe quel *habitué*[1] aurait pu lui dire que le niveau sonore était tout à fait raisonnable mais il avait l'impression d'être enfermé dans une boîte de conserve qu'on piétinait avec des chaussures à clous.

— Vous voulez autre chose? s'enquit le patron en ramassant le verre vide.

— Oh... merci. – Dennis consulta sa montre et se rendit compte qu'il était là depuis une demi-heure. Bien que peu familier des tavernes, il se doutait qu'il ne pouvait continuer à occuper une place sans consommer. – La même chose, s'il vous plaît.

En lui apportant son verre, l'homme se pencha et chuchota :

— Vous faites un peu de surveillance, monsieur?

— Hum... – Dennis sortit un billet. – Eh bien...

— Dites rien. – L'autre se tapota le nez en empochant les dix livres. – Je sais tenir ma langue, comme tout le monde.

Dennis remua la tête de gauche à droite et de bas en haut. Il avait le cou raide d'avoir gardé si longtemps la même position d'observation. Il but une gorgée de vin, qui n'était pas le même que le premier, plus fruité et beaucoup plus tiède.

Une autre demi-heure s'écoula lentement. Ayant décidé de ne plus boire pour rester vigilant, Dennis jugea préférable de s'en aller. Il se résigna à abandonner sa monnaie – impossible,

1. En français dans le texte.

apparemment, d'accrocher l'œil du garçon –, sortit et monta en voiture.

Le temps passa. Dennis connut un moment palpitant, quand des gens ouvrirent la porte de l'immeuble Brinkley et Latham, mais ce n'était que la famille habitant au dernier étage.

Il alluma la radio et s'en tint à la musique pour ne pas se laisser distraire par une émission intéressante et perdre sa concentration. Le soir tombait. Il se sentait non seulement fatigué mais très mal à l'aise. Qu'est-ce qui lui prenait de jouer ainsi au détective à son âge ? Quel manque de dignité ! Quelle sottise ! Tout rougissant au souvenir de son enthousiasme de tout à l'heure, il conclut que cela suffisait comme ça et mit le contact.

Un taxi s'arrêta près de la banque. En retenant son souffle, Dennis jura entre ses dents car le taxi lui bouchait la vue et l'empêchait de voir qui en descendait. Et s'il ne démarrait pas illico, la personne entrerait tranquillement à l'intérieur, ni vu ni connu. Dennis quitta sa Lexus et se faufila entre les voitures, prêt à se baisser pour se cacher. Il se dévissait le cou, assoupli maintenant, afin de mieux voir.

M. Allibone, lui, n'eut pas besoin de se dévisser le cou. Il venait de jeter un de ses coups d'œil en passant, depuis la fenêtre de son salon, et il apercevait distinctement la cliente du taxi et Brinkley. Elle se retourna, Dennis s'accroupit, elle introduisit une clé dans la serrure et entra. Très intéressant.

Dennis remonta tout raide dans sa voiture. Il agrippa le volant pour empêcher ses mains de trembler et resta quelque temps immobile, regrettant de tout son cœur de s'être embarqué dans cette affaire. Il éprouvait une irrésistible envie de dormir, pour s'abîmer dans l'oubli. Pour retrouver le bonheur simple qu'il avait connu enfant. Il engagea une vitesse et s'éloigna.

10

Kate était en train de farcir d'abricots et de noisettes un gros canard. Elle avait apporté son robot ménager et Benny avait moulu la mie de pain et les noisettes. Elle était enchantée de la machine, comme un enfant avec un nouveau jouet, et avait questionné Kate avec enthousiasme sur ses capacités exactes.

— C'est un miracle! s'exclama-t-elle.

La cuisine d'Appleby House était totalement dépourvue de gadgets. D'après Carey, deux ou trois bons couteaux viennent à bout de tout, et elle avait été très déconcertée quand Benny avait demandé un épluche-légumes pour son anniversaire.

Nourrissant encore une certaine rancœur à cause du voyage de la veille, Kate farcissait le volatile avec plus de férocité qu'il n'était strictement nécessaire. Mallory avait disparu pendant deux heures, puis avait aggravé son cas en mentant maladroitement, prétextant qu'il avait été forcé d'aider à la boutique de l'hospice. Elle s'était retrouvée finalement dans le pire des encombrements. La triste dispute de la semaine précédente était encore fraîche dans sa mémoire. Refusant de s'engager sur la même voie, elle ne pouvait pas donner libre cours à son exaspération et c'était le canard qui en pâtissait. Une dernière poignée de farce, une dernière poussée sauvage au derrière, elle le piqua partout, et hop! dans le four.

— Il y a beaucoup de pommes de terre prêtes à récolter, dit Benny. Je vais en chercher?

— Je m'en charge. Et il nous faut des légumes, des courgettes, peut-être?

— Dennis a un faible pour les haricots mange-tout.

— Et vous, Benny? Qu'est-ce que vous aimez?

— Oh, cela m'est égal. Je suis tellement ravie qu'on dîne tous ensemble.

Le plaisir de Benny était palpable. En regardant sa figure ouverte, radieuse, Kate s'émerveilla qu'on puisse être aussi peu compliqué. Toute cette joie, simplement parce que deux ou trois amis se rassemblaient pour partager un repas. Spontanément, elle fit le tour de la table pour embrasser Benny.

— Ce ne serait pas pareil de venir ici, si vous n'étiez pas là.

— Oh! s'écria Benny, frémissant de plaisir. – Elle n'avait pas l'habitude qu'on l'embrasse.

— Et cet ensemble est ravissant.

Elle portait une veste soyeuse bleu paon et une jupe assortie. Elle avait même mis des boucles d'oreilles et abandonné ses éternelles sandales pour des escarpins brillants.

Elle s'était donné beaucoup de mal aussi pour le dîner. Kate avait décidé qu'on utiliserait la table Sheraton ovale en marqueterie et Benny avait fait un arrangement de jasmin et de roses thé, sorti les verres en cristal de Venise de Carey. Il y avait de grandes bougies ivoire dans le chandelier qu'elle avait passé la matinée à nettoyer ainsi que l'argenterie qu'elle avait polie avec tant d'énergie qu'elle pouvait voir son reflet étiré dans les cuillers, comme dans un miroir magique de fête foraine.

— Si on jetait un coup d'œil aux manuscrits après le dîner, Kate? – Elle avait déjà appris qu'on ne disait pas «livres». – Peut-être pourrait-on en lire des passages tout haut?

— C'est une idée.

Au grand étonnement de Kate, le facteur avait apporté un lourd sac de jute, noué d'une ficelle et marqué de lettres noires, tôt ce matin-là. Étonnement et découragement, car cet afflux soudain ne présageait rien de bon. Elle sentait instinctivement que le sac ne contenait pas de nouveaux livres. Il ne s'agissait pas de manuscrits sortis tout juste des mains d'auteurs de talent mais de paquets gris et fatigués d'avoir tourné en rond, peut-être tachés d'auréoles de thé. Elle en avait vu, de ces manuscrits, et ils étaient presque toujours illisibles.

— Je ferais mieux de me bouger un peu, dit Kate en prenant ses lunettes de soleil sur le buffet. Des courgettes et des haricots, c'est ça?

— Des mange-tout.

— Vous pourrez surveiller le canard? Il faudra peut-être l'arroser un peu.

Une fois seule, Benny se rappela qu'elle avait promis à Mallory de préparer du Pimm's. Carey aimait en prendre un verre au déjeuner, en été, et elle se sentit attristée en coupant ses rondelles de concombre. Pour se distraire, elle tourna ses pensées vers le dimanche précédent où elle avait assisté à un service de l'Église de la Proximité avec Doris.

Côté message, la visite n'avait pas été un succès. En dépit du décryptage enthousiaste qu'avait fourni Doris de l'étrange comportement du téléphone, Carey n'était pas au bout du fil. Au dire de Mme Crudge, elle faisait peut-être la queue. Benny en doutait. Carey n'avait jamais fait la queue pour quoi que ce soit, même quand cela en valait la peine, alors elle n'allait certainement pas commencer maintenant. Peut-être n'appréciait-elle pas la médium, qui avait été très décevante : elle arpentait la scène à grandes enjambées, toute de noir vêtue, et ressemblait à la méchante reine de *Blanche-Neige*. Benny avait espéré quelqu'un de plus éthéré, enveloppé de gaze, peut-être, à la voix délicate, séduisante. Cette femme paraissait bien commune.

Mais, comme promis, le thé avait été délicieux et la congrégation amicale. Benny avait rencontré la petite fille de la médium, quoique le terme « rencontrer » soit sans doute trop précis. Une pauvre petite, quelconque et craintive ; elle avait parlé timidement avec Doris, accepté des gâteaux et un peu de sirop. Mais quand Benny lui avait dit bonjour, elle s'était sauvée en courant. Doris lui avait expliqué plus tard qu'il avait fallu des mois pour que Karen accepte ne serait-ce qu'un biscuit. Sa mère désapprouvait qu'elle se mêle trop aux gens.

Malgré sa déception, Benny avait décidé, après en avoir discuté avec le responsable du service, de refaire un essai. Heureusement, les horaires ne coïncidaient pas avec ceux de Saint-Anselme, donc, avec un peu de chance, le pasteur ne se douterait de rien.

Dans le potager, Kate trouva un vieux seau en osier près d'un wigham de haricots. Elle ramassa des courgettes, tièdes et brillantes, à demi cachées derrière leurs fleurs jaunes épanouies. Il y avait de la sarriette pour accompagner les haricots et de la menthe pour les pommes de terre. Dans la chaleur, la terre était pâle et archi-sèche. Elle repéra le tuyau d'arrosage qui serpentait entre les rangées de brocolis récemment plantés et ouvrit le robinet.

Elle arrosa rêveusement dans un silence rompu seulement par le bourdonnement entêtant de centaines d'abeilles et de guêpes dans le verger. Le doux clapotement de l'eau s'infiltrant dans le sol mêlé à la riche senteur vanillée des fleurs de haricots la plongea dans un état proche de la transe qui effaça tout le reste de son esprit.

Quand Mallory lui effleura les cheveux, elle sursauta.

— Pardon. Tu étais dans les nuages?

— Oui... euh, non. J'étais là, tout à fait. Mais d'une façon que je ne peux décrire.

À sa vue, elle sentit se dissiper les dernières traces de son ressentiment. Il avait les épaules voûtées, il paraissait las. Comme lorsqu'il rentrait le soir d'Edwan Sedgewick.

— Je peux faire quelque chose?

— On a besoin de patates. – Elle sourit en lui prenant la main. – Je vais te montrer où elles sont.

Mallory trouva une fourche dans la remise, se mit à creuser, entassa les pommes de terre dans un vieux seau. Kate commença à cueillir les haricots et se rappela soudain quel jour on était. À quatre heures, cet après-midi, Ashley devait voir son médecin qui l'avait convoqué. Ils étaient certainement déjà rentrés. Elle espérait que les nouvelles étaient bonnes. Mais, en ce cas, n'auraient-ils pas téléphoné ?

Le seau rempli, Mallory l'apporta dans la cuisine avec les haricots et revint presque aussitôt, un peu plus alerte.

— Benny nous a préparé du Pimm's.

— *Pimm's*...

— La boisson préférée de ma tante.

— Et ça ressemble à quoi ?

— À de la salade flottante. Viens goûter.

Sur les dalles, près des portes-fenêtres, étaient disposées quelques chaises branlantes et une grande table en pierre à pattes de lion érodées. Kate remplit les verres et alla chercher Benny.

Mallory retira la bourrache et le concombre de son verre, le vida et le remplit de nouveau. Il se laissa aller en arrière, faussement détendu. La pelouse de croquet, encore sertie d'arceaux rouillés, s'étendait devant ses yeux. Peut-être feraient-ils une partie bientôt ? Ils inviteraient leurs amis de Londres, pour jouer au croquet. Dieu sait, il y avait largement la place de les loger. Il inviterait les Parnell et des membres du club de bridge de sa tante. Il se prit à rêver, à imaginer les petits groupes flânant dans l'herbe ; des filles en robes d'été, des hommes en vestes de lin froissées, en panamas. De temps en temps, un éclat de rire. Ou un « Hop là ! » quand un maillet frappait un joli coup.

Mallory, qui tâchait de meubler tous les coins de sa tête avec des choses agréables, chercha à parachever la vraisemblance de cette idylle bucolique.

— Elle arrive, dit Kate en s'asseyant. – Elle versa du Pimm's dans deux verres, y ajouta de la glace. – Tu en veux encore, chéri ?

— J'en ai déjà repris.

— Ces chaises sont un peu branlantes. – Elle inclina son siège en arrière, et posa les pieds sur une auge de pierre fleurie de lis de la Madone et de petites frondes de fougère, enroulées comme des crosses de berger. Elle but une longue gorgée, poussa un grand soupir, en se détendant complètement.

— J'ai dit à Dennis d'être là à sept heures et demie, pour huit heures. Il est sept heures trente-cinq et Benny se fait déjà du mauvais sang.

Dennis. Mallory qui allait vider son verre le reposa. Il avait oublié que Dennis voulait lui parler en tête-à-tête après le dîner. Une affaire personnelle, avait-il dit. Et après, il y aurait la réunion inaugurale des éditions Chélidoine. S'il continuait à ce rythme, il serait ivre avant de passer à table. Furieux et honteux de constater qu'il n'en fallait pas beaucoup pour le replonger dans la tristesse où il se complaisait, Mallory sourit à sa femme.

— Je suis désolé, ma chérie.

— De quoi?

— Oh... d'être moi.

— Et moi, je ne suis pas désolée que tu sois toi. Si je me réveillais un matin à côté de quelqu'un qui n'était pas toi, je serais furax.

— Je ne serais pas très content non plus.

— Donc, tout va bien.

Les joues rosies par les soins prodigués au canard, Benny apparut sur les marches de la terrasse.

— Ce Pimm's est délicieux, Ben, dit Kate. Je vous en ai servi un verre.

— Merci. – Benny prit le verre et se percha sur le mur de la terrasse. Elle secoua doucement les glaçons mais ne but pas. – Le fait est que... je commence à m'inquiéter pour Dennis. Il n'est jamais en retard, vous comprenez.

— Il n'est pas en retard. – Pas commode de prendre un ton rassurant quand il n'y a aucune raison de s'inquiéter. – Il n'est que huit heures moins dix.

— Tout de même...

Elle avait beau deviner l'impatience de Mallory, elle ne lâchait pas prise.

— Écoutez, dit Kate en se levant, je vais voir, si vous voulez.

— On y va tous, ajouta Mallory, en se laissant aller en arrière, les yeux fermés.

— Non. Vous restez là, la soirée est délicieuse. – Benny disparut dans la salle à manger et s'écria : – Je vais sûrement le rencontrer en chemin.

*
* *

On ignorait généralement que, pour faire contrepoids à son angoisse permanente, Benny disposait d'un talisman protecteur. Elle n'avait qu'à y penser dans toute situation qui lui paraissait un tant soit peu dangereuse.

Elle en devait la formule à son père, qui avait attiré son attention dessus quand elle avait treize ans. Elle se rappelait exactement l'occurrence. La famille était en train de regarder le journal télévisé. Sally, leur cairn-terrier, était blotti sur les genoux de Benny. Une femme, dont le mari et le fils venaient d'être pulvérisés en s'encastrant sous les roues d'un semi-remorque, était interrogée par un jeune journaliste frétillant qui lui demandait comment elle se sentait.

« Anéantie », avait-elle répondu. Puis entre deux sanglots : « Je n'aurais jamais cru que cela puisse m'arriver à moi. »

— Tu entends ça, maman? s'était exclamé M. Frayle. Ça confirme ce que je dis toujours à propos de l'âme humaine, non?

— Qu'est-ce que c'est, chéri?

— Une fois de plus, ça prouve que j'ai raison.

— En quoi, papa?

— Chut, Bérénice, dit Mme Frayle, ton père écoute les nouvelles.

— Les seuls à être frappés par le malheur, ce sont les gens qui croient que cela ne peut jamais leur arriver à eux.

Ignorant l'effet désastreux que ses paroles avaient produit sur sa fille adolescente, M. Frayle avait replié son *Daily Express* et reporté son attention sur l'écran bleu.

Quelque quarante ans plus tard, Bérénice se félicitait d'avoir un père aussi perspicace et intelligent. N'aurait-elle pas déjà été foudroyée par le sort si elle n'avait pris à cœur son avertissement?

Chaque matin, depuis lors, elle énumérait par écrit les incidents susceptibles de se produire dans les vingt-quatre heures à venir, imaginait tout ce qui pouvait aller de travers. Et ça marchait! Il ne lui était jamais arrivé de catastrophe!

Naturellement, tout ceci représentait un effort terrible et par conséquent elle ne portait que la moitié de son attention à ce qu'elle faisait.

Certes, il y avait des événements plus faciles à classer comme virtuellement désastreux que d'autres. Et, en de rares occasions, Benny n'éprouvait pas le besoin de se servir de son talisman. Les visites à Dennis entraient dans cette catégorie. Aussi confus et discordant que soit le monde réel, elle sentait qu'en sa présence il ne pouvait rien arriver de fâcheux.

Ces réflexions l'avaient amenée jusqu'au portail de Kinders. Il était grand ouvert, ce qui était singulier. Dennis était pointilleux, il fermait toujours soigneusement le portail. Les portails, les portes, les placards mêmes. Il alignait, il redressait. Même les tiroirs étaient refermés avec précision.

Comme elle l'avait fait trois jours auparavant, Benny pénétra dans la maison par le garage. Pas de chaleur venant du fourneau, ce soir, pas de fumet de turbot au vin blanc. Elle répéta son «Coucou?» d'une voix mal assurée. Elle sut, avec une certitude qu'elle n'aurait pu expliquer, que l'appartement était vide. Mais elle inspecta toutes les pièces, au cas où. Enfin, elle approcha de la salle de guerre. La porte était close; enhardie par sa dernière et fructueuse expédition, Benny l'ouvrit et pénétra d'un pas vif à l'intérieur.

*

* *

Quand Benny revint, les Lawson étaient toujours sur la terrasse, à savourer leur heure de détente dans le halo ambré du soleil couchant. Ils avaient bavardé à bâtons rompus tandis que les ombres du cèdre géant s'étendaient lentement sur la pelouse pour disparaître dans l'herbe haute.

— La voilà, dit Mallory.

Elle était apparue au coin de la maison et se dirigeait vers la terrasse, la démarche lente, étrangement traînante. Alors qu'elle approchait, Kate s'aperçut qu'elle était toute raide, extraordinairement droite, les bras levés devant elle en angle aigu, comme pour répondre à une étreinte. Tel un mauvais acteur imitant un zombie.

Kate bondit et renversa son verre de Pimm's. Son sourire de bienvenue s'effaça et elle appela Benny en courant vers elle.

— Qu'est-ce qu'il y a? Que se passe-t-il? – Elle la prit dans ses bras et étreignit une colonne de pierre. – Dites-moi. *Dites-moi.*

Benny émit un son inintelligible.

— Oh, mon Dieu, Mallory – Il l'avait déjà rejointe. – Qu'allons-nous faire? *Benny*...

— Elle a dû avoir une attaque.

— Il faut l'emmener à l'intérieur.

— Freux.

— Quoi? – Maintenant, sous la lumière des lampes de la terrasse, Kate lisait l'horreur sur la physionomie livide, et dans ses yeux une douleur égarée. – Que voulez-vous dire?

— Je vais appeler un médecin.

— À cette heure?

— Il y a toujours quelqu'un pour les urgences.

— Ce sera trop long. Appelle une ambulance. – Elle entoura Benny de son bras et essaya de la faire rentrer dans la maison. – Et puis tu iras voir ce qu'il y a à Kinders.

— *Aaahh*...

— Ça va aller, Ben. Tout va bien. – Abasourdie par le hurlement qui lui éclata à la figure, Kate balbutia : – Venez... venez vous allonger, ma chérie.

— ... freux... freux...

— C'est ça, appuyez-vous sur moi. Appuyez-vous sur Kate.

Mallory courut d'abord au téléphone puis se rua hors de la maison. Il dépassa un petit attroupement de curieux à la grille. Benny avait sans doute été repérée dans High Street alors qu'elle rebroussait chemin comme une somnambule. En les bousculant, en les sentant flairer et renifler derrière lui comme une meute de chiens, il se demanda si, après tout, il était vraiment fait pour vivre dans un petit village.

À Appleby House, Kate essayait d'installer Benny confortablement. Tâche impossible, peu importait, du reste, car ni paroles ni gestes ne suscitaient la moindre réaction.

L'ambulance arriva et les infirmiers procédèrent aux contrôles nécessaires avec beaucoup de douceur, presque de tendresse. Benny répéta une fois : « Comme le freux », mais elle s'adressait à la nuit, et ses yeux traversaient ceux qui l'entouraient sans les voir.

Kate prit une chemise de nuit et une brosse à dents, sortit le canard du four, tout noir et luisant, le jeta à la poubelle, et passa un manteau. Juste avant qu'elle ne s'en aille, le téléphone sonna. C'était Mallory : il était arrivé quelque chose de terrible à Kinders et il avait prévenu la police.

*

* *

Quand la voiture de police arriva, un groupe d'une quarantaine de personnes s'était déjà rassemblé devant la maison de Dennis. La plupart se tenaient en face sur la petite pelouse à côté de la mare aux canards, mais quelques-uns s'étaient massés près du portail. Les policiers furent questionnés, sans succès, sur ce qui se passait. Privés de détails solides sur l'événement, les gens se sentirent obligés d'inventer un scénario de leur cru.

— Ensuite, ils vont installer un cordon de sécurité blanc et bleu tout autour.

— Pour quoi faire?

— Protéger les lieux du crime.

— Comment savez-vous qu'il y a eu un crime?

— Ouais... c'est peut-être juste un accident.

— On n'appelle pas les flics pour un accident.

— C'est vrai. Mais ça peut être un cambriolage?

— Regardez qui les fait entrer.

— C'est le type d'Appleby House.

— Ce qui est sûr, c'est que ça a un rapport avec ces machines.

— Terribles, ces trucs.

— Doris Crudge... elle dit qu'il y a une cage en fer là-dedans. Pour griller les gens.

Un hoquet général de satisfaction horrifiée.

— On dirait qu'il l'a pas volé alors, déclara l'homme qui avait filé le tuyau fumant sur le cordon de sécurité.

Mallory referma la porte sur les policiers et s'y adossa, jambes flageolantes. Le visage blanc comme un linge, moite et emperlé de sueur. Il avait été pris de vomissements et se sentait encore très barbouillé.

— Ça va, monsieur? demanda le plus jeune policier. Vous devriez vous asseoir...

— D'après ce qu'on nous a dit, interrompit l'autre, un certain sergent Gresham, il s'agit d'un accident mortel que vous – monsieur Lawson? – avez découvert ce soir. Vous avez alors appelé les services d'urgence à huit heures dix-sept. C'est exact?

— Oui... c'est-à-dire, non. – Mallory chancela, parvint en titubant jusqu'au salon et s'effondra dans un fauteuil. – J'ai appelé mais ce n'est pas moi qui l'ai découvert.

— Alors qui ça?

— Elle s'appelle Benny Frayle. Mais elle est en état de choc. On l'a amenée à l'hôpital.

— À Stoke Mandeville?

— Aucune idée.

— Bien. Maintenant, si vous voulez juste me montrer...

— Je ne retourne pas là-bas.

Le souvenir souleva des vagues de nausée. Le sergent se pencha plus près puis disparut de la vue de Mallory. D'une main sur la nuque, le policier lui fit baisser la tête entre les genoux.

— N'exagère pas, Palmer. Tu vas pas lui faire couler un bain, pendant que tu y es?

— Sergent.

— Et tâche de me trouver le médecin du mort.

Gresham disparut. Il inspecta la cuisine et la petite chambre. Puis il ouvrit la porte au bout du vestibule et resta sur le seuil de ce vaste et terrible espace, les mâchoires béant d'étonnement.

Le sergent n'était pas le moins du monde intéressé par l'histoire. Il n'avait jamais mis les pieds dans un musée et donc, confronté à ces armes de destruction étonnantes, il ignorait absolument de quoi il retournait. D'abord, il crut que c'était de l'art moderne, des sculptures déglinguées ou genre. Puis il remarqua l'énorme arbalète. Un maniaque des armes, alors. Un drôle d'oiseau. Ils sont prêts à n'importe quoi, ces survivalistes.

Le corps gisait face contre terre, tassé contre la machine qui ressemblait à une catapulte géante. Il portait des vêtements d'homme, un tweed très léger mais tout de même chaud pour la saison, de l'avis du sergent. Il faudrait pourtant le déshabiller pour s'assurer qu'il s'agissait bien d'un homme car il ne restait pas grand-chose de la tête. Étalée un peu partout qu'elle était. Du truc rouge à la fois liquide et gélifié, du truc gris, du truc blanc et des petits bouts d'os pilés.

Le sergent Gresham ne fut pas démonté par le spectacle. C'était un vétéran. Trente ans de service à examiner les indices sur les lieux du crime. Ou du suicide. Sans parler des carnages indescriptibles des accidents de la route. Gresham était là, et il avait fait tout ça.

Alors il remarqua une grande flaque de vomi près du corps et fut content de n'avoir pas amené le jeune Palmer avec lui dans la salle. Une personne qui dégueule, c'est amplement suffisant.

Il fit prudemment le tour de la grosse machine. Il était facile de deviner ce qui s'était passé. Il y avait un râtelier en bois fixé sur un cadre de trois mètres cinquante le long de la catapulte, contenant six énormes boulets de bois. Un septième, entièrement souillé, se trouvait à courte distance de la tête du mort.

Gresham appela le poste pour demander un photographe. Selon lui, le cas présentait toutes les apparences d'un accident mais il était toujours conseillé d'avoir une photo de la scène. Puis il retourna dans le salon pour trouver le type qui les avait appelés, l'air un peu moins vert, en train de boire une tasse de thé. Palmer avait déjà sorti son calepin.

— Z'avez dégoté le toubib, Palmer?

— Oui, sergent. Dr Cornwell. Il est prévenu.

— Le médecin de ma tante, avança Mallory. Il va être tellement...

— Comment se fait-il que Mlle Frayle ait découvert le corps, monsieur Lawson?

— Il – Dennis – devait venir dîner à Appleby House, c'est là que j'habite, et Benny aussi. Mais il n'arrivait pas.

— Alors vous le connaissiez?

— C'était un ami de la famille, répondit Mallory à mi-voix. Je le connais depuis toujours.

— Son nom?

— Brinkley.

— Il vivait seul ici?

— Oui.

— Vous savez s'il avait de la famille?

— Malheureusement, non. Ses parents sont morts, Dieu merci. Je crois qu'il avait un cousin quelque part au pays de Galles mais cela fait des années qu'ils ont perdu le contact, je crois.

— Bien, dit le sergent Gresham. Maintenant, cette personne que vous dites avoir trouvé le corps...

— Benny Frayle, intervint Palmer.

— On dirait qu'elle a été malade, à propos.
— C'est moi. Désolé.
— Je présume qu'elle vous a appelé d'ici?
— Non. Elle est revenue... je ne sais pas comment... à Appleby House.
— Vous ne savez pas comment?

Comment décrire la terrible déambulation de Benny? Son regard aveugle, sa démarche pesante, mécanique? Les yeux qui clignaient, la bouche béante.

— Vous rappelez-vous ce que Mlle Frayle a dit en arrivant?
— Non. – Il ne jugea pas utile de mentionner l'étrange répétition du mot «freux». – Elle était... euh, elle semblait ne pas du tout saisir ce qui se passait.
— Compréhensible, dit Gresham. Et vous êtes venu aussitôt ici?
— Oui.
— Comment êtes-vous entré?
— La porte de la cuisine n'était pas fermée.

À ce moment-là, le volume du bruit dehors monta d'un cran. On frappa à la porte d'entrée et Palmer disparut pour revenir aussitôt en murmurant :

— Le photographe.
— Comment l'avez-vous fait entrer?
— La clé était dans la serrure, sergent.

Gresham poursuivit ses questions, en déraillant complètement, pour autant que Mallory pouvait en juger. À un moment, le sergent lui demanda pourquoi il avait appelé d'abord la police.

— Je ne comprends pas.
— En général, dans ces cas-là, on appelle une ambulance.

— Pour quoi faire?

— Il y a des procédures à respecter, monsieur Lawson. La mort doit être déclarée. On doit emporter le corps.

— Vous ne croyez pas... Je suis allé partout. Bon Dieu, vous avez vu la salle. Vous vous seriez senti comment, à ma place?

Tranquille comme Baptiste, se dit Palmer en s'arrêtant d'écrire pour se reposer le poignet. C'est comme ça qu'il se serait senti, le sergent. Palmer pensa qu'il aimerait bien un jour être aussi détaché, aussi relaxe que Gresham. C'est-à-dire, des fois, il pensait qu'il aimerait bien. D'autres fois, il n'en était plus si sûr.

— Alors vous n'avez rien trouvé de... d'anormal?

— D'anormal? – Mallory fronça les sourcils, perplexe, en regardant le sergent. Puis sa perplexité devint incrédulité. – Vous ne voulez pas dire...

— Suspect, si, monsieur.

— Bien sûr que non. C'est... ridicule. Incroyable.

C'était aussi l'opinion du sergent mais cela ne faisait pas de mal de remuer un peu la sauce. Il arrive que des tas de trucs remontent à la surface à ces moments-là. Pas forcément en rapport avec l'affaire en question mais souvent très intéressants.

Il en était là de ses réflexions quand la sonnette tinta de nouveau. Et Palmer de bondir pour aller ouvrir; un instant après, Jimmy Cornwell entra dans la pièce. Il alla droit vers Lawson.

— Mon Dieu, Mallory! C'est affreux. Dennis. Que s'est-il passé exactement?

Mallory lui apprit ce qu'il s'était passé. Cornwell écouta, faillit l'interrompre à plusieurs reprises. Il dit : « Dieu ! Pas Benny ! » et « cet endroit terrible ! ». Puis il accompagna Gresham afin d'identifier Dennis. Il retourna le corps, jeta un bref coup d'œil sur ce qui restait du visage, hocha la tête et se hâta de quitter les lieux. Dans la cuisine, il remplit un verre au robinet et, revenu dans le salon, il ouvrit sa mallette.

— Écoutez, Mallory, je vais vous donner ces cachets. Et je veux que vous...

— Je vais bien.

— Croyez-moi, vous n'allez pas bien. – Il se tourna vers le sergent Gresham. – Quand peut-il s'en aller?

— Je présume que M. Lawson voudra attendre qu'on ait enlevé le corps et fermé la maison.

— Bien sûr, oui, s'exclama Mallory.

Cela ne lui était pas venu à l'idée mais il espéra qu'il y aurait pensé, le moment venu.

— Nous aurions besoin d'interroger la dernière personne qui ait vu M. Brinkley vivant. Vous avez une idée là-dessus, monsieur?

— Pas vraiment. Quelqu'un du bureau, peut-être. Ou un voisin qui l'a vu rentrer chez lui.

Palmer nota l'adresse du bureau de Dennis Brinkley. Le Dr Cornwell resta auprès de Mallory jusqu'à ce que celui-ci ait avalé les cachets. Puis il griffonna sur le flacon qu'il posa à côté du verre d'eau avant de s'en aller. Entre-temps, le sergent Gresham, qui avait inspecté le salon, parcourait toute la maison.

— Qu'est-ce qu'il fait? demanda Mallory au constable Palmer.

— Il cherche une lettre, monsieur Lawson.

— Une lettre !

Il lui fallut un moment pour faire le lien. Alors il fut saisi d'une irrépressible envie de rire. L'idée que Dennis, *Dennis* surtout, ait pu décider de mettre fin à ses jours, et par-dessus le marché avec un boulet de canon, c'était de la folie furieuse ! Complètement surréaliste. Incontrôlable comme le hoquet, le rire s'échappa des lèvres de Mallory en petits gémissements.

Palmer le regardait, impuissant. La méthode employée habituellement avec les hystériques n'était pas envisageable. Pas question de risquer une plainte pour voie de fait alors qu'il était à l'essai. Le sergent Gresham entra, jaugea la situation, jeta le reste du verre d'eau à la figure de Mallory et envoya Palmer chercher une serviette.

— Excusez, monsieur Lawson.

— Non, non, dit Mallory en s'essuyant. Vous avez... je veux dire, ça va.

L'ambulance arriva et repartit dix minutes plus tard en emportant la dépouille de Dennis. Satisfaite d'avoir assisté au tomber de rideau, la petite foule se dispersa lentement. Peu après la police s'apprêta à faire de même.

Mallory resta seul alors en possession des lieux. Son premier geste fut d'appeler Appleby House mais il n'y avait personne. Kate devait être encore à l'hôpital. Il découvrirait bien de quel hôpital il s'agissait, mais d'abord il devait nettoyer. Son estomac se souleva à cette idée mais il ne pouvait décemment pas se décharger de cette tâche sur quelqu'un d'autre.

Il prit un grand rouleau de papier, un sac-poubelle noir et retourna dans la salle de guerre, en allumant toutes les lumières et en laissant la porte grande ouverte. Il ramassa le vomi et le reste, remplit le sac avec le papier souillé, le ficela solidement et le jeta à la poubelle. Il essuya le boulet du mieux qu'il put, puis le lava dans l'évier de la cuisine. Enfin, il remplit une bassine d'eau chaude, de désinfectant et de détergent, trouva une brosse, des vieux chiffons, et retourna finir le travail. Quand il eut terminé, il se frotta les mains à l'évier jusqu'à ce qu'elles soient rouges comme des homards cuits.

Fermer la maison se révéla relativement aisé : il tira d'abord la porte du garage de l'intérieur qu'il ferma à clé, puis celle de la cuisine et empocha les deux clés. La porte d'entrée était munie d'une serrure extrêmement solide. Mallory retira la clé logée dans la serrure, et sortit en claquant le battant derrière lui.

*

* *

Benny admise à l'hôpital et couchée, Kate dut trouver un moyen de rentrer chez elle. Heureusement, il y avait une caisse automatique à l'hôpital. Elle retira cinquante livres en espérant que ce serait suffisant pour un taxi.

Elle trouva Mallory profondément endormi sur le divan, dans la lingerie. Une petite lampe projetait une douce lumière sur son visage gris d'épuisement. Elle se pencha et vit qu'il avait pleuré. Il avait mauvaise haleine. Sa chemise était dégoûtante. Tentée de le laisser dormir, dans l'oubli des terribles événements de la soirée, elle ne put supporter l'idée qu'il se réveillerait seul. Alors elle lui prit la main, le secoua doucement. Il sourit en se réveillant. Puis la mémoire lui revint.

— Viens te reposer, chéri, dit Kate. Viens te coucher.

11

LA mort de Dennis Brinkley fut annoncée aux informations locales. Quoique succincte, la phrase « Trouvé mort à son domicile à Forbes Abbot » était atterrante. Pourtant les mots révélaient autant qu'ils cachaient. Mort, comment ? se demandait-on. Une dose excessive de médicaments, une chute, une attaque, une crise cardiaque, une intoxication alimentaire, un accident ? Y avait-il eu effraction ? Les villageois étaient au supplice : ils estimaient avoir le droit de savoir, puisqu'ils appartenaient à la même communauté. Et avant tout le monde.

Les Parnell, qui n'écoutaient que d'une oreille BBC 4 le matin, ne prirent connaissance de la nouvelle que lorsque Judith sortit avec son paquet de lettres pour le facteur. Bien qu'Ashley et elle n'aient connu Dennis que de vue, cette mort soudaine si proche les affecta. Judith semblait particulièrement bouleversée et Ashley se fit un plaisir de s'occuper d'elle, pour une fois. Il prépara même le petit déjeuner, moulut du café, beurra les toasts et fit cuire des œufs.

Dans son pavillon à Glebe Road, Doris Crudge était allongée. Ernest avait appelé de la part de sa femme pour prévenir qu'elle ne serait pas en mesure de venir travailler ce jour-là ; il expliqua qu'elle ne se sentait pas très bien, ce qui était l'excuse la plus simple et la plus naturelle. À dire vrai, Doris était étendue pour le compte dans leur meilleur fauteuil. Elle avait un sac de glaçons sur la tête, un flacon de tranquillisants à portée de main prêté par leur plus proche voisin, et une chope de thé sucré presque noir. Elle gémissait doucement.

Ernest la regardait avec compassion mais sans inquiétude excessive. Doris était du genre à se laisser aller à ses émotions dans des situations dramatiques et aujourd'hui elle ne faisait pas exception. Mais son mari était injuste en croyant qu'elle se donnait en spectacle. Elle en était venue à éprouver une réelle affection pour son M. Brinkley. Son bizarre passe-temps excepté, il était l'employeur idéal. Toujours courtois et gentil, lui demandant des nouvelles de sa famille de temps à autre. Un joli cadeau à Noël et, dans les très rares occasions où elle ne pouvait se rendre à son travail, il lui payait tout de même ses gages.

Ernest jugea qu'il valait mieux ne pas lui répéter ce qu'il tenait de Mme Lawson, à savoir que c'était la pauvre Benny Frayle qui avait découvert le corps et qu'elle était maintenant à l'hôpital en état de choc. Il estimait que Doris en savait suffisamment pour le moment.

*

*   *

Chez les Latham, Andrew était sous la douche quand un cri perçant au rez-de-chaussée le fit glisser sur le savon ; il se rattrapa au rideau à breloques, ce qui lui évita de se fracasser la tête sur le carrelage.

Il s'enveloppa dans un grand peignoir – même à sept heures du matin, Gilda ne répugnait pas à l'idée d'une ou deux cabrioles –, ajusta la ceinture et se précipita en bas.

— Qu'est-ce qui se passe, mon petit trésor?

— Dennis est mort, dit Gilda.

— Quoi?

— C'était à la télé.

— Notre Dennis?

— Qui d'autre? – Elle l'observa un instant puis se mit à rire. – Oh, la figure!

— Mais... – Il se laissa tomber sur une chaise en face d'elle. Celle au dossier en forme de coquillage avec des sirènes en bois en guise d'accoudoirs. – Comment? Enfin... qu'est-ce qu'ils ont dit?

— Rien. On l'a trouvé chez lui. Il va y avoir une enquête judiciaire, comme toujours dans ces cas-là. On doit y aller. – À l'entendre, on aurait dit qu'il s'agissait d'une agréable sortie. – Tu ferais peut-être mieux de passer un coup de fil à Machin-Chose, non?

— À qui?

— Ce type qui est responsable quand Dennis n'est pas là.

— Fortune. – Andrew la dévisageait toujours, étourdi. – Je n'arrive pas à y croire.

— Je ne vois pas pourquoi. Ça arrive tout le temps. Un type d'âge mûr, frais comme un gardon, toujours à la gym ou à faire son jogging, qui s'effondre sur le bord de la route...

— Dennis faisait du *jogging*?

— Je te donne un exemple, idiot. Pas de danger que je fasse de la gym. – Elle remua sa grosse masse en essayant en vain d'écarter ses jambes rembourrées. – Ça veut dire une nouvelle tenue d'enterrement, j'imagine.

— Mais tu en as déjà...

— Je vais encore me faire arnaquer, tout ça pour un affreux chapeau. À croire que je suis une mine d'or ambulante.

— Je suis sûr qu'il n'a pas fait exprès de mourir, murmura Andrew, qui paya cher sa réflexion durant la demi-heure qui suivit.

*

*   *

Pour la première fois et la dernière fois de sa vie, Andrew Latham arriva le premier au bureau. Pas de beaucoup, cependant. Alors qu'il ouvrait la porte de l'immeuble, Leo Fortune apparut à côté de lui. Tentant poliment de dissimuler sa surprise, il murmura : « Bonjour. »

Andrew répondit d'un bref hochement de tête. Il ne tenait aucunement à entrer en relation avec le contingent mâle de Brinkley et Latham. Quant au personnel féminin, c'était une autre affaire.

Il traversa le bureau principal, se retira dans son cagibi et guetta à travers la vitre l'arrivée du reste de l'équipage. Il vit ceux qui étaient au courant pour Dennis annoncer la nouvelle aux autres. Il remarqua leur expression stupéfiée et incrédule. Puis, dans un silence total, ils se tournèrent tous vers lui. Andrew se sentit plutôt mal à l'aise. Il eut l'impression d'être examiné par un groupe de morts vivants. Il attendit un peu, composa son visage et alla les rejoindre.

— Je vois que vous avez tous appris la mauvaise nouvelle. – Un silence, un peu étiré, pour souligner la solennité des circonstances. – Malheureusement, je n'en sais pas beaucoup plus sur ce qui s'est passé. Mais je crois qu'il va y avoir une enquête judiciaire et nous aurons alors plus de détails.

— Je ne suis pas certain de vouloir des détails, dit l'un des employés.

À la surprise d'Andrew, il paraissait presque furieux. Il y eut des murmures d'approbation. Une des filles se mit à pleurer. La tristesse se répandait dans le groupe et semblait s'étaler peu à peu, remplir la pièce.

Andrew en resta pantois. Qui l'aurait cru? Tout ça pour un vieux bonhomme comme Dennis Brinkley. On n'a jamais fini d'être étonné!

— Je propose qu'on travaille comme d'habitude. – Il remarqua un ou deux petits sourires cyniques, sans aucun doute dirigés contre sa propre indolence. – Mais si l'un d'entre vous ne s'en sent pas le cœur, n'hésitez pas à prendre une pause, surtout.

Silence, puis Leo Fortune déclara :

— Je crois que Dennis aurait voulu qu'on continue.

Dieu! Monsieur-le-petit-Saint. Dégueulatoire.

— À propos, Latham, le serrurier doit venir à dix heures. Je présume qu'on respecte le souhait de Dennis et qu'on fait faire le travail?

— C'est comme vous voudrez.

— Et j'aurai besoin de me servir de son bureau. Pas d'objection, je suppose?

— Pourquoi? dit Andrew. Vous êtes son «bras droit», après tout. – On aurait dit qu'il faisait de la lèche à un immonde marchand de chair humaine. – Vous êtes sans aucun doute impatient de vous y mettre.

Il retourna dans son box, un sourire satisfait aux lèvres, et regarda les deux filles qui tournaient autour de Fortune, visiblement très bouleversé. Brenda, la secrétaire de Dennis, jeta à Andrew un regard noir. Celui-ci répondit par un sourire hilare. Quelle bonne journée en perspective ! Et il n'était que dix heures, à peine.

*
* *

À Appleby House, les Lawson se déplaçaient avec lenteur et circonspection, en échangeant de rares paroles. Mallory paraissait encore anéanti et muré en lui-même. Kate accomplissait les tâches nécessaires. Elle fit le lit – très émue de découvrir les sachets de lavande placés là par Benny – et prépara un petit déjeuner auquel ils ne touchèrent ni l'un ni l'autre.

Au milieu de la matinée, elle téléphona à l'hôpital : on lui apprit que Mlle Frayle avait passé une bonne nuit et qu'elle verrait bientôt un médecin. Kate devait rappeler à l'heure du déjeuner et elle pouvait venir entre deux et quatre heures rendre visite à la malade.

Malgré le ciel couvert, elle retourna au jardin. Elle errait sans but, s'étonnant à présent d'y avoir ressenti la veille ce plaisir innocent. Tandis qu'elle arrosait le jardin assoiffé et tournait avec bonheur son visage vers le soleil couchant, Dennis gisait, mort. Elle ne savait toujours pas comment il était mort et, pour le moment du moins, n'avait pas envie de le savoir.

Troublée par des voix puis choquée par un soudain éclat de rire, elle descendit vivement l'allée de briques jusqu'à la porte bleue qui ouvrait sur le verger.

Une dizaine d'employés agricoles montés sur des échelles s'occupaient des pommes ou ramassaient les fruits précoces. À voir leurs chemises bariolées et leurs jeans, à écouter leur bavardage insouciant, Kate sentit décroître son indignation. Pourquoi ne riraient-ils pas? Le décès d'un villageois ne signifiait rien pour eux. Ils n'avaient sans doute jamais entendu parler de Dennis Brinkley.

Elle se jura alors de faire son possible pour éloigner la tragédie qui les avait frappés. Elle n'aurait ni le temps ni l'énergie de se débattre dans le chagrin ou les émotions. Il faudrait réconforter et aider Benny, ainsi que Mallory. Et tôt ou tard – peu importait que ce soit tard, peu importaient les obstacles que le destin placerait sur son chemin – elle s'occuperait du lancement des éditions Chélidoine. Parce que c'était à son tour, maintenant, et il n'était pas question qu'elle range son rêve aux oubliettes.

Déjà il était temps de rappeler l'hôpital. Elle se dirigea vers la maison pour découvrir que Mallory avait déjà téléphoné. Mlle Frayle avait vu un médecin et elle était en mesure de rentrer chez elle. Le soulagement d'apprendre qu'elle n'avait rien de grave, sur le plan physique, était amoindri par l'inquiétude quant à son état mental. Le souvenir de la silhouette titubante, raidie, du regard égaré par la peur et le choc, était encore frais dans la mémoire de Kate. Quel changement pouvaient apporter quelques heures de sommeil – qui plus est sous somnifères?

Mallory se déroba à la corvée de l'hôpital mais promit de cueillir des pois et de la menthe et de préparer une soupe pour le déjeuner. Et d'acheter du pain frais ainsi qu'un journal à la boutique du village. Il embrassa sa femme un peu distraitement et traversa la pelouse de croquet.

Je me retrouve seule avec tout ça, pensa Kate. Une fois de plus, elle se reprocha sa mesquinerie. Dieu sait ce que Mallory avait découvert à Kinders la veille au soir. À quoi il avait dû faire face. Tu pourrais t'estimer heureuse, Lawson, d'avoir récolté la meilleure part, se dit-elle en faisant demi-tour avec la Golf.

En rentrant à la maison avec un récipient de pois et un bouquet de menthe-ananas, pas idéal pour la soupe, Mallory se dirigea aussitôt vers le téléphone.

Depuis qu'il avait quitté la maison de Dennis, la nuit dernière, jusqu'à son bain, ce matin, l'événement sensationnel et épouvantable lui avait fait complètement oublier sa fille. À présent, l'obsession était de retour, le tourmentant avec une force renouvelée.

Il avait été persuadé que Polly était bien dans l'appartement quand il avait sonné. Bien que cette idée soit sans fondement logique, il s'y accrochait. Il regrettait amèrement, aujourd'hui, de n'avoir pas poussé la vieille dame sur le perron et de n'être pas entré dans l'immeuble. Il y avait peut-être un autre moyen de gagner le sous-sol.

Mallory se rendit compte qu'il ne pouvait en aucun cas retourner à Londres pour le moment. Non seulement il souhaitait soutenir Kate – et Benny, bien sûr – mais la police l'avait prévenu qu'il pourrait être convoqué à l'enquête judiciaire. Il ne lui restait plus qu'à refaire le numéro de Polly. Encore et encore.

*
* *

En arrivant à l'accueil, Kate regarda autour d'elle : pourquoi s'attendait-elle à voir Benny ? C'était stupide. Il y avait sûrement des démarches à effectuer pour la sortie. Une femme aimable derrière le comptoir lui indiqua le service, où une infirmière très occupée lui parla brièvement et lui donna une ordonnance de puissants sédatifs qu'on devait lui remettre à la pharmacie de l'hôpital.

Pendant le trajet en voiture, Kate avait imaginé comment se déroulerait la rencontre, quelle mine aurait Benny, dans quel état elle la trouverait. Dans quel état serais-je si, en l'espace d'un mois, je perdais les deux êtres qui me sont le plus proches ? Mon mari et ma fille. Comment pourrais-je continuer ? Aurais-je envie de continuer ? À quoi bon ?

Lorsqu'elle vit la malade, elle fut d'abord rassurée. C'était la Benny ordinaire, nette comme d'habitude, à part ses vêtements assez incongrus. Elle était assise à côté du lit, les pieds joints, les mains posées calmement sur les genoux, comme une enfant sage. Ce n'est qu'en s'approchant que Kate constata le changement.

Les joues étaient toutes blanches, les lèvres livides. Et elle semblait avoir rétréci de façon indescriptible. Elle n'était pas plus mince. Ni plus petite. Mais elle était indéniablement plus menue. Et sa perruque était de travers.

— Bonjour, Ben. – Kate s'agenouilla près de la chaise, prit la main souple et molle, la serra doucement. – Je suis venue vous ramener à la maison.

Les lèvres pâles remuèrent. Elle murmura quelque chose que Kate ne saisit pas et se leva docilement. Elle semblait se tenir avec circonspection, avec prudence, comme si elle craignait de tomber en morceaux.

Que faire pour la perruque? Kate n'avait pas envie de conduire Benny à travers les couloirs de l'hôpital et jusqu'au parking avec sa perruque sur l'oreille, risquant ainsi de lui attirer des remarques désobligeantes et peut-être même des rires. D'un autre côté, il lui paraissait extrêmement irrespectueux de la lui arranger sur la tête. Elle finit par l'embrasser en murmurant : « Bon! Regardez ce que j'ai fait! Excusez-moi, vous permettez, Benny? » et elle redressa la perruque.

Durant le trajet de retour, Kate hasarda une ou deux remarques qui furent accueillies par un regard vide et des marmottements inaudibles. Elle fut troublée par le regard dépourvu de lumière et d'âme.

Mais le pire, ce fut quand elles arrivèrent à Appleby House et qu'elle essaya d'aider Benny à descendre de voiture. Celle-ci fit des efforts pour s'extirper de son siège puis prit le bras de Kate et essaya de sourire. Il fendait le cœur, ce semblant de sourire. Alors Kate se mit à pleurer. Benny ne pleura pas. Elle ne pleura ni alors ni avant bien longtemps.

*

* *

Plus tard, cet après-midi-là, les Parnell vinrent présenter leurs condoléances. Judith apporta un gros bouquet de pois de senteur et Ashley un bol de cerises noires brillantes. Ils s'installèrent dans la cuisine pour une tasse de café. Ashley fut le premier à prendre la parole, embarrassé mais mû par une sincérité évidente.

— Nous avons été désolés d'apprendre la nouvelle. C'était un vieil ami, je crois.

— Oui, dit Mallory. Un homme bon. Très... très bien.

— Benny doit avoir beaucoup de peine.

— Mais elle vous a, n'est-ce pas? intervint vivement Judith. Je veux dire... vous n'allez pas repartir tout de suite?

— Non. Pas avant la fin de l'enquête judiciaire.

— Quand vous serez partis, il faut qu'elle vienne nous voir, proposa Ashley. Prendre des repas ou simplement passer un moment. Elle ne doit pas rester seule.

Mal à l'aise, Judith remua sur sa chaise et regarda par la fenêtre qui laissait pénétrer le soleil à flots.

— L'un de nous deux va rester, dit Kate. – Elle n'ajouta pas que Benny paraissait à peine remarquer la présence de qui que ce soit autour d'elle. – Sauf le jour du déménagement, c'est-à-dire.

— Et c'est prévu pour quand?

La conversation se poursuivit. Mallory fut reconnaissant à Ashley de sa discrétion. Il s'était préparé à des questions du genre : Que s'est-il passé exactement? Comment se fait-il que ce soit vous qui l'ayez découvert? Qu'est-ce qu'a dit la police? Cela a-t-il un rapport avec ces machines?

Il avait eu un avant-goût de ces questions le matin même, en allant acheter du lait. Un homme qu'il avait vaguement vu à l'enterrement de Carey l'avait arrêté sur le chemin du retour.

Après l'entrée en matière : « C'est affreux quel choc ma plus profonde sympathie je crois savoir que c'est un accident causé par une de ces cordes qui pendent dans son musée », l'homme, les yeux brillants, avait posé la main sur le bras de Mallory. « Parler, raconter, ça peut faire beaucoup de bien. J'habite à Mon Repos, j'étais un ami proche de votre tante, je m'appelle Lattice. Je vous en prie, n'hésitez pas à venir à n'importe quelle heure. De nuit comme de jour, vous serez le bienvenu. »

Expérience déplaisante. Kate avait beau dire que c'était la nature humain, il y avait certains aspects dans l'humaine nature dont Mallory se serait bien passé, surtout dans son état d'esprit actuel. Il retourna à la conversation.

— Alors je me sens un peu gêné, poursuivait Ashley, de vous apprendre ces nouvelles en ces tristes moments mais vous avez toujours été si gentils...

Il s'adressait à tout le monde mais regardait surtout Kate.

— Ce sont de bien tristes moments, répéta Judith avec fermeté. Et je crois que nous devrions...

— Excusez-moi, interrompit Mallory, je n'ai pas suivi.

— On a trouvé ce qu'avait Ashley, dit Kate.

— C'est merveilleux. Du moins, j'espère.

— C'est une maladie péricardique.

— Une péricardite, corrigea Judith.

— D'après eux, ça remonte à l'époque où je travaillais en Afrique.

— Il y a plus de dix ans.

— Et ça se soigne.

— Oh... je suis si contente, dit Kate. Espérons que la liste d'attente...

— On va aller dans le privé, décréta Judith. Voir un spécialiste la semaine prochaine.

— On va resquiller, ajouta Ashley en riant.

— On ne resquille pas, on se met à une autre queue, moins longue. Et, accessoirement, cela fera une place de plus pour un patient indigent.

Kate rompit un silence embarrassant en se levant.

— Il faut que j'aille chercher un vase pour vos fleurs. Elles sentent délicieusement bon.

Elle faisait couler de l'eau dans l'évier quand on frappa fort à la porte. Ashley, qui était le plus proche, ouvrit distraitement, avec un tel naturel que Judith ne put s'empêcher de se demander si le geste ne lui était pas familier. Le facteur était planté là, avec des sacs postaux claquant aux chevilles.

— Des vides?

— Non, répondit Kate. Peut-être demain.

— Combien en avez-vous reçu jusqu'ici?

Mallory alla les chercher.

— Treize.

— Vous devez être submergés, dit Judith. Et nous qui vous retenons...

— Je pourrais peut-être en lire quelques-uns pour vous, Kate, proposa Ashley.

Elle se retourna, les ciseaux dans une main, des tiges de fleurs dans l'autre. Elle allait accepter avec gratitude quand elle remarqua la grimace de Judith; à contre-jour son visage était un masque de violence contenue et de malveillance. Elle avait l'air furieuse, jalouse, apeurée.

— C'est gentil à vous, Ashley, mais franchement pour la plupart ils n'en valent pas la peine.

Il y avait quelques lettres au courrier. Mme Crudge passa une tête par la porte :

— Je suis désolée pour aujourd'hui, madame Lawson. Mais je serai là demain à dix heures pile, comme d'habitude, d'accord?

— Bien sûr. Venez prendre une tasse de thé pendant que vous y êtes.

— Merci, mais je crois que Ben va en faire.

Kate se félicita que Ben reçoive la visite de sa vieille amie. Peut-être se sentirait-elle capable de parler à Doris. Elle avait à peine ouvert la bouche jusqu'ici. Évidemment, il était encore trop tôt. Kate déposa les fleurs sur la table et alla s'attaquer aux sacs postaux. Mallory, cachant habilement son enthousiasme, lui emboîta le pas.

Mais ils n'avaient pas plus tôt vidé le premier que Mme Crudge arriva avec un grand sac en plastique.

— Ça n'a pas été long, dit Mallory.

— Comment est-elle? demanda Kate, qui faillit ajouter: «Et vous, comment allez-vous?», car Mme Crudge avait l'air pâle et très troublée.

— Je ne sais pas quoi dire, déclara-t-elle en s'asseyant sur le canapé. Tout ce que je sais, c'est que ce n'est pas Benny.

— Elle a subi un gros choc.

— Elle m'a regardée comme si elle ne me voyait pas. Elle m'a juste fourré ça dans les mains et s'est mise à crier : «Enlève-les-moi! Enlève-les-moi!» Et je me suis retrouvée dehors.

— Qu'est-ce qu'il y a dedans? demanda Kate.

Doris retourna le sac d'où tombèrent la jolie veste bleu paon, la jupe longue, les sous-vêtements, les bas et les chaussures. Et aussi la perruque aux saucisses cuivrées. Même la montre et les boucles d'oreilles qu'elle portait la veille au soir.

— Qu'est-ce que j'en fais? demanda Mme Crudge. Je les donne à une boutique de charité?

— Pas ici. – Kate replaça les affaires dans le sac. Il n'y avait pas grand risque que Benny les voie sur quelqu'un mais on ne savait jamais. – Je les donnerai à Londres.

Plus tard, quand Mme Crudge eut pris une tasse de thé et versé quelques larmes, les Lawson s'apprêtèrent sans conviction à dîner du reste de la soupe de pois de Mallory, de pain et de fromage. Benny refusa de se joindre à eux, expliquant au téléphone qu'elle avait des provisions dans son frigo qui seraient gâchées si elle ne les mangeait pas.

Pas moyen de savoir si c'était vrai. Probablement pas. De toute façon, Kate n'y pouvait rien. Le fait que Benny ait refusé de dîner avec eux était si extraordinaire en soi qu'il prêtait à l'inquiétude. Mais manifestement elle n'avait envie de parler à personne et on devait respecter son désir de solitude.

Alors qu'ils s'attablaient, le téléphone sonna. Mallory bondit pour répondre et sa femme vit son expression passer de l'espoir à la déception. « Oui, parfait... Ce ne sera pas possible... Très bien. Merci de m'avoir prévenu. » Puis il raccrocha.

— L'enquête du coroner, expliqua-t-il. Dix heures et demie, vendredi. Au tribunal. Il y aura une convocation par la poste. Je ne serai pas forcément appelé à la barre mais il faut que j'y sois.

— Qu'est-ce qui n'« était pas possible » ?

— Ils disent que Benny...

— Oh, non! s'écria-t-elle. Elle ne peut pas... Elle n'est pas en état de répondre aux questions. Elle ne peut même pas nous parler.

— Ne t'énerve pas...

— Il n'en est pas question, c'est tout, Mal. Si elle était encore à l'hôpital, ils ne pourraient pas la convoquer.

— Je vais contacter Cornwell. Il leur dira un mot, leur expliquera la situation.

Mais à la surprise des Lawson, quand Cornwell passa après sa visite à Benny, il leur apprit qu'elle était résolue à assister à l'enquête. En fait, elle y tenait farouchement.

Ils en furent troublés. Convaincus que Benny n'avait pas bien compris en quoi consistait l'enquête du coroner, ils espéraient d'ici là la dissuader de s'y rendre.

12

Les trente-six heures qui suivirent s'écoulèrent dans une sorte de brouillard. On faisait ce qu'il fallait faire. Benny arracha beaucoup de mauvaises herbes, arrosa les tomates et les poivrons dans la serre. Doris vint faire le ménage, bavarda de tout et de rien et s'en alla. Kate et Mallory écumèrent les sacs postaux, sauf les deux derniers de la pile, qui étaient donc les premiers reçus.

Les manuscrits soumis à leur jugement étaient aussi mauvais que Kate l'avait craint. Quelques-uns avaient le mérite d'être drôles, quoique sans intention de l'être. Mallory en parcourut un, au style fleuri, qui avait pour sujet la fondation d'une école de musique.

— Regarde ça ! s'exclama Kate.

Elle avait vidé le premier des sacs restants et tenait un long paquet étroit enveloppé d'un épais parchemin et scellé de cire rouge. Son aspect témoignait d'une extrême prétention. À l'intérieur, des couches et des couches de papier brun liées avec de la cordelette à rideaux et scellées de même. Il y avait une lettre explicative.

— C'est d'un certain M. Matlock. Sidney. Qui est « le seul survivant d'une équipe d'observation d'après-guerre et dont le travail, scrupuleusement annoté, constitue le précieux document ci-inclus».

— Tu plaisantes.

— Peut-être qu'on a découvert un nouveau *Chasseur d'espions*. Et c'est certainement codé.

— Voyons un peu ça.

Elle feuilleta quelques pages de papier ministre, écrites en colonnes. Puissance des moteurs et numéros. Capacité des réservoirs d'essence. Heures de départ et destinations. Hangars des locomotives. Noms et numéros des conducteurs et des pompiers. Le titre annonçait fièrement : *Histoire précise des départs et retours de locomotives de la gare d'Euston jusqu'à Nuneaton Trent Valley de 1948 à 1957.*

— Un fou des trains!

— Ne ris pas. C'est sa vie. Pauvre vieux.

Elle remballa le manuscrit et décida de le renvoyer en recommandé. Voilà encore une chose qu'elle avait oubliée : les retours. Elle aurait soin d'en préciser les modalités dans ses annonces futures.

Ils passèrent les autres manuscrits en revue.

— Rien de bien?

— Tom Clancy, c'est Homère à côté de ça!

— Je croyais que Homère avait une barbe.

— Et si on s'ouvrait une bouteille?

Ils dînèrent tous les trois ce soir-là. Mallory et Kate, qui marchaient sur des œufs, entretenaient une conversation anodine. Ils évoquèrent le jardin, les nouvelles rassurantes de la santé d'Ashley, le beau temps. Benny parla très peu, mangea presque tout ce qu'il y avait dans son assiette avant de déposer ses couverts l'un à côté de l'autre. Kate se rappela une expression que sa mère employait souvent quand elle parlait de gens qui se remettaient d'une maladie ou d'un deuil soudain: «Aller tout doucettement».

Avant que Benny n'arrive, ils s'étaient demandé s'il fallait mentionner l'enquête du coroner. Ils décidèrent d'attendre qu'elle aborde elle-même le sujet. Ils espéraient qu'elle avait changé d'avis. Mais, tout en picorant dans un bol de framboises encore tièdes de soleil, Benny en vint à l'enquête.

D'abord, elle posa quelques questions et fut rassurée : oui, ils l'amèneraient et la ramèneraient. Oui, Mallory était sûr qu'ils pourraient s'asseoir ensemble. Non, il n'y aurait pas de box des témoins ni de juges ni de gens en perruques. Et il était encore temps d'obtenir une dispense si elle s'inquiétait.

Mais Benny ne s'inquiétait pas. Quelque chose – elle présumait que c'étaient les médicaments, bien que leur effet ait dû se dissiper, depuis le temps – tenait en respect les terribles événements du présent et du passé immédiat. C'était comme si elle regardait par le mauvais bout d'un télescope. Très éloignés, en réduction, ils avaient perdu la faculté de blesser. Mais elle comprenait bien que cet état de choses était provisoire. Que la douleur – elle la savait là, tapie, attendant son heure – était simplement en suspens.

Elle n'avait ni le temps ni la force de pleurer Dennis pour le moment. Il y avait des choses à régler, des procédures à suivre, à commencer par l'enquête judiciaire le lendemain. C'était la première étape. Puis l'enquête criminelle. Puis la capture et le châtiment du coupable de ce crime affreux, affreux.

*
* *

La salle du tribunal était bondée. Tout Forbes Abbot était présent, à l'exception de ceux qui étaient cloués chez eux ou qui travaillaient ; on nota même que certains censés être à leur travail avaient pris, semblait-il, un jour de congé.

En tant que femme de ménage des lieux qui abritaient cette machinerie infernale, Mme Crudge s'était attendue à être convoquée et avait tenu de sérieux conciliabules avec Ernest sur la meilleure façon de présenter son témoignage, et sur le choix du chapeau. Aujourd'hui, se sentant investie d'un certain prestige bien qu'elle n'eût pas été convoquée, elle avait pris une position d'importance à côté des Lawson et de Benny Frayle.

L'audience s'ouvrit sur le témoignage de Mallory Lawson d'Appleby House, Forbes Abbot. Dans la soirée du mardi vingt-quatre juillet, il attendait à dîner son ami Dennis Brinkley. Comme ledit M. Brinkley n'arrivait pas, il s'était rendu chez lui, rue de l'Hôpital, Forbes Abbot. Là, il avait découvert le corps d'un homme, identifié ultérieurement comme étant celui dudit M. Brinkley. Il n'avait pas touché au corps et avait prévenu la police.

Le sergent Gresham du commissariat de Causton indiqua l'heure de son arrivée sur les lieux, vingt heures vingt-trois, et poursuivit : « Après avoir examiné le corps, j'ai appelé une ambulance et un photographe de la police. J'ai obtenu de M. Lawson le nom du médecin du défunt et je l'ai contacté. J'ai inspecté les lieux et n'ai relevé aucun indice apparent d'acte criminel ni de signe indiquant la présence éventuelle d'un tiers. »

À cet instant, un cri retentit dans la salle et Doris vit la perruque auburn de Benny se tourner vivement vers Kate, assise à côté d'elle. Tout le monde cherchait à voir qui avait crié et des murmures s'élevèrent. Le coroner demanda le silence et Benny se tassa, le bras de Kate passé autour de son épaule.

— Je n'ai pas non plus trouvé, conclut le sergent Gresham, de lettre ni de message de la main de M. Brinkley.

— Et pour cause ! s'écria Benny, qui ne se soucia pas de baisser la voix.

— Nous avons beaucoup d'affaires ce matin, dit le coroner. Si vous ne pouvez pas garder le silence, madame, je vous demanderai de bien vouloir quitter la salle.

Le greffier lut alors la déposition des ambulanciers ainsi que la lettre du Dr Cornwell, qui avait identifié le corps.

Enfin, on appela à la barre Leo Fortune de Brinkley et Latham, que la police présumait être la dernière personne à avoir parlé au défunt.

Interrogé sur l'état d'esprit de M. Brinkley aux alentours de cinq heures et demie, le soir de sa mort, Fortune répondit : « Dennis paraissait comme d'habitude, calme et tranquille. Nous venions de discuter à propos d'un nouveau compte et nous allions quitter le bureau. Il était à peu près cinq heures et demie. C'était une belle soirée. Je lui ai demandé s'il faisait quelque chose de particulier et il a dit qu'il allait dîner chez des amis. J'ai eu l'impression qu'il s'en réjouissait beaucoup. »

On remercia Fortune et il se rassit. Il était le dernier témoin. La déception s'empara du public. L'affaire n'avait pris en tout et pour tout qu'un quart d'heure. Le coroner exprima sa sympathie à la famille et aux amis du défunt avant de prononcer un verdict de mort accidentelle.

*
* *

Cette nuit-là, Kate et Mallory étaient confortablement installés dans leur grand lit à baldaquin, en train de boire du vrai chocolat chaud.

— Qu'est-ce que nous allons faire? demanda Kate.

— Dieu sait. Je renonce.

— Mal...

— Qu'est-ce que tu veux que je te dise? Elle est inébranlable.

— Il doit bien y avoir quelque chose à faire.

— Rien. Tu as entendu l'avis de Cornwell.

— Mais d'où cela peut-il venir?

— Elle a subi un choc épouvantable. – La flaque grise, et blanche, et écarlate lui revint brutalement en mémoire. – Un choc terrible. Qui l'a complètement déséquilibrée.

Il leur avait fallu dix minutes pour faire sortir Benny de la salle et encore dix autres pour la persuader de monter en voiture. À l'énoncé du verdict, elle s'était levée, s'était frayé un chemin jusqu'à la table du coroner et s'était mise à le haranguer de façon pressante, le visage rouge et furibond, les yeux lançant des éclairs.

— Vous avez commis une grave erreur. La mort de Dennis n'est pas accidentelle. Il a été assassiné.

Kate s'était aussitôt levée. Elle avait pris le bras de Benny pour tenter de la réconforter mais celle-ci s'était dégagée.

— Il n'est pas trop tard pour changer d'avis, avait-elle crié.

— Le verdict a été prononcé à...

— Justice! Je vous dis la vérité. Pourquoi croyez-vous les autres et pas moi?

Les huissiers essayaient de faire évacuer la salle sans grand succès. Les gens avaient enfin ce qu'ils étaient venus chercher et ils ne s'en allaient pas comme ça, tranquillement. Certains même se rasseyaient.

— Arrêtez de crier, Ben, s'il vous plaît, dit Mallory.

— Il ne veut pas m'écouter, haleta-t-elle.

— On va aller quelque part en discuter entre nous.

— Mais ce sera trop tard.

— Pas du tout. – La voix du coroner était basse, empreinte d'une fausse sérénité. On aurait dit un croque-mort. – Le tribunal peut se réunir à nouveau au cas où surgirait un doute raisonnable.

Il intercepta le regard de Mallory, en lui faisant clairement entendre ce qu'il pensait de cette éventualité et de l'introduction dans la salle d'un élément indésirable. Il hocha la tête en direction des huissiers et l'un d'eux s'approcha d'un pas ferme.

— Vous voyez? dit Kate, en écartant doucement Benny de la table. On peut toujours revenir.

— Vous croyez? insista Benny. On pourra vraiment, *pour de bon*?

Kate regretta immédiatement ses paroles. Dans la voiture, Benny demanda à plusieurs reprises quand il serait possible de revenir. Que fallait-il faire pour rendre les circonstances favorables ? Par où fallait-il commencer ? En quoi pouvait-elle y contribuer, personnellement ? Qu'en était-il du point de vue juridique ? Devaient-ils prendre un avocat ? N'importe quel avocat ou un spécialiste des affaires criminelles ? Et s'ils s'adressaient à l'avocat de Dennis ?

Au bout de deux ou trois heures de ce discours, Kate eut envie de courir se cacher. Elle allait régulièrement aux toilettes pour ne plus entendre le son de sa voix. À un moment, elle prétexta qu'elle devait faire des courses, prit un livre et se réfugia dans le verger pour découvrir, en rentrant, que Mallory s'était inquiété et la cherchait dans tout le village. Au moins avaient-ils alors joui d'un bref répit. Une fois seule, Benny avait regagné son appartement.

Au désespoir, Mallory avait appelé Jimmy Cornwell et le médecin avait promis de passer à Appleby House en rentrant chez lui après ses consultations de l'après-midi. S'attendant à réconforter, à tranquilliser une femme accablée de chagrin et souffrant d'un stress post-traumatique, il en fut pour ses frais. Il se trouva confronté à une détermination farouche, et noyé sous un flot de questions accusatrices.

Comment se faisait-il qu'il n'eût pas compris la situation au moment de la mort de Dennis ? Se rendait-il compte que son témoignage avait contribué à l'énonciation de ce verdict scandaleux ? Il fallait réexaminer l'affaire de toute urgence. Il n'y avait pas de temps à perdre. Pouvait-on faire appel à un médecin légiste la prochaine fois, quelqu'un qui ait davantage l'habitude des morts non naturelles ?

— Elle a jeté les cachets de l'hôpital, dit Mallory en raccompagnant Cornwell à sa voiture. Elle dit qu'elle ne peut pas se permettre d'être à moitié endormie quand il y a tant à faire.

— Oh là, là !

— Elle ne veut rien entendre.

— Non. Les obsessionnels ne réagissent pas aux raisonnements. Ni au bon sens.

— Alors, qu'est-ce qu'on fait maintenant ?

— Je peux lui arranger un rendez-vous avec un psychologue. Mais il y a de l'attente...

— Nous paierons, bien sûr.

— Mais, en l'état actuel des choses, je doute qu'elle accepte.

— Vous ne croyez pas qu'elle va... renoncer ?

— De son point de vue, elle n'a pas de raison de renoncer. Tout le monde a tort. – Cornwell monta en voiture. – J'ai laissé une ordonnance à Kate. Vous pourrez peut-être lui administrer quelque chose à son insu.

— Le procédé me déplaît.

— Désolé, mais c'est tout ce que j'ai à proposer.

Maintenant, rappelé à un présent affligeant, Mallory reposa sa tasse vide et sut qu'il serait incapable de dormir. La lune entrait à flots par la fenêtre, inondant les murs et les meubles d'une pâle clarté. Toute cette tranquillité, qui aurait dû être apaisante, paraissait le narguer, absolument incompatible avec le chaos où ils se retrouvaient plongés. Il apercevait l'appartement de Benny par la fenêtre. Toutes les lumières étaient allumées. Mallory consulta son réveil. Deux heures et demie.

Pesant lourdement sur sa poitrine, Kate s'était assoupie. Il ne pouvait bouger sans la déranger.

Alors il resta ainsi, à s'inquiéter pour Benny, à s'inquiéter pour Polly, à s'inquiéter pour le déménagement, à s'inquiéter pour la nouvelle maison d'édition. Il se rappelait le jour – il lui semblait qu'il y avait des années de cela – où ils étaient réunis tous les trois dans le bureau de Brinkley et Latham pour la lecture du testament de sa tante. Comme ils étaient émus et heureux.

Dennis aussi, pour des raisons totalement désintéressées. Il avait spontanément proposé son aide, s'était montré enthousiaste pour les éditions Chélidoine. Les pensées de Mallory remontèrent plus loin dans le temps. Il se souvint de l'époque où Dennis venait rendre visite à sa tante. Et lui, Mallory, était toujours poliment inclus dans la conversation générale. La plupart du temps, cela ne l'intéressait pas et il s'en allait jouer. Mais il n'avait jamais oublié la gentillesse, l'attention sérieuse que lui témoignait Dennis toutes les fois qu'il se décidait à participer.

Tant d'événements dramatiques étaient survenus au cours de ces trois derniers jours, tant de choses pratiques à régler après la mort de Dennis, que Mallory n'avait pas vraiment fait son deuil. Maintenant, il sentait le chagrin se glisser dans son cœur et le pétrifier lentement.

*

* *

Naturellement, le récit de l'éclat qu'avait fait Benny au tribunal s'était répandu dans tout le village. La plupart des gens se montraient compatissants, surtout ceux qui avaient été témoins de son retour titubant vers Appleby House, le soir de la mort de Dennis Brinkley. D'aucuns, impitoyables, faisaient remarquer qu'elle n'avait jamais été une lumière, alors rien de neuf là-dedans !

Seule, Doris Crudge avait été sincèrement émue. Le lendemain, elle apporta à son amie des chocolats. Très chers, qu'elle avait gardés pour l'anniversaire de sa sœur.

Benny était dans la cuisine avec les Lawson. Elle prit la boîte, la mit de côté sans s'arrêter de parler. Doris en fut estomaquée. Elle avait déjà entendu dire de quelqu'un qu'il était « complètement changé », mais elle avait toujours cru qu'on entendait par là « maquillé », comme quand on passe à la télé. Autrement, comment peut-on être « complètement changé » ? Et pourtant, cela se passait sous ses propres yeux.

Benny – la Benny timide, hésitante, désireuse de plaire – était en train de se disputer avec Mallory au sujet de l'enterrement de Dennis.

— Franchement, Ben, disait-il, est-ce que c'est vraiment important ?

— Important ? Mais bien sûr que c'est important.

— Le pasteur pense que... la place... vous voyez ?

— L'incinération faisait horreur à Dennis. – À ces mots, elle frappa du poing sur la table. – Il avait eu un cauchemar, il avait rêvé qu'on l'avait enfermé dans un cercueil et qu'il avait repris connaissance dans le four.

Pour sa part, Mallory avait l'impression que c'était plutôt un rêve à la Benny Frayle. Puis il comprit : bien sûr ! Il s'agissait d'avoir un corps à exhumer pour l'autopsie quand le meurtrier inexistant serait enfin arrêté.

Mais elle était si retournée, après cette terrible épreuve. La manière dont on allait disposer de la dépouille de Dennis était-elle vraiment importante ? Cependant, si l'on procédait à une incinération, cela pouvait contribuer à mettre un frein à ces inventions délirantes.

— Je vais voir ce que je peux faire, Ben.

— Merci. – Elle se leva brusquement, abandonnant la table du petit déjeuner. – Je vais à l'appartement pour commencer ma campagne. D'abord, auprès des journaux de Londres, non ?

— Je ne sais pas, dit Kate. On prêtera plus d'attention à votre lettre si c'est eux qui la publient. D'un autre côté, ils en reçoivent énormément, donc elle a moins de chances d'être publiée que dans les journaux locaux.

— Je n'avais pas pensé à ça. Mieux vaut commencer par ici. Et après le déjeuner, j'irai à la police.

Kate et Mallory échangèrent des regards circonspects. Doris, également sur le qui-vive, s'assit et se versa un reste de café.

— Je ne suis pas vraiment au courant des derniers événements ici, Ben. Qu'est-ce qui se passe exactement ?

— Kate t'expliquera. On travaille tous là-dessus.

*

* *

La police, ce ne fut pas une mince affaire. Passer au commissariat n'importe quand pour tailler une petite bavette : pas de problème. Parler directement, en tête-à-tête avec un gradé de la Police Judiciaire, c'était une autre paire de manches. Mais, insista Benny auprès de la charmante dame à l'autre bout du fil, puisque c'étaient eux qui allaient s'occuper de la suite de l'enquête, il était inutile qu'elle s'adresse à quelqu'un d'autre.

Benny écouta puis cessa d'écouter car la réponse était manifestement négative. Des phrases filtraient : « ... en premier lieu... la procédure habituelle... alors votre déposition pourra... un entretien avec... » Elle raccrocha. Bon, alors que faire ?

D'ordinaire hésitante, timide et quelque peu naïve, Benny n'était toutefois pas une imbécile. Elle savait comment les gens qui ne la connaissaient pas la considéraient, ce qui incluait certainement tous ceux à qui elle s'adresserait au commissariat. Il était à parier qu'on ne la prenne pas au sérieux si elle débarquait, décidée à discuter et à tenir bon. On lui demanderait de s'en aller, on l'y forcerait peut-être.

Il fallait qu'elle soit recommandée par quelqu'un. Quelqu'un qui était évidemment de son côté. Et qui jouissait d'une certaine position dans la communauté. Elle pensa au Dr Cornwell. Cela faisait vingt ans qu'il pratiquait à Causton. Il y avait de fortes chances qu'il ait des patients policiers. Dont un ou deux gradés, qui sait ?

Benny allongea la main vers son carnet d'adresses puis se ravisa. Elle se rappela la dernière visite du médecin à Appleby House, quand elle l'avait pratiquement accusé d'incompétence, d'avoir fait une erreur de diagnostic pour la mort de Dennis. Apparemment, il ne s'en était pas formalisé mais l'incident ne le prédisposait guère en sa faveur. Il était peut-être moins risqué de s'adresser à quelqu'un d'autre.

Et si elle essayait Hargreaves, les avocats de Carey, un cabinet très respecté et bien établi à Great Missenden? L'associé principal, Horace de Witt, s'était occupé de ses affaires pendant plus de trente ans et connaissait bien Benny. Ce serait encore mieux que le Dr Cornwell, car il avait l'habitude de la police et des tribunaux.

Ravie de son astuce, elle composa le numéro pour apprendre que Horace venait de partir en vacances à la Guadeloupe et ne rentrerait pas avant deux semaines, pour sa réception d'adieu car il prenait sa retraite.

Elle soupira, se prépara du thé et s'assit pour le boire. Qui d'autre? Il y avait le pasteur, bien sûr. Dieu sait, il était respectable mais il venait d'arriver dans la paroisse et il n'était pas encore très au fait des particularités du caractère de Benny. Elle conclut qu'il serait plus gentil de s'abstenir.

Pour se donner un peu de répit dans ses réflexions davantage que par envie de lire, elle prit *L'Echo de Causton*. Le meurtre de ce pauvre retraité à Badger's Drift n'avait toujours pas été élucidé. La police lançait un appel à témoins. Deux individus avaient été aperçus dans une Sierra verte, aux abords du village peu après six heures, le soir du...

Elle continua de lire. À la fin, il y avait un numéro d'appel d'urgence. Elle allait reposer le journal quand, avec un tremblement d'émoi, elle se rendit compte qu'elle tenait le moyen idéal d'arriver à ses fins. Elle prit un Bic, entoura le numéro et tendit la main vers le téléphone.

*

*   *

Le sergent Gavin Troy s'amusait à imaginer la réaction de son chef quand il introduirait la femme d'âge mûr qui le suivait, au troisième étage du commissariat de Causton. Répondant à l'appel à témoins, elle ne voulait parler qu'à l'officier chargé de l'enquête de Badger's Drift.

Allez savoir quel âge elle pouvait avoir. Ces cheveux rose orangé presque fluo, pas les siens, visiblement. Sa coiffure ressemblait à ce truc filé verni, collé sur la tête des poupées. La robe marronnasse verdâtre, grouillant d'espèces de choses noires qui se tortillaient. Et pas qu'un peu, et tout ça était noué par le milieu d'un ruban brillant en plastique rose. On aurait dit un sac à linge en tissu de camouflage. Troy ouvrit une porte marquée « Inspecteur-Chef Tom Barnaby » et la fit entrer. Cette entrevue-là, il entendait bien ne pas la louper.

Benny regarda l'homme qui se levait derrière le grand bureau. Elle n'était pas intimidée. Sa cause était juste. Mais dans le cas contraire, c'est sûr qu'elle aurait été intimidée. C'était un homme très imposant. Pas gros mais massif. Solide dans sa carrure et dans la façon qu'il avait de vous regarder, directement, droit dans les yeux sous des sourcils touffus.

— Mlle Frayle, monsieur.

L'homme se présenta et serra la main tendue de Benny.

— Merci d'être venue. Je vous en prie, asseyez-vous. Je crois savoir que vous avez des informations pour nous.

— Oui, en effet, dit Benny.

Elle aurait aimé que le jeune homme mince les laisse seuls. Son profil de fouine et ses cheveux roux en brosse raide ne lui plaisaient pas. Bien qu'il eût été parfaitement poli, elle avait senti qu'il se moquait d'elle sous cape. Et qu'il était méchant.

— Voyez-vous un inconvénient à ce que nous vous enregistrions ?

— Non, naturellement, répondit-elle en pensant qu'une efficacité pareille était bien encourageante. Mais malheureusement je n'ai aucune information concernant cette terrible affaire à Badger's Drift.

— Mais j'avais compris...

— Oui, répondit-elle. J'ai des informations sur un meurtre. Mais ce n'est pas celui-là.

— S'agit-il d'un meurtre faisant l'objet d'une enquête ?

— Pas encore. C'est pourquoi je suis ici.

— Voilà qui paraît un peu compliqué, mademoiselle Frayle. – Barnaby consulta sa montre. – Et je suis extrêmement occupé. Mais si vous voulez accompagner le sergent Troy...

— *Je vous en prie*, écoutez-moi jusqu'au bout, s'écria Benny. Je sais que ce n'est pas bien d'être venue ici sous un faux prétexte mais c'est très, très urgent. Personne ne veut m'écouter, vous comprenez.

L'inspecteur contint son impatience car elle était – c'était visible – extrêmement bouleversée. Derrière le dos de Benny, Troy se tapotait le doigt sur la tempe et clignait de l'œil.

Ces manifestations de mépris encouragèrent l'inspecteur.

— Alors, racontez-moi cela, mademoiselle. Mais soyez brève, si possible.

Alors Benny lui raconta et tâcha d'être brève, quoique ce ne soit pas facile. Elle regardait surtout ses genoux, mais quand elle levait les yeux, Barnaby paraissait l'écouter attentivement. Troy s'y était mis aussi mais avait presque aussitôt décroché, reconnaissant l'histoire que Gresham avait racontée à la cantine. Il était aussi quelque peu distrait par la ceinture de Benny, qui lui évoquait de plus en plus une longueur d'intestin.

— Et il savait qu'il se passait quelque chose de grave, conclut Benny. La veille ou l'avant-veille de sa mort, je l'ai trouvé dans la salle de guerre devant cette espèce d'horrible trébuchet. Il avait l'air si inquiet. Je lui ai demandé ce qui n'allait pas et alors... tout à fait effrayan: « Benny, a-t-il dit, il y a un fantôme dans la machine. »

*

* *

— Je n'arrive pas à comprendre pourquoi vous faites ça, chef.

Le sergent Troy revenait de sa mission. Il posa le dossier de Dennis Brinkley sur le bureau de Barnaby.

Barnaby lui-même l'ignorait mais elle était désespérée, au bord des larmes, elle l'avait supplié de faire des recherches et il avait accepté. Si sa description de l'incident était exacte, l'affaire paraissait assez simple et ne prendrait pas plus d'une demi-heure, au pire.

Ce qui s'avéra. Le sergent Gresham s'était montré scrupuleux. Les formulaires traitant de l'état du corps, de la position, des circonstances de la mort, étaient remplis. Plusieurs photos avaient été prises, sous différents angles, montrant en détail le dysfonctionnement de la machine et le pitoyable état du corps. On n'avait relevé aucun indice de la présence d'un tiers dans la pièce pendant ou immédiatement avant l'accident, et une fouille minutieuse n'avait pas révélé de lettre de suicide. Le permis d'inhumer était aussi précis que la déposition des ambulanciers. La dernière personne à avoir vu Brinkley vivant avait déclaré que le défunt était dans un état d'esprit calme et tranquille. Il se réjouissait d'aller dîner chez ses amis le soir même.

Alors Barnaby dicta une petite lettre à Benny l'informant que le verdict du coroner lui paraissait parfaitement juste et qu'il ne voyait aucune raison de prolonger l'enquête sur la mort de Dennis Brinkley.

*

*   *

Le lundi suivant sa visite à la police, Benny attendait impatiemment le facteur. Elle espérait la réponse de Barnaby mais aussi de la rédaction des différents journaux auxquels elle avait écrit. Aucune de ses lettres précédentes signalant un grave dysfonctionnement de la justice n'avait été publiée et Benny voulait savoir pourquoi. La raison en était simple. Kate, qui lui avait proposé de les poster, les avait jetées. Elle s'y était résolue après s'être longuement interrogée et avoir consulté Mallory. D'abord, le procédé lui avait paru odieux et honteux. Benny lui avait donné les lettres avec une telle confiance. Et elle était majeure, c'était son affaire. Mais Kate ne redoutait pas que les lettres soient ignorées : elle redoutait qu'elles ne soient imprimées. Benny serait encouragée dans sa quête vaine, peut-être même interviewée par un journaleux du coin cherchant à se faire remarquer. Elle passerait pour une imbécile et lui pour un malin. Pourtant, le « c'est pour son bien » persistait à gêner Kate, dans son for intérieur, et elle avait décidé de ne plus intervenir, désormais.

Les Lawson ignoraient tout de la visite de Benny au commissariat de Causton. Elle avait bien conscience d'avoir triché pour être reçue, et jugea préférable de ne rien dire. Lorsque cet admirable inspecteur, en qui elle avait toute confiance, justifierait sa visite en ordonnant une nouvelle enquête, alors elle pourrait en parler à tout le monde. Pas en se vantant, bien sûr. Ce serait faire preuve d'indélicatesse.

Quand le courrier arriva, elle se trouvait dans la cuisine avec Doris en train de prendre le thé. En entendant claquer le rabat de la boîte aux lettres, elle se rua au-dehors puis rentra aussitôt, lâcha le courrier sur la table en gardant une lettre.

— Tu as l'air un peu énervée, Ben.

Doris exprimait une sollicitude sincère. Les joues cramoisies, le regard égaré, Benny faillit déchirer l'enveloppe et en sortit un unique feuillet. Elle changeait de visage à mesure qu'elle lisait. Si rapidement que c'en était presque comique, pensa Doris. Comme un enfant qui se passe la main sur la figure pour effacer une expression. Sa bouche s'arrondit pour former un O, et les yeux lui sortaient de la tête.

— Qu'est-ce qui se passe? demanda Doris. Benny?

— Ils ne vont rien faire.

— Qui ça « ils »? – Passionnément intéressée, Mme Crudge prit la lettre. – Tu es allée à la police?

— Je ne l'ai pas dit aux autres. Ça devait être une surprise.

— Eh bien, c'est pas moi qui le leur dirai.

— C'est désespérant. Il avait l'air tellement gentil, cet homme. Et tellement intelligent.

— Alors peut-être, c'est le moment de...

— Un inspecteur-chef de la PJ. – La mort dans l'âme, Benny avait du mal à saisir les mots écrits. Elle les relut. – Comment se fait-il qu'il n'ait pas compris?

Pareille obstination à lutter contre le cheminement de la vérité, c'était dur à encaisser. Ne sachant que dire, Doris décida de faire une dernière tentative pour communiquer avec l'« ancienne » Benny, comme elle la qualifiait avec regret.

— Tu penses, mon chou, c'est un gros bonnet, comment veux-tu qu'il comprenne tout ça?

— Maintenant, je ne sais plus vers qui me tourner.

— C'est un problème, convint Doris en passant d'un coup dans l'autre camp, tout en se disant oh, et puis la barbe! – Mieux vaut s'allier à ceux qu'on ne peut pas vaincre. – Réfléchissons un peu, hein?

Elles remuèrent leur thé et réfléchirent. Au bout d'un moment, Doris proposa, les yeux baissés, avec ménagement, car elle connaissait l'opinion de son amie sur le sujet, une seconde visite à l'Église de la Proximité. Ne serait-ce pas merveilleux si Dennis venait à communiquer? S'il racontait ce qu'il s'était passé le jour de sa mort et enterrait ainsi la terrible obsession de Benny?

Celle-ci garda le silence un moment puis leva la tête et sourit à Doris. Son expression témoignait d'une prise de conscience aiguë, impressionnante, comme si elle venait juste de recevoir des nouvelles d'une grande importance. Elle saisit les mains de Doris.

— Oui, c'est ça! Oh, Doris, pourquoi n'y ai-je pas pensé?

Mme Crudge se sentit gênée par cet accès subit de confiance. Son amie avait l'air de croire qu'il suffisait d'assister au service pour obtenir la ligne directe avec Dennis. Il semblait plus prudent de l'avertir que cela ne se passerait peut-être pas de cette façon. La pauvre, elle en avait déjà vu de toutes les couleurs. Doris tâcha de formuler la chose avec douceur.

— Les esprits ne se présentent pas toujours à la demande, Ben.

— Non, non! s'écria Benny. Ne t'en fais pas pour ça. Ne te fais aucun souci, Doris. Je suis sur la bonne voie, maintenant, grâce à toi. À partir de maintenant, tout va aller parfaitement bien.

L'ÉGLISE DE LA PROXIMITÉ

13

Il y avait une queue déprimante à la porte de l'Église de la Proximité. Le bâtiment lui-même n'était guère moins déprimant. De la dimension d'une salle des fêtes, il était fait de bardeaux à clins jadis badigeonnés d'un vert pisseux. De la peinture ne subsistaient aujourd'hui que quelques lambeaux qui se recroquevillaient au soleil d'août. Le toit de zinc était couvert de mousse et ses bords dénudés, après la chute des corniches rouillées, étaient joliment festonnés, comme un napperon de papier. Une des fenêtres à l'arrière était cassée.

Six ifs immenses d'un vert presque noir, montaient la garde de chaque côté de l'église et la faisaient paraître encore plus petite. Même en cet éclatant jour d'été, leurs ombres longues et pointues semblaient menacer l'église qui avait l'air à la fois isolée et sinistre, comme une maison de conte de fées, surgissant mystérieusement dans une clairière.

On avait planté un panneau de bois dans l'herbe, juste derrière la clôture délabrée. Sur le tableau, un carré blanc plastifié indiquait : « L'Esprit est bien disposé : Matthieu 26, 41. » Cette citation rassurante était agrémentée de petites créatures-papillons à visage humain, dotées d'ailes tracées au stylo-feutre. Elles souriaient rêveusement et se tenaient par les mains. Sous leurs pieds scintillants, une autre annonce : « La clé est chez Mme Alma Gobbett, pavillon Paradis, 17 Midgely Road. »

Les gens qui faisaient la queue étaient simplement, pauvrement vêtus. Des femmes en majorité, certaines avec leur sac à provisions. Une fille aux traits tirés portait un bébé dans un sac à bretelles. Elle fumait en soufflant soigneusement loin de la tête du nourrisson sans paraître remarquer que la fumée se rabattait. Deux vieux poivrots qui empestaient se soutenaient dos à dos comme des serre livres.

Une Coccinelle jaune pâle était garée le long du trottoir d'en face. À l'intérieur, Cully Barnaby et son mari, Nicolas, regardaient la file qui commençait à s'ébranler.

— Ils ouvrent les portes. – Cully retira la clé de contact, Nicolas s'étira vers le siège arrière et prit sa veste. – Tu ne viens pas.

— Essaie un peu de m'en empêcher! s'écria-t-il.

— Nico, tu m'as promis d'attendre dehors.

— Moi, j'aurais promis une chose pareille? Alors que ma mère m'a supplié sur son lit de mort...

— Ta mère va très bien. Je l'ai vue chez Sainsbury's mercredi.

— C'est toi qui le dis. En tout cas, ça revient au même. « Vois si tu peux contacter tante Éthel. Et demande-lui où est la cave à liqueurs victorienne... »

— C'est exactement le genre d'attitude...

Cully descendit d'un bond de voiture et visa les serrures. Une seconde trop tard.

Nicolas lui adressa un sourire radieux pardessus le toit étincelant.

— Qu'est-ce que tu veux dire par « attitude » ?

Ricanement de dérision.

— Regarde ce qui s'est passé la dernière fois.

La dernière fois, c'était la semaine précédente. Ils s'étaient rendus à une séance spirite à Causton. La médium, perchée délicatement sur des hauts talons en strass, s'était mise avec ferveur à frotter l'un contre l'autre son pouce et son index. Évoquant la formation d'une miette de pâte invisible, elle avait interrogé l'assistance : quelqu'un avait-il récemment perdu un boulanger ? Nicolas s'était levé et avait demandé gravement si la miette pouvait être de la terre glaise car il avait récemment perdu un sculpteur.

Cully commença à traverser la route d'un pas ferme. Nicolas l'escortait en imitant sa démarche de jeune héros de pantomime. Il sortit un carnet, le claqua sur la cuisse puis l'agita sous le nez de sa femme.

— Regarde ! Regarde ! Je vais t'être utile !

— C'est pour quoi faire ?

— Pour prendre des notes. Discrètement, se hâta-t-il d'ajouter alors qu'elle se retournait pour le fusiller du regard. On ne peut pas se souvenir de tout.

Il lui décocha son plus beau sourire d'audition, sincère mais avec une pointe d'ironie pour montrer à quel point il était intelligent. Cool mais pas trop détaché. Amusé, tout en se rendant compte qu'il allait se passer là, tout de suite, quelque chose de sérieux.

— Ne fais pas ça, Nico. Je viens de déjeuner.

— Pardon.

À la surprise de Cully, durant leur brève discussion, la queue s'était considérablement allongée. Des voitures se garaient et beaucoup de gens se dirigeaient vers l'église. Lorsqu'ils pénétrèrent dans le bâtiment, les rangées de chaises étroites à dossier dur étaient presque toutes occupées.

C'était la quatrième séance à laquelle ils assistaient et le décor ne changeait guère. L'Église de la Proximité différait seulement en ceci qu'elle était peuplée d'ombres. Les quelques taches de lumière qui filtraient à travers les ifs denses miroitaient sur les murs beiges. Une estrade, couverte d'un tapis miteux, était pourvue de tentures de velours noir poussiéreux, qu'on avait tirées pour révéler un vitrail criard. Un homme à boucles blondes, aux joues et aux lèvres cramoisies comme une poupée, se tenait debout dans une barque. Il était vêtu d'une longue tunique blanche et une longue aile blanche lui sortait bizarrement de l'épaule. Au-dessus de sa tête, un arc-en-ciel constitué de différents morceaux mal joints.

Sur l'estrade, une table à jeu avec une carafe d'eau coiffée d'un verre retourné ; un pot de fleurs en plastique bien vif en équilibre instable sur une colonne de faux marbre ; un radiateur à gaz – éteint – au fond de la scène, et un tourne-disque désuet qui jouait « *You'll Never Walk Alone* ».

Nicolas vint s'asseoir à côté de Cully ; elle lui décocha un coup de coude si féroce qu'il faillit tomber de sa chaise. En marmonnant, il se leva et alla s'installer un peu plus loin. Lessivés, incolores, se dit-il en regardant autour de lui. Ils se ressemblaient tous, bizarrement. Non par les traits, sans doute, mais par leur expression vide, impassible. Nul frisson d'émoi contenu à la perspective de communiquer bientôt avec leurs chers disparus. Nulle lueur d'impatience sur leurs visages las et secs. Quelle bande de nuls ! Nicolas risqua un coup d'œil en direction de sa femme, ravissante dans sa veste en patchwork aux couleurs vives, son chemisier en soie jaune et son pantalon de velours vert foncé. Elle ressemblait à une orchidée sur un tas de fumier.

La voisine de Nicolas tira un tricot d'un sac en plastique. Il s'amusa à imaginer ce qu'était devenue la deuxième aile de l'ange. Son absence était-elle due à la paresse de l'artiste ? Ou avait-il renoncé à se battre avec les problèmes d'échelle et de perspective ? Peut-être qu'il ne restait plus d'argent.

Au premier rang, l'homme âgé qui avait accueilli les gens à la porte se leva, gravit péniblement les quelques degrés de l'estrade et se tourna vers l'assistance. Il fit un grand sourire, ses fausses dents étincelèrent, et il éleva la voix au-dessus des violons.

— Bienvenue, mes amis. Bienvenue à une après-midi d'amour, de lumière et de rire. J'espère que tout le monde sera en mesure de rester pour le thé. Il y aura une collecte comme d'habitude, qui sera aujourd'hui au profit du Centre de Soins pour animaux. Notre inspiratrice cosmique aujourd'hui est Ava... – Il marqua une pause, hochant la tête en réponse aux sourires, aux murmures de satisfaction et même à quelques applaudissements. – Ava Garret, connue, et – je ne doute pas de pouvoir le dire – aimée de vous tous.

Nicolas se plaça juste dans le dos de son voisin de devant de façon à n'être pas vu de l'estrade. Ses griffonnages n'avaient pas encore été remarqués et il préférait qu'ils restent inaperçus. Mais si d'aventure on lui faisait des réflexions, il avait son histoire toute prête : il s'agissait des questions que sa mère désirait poser à sa défunte sœur au cas où celle-ci déciderait de communiquer aujourd'hui.

Il pensait que sa voisine abandonnerait son tricot mais elle continua à faire cliqueter ses aiguilles. À croire qu'il était assis à côté d'un horloger de la mort. Une interminable saucisse marron pendait d'une des quatre aiguilles et il entrevit une tête de nounours dont une vaste oreille pointait hors du sac. Nicolas essaya d'imaginer les dimensions finales du nounours et n'envia pas le gamin qui lui serait confronté, le matin de Noël.

Un jeune homme à longs cheveux gras, avec des anneaux dans tous les orifices visibles, s'occupait de la sono. Il portait une veste en cuir décorée de sorcières volantes et un pantalon de combat. Alors que le volume de la musique diminuait, Cully se pencha légèrement en avant, vida son esprit et se concentra sur la scène. Les séances précédentes s'étaient déroulées de façon remarquablement similaire et Cully avait déjà décidé que celle-ci serait la dernière si elle devait suivre le même schéma.

Les apparences n'avaient rien d'encourageant. Le décor était exactement tel qu'elle l'attendait. Quant à la représentation, Cully craignait bien d'être capable d'en écrire le script. La médium serait grosse, habillée de robes flottantes raidies par des tas de décorations kitsch et prétentieuses. Elle porterait des bijoux voyants en toc, serait outrageusement maquillée et sa coiffure ne bougerait pas d'un poil. Son boniment mêlerait des mièvreries affectueuses et des messages sentimentaux du cher disparu à des plaisanteries insipides. La psychomancie comme spectacle de music-hall.

Alors, quand Ava Garret entra en scène, Cully fut sidérée. Elle pensa sur-le-champ à Aubrey Beardsley, car la femme ressemblait de façon frappante à l'une de ses illustrations. Ensuite, moins charitablement, à Morticia Addams. Grande, ondulante, vêtue simplement de noir, elle s'appuya à la colonne en plastique et rejeta en arrière ses longs cheveux bruns. Elle se mit à arpenter la scène en étendant les mains de façon singulière. La gauche, la paume tournée à l'extérieur près du visage comme pour écarter une horde de chercheurs de vérité. La droite levée, vaguement tâtonnante, comme pour attraper au vol quelque être céleste et timide avant qu'il ne change d'avis et ne se dissolve derechef dans les vapeurs éthériques. À chaque fois qu'elle se retournait, elle repoussait d'un coup de talon la traîne de sa robe avant de reprendre sa déambulation. Cully, qui jouait déjà la comédie au berceau, savait reconnaître les ficelles du métier.

— Quelqu'un se manifeste maintenant... J'ai un Graham – non, je me trompe – une Grace. Est-ce que Grace dit quelque chose à quelqu'un ici ?

— Je pense bien.

Une femme au bout de la rangée opposée à Nicolas se leva. Elle avait des cheveux d'un roux vif enroulés dans un filet semé de perles rouges et noires. On aurait dit de petits insectes.

Nicolas écrivit : « Un bon pschitt d'insecticide lui ferait pas de mal. »

— Grace veut que vous fassiez examiner vos jambes, ma chérie. Parce que vous n'en avez que deux et je crois qu'il y a déjà eu des ennuis dans ce domaine, c'est juste?

Nicolas étira le cou pour regarder les jambes de la femme. Elles étaient minces et droites, des bâtons fragiles avec de petites bosses osseuses qui saillaient au niveau des genoux.

— Mon docteur dit que c'est des crampes, Ava.

— Les docteurs de la terre. – Elle rit en secouant la tête aux naïves conclusions de ces simples d'esprit. L'assistance l'imita. Quelqu'un au fond se mit à applaudir. – Grace suggère le pendule.

— Oh, merci...

— Et un massage de fenugrec.

— Pouvez-vous lui demander...

— Désolée, mais il y a quelqu'un d'autre, maintenant, un monsieur galant qui tient une rose rouge. J'ai la lettre T... Oui? Une dame vers le fond...

— Mon fils... – Une femme pauvrement vêtue se leva. – Trevor. Il... était sur sa moto...

— Maintenant, chérie, cela va vous paraître un peu dur mais Trevor vous a vue pleurer toute seule sur sa photo et ça le rend très triste. Et il ne faut pas l'attrister, n'est-ce pas?

Incapable de parler, la femme se couvrit la bouche avec une écharpe et secoua la tête.

— Parce qu'il aimait bien faire un peu la fête, pas vrai, jeune Trevor? Un petit verre de quelque chose... J'ai pas mal de bulles là...

La mère de Trevor émit des sons inintelligibles. Enfin, on distingua quelque chose qui ressemblait étrangement à « plongée sous-marine ».

Elle se rassit et on passa à la communication suivante. C'était Tom qui faisait ses excuses à Mavis pour être passé dans le monde des esprits avant d'avoir fini de badigeonner sa cabane à la chaux.

Après Tom, les messages arrivèrent en foule, à toute vitesse. Nicolas se demanda si tout le monde était censé recevoir le sien avant d'aller prendre le thé, tels des enfants qui attendent leur cadeau à une réception. Il avait envie de regarder Cully mais savait que, si elle le surprenait, il n'avait pas fini d'en entendre parler.

— Je suis baignée de nuances de vert, maintenant, des blouses, des masques. Des lumières crues, une odeur d'éther. Un proche disparu dans le théâtre, peut-être ?

Nicolas écrivit : « Gielgud ? »

— Et ici, j'ai quelqu'un, un mot d'un certain Charlie. Et un Albert. Ces noms vous disent quelque chose ?

Quelle question ! se dit Cully en bâillant. Le miracle, ç'aurait été qu'aucun de ces deux noms les plus populaires de ce dernier siècle ne disent rien à un public de cet âge. Pourquoi Rollo et Georgiana, Araminte et Pauncefoot ne se présentaient-ils pas ?

Et pourquoi n'y avait-il aucun message passionnant ou même utile, genre une recette de caramel basses calories, ou un nouveau sonnet de William S. ? Quelque chose qui donnerait du corps, du piquant à cette séance assommante.

— J'entends un bébé, maintenant, qui glousse dans le monde spirituel...

— Mon petit-fils, Darren.

Un homme au premier rang fondit en larmes.

— Vous ne le reconnaîtriez pas, mon chéri. Il devient un beau garçon parce qu'ils grandissent, vous savez, dans l'au-delà.

Étonné, l'homme s'essuya les yeux.

— Et il a son ange gardien, frère Nuage d'Orage. Alors soyez assuré qu'il ne lui arrivera jamais aucun mal.

— Merci, merci. Oh, Darren! on pense à toi tout le temps. Nana t'embrasse...

Alors que la médium penchait la tête en arrière, la lumière éclaira en plein son profil droit. Nicolas remarqua une coquille en plastique rose enfoncée dans son oreille. Sourde... oh, génial! Capable de parler aux défunts à un million d'années-lumière d'ici mais complètement larguée quand elle a les vivants à portée de voix!

L'assistance commençait à s'agiter quand Ava Garret, placée au milieu de la scène, leva les mains et les tendit vers le public, paumes ouvertes. Son visage s'était étrangement transformé. Elle fronçait les sourcils, en pleine concentration, et avec appréhension, aussi. Il semblait que l'accès direct aux hautes sphères lui ait été soudain fermé. Pourtant, tout n'était pas perdu.

— J'ai un... un D... et un E... Le nom devient plus distinct... C'est indéniablement... Dennis.

Deux femmes au premier rang se tournèrent l'une vers l'autre. L'une avait la carrure, pour autant que Nicolas pouvait en juger, de son formidable beau-père, et semblait très émue. L'autre leva le bras, haut et droit, comme un enfant à l'école.

— Il y a un message pour vous, ma chère. C'est... pénible...

Un sentiment de malaise envahit la salle. Les messages n'étaient jamais pénibles. L'assemblée remua, on entendit des bruissements de sacs. Les gens commençaient à mourir de soif.

— Je vois des formes étranges... – Elle ouvrit tout grand les bras puis se pencha légèrement en arrière. Ses yeux s'élargirent comme devant un spectacle effrayant. – D'énormes constructions, je n'ai jamais rien vu de pareil... Elles font de grandes ombres... il y a des murs blancs tout autour avec des fenêtres très hautes. Un homme, petit, roux, habillé de vert. Il s'approche. Mais il n'est pas seul... Quelqu'un se cache dans l'ombre... quelqu'un qui lui veut du mal. Je le vois manœuvrer une des machines... faire du dégât... Maintenant le danger est là. Au moindre contact ça peut s'écraser...

Sursaut général. Même la dame au tricot arrêta ses aiguilles.

— L'homme s'approche, celui qui est dans l'ombre s'avance aussi en rampant... aussi près qu'il peut pour assister au succès de sa terrible machination. Le brouillard autour de lui s'éclaircit maintenant... je peux presque distinguer un contour... peut-être même un visage...

Un bébé se mit à pleurer, le nourrisson qui était sur la poitrine de sa mère dans un porte-bébé. Il était mouillé, il avait faim. Ses pleurs devinrent hurlements.

La tension se relâcha. Les gens se détendirent, quelques-uns rirent, s'étonnant qu'un être si petit puisse produire un tel vacarme. La médium hésita quelques secondes. Puis elle croisa le regard de l'homme en costume gris, secoua négativement la tête et quitta lentement la scène, en regardant devant elle comme attirée par une force magnétique.

Alors que la séance s'achevait, le jeune qui s'était occupé de la sono au début passa dans les rangs avec un sac en velours. Nicolas lâcha une poignée de drachmes qu'il avait rapportées de Corfou. La musique retentit et la congrégation sortit en file indienne au son des gargarismes de Dean Martin, « *Everybody Loves Someone Sometime* ».

Cully et Nico avaient été les derniers à bouger. Elle fit semblant de chercher quelque chose dans son sac pendant que les autres sortaient. Mais le Maître de Cérémonie remontait l'allée centrale, poussant et chassant des deux mains, aussi affairé qu'une vieille rassemblant ses poules. Il montrait les dents dans une terrifiante grimace de bienveillance artificielle.

— Vise le sourire, marmonna Nico, en se laissant emporter par le courant. On dirait qu'il a la bouche pleine de Chiclets.

Dix minutes plus tard, tout le monde était rassemblé pour le thé dans une grande pièce attenante à la salle. Cully mordait délicatement dans un fragile sandwich au concombre. Nico dévorait un énorme morceau de pudding. Souriant, grignotant, dévorant, répondant poliment aux questions, ils attendaient une occasion de se faufiler dans les coulisses.

Le Maître avait accepté une assiette servie par la dame au tricot nounours. Une foule d'autres nounours étaient dispersés sur une grande table sous une affiche où on lisait : « Des nounours pour la tragédie ». Ils étaient aussi en tricot et vêtus différemment. Il y avait un nounours chirurgien, un nounours policier et un nounours jardinier avec une petite binette. Tous à vendre.

Cully avala le reste de son sandwich. Personne ne les vit s'éclipser.

— Je ne sais pas pourquoi on se donne cette peine, dit Nico, en suivant Cully dans l'aile déserte. Elle ne sera pas différente des deux autres.

— Elle est déjà différente.

— En quoi?

— Son dernier message était plutôt bizarre. Et c'est quoi, ce «on»?

— Je suis là pour aider.

— Alors va attendre dans la voiture.

Elle grimpa sur l'estrade et tendit la main vers les tentures de velours.

Nico, à un pas derrière, chuchota : – Je prends des notes?

Les deux personnes qui étaient derrière le rideau avaient à peine la place de se remuer. Assise sur une chaise pliante près d'une petite table, Ava Garret se contemplait dans un miroir à pied. Les mains levées, elle détachait la gaze qui fixait sa perruque. Une vieille méridienne mangée aux mites complétait l'ameublement. Une petite fille essuyait des verres près d'un évier en pierre. C'est elle qui aperçut la première les intrus. Elle jeta son torchon sur la table et poussa un cri aigu.

— Qu'est-ce que vous voulez? – Ava Garret bondit sur ses pieds. – C'est interdit ici.

— Excusez-moi, mademoiselle Garret. Je ne savais pas...

— Si c'est pour des soins, George sera à la suite Salamandre à cinq heures.

— C'est à vous que je comptais parler.

— Alors il faudra tenter votre chance avec les autres dans le vestibule. Et je suis épuisée, alors je ne resterai pas longtemps.

Quelle péteuse, celle-là! pensa Nicolas. Pour qui ils se prennent, ces gens? Tenter sa chance, ben voyons! Elle allait leur accorder un autographe, pendant qu'elle y était!

— Vous recevez en privé?

— Non.

— Même pas pour un...

— Non, jamais, dit l'enfant.

Cully répondit par un sourire d'excuse. Elle examinait la fillette à son insu, prenant des notes mentalement comme elle le faisait toujours, accumulant les observations. Un être absolument incolore. Totalement pâle. De longs cheveux raides, blonds, du moins autant qu'on pouvait en juger car ils étaient crasseux. Une peau fine comme du papier. Un visage en forme de cœur presque parfait, ce qui est bien moins attirant qu'il est dit dans les contes de fées. Le menton était très pointu : on aurait pu ouvrir un pot de confitures avec.

— C'était tellement... étonnant. – Cully adressa à Ava Garret un sourire admiratif. – J'aimerais beaucoup... c'est-à-dire si vous pouviez expliquer comment...

— Je ne suis qu'un canal à travers lequel les âmes des disparus contactent les vivants.

Elle rabâchait, visiblement ennuyée.

— Et ils viennent à vous un par un?

— Ils se pressent en foule, ma chère, c'est comme ça. Une fois que l'un est arrivé à communiquer, ils s'y mettent tous.

— Je vois. Il y a un ordre particulier...

— La famille maternelle à gauche. Paternelle à droite.

— Et vous les voyez clairement?

— Pas toujours. Les portes de la stratosphère sont entourées de ténèbres.

— Pourquoi elle pose toutes ces questions? demanda la petite fille à Nicolas. Qu'est-ce que vous voulez?

— Cette dernière... communication était plutôt...

— Je n'encourage pas la vulgaire curiosité. Maintenant, il faut que je me change. Allez-vous-en.

— Mais ce n'est pas de la vulgaire curiosité, intervint vivement Nicolas, ayant remarqué qu'une certaine obstination crispait le ravissant profil de Cully. Ma femme est comédienne. Elle joue le rôle d'une médium et...

— Vous êtes du métier? – Ava Garret les dévisagea avec une expression de regret qui adoucit ses traits durs et outrageusement maquillés. Un sourire mélancolique compléta la transformation. Elle regarda Nicolas. – Le théâtre?

— Oui. – Cully sauta sur l'occasion et l'exploita. – Je répète *L'Esprit s'amuse*[1] en ce moment. Pour l'Almeida.

— Ahh..., soupira Ava. L'Almeida. Je dansais là-bas, quand j'étais petite. J'étais dans tous les spectacles.

Cully et Nicolas gardèrent le silence, évitant prudemment de se regarder. L'Almeida, une des compagnies théâtrales les plus sensationnelles de Londres, donnait des représentations dans un vieux dépôt d'autobus à King Cross. Bientôt, la troupe se retrouverait chez elle à Islington. Une fête ambulante.

— Je sentais bien qu'il y avait quelque chose. – Cully sourit avec chaleur, établissant entre Ava

1. Comédie de Sir Noel Pierce Coward (1899-1973).

et elle une connivence de grandes actrices. – Ça se voit toujours.

— Je regrette, je n'ai pas bien... ?

— Cully, Cully Barnaby. Et c'est mon mari, Nicolas.

— Je suis aussi comédien, s'écria-t-il, pensant ainsi consolider une bienveillance si soudaine.

— Je ne sais pas si vous connaissez la pièce, dit Cully, mais Madame Arcati...

— Aah, pauvre Margaret Rutherford. Elle venait me voir, avec tous ses ennuis.

— Je tiens beaucoup à creuser mon personnage. Et vous êtes visiblement remarquable dans votre domaine.

— N'en dites pas plus. – Ava agita la main vers la méridienne. – Je vous en prie, installez-vous.

Ils s'assirent sur un rembourrage de chardons. Peu importait à Cully : elle avait obtenu ce qu'elle voulait. Nico se demandait s'il serait prudent de prendre des notes, il se risqua à poser la question et reçut l'autorisation.

Alors Ava se pencha en avant avec un geste de grâce confiante. La sage sibylle qui allait révéler les secrets de l'univers. La conteuse qui avait plus d'une légende dans son sac. Il était une fois, dans la petite ville de Causton...

*
*   *

Ava Bunton avait toujours voulu devenir quelqu'un. Enfant, elle songeait à être danseuse ou chanteuse, elle dansait et chantait à la maison en réclamant sans cesse qu'on lui fasse donner des leçons. Rendu presque fou par ses poses théâtrales, son père finit par lui boxer les oreilles et menaça de lui attacher les chevilles. Quand elle pleurait, il se mettait à dérouler le rouleau de Scotch. Ce qui ne tardait pas à clouer le bec de la gamine.

Mais les rêves persistaient. Elle faisait des commissions, livrait des journaux pour s'acheter des chaussons de danse et des claquettes, et pour payer son inscription au club junior de Causton. Tous les samedis matin, elle improvisait, devenait un arbre, une bouilloire ou un hérisson. Elle travaillait sa voix, faisait des pliés à la barre et se donnait à fond. Elle était de toutes les pantomimes auxquelles jamais sa famille n'assistait.

À son dernier trimestre d'école, elle s'enfuit à Londres, se trouva une chambre en colocation et commença à travailler comme employée de bureau intérimaire pour gagner sa vie, payer ses leçons et ses photos de mode. Elle sautait sur *La Scène* dès sa parution, allait aux auditions libres, se cherchait un agent. Ava ne se tenait jamais pour battue. Une assurance à tous crins et un manque d'intelligence affolant formaient un mélange désastreux et lui évitaient de prendre conscience de son absence de talent. Elle était au-dessous même du médiocre.

Enfin, elle décrocha un rôle de danseuse sur une ligne de paquebots de seconde catégorie et passa les sept années suivantes à naviguer plus ou moins, en se produisant de temps à autre dans des boîtes en Turquie et à Beyrouth. Ce fut au Liban qu'elle rencontra Lionel Wainwright Garret, ancien élève d'école privée, beau garçon en son temps, qui à présent vivait chichement de quelques leçons d'anglais. Impressionnée par son accent et ravie à l'idée de faire son chemin dans le monde, Ava s'installa avec Garret et claqua presque toutes ses économies par la même occasion. Pendant quelque temps, il s'intéressa un peu à elle – suffisamment, en tout cas, pour la mettre enceinte – avant de revenir à son ancienne passion pour les jeunes garçons. Ava rentra en Angleterre, plus triste mais pas plus avisée, car elle faisait partie de ces gens qui rendent toujours les autres responsables de leurs propres ennuis. Alors, il se produisit un événement merveilleux.

La perspective d'avoir un bébé n'enchantait guère Ava. Elle avait près de quarante ans et, si elle n'était pas rentrée trop tard d'Extrême-Orient pour se faire avorter, elle n'aurait certainement jamais eu d'enfant. Ce qui eût été bien dommage car, peu de temps après la naissance du bébé, elle prit conscience d'une présence nouvelle, étrange, d'une intelligence à l'œuvre qu'elle n'avait jamais ressentie jusqu'ici. Elle l'imputa à un mystérieux mélange de ses gènes avec ceux de Lionel Garret. Qu'est-ce que cela pouvait être d'autre?

Cependant, l'assurance qui lui avait permis de traverser toutes ces années d'échecs et de chicanes sordides dans le monde du spectacle lui faisait inexplicablement défaut quand elle se demandait comment exploiter au mieux cette nouvelle chance. Pour commencer, c'était si bizarre, tellement en dehors de ses expériences passées. En fait, il lui fallut beaucoup de temps pour voir le parti qu'elle pouvait en tirer. Elle avait déjà du mal à élever sa petite fille et à joindre les deux bouts. Enfin, une voie, une occasion se présenta, presque par hasard.

À l'époque, elle s'était inscrite à un club de rencontres pour divorcés et séparés, en se faisant passer pour veuve. Refusant d'admettre sa solitude, elle prétextait qu'elle désirait élargir son cercle d'amis. Mais son égoïsme forcené rendait l'amitié impossible et elle était sur le point de renoncer à ces réunions où chacun ne parlait que de soi, quand elle rencontra George Footscray.

D'âge mûr, George vivait avec sa mère et s'adonnait à quelques passe-temps peu téméraires. Il manifesta le plus vif intérêt quand elle lui parla des messages de l'au-delà qu'elle recevait désormais presque quotidiennement. Il déclara avec enthousiasme qu'elle devait les partager et la qualifia de médium-née. Une nouvelle Doris Stokes. Elle n'avait jamais entendu parler de Doris Stokes et le mot « partager » l'inquiétait quelque peu mais son désir d'être quelqu'un était peut-être encore plus fort, exacerbé par des années de déception.

George lui expliqua qu'elle n'était pas obligée de se produire sur scène. Certains médiums travaillaient en séances privées. Mais Ava adorait s'imaginer des rangées de visages avides levés vers elle, suspendus à ses lèvres. Dans un silence respectueux, pas de rires, pas d'ivrognes, pas de gestes obscènes et de plaisanteries grossières, comme dans les boîtes de nuit ou sur le bateau.

George lui conseilla d'acquérir un peu d'entraînement, conseil qu'elle accueillit sans enthousiasme. Elle devait, par exemple, apprendre à se préparer, avant de travailler sur scène, à faire face au public. Comment réagir quand un esprit se manifestait et ne recueillait qu'indifférence ou incompréhension, ou pire : quand aucun ne se manifestait du tout. Ava affirma à George que cela ne risquait pas d'arriver car ses contacts étaient parfaitement authentiques. Et que, de toute façon, elle était pratiquement née sur scène. L'improvisation, ça la connaissait. Lorsqu'elle comprit que, sans un minimum d'entraînement, elle ne serait pas autorisée à monter sur les planches, alors seulement elle céda à contrecœur.

George l'emmena à des séances spirites, et un ou deux médiums confirmés tentèrent gentiment de la prendre sous leur aile. Ava écouta, en serrant les dents devant ce qu'elle considérait comme du paternalisme condescendant, mais elle écouta. Son assurance les troubla. Apparemment, elle n'avait absolument pas le trac.

Depuis le tout début, comme un magicien itinérant de la vieille école, Ava était assistée de sa fille, Karen. Celle-ci lui portait sa longue cape de velours noir, lui installait son miroir et son plateau de maquillage, s'assurait que tout était en place sur la scène, lui préparait sa tisane spéciale. Les premiers temps, elle présentait aussi le bouquet d'un « spectateur reconnaissant » à la fin de chaque séance, des fleurs qu'Ava avait achetées elle-même plus tôt. Cependant, elle dut y renoncer quand des médiums se plaignirent qu'elle créait un précédent. Précédent que tout le monde ne pouvait pas se permettre.

D'emblée, tout se passa bien. Les voix ne la laissaient jamais tomber et Ava s'enivrait de l'attention qu'on lui portait, du désir intense et muet qui l'inondait par vagues sous « les feux de la rampe » dès qu'elle se mettait à parler ; de la gratitude du public, qui la remerciait, lui serrait la main, lui disait qu'elle était merveilleuse, qu'elle avait changé leurs vies, qu'elle leur apportait du soleil dans leur chagrin. Tout ça, c'était très bien.

L'ennui, c'est qu'au bout de trois ans, rien n'avait bougé, elle se retrouvait coincée, à tourner en rond dans le même circuit. De temps à autre, elle était invitée à faire « une apparition », comme on disait, dans des cercles éloignés, ce qui l'enchantait, ainsi qu'à prendre part à des soirées « de clairvoyance », ce qu'elle refusait toujours. Mais la gloire, comme Doris Stokes, dont Ava savait tout à présent, persistait à se dérober. Comme la plupart des médiums qu'elle rencontrait, en dehors du monde restreint de la pratique spirite et psychique, Ava Garret restait une inconnue. Quant à l'argent, ce n'était pas non plus le Pérou.

À ce moment-là, reconnaissant peut-être qu'elle s'était quelque peu éloignée de l'image éclatante qu'elle voulait donner à ses visiteurs, Ava s'interrompit brusquement. Puis avec un sursaut affecté, genre Eurêka, elle frappa dans ses mains et s'écria :

— Quelle chance que nous nous soyons rencontrés ! Vous aurez besoin de conseils, bien sûr. Pratiques, artistiques, psychiques. J'assisterai à vos répétitions. Non, il n'y a pas de mais, je ne veux pas un mot là-dessus. L'affaire est réglée.

*

*   *

— Tu as remarqué comme elle a dévié la conversation quand tu lui as posé la question sur la dernière communication ?

— Bien sûr que j'ai remarqué !

— Ne prends pas ce ton sec ! Si je ne lui avais pas dit que tu étais du métier, tu aurais eu que dalle.

— En ce qui concerne mes recherches, j'ai eu que dalle. Elle nous a raconté sa vie...

— Dis donc, fit Nicolas, pour ça elle nous a raconté sa vie !

— Mais impossible de l'amener à dire quelle impression ça lui fait quand elle reçoit un message.

— Probablement indescriptible.

14

COMME tous les villages, Forbes Abbot avait sa partie basse. Il n'y avait pas que la constellation de « petits bijoux », avec leurs vitres à plomb, leurs remous de verre à bulles et leurs lanternes de calèche. Il n'y avait pas que les belles demeures anciennes, les maisons edwardiennes et les chaumières du XIXe siècle restaurées avec soin. Malheureusement, il y avait les pavillons. Par chance, ceux-ci, une vingtaine groupés en hémicycle, avaient été intelligemment construits aux abords du village et on pouvait facilement faire comme s'ils n'existaient pas. Bien sûr, dedans il y avait plein de gens qui tenaient à aller et venir, mais la plupart avaient une voiture et faisaient leurs courses en gros à Asda ou Tesco ; on ne les voyait donc pas trop à la supérette du coin. On admettait à contrecœur que presque tous les pavillons avaient des jardins bien entretenus et des rideaux propres aux fenêtres. Tout de même, habiter là, se disaient en confidence les résidents d'en haut, c'était indubitablement l'opprobre.

La majorité des occupants ne se doutaient nullement que c'était l'opprobre et si quelqu'un avait été assez brave ou assez idiot pour le leur apprendre, ils s'en seraient contrefichu. Mais il y avait une exception. En revenant du Moyen-Orient, enceinte de sept mois, Ava Garret avait été accueillie sans enthousiasme par ses parents âgés. Les disputes éclatèrent presque immédiatement et, contrairement aux idées reçues, la naissance du bébé n'y changea rien. La mère d'Ava, à peine capable de monter les escaliers et déjà sur la liste d'attente pour l'attribution d'un pavillon municipal, se démena tant et si bien au téléphone que, quand Karen eut six mois, son mari et elle déménagèrent.

Ava resta seule en possession d'une maison moderne de trois pièces et quelque, avec chauffage central, dont le loyer et les impôts étaient payés. Loin d'en éprouver de la reconnaissance, elle bouillait de ressentiment. En retirant le numéro de la maison et en la rebaptisant Rainbow Lodge, elle ne fit qu'embrouiller le facteur. Les voisins, qui riaient de ses prétentions, n'avaient pas toujours été malveillants. Lorsqu'elle s'était retrouvée seule au début, ils l'avaient invitée à venir bavarder autour d'une tasse de thé. Un surplus de légumes était déposé sur son seuil à l'occasion. La famille d'à côté lui avait même proposé de garder Karen en cas d'urgence. Mais, petit à petit, il devint évident que si Ava prenait, donner n'était pas son truc. Les gens finirent par se rendre compte qu'elle les utilisait et les propositions d'aide se tarirent. Elle n'en fut pas surprise. Ça lui arrivait tout le temps! Ils sont tout sucre tout miel jusqu'à ce qu'ils obtiennent ce qu'ils veulent et après, vous pouvez crever la gueule ouverte, ils ne bougeront pas le petit doigt.

Cependant, ses pensées n'étaient pas assombries par la rancœur le lendemain de son apparition à l'Église de la Proximité. En fait, attablée dans la cuisine, Ava était aussi heureuse qu'elle pouvait l'être, ce qui ne lui était pas arrivé depuis des années. Deux événements s'étaient produits durant la semaine précédente qui promettaient bien de faire tourner sa chance. Le dernier, c'était sa rencontre avec Cully Barnaby, qui avait réveillé en elle de vieux rêves de théâtre. Elle s'était montrée compréhensive, cette jeune comédienne. Ses questions étaient intelligentes. Et elle avait été drôlement impressionnée par ce qu'Ava avait raconté ! Mon Dieu, et le mari qui prenait même des notes !

Être invitée au théâtre comme *consultante* ! Un vrai théâtre en plus, pas le trou dégueulasse à Soho bourré d'imperméables beiges qui se branlent derrière l'*Evening Standard*. Combien serait-elle payée ? Lui proposerait-on une somme fixe pour une complète disponibilité ou lui demanderait-on d'assister à toutes les répétitions ? Auquel cas, elle exigerait un taxi, porte à porte. Ou bien une voiture louée. Il faut mettre les choses au point dès le début, sans quoi on ne vous respecte pas.

Ava alluma sa première cigarette de la journée, tria un paquet de publicités reçues par le courrier, prit un prospectus de vente de tapis et écrivit au dos « Almeida », souligna, mâchonna son stylo un instant puis ajouta : *L'Esprit s'amuse*. Il fallait qu'elle se procure un script, tout de suite. Ça ferait mal au porte-monnaie mais c'était pour la bonne cause. Le film qu'elle avait vu à la télé un an auparavant n'était plus qu'un vague souvenir. En tout cas, la pièce – tiens ! on en a tiré une pièce, première nouvelle ! – était probablement complètement différente. Quand on fait un film d'après un livre ou autre, on change toujours tout.

« Vêtements ». Les vêtements, c'était capital. Si on a la tenue de circonstance, on est sauvé, et, dans le monde du spectacle, ça veut dire glamour. Elle ne pouvait pas se présenter au théâtre dans les vieilles fringues qu'elle portait pour les séances spirites. Heureusement, elle avait de l'argent. Une manne lui était tombée du ciel, il y a quelques jours. Juste au bon moment, apparemment, pour parer aux besoins nés de son second coup de chance. Si ce n'est pas un signe, ça ? Son horoscope avait mis en plein dans le mille : « Une rencontre avec un étranger peut élargir votre horizon. »

Ava décida d'aller faire ses courses dans les quartiers ouest. Elle se voyait déjà faire son entrée et les épater, comme aux auditions, dans le temps. Une robe au-dessus du genou – ses jambes étaient encore pas mal – et un manteau assorti. Ou alors un ensemble pantalon époustouflant beige, avec un chemisier imprimé, dans les turquoise ou bleu-vert, des boucles d'oreilles assorties et ses chaussures à talons découverts achetés en solde chez Dolcis, toujours dans leur boîte au fond du placard. Il lui fallait aussi une serviette chic pour son exemplaire de *L'Esprit s'amuse*.

Ensuite, la coiffure. Ava mâchonna son stylo puis écrivit : « pointes plus rinçage ». Bien sûr, la couleur ne devait en aucun cas faire frivole. Sa couleur naturelle, un châtain terne, était éclairée par un balayage. Elle se décida pour « Feuilles d'automne », un châtain chaud plus des mèches cendrées, qui dénotaient compétence et sincérité. Ava marqua une pause et pensa brièvement à sa mère qui venait de mourir (Dieu soit loué). Au seul conseil à peu près valable qu'elle lui eût jamais donné : « Sois bien coiffée, tout le reste se mettra en place. » Et, bien que sa coiffure à elle eût toujours ressemblé à une supernova de limaille de fer, cela n'avait pas empêché sa fille de croire mordicus à cette affirmation.

Elle écrasa sa cigarette dans un résidu de marmelade et se resservit du thé. Au-dessus de sa tête, Karen faisait du potin avec des chaussures qu'elle avait échangées avec une fille à l'école contre des devoirs. Ridicules. Hideuses, même. En cuir noir avec des lanières aux chevilles et des semelles compensées, comme des brodequins orthopédiques.

« C'est ça, avait-elle dit quand Karen avait passé la porte d'entrée en titubant, toute fière, casse-toi la gueule. » Il ne lui était pas venu à l'idée que peut-être l'enfant se savait ridicule mais qu'elle mourait tout de même d'envie d'être comme les autres.

Roy, leur pensionnaire, de service de nuit cette semaine, dormait en haut. Il habitait Rainbow Lodge depuis dix-huit mois environ, au terme de son séjour à l'orphelinat de Causton. Évidemment, les voisins s'étaient empressés de dénoncer Ava. Elle vivait comme un coq en pâte, non ? Avec les aides sociales, elle se palpait l'allocation enfant, l'allocation logement, les allocations familiales, et probablement l'allocation baise, et maintenant elle sous-louait et empochait son fade. Tu parles, Charles ! disait le vertueux Fred Carboy (pension d'invalidité/taxi au noir) qui habitait juste en face et bien placé pour observer toutes les petites combines de ses proches voisins.

Ceci étant, les autorités étaient passées voir. Ava avait juré que Roy n'était là que temporairement, il s'occupait du jardin et repeignait la maison en échange de sa pension. Voulant à tout prix un vrai toit, une vraie maison au lieu d'une chambre dans un foyer, Roy confirma ses dires. Il fit semblant de partir deux semaines, revint, repartit, et après encore quelques allées et venues, les voisins laissèrent tomber, et Roy resta pour de bon.

Karen avait été ravie. Elle aimait bien Roy. Il allait être comédien, plus tard, et il s'exerçait à faire des tours. Et puis il s'intéressait à un tas de choses bizarres. Aux anciennes civilisations, l'Égypte et les pharaons, et le roi Arthur, à la magie et aux dragons. En fait, s'il donnait un coup de main à l'Église de la Proximité, c'était pour apprendre à invoquer les forces du Mal et les utiliser à son profit. Mais lui, il n'était pas du tout effrayant et il rapportait souvent des friandises de Tesco où il travaillait comme manutentionnaire ou remplaçant dans les rayons.

Malheureusement, le loyer de Roy, qui devait, selon Karen, améliorer leur vie plutôt étriquée, n'avait rien changé. Du moins pour elle. Sa mère fumait des cigarettes de meilleure qualité, des pots de crème et des trucs étaient apparus dans la salle de bains mais la nourriture était la même et Karen était toujours habillée dans les boutiques d'occasion. Comme Ava l'expliquait d'un air fâché quand sa fille lui réclamait un peu d'argent de poche, soixante-quinze livres, c'était rien, aujourd'hui. Si Karen voulait de l'argent, elle n'avait qu'à en gagner. Comme les autres gosses. Qu'y avait-il de mal à livrer des journaux? Mais on a besoin d'un vélo pour livrer des journaux.

Maintenant, Karen qui avait trotté sans encombre jusqu'au palier commençait à descendre l'escalier en s'agrippant à la rampe. Il flottait une agréable odeur de toast chaud.

— Salut, chérie! cria Ava quand sa fille eut négocié, saine et sauve, la dernière marche. Le p'tit déj' est prêt.

Karen s'arrêta, hésitante. Elle faillit regarder par-dessus son épaule pour vérifier si quelqu'un, la « chérie » de l'exclamation, ne s'était pas mystérieusement matérialisé. Elle n'avait pas faim mais qui peut résister à pareil accueil?

— Génial, merci. – La table était un vrai dépotoir : des assiettes et des couverts sales, un énorme cendrier en verre rempli à ras bord de mégots rougis, un pot de confitures vide, un reste de margarine dans une soucoupe, l'*Evening Standard*. – Je vais prendre des cornflakes.

Mais Ava était déjà replongée dans ses écritures. Karen trouva un paquet fermé d'un élastique et le secoua pour en faire tomber les dernières miettes, ajouta du lait et s'assit puis se releva pour enlever le cendrier qui sentait mauvais.

— Si tu fais une liste, on a besoin de céréales.

Ava cacha aussitôt le bout de papier avec son bras, comme une écolière. Ce n'était pas qu'elle soit gênée de révéler qu'elle avait l'intention de se faire des gâteries, mais Karen saurait alors que sa mère avait un peu d'argent et elle se mettrait à fouiller. Elle le dirait aussi à Roy, juste pour chercher la bagarre. Ces deux-là, ils étaient comme cul et chemise.

— J'écris des notes, pour quand on m'appellera aux répétitions. Aah, *L'Esprit s'amuse*, c'est une pièce charmante.

— Bonne idée.

Karen s'en tint là. Elle avait assisté à la conversation avec Cully Barnaby et savait qu'une quelconque participation future n'existait que dans la tête de sa mère. Ce n'était pas facile de garder le silence. Quand Ava découvrirait son erreur, tout l'entourage immédiat pâtirait de sa déconvenue. Serait puni, grondé pour des méfaits imaginaires. Sa capacité à rejeter la faute sur les autres était impressionnante. D'un autre côté, si on tentait de l'avertir de son erreur, ça pouvait aussi entraîner de désagréables répercussions. On était toujours perdant.

Karen prit le journal, souffla sur des cendres qui maculaient une photo et passa à la rubrique spectacles. Elle se mit à éplucher la colonne « théâtres » : Adelphi, Albery, Aldwych, Ambassadors, Apollo, Arts, Astoria... Puis elle s'arrêta et reprit à l'envers, en suivant avec le doigt.

— Ava?

Ava eut un geste d'impatience royale, tel un pacha qui chasse un insecte importun. Karen, qui avait pris la décision risquée de parler, ajouta hardiment :

— Il n'y est pas.

— Quoi?

— Le théâtre.

Ava leva les yeux et soupira.

— De quoi tu parles?

— L'Almeida.

— Fais-moi voir.

Elle lui arracha le journal, le replia, l'approcha de son visage et cligna des yeux. Karen vit l'inquiétude passer sur la figure de sa mère. Le coin de sa paupière se crispa.

— S'ils répètent, le théâtre est fermé, je suppose.

— Mais ils ne mettent même pas le numéro, au cas où les gens voudraient retenir des places.

Ada en était au W maintenant et revenait avec anxiété en arrière. C'était vrai. L'Almeida n'était pas sur la liste. Cette petite garce – cette soi-disant actrice – l'avait fait marcher. Elle se mit à feuilleter les pages furieusement du début à la fin, et à lire dans tous les sens.

— Là! – Ava était si soulagée qu'elle faillit s'étouffer. Elle tapa du doigt avec tant de force qu'il traversa le journal. – Tu vois?

— Ah, oui.

— La périphérie, ça existe, chérie. Mais comment tu le saurais... tu n'es pas dans la partie.

Elle fronça les sourcils en regardant l'horloge, puis Karen, qui glandait sur sa chaise : elle avait tout son temps, elle. Et ça allait être comme ça pendant six semaines. Celui qui a inventé les vacances, il ne devait pas avoir d'enfants.

— Il faut qu'on se bouge. On a beaucoup de choses à faire aujourd'hui.

— Je n'ai pas fini mon petit déjeuner.

— Arrête de chigner, tu veux?

Karen racla son bol, lécha la dernière goutte de lait.

— Je pourrais avoir un toast?

Ava soupira encore et prit sa tête de martyre. La gamine était comme ça depuis sa naissance. Je veux, je veux, je veux. Jamais contente. Espérant que le silence voulait dire oui, Karen prit un croûton de pain dans la boîte et le glissa sous le gril.

— Tu vas chez une copine, aujourd'hui?

— Sais pas.

— Reste chez elle pour le déjeuner et le thé, suggéra Ava. Tu dévaliseras le frigo des autres, pour une fois. C'est fait pour ça, les amis.

C'était fait pour quoi, les amis? Karen n'en avait aucune idée. Elle n'en avait jamais eu. Elle avait appris cela d'Ava. Ne te fie à personne, comme ça tu ne dégusteras pas. Karen voyait bien que c'était vrai. Bien sûr, elle ne saurait jamais ce qu'elle aurait eu à déguster mais elle voulait croire que c'était beaucoup, ça rendait le manque d'amis plus supportable.

— Sinon, poursuivit Ava, le salon aurait besoin d'un bon petit coup.

Un peu plus tard, Karen était en train de laver la vaisselle quand le téléphone sonna. Ava répondit et s'absorba immédiatement dans une conversation à mi-voix mais véhémente avec George Footscray. Il l'appelait pour lui dire que ses dernières révélations au cours de la séance de la veille lui avaient paru si sensationnelles qu'il avait contacté *L'Écho de Causton*. Ils voulaient absolument l'interviewer. Si elle était d'accord, un journaliste et un photographe viendraient à Rainbow Lodge cet après-midi même. En tant que représentant d'Ava, il serait naturellement présent pour la soutenir et la conseiller.

Ava raccrocha avec le plus grand soin. Elle resta assise sans bouger, en respirant lentement, pour se calmer les nerfs. Pas le moment de craquer. Ça ne risquait pas : la célébrité, elle saurait faire face. Monter une interview avec la feuille de chou locale, c'était une chose. Les journaux nationaux, la radio et la télévision, les média, c'était autre chose. Ava nota soigneusement le nom de Max Clifford.

*

* *

Kate se sentait de plus en plus chez elle à Appleby House. Il s'était écoulé une semaine, déjà, depuis la mort de Dennis et, la veille, ses cendres avaient été enterrées, à la demande de Benny, dans le cimetière de Saint-Anselme. Les Lawson avaient été surpris par l'affluence. Presque tout le village était présent et le personnel au complet de Brinkley et Latham. La femme de son associé, Gilda Latham, avait tout organisé, avait passé une annonce dans le *Times*, ce qui expliquait probablement la présence de quelques étrangers au village. Pour quelqu'un d'aussi discret, Dennis ne manquait pas d'amis, contrairement à ce qu'on croyait.

Bien sûr, la principale préoccupation de Kate, c'était Benny. Comment supporterait-elle ces moments pénibles, si peu de temps après son traumatisme à Kinders ? Aussi Kate fut-elle soulagée, sinon légèrement surprise, quand Benny lui dit qu'elle n'assisterait pas à l'enterrement mais qu'elle rendrait ses derniers hommages à sa façon et à son heure. Elle continuait à se comporter avec une détermination qui frisait la folie, aux yeux de Kate. Sa quête de « justice pour Dennis » demeurait à la fois farouche et opiniâtre ; elle écrivait de plus en plus de lettres, qui restaient sans réponse, comme Kate ne pouvait s'empêcher de le remarquer. Peut-être Benny n'en espérait-elle plus, car elle avait cessé d'attendre le facteur à la grille à dix heures.

Ce matin, tout en aidant à débarrasser la table, Benny paraissait écouter quelque chose. Elle tendait les tasses et les bols à Mme Crudge postée devant l'évier et penchait la tête de côté, comme un oiseau. Elles tramaient quelque chose, toutes les deux. Kate avait remarqué les sourires complices, les lèvres pincées, l'air de satisfaction, les sourcils froncés, les conversations chuchotées qui s'interrompaient à l'arrivée d'une tierce personne. Elles étaient comme des enfants qui mouraient d'envie de révéler un secret.

Le téléphone sonna. Un porte-toasts collé à la main, Benny traversa la pièce comme une flèche et décrocha avec brusquerie. Elle écouta brièvement, prononça quelques mots presque inaudibles et raccrocha. Son visage était tout rouge d'émoi quand elle regarda Doris.

Celle-ci haussa les sourcils qui faillirent disparaître dans ses cheveux, leva le pouce et s'écria : « Qu'est-ce que je t'avais dit ? »

Benny poussa un petit cri étouffé et sortit en courant.

Eh bien, si elles croient que je vais leur demander de quoi il s'agit, elles se trompent ! Même à l'école, Kate n'avait jamais voulu faire partie d'aucune société secrète. Elle prit sa planche et son crayon et retourna à l'inventaire des meubles de Carey. Un antiquaire d'Aylesbury venait dans l'après-midi estimer ce que les Lawson désiraient vendre.

À la surprise de Kate, ils vendaient presque tout car Benny, à qui on avait proposé de choisir ce qu'elle voulait, n'avait pris qu'un tableau, accroché au-dessus du lit de Carey.

Kate avait déjà passé en revue le grenier, les chambres et les deux grandes pièces du rez-de-chaussée, celles aux portes-fenêtres qui donnaient sur la terrasse, où ils avaient rêvé en buvant leur Pimm's et en attendant Dennis. Mais tout cela était derrière eux, maintenant, ou le serait bientôt quand Benny aurait renoncé à sa folle croisade. Cela faisait mal de la voir délibérément rouvrir chaque jour sa blessure. Se battre pour prouver un fait qui avait été réfuté sans l'ombre d'un doute.

Pendant que sa femme inspectait le mobilier, Mallory lisait le tout dernier manuscrit du tout dernier sac. Kate refusait de céder au découragement : mon Dieu ! La maison n'était même pas encore enregistrée officiellement. Mais des heures passées à s'avaler une prose pesante, une syntaxe nulle et des plaisanteries éculées lui ôtaient à jamais l'envie de rouvrir un livre... pas exactement l'idéal pour quelqu'un qui veut se lancer dans l'édition.

Elle trouva Mallory étendu sur une des vieilles chaises longues dans la véranda, apparemment plongé dans sa lecture. Elle l'observa un instant en silence à travers la vitre. Détendu, il fronçait les sourcils, tournait rapidement les pages et lisait. Quel soulagement de le voir absorbé par quelque chose, même si ce n'était que temporaire. Durant ces derniers jours, il avait trié les papiers de sa tante, visité les bureaux de Pippins Direct, bavardé avec leurs ouvriers dans les vergers. Il avait fait beaucoup de jardinage, s'était montré aimable et sociable avec les visiteurs, mais sa femme savait que toutes ces activités ne l'occupaient que superficiellement. Elle le sentait de plus en plus inquiet et présumait que c'était au sujet de Polly. Où elle était, comment elle allait, ce qu'elle faisait, et avec qui? Kate aurait aimé partager son souci, elle aussi en avait eu sa part quand elle avait appris que Polly avait des ennuis, mais sa préoccupation était fortement teintée d'irritation. Après tout, leur fille était majeure. Elle était probablement partie quelque part avec des amis. Pourquoi Mallory ne pouvait-il se faire une raison?

— Mal, dit-elle en descendant les marches blanc et noir. Je me demandais...

— Mmm...

— Qu'est-ce que tu penses de...

— Attends une minute.

— Ne me dis pas que tu as trouvé quelque chose de lisisble.

Il y eut un cri provenant de la cuisine. Puis un autre. Deux voix se mêlèrent, triomphantes. Des ululements de joie. Kate se précipita pour voir ce qui se passait.

Elle découvrit Benny assise à la table de la cuisine avec Doris penchée sur son épaule. Elles lisaient un journal. Elles se turent toutes deux quand Kate fit irruption et la regardèrent avec une expression qu'elle ne put tout à fait déchiffrer. De la méfiance, peut-être, de la part de Benny. Doris semblait faire des efforts pour rester impassible et ne réussit qu'à avoir l'air constipé.

— Qu'est-ce qu'il y a, Ben? demanda Kate. Que se passe-t-il?

— Voilà ce qui se passe, dit Mme Crudge, en se penchant et en tapotant sur une photo en noir et blanc. C'est ça.

— Je peux jeter un coup d'œil?

Benny hésita à lui passer le journal.

— Pour l'amour du ciel! fit Kate en s'en emparant.

Elle vit la photo d'une femme trop maquillée aux cheveux noirs mi-longs, avec des yeux sombres aux paupières lourdes. Vêtue d'une robe noire à manches longues, au décolleté un peu bas. Une grosse croix sertie de pierres reposait sur sa poitrine généreuse. Elle s'appelait Ava Garret et aurait pu sortir tout droit d'un film de Dracula. Prise d'une envie de glousser, Kate se calma en lisant : « Révélation sensationnelle d'une médium sur un meurtre : la vérité surgie de l'au-delà. » Subitement mal à l'aise, elle repoussa *L'Écho de Causton* sur la table.

— Je crois que vous devriez lire ça, madame Lawson. – Elle avait toujours eu raison, Doris, et elle enflait à vue d'œil. – C'est à propos de M. Brinkley.

— Dennis? – Kate reprit le journal à contrecœur. Lut le reste de l'article. Replia le journal en le refermant sur la page en question, et l'enfonça dans la poubelle.

— Comment peut-on croire à de pareilles sornettes? déclara-t-elle, plus troublée qu'elle ne l'aurait avoué.

— Eh bien, je suis désolée, dit Doris pas désolée du tout, mais c'est pas des sornettes. Elle a décrit la salle où sont les machines, tous les détails. Tout.

— Alors, vous voyez, Kate, renchérit Benny, il va falloir que la police m'écoute, maintenant.

— Benny. – Kate lui prit la main. De petites indurations brillantes dues à l'arthrite se développaient sur les phalanges. Elle les caressa doucement. Comment manifester son affection sans rentrer dans son invraisemblable fantasme? – Vous ne pouvez pas laisser tomber tout ça?

— Oh, pourquoi ne me croyez-vous pas?

— Ce n'est pas que je ne vous crois pas, protesta Kate en mentant, j'ai seulement peur que vous vous rendiez malade.

Benny fixait obstinément la table. Doris se tourna pour s'occuper de la vaisselle qui se figeait dans l'évier. Kate sortit ramasser des pommes précoces pour une charlotte. Plus tard, en jetant les épluchures de reinettes dans la poubelle, elle remarqua que le journal avait disparu. Ainsi que Benny.

*

*   *

— C'est encore cette folle, dit le sergent Troy.

— Quelle folle? demanda Barnaby.

Décidément, il ne voyait que ça, ces derniers temps.

— Celle qui croyait que son ami avait été assassiné, vous vous rappelez? Les drôles de machines?

— Je croyais que c'était réglé.

— Elle a une preuve, maintenant.

— Alors, parlez-lui. Voyez en quoi ça consiste.

— Elle veut vous voir, vous.

— Tout le monde veut me voir, moi. Joyce me demandait si, par hasard, ce serait possible, la semaine dernière. Elle a été assez désagréable, je dois dire.

— Cela ne sera pas long. – Troy marqua une pause. – La journée n'est pas chargée.

— Première depuis Noël.

— Elle est tout excitée.

— Ça en fait au moins une.

— Il se pourrait qu'elle tienne vraiment quelque chose.

— Oh, bon Dieu ! Comment s'appelle-t-elle, déjà ?

Benny entra avec assurance, en tenant son sac en tapisserie, sa physionomie sérieuse illuminée d'un sourire. Elle s'assit face à l'inspecteur.

— Je savais que vous comprendriez à quel point c'est important.

— Je crois que vous avez une information capitale pour nous, mademoiselle Frayle.

— Absolument. Pas de baratin, inspecteur, pour aller droit au but, voici la preuve indiscutable, poursuivit-elle en ouvrant *L'Écho de Causton*, que mon ami, Dennis Brinkley, a été assassiné.

Troy se percha sur l'appui de la fenêtre et feuilleta son calepin. Il écouta. Barnaby écouta. Benny acheva sa lecture. L'inspecteur tourna la tête et fusilla du regard son infortuné sergent. Troy referma son calepin et se prépara à faire sortir Mlle Frayle.

— Vous comprenez ce que ça signifie, j'espère ?

Benny, qui paraissait avoir un peu perdu de son assurance, se leva de sa chaise.

— Oui, mademoiselle, dit Barnaby, en songeant qu'il ne mentait pas.

Il comprenait qu'elle avait aimé Dennis Brinkley et que sa mort l'avait profondément perturbée. Il se demanda brièvement si elle avait une famille. Si quelqu'un l'aidait chez elle, si elle voyait un médecin. Heureusement, ce n'était pas son affaire.

— Vous allez faire une enquête, maintenant ? s'écria Benny par-dessus son épaule alors que Troy la guidait d'une main ferme vers la porte.

— Ne vous inquiétez pas, mademoiselle, répondit Barnaby. Nous ferons le nécessaire.

15

ANDREW Latham se renversa en arrière dans le fauteuil de bureau de Dennis. Jambes croisées, mains derrière la nuque. Il surveillait le personnel par la porte ouverte et tirait beaucoup de plaisir de cette occupation. Il était habitué à susciter chez les hommes une animosité à peine dissimulée. À présent, même les femmes semblaient s'être retournées contre lui. Jusqu'à Gail Fuller, qu'il avait sautée de toutes les manières possibles sur la photocopieuse, après les heures de bureau. Mais leur rancœur, les conversations interrompues quand il entrait dans la pièce l'amusaient. Ils avaient beau jouer la comédie du chagrin, Andrew savait de quoi ils parlaient. Qu'est-ce qui va se passer, maintenant? Allons-nous garder notre boulot? Va-t-on en trouver un autre? C'était jusqu'à aujourd'hui. Car, aujourd'hui, ils se passaient *L'Écho de Causton*, tout en émoi, stupéfiés, amusés, moqueurs, désolés.

Apparemment, Gilda avait pris l'article très au sérieux. Au petit déjeuner, tout en poussant de sa fourchette une omelette au lard, elle avait annoncé d'un air maussade son intention de contacter sans attendre la médium en question.

— Mais pour quoi faire, grands dieux?

Andrew s'adressait à une saucisse pas assez cuite. Il n'avait pas le cœur à regarder sa femme directement sans verres protecteurs, surtout de bon matin. Une montagne de gelée drapée dans du vichy, une face de lune qui dodelinait, branlait sur une colonne de graisse si molle et relâchée qu'elle ondulait comme un mollusque. Seuls ses cheveux rêches, beigeasse, enroulés dans de gros bigoudis, charmaient les yeux, en évoquant l'image exquise de jeunes hérissons batifolant.

— Pour voir si papa va se manifester, bien sûr.

— Bien sûr, répéta Andrew. Ce serait intéressant de voir ce qu'il devient là-haut. Et quelle est la situation dans la ferraille.

Gilda jeta un œil aigu à son mari. Ce n'était pas la première réflexion à double sens qu'il se permettait, depuis quelque temps. Est-ce qu'il ne se mettrait pas à avoir la grosse tête, par hasard? À espérer que non. Ou plutôt que si, car elle se ferait ainsi un plaisir de te le secouer!

— Ricaner, c'est à la portée de tout le monde, Andrew.

— Ah oui, chérie?

— C'est la forme d'esprit la plus triviale.

Il jugea préférable de ne pas s'essayer à une forme d'esprit supérieure. Cela pouvait déclencher son hilarité et Gilda, quand elle riait, c'était une mitraillette. Il se força à la regarder et à sourire. C'était bien d'elle, ça, de ramener tout à sa petite personne. La nouvelle, c'est vrai, était troublante. Et inquiétante l'éventualité que quelqu'un qu'ils avaient connu ait pu être assassiné, mais cela semblait lui avoir totalement échappé. Andrew le fit remarquer.

*
* *

— « Celui qui vit par l'épée périra par l'épée. »

C'était pêché dans le *Reader's Digest*. Elle notait toujours des dictons lapidaires qu'elle balançait dans la conversation les rares fois où ils avaient des invités. Ce qui la faisait mal voir. Personne n'aime les je-sais-tout.

— Si tu le dis, chérie.

Gilda se contredit aussitôt.

— Bien sûr, c'est des histoires, tout ça. On n'est pas le genre à connaître des gens qui se font assassiner.

— Alors pourquoi aller voir la médium ?

Ce n'était pas très malin de sa part. Il eut droit durant vingt minutes à un laïus sur ceux qui dépendent du prochain pour leur pain quotidien et qui feraient bien d'éviter de le corriger ou de le rabaisser, ce prochain. Et elle était bien placée pour lui dire que la patience du prochain, elle n'est pas inépuisable. Mais des années de cette rengaine avaient rendu Andrew indifférent. Dès qu'il eut sorti sa Punto du garage, la tirade violente de Gilda était complètement oubliée.

Revenu au moment présent, il sourit, se sachant en mesure de prendre au dépourvu un tas de gens qui ne l'aimaient pas. Le notaire de Brinkley allait arriver d'un moment à l'autre. Il avait téléphoné la veille pour demander un rendez-vous. Sa visite avait sûrement un rapport avec les dispositions testamentaires de Dennis. Étant donné leur antipathie mutuelle,

Andrew ne s'attendait pas à profiter de quoi que ce soit. Il espérait simplement que le bénéficiaire serait accommodant, pas du genre à blablater toutes les cinq minutes sur la vertu protestante du travail. Auquel cas, Andrew avait l'intention de se prétendre simple commanditaire qui ne venait au bureau de temps à autre que pour rallier ses troupes. S'il avait eu l'assurance que Gilda n'en saurait rien, et si elle lui avait donné assez d'argent pour profiter de la vie, voilà longtemps qu'il aurait choisi ce *modus operandi*. Mais le nouvel associé serait peut-être un homme selon son cœur. Qui aimait les dames et serait prêt à couvrir les gaffes d'Andrew en échange de services analogues. Très improbable si l'on songeait que ce serait un ami ou un parent de Dennis. Pourtant, on ne savait jamais.

Gail Fuller le prévint à l'interphone que Me Ormerod était arrivé. Un sourire professionnel aux lèvres et la main tendue, Andrew se dirigea à grands pas vers la réception. Le visiteur ressemblait plus à un fermier qu'à un notaire : trapu, vêtu de velours côtelé et d'une veste sans manches à poches multiples sur un col roulé en tweed, et coiffé d'un chapeau de pêcheur. Andrew tâcha de cacher sa surprise et Me Ormerod marmonna quelques mots à propos d'un rendez-vous avec un client au marché aux bestiaux. Andrew ouvrait la marche vers son sanctuaire quand il se sentit tiré par la manche.

— Un moment, monsieur Latham, s'il vous plaît.

Andrew fronça les sourcils.

— Qu'est-ce que c'est?

— Il serait plus adéquat que je règle notre affaire ici, dans le bureau principal. La dame de la réception pourrait-elle se joindre à nous?

Andrew sentit un frisson d'appréhension le parcourir. Il appela Gail Fuller puis, sur le bureau le plus proche, il prit un distributeur de Scotch très lourd en métal et le lâcha par terre. Tout le monde sursauta.

— Faites une pause, pour une fois. Voici le notaire de Dennis, maître Ormerod.

Quelques murmures de bienvenue, mais la plupart se contentèrent de prendre l'air ahuri. Andrew remarqua que cet enfoiré de Leo Fortune ne prenait pas l'air ahuri, lui.

— Vous avez tous certainement été préoccupés par la situation ici. Et par votre avenir. – Le ton était encourageant et bienveillant. Me Ormerod sourit à la ronde et sortit une longue enveloppe de l'une de ses poches. – Je sais à quel point M. Brinkley appréciait votre travail et l'atmosphère agréable et amicale qui régnait ici. Ce qui n'est pas toujours le cas dans un grand bureau, je vous assure.

Oh, bon Dieu, accouche, vieux radoteur! Andrew eut un renvoi aigre, et il avait envie de pisser. Il afficha un air détaché sans se rendre compte que ses mains tremblaient.

— D'après mon expérience personnelle, continua le notaire en retirant de l'enveloppe un seul feuillet, ce type de testament est unique. M. Brinkley a laissé sa part dans l'affaire Brinkley et Latham « à tout le personnel employé à ce jour au moment de ma mort ».

Il marqua une pause alors que s'élevaient des murmures passionnés, des rires nerveux et que Jessica, la plus jeune du bureau, se mettait à pleurer. Gail Fuller la câlina et lui dit de ne pas s'en faire, que ce serait comme de travailler chez John Lewis[1]. Andrew, blême, déglutit encore. Quand le bruit se fut un peu apaisé, Me Ormerod reprit la parole.

— Cette part sera divisée au prorata et calculée selon l'ancienneté de chacun. M. Fortune qui, accessoirement, hérite de la voiture de M. Brinkley, devra se charger des calculs. Êtes-vous disposé à vous en charger, euh... monsieur ?

Il regarda les hommes présents d'un air hésitant.

— C'est moi, dit Leo. Oui, je suis d'accord.

— Alors, j'attends de vos nouvelles.

Le notaire leur adressa à tous un sourire radieux et s'en alla, en faisant grincer ses bottes de cuir.

Andrew enfila son manteau, prit sa serviette vide et le suivit. Pas question, pas question, putain de merde, de rester en arrière. Tu penses ! Enfermé dans son box en verre en faisant semblant d'être occupé, forcé d'entendre les tout nouveaux solvables jacasser et brailler. Des imbéciles qui font sauter des bouchons, qui lancent des serpentins, coiffés de chapeaux pointus !

Il y eut un silence quand il traversa la réception. Silence quand il tira la porte. Puis, en descendant en courant l'escalier, il entendit les hourras ironiques. Il traversa la place du marché, s'arrêta devant la statue de Reuben Cozens et se

1. Chaîne de magasins d'ameublement et d'électroménager appartenant aux employés qui se partagent les bénéfices.

retourna. Ils étaient tous massés à la fenêtre, à agiter la main et à rire.

*
* *

À Rainbow Lodge, les événements se précipitaient. Radio Prévoyance, la station de radio locale basée à Uxbridge, avait appris les dernières révélations d'Ava et désirait l'interviewer durant l'émission de l'après-midi. Le producteur avait contacté *L'Écho* qui lui avait communiqué le numéro de George Footscray qui à son tour avait appelé Ava, proposant d'organiser la rencontre et de l'accompagner si elle le désirait. Quoique enchantée de la rapidité de son ascension vers la célébrité, Ava n'était pas très contente que ce soit un zéro à mauvaise haleine et aux pieds plats qui continue à s'en occuper. En quelques mots secs et bien choisis, elle lui fit clairement comprendre qu'elle était déjà passée dans une tout autre sphère. George, qui avait rêvé de plus larges horizons, qui se voyait déjà manager d'une nouvelle Voyante Meg, grinça de ses fausses dents branlantes et retourna tristement à sa tarée de mère et à ses lustres en macramé.

L'émission commençait à trois heures et demie et durait une heure. On demanda à Ava d'être là à trois heures et quart. Elle se rendit en voiture jusqu'à la banlieue d'Uxbridge ; de là elle prit un taxi jusqu'au studio mais elle aurait pu s'épargner la dépense car personne ne l'attendait dehors pour l'accueillir. À la réception, une gamine en jupe en plastique rose pas plus large qu'un ruban, en T-shirt marqué « On baise?», prit son nom et lui demanda d'attendre. Bientôt, une fille légèrement plus âgée apparut, en débardeur et en jupe longue entravée.

— Salut! Je suis Cambria DeLane! L'assistante de Corey!

— Bonj...

Mais la fille s'éloignait déjà à petits pas étroits. Ava suivit en s'étonnant que quelqu'un dont la fonction était d'accueillir les visiteurs importants soit autorisé à se balader avec une touffe de cheveux arc-en-ciel attachée au sommet du crâne avec un nœud léopard. Cambria ouvrit la porte d'une pièce exiguë, rectangulaire, avec une paroi vitrée qui laissait voir le studio. Un jeune coiffé d'écouteurs, Jim était son nom, était assis à la console du son et Ava fut soulagée de constater qu'il paraissait avoir au moins quitté le secondaire. Un autre, moins jeune encore, vint la saluer. Il portait des lunettes noires, un jean deuxième peau et un gilet trop grand, avec «MOR»[1] imprimé dessus. Chevelure et peau étaient couleur fauve, et l'une comme l'autre auraient eu grand besoin d'une bonne désintoxication. Il dit : – *Salut*!

— Bonj...

— Va nous chercher du thé, mon cœur. – Cambria disparut, il prit dans les siennes la main que lui tendait Ava, en la caressant et la pressant avec une tendresse attentive, comme s'il s'agissait d'une pêche mûre. – Je m'appelle Corey Panting. Nous sommes ravis que vous

1. «Mouvement Oculaire Rapide», caractéristique du sommeil paradoxal.

ayez accepté de venir à notre émission, mademoiselle Barret.

— Garret. Madame.

— Oh, excusez-moi. – Il fronça les sourcils en se demandant s'il y avait encore beaucoup de fausses informations qui le guettaient. La section de recherches était dotée d'un personnel nombreux mais mal payé, des diplômés distraits qui avaient fait des études de communication et qui considéraient les radios locales comme un tremplin. Ils visaient toujours le gros coup à venir, qui se révélait souvent être l'inscription au chômage.

— Je suppose, poursuivit Corey Panting, que vous connaissez notre émission.

— Non, dit Ava.

— Ah. – C'était une première. Même quand l'invité n'avait jamais entendu parler des *Gens de Corey*, il avait la politesse de ne pas s'en vanter. – Eh bien, en bref...

Cambria revint avec le thé qui n'était même pas dans une vraie tasse et qu'Ava refusa. Ce n'était pas du tout ce à quoi elle s'attendait.

Corey poursuivit : – Je vous présente. Je parle un peu de votre passé puis je commence l'interview...

— Vous arrivez à voir quelque chose avec vos lunettes?

— Vous pouvez écouter, s'il vous plaît? On n'a pas beaucoup de temps. – Si l'invité lui paraissait assez vif, intelligent et capable de s'exprimer correctement, Corey lui demandait alors de rester pour participer à la discussion et répondre aux appels des auditeurs. Pas question avec celle-là. – Alors, si je peux récapituler ce qu'on sait de vous?

Il prit ses notes, les résuma à toute vitesse, puis demanda s'il y avait des erreurs.

— Pas à proprement parler mais vous avez omis un développement récent et extrêmement important dans ma carrière.

— C'est quoi, alors? fit-il en regardant sa montre.

— Conseillère en matière psychique pour le théâtre Almeida.

— L'Almeida? – Maintenant, sa voix trahissait un intérêt véritable et le respect. Corey adorait le théâtre. – Comment se fait-il?

— La comédienne qui joue Madame Arcati dans la nouvelle mise en scène de *L'Esprit s'amuse* est venue me voir personnellement. Et les choses sont parties de là.

— Je vois.

Sans trop savoir pourquoi, il trouvait ça difficile à avaler. Cependant, pourquoi mentir sur une chose aussi aisément vérifiable? Une salle pleine avait assisté au truc de dimanche dernier.

C'était l'heure. Affichant un air impavide, Ava s'avança vers une table ronde où se dressaient deux micros, s'assit et arrangea son châle à impression cachemire.

— Pouvez-vous ôter votre sac, s'il vous plaît? – Puis, quand elle se fut exécutée : – Et dire quelques mots dans le micro?

— Ce ne sera pas nécessaire. J'ai travaillé dans le métier pendant des années. Ma voix...

— C'est purement technique, Ava. L'ingénieur du son a besoin d'un niveau sonore.

— Bien sûr. – Ava se carra devant le micro. – Essai. Un, deux. Un deux, Mary avait...

— C'est parfait.

Corey regarda la paroi vitrée en écarquillant les yeux. L'ingénieur leva le pouce en riant. C'était parti.

L'interview ne fut pas facile, ce qui était étonnant, car Corey avait rarement rencontré quelqu'un d'aussi obsédé par soi-même. Le problème, c'était de l'entraîner à parler du sujet en question.

— J'aimerais vraiment qu'on en vienne, dit Corey en l'interrompant courageusement pour la dixième fois, à vos dons exceptionnels de médium. Et, bien sûr, à cet incident extraordinaire, la semaine dernière, à l'église spirite de Forbes Abbot. Vous avez été visitée par l'esprit d'un homme qui vous a révélé avoir été assassiné ?

— C'est exact, répondit Ava. Je l'ai vu et entendu très clairement. Il m'a donné son nom, a décrit les lieux en détail. Les machines bizarres, les murs très hauts. L'assassin était présent mais comme une forme dans le brouillard. Malheureusement, au moment où le brouillard commençait à se dissiper, il y a eu du bruit dans ce qu'on appelle sans rire le monde réel – un enfant qui pleurait – et l'esprit de M. Brinkley a disparu.

— Comme ça ?

— Ils aiment le silence. Le bruit les dérange. Peut-être que cela leur rappelle ce qui leur manque.

— On peut comprendre. – Malheureusement, Corey jeta un coup d'œil à la cabine de contrôle. La figure enfouie dans un torchon blanc, Jim était penché sur la console, les bras écartés, les doigts recourbés comme des serres.

— Mais il va revenir.

— Comment... comment pouvez-vous... désolé... excusez-moi... – Corey but un peu d'eau, avec prudence. – Comment pouvez-vous en être sûre?

— Les bons médiums, et c'est bien connu qu'on peut nous compter sur les doigts d'une main, ont des dons de clairvoyance.

— Vous pouvez l'appeler maintenant, alors?

— Ceci n'est pas un jeu, monsieur Panting.

— Ce serait une première à la radio. Et je sais que nos auditeurs seraient absolument ravis de découvrir l'énigme du polar. Mais, bien entendu, si vous ne pouvez pas...

— Ce n'est pas une question de pouvoir. Ce n'est tout simplement pas possible de parler depuis une octave angélique sur un claquement de doigts. Il faut vibrer sur une fréquence beaucoup plus haute, ce qui demande une sérieuse préparation. De plus, la personne que l'esprit désire contacter doit être présente. Ça m'étonnerait que quelqu'un ait envie de vous parler, à vous.

— Je sais, dit Corey quand il eut repris son souffle, qu'il y a eu des cas où les médiums ont aidé la police, dans des enquêtes criminelles. Êtes-vous en contact avec la police?

— Je m'attends à avoir de leurs nouvelles d'ici peu. Mais il ne faut pas oublier que, jusqu'ici, nous n'avons que la moitié de l'histoire.

— Et nous entendrons la chute, l'assassin sera démasqué, dimanche prochain?

— C'est exact, absolument.

— À l'Église de la Dextérité?

— Proximité, corrigea sèchement Ava.

— Vous allez avoir un nombreux auditoire, dit Corey.

Et la station de radio eut aussi un nombreux auditoire, encore que ce ne fut pas tout à fait pour les raisons attendues.

*

*   *

Andrew Latham entendit *Les Gens de Corey* presque par hasard. Quand Gilda sortait, elle laissait toujours la radio allumée, car, c'est bien connu, la radio est censée décourager les cambrioleurs.

Il versa du café dans la cafetière et, en attendant que l'eau bouille, il examina le calendrier mural de Gilda. Il y avait une case pour chaque jour et le mois d'août était déjà presque entièrement griffonné. Génial ! Dès que sa femme sortait, Andrew revenait chez lui et, jusqu'ici, elle n'avait pas pigé le coup. Maintenant, Gilda devait être à son cours de peinture. Ce qui signifiait qu'une nouvelle aquarelle insipide serait bientôt collée au mur de son bureau. Dieu seul savait, du reste, pourquoi elle appelait cette pièce « bureau ».

Le café prêt, Andrew en revint au calendrier. Demain soir : théâtre à Causton. Vendredi matin : massage Shoshona. Comment la pauvre fille y retrouvait-elle ses mains, mystère ! Vendredi après-midi : coiffure, sourcils, manucure. On ne regardait pas à la dépense pour que Madame s'amuse, se cultive et soit *ravissante*[1]. Alors que le pauvre Monsieur...

Il se versa du café, brûlant et fort. Il en avait besoin. Après avoir quitté le bureau, il était allé

1. En français dans le texte.

au Magpie et avait dépensé le reste de son allocation hebdomadaire en s'offrant plusieurs grands verres de vin rouge et un plat copieux de moules marinière. Déjeuner chez lui, ce n'était pas possible. Gilda poserait des questions sur les provisions manquantes et sur sa présence à la maison au milieu de la journée.

Elle rentrerait vers cinq heures, ça irait, il expliquerait que tout le monde avait dételé plus tôt pour fêter l'héritage collectif. Comment prendrait-elle la nouvelle ? Tiraillée entre deux, probablement. Elle hésiterait entre la délectation éprouvée à la déconfiture d'Andrew et l'irritation causée par la naissance d'un groupe dissident. Il la croyait capable d'essayer de racheter la part de certains employés. Qu'un seul accepte, et cela ferait pencher la balance de son côté. Pour elle, cela vaudrait certainement le coup. L'affaire était prospère et valait déjà le double de l'investissement de départ de Berrymann. Andrew se défendit de s'attarder sur cet exemple déplaisant de la loi de l'Emmerdement Maximum (« Car on donnera à celle qui a... »).

L'interview de Corey Panting commença. Il ne pouvait pas ne pas écouter. L'histoire avait un rapport avec Dennis, somme toute, et paraissait vraiment bizarre. Et si cette femme était sincère ? Impossible. C'étaient tous des imposteurs, ces nécromanciens. Sinon, ce serait un drôle de monde, quand même ! Ça filerait les jetons, en plus... Andrew en eut froid dans le dos. Il secoua la tête et les épaules pour se débarrasser de cette idée ridicule, et il rit tout haut, un son joyeux dans la cuisine silencieuse. Puis il tira un tabouret en bois près du comptoir, prit une grande lampée de son café et s'installa pour le divertissement.

*
*   *

Plantée devant le garde-manger à Rainbow Lodge, Karen se tracassait pour son thé. Rien n'avait changé depuis le petit déjeuner. Les mêmes restes racornis dans la boîte à pain. Il y avait encore une couche de beurre de cacahuètes sur les parois du pot vide; elle le racla et l'étala sur un morceau de pain qu'elle replia et se fourra dans la bouche. Sec et rassis. Elle faillit s'étouffer. Elle avala un peu d'eau, puis remplit la bouilloire, la brancha et alla faire un tour dans le salon.

— Tu veux boire quelque chose, Ava?

Sa mère était allongée sur un vieux canapé-lit, les pieds sur l'accoudoir, les yeux clos. Paume sur le front, elle poussa un gémissement atroce.

— Tu vas bien?

Karen regrettait de prendre sa réplique avec autant d'empressement mais les habitudes, ancrées depuis des années, avaient la vie dure.

— Simplement épuisée, chérie. Les journalistes sont tellement exigeants.

— J'imagine. – Le visage et la voix de Karen étaient impassibles. – Tu as fait des courses?

— *Des courses?*

— C'est que Roy aura faim en rentrant.

Selon les termes de leur accord, le loyer couvrait la chambre, le petit déjeuner et le dîner. Le dîner qui, au début, se composait de saucisses, de boulettes de viande, ou de poulet au curry réchauffés au micro-ondes, s'était réduit à des haricots ou à un œuf sur toast puis à un morceau de gâteau ou un biscuit avec une tasse de thé. Ava comptait, avec raison, qu'il ne se plaindrait pas. Où trouverait-il un logement aussi confortable à proximité de Londres pour soixante-dix et quelque livres, sans supplément? Et il n'avait même pas les trajets. Roy allait à son supermarché en vélomoteur.

— Comment tu as trouvé l'émission? demanda Ava.

— Géniale! dit Karen qui, plongée dans un livre, avait oublié d'allumer la radio.

— Ils m'ont demandé de revenir. Ils veulent que je fasse un «créneau» régulier, comme ils disent. Pas strictement mystique. – Elle eut un rire léger, joyeux. – Je parlerai du théâtre en général, je ferai des comptes rendus de pièces, probablement des interviews de vedettes.

— À Uxbridge? marmonna Karen qui, de retour dans la cuisine, fixait le petit congélateur presque vide : il y avait un bifteck haché rose grisâtre et une portion de petits pois surgelés. Plus une boîte de spaghetti dans le placard sous l'évier. – Mais si je donne ça à Roy, dit-elle en réfléchissant, qu'est-ce que j'aurai, moi?

Elle retourna dans le salon, hésitant dans l'encadrement de la porte.

Ava fit une grimace exagérée et referma les yeux. Parfois, elle avait du mal à croire que Karen soit vraiment sa fille. Outre son physique terne et ingrat, elle n'était pas intelligente. Dernière de la classe dans presque toutes les matières. Incroyable, quand on pensait que son père venait d'une école prestigieuse! Parfois, Ava se demandait s'il n'avait pas menti là-dessus. Dieu sait, il avait bien menti sur tout le reste.

Elle tourna son attention vers la télévision mais n'eut pas le loisir d'en profiter longtemps.

— Ava?

— Mais regarde-le! – Ava secouait la tête en riant.

— On ne pourrait pas avoir du poisson et des frites pour fêter ça?

— Il faut que je le contacte. Que je le fasse venir à mon émission.

— Le mercredi, c'est Le Ventre Qui Gargouille.

Cette friterie ambulante venait à Forbes Abbot une fois par semaine. Elle ne faisait pas beaucoup d'affaires dans le village proprement dit où les gens avaient un peu honte qu'on les voie dans la queue, et rentrer chez eux avec des sachets graisseux. Mais les habitants de l'Hémicycle étaient presque tous clients. Le poisson et les frites étaient excellents. Croustillants, chauds, avec de petites boîtes de sauce tartare pour seulement vingt pence de supplément. Roy en avait offert à Karen une fois et elle s'était régalée.

— Ava?

— Fêter quoi?

— Ton nouveau numéro.

— Créneau.

Mais une petite fête, ce n'était pas une mauvaise idée. Elle pouvait se le permettre. Et Karen arrêterait de jouer à l'enfant abandonnée et affamée. Rôle qu'elle interprétait à merveille, Ava l'admettait à contrecœur. C'était la fille de sa mère, elle paraissait avoir hérité de son remarquable talent. Mais, hélas, pas de son inépuisable énergie. Quel dommage, vraiment!

— À quelle heure il arrive, le camion?

— Ah, oh ! s'écria Karen en sautant sur place. On peut en prendre aussi pour Roy ?

*
* *

Mallory, qui avait connu un bref répit dans ses angoisses paternelles en s'immergeant dans le roman historique tout à fait passionnant découvert au fond du dernier sac postal, se retrouvait une fois de plus dans le creux de la vague. Kate avait commencé à lire le manuscrit. Il l'apercevait, au bout de la pelouse de croquet, allongée dans un hamac tendu entre deux catalpas. Dans la lumière mouchetée, des ombres de fleurs en forme de trompette se dessinaient sur sa robe bleu et blanc. Mais sa pose n'avait rien de rêveur. Elle lisait vite, faisait voler les pages, bien éveillée et concentrée.

Mallory se mit à errer dans la grande maison aux trois quarts vidée par l'antiquaire d'Aylesbury, revenu le matin même. Dans la cuisine, tout était resté. Ils avaient prévu de remplacer l'équipement petit à petit : un frigo convenable, des placards, un lave-vaisselle.

L'angoisse permanente qu'il ressentait au sujet de Polly avait quelque peu émoussé la tristesse qu'il s'attendait à éprouver à l'enlèvement des affaires de sa tante. De belles choses qu'il avait connues toute sa vie. Des meubles dans lesquels il avait dormi, dans lesquels il s'était caché, qu'il transformait en fort, en voiture, en avion, en bateau. Des boîtes de jeux, des miroirs, des tableaux, des bibelots, de la vaisselle. Sans le moindre remords, il les rayait au fur et à mesure de sa liste, avec l'homme d'Aylesbury.

Dès que le camion fut parti, il composa le numéro de téléphone de Polly. Sachant combien cette surveillance permanente agaçait sa femme, il avait pris l'habitude d'appeler de la cabine du village quand Kate était à la maison. Une ou deux fois par jour et presque tous les soirs, il sortait « faire un petit tour ». Parfois, il arrivait à s'éclipser et à rentrer avant qu'elle se soit aperçue de son absence.

Mais demain – ah, demain, il pourrait passer à l'appartement. Ils avaient l'intention de partir tôt pour Londres afin d'emballer les derniers cartons à Cordwainer Road, suspendre les abonnements d'électricité et de téléphone, et déménager pour de bon ce même jour.

S'ils avaient pu partir tout de suite ! Il en avait assez de tuer le temps, de traîner. Il voulait attaquer la nouvelle vie. Faire quelque chose de précis et de pratique, qui donnerait des résultats tangibles. Le déménagement permettrait de concrétiser ses envies. Il croyait, sans raison, qu'une fois qu'il serait installé à Appleby House, tout se mettrait en place d'un coup. Les éditions Chélidoine seraient lancées, et commenceraient à rouler. Ils lieraient connaissance avec des gens, participeraient peut-être aux affaires du village, comme sa tante. Ses inquiétudes probablement déraisonnables au sujet de Polly seraient dissipées. Sans doute était-elle partie quelque part avec des amis. C'est ce que font les étudiants, après tout. C'était l'époque. Le trimestre d'automne ne commençait que dans six semaines.

Ils amenaient Benny avec eux à Londres. Après en avoir discuté, ils avaient conclu qu'il n'était pas prudent de la laisser seule dans l'état où elle était. Qui sait ce qu'elle pourrait fabriquer ! Elle s'était vantée, au déjeuner, d'être retournée voir la police et d'avoir apporté à l'inspecteur une nouvelle preuve concernant la mort de Dennis. Son sens des réalités paraissait diminuer à vue d'œil. Elle avait refusé de les accompagner. Mallory avait fini par la persuader en prétextant qu'ils avaient encore beaucoup à faire là-bas et qu'ils ne pourraient pas se débrouiller tout seuls.

Maintenant, il errait dans les pièces désolées d'Appleby House avec toutes ces pensées qui tournaient sans fin dans sa tête. Il avait besoin de compagnie. Il lui fallait s'oublier dans une conversation banale, anodine. Benny avait disparu. Kate lisait. Alors il se demanda si les Parnell étaient rentrés de leur rendez-vous à Harley Street. Ils avaient déposé en partant des épinards sur le porche. Il allait leur rapporter le panier et les remercier.

Apparemment, on ne l'avait pas entendu frapper et il entra de lui-même. Un cliquetis furieux provenait du bureau de Judith ainsi que les sifflements insistants du fax. Il passa une tête par la porte et elle lui adressa une grimace tendue, qu'il décida d'interpréter comme un sourire. Puis elle lui fit signe de dégager.

Ashley lisait le *Times* dans le fauteuil en rotin près de la fenêtre du salon. Ou, plus précisément, il le tenait d'une main inerte, le regard perdu vers le jardin ensauvagé. Le spécialiste avait-il annoncé de mauvaises nouvelles? Mallory hésita à poser la question.

— Écoutez-moi ça, dit Ashley. – Il s'interrompit. Le vacarme provenant du bureau de Judith continuait, sans répit. – Elle fait des recherches sur Internet.

— Pour quoi?

— Ce type de Harley Street nous a donné une liste de cliniques spécialisées dans le traitement de ma maladie. France, Suisse, Amérique, Cuba, incroyable, non? Alors Judith est en train de se renseigner.

— J'espère que cela va marcher.

— Dieu! Moi aussi. J'évite de trop y penser, vous savez.

Mallory remercia le ciel de ne pas savoir. Il ne connaissait, quant à lui, que la douleur sourde de l'inquiétude permanente. Elle le rongeait lentement, mais n'aurait pas raison de lui.

Les machines s'arrêtèrent brusquement et le silence fut merveilleux, quoique bref. Judith fit irruption en agitant une feuille de papier et en criant : – J'ai trouvé! – suivi de : – Ah... Mallory!

Le sous-titre : «Vous êtes encore là?» était pratiquement audible.

Et Mallory se retrouva derechef dans le jardin parfumé et fécond, et se dirigea vers le portail en bois cassé. Las d'arpenter la rue du village, et la boutique, et la cabine, et la mare aux canards, il emprunta l'autre direction, attiré par le doux murmure de l'eau sur les pierres.

Mais, en passant près du cimetière, il entendit une voix. Il enjamba le muret de briques et contourna Saint-Anselme. Il y avait là deux tombes récentes, couvertes de gerbes. Sur la plus proche, les fleurs étaient si fraîches, éclatantes. Sur l'autre plus petite, qui contenait les cendres de Dennis, elles étaient fanées et brunies.

Benny était assise sur un tabouret pliant, de ceux dont on se sert dans les queues au théâtre. Aussi près des fleurs que possible sans les écraser. Elle avait la tête baissée comme si elle s'adressait plus à un sourd qu'à un mort.

Inquiet, Mallory s'approcha. Il ne craignait pas de la déranger. Toute l'énergie de Benny était concentrée sur le carré de terre brune et sèche. Elle ne pleurait pas, elle ne semblait même pas malheureuse, simplement attentive à l'extrême. Sa voix, aux inflexions insistantes, était étouffée et il pouvait à peine distinguer quelques mots isolés. «Promis...», «croire» et «vrai». Puis «autorités», et encore «promis». Et encore.

Ém〕 de pitié, Mallory hésita. Il lui répugnait de passer son chemin. D'un autre côté, Benny accomplissait un acte très intime. Peut-être était-ce sa façon à elle de pleurer. Elle avait choisi cette heure de l'après-midi où le cimetière était désert et elle serait sans doute désolée de découvrir que quelqu'un l'avait observée. Mallory battit silencieusement en retraite puis se retourna pour partir. Un vol de freux s'éleva alors des charmes en croassant. Benny se leva péniblement, se couvrit le visage de ses bras et se mit à crier.

— Benny...

Elle sursauta, cria encore en reculant.

— C'est bon, c'est moi. C'est Mallory. – Il la prit doucement par la main puis passa le bras sous le sien. Il l'embrassa, sa joue était glacée. – C'est l'heure du thé. On se demandait où vous étiez. – Puis, comme elle le regardait fixement sans bouger : – Venez, Ben.

Elle obtempéra, sans résistance. Mais alors qu'ils atteignaient le porche, elle s'arrêta et jeta en arrière un coup d'œil profondément inquiet.

— Vous croyez qu'il a compris, Mallory?

Il réprima un soupir. Que pouvait-il dire? Sa tendresse était mêlée d'irritation, et il eut honte.

*
* *

Au portail de Rainbow Lodge, Ava dans son caftan noir et or guettait ostensiblement l'arrivée du Ventre Qui Gargouille. Elle était sortie plusieurs fois à la surprise de Karen et de Roy, car elle n'avait jamais témoigné le moindre intérêt pour le poisson et les frites. C'était sa quatrième sortie. Personne ne l'avait remarquée. Pas un chat dans les jardins, personne n'attendait le camion, personne ne bavardait par-dessus la barrière. Personne pour siffler : « La voilà. Regarde : elle est passée à la radio. Tu sais ? Dans *Les Gens de Corey*. C'était tellement bien ! Swayne Crescent va être connu ! » Tout le monde ou presque ici écoutait la radio locale.

Enfin quelqu'un émergea. Cet horrible M. Carboy du 17, qui se préparait à laver sa voiture. C'était mieux que rien. Ava attendit qu'il regarde dans sa direction puis leva gracieusement la main. Il la dévisagea un moment, les yeux ronds, puis jeta un seau d'eau sur sa voiture. Elle sourit tristement et secoua la tête. Ah, on n'avait pas mis longtemps à lui montrer le revers de la célébrité ! Mais la rancœur des petites gens, avec leur vie étriquée et leur ennui, serait bientôt laissée loin derrière. Sa situation à l'Almeida conduirait forcément à d'autres engagements. Son nom commencerait à circuler car elle insisterait pour figurer sur le programme comme conseillère spirituelle. Il y aurait d'autres interviews dans la presse mais, cette fois, dans les suppléments distingués du week-end. Une chose était sûre : elle ne pouvait pas rester dans ce trou. Il était temps de bouger.

— Le problème, disait Karen à l'intérieur, c'est qu'on n'aura pas trois portions pour cinq livres. Les frites, c'est cinquante pence au minimum et la morue, c'est drôlement cher.

— Le haddock, c'est pire, dit Roy qui s'était levé, lavé (enfin, avait fait un brin de toilette) et habillé. – Il avait de l'argent dans sa poche mais son dîner était censé être déjà payé. Pourquoi il irait de ses sous, hein? – Demande-lui de te donner plus.

— Elle me donnera pas plus.

— Si. Préviens-la que tu vas lui faire honte devant tout le monde et qu'on dira qu'elle est radin.

— C'est une bonne idée. – Roy était plus fort qu'elle pour ça. Bien sûr, il était plus vieux, et puis Ava, c'était pas sa mère. – Mais si ça se trouve, elle va changer d'avis.

Ils regardèrent d'un œil lugubre la table déjà mise avec les couverts, le reste du pain rassis, le vinaigre et la margarine.

Karen fit un petit bruit inquiet. Pourquoi étaient-elles si pauvres, ça elle ne le comprendrait jamais. Elle savait ce que sa mère touchait de l'aide sociale pour elles deux, car elle avait vu les comptes. Et puis il y avait la pension de Roy et les quêtes à l'église. Mais la semaine dernière, quand ses chaussettes s'étaient trouées et qu'elle en avait demandé d'autres, Ava avait crié : « Tu crois que je suis cousue d'or? » Cette même nuit, Karen avait rêvé de sa mère réellement cousue d'or : immobile comme un mannequin dans une vitrine et toute couverte de billets. Elle avait une longue langue en cuivre qui sortait et rentrait tout le temps, comme celle d'une grenouille. Et son haleine était un brouillard d'or.

— Tu écoutes?

— Excuse, Roy.

— Je disais, ou alors...

Il se leva et alla à l'évier. Sur l'appui de la fenêtre, bien caché derrière le rideau et donc visible du jardin, il y avait le porte-monnaie d'Ava. Il l'ouvrit et agita un billet.

— On peut pas faire ça!

— Elle me doit de l'argent.

— C'est moi qui prendrai. Je vais avoir de sacrés ennuis.

Reconnaissant la justesse de la remarque, Roy rangea le billet et revint à la table, en fouillant dans sa poche. Que pouvait-il faire d'autre?

Sur le seuil de la porte, Ava dit très haut : – J'attends un message du théâtre d'une minute à l'autre. – Puis elle rentra et poursuivit d'une voix normale : – J'ai téléphoné à leur administration pour vérifier l'heure des répétitions mais il n'y avait que le répondeur. Incroyable qu'une grande salle comme ça ne soit pas sur le « qui-vive ».

— Ils vont rappeler, dit Karen.

— Naturellement. Mais au cas où je serais au petit coin, tu diras : « Mme Garret est sur une autre ligne, ne quittez pas. »

— Et s'ils raccrochent?

— Je crois que c'est moi qui mène le jeu, cette fois-ci, Roy. – Ava sourit. – Tu as écouté l'émission?

— Sûr. – Tout ça, c'étaient que des conneries. – J'ai déjeuné tard et j'ai écouté au « transistor ».

— Et qu'est-ce qu'il en dit, George? demanda Karen.

Elle aimait bien George. Il lui achetait toujours des bonbons et des chips, et sa mère disait que c'était d'accord, elle pouvait accepter. Il n'avait pas fallu à Ava plus de cinq secondes pour évaluer la sexualité de George à zéro et sa virilité à moins dix.

— Ah, soupira-t-elle. Pauvre type ! Je suis navrée mais il ne me représentera plus à l'avenir.

— Et pourquoi ? s'écria Karen.

— Question de *savoir-faire*[1], dit Ava. Et de contacts. J'ai essayé de le lui dire avec ménagement.

L'échange n'avait pas été agréable. George avait beaucoup bêlé : après tout ce qu'il avait fait pour elle, et puis il avait été loyal avec elle.

Ava avait répondu : « La loyauté ne m'a jamais impressionnée, George. » Puis, alors qu'il persistait à protester : « Si j'avais voulu de la loyauté, j'aurais eu un chien. » À ce point de ses réflexions, le téléphone se mit à sonner.

— C'est eux ! s'écria-t-elle. Eux. Vite... – Elle attrapa Karen, la tira de la table en lui pinçant le bras. – Va répondre.

— Moi ?

— Demande qui c'est. Dis que tu es la secrétaire d'Ava Garret.

— Ouille, tu fais mal !

— Allez, vas-y !

Les yeux pleins de larmes, Karen décrocha le téléphone.

— Allô ? Ici la secrétaire d'Ava Garret. Qui est à l'appareil ? – Elle regarda les deux autres, l'air ahuri, puis plaqua la main sur l'écouteur. – C'est la BBC.

1. En français dans le texte.

Ava respira un petit coup. Elle murmura : « Déjà ! » et traversa la pièce à pas lents, décisifs.

— Ava Garret à l'appareil, en personne. Vous désirez ?... Je serais ravie, bien que je sois un peu débordée avec... Je vois. Une simple conversation préliminaire ? Eh bien, certainement, je peux m'arranger pour... – Elle articulait en silence, comme une folle : « Papier... crayon, crayon. » Roy ramassa un prospectus en papier glacé et un bout de crayon. – Vous vous appelez... oui, compris... Il se trouve que je suis... – Elle jeta un coup d'œil à l'horloge. – Sept heures, c'est parfait... Et ce sera à la « Bib », vous dites comme ça, non ?... Langham Place. Près d'Oxford Circus... À la réception... Oh, c'est une bonne idée. Au cas où, tout à fait. *Una momento*... – Mouvement de lèvres : « Portable, portable... vite... vite... »

Karen lui passa son portable. Ava dicta son numéro et fit ses adieux. Elle se tourna vers les autres avec une grande solennité.

— Ça doit être lui.

— Qui ?

— L'étranger qui va élargir mon horizon.

— Je croyais que c'était Corey Panting, dit Roy.

— Il veut m'inviter à dîner.

— Vous allez être fab !

— Tu sais ce que ça veut dire, Karen ?

Karen ne répondit pas. Elle espérait que ça ne voulait pas dire qu'elle serait obligée de faire semblant d'être la petite sœur de sa mère, comme quand Ava s'était inscrite au club de divorcés. « Au cas où je rencontrerais quelqu'un », avait-elle dit. Karen se demandait souvent ce qui lui arriverait si Ava, avec dix ans de moins subitement, rencontrait vraiment quelqu'un. Surtout qu'elle n'avait jamais eu de sœur. Avant que Karen puisse répondre à la question de sa mère, Roy s'exclama : – Voilà le camion !

La fillette repoussa sa chaise et se précipita dehors. Ava courut après elle, s'arrêta au portail, puis dit très haut : – N'en prends pas pour moi, chérie ! Je dîne à la BBC.

Elle sourit gracieusement à Roy en rentrant. Elle pouvait se le permettre, maintenant, elle serait bientôt débarrassée de lui.

— On ne peut quand même pas arriver en sentant la friture !

— Vous avez qu'à mettre du parfum, proposa Roy. Ivy, à mon boulot, elle dit que quelques gouttes de cocotte, ça vaut une livre de savon.

— Ah bon?

Bon Dieu ! Comment avait-elle pu supporter ça? Mais regarde-le ! Des boutons, des cheveux gras, des membres grêles, des tatouages, des piercings partout. Il en avait même dans le nez, comme un taureau de concours, sauf que Roy ne gagnerait jamais de concours, à moins que ce soit le concours du plus godiche, du moins charmant des mâles du monde entier. Il n'était même pas propre.

— Comment vous y allez, là-bas?

— Sais pas.

Elle jeta un coup d'œil à l'horloge. Il était cinq heures et quart. Elle s'était trop précipitée. Quelle bêtise ! Elle aurait dû réfléchir ; se donner une heure de plus.

— Il attendra, dit Roy. Il travaille là.

— En tant que producteur général, je pense bien.

— Le mieux, c'est la ligne de Piccadilly qui part d'Uxbridge. Direct jusqu'au Circus. Vous remontez Regent Street et en dix minutes vous y êtes.

— Comment tu sais ça?

— On a fait une excursion, un jour, à l'orphelinat. Un samedi matin.

Gaspillage de l'argent public, pensa Ava en montant à toute vitesse l'escalier. À quoi bon – elle passa en revue sa garde-robe – exhiber le rebut de la société à la vue d'une institution aussi respectable que la BBC? Son deux-pièces moutarde (elle renifla brièvement les dessous de bras), ça irait à peu près. Quel dommage qu'elle n'ait pas eu le temps de s'acheter ses nouveaux vêtements! Ce qui lui rappela sa récente et inattendue rentrée d'argent. Elle prit une enveloppe bourrée de billets dans son tiroir de lingerie et en retira cinquante livres. Elle allait remettre le reste en place mais se ravisa. Le tiroir n'avait pas de serrure et avec ces deux-là qui fouillaient partout... Roy, surtout, elle se méfiait. Elle se demandait souvent combien d'argent de la quête passait du sac en velours dans ses poches. Elle glissa l'enveloppe sous le matelas.

Pas le temps de se maquiller. Elle le ferait en arrivant. Il devait bien y avoir des toilettes dans le métro ou dans le coin. Elle était coiffée n'importe comment mais elle pouvait y remédier facilement. Elle mettrait sa perruque auburn, courte et bouclée, qui la rajeunissait et lui donnait un petit air espiègle.

Quand elle descendit, ils étaient en train de se goinfrer. Il y avait une grosse bouteille de soda orange et des œufs au vinaigre dans un plat.

— On se prive de rien, à ce que je vois!

— C'est moi qui ai payé pour ça, dit Roy. Voilà la monnaie.

Ava la ramassa.

— Tu es vraiment jolie, commenta Karen.

Roy ne dit rien. Il trouvait qu'elle avait l'air d'une grande perche à perruque.

— Je ne sais pas quand je vais rentrer. Chris et moi, on va sûrement avoir des tas de choses à se dire.

Elle fut tentée d'ajouter : « Et on ne fouille pas dans ma chambre », mais elle préféra ne pas leur donner de mauvaises idées.

— Vous ne prenez pas ça? fit Roy en tendant le prospectus. Au cas où vous oublieriez son nom.

— Ça risque pas! – Mais elle prit quand même le papier, au cas où. – Ne te couche pas tard, Karen. Quand Roy part travailler, tu vas directement au lit.

— Mais il sera que neuf heures.

— Et ne crois pas que je ne saurai pas.

Ils restèrent sans bouger jusqu'à ce que la voiture démarre. Karen, qui tendait une tête craintive vers la fenêtre. Roy, la fourchette en l'air. Quand ils n'entendirent plus le moteur, ils se remirent à manger.

— C'était fantastique. – La fillette, dont l'estomac rétréci était ballonné, reposa enfin ses couverts. – J'avais une de ces faims!

Je crois bien, pauvre petite bonne femme! – Alors, on va voir ce qu'il y a à la télé?

— Hier, tu as dit qu'on allait répéter tes blagues.

— Non.

— Si, Roy. Tu as promis.

— De toute façon tu ris jamais.

— Aujourd'hui, si.

— Et c'est pas des blagues. Le spectacle comique, c'est... – Il n'arrivait jamais à se rappeler le mot. Cela voulait dire se balader en observant et en écoutant les gens. – C'est plus comme dans la vraie vie.

— Et si tu te sens fatigué, tu peux faire une comédie en étant assis?

Roy était certain qu'il aurait du succès dans le monde du spectacle parce qu'au travail il les faisait tous rire. Et il avait en permanence derrière la tête – et, la plupart du temps, devant – l'idée que, quand il réussirait, il retrouverait sa mère. Elle le verrait à la télé et elle le reconnaîtrait parce qu'une mère, ça reconnaît toujours son enfant, même si ça fait longtemps. Quand il était seul, il imaginait leur rencontre, la répétait, perfectionnait son sourire d'un charme irrésistible.

— Roy? – Karen le secouait par le bras. – Je peux regarder un de tes magazines?

— Non.

— Pourquoi?

— C'est trop vieux pour toi.

— Non, c'est pas vrai.

— Lequel tu veux, alors?

— Celui avec les hommes en petites jupes, avec des têtes d'oiseaux, qui marchent de profil.

— C'est les Égyptiens. Ils étaient super mystiques.

— Comme les Templiers?

— Y a pas plus mystiques que les Templiers. Ils se promenaient pendant des heures et des heures dans une drôle de transe.

— Je préfère quand même les Égyptiens. – Karen se servit encore un peu d'orangeade et sourit. Spectacle rare. En vérité, triste spectacle. – Raconte-moi le mystère du Sphinx, Roy. Allez.

— Mais ça va t'énerver.

— Non, promis.

— La dernière fois, tu as pas pu dormir.

— Raconte-moi le merveilleux cristal rose qu'il a dans le derrière. Et la pierre verte maléfique de Seth.

16

LA matinée était bien entamée quand Kate introduisit sa clé dans la serrure du 13 Cordwainer Road. Benny qui n'était jamais venue était très déçue. En longeant les rues bordées de boutiques, de maisons attenantes et identiques, elle continuait à espérer un changement de paysage, des demeures spacieuses avec des jardins et des garages, où elle s'était imaginé que vivaient les Lawson.

Kate prépara du thé pendant que Mallory ramassait le courrier. Puis, pendant que le thé infusait, ils examinèrent d'un œil dépité le salon.

— On n'a pas dit qu'on ne prenait pas ça?

Il indiquait un bureau en chêne qui avait appartenu à ses parents.

— Si. Et la table en zinc, et les chaises dehors, et la grande armoire dans la chambre du fond.

— C'est juste. Tu devais appeler un débarras.

— Nous, Mallory. Nous devions appeler un débarras.

— Vous voyez, Ben? – Il prit l'annuaire des pages jaunes. – On ne peut pas se débrouiller sans vous. – Il chercha la rubrique. – Essayez d'appeler et dites qu'on a des trucs à enlever.

Mais il faut qu'ils viennent les chercher cet après-midi.

— Et si personne ne peut venir? demanda Benny avec inquiétude.

— Alors on les emporte avec le reste et on les vendra là-bas.

— Et puis il y a la chambre de Polly, dit-il. Il faudrait vraiment qu'elle soit là.

Il avait essayé d'appeler Polly juste avant de quitter Appleby House. Il avait composé le numéro lentement, avait attendu, attendu pendant que Kate restait là, impassible, craignant d'éclater. De quoi parlait-on? Deux étagères de livres et un sac-poubelle de fripes!

— Polly? – Benny qui avait saisi le téléphone suspendit son geste. – Elle est en vacances.

— En vacances?

— En Crète avec des amis.

— Comment le savez-vous?

La vague de soulagement qui envahit Mallory faillit lui faire perdre l'équilibre.

— Ils ont téléphoné quand elle était à Forbes Abbot, l'autre semaine. Elle est sortie les retrouver. Pour discuter des derniers détails.

— Là, tu vois, Mal, dit Kate. Bon, on peut continuer, maintenant?

— Quoi?

— Il faut aller chercher des cartons au supermarché. Et on va emballer le plus possible de choses avant que les déménageurs n'arrivent. Le camion doit être là à une heure.

— Très bien.

— Allô? Bonjour... c'est bien... – Benny plissa les yeux en regardant les Pages Jaunes. – Monsieur Tallis?... Oh, Frank. Eh bien, je m'appelle Benny... Parfait, merci, Frank. J'espère que vous allez bien aussi ? Bon, il y a de très jolis meubles à débarrasser... Treize Cordwainer Road. Parsons Green. C'est ça. Vous pourriez venir jeter un coup d'œil ? Seulement il faut que ce soit aujourd'hui.

Kate croisa le regard de Mallory. Tous deux sourirent par-dessus la tête de Benny, la gêne et le doute se dissipèrent. À cette heure-là, demain nous serons à la maison avec un grand M, et ce sera le renouveau, pensait Kate.

Toute cette angoisse pour rien. On va probablement recevoir bientôt une carte postale, pensait Mallory. Il sentit la ceinture d'angoisse qui lui comprimait la poitrine se desserrer de quelques crans. Sa respiration se ralentit. Son pouls s'apaisa.

Benny raccrocha.

— Frank sera là dans une demi-heure.

— Merci beaucoup, Benny.

Il retint à temps un « Bravo ». Ce n'était plus une enfant quoique, à l'air de fierté qu'elle arborait, on aurait pu en douter.

En fait, Benny pensait à tout autre chose. Elle se rappelait sa visite, la veille au soir, chez Doris. Quel coup de chance que son amie ait écouté la radio locale ! Elle avait entendu annoncer l'interview d'Ava Garret, et avait juste eu le temps de demander à son voisin d'enregistrer l'émission. En l'écoutant, Benny fut confortée dans la confiance qu'elle avait placée dans la médium. Ava s'était exprimée avec une telle franchise ! Elle avait décrit avec une telle vivacité sa communication avec l'esprit de Dennis ! Et elle s'était montrée si convaincante en promettant de révéler la façon dont il était mort. Elle aurait dû faire du théâtre, songeait Benny en hochant la tête avec satisfaction, quand le magnétophone fut éteint. On n'aurait jamais pu deviner que, du début à la fin, toute l'affaire n'était qu'un tissu de mensonges.

*
* *

Le reste de la matinée se déroula sans accrocs et Kate se retrouva en suspens à attendre la fin des opérations. Ils décidèrent de déjeuner d'une soupe en boîte et de toasts, assis sur l'herbe dans le jardin, puisque les chaises et la table en zinc avaient été emportées avec les autres meubles par Frank Tallis.

Alors qu'ils empilaient bols et assiettes, Kate repéra dans l'herbe haute un petit pot de fleurs décoré d'iris jaunes et bleus. Elle s'écria : « Regardez ! Regardez ! », saisit le pot, l'enveloppa de papier journal et le cala dans un carton.

— Quelle chance ! J'aurais vraiment regretté de le perdre.

— C'est un signe, dit Benny. Vous verrez.

Les hasards heureux continuaient. Le camion arriva avec quelques minutes d'avance. Les déménageurs étaient polis, aimables et efficaces. La maison se trouva rapidement vidée de tout ce qu'elle contenait.

Les occupants ne s'attardèrent pas. Mallory sortit pour amener la voiture devant la porte. Kate resta à regarder le salon où ils avaient passé presque toutes leurs soirées pendant neuf ans. Elle ne ressentait rien. C'était une boîte à vivre, tout simplement. Maintenant, ils allaient chez eux.

— Ça va, Ben ?

Benny, silencieuse pendant un instant, se moucha dans un mouchoir en dentelle.

— Mmm.

Kate la prit par le bras et la serra contre elle. Comme elle avait manqué de délicatesse! Ne songeant qu'à sa joie, elle avait oublié que Benny revenait dans un village où elle avait perdu son plus ancien, son plus cher ami. Elle se jura d'aimer Benny et de s'en occuper, en toutes circonstances. Ils n'avaient plus entendu parler du meurtre de Dennis depuis quelques jours et elle espérait que c'en était fini de toutes ces bêtises. Mais, dans le cas contraire, elle se montrerait très patiente, tâcherait de comprendre et de ramener Benny à la sérénité.

Mallory klaxonnait dehors. Tandis qu'ils quittaient la maison avec les clés que Kate devait laisser à l'agence immobilière, les déménageurs fermaient les portes du camion. Les Lawson devaient arriver les premiers à Appleby House en prenant des raccourcis et des petites routes. En cas de retard ou d'accident, Judith et Ashley, pourvus d'une liste des meubles à placer, feraient rentrer les déménageurs.

Mais il n'y aurait pas d'accident. Ce n'était pas le jour, tout simplement. Il faisait déjà chaud dans la Golf et Mallory ouvrit toutes les vitres. Il sourit à sa femme, qui lui rendit son sourire, puis ils sourirent tous deux à Benny. Kate eut l'impression de faire partie d'un de ces films hollywoodiens édifiants, peuplés de gens bien, rayonnants, engagés éternellement sur la voie du succès. Alors, dans son esprit clair, calme et insouciant, surgit l'image d'un dinosaure qui crachait des flammes, mâchoires béantes. Il se cabrait devant eux et leur barrait le chemin.

Évidemment, ce n'était pas vrai. Dans Fulham Road, tout était normal. Alors d'où venaient-elles, ces visions? Ces effrayantes éruptions qui pulvérisaient les parois de son crâne? Au contraire de Benny, elle ne croyait pas aux signes. Ces superstitions ridicules n'avaient pas leur place dans une vie ordonnée et rationnelle. Pourtant, elle fut incapable de recouvrer son calme et son heureux état d'esprit jusqu'à ce qu'ils soient arrivés sans encombre à Forbes Abbot.

*

* *

À sept heures, tandis que les Lawson partaient pour Londres, Karen se réveillait à Rainbow Lodge. Elle émergeait toujours du sommeil le plus lentement possible pour empêcher l'irruption du monde extérieur. Au cours des premières semaines à l'école primaire, une institutrice avait lu aux élèves *La Belle au bois dormant*. Karen avait été fascinée. Une chose pareille était-elle possible? S'endormir pour des années et se réveiller adulte dans les bras d'un prince charmant qui vous aime vraiment?

Cette nuit-là, elle avait cherché partout une aiguille, mais en vain. Elle avait finalement déniché une broche avec une épingle pointue et se l'était enfoncée dans le pouce, ce qui lui avait fait très mal. L'inconscience promise par le conte de fées s'était dérobée mais Karen avait fini par s'endormir, pour se réveiller à l'heure habituelle, avec du sang sur son oreiller. Sa mère avait été très, très fâchée et la fillette avait dû inventer une histoire, en prétendant que ses dents avaient saigné pendant la nuit.

À présent, elle balança ses jambes hors du lit et posa sur le lino des pieds loin d'être propres.

Elle se gratta la tête puis renifla ses aisselles. Ça schlinguait un peu, et plus bas c'était encore pire. Une douche était tout indiquée mais l'exercice pouvait se révéler périlleux. Installé par son grand-père, des années auparavant, le système consistait en une pomme de douche fixe de la taille d'une grande assiette et un seul robinet qui tournait dans les deux sens et lâchait un jet violent d'eau bouillante ou glacée. Pour avoir une chance de saisir le bon moment, il fallait constamment entrer et sortir de la cabine en bondissant. Les bains, c'était trop cher, bien qu'Ava en prenne un tous les jours, pour rafraîchir son aura.

Elle passa sa robe de chambre et se faufila sur le palier. Pas de bruit dans la chambre d'Ava. Elle s'était couchée très tard. Karen l'avait entendue monter l'escalier en titubant et en marmonnant. À un moment, elle avait appelé sa fille, qui n'avait pas répondu. C'était bien d'Ava de lui dire en partant : « Couche-toi tôt », et de la réveiller exprès au milieu de la nuit. Elle voulait sans aucun doute l'épater en lui racontant sa merveilleuse journée de gloire. Eh bien, Karen n'avait pas envie de l'écouter. Sa mère ne s'intéressait jamais à ses journées à elle, elle ne voulait jamais l'écouter lire. Elle n'était même pas venue à la pièce de Noël, où sa fille jouait le second page d'un roi oriental. Alors Karen s'était mis la tête sous les draps et avait fait semblant de ronfler.

La cuisine était dans un état pitoyable et sentait encore la friture. Ni Roy ni elle ne s'étaient donné la peine de faire la vaisselle et des papiers gras traînaient encore sur la table, tout froissés. Un œuf solitaire flottait dans une flaque de vinaigre. Sept heures passées. Roy allait rentrer d'une minute à l'autre, il aurait faim à moins qu'il n'ait déjeuné de sandwiches invendus, à son travail, comme cela arrivait parfois.

Elle fourra le journal dans un sac en plastique, déposa les verres et les assiettes sales dans l'évier puis remplit la bouilloire pour préparer le thé. Alors que l'eau bouillait, elle entendit tousser le vélomoteur de Roy. Il souleva le loquet et entra.

— Salut!

— Tu as rapporté quelque chose de bon, Roy?

C'est moi qui devrais toucher l'allocation familiale pour celle-là, pas cette vieille radine en haut.

— Des gaufrettes.

Il lui tendit le paquet.

— Ohh, à la menthe! C'est mes préférées. – Karen souleva à deux mains la lourde bouilloire, remplit la théière et remua. – Hum... il y a des sandwiches?

— Pas aujourd'hui, mon petit.

— Tu te rappelles ces croissants que tu as rapportés, une fois? Ceux au chocolat?

— Ah bon? – Un paquet de quatre. L'autre goinfre s'en était enfourné trois avant même qu'il ait posé son cul sur la chaise. Karen et lui avaient dû se partager le dernier. Maintenant, elle sortait les chopes. Roy fit un signe de tête vers l'escalier. – J'appelle madame?

Karen haussa les épaules. Elle aimait mille fois mieux qu'ils soient tous les deux. D'un autre côté, Ava pouvait descendre quand même, et ce serait le laïus habituel du genre : il y a des gens qui savent bien s'occuper d'eux-mêmes quand il y en a d'autres, pas loin, qui peuvent crever de soif, la gueule ouverte.

Roy se posta au pied de l'escalier et cria : « Le thé ! » Il attendit, cria encore. Puis il dit : – Je vais aller taper à sa porte.

Karen mettait trois sucres dans le thé de Roy quand il cria pour la troisième fois. Mais le cri était différent. Comme paniqué, comme s'il y avait le feu. Effrayée, Karen monta en courant et le croisa alors qu'il redescendait.

— N'y va pas, Karen.

— Qu'est-ce qu'il y a ? Qu'est-ce qui se passe ?

— Ta mère va pas bien. – Il ne put se résoudre à prononcer le mot. Pas possible. – Il faut appeler une ambulance.

— Le docteur, ça suffirait pas ?

— Pas cette fois, mon petit.

*

* *

Apparemment, Ava était morte dans son sommeil. Roy accueillit les ambulanciers sur le perron, soulagé de voir qu'il y avait une femme parmi eux. Il lui raconta ce qui était arrivé et lui demanda de l'annoncer à Karen. On voyait bien qu'elle n'était pas très chaude, mais il déclara qu'il n'en avait pas le courage et qu'il n'y avait personne d'autre. Ils allèrent dans le living. Roy resta à l'écart et écouta. Il vit la femme entourer les épaules de Karen, la serrer contre elle en lui parlant doucement. Elles se balancèrent d'avant en arrière un petit moment. La fillette se mit à pleurer et murmura : – Qu'est-ce que je vais faire sans elle ? Qu'est-ce que je vais faire ?

Elles étaient blotties l'une contre l'autre sur le canapé quand l'infirmier, un dénommé Gordon Philips, redescendit.

— C'est vous qui l'avez trouvée... hem...?

— Roy.

— Ça a dû vous faire un choc. Ça va?

Il haussa les épaules. Il avait déjà vu un mort. Plus d'une fois. La dernière fois, c'était il y a deux ans. Il était sorti en bande et ils étaient tombés sur le corps d'un clochard qui gisait dans un fossé. Les autres avaient décidé de s'amuser un peu et d'y mettre le feu; ils avaient traité Roy de froussard quand il s'était enfui.

— Et son nom?

— Pardon? Oh... Ava Garret.

— Mlle? Mme?

— Mme, d'après ce qu'elle disait.

— Vous habitez ici?

— Je suis le pensionnaire.

— Alors vous la connaissez un peu? – Il marqua une pause. – État de santé, par exemple. Elle prenait des médicaments? Pour le cœur? La tension?

— Sais pas.

Gordon l'examina sévèrement des pieds à la tête. Il croyait qu'il avait l'air de quoi, le gamin? Des cheveux gras tout hérissés, un T-shirt avec un crâne et du liquide vert qui lui sortait des orbites sur un logo «Règles de Satan», les oreilles couvertes d'anneaux en métal plus un dans chaque narine réunis par une chaîne en argent. J'aimerais pas être à côté de ce type quand il se met à éternuer, pensa Gordon. On devrait tous les foutre à l'armée, ces minables, tiens! Il eut l'agréable vision d'un Roy récuré de force, frotté, les bottes miroitantes, qui marchait au pas.

— Des fois, elle prenait des vitamines.

Roy voyait bien ce que pensait Gordon. On le regardait souvent comme ça et c'est bien ce qu'il attendait. Son agréable vision à lui, c'était le grand dieu Seth qui sautait par la fenêtre, saisissait la figure ronde et les cheveux clairsemés de Gordon dans ses mâchoires puissantes et croquait le tout.

— De la famille? demanda l'infirmier.

— Pardon?

— Il y a un papa quelque part?

— Non.

— Frères ou sœurs?

Roy secoua la tête.

— Feriez bien de contacter les services sociaux.

— Les services sociaux. – Les mots étaient voilés de dégoût. De dégoût et de peur.

— Eh bien, elle ne peut pas rester ici toute seule.

— Quelqu'un va venir... une parente... sa tante.

— Vous leur direz à eux. Pas à moi.

Il suivit Gordon dans le salon. Karen toute droite se tenait les genoux. Roy n'aurait pas cru que sa peau blanche comme le lait pouvait encore pâlir. Mais elle semblait absolument incolore. Sur son front haut et bombé, une veine ressortait, turquoise, comme un ver qui se tortillait.

Gordon fit signe à l'infirmière puis chuchota à Roy :

— Gardez la porte fermée pendant qu'on la sort, d'accord?

— Sûr.

— Il faudra aller chercher le certificat de décès. À l'hôpital de Great Missenden.

— J'irai.

— Il vaut mieux téléphoner avant. On va d'abord faire une autopsie.

Roy s'assit avec Karen et ils ne parlèrent ni l'un ni l'autre jusqu'au départ de l'ambulance. Quoique soulagé de constater qu'elle ne pleurait plus, il était inquiet de la voir dans cet état. Elle lui prit la main, la serra, la pétrit.

— Écoute, Karen, je sais que ça vient tout juste d'arriver...

— Roy, qu'est-ce que je vais faire, Roy?

— ... mais il faut que je te parle.

— Comment je vais m'en sortir? Roy, j'ai mal à la tête.

— *Écoute-moi.* C'est important. Avant que quelqu'un vienne...

— Qui va venir? Qui?

— Écoute-moi, merde!

— D'accord.

— Le type de l'ambulance peut prévenir les services sociaux. Et ils te laisseront pas rester ici toute seule.

— Je suis pas toute seule.

— Je ne compte pas. Ce qui va se passer... ils vont avoir une ordonnance du tribunal et tu seras confiée à l'assistance publique.

— L'assistance? – Karen réfléchit un instant, perplexe et curieuse. Premier pas dans un nouveau langage. Elle répéta pensivement : – L'assistance. Ça sonne bien.

— Ouais, mais c'est pas bien. Pas bien du tout.

— Pourquoi ça s'appelle assistance alors?

— On a l'humour plutôt vicieux, dans les services sociaux.

— Oh, Roy!

— Ne pleure pas... Je vais arranger ça. Il faut seulement qu'on te trouve une tante.

— J'ai pas de tante.

— Pas une vraie, idiote. On va dire simplement qu'il y en a une qui vient, tout de suite.

— Je peux pas. Je saurai pas quoi dire.

— Tu dis rien. C'est moi qui parlerai, d'accord ?

— Et ils vont pas revenir vérifier ?

— Alors, faudra se planquer.

Il tâchait de paraître sûr de lui. Heureusement, il y a tellement de problèmes dans le monde, si l'assistante sociale croit que tout est réglé, il y a des chances qu'elle nous laisse tranquilles et s'attaque au malheur suivant. D'un autre côté, il y a des histoires terribles dans les journaux, des enfants qui meurent, et quand ça arrive, les choses se corsent pendant un bout de temps. Donc, ils voudraient sûrement la voir, cette tante. Lui parler. Pour s'assurer qu'elle est bien, et tout ça. Merde !

— Roy... ? – La main de Karen se faufilait dans la sienne comme un petit animal cherchant un refuge. – Ça va aller, non ?

Il baissa les yeux sur elle. Il faudrait bien que ça aille. D'une façon ou d'une autre, il s'arrangerait. À l'idée qu'on la mette dans un orphelinat, elle si maigre, si effrayée, si petite pour son âge, sans ami. Née pour être maltraitée, exploitée. On lui mettrait la main dans la culotte avant même que la porte soit refermée. Roy y avait été, là-dedans. Il y avait vécu. Même à un chien, on ne ferait pas ça.

— T'en fais pas, mon chou. Tout va aller parfaitement bien.

*

* *

Un notable du village avait attiré l'attention du général Gervase Wemyss-Moleseed et de sa femme Marjorie, premiers conseillers municipaux, sur l'émission récente d'Ava. Bien qu'indignés par la nouvelle, ils n'en furent nullement surpris. La commune avait toujours trouvé que cette Église de la Proximité déparait sa campagne magnifiquement entretenue. Ils envoyaient constamment des lettres aux représentants de l'organisation pour les informer que leurs bardeaux rouillés étaient une honte et pour leur demander de remplacer la fenêtre cassée. Voilà que, maintenant, comme si ça ne suffisait pas, un membre de leur communauté attirait exprès l'attention de la façon la plus déplaisante qui soit. Prétendre être entré en contact avec un habitant de Forbes Abbot récemment décédé, c'était déjà fort de café. Mais se mettre à répandre des messages d'une vulgarité insigne via son soi-disant esprit...

Dieu merci, comme l'avait dit le pasteur à une assemblée réunie en urgence, cet excellent M. Brinkley n'était plus là pour voir ça. On convint que le général écrirait une missive bien sentie à *L'Écho de Causton*, dissociant les soussignés – onze décevantes signatures en tout – de cet « exhibitionnisme scandaleux et impudent ». Il apporta la lettre en personne dans l'heure qui suivit, exigeant qu'elle soit publiée sur-le-champ, si ce n'est plus tôt.

Mais, le lendemain matin, il se trouvait qu'Ava était morte. Alors que le bruit s'en répandait en un temps record dans Swayne Crescent, il mit un certain temps à filtrer dans la partie chic du village. Le général exhibait fièrement sa lettre dans la première édition de *L'Écho* aux yeux du patron du pub quand on lui apprit que la mystique Mme Garret n'était plus. Un silence déplaisant accompagna sa sortie de l'établissement. Au presbytère aussi, on le reçut froidement. Le pasteur qui, dans son rôle de berger impartial, avait refusé d'accoler son nom à la liste des dissidents, déclara que toute cette affaire était fort fâcheuse. Il alla même jusqu'à ajouter que cette lettre les faisait passer pour des snobs sans cœur.

Furieux, le général riposta qu'il avait été toute sa vie un snob sans cœur et que cela n'avait paru troubler personne jusqu'ici. Peut-être le pasteur préférait-il que quelqu'un d'autre se charge de la lecture à l'office du matin?

Doris apprit la nouvelle après le petit déjeuner, de la bouche de sa voisine Pauline, dont la fille, mariée à Fred Carboy, avait vu l'ambulance. Sa première pensée fut pour Karen. Y aurait-il quelqu'un avec elle? Quelqu'un, c'est-à-dire quelqu'un d'autre que cette espèce d'andouille qui logeait là-bas. Son premier mouvement fut de se rendre sur-le-champ à Rainbow Lodge, mais de quoi aurait-elle l'air? Elle n'était pas de la famille. Même pas une amie. Elle exprima ses inquiétudes.

— Je ne veux pas qu'on me prenne pour une de ces femmes morbides qu'on voit à la télé, Ernie.

— Tu t'inquiètes pour la gosse, va voir un peu.

— Tu crois que je devrais?

— Tout ce que je sais, c'est qu'on n'aura pas la paix, ni l'un ni l'autre, tant que tu n'y seras pas allée.

Alors Doris y alla. Ignorant les rideaux qui s'écartaient, et saluant les uns et les autres, elle se rendit à Rainbow Lodge et tapa fermement à la porte.

Roy, qui avait entendu le portail s'ouvrir, prit Karen par la main et la tira sous la table. La nappe touchait presque par terre, on ne pouvait pas la voir depuis la fenêtre. Les coups se répétèrent, la personne attendit un peu puis s'en alla.

— Tu crois que c'étaient les services sociaux, Roy?

— Peut-être. En tout cas, ils vont revenir.

De retour chez elle, Doris n'arriva pas à se calmer. Elle avait beau savoir maintenant que Rainbow Lodge était vide et qu'on s'occupait sans doute de Karen, la pensée de la petite fille continuait à la tourmenter. Elle paraissait tellement perdue. Si frêle, si solitaire. Une enfant privée de sa mère, on devait s'en occuper tout particulièrement. Avec beaucoup d'amour.

Pour chasser tous ces tracas de son esprit, Doris envisagea de prévenir Benny, qui était à Londres, de la mort d'Ava. Mais, se rappelant le scepticisme de Mme Lawson et le journal jeté à la poubelle, elle se dit qu'elle allait attirer des ennuis à son amie. De toute façon, ils étaient déjà probablement en route derrière le camion de déménagement.

Doris passa le reste de la journée à faire un grand ménage. Tous les rideaux à la machine. Puis elle nettoya les vitres, cira tout ce qui était cirable, battit les tapis et harcela le pauvre Ernest à tel point qu'il sortit nourrir les canards pour avoir un peu la paix.

Au début de la soirée, Doris se risqua à Appleby House et fut enchantée de voir Benny dehors sur le trottoir. Les yeux en visière pour se protéger du soleil, elle balayait l'horizon du regard comme un marin qui cherche à apercevoir la terre. Doris l'appela et son amie tourna la tête.

— Je guette le camion. – Puis soudain, toute joyeuse : – Doris, tu ne devineras jamais. J'ai vendu des meubles ! J'ai passé un coup de fil, tu sais ? Les Pages Jaunes.

— Écoute, Ben. – Elle la prit par le bras et l'entraîna un peu à l'écart de la grille. Près du muret en face de l'église, en fait. – J'ai de mauvaises nouvelles.

Benny ne parut pas inquiète ni tourmentée outre mesure, comme Doris s'y attendait. Celle-ci ne comprenait pas qu'ayant appris les pires nouvelles de sa vie, et de la façon la plus épouvantable, son amie jugeait le reste insignifiant par comparaison.

— On va s'asseoir.

— Grands dieux ! – Il y avait à peine vingt-quatre heures qu'elle avait vu Doris. Qu'avait-il pu se passer en si peu de temps pour qu'elle ait l'air si grave ? – Il n'est rien arrivé chez toi ?

— Non, non. Je t'en prie... – Elle tira Benny par la manche et elles s'assirent toutes deux sur le muret. – Voilà, Ava est morte.

Son amie la regarda, les yeux ronds. Des secondes passèrent, puis une minute, et elle semblait toujours incapable de parler.

— Ben ?

— Qu'est-ce qui s'est passé ? Je veux dire... comment... ?

— Personne ne sait, apparemment. – Regrettant sincèrement l'insuffisance des détails disponibles, Doris conclut : – Probablement une crise cardiaque.

— C'est terrible. On devait entendre la deuxième partie de sa prédiction dimanche.

— Quelle prédiction?

— Tu te rappelles? – Benny paraissait vraiment perplexe. – La dernière fois, elle s'est arrêtée juste avant la mort de Dennis.

— Bien sûr que je me rappelle.

— Cette semaine, elle devait décrire le meurtre.

Nous y voilà, pensa Doris.

— Elle l'a dit à la radio.

— Mais ce n'était pas sûr, pourtant, hein, chérie? Je veux dire... on ne peut jurer de rien à l'avance, dans le domaine, ajouta Doris avec hésitation.

Benny semblait de plus en plus fâchée. Nullement bouleversée par la mort de la médium. Simplement contrariée dans ses projets. Doris estima qu'un minimum de sympathie s'imposait.

Pour en susciter, peut-être, elle ajouta : – Je suis un peu préoccupée par sa petite fille.

— Qu'est-ce que je vais faire, maintenant? répondit Benny en se levant et s'éloignant.

Son amie hésita. Elle était désorientée et mal à l'aise. Elle avait envie de prolonger la conversation, surtout pour découvrir le sens de la dernière remarque. Pourquoi devait-elle faire quelque chose à cause de la mort de cette femme? Il n'y avait aucun lien entre elles deux. Pour autant que Doris le sache, elles ne s'étaient même jamais rencontrées. Dévorée de curiosité et sachant qu'elle ne supporterait pas de s'en aller sans l'avoir satisfaite, elle décida de suivre Benny à Appleby House. Elle dirait qu'elle venait proposer son aide. Un coup de main supplémentaire, c'était toujours utile.

*

*   *

Les journalistes de *L'Écho* n'étaient peut-être pas du niveau des grands de la presse britannique, mais ils savaient reconnaître une coïncidence saisissante quand ils en avaient une sous le nez. Le tuyau, refilé par quelqu'un qui travaillait à l'hôpital de Great Missenden, dûment confirmé, leur procura le gros titre : « Mort mystérieuse de la voyante locale ». Leurs imaginations fébriles fournirent les paragraphes qui suivaient, dont l'essentiel se résumait à : une main humaine était-elle intervenue pour empêcher la médium de répandre la manne céleste ?

*

* *

Il ne s'agissait toujours pas d'une affaire criminelle et donc, normalement, le fait n'aurait jamais dû être porté à l'attention de l'inspecteur chef Barnaby. Mais son factotum, qui faisait le siège d'une ravissante policière à l'accueil, repéra le journal, établit le lien avec les visites de Benny Frayle et le monta tout droit au chef.

Barnaby était à son bureau, l'air mauvais. Sa vie privée, satisfaisante en tous points sauf culinaire, s'était soudain détériorée. Joyce, son épouse unique et préférée, s'était subitement mis en tête qu'ils devaient tous deux devenir végétariens. Il lui avait fallu une bonne vingtaine d'années avant d'être capable de présenter un morceau de viande qu'on puisse entamer et avaler sans l'aide d'une scie sauteuse et voilà maintenant qu'elle voulait renoncer à ce talent si durement acquis. Barnaby se rappelait déjà avec nostalgie le temps où il refusait des côtelettes carbonisées, convaincu qu'on lui servait le charbon par erreur parce que, la veille au soir... la veille au soir, c'était la fin des haricots. Des aubergines en forme d'oreilles d'éléphant farcies de marrons presque crus et d'ail. S'il s'était agi de vraies oreilles d'éléphant, avait protesté Barnaby, ça n'aurait pas été pire.

Et maintenant voilà Troy qui dépose un journal sur son bureau et qui recule, tremblant de fierté, comme un chien de chasse qui rapporte un faisan. Le mot « faisan » piqua désagréablement Barnaby.

— Qu'est-ce que c'est ?

— *L'Écho*, chef.

— Je vois bien que c'est *L'Écho*. Pourquoi vous me le donnez ?

— Vous vous souvenez de la vieille bonne femme qui venait tout le temps à propos de ce type et de ses machines bizarres ?

— Je me souviens seulement qu'elle est à fuir comme la peste !

Aïe ! Fais attention où tu mets les pieds aujourd'hui, Gavin !

— Cette médium dont elle parlait, on l'a retrouvée morte.

— Et alors ?

Troy demanda tout haut si par hasard le chef n'aurait pas écouté l'interview d'Ava Garret à la radio. Le sergent, lui, était au courant parce que Maureen et sa mère étaient encore en train de démolir l'émission quand il était rentré chez lui. Troy avait été furieux de voir Mme Sproat. Il était bien convenu, entre sa femme et lui, qu'elle ne viendrait que quand il était sorti. La conception originale que Mme Sproat avait de l'hygiène (si ça sent pas, pourquoi laver ?) n'était qu'une raison parmi d'autres. Troy avait dû prendre son thé accompagné de la voix de fausset de sa belle-mère en songeant qu'Anthony Perkins n'avait pas connu son bonheur.

Barnaby répondit qu'il était au courant de l'interview. Joyce avait allumé par hasard la radio dans la voiture et en avait parlé après le dîner. Ils étaient ensemble dans la roseraie au coucher du soleil. Joyce dans le hamac, les jambes en l'air, Barnaby dans un fauteuil en rotin en train de grommeler sur un article de l'*Independent* qui critiquait la sévérité du maintien de l'ordre, et se levant de temps à autre pour exterminer des pucerons avec une bombe puante.

— Elle était bizarre, avait dit Joyce. Elle n'a pas arrêté de se vanter mais, en même temps, on aurait dit qu'elle était triste.

— Je t'ai eue, sale bestiole!

— Tu crois qu'il y a quelque chose de vrai dans ce truc de transe spirite?

— Mon Dieu!...

Barnaby était incrédule. Presque méprisant.

— Ça se pourrait.

— Non, ça ne se pourrait pas.

— Elle a dit aussi qu'elle avait été engagée par l'Almeida, tu sais, la compagnie de Cully, comme conseillère pour *L'Esprit s'amuse*.

— Alors elle est aussi folle que triste.

Sur ce, Joyce s'était mise à bouder en déclarant qu'il avait tout gâché, qu'à cause de lui les roses sentaient le désinfectant, et qu'il était toujours en train de ricaner. Barnaby continua à asperger ses roses, finit par s'irriter les sinus et avoir mal à la tête. En conséquence, il n'était sûrement pas d'humeur à se laisser entraîner dans une discussion sur des âneries aussi ridicules.

— Mais vous ne croyez pas, chef, insista Troy, que c'est une mystérieuse coïncidence? Juste quelques jours avant qu'elle ne révèle le nom de l'assassin?

— Vous avez encore regardé *Poirot*?

C'était une des plaisanteries favorites du patron. Troy n'en avait vu en tout et pour tout qu'un épisode, et encore, en passant, chez sa mère. Quel idiot il avait été d'en parler! Et encore plus idiot d'avoir ajouté, pour rire, que des petites cellules grises, il en avait assez comme ça dans sa vie, merci. Étant un policier. Ha, ha, ha. Oui, il avait ri, en plus, mais tout seul.

— Elle est morte dans son sommeil. – Barnaby, qui avait jeté un coup d'œil sur l'article, avait repoussé le journal. – Qu'est-ce qu'il y a de mystérieux là-dedans?

Au vrai, Troy avait toujours trouvé qu'un tel événement était incroyablement mystérieux. Les gens n'arrêtent pas de répéter que la mort est terrible, mais il lui semblait à lui que ce n'était pas si terrible de mourir en dormant, sans que ça vous réveille. Et si la mort, c'est si merdique, pourquoi les crânes sont-ils toujours en train de rigoler?

— On a sûrement déjà fait l'autopsie, poursuivit Barnaby. Si on a trouvé quelque chose, on nous le fera savoir.

Sachant la cause perdue, Troy était impatient maintenant de redescendre. Il fit un détour : un pas glissé en diagonale vers l'armoire à dossiers. Un petit crochet pour examiner les clichés de l'affaire Badger's Drift, maintenant superflus puisqu'on venait d'arrêter le coupable. Un petit saut vers le portemanteau où il fouilla distraitement ses poches. Une dernière manœuvre, et il serait sain et sauf.

— Ne croyez pas vous sauver comme ça, dit Barnaby.

— Pardon? – Troy n'aurait pu être plus ahuri.

— Je sais ce que vous avez derrière la tête.

La perplexité de Troy s'accentua. Manifestement, tout cela le dépassait.

— Baratiner la jeune constable.

— Moi?

La perplexité fit place à une totale stupéfaction, à croire qu'on l'avait accusé de faire des avances à la mascotte du poste, une jolie chèvre appelée Ermintrude.

— Machine Carter.

— Abby Rose. – Zut! Mais il n'avait pu s'empêcher de prononcer son nom : – Son père était un fan des Beatles.

— Qu'est-ce qu'elle dirait, Maureen?

— On est dans une mauvaise passe, en ce moment.

— Voilà qui ne va pas arranger les choses.

— Plus que mauvaise, en fait. Il n'en faudrait pas beaucoup pour que...

Troy ne se donna pas la peine d'expliquer sa menace. Les deux hommes en connaissaient la vanité. Ils avaient tous deux une fille pour laquelle ils auraient donné leur vie. L'abandon n'était pas envisageable.

— Alors vous pouvez commencer à me débarrasser le tableau. Et à me ranger tout ça.

D'un air boudeur, Troy se mit à retirer les clichés, les cartes, les croquis, les copies de documents. Barnaby s'appliqua, de son côté, à vider le bureau de son ordinateur, effacer des fichiers obsolètes, vérifier les dossiers, en conserver certains, en supprimer d'autres. Ils travaillèrent ainsi en silence durant une vingtaine de minutes. Puis le téléphone sonna. Troy décrocha, écouta, remua les lèvres : « Quand on parle du loup... » en faisant des signes au chef.

Les doigts errant sur le clavier, Barnaby se prépara à s'amuser car, question dissimulation, Troy était nul. La moindre émotion s'inscrivait non seulement clairement mais largement sur sa figure. Même ses oreilles étaient éloquentes. D'abord les yeux s'écarquillaient puis les sourcils formaient un arc. Il répondit au regard ironique de Barnaby par un hochement de tête solennel. Il raccrocha, marqua une pause, se tourna vers le chef, en retardant le moment au bénéfice de la tension dramatique.

— Ne me dites rien : c'est le majordome qui a fait le coup !

— Garret a été empoisonnée.

— Comment ?

— Au méthanol.

Barnaby inséra dans sa mémoire le mot qui se mit à vibrer doucement. Un souvenir se réveilla, vague, indistinct. Joyce... Joyce avec un journal... Joyce qui lui lisait quelque chose. Un touriste en Égypte qui avait bu une bouteille de cabernet sauvignon contaminée. Et qui en était mort.

— Dans du vin rouge..., murmura-t-il pour lui-même.

Troy écarquilla les yeux. Sa bouche s'arrondit lentement en un O stupéfié, pétrifié. C'était quoi, son truc ? Comme ça ! Non seulement il savait que c'était du vin mais il en connaissait même la *couleur*. Et si l'année et le cru avaient un rapport, il les connaîtrait aussi. Depuis longtemps conscient de ses manques face aux pouvoirs de déduction et d'analyse du chef, Troy devait maintenant se mesurer à son don de double vue. La vie est injuste, y a pas à dire. Il devrait y avoir des limites, quand même.

Barnaby suivait facilement l'enchaînement des réflexions de son sergent. Il caressa l'idée d'expliquer la source de son commentaire lancé en passant mais il se ravisa. Ça ne fait jamais de mal de garder l'infanterie en alerte.

— Vous savez ce que ça veut dire, chef? On l'a assassinée pour l'empêcher de parler.

— Il se peut très bien qu'on ne l'ait pas assassinée.

Cette remarque annonçait presque certainement une nouvelle petite homélie, assurée de faire craquer le sergent Troy. Il savait ce qui allait suivre : le sermon sur l'ouverture d'esprit.

Oh, le sergent Troy, il en connaissait un rayon sur cette fameuse ouverture d'esprit. Il en avait jusque-là et même au-delà de l'ouverture d'esprit. Il s'était juré qu'à la prochaine mention de ces mots, il se jetait par la fenêtre du bureau.

— Elle a pu boire dans un restaurant, chez un ami, chez elle. – Barnaby enfilait son pardessus. – Ne restez pas planté là. Trouvez-moi son adresse. Et mettez les autres au parfum.

— Monsieur. – Maintenant c'était Troy qui, en se dépêchant de décrocher sa veste, sentait sa mémoire frémir. – Il n'y a pas eu un scandale avec du vin coupé d'antigel, un jour? Des gens qui tombaient raides, partout?

— C'est pour ça qu'il faut trouver d'où venait ce truc. Il se peut qu'il n'y ait pas qu'une seule bouteille contaminée.

— Ça alors! Vous croyez qu'elle venait de chez Tesco?

— Pourquoi ?

— J'ai acheté du pinard là-bas ce week-end, dit Troy qui se débattait avec sa manche de veste.

Barnaby ouvrit la porte et resta, impassible, à tambouriner des doigts sur le panneau vitré.

— Je crois que j'ai déchiré la doublure.

— Je pars, dit l'inspecteur. Et j'espère vous retrouver dans la voiture. Avec ou sans cette fichue veste.

17

IL s'était écoulé un jour et une nuit depuis que Roy avait découvert le corps d'Ava. Karen était toujours sous le choc, en proie aux larmes, répétant sans cesse : « Qu'est-ce que je vais faire, Roy, sans elle ? Qu'est-ce que je vais faire ? »

Il essayait de se montrer compréhensif mais il avait du mal à saisir la raison de cette détresse qui lui semblait exagérée. Une mère comme ça, n'importe qui serait content d'en être débarrassé. Mais qu'en savait-il ? La sienne l'avait balancé dans une cabine téléphonique alors qu'il n'avait que quelques heures et avait foutu le camp.

Après le départ de l'ambulance, il avait préparé du thé puis s'était assis à la table pour tenter de réfléchir. L'appréhension soudaine qu'il éprouvait face à tous ces problèmes d'adulte dont il fallait s'occuper lui obscurcissait les idées et le troublait profondément. À l'orphelinat, on te dit quoi faire, et tu t'exécutes jusqu'à ce que tu sois en âge de leur faire un bras d'honneur et de te tirer. Pareil à l'école. Au supermarché, il faisait son boulot du mieux possible, il arrivait à l'heure et se tenait à carreau, mais on ne pouvait pas appeler ça des responsabilités. Alors, par quoi commencer ?

— Je crois qu'on devrait faire une liste.

— Pourquoi?

Karen avait trouvé trois biscuits dans une vieille boîte en fer. Elle lui en donna deux.

— Parce que je peux pas tout me rappeler, voilà pourquoi.

— Qu'est-ce qu'on a à se rappeler?

— On le saura quand j'aurai fait la liste.

Roy fronça les sourcils et mâchonna son stylo. Il savait qu'il y a des choses à régler quand quelqu'un meurt mais lesquelles, à part aller chercher le certificat de décès? On pouvait sans doute se renseigner quelque part mais ce serait rentrer en contact avec la municipalité, ce qui allait à l'encontre du but recherché. Mieux valait laisser les détails techniques et se concentrer sur le présent super glauque. Sur le fait que la personne qui était sur le perron hier matin reviendrait tôt ou tard, et sûrement plus tôt que plus tard.

— Faut qu'on pense comme eux, marmonna-t-il.

— Les services sociaux?

— Ouais. D'abord... – Il les imagina qui entraient de force, qui regardaient partout. Qui cherchaient ce qui clochait pour pouvoir s'en prendre à lui. – On va faire le ménage.

— Ça, c'est moi, s'écria Karen.

— Et il faut acheter de la bouffe. Si y a rien à manger dans la maison, on sera dans la merde.

— Roy? On pourrait avoir des fleurs?

— Ça se mange pas, les fleurs.

— Et si j'en cueillais?

— Ouais. OK. Maintenant, l'argent. J'ai... – Il fourragea dans les poches de son jean. – Sept livres et... quarante-trois pence.

Pas la peine de lui demander combien elle avait. D'un autre côté, avec sept livres, on va pas loin. La question suivante était évidente. Évidente mais, quelle que soit la façon dont on la formulait, délicate. À l'orphelinat, dès qu'une chambre était inoccupée, on la fouillait naturellement, et on prenait ce qui valait le coup. On aurait été idiot de se gêner. Mais, sans savoir pourquoi, il se sentait mal à l'aise à l'idée de fouiller la maison maintenant.

— Hum... je me demande... tu sais...?

— Il y a peut-être de l'argent dans la boîte à caramels.

— C'est où, ça?

Karen ouvrit et referma la bouche, déglutit et fit une nouvelle tentative.

— Dans son placard. Je peux pas.

— T'inquiète.

Il repoussa sa chaise et se dirigea vers l'escalier. Mais sur le seuil de la chambre d'Ava, il hésita, allez comprendre pourquoi. Après tout, il ne s'agissait que d'une simple recherche. Il ne fouinait pas, il n'allait pas lire des lettres personnelles ni rien. Et la pièce était vide. Pas vrai?

Roy qui avait mis un pied sur le seuil recula. Il repensa subitement à Ava, au genre de femme qu'elle avait été. Une femme pourvue de dons psychiques extrêmement puissants, en communication permanente avec l'au-delà. Une femme qui venait tout juste de mourir. Et si son esprit était encore tapi là, quelque part? Roy prit une brusque inspiration entre ses dents soudain froides et sensibles. Et qu'est-ce qu'il penserait, cet esprit, en voyant qu'on fouillait dans ses affaires? Et surtout, qu'est-ce qu'il pourrait lui faire?

Roy avait entendu des histoires sur les gens qui volent les morts. Les pilleurs de tombes en Égypte ancienne qui étaient poursuivis par la malédiction des pharaons et trouvaient la mort dans des circonstances terribles. Et une fois il avait vu un vieux film où un petit garçon en haillons avait dérobé les pièces placées sur les paupières d'un cadavre et qui avait été sur-le-champ écrasé par une voiture à cheval.

Il entendit Karen en bas, qui ouvrait les robinets. Elle se préparait à faire le ménage. Elle s'y mettait. Il fut poussé dans la chambre par le dégoût que sa frousse lui inspira tout à coup. Il alla rapidement au placard, l'ouvrit et repéra aussitôt la boîte. Elle était vide.

Il la remit en place et resta immobile, en respirant calmement et prudemment pendant quelques minutes avant de s'apercevoir que sa prudence n'était pas nécessaire. Il était complètement seul. Pas d'atmosphère, pas de sensations à vous donner la chair de poule, pas de doigts osseux cliquetant le long du radiateur. Seulement lui, et le lit vide, et une odeur pas très plaisante qu'il identifia : la laque d'Ava. Pour saluer l'absence totale d'une présence, Roy ouvrit en grand la fenêtre et laissa pénétrer le soleil.

Puis il revint au placard et passa en revue les vêtements d'Ava, il inspecta les poches, rapide comme l'éclair. En remuant les habits, il libéra d'autres odeurs, de la poussière, mais pas d'argent. Il jeta un bref coup d'œil à la coiffeuse. Des flacons de machin rose, du liquide brunâtre, de la poudre et des rouges à lèvres, des cristaux, des couleurs vives dans des petits pots, des colliers qui pendaient au miroir.

La perruque de scène était perchée sur un support, près d'une grande photo d'elle. Il fouilla la commode, avec les sous-vêtements et les collants, puis il repéra le sac d'Ava, par terre à l'autre bout de la chambre, entre la porte et le lit. Une sorte de carré avec des initiales dorées. Bizarre qu'il soit à cet endroit. Elle n'était pas très ordonnée, mais de là à le lancer comme ça, par terre... Pourtant, ça concordait avec le fait qu'elle ne se soit même pas donné la peine de se déshabiller. Elle avait dû être paralysée. Ou alors déjà malade. Roy repoussa cette idée, l'image de Karen profondément endormie tandis que sa mère était en train d'agoniser, de l'autre côté du palier.

Il ramassa le sac, s'assit sur le lit et l'ouvrit. Il y en avait, des trucs ! Pourquoi les femmes transportent autant de fourbi ? Des lettres, des factures, une brosse, des bouts de papier, de l'aspirine, un tube de bonbons. Pas trace de son portable. Une trousse de maquillage était ouverte et Roy se barbouilla les doigts de crayon noir. Il les essuya au drap avant d'ouvrir le porte-monnaie. De l'argent, beaucoup d'argent. Presque cinquante livres. Il finissait de compter quand il remarqua un mince carnet d'aspect officiel avec le nom d'Ava inscrit dans le coin. Un carnet de quittances de loyer de la municipalité. Apparemment, Rainbow Lodge coûtait à Ava Garret (Mme) soixante-cinq livres par semaine, en tout et pour tout. *Soixante-cinq livres ?* Il en resta bouché bée. Il tressaillit sous le poids de cette injustice impudemment révélée. Durant plus d'un an, il avait dormi sur un matelas à peine plus grand qu'une couette de bébé dans un clapier de huit mètres carrés et subsistant de restes, alors qu'il donnait assez de fric pour se louer toute la maison. La vache ! Il avait parlé tout haut, il s'en fichait. Il s'en fichait, et il continuerait.

— La salope! quelle rapiat! cria Roy, qui s'était remis sur pied, et dansait, et martelait l'air de ses poings serrés. Reviens un peu me hanter, d'ac? Essaye voir. Essaye et j'te descends.

*
* *

En milieu d'après-midi, ce même jour, le sergent Troy se gara à l'autre bout de Swayne Crescent et les deux policiers se dirigèrent vers Rainbow Lodge. Barnaby jeta un regard désapprobateur sur une vieille Honda rouge qui chevauchait le trottoir.

— Il en reste pas grand-chose de l'arc-en-ciel[1], dit le sergent Troy en grattant un reste de peinture sur le portail du jardin.

L'orange et le vert avaient presque disparu et le violet s'écaillait.

— Et comme chalet, c'est pas ça non plus.

L'inspecteur Barnaby suivit son sergent dans l'allée de ciment en regardant autour de lui. Son âme de jardinier se crispa à la vue du jardin négligé et broussailleux. Il eut mal pour les lupins assoiffés et les boules de neige calcinées. Pourquoi les planter? Pourquoi ne pas bétonner partout, une fois pour toutes? Il prenait la chose trop à cœur, ce qui ne contribua guère à améliorer son humeur. Il essaya de se maîtriser. Il allait pénétrer dans une maison endeuillée où, pour autant qu'il le sache, l'on pleurait sincèrement. Quoique, dans ce boulot, il ne faut jurer de rien.

Troy qui avait frappé attendait. Il remarqua que les rideaux, du velours noir semé d'étoiles et

1. *Rainbow* : arc-en-ciel. *Lodge* : pavillon, relais, chalet.

de planètes tourbillonnantes, bougeaient un peu. Encouragé, il frappa derechef. La porte s'ouvrit lentement, centimètre par centimètre. Le regard du sergent ne rencontra que le vide.

— Bonjour.

Troy baissa la tête. Une enfant se tenait là, osseuse, menue, avec des yeux incolores et des cheveux comme de la paille. Elle murmura :

— Vous êtes les services sociaux?

— Non, dit Troy. – Puis en adoucissant le ton : – En fait, on est des policiers. Tu crois qu'on peut rentrer une minute?

— Montrez-lui votre carte, sergent, conseilla l'inspecteur qui avait déjà sorti la sienne.

Grâce aux chefs-d'œuvre de la télévision, même les bébés semblaient piger les procédures adéquates dans le domaine. C'était une bonne chose, Barnaby regrettait simplement que les gens ne fassent pas preuve de la même prudence quand il s'agissait de contrôler des cow-boys vitriers et des démarcheurs.

Ils se trouvaient dans la cuisine. Très propre, c'est tout ce qu'on pouvait en dire. De méchants placards, moches, où il manquait des poignées. Des chaises en plastique autour d'une vieille table en Formica. Le lino tout fendillé. Derrière lui, Barnaby entendit son sergent faire un drôle de bruit et se retourna. Troy était d'un ton plus blanc qu'à l'ordinaire, plus pâle que la petite fille, si c'était possible, et fixait de ses yeux exorbités un tas de sacs bourrés à craquer sur la table. Des sacs rouge, blanc et bleu. De Tesco.

— Qu'est-ce que vous avez, nom de Dieu?

Troy s'efforça de se ressaisir et le bon sens lui revint peu à peu. Ce n'est pas parce qu'ils avaient fait des courses à Tesco qu'ils n'allaient jamais ailleurs. Et puis cela faisait deux jours qu'il avait bu le vin. Il aurait sûrement déjà ressenti les effets. Il se rappela alors qu'il avait eu beaucoup de mal à se lever ce matin-là, qu'il avait été anormalement somnolent et qu'il avait eu un haut-le-cœur.

Près de la cuisine, il y eut un bruit de chasse d'eau. Un jeune entra et avec beaucoup de sérieux dévisagea Barnaby qui le dévisagea en retour avec beaucoup de curiosité. La veille, il aurait vu un autre Roy. Comprenant que son apparence était propre à inquiéter plutôt qu'à rassurer, le garçon s'était mis en devoir de l'améliorer. Il avait pris une douche, s'était lavé les cheveux qu'il avait séchés sans ajouter de gel, il avait l'air bien plus net mais aussi bien plus jeune. Il avait retiré la chaîne et les anneaux de son nez, tâche compliquée et douloureuse, et les anneaux des oreilles, sauf deux. Un jean et un T-shirt à manches longues encore humide de la machine cachaient la plupart de ses tatouages. Celui qui s'enroulait autour de sa gorge, la ligne en pointillé sous les mots « Coupez ici », était plus difficile à dissimuler. Roy s'en était sorti en nouant autour de son cou une écharpe d'Ava.

Débarqué à l'aveuglette, Barnaby savait qu'il devait y aller prudemment. Il se pouvait que la victime soit la mère de la petite fille. Ou du gamin. Elle était en train de chuchoter, juste assez haut pour qu'il saisisse les mots : – C'est pas les services sociaux, Roy.

— Pas la peine de me le dire. – Il fit un signe de tête vers une porte pliante en accordéon : – Si vous voulez vous asseoir, y a plus de place par là-bas.

— Ça va très bien comme ça, dit l'inspecteur. – Puis espérant rassurer : – Nous n'en avons pas pour longtemps.

Troy s'assit à la table, repoussa une bouteille de lait où trempaient d'étiques boutons-d'or et posa son calepin. Barnaby s'appuya à la cuisinière. Karen était perchée sur un haut tabouret, ses jambes minces entortillées autour des barreaux. Roy restait planté là, hésitant. Il paraissait être sur ses gardes. La petite fille encore davantage. En fait, Barnaby avait l'impression qu'elle était au bord de la panique. Il sourit et reçut en retour un sourire bref et craintif qui dévoila des dents mal soignées.

— Tu veux bien me dire ton nom, s'il te plaît.

— Karen Garret.

— Et tu t'appelles?

— Roy, dit Roy. Ça veut dire roi, en français.

— Nom de famille? demanda Troy.

— Vous ne me trouverez pas dans votre fichier.

— Seulement pour le rapport, dit le sergent en ajoutant un « monsieur » d'une politesse exagérée.

Pas besoin d'histoires à ce stade du jeu.

— Priest, si vous voulez le savoir.

— Et quels sont vos liens de parenté avec Mme Garret?

— Je suis son pensionnaire. Mais, ajouta-t-il précipitamment, je suis aussi un ami.

— Et tu es sa fille, Karen? demanda Barnaby. C'est ça?

— On ne peut pas dire que ça se voit, dit Roy.

— Comment vous débrouillez-vous, tous les deux?

— Oh, on est cool. On a de quoi manger... – Il hocha la tête vers les tas d'oranges et de pommes, les légumes verts. Le lait et le pain. – Tout ce qu'il faut.

— Vous êtes seuls ici?

Ils répondirent en même temps.

— Sa tante arrive demain.

— Ma tante arrive ce soir.

— On l'a dit aux ambulanciers, déclara Roy en mentant. L'hôpital va contacter la municipalité.

— Parfait. Nous aimerions vous poser quelques questions sur la journée de Mme Garret, mercredi.

— Comme quoi? demanda Roy.

— On pourrait commencer par le matin?

— Comme d'habitude, vraiment. – Karen plissa le front en réfléchissant. – Je me suis levée. Ava a pris son petit déjeuner...

— C'était quoi? demanda Troy.

— Du café et des toasts, je crois.

— Tu as pris la même chose?

— J'ai d'abord mangé des céréales. Puis un bout de toast. Après ça, elle est allée à la boutique pour s'acheter des clopes.

— Figurez-vous qu'elle l'envoyait souvent en chercher, dit Roy. Une gosse de cet âge.

— Roy! dit Karen. En tout cas, elle a rapporté deux paquets de soupe. Aux champignons. Et on a mangé ça, vers une heure.

— Et vous étiez où pendant ce temps, monsieur Priest? demanda Troy.

— Au lit.

— Vous ne travaillez pas alors?

— Et comment que je travaille! – L'indignation du garçon remplit la pièce. – Je paie ma part, et tout ça.

— Donc vous n'êtes pas en mesure de...

— C'est que je suis de nuit, cette semaine. Bien sûr, j'y retournerai pas avant que la petite soit parée. Ils sont bien pour ça, à Tesco.

— Alors, Karen. – Barnaby remit l'interrogatoire sur les rails. – Après le déjeuner?

— Elle était à la radio.

— En direct? demanda Troy.

— Pardon?

— Elle a dû aller au studio?

— Sûr, dit Roy en se tapant le front devant pareille ignorance.

— Et à quelle heure est-elle rentrée? demanda Barnaby.

— Vers cinq heures.

— Elle a dit qu'on pouvait s'acheter du poisson et des frites.

Troy sourit à Karen. – Vous avez une friterie ici? Il ne put s'empêcher d'avoir l'air surpris.

— C'est un camion, répondit Roy. Une fois par semaine.

— Et... Ava a mangé avec vous?

— Non, répondit Karen, elle devait mais...

— Pourquoi vous posez toutes ces questions? demanda le garçon, sur un ton belliqueux. Est-ce qu'elle a mangé ci? Est-ce qu'elle a mangé ça?

Son irritation était compréhensible. Si la petite fille n'avait pas été là, Barnaby n'aurait pas observé cette réserve. Dommage qu'il ait tout ignoré de la situation. Il aurait pu amener une constable. La cause de la mort n'était guère un secret d'État. Demain, elle serait de notoriété publique et même s'il renâclait à prononcer les mots, il reconnaissait que, pour elle, le pire était déjà arrivé. La cause était presque accessoire, pour ainsi dire. Il essaya de dédramatiser le plus possible.

— Malheureusement, Karen, ta mère est morte à cause de quelque chose qu'elle a mangé ou bu.

— C'est pourquoi, ajouta le sergent Troy en adoptant le même ton calme et modéré, il faut qu'on trouve ce que c'est. Au cas où il y aurait un risque pour d'autres personnes.

— Comme vous allez bien tous les deux, dit Barnaby, c'est manifestement quelque chose qu'elle a absorbé et pas vous. Alors vous pensez qu'elle a pu s'arrêter quelque part après son émission ? Peut-être pour prendre le thé ?

— Pas du tout, dit Karen. Elle était trop excitée. Elle avait hâte de rentrer à la maison.

— Et elle n'a rien pris à la radio non plus, renchérit Roy. On lui a proposé un truc dans une tasse en plastique et elle était tellement dégoûtée qu'elle y a pas touché.

— Je vois. – Barnaby ne put s'empêcher de jeter un coup d'œil sur la cuisine minable. L'expression « folie des grandeurs » lui vint à l'esprit. – Et quand elle est rentrée ? Un gin tonic, peut-être ?

— Ava ne buvait pas beaucoup, dit Roy.

— Une fois, elle a pris une vodkatini.

Dans la bouche de Karen, c'était du dernier chic.

— Je pense que c'est ce qu'elle a pris avec ce type, dit Roy.

— Qui ça ?

— Elle a reçu un coup de fil de la BBC, dit Karen. Un homme, qui voulait l'interviewer.

— C'était dans son horoscope, dit Roy.

— À quelle heure ?

— Un peu avant cinq heures et demie.

— C'est ça, approuva Karen. Passque le camion est arrivé quand elle était en haut en train de se préparer.

— Attends un peu, dit Troy en griffonnant. Se préparer pour...?

— Il voulait l'emmener dîner.

Sans raison apparente, Barnaby éprouva une pointe de malaise. La rapidité des événements, peut-être. À peine deux heures après l'émission? Sans doute un esprit entreprenant de la station locale avait-il téléphoné en racontant l'histoire, dans le but d'attirer l'attention de la BBC sur son nom. La conversation devait avoir été foudroyante. Tout de même, Barnaby avait du mal à comprendre une réaction aussi immédiate et personnelle. Mais qu'en savait-il? Sa seule expérience des média consistait à répondre habilement aux questions pendant les conférences de presse.

— Par hasard, tu saurais le nom de cet homme, Karen?

— Non. Mais c'est un premier producteur, dit Karen.

Là aussi, ça paraissait louche. Un producteur, oui. Barnaby pouvait admettre qu'on se présente comme producteur. Mais premier producteur? Eh bien, peut-être, s'il voulait faire impression. Un peu invraisemblable, toutefois. Bidon, à la limite.

— C'était Chris, intervint Roy.

— Vous connaissez son nom de famille? demanda Troy.

— Ava n'a pas dit.

Il faillit ajouter : « Elle l'a noté », mais il s'arrêta juste à temps. Il savait ce qui allait arriver. Ils allaient fouiller son sac pour trouver le bout de papier. Tomber sur le porte-monnaie sans un sou. Se demander où était passé l'argent. Deviner qui l'avait piqué.

— Il s'agit bien de la radio? Ou c'était la télévision BBC?

— Ça devait être la radio. Il lui a donné rendez-vous à la Maison de la Radio.

— Comment est-elle allée là-bas? demanda Troy.

— En voiture jusqu'à Uxbridge, c'est sa voiture dehors, et puis en métro.

— Elle devait l'appeler à la réception, dit Karen.

Barnaby essaya de s'imaginer la réception de la BBC. Il s'y était rendu, il y avait un an environ. Cully enregistrait un feuilleton d'Henry James et il était passé la chercher pour déjeuner. Dans son souvenir, des tas de fauteuils et de canapés disséminés dans un grand espace. N'importe qui pouvait entrer mais il fallait s'annoncer au bureau pour pénétrer dans le bâtiment proprement dit. À moins d'avoir un rendez-vous dûment noté, cela s'avérait extrêmement difficile. Des gardes de sécurité en civil étaient discrètement présents.

Donc, ses inquiétudes étaient sans fondement et Chris-tout-court devait faire partie de la maison, après tout. Le problème, c'est que trente ans dans la police, ça vous donne l'esprit soupçonneux. Si on y ajoute une imagination plutôt vive, on voit la tromperie partout.

— Monsieur?

— Pardon.

Barnaby se secoua pour revenir au présent et Troy se prépara avec aigreur à lire tout haut ses dernières notes. Qu'il essaye un peu, lui, d'être distrait comme ça. Une seconde, rien qu'une seconde, et le chef lui casserait les oreilles jusqu'à la fin du service.

— Apparemment, Ava est rentrée assez tard. Probablement vers onze heures.

— Vous l'avez entendue? demanda Barnaby.

Karen ne répondit pas. Elle comprenait, peu à peu, épouvantée. Son visage se transforma. Elle essaya de parler et, quand elle y parvint, sa voix était brisée par l'émotion.

— J'étais couchée mais je l'ai entendue dans l'escalier.

Ses mains voletaient autour de sa bouche comme pour retenir les mots, les rattraper. Roy la dévisagea, inquiet et troublé.

Barnaby s'approcha de la fillette, s'accroupit et posa les mains sur ses épaules.

— Karen, qu'est-ce qu'il y a? Qu'est-ce qui ne va pas?

— Je. Elle. Je peux pas. Je m'excuse. Je savais pas. Je m'excuse. Je suis...

— Arrête. – Il lui prit la main. – Tout va bien. Cela ne fait rien, tout va bien.

— Non. Ce que j'ai fait. Je m'excuse.

— Dis-moi.

— Je peux pas. Peux pas.

— Essaye, Karen. – Il avait beau garder un ton calme, la situation commençait à l'inquiéter sérieusement. – Je suis sûr qu'on va arriver à régler ça.

— Trop tard.

Ses tremblements s'apaisèrent peu à peu. L'affolement fit place sur son visage à une angoisse nue. Ses yeux, fixés sur Barnaby, étaient voilés de chagrin.

— Écoute, Karen, quoi que tu croies avoir fait, on ne peut pas t'aider si tu n'en parles pas.

Ouais, pensa Roy. Tu parles qu'ils vont t'aider, les flics ! Remarque, il est fort, ce type. Faut lui reconnaître ça. Vu comme ça, il a une bonne bouille.

Troy attendait en pensant à Talisa-Leanne. Quelques années de plus, et elle aurait l'âge de Karen. S'il la voyait jamais subir une épreuve de ce genre, il deviendrait fou. Rien que d'y penser, ça le rendait malade.

— Tu lui as parlé cette nuit-là? demandait Barnaby. Après qu'elle est rentrée, peut-être ?

C'était ça. Elle devint extraordinairement vigilante, presque rigide. Et parfaitement immobile.

— Vous vous êtes disputées ? – Possible. Imagine un peu, tu te disputes avec ta mère, et la voilà qui meurt tout de suite après. Imagine un peu vivre avec ça. – J'ai une fille moi aussi. On se chamaille toujours.

Elle secoua la tête et fit voler ses cheveux argentés.

— Mais vous avez parlé ?

— Non. Elle. Elle. – Karen se mit à pleurer. – Elle m'a appelée. Dans l'escalier.

— Vous pouvez pas la laisser tranquille ?

Barnaby eut un geste vif, brutal en direction de Roy mais Karen ne le remarqua pas. Elle pleura plus fort. Les larmes ruisselaient sur son visage.

— Je l'ai entendue. Mais j'ai rien fait. J'ai rien fait.

Alors, Barnaby comprit. Comprit et mesura le fardeau dont il avait involontairement chargé cette enfant. Un fardeau qu'elle porterait toute sa vie si on ne faisait pas quelque chose rapidement.

— Écoute, Karen. Le docteur qui a... qui a découvert comment ta mère était morte dit que le méthanol qu'elle a avalé a commencé à faire de l'effet tout de suite. – Il attendit. – Karen? Tu m'écoutes?

— Mais... elle est rentrée à la maison.

— Oui. Cela peut prendre un moment, parfois plusieurs heures avant qu'on perde connaissance. Mais le processus, quand il a commencé, est irréversible.

Karen eut l'air ahurie.

— C'est-à-dire que, même si tu t'étais levée, tu n'aurais absolument rien pu faire.

— Est-ce que... ça... fait mal?

— Non. Elle s'est allongée et s'est endormie, ou elle est entrée dans le coma. De toute façon, elle ne s'est rendu compte de rien.

— Tu vois? dit Roy, comme s'il n'avait cessé de le lui répéter.

Elle se mit à se frotter le visage avec la manche de sa chemise sale.

— Oh, c'est vrai?

— Absolument.

Un peu plus tard, durant le trajet de retour vers Causton, le sergent Troy repassa la scène dans sa tête. Il avait été très impressionné par la façon dont le chef s'en était tiré. Mais il n'était pas dans sa nature d'être impressionné sans en être en même temps dépité. Lui aussi avait eu sincèrement pitié de la fillette. Lui aussi aurait essayé, à sa façon maladroite et prudente, d'arranger les choses avec gentillesse et tact. Mais, aucun doute, le savoir encyclopédique du chef lui faisait défaut. C'était ce truc sur le méthanol qui avait vraiment renversé la situation. Lorsqu'ils étaient partis, Karen avait cessé de trembler et de pleurer. Ses joues avaient même retrouvé un semblant de couleur. Où avait-il pêché cette information? Elle ne figurait pas dans le rapport du légiste. Cela devait être toutes ces lectures qu'il faisait. Il pouvait demander, bien sûr. Ça ne mange pas de pain.

— Monsieur?

Grognement.

— Heureusement que vous en savez autant sur le méthanol.

— Quoi?

— Cela a beaucoup aidé la gamine.

Barnaby, qui ne savait rien sur le methanol, grogna de nouveau.

Ça aussi, c'est chouette, pensa Troy. Il est relax, le patron. Il se vante pas, il en fait pas des tonnes. Pas comme d'autres. Pas comme lui, sûr. Question chefs, Troy savait qu'il aurait pu être beaucoup moins bien loti. Par exemple, la fois où...

— Attention à la borne!!!

— Youp là! – Craquement. – ,Scusez, chef.

*

* *

Ce même après-midi, à l'heure du thé, l'enregistrement de l'émission fut envoyé au poste par coursier. Barnaby s'attaquait à un gâteau tiède à la noix de pécan et au sirop quand Troy l'apporta dans le bureau et le glissa dans la machine.

Ils furent heureusement en mesure de se représenter Ava en l'entendant parler car Barnaby avait demandé une photo avant de quitter Rainbow Lodge. À l'évidence le cliché avait été pris par un professionnel : très théâtral, éclairage violent et pose dramatique, mais c'était mieux que rien.

Alors que la bande se déroulait, Barnaby se rappela les mots de Joyce, « vantarde, mais un peu triste ». La tristesse lui échappa, en revanche impossible de rater la vantardise. Il trouva l'interview plutôt drôle au début – disons deux minutes et demie – puis ennuyeuse. Malgré les incessantes répétitions, il ne pouvait prendre le risque de faire avancer la cassette.

— Pauvre type, murmura Troy.

Ce qui ne l'empêcha pas de rire à la désinvolture insultante dont la médium avait fait preuve à l'égard de son interviewer : ça l'étonnait, Ava, que quelqu'un ait envie de lui parler, à lui ! Barnaby non plus n'éprouvait aucune sympathie. Selon lui, quelqu'un qui se permet de s'appeler Corey Panting[1] n'a que ce qu'il mérite.

À présent, elle en venait à ses pouvoirs particuliers, et à ses communications avec les morts à l'Église de la Proximité. Barnaby se redressa. Troy retrouva un peu de sérieux.

— ... il ne faut pas oublier que, jusqu'ici, nous n'avons que la moitié de l'histoire.

— Et nous entendrons la chute dimanche prochain ?

— Parfaitement.

Troy accueillit d'un gloussement l'habile jeu de mots de Panting, et éteignit le magnétophone.

Mais Barnaby ne riait pas. Quelle aubaine cette Ava représentait pour un escroc ! Mal dans sa peau, désireuse de se faire remarquer, se tirant d'affaire avec des vantardises et des mensonges, même vis-à-vis d'elle-même. Un brin de flatterie,

1. *Panting* : halètement.

et elle faisait les quatre volontés de n'importe quel étranger, à plus forte raison de quelqu'un sortant des portes magiques de la Maison de la Radio.

— Elle avait l'air si catégorique, dit Troy.

— Les imposteurs sont forcés d'avoir l'air catégorique, répondit Barnaby. Les vendeurs, les hommes politiques, les acteurs, ils ne vont pas loin sans une assurance en béton armé.

— Alors, vous croyez qu'il n'y a rien dans tout ce machin spirite?

— Ne commencez pas, dit Barnaby. On a quelque chose sur ce fameux « Chris » ?

— Une réponse de la BBC. Radio Un a bien un Chris, mais c'est Chris Moyles, qui est célèbre, donc ce n'est pas lui. Et, de toute façon, Ava ne les aurait pas intéressés parce que ce n'est pas leur truc. Radio Deux émet des émissions mais...

— Émet-des-émissions-mais?

— Émissions documentaires, chef. Reportages. Mais presque toujours touchant à la musique ou à une personnalité du monde du spectacle. Ils ont trois Christopher : l'un est en vacances, le second est stagiaire depuis un mois, le troisième est ingénieur du son. J'ai laissé un message à leur poste personnel. Radio Trois, bide total. Ils ne diffusent que très rarement des reportages. Que des machins intello. Sur commande, planifiés. Rien de prévu en rapport avec notre enquête. Pas de producteur appelé Chris.

Barnaby mit la tête dans ses mains.

— Chef?

— Continuez, continuez.

— On devrait avoir plus de chance avec Radio Quatre. Certaines de leurs émissions sont faites par des journalistes indépendants. Ils n'ont pas pu me dire comme ça, de but en blanc, si une émission sur le spiritisme avait été programmée mais ils vont se renseigner. Il y a un type qui s'appelle Christopher Laurence aux Actualités. Je lui ai parlé, ce n'est pas notre homme.

— Non, sûrement pas.

— J'ai aussi contacté la BBC Londres-Direct et le Service Étranger à...

— Vous avez été très consciencieux, sergent. Merci.

— Bien. – Troy attendit, mal à l'aise. – Vous croyez qu'on perd notre temps, chef?

— Oui, je crois. Mais on est bien obligé. Je ne peux pas monter tant qu'on n'a pas vérifié tout ce qui est vérifiable.

Au mot « monter », Troy prit une pose terrorisée et se passa le pouce sur la gorge. Le super chef était fou à lier. Personne ne pénétrait dans son bureau sans une tresse d'ail et deux bâtons grossièrement assemblés en forme de croix. Ou l'équivalent pour le XXIe siècle.

— Mais il l'a bien retrouvée à la Maison de la Radio, monsieur.

— J'ai réfléchi à ça. Essayez de contacter Roy pour moi, voulez-vous?

— Roy, roi en français, dit Troy qui rit en feuilletant son calepin et en composant le numéro. Allô? Sergent Troy, du commissariat de Causton... Oui, c'est encore moi.

— Demandez-lui si elle est sortie avec un portable.

Troy demanda puis écouta.

— Oui, monsieur. Et qui plus est, ils ont eu l'impression que c'est Chris qui lui a suggéré de le prendre. Elle lui a donné son numéro.

Barnaby tendit la main vers le téléphone.

— Roy, il n'y aurait pas une autre photo d'Ava, par hasard? Je vois... Personne ne dit que c'est votre faute... Dans ce cas, on va devoir faire appel à vous pour un signalement plus précis... Il faut qu'on sache comment elle était quand elle a rencontré cet homme... Et si vous pouviez me chercher ce portable?... Merci. On vous contactera.

— C'est un gamin. – Le sergent Troy rit encore. – Qu'est-ce que vous avez derrière la tête, chef? Un portrait-robot électronique?

— C'est ça.

— Vous croyez qu'on va en arriver là?

— Ça ne m'étonnerait pas du tout.

18

— ALORS, comment ça va au bureau, chéri ?Personne ne disait « chéri » comme Gilda. Un mélange d'indulgence, de lassitude et de mépris. Et le mot n'était jamais spontané : elle ne le lançait pas négligemment dans la conversation mais le plantait avec une grande précision, une infinie délicatesse, comme une banderille, dans le cuir du destinataire qui se ratatinait.

— Le bureau, chérie? répondit Andrew, sachant à quel point elle détestait qu'on répète ce qu'elle venait de dire.

Faire le perroquet, elle appelait ça. Peu désireux de répondre à la question, refusant même d'y penser, il resta là, avec un petit sourire poli et figé.

Dieu, elle s'était vraiment surpassée aujourd'hui ! Drapée avec goût dans une bâche flamant rose et mauve qui aurait facilement recouvert deux chameaux, Gilda était coincée dans un canapé deux places. Sur la table en nacre à côté d'elle était posé un bocal à poissons rempli de chocolats. Andrew contemplait, hypnotisé, la main de sa femme qui plongeait dedans. Il contemplait les gros doigts blancs qui rampaient, se refermaient sur une dizaine des petites boules fondantes et les portaient à la bouche. Elle aspirait rageusement, engloutissait, et recommençait l'opération.

— Qu'est-ce que tu regardes?

— Je me demandais, mon ange, quel collectif on emploierait pour désigner un amoncellement de chocolats.

— Le collectif de quoi?

— Tu sais, comme une bande d'étourneaux. Une bacchanale de porcs-épics.

— Une sachée.

— Une sachée! s'écria Andrew en applaudissant joyeusement.

— Essaye de ne pas faire le perroquet, tu veux?

— Le perro...

Andrew s'arrêta là. À quoi bon tenter le diable? C'est la main qui tient les cordons de la bourse qui fait loi.

— Bon, tu n'as pas répondu à ma question. Comment ça va au bureau?

— Absolument super.

— Ce n'est pas ce qu'on m'a dit.

Andrew se refusa à demander ce qu'« on » lui avait dit. Ni qui était ce « on ». Il aimait bien faire montre de temps en temps de ces petites velléités d'indépendance. Elle allait le lui apprendre de toute façon.

En réalité, cela allait super mal. Andrew, qui avait le cuir épais de naissance, avait forcément développé une ou deux couches supplémentaires pendant ses années de servitude. Mais la situation nouvelle à Fortune et Latham, comme tout le monde sauf lui appelait l'affaire désormais, commençait à le démoraliser.

Dès le lendemain de la lecture du testament, Leo Fortune, entré en possession de la part du lion, avait mis son nom sur la porte de Dennis qui restait ouverte, excepté quand il recevait un client ; les employés entraient et sortaient librement pour lui parler, lui poser des questions, lui demander conseil, comme d'habitude. Ce qui, paradoxalement, irritait Andrew davantage que si Leo avait pris de grands airs ou fait l'important.

Alors que Latham avait toujours apprécié d'avoir son propre bureau d'où il pouvait observer les fourmis au travail depuis une position de supériorité oisive, il trouvait aujourd'hui la situation intolérable. Fréquemment, quand il levait les yeux du *Financial Times*, il surprenait quelqu'un qui le regardait à travers la vitre. Comme s'il était en vitrine, nom de Dieu ! Mais le comble fut atteint quand Gail Fuller et la plus jeune employée, tête contre tête près de la machine à café, avaient jeté un coup d'œil dans sa direction en s'efforçant visiblement de garder leur sérieux. Puis Gail avait chuchoté derrière sa main, l'autre avait éclaté d'un fou rire inextinguible et s'était précipitée aux toilettes. Manifestement, le chuchotement le concernait et Andrew avait la désagréable impression qu'il concernait ses prouesses sexuelles. Ce qui le rendit furieux. Elle avait été bien contente de se faire baiser après les heures de bureau, la Miss Fuller. Craignant sans doute que l'éclair ne frappe deux fois au même endroit, elle enlevait son slip avant même qu'il ait ouvert sa braguette.

Eh bien, il ne devait pas être difficile de mettre un frein à tout cela. Il la coincerait avant qu'elle s'en aille et lui dirait deux mots. Quand il en aurait terminé, elle serait tellement reconnaissante d'en réchapper qu'elle se la fermerait. Mais, le moment venu, un comptable attendait près de la réception et ils partirent ensemble.

— C'est ce gentil jeune homme qui a repris les clients de Dennis, disait Gilda.

— Quoi? – Dieu merci, on était vendredi soir. Fin de la semaine.

— Qui m'a mise *au fait*[1] de la situation au bureau.

— Il n'est pas jeune. Il a quarante-deux ans.

— Tu n'as pas de clients *du tout*?

— Je vais au bureau tous les jours. Je passe mon temps là-bas. Je ne suis pas dans tes jambes. Pour ça tu me paies un prétendu salaire. C'était notre arrangement.

— Cela ne me paraît pas très satisfaisant.

Trop vrai, ça, bordel! S'il tenait le coup, c'était uniquement parce que ça ne pouvait pas durer éternellement. Parce que le changement, c'est la condition de la vie, non? Et il n'était pas aussi passif que son petit cœur le supposait. Depuis que le collier d'esclave s'était refermé sur son cou, il avait échafaudé des plans. Des plans fous, subtils, à court et à long terme, des plans stupides qui n'avaient aucune chance d'aboutir mais qui le faisaient rire. Aucun ne s'était concrétisé mais, durant ces dernières semaines, il travaillait à quelque chose qui commençait à prendre forme pour de bon. Touchons du bois.

Tout en échafaudant ses plans, Andrew écrivait et réécrivait, puis écrivait encore la scène d'adieux avec Gilda. Il s'attardait sur le moindre détail, fourbissait chaque insulte, rognait la prose. Elle n'en croirait pas ses yeux. Ni ses

1. En français dans le texte.

oreilles. Elle serait incapable de comprendre que son pauvre idiot, son châtré de mari, piétiné pendant tant d'années, avait pris chair et muscles et os, s'était drapé dans une cape brillante, avait empoigné avec hardiesse une lance qu'il lui plantait dans le cœur de toutes ses forces. Ouais !

En attendant, elle continuait à radoter. Valait mieux répondre.

— Excuse, chérie, j'étais dans la lune.

— Si seulement ! dit Gilda.

*

* *

La veille, après le départ de la police, Roy s'était trouvé soudain, sans aucune raison, beaucoup moins inquiet. Comme si le premier obstacle avait été franchi. Il se sentait capable, en mesure de faire face. Il brava le Bureau d'Information, après avoir conclu qu'il risquait moins à se renseigner sur les démarches à effectuer lors d'un décès qu'à attendre que des gens débarquent et l'interrogent. Bien sûr, on lui avait demandé son nom et son numéro de téléphone mais Roy avait inventé une histoire.

À l'heure du thé, le flic en civil qui était venu plus tôt avait rappelé au sujet du portable d'Ava. Roy savait déjà qu'il n'était pas dans son sac mais avait promis de le chercher.

— Roy ?

— Quoi ?

— Tu crois que Karen, ça veut dire reine en français ?

— Non. Rien à voir.

— Pourquoi ?

Il n'avait pas envie d'entrer dans les détails. Il connaissait la signification de son nom parce qu'un jour une institutrice l'avait surpris en train de pleurer à gros sanglots dans les vestiaires. Deux filles lui avaient dit que sa mère l'avait abandonné parce qu'il puait, qu'il était qu'une merde. Alors la maîtresse lui avait affirmé que ça ne tenait pas debout parce qu'on lui avait donné le prénom le plus noble et le plus prestigieux et le plus important du monde. C'est ainsi qu'il avait découvert que Roy voulait dire roi en français.

Lasse d'attendre une réponse, Karen s'était remise à éplucher une énorme orange.

— Ça sent bon, les oranges, tu trouves pas, Roy?

Il continuait de s'inquiéter au sujet de Karen. Il l'observait avec attention. À son insu. Elle avait cessé de pleurer et maintenant, à part un mal de tête persistant, elle prétendait aller bien. Mais elle ne pouvait s'être remise aussi rapidement, Roy le savait : il avait une expérience directe dans le domaine. Un garçon, qui était de passage à l'orphelinat, avait perdu sa mère, morte d'une overdose. Il avait fallu trois personnes pour le maîtriser et il avait crié pendant des jours et des jours.

— Tu en veux la moitié?

Elle lui passa l'orange.

— Non. On en a une chacun tous les jours, maintenant. Et n'oublie pas ton lait.

— Il est bon. Il est bon mais il n'a pas le même goût.

— Il est frais. Tu vois... – Il tourna la brique de lait en montrant du doigt. – À consommer jusqu'au 19. Sinon, il sera tourné.

— Tourné?

Il lui expliqua ce que voulait dire « aigre ». Il trouvait génial d'être avec Karen. Pour lui, elle était comme une petite sœur. Elle levait les yeux vers lui, le bombardait de questions, dont il connaissait rarement les réponses. Il répondait néanmoins avec aplomb, et elle savait ainsi qu'elle pouvait compter sur lui.

Ils avaient prévu de s'attaquer à la chambre d'Ava. Roy estimait qu'il était un peu tôt mais c'était Karen elle-même qui l'avait proposé. Il n'y avait aucune raison qu'il dorme dans un placard alors qu'il payait tout le loyer. De plus, ils pourraient chercher le portable, qui ne se trouvait sûrement pas ailleurs dans la maison.

Il décréta qu'il commencerait seul et qu'elle l'aiderait seulement si elle s'en sentait le courage. Ils se procurèrent des cartons à la boutique du village pour ranger les objets qui avaient une certaine valeur. Pour le reste, Roy avait promis de faire un feu de joie.

Il vida d'abord le placard, plia soigneusement les vêtements qu'il empila sur le palier. La commode, bourrée de vieux pulls qui sentaient le moisi et de sous-vêtements puants, fut vite expédiée. Il remplit un sac-poubelle en un rien de temps. Les perruques, les bijoux et les sacs à main, tous vides, atterrirent dans un carton.

Il garda le lit pour la fin, il n'avait guère envie d'y toucher. L'image nette d'Ava allongée là, les yeux et la bouche grands ouverts, était désagréablement présente. La taie d'oreiller était souillée de vomi. Il se demanda s'il ne devrait pas enfiler des gants en caoutchouc mais il ne voulait pas avoir l'air d'une fille, même à ses propres yeux.

De toute façon, le problème ne se posait pas : il n'y en avait pas dans la maison.

Il brûlerait la literie. La couette, les draps, les oreillers, le matelas, tout. Il décida de les jeter par la fenêtre qui donnait sur le jardin de derrière. Ce serait un magnifique départ pour le feu de joie.

Tout était crasseux. Ava avait prévenu Roy, quand il avait emménagé, que ses dons extraordinaires la plaçaient au-dessus des tâches ménagères et que tout ce dont Karen ne se chargeait pas restait en l'état. Ensuite, ce fut tout ce dont Roy et Karen ne se chargeaient pas.

Pas commode de jeter la couette. La fenêtre était trop petite et ne s'ouvrait qu'en deux parties. Pour le matelas, ce serait encore pire. Roy décida de le traîner sur le palier, le faire dégringoler dans l'escalier et de le tirer au coin de la maison. Il le souleva et le posa par terre. Il aperçut alors sur les ressorts une enveloppe. Il la prit du bout des doigts et l'ouvrit. Bourrée d'argent. Il la fourra automatiquement dans sa poche puis la ressortit. Il fallait qu'il pense autrement, désormais. Qu'il vive autrement. Il n'était plus seul en jeu.

Il essaya de compter l'argent, ce qui n'était pas facile. Les billets de cinquante livres étaient humides et collés. Il les détacha avec soin. Il y en avait neuf. Quatre paquets de deux faisaient cent, multipliés par quatre. Et il restait un billet.

— Karen? – Il l'entendait qui lavait la vaisselle. Elle parlait toute seule, comme elle en avait l'habitude. Elle jacassait comme une vieille blanchisseuse. Il répéta : – Karen?

— Quoi?

— Viens voir ce que j'ai trouvé.

*
* *

Ce même samedi matin, Doris parcourait *L'Écho*. Elle pensait y trouver des détails sur la mort d'Ava mais il n'y avait que les maigres rubriques habituelles du week-end. Le sport, les courses, des portraits de personnalités du cru, quelques recettes. Doris découpa la seule qui lui parut savoureuse – un sandwich au jambon et au fromage frit au beurre avec un œuf à cheval, et passa le reste du journal à Ernest.

Elle gardait un œil sur l'heure. Privée de conversation hier, dans la confusion du déménagement, elle avait décidé de surprendre Benny dans son appartement ce matin, vers neuf heures et demie, après le petit déjeuner.

Benny était chez elle, en effet, mais semblait toute retournée en ouvrant la porte. Doris s'inquiéta aussitôt.

— Qu'est-ce qui se passe?

— J'étais en train de lire ce livre. Ils m'ont demandé – Kate et Mallory. J'étais si contente de participer, tu comprends?

— Oui, dit Doris en entrant. C'est horrible?

— Terrible! Oh, Doris... je serai incapable de continuer à le lire, je crois.

— Alors, arrête.

— C'est à cause de cette épée... si aiguisée, comme magique. Elle tranche à travers le cuir, la chair, les os, les muscles. Elle peut couper un soldat en deux. Et il y a des tournois, et des chevaux, et des têtes qui roulent partout...

Voilà qui lui paraissait drôlement chouette, à Doris.

— Écoute, ma chérie, Mallory ne tient certainement pas à ce que tu te mettes dans cet état, non?

— Oui, mais...

— Ça va là-dedans? – Elle poussa le gros tas de feuillets dans un sac. – Maintenant, tu le rapportes à la maison et tu lui dis que c'est génial.

— Ça promet si je débute en mentant.

— Tu es dans les affaires, maintenant. Vaut mieux t'habituer.

— Juste! – Benny prit le paquet.

— Attends! Kate n'est pas là pour l'instant. Je l'ai vue sortir.

— Chez les Parnell?

Doris fut surprise par la froideur inhabituelle du ton. Benny, qui semblait aimer pratiquement tout le monde! Elle n'osa pas poser de question directe mais haussa les sourcils.

Son amie fit comme si elle n'avait rien vu. Elle ne raconterait à personne ce qui l'avait montée contre les Parnell, enfin, contre Judith, en fait. Peu de temps après leur avoir offert le savon-chien et l'éponge, elle avait aperçu son cadeau sur le tas d'ordures, le jour du ramassage. Judith ne s'était même pas donné la peine de le cacher ni de le mettre dans un sac. Cette indifférence absolue à l'égard d'autrui, car la poubelle était bien visible depuis les grilles d'Appleby House, avait rendu Benny furieuse. Elle était contente qu'ils s'en aillent.

— Tu sais quoi? disait Doris. J'aurais rien contre une petite tasse de thé.

Son amie s'excusa, prépara du thé et sortit des biscuits aux amandes. Il y eut un moment embarrassant quand elle apporta le plateau dans le salon. Doris était assise dans la bergère de

Dennis et Benny ne put retenir un petit cri désolé qu'elle étouffa aussitôt. Mais Doris l'entendit et se leva, prétextant qu'elle avait le soleil dans l'œil et qu'elle préférait le canapé.

— Tu viens à la Proximité, demain, Ben?

Sa main trembla si violemment que le couvercle de la théière se mit à danser.

— Pour quoi faire?

— Eh bien... je crois qu'il y aura un service commémoratif. Tu sais, pour Ava. Je pensais que ça t'intéresserait.

— Ava?

— Ava Garret. La médium qui est morte.

— Ah, oui. - Cette Ava-là.

— Il a dû y avoir une enquête judiciaire.

Elle regretta immédiatement ses paroles. Le visage de Benny s'assombrit, elle devait se rappeler l'enquête de Dennis. Quelle horrible journée, avec Benny qui s'était conduite si bizarrement, qui avait lancé ses folles accusations!

Celle-ci versait le thé. En se servant de lait et de sucre, son amie aborda prudemment la véritable raison de sa visite.

— J'ai réfléchi à ce que tu as dit jeudi, Ben.

— À propos de quoi?

— Quand je t'ai appris la mort d'Ava, tu as eu l'air vraiment fâchée. Puis tu as dit : «Qu'est-ce que je vais faire maintenant?»

— Je ne me souviens pas.

— Si, tu as bien dit ça, et j'ai pensé...

— Tu as vu l'heure! - Elle se leva, faillit renverser sa tasse dans sa hâte. - Je... euh... je devrais déjà être là-bas. Mallory va... hum... la réunion des éditions... Chélidoine. - Elle saisit le manuscrit. - Ne te presse pas, Doris. Finis ton thé, reprends des biscuits. Et tire la porte quand tu t'en iras.

Doris finit son thé et tous les biscuits. Elle estimait qu'elle méritait une sorte de compensation. Car n'avait-elle pas été la première à inciter Benny à se rendre à l'Église de la Proximité ? Sans moi, pensait-elle, le pauvre M. Brinkley serait toujours en train de flotter dans l'éther en cherchant désespérément un contact. Il ne faut pas s'attendre à de la gratitude, de nos jours, quand on aide les autres, ni même à des remerciements. Mais il était extrêmement agaçant d'être tenue à l'écart au moment où l'affaire prenait une nouvelle et mystérieuse tournure.

Il se passait quelque chose, sinon Benny n'aurait pas fichu le camp comme ça. Doris repensa au cliquetis de la tasse, à la façon dont son amie avait saisi le paquet et s'était enfuie. Elle s'était enfuie, voilà. Comme le vent. Mais que fuyait-elle ? Tout en mâchonnant le dernier biscuit, Mme Crudge résolut de découvrir le fin mot de l'histoire.

*

* *

Kate disait au revoir aux Parnell. Ils s'étaient déjà fait leurs adieux la veille au soir. Se souvenant de la soirée précédant le déménagement, Kate avait pensé qu'une invitation à dîner s'imposait. Ses voisins ne déménageaient pas mais ils allaient s'absenter un certain temps.

Tout s'était passé très vite. Avant même le rendez-vous à Harley Street, Judith avait cherché sur Internet le meilleur hôpital et le spécialiste le plus réputé. Elle avait montré sa liste au médecin et suivi ses conseils. Ashley l'avait raconté à Kate tandis que sa femme se rendait à Causton pour réserver les places d'avion.

La Clinique pour les Maladies Tropicales, La Fontaine, se trouvait dans les Alpes-Maritimes, à la frontière de l'Italie. Judith séjournerait dans un hôtel voisin de l'hôpital. L'air y était paraît-il souverain. Elle était ravie mais ses manières trahissaient une surexcitation fébrile. Quant à Ashley, il était calme. Lorsque Mallory lui avait demandé comment il se sentait, il avait répondu : « Content qu'il se passe enfin quelque chose. »

Le repas n'avait pas été une réussite. Si Ashley était enchanté, il était évident en revanche que Judith n'était venue qu'à son corps défendant. Et elle n'avait pas eu l'air d'apprécier du tout quand son mari avait instamment prié les Lawson de se servir autant qu'ils voulaient dans le jardin, sans quoi tout serait perdu.

Kate commençait à en avoir assez de cette attitude désagréable – après tout, ils allaient surveiller la maison des Parnell et faire suivre leur courrier –, et au moment de servir les poires au caramel, elle-même faisait un peu la tête. Elle le regretta après coup : serait-elle aimable avec les gens si Mallory était gravement malade, incurable peut-être? Aussi ce matin avait-elle cueilli dans le verger ses plus belles pommes qu'elle avait apportées juste avant l'arrivée du taxi.

Ashley l'étreignit et l'embrassa sur la joue. Judith lâcha : « Mais qu'est-ce que vous voulez qu'on en fasse, de ces pommes? » puis ils montèrent dans le taxi et s'en allèrent.

*

* *

C'était l'heure du déjeuner. Roy et Karen étaient en train de manger des petits pains de seigle tout frais et une soupe de panais épicée, provenant de Covent Garden. La fillette n'avait jamais entendu parler de Covent Garden et il lui décrivit les rues pavées, les échoppes et les boutiques, les jongleurs et les mangeurs de feu. Et un homme et une femme peints en argent qui ne bougeaient pas, qui ne clignaient même pas des yeux.

— Je pense donner mon premier spectacle à Covent Garden.

— Je peux venir, Roy? J'applaudirai tout le temps. Et je rirai.

— Tu ne ris pas maintenant.

— Je rirai.

— OK, tu pourras passer le chapeau.

Ce qui les amena à reparler d'argent. D'argent en général et, bien sûr, de *l'argent*. Roy avait préconisé la plus grande prudence, ce qui n'excluait pas qu'ils en profitent un peu. D'abord, il fallait acheter des vêtements à Karen. Elle était fagotée pire qu'un épouvantail! Et des chaussures.

— C'est pas bon pour tes pieds, ces gros machins-là.

— Tout le monde en a.

— Des fois, ça va. Mais il faut qu'on t'achète des baskets.

— Oohh, Roy... des baskets...

— Ça va, pique pas une crise.

Il avait passé une heure dans le jardin, avant que Karen se réveille, à se tracasser au sujet de l'argent. Il était tout juste capable d'additionner les chiffres, le reste le dépassait. Mais il savait qu'après avoir payé à Ava sa pension il lui restait à peu près la même somme. Était-ce suffisant pour deux? Et puis il y avait l'électricité, etc. Pour l'instant, c'était parfait mais quand l'hiver viendrait?

Il lui était impossible de toucher l'allocation de Karen. Elle ne le pouvait pas non plus : seule Ava était autorisée à signer le registre et à empocher l'argent. Elle se déplaçait spécialement à Causton, croyant de cette façon déjouer la curiosité de Forbes Abbot. Mais Roy ne pouvait entamer les démarches pour bénéficier de l'aide financière à laquelle il aurait eu droit. Car dès que les renseignements concernant Karen, lui et la maison seraient entrés dans les ordinateurs des services sociaux, leur sécurité et leur bonheur s'évanouiraient en fumée.

On le tirait par le bras.

— Roy, Roy.

— Karen, Karen.

— Est-ce que je peux acheter mes nouvelles affaires à Covent Garden?

— Non, on va aller à Byrite.

— Quand? Quand ça, Roy?

— Aujourd'hui, si tu veux.

— Génial! Et il y a des mangeurs de feu, là-bas? Et des gens argentés?

— Non.

— Maintenant qu'on est riches, on ne pourrait pas aller à Covent Garden juste pour regarder?

— Je t'emmènerai un jour. Ne saute pas comme ça, tu me donnes le tournis.

— Roy?

— Quoi encore?

— Je peux avoir une bicyclette?

— Non.

— Alors, je peux peindre ma chambre en rose?

*
*　*

Roy était déjà allé à Byrite, aussi savait-il à quoi s'attendre, mais Karen fut anéantie. Bouche bée, elle contemplait l'immense espace qui s'étendait devant eux sur des kilomètres. Les rayons bourrés de tout ce qu'on peut désirer au monde.

— Je croyais que c'était un magasin, Roy.

— C'est un magasin. Maintenant, tu te tiens au chariot, d'accord? Et ne le lâche pas. Si je te perds, je ne te retrouverai jamais ici.

Karen serra fort la barre en plastique. Elle n'avait jamais vu autant de monde. Comme dans un match de foot à la télé. Sauf que là, les gens bougeaient tout le temps, ce qui faisait encore plus peur.

Ils commencèrent à déambuler. Ils devaient changer de bus pour rentrer à Forbes Abbot et Roy avait restreint avec fermeté le nombre de paquets. Uniquement les vêtements de Karen et la peinture. Malheureusement, ils passèrent d'abord devant le rayon de literie, où se trouvait une splendide housse de couette illustrant l'histoire de Cendrillon. La baguette de la fée-marraine produisait de vraies paillettes et les souris avaient des queues en satin; une taie d'oreiller assortie, ornée de dentelle, et une petite lampe avec un abat-jour argenté, lui aussi semé de paillettes. Karen proposa de porter la lampe.

Ils durent traverser le rayon d'alimentation pour atteindre celui des vêtements d'enfants, par conséquent des offres exceptionnelles qu'on ne pouvait laisser passer. Bien que Roy ait fixé les limites à douze boîtes de soupe pour le prix de huit, il ne put résister à une maison en pain d'épices et à une grande boîte de chocolats en forme de coquillages.

Quand ils atteignirent enfin le rayon vêtements, la fillette choisit trois T-shirts, une jupe en denim, un jean et les baskets bien-aimées avec une lumière rouge aux talons. Et des chaussettes, des sous-vêtements, une veste polaire jaune vif. Leur chariot était déjà rempli et, pourtant, le tout ne se montait qu'à trente-huit livres.

Alors qu'il passait à la caisse, Roy se tourna vers Karen, fier de leurs achats, désireux de la voir sourire. Elle n'était plus là. Elle était à ses côtés il y a quelques secondes et, maintenant, elle avait disparu. Le souffle coupé, il ne put ni bouger ni parler.

Elle avait disparu. Malade de peur, tout tremblant, il abandonna le chariot et se mit à courir dans tout le magasin. De terribles images lui venaient à l'esprit. Karen montant en voiture avec un homme qui les avait suivis. Une femme désespérée en mal d'enfant la tirant par le bras pour l'entraîner vers une porte. Un couple adepte du satanisme qui avait l'air si gentil et inoffensif. Ils avaient une petite fille comme Karen. Elle ne voudrait pas venir jouer?

Roy s'arrêta de courir. C'était sans espoir, le centre commercial était trop grand. Il devait prévenir, et on passerait une annonce. On appellerait la police. Il faudrait qu'il donne son signalement. Mince, petite pour son âge. Les cheveux? Sans couleur, à vrai dire.

Il se soutint à une arcade en plâtre, haletant. Son cœur cognait douloureusement dans sa poitrine. Il était mieux avant, sans tout ça, tiens, bordel ! S'occuper de quelqu'un, s'y attacher, c'est trop la merde. Des conneries, ça valait pas le coup. Jusqu'ici, il s'en était bien passé. Pas génial, d'accord, mais il en était pas mort, hein ? Ces histoires d'amour à la con, on peut se les mettre au...

Alors, il l'aperçut. Devant le rayon des poupées. Le soulagement l'engloutit avec la violence d'un barrage qui se rompt, et faillit le faire tomber. Puis vint la colère. Lui faire subir ça ! Elle ne savait pas qu'il essayait de s'occuper d'elle ? La petite... Il se força à attendre que sa fureur retombe sans la quitter des yeux. Puis il respira profondément et s'avança, l'air de rien.

— Je me demandais où tu étais passée. Tu viens m'aider ?

— Oh, Roy. – Elle tourna vers lui un visage radieux en lui prenant la main. – Regarde, regarde ! C'est Barbie !

Alors ils durent passer la demi-heure suivante à choisir une Barbie. Barbie cavalière, Barbie star de cinéma, Barbie infirmière ou secrétaire, Barbie en vacances, Barbie pianiste de concert. Plus tout le barda de Barbie. Pour une poupée, elle s'y entendait à les entasser, celle-là !

Quand Roy fut repassé à la caisse (pour une Barbie astronaute), ils allèrent à la cafétéria, choisirent des friands à la saucisse, des frites et du Coke. On était samedi, il y avait beaucoup de monde. Partout des familles, et Roy prit fièrement sa place parmi elles. Il écoutait les parents parler à leurs enfants. Surtout des remontrances. Regarde ce que tu as fait. Arrête de donner des coups dans la chaise. Laisse ses chips, tu as eu les tiennes. Pose-moi ce porte-monnaie. Regarde ce que tu as fait !

— Karen, ne renverse pas ton verre.

— Je renverse pas.
— Et finis tes frites, elles vont être froides.
— Toi, tu finis tes frites.
— Et ne sois pas insolente.
— Alors, arrête de m'embêter.
— C'est moi qui commande ici, dit Roy. – Puis : – Qu'est-ce qu'il y a de si drôle?

*
* *

Le dimanche suivant la mort d'Ava, l'intérieur de l'Église de la Proximité était plongé dans une obscurité de circonstance. Les ifs paraissaient plus denses que jamais. Vivants, comme dans une forêt sauvage, ils se pressaient les uns contre les autres, bloquant les rayons du soleil. On avait allumé l'électricité mais les ampoules de soixante watts ne donnaient qu'une lumière pâle et chiche.

George se trouvait dans une étrange disposition d'esprit, qui suscitait bien des commentaires. En costume noir soigneusement brossé, la mine rassurante et ténébreuse, un tantinet crispée comme si, selon la formule d'un paroissien, derrière sa figure, une expression différente cherchait à s'extérioriser.

Pas de séance médiumnique au programme. Ils s'étaient rassemblés pour rendre hommage à Ava Garret, passée dans le monde des esprits, bien que la cause et la manière de ce passage demeurent encore non éclaircies. La congrégation approuvait tout bas la situation : Ava était loin d'être une femme ordinaire, il semblait donc juste et normal que son décès soit mystérieux. La séance s'ouvrit sur une musique exubérante tandis que George montait sur scène.

— Bienvenue à vous tous. La joie est là, chers compagnons, même en ce moment de grande solennité car je viens de recevoir un message de mon guide assyrien. Il se trouve que notre amie défunte et guérisseuse s'est déjà unie à Zacharie, son homologue élémentaire. – Applaudissements dispersés. – Incorporés dans l'immense firmament de lumière et d'amour, ils demeurent dans les grottes de cristal, ils vont voir s'ouvrir toutes grandes les portes de la Connaissance. Transfigurés, ils vont vivre éternellement. – George marqua une pause, un oiseau noir tendant la tête, en alerte, aux aguets. – Hamarchis a été prié de vous adresser sa bénédiction de la part du Grand Architecte qui fut, est et sera éternellement.

Tout le monde entonna : « Ô, grand esprit. Terre, soleil, ciel et mer, Tu es en moi, autour de moi... »

George avait demandé un éloge funèbre collectif ; il craignait de s'en charger lui-même de peur de s'effondrer. Des gens reconnaissants à Ava pour ses bons offices se levèrent à tour de rôle pour adresser leurs condoléances et vanter ses dons. Ce qui prit longtemps. Pourtant, un observateur aurait pu remarquer que seuls les dons psychiques d'Ava étaient encensés. Aucun commentaire sur ses qualités humaines, surtout parce que personne à l'Église de la Proximité ne pouvait la supporter.

Alors que le dernier tribut musical s'achevait, George Footscray, envahi à présent par une émotion indicible, pressa un mouchoir sur sa figure, quitta précipitamment la scène et remonta quasiment en courant l'allée centrale, avec force gestes inquiets, en criant : « Le thé, le thé... »

Bien qu'on n'ait pas spécialement fait appel à la générosité des membres, une grande boîte en carton couverte de papier d'aluminium trônait parmi les roulades et les pâtisseries variées. Une étiquette indiquait : « Pour les obsèques », et la plupart des gens glissaient quelque chose dans la fente. Doris mit dix livres, en n'osant penser à la réaction d'Ernest s'il l'avait su. Elle le faisait pour Karen.

Puis elle se mêla à l'assemblée et ne fut pas surprise de découvrir que la conversation tournait à la spéculation et à la déception, émaillée de « si seulement », et de « je me demande qui ». Les révélations étonnantes d'Ava concernant la mort de Dennis Brinkley, quoique accueillies avec un certain malaise sur le moment, avaient généré une atmosphère extrêmement dramatique. Les gros titres des journaux, l'interview à la radio avaient avivé la flamme. C'était couru d'avance : les caméras de télévision seraient là pour le grand jour. On avait forcément attendu avec impatience. Personne n'avait douté de la promesse d'Ava : le coupable serait décrit avec une précision telle qu'on le prendrait en flagrant délit dans l'heure qui suivait. De même personne n'exprimait tout haut l'idée que là résidait peut-être la cause de sa mort.

Tout en partageant une assiette de beignets à la pâte d'amande avec Mme Gobbett, gardienne des clés et chargée des fleurs – les arrangements de fleurs artificielles devaient être époussetés toutes les semaines –, Doris faisait part de son inquiétude.

— George avait une drôle de tête, tout à l'heure.

— Il lui vouait une admiration sans bornes. C'est naturel.

— Qui va remplacer Ava, vous croyez?

— Ils vont envoyer quelqu'un. Sinon, ce sera à lui de reprendre le flambeau.

Les deux femmes réfléchirent en silence à cette éventualité. Les dons médiumniques de George étaient pour le moins aléatoires. Par moments, il était bien. Mais, certains jours, il était si peu inspiré que la séance se passait sans qu'aucun esprit ne se manifeste. Et il pouvait se montrer irresponsable. Une fois, il avait mentionné un homme qui était en vacances à ce moment-là, et il avait reçu une lettre menaçante d'avocat.

— Vous savez ce qui est prévu, Alma? Pour l'enterrement?

— Son enveloppe charnelle est encore aux mains de la justice, paraît-il, expliqua Mme Gobbett. À cause de la police.

— C'est que... c'est si cher. Le contenu de la boîte n'y suffira jamais.

— J'ai vu la petite Karen ce matin, dit Alma.

— Quoi? Au village?

À la réponse affirmative, Doris rassembla ses affaires et s'en alla en toute hâte. En passant devant les toilettes des messieurs, elle entendit un son étranglé suivi de gloussements. Assourdis, comme bâillonnés. Puis un petit rire saccadé et rauque, aussitôt réprimé.

Doris hésita. Y avait-il quelqu'un de malade là-dedans? Ou se racontait-on des histoires drôles? Le moment paraissait mal choisi. Ainsi que l'endroit, du reste. Mais ce ne serait certainement pas elle qui s'en occuperait. Elle n'était jamais, au grand jamais, entrée dans des toilettes pour messieurs et n'avait aucune intention de commencer aujourd'hui.

*
* *

Roy était en train de poncer les murs dans la chambre de Karen quand il entendit frapper à la porte d'entrée. Saisi de peur, il sut que c'étaient eux. Tout ce qu'ils représentaient, tout ce qu'ils lui avaient fait subir revint le submerger. Il dut se retenir à l'échelle pour ne pas tomber. Les gens avaient peut-être changé, depuis le temps, mais c'étaient toujours les services sociaux. Ceux qui détenaient le pouvoir de mettre en pièces. La haine bouillonna sous la peur, si violente qu'il en eut presque la nausée. Durant ces quelques secondes, Karen avait ouvert la porte. Il l'entendit parler à quelqu'un puis elle l'appela dans l'escalier.

Roy se ressaisit à grand-peine. Il n'avait rien fait de mal. Il avait même fait tout ce qu'il fallait. Il avait dix-sept ans, maintenant, il avait un boulot où il arrivait à l'heure et se conduisait bien. Dans la situation d'urgence où il se trouvait, il s'occupait de tout, dans la mesure de ses capacités. D'ailleurs, que pouvaient-ils lui faire qu'ils ne lui aient déjà fait ? Quand il eut rassemblé assez de courage pour descendre, il fut un peu surpris de trouver Mme Crudge.

Doris aussi fut interloquée. En fait, elle ne comprit pas tout de suite qu'il s'agissait de Roy. Il s'était bien lavé. Mais elle fut déçue par la maison. Elle s'attendait à quelque chose de plus exotique, avec Ava qui avait tellement voyagé. Des tapis en peau de tigre, des souvenirs rapportés du monde entier. Mais le décor respirait la médiocrité, la mesquinerie, la banalité. Quand Roy l'invita à passer au salon, elle ne put s'empêcher de remarquer le canapé taché et le fauteuil couvert de brûlures de cigarette.

— Eh bien, mes chéris. – Elle s'assit et posa son sac à ses pieds. – Comment vous débrouillez-vous?

— On est cool, dit Roy. On a tout ce qu'il nous faut. À manger... tout.

— Roy est en train de repeindre ma chambre, Doris. En rose princesse. Et j'ai plein de nouveaux habits. Et une Barbie. C'est une astronaute. Elle a un casque et un costume spatial en argent et tout. – Karen s'arrêta pour reprendre son souffle. – On est allés à Byrite. On a dû rentrer en taxi parce qu'on avait trop de paquets.

Doris tourna lentement les yeux vers Roy. Il déchiffra son regard et se recula, comme s'il avait reçu un coup violent. Il devait être aveugle ou idiot, mais cette idée-là ne lui était jamais venue à l'esprit. Il aurait préféré qu'on lui coupe la main plutôt que de toucher à une enfant. N'importe quelle enfant mais surtout Karen.

— Ce n'est pas moi qui ai acheté ça, dit-il rapidement. On a trouvé de l'argent en haut.

— Je suis déjà venue, dit Doris doucement en s'adressant à Karen. Personne n'a répondu, alors j'ai cru que tu étais partie. On s'occupe de toi, à ce qu'il paraît.

— Oui, on s'occupe de moi.

— Est-ce que quelqu'un de la municipalité est venu?

— Pas encore, dit Roy. Ça ne va pas tarder, non?

Il eut un rire forcé. On voyait qu'elle réfléchissait. Et peut-être – oh, mon Dieu! – qu'elle allait prendre Karen avec elle en partant.

— Tu sais ce qui va se passer pour l'enterrement, Roy?

Doris se sentit un peu gênée de poser la question devant la petite fille mais il fallait bien qu'on règle cela.

— Rien jusqu'ici, madame Crudge. Il faut d'abord que le décès soit enregistré et j'attends toujours le certificat de l'hôpital.

Elle jeta un coup d'œil inquiet à Karen au mot «décès» mais celle-ci ne paraissait pas du tout émue. C'était un peu bizarre après l'événement si récent mais, somme toute, Ava n'avait jamais été très maternelle. Au moins, le garçon avait l'air de se débrouiller.

— On a fait une collecte après le service, ce matin. George ou quelqu'un d'autre va sans doute vous l'apporter. Mais cela ne suffira sûrement pas à couvrir les frais.

Il haussa les épaules en signe d'impuissance. Il ne savait que dire. On devait bien payer pour les pauvres, les clochards, les vagabonds. Sinon, il y aurait des corps un peu partout. Peut-être cette fichue municipalité. D'une façon ou d'une autre, il serait pris dans leurs filets. On lui poserait des tas de questions auxquelles il ne saurait répondre. Ils emporteraient le carnet de quittances de loyer, et lui prendraient son foyer, par la même occasion. Puis ils emmèneraient Karen. Roy se sentit submergé par une vague de panique. Maintenant elle le scrutait, la vieille Mme Crudge. Avec un drôle de regard. On éloignerait Karen.

— Sois gentille, va nous préparer une bonne tasse de thé.

Alors que la fillette se précipitait, elle déclara :

— Tu en as beaucoup sur les bras, fiston.

— Je peux me débrouiller.

— George a dit que c'était toi qui l'avais trouvée.

— C'est exact. J'ai écarté la gamine. Il y avait une ambulancière, c'est elle qui lui a dit ce qui s'était passé. Et Karen ne les a pas vus l'emmener.

— C'est bien, Roy. Je vois que tu as fait pour le mieux...

— Oui ! Oui !

— Mais tu ne peux pas rester ici seul...

Alors, Roy perdit complètement la boule, et Doris, atterrée, profondément remuée par la violence des souvenirs, la souffrance dont ils témoignaient, Doris recueillit tout, tristement et malgré elle.

Il avait été abandonné dans une cabine téléphonique. Puis adopté. La nouvelle maman était morte, le papa ne voulait pas de lui. Deux fois placé en famille d'accueil, deux fois rendu, flanqué dans un orphelinat. Des gosses durs, violents, qui le battaient, qui le poussaient à bout et riaient quand il pleurait. Ils lui découpaient ses habits, le violaient dans la douche, encore et encore. Il avait cherché à entrer dans une bande. Si on faisait partie d'une bande, on était peinard. Mais personne ne voulait de lui. Même les bandes de nuls – tous les gosses exclus. Il avait essayé de s'enfuir mais la police l'avait retrouvé et l'avait ramené. Alors, à seize ans, il avait eu un vrai foyer, et quelqu'un qui avait besoin de lui, quelqu'un à aimer même si ce n'était qu'une petite gamine. Mais, maintenant, tout allait de travers comme toujours dans sa vie pourrie, mais il ne laisserait jamais les services sociaux lui prendre Karen. Elle ne subirait jamais ce qu'il avait subi. Ils s'enfuiraient, personne ne pourrait les retrouver...

Les yeux gonflés de larmes, la morve lui coulant jusqu'à la bouche, Roy se réfugia dans un silence désespéré. Il sanglotait, conscient qu'il se racontait des blagues. Où iraient-ils, Karen et lui ? Quelles chances auraient-ils ? La vieille Mme Crudge s'était levée. Aveuglé, il ne la voyait pas mais sentit qu'elle se déplaçait. Elle allait prendre Karen, il ne pourrait rien faire. Ce serait la fin. Il serait capable de supporter. Il avait supporté cette merde toute sa vie. L'espoir et les rêves, c'est ça qui vous brise. Le canapé s'enfonça ; un poids à côté de lui. Plus près. Un bras autour de ses épaules. Une main qui lui caressait doucement les cheveux.

Quand Karen revint avec le thé, elle fut surprise et un peu troublée par le spectacle. Parce que Roy, c'était le fort, l'adulte qui savait toujours quoi faire et qui ne s'inquiétait jamais. Alors pourquoi Doris le berçait dans ses bras, pourquoi il criait et pleurait comme un bébé ? Elle posa son plateau par terre et s'assit en silence. Pendant qu'elle attendait et que le thé refroidissait, elle en vint à comprendre qu'il n'y avait pas lieu de s'alarmer ni d'avoir peur : ce qui se passait n'était pas grave. Quand ce serait fini, Roy redeviendrait lui-même.

*

* *

Dans les jours qui suivirent, l'inspecteur Barnaby avait fait au Très-Haut l'offrande de tous les témoignages se rapportant à la mort de Dennis Brinkley et d'Ava Garret, et attendait le feu vert pour ouvrir une enquête criminelle. Le troisième jour, il eut un entretien officiel avec le commissaire divisionnaire Bateman. Expérience dont il était familier mais qu'il espérait à chaque fois ne jamais voir se renouveler.

Même dans ses meilleurs moments, il était irascible, mais les pires réveillaient dans le commissaire la bête qui sommeillait. Au fond, c'était un homme en constante ébullition. Les veines saillaient sur son cou congestionné. Ses yeux, des billes brunes mouchetées d'écarlate, étaient fixés sur la cravate de Barnaby. Ses doigts se contractaient comme s'il avait envie de l'attraper et de la tordre autour du cou jusqu'à ce que son propriétaire tombe par terre, inanimé. Pourtant, son entrée en matière fut plutôt modérée. « Il accorde son instrument », on disait au poste.

— Je n'arrive pas à piger, inspecteur. Je vous demande un peu de patience.

— Monsieur.

— Dois-je comprendre qu'il est question de deux meurtres ?

— Oui, monsieur.

— De *deux* ?

— C'est exact.

— Et le premier a été taxé de mort accidentelle ?

— Il n'y avait aucune raison de...

— On a le corps ?

— Non. M. Brinkley a été incinéré.

— Pas des masses d'empreintes sur des cendres, inspecteur.

— Non, monsieur. – Pas plus que sur un cadavre enterré depuis des semaines.

— Et ceci est arrivé... ?

Barnaby eut la sagesse de ne pas piper durant le silence contraint. Il se contenta d'observer les mains sinueuses et puissantes qui remuaient les papiers. On aurait dit des pattes de loup, le dos était hérissé de poils grisonnants. Les ongles recourbés et jaunes.

— Le vingt-quatre juillet? La scène du crime n'existe plus pour nous, si je ne me trompe.

— Pas nécessairement. Je crois...

— Je crois, moi, qu'il s'agit d'un merdier monumental. Je crois que je suis entouré de crétins qui ne remarqueraient pas un meurtre commis dans leur cour. Et pourquoi?

— Monsieur?

— Parce qu'ils se prélassent dans leur hamac, à écluser du whisky canadien, à se branler et à chanter. Et qu'est-ce qu'ils chantent, à votre avis?

Barnaby hasarda : – « En traversant le Seigle[1] » ?

— Le badinage[2], c'est pour moi, inspecteur.

— Monsieur.

Barnaby se risqua à jeter un coup d'œil à la pendule. Dix minutes, et le vieux en était encore à chercher son rythme. L'inspecteur attendit sans se démonter, sachant que l'attaque ne serait nullement personnelle. Il faut bien décharger sa bile et sa mauvaise humeur sur quelqu'un.

— Alors personne n'a interrogé personne qui ait connu ce pauvre type. Il s'appelle comment, Brinkley?

---

1. Le whisky canadien est à base de seigle.
2. En français dans le texte.

— Non, monsieur.

— Là, c'est écrit Brinkley.

— Personne n'a interrogé personne à son sujet, monsieur.

— Pas une seule question à qui que ce soit? – Il rongeait sauvagement chaque mot, comme un morceau de viande crue. Une. Seule. Question. – Je n'arrive pas à y croire.

— J'ai déjà expliqué...

— Alors, vous n'avez pas besoin de me le répéter, inspecteur-chef. J'ai l'esprit aiguisé comme un rasoir.

— Monsieur

— Et une mémoire aiguisée comme... un rasoir.

— Le verdict du coroner...

— Les coroners. – Un crachat, un seul, bien visé, et bien tiré. – Ils croient tout savoir mais ils ne sont pas «*inestimables*». – Il marqua une pause et décocha un regard noir au-dessus du bureau. – Vous trouvez ça drôle?

— Drôle? – Barnaby parut assez déconcerté. – Euh... non...

— Et la deuxième victime, cette folle, là, qui lit dans les feuilles de thé ou autres. Vous pensez qu'elle a été empoisonnée?

— Oui.

— Vous croyez qu'elle est impliquée dans le premier meurtre?

— Elle a décrit exactement ce qui s'est passé et a promis de démasquer l'assassin le dimanche suivant.

— Quelle imbécile!

— En effet.

— C'est écrit là qu'elle parlait aux esprits. – Il fixa un regard soupçonneux sur son long nez, qui vous avait un air de boxeur, et faisait joliment penser à un groin. – Vous faites partie de ces toqués de New Age, Barnaby?

— Non, monsieur.

— Magnez-vous un peu le cul! Remuez-vous la baguette.

Il se mit à rire. Des aboiements affreux, des jappements allègres. Il tambourina joyeusement de ses pattes de loup sur le bord du bureau, tel un chamane. Puis il prit le dossier et le lança avec vigueur à l'inspecteur. Barnaby attrapa les papiers au vol.

— Alors, on poursuit, monsieur?

UN FANTÔME DANS LA MACHINE

19

AVANT le premier briefing sur les meurtres Garret/Brinkley, l'inspecteur Barnaby prit connaissance des informations disponibles sur le passé de Dennis Brinkley. L'homme était un conseiller financier respectable et tranquille ; honnête citoyen au point même de n'avoir jamais récolté de contravention. Jusqu'ici, la seule étrangeté qu'on relevait dans sa vie était la façon bizarre dont il l'avait quittée. Bien sûr, Brinkley devait être infiniment plus complexe que cette esquisse simpliste ne le laissait croire. L'expérience avait enseigné à Barnaby au moins une chose : il n'y a guère plus extraordinaire qu'une vie ordinaire.

On lui avait attribué une équipe plus importante qu'il ne s'y attendait quoique moins importante qu'il l'aurait voulue. Mais il en était toujours ainsi. Il les regarda, ses constables enthousiastes, aux visages frais, et les vieux chevaux de retour endurcis, et les rangs du milieu, capables, expérimentés, mais pas encore complètement cyniques. La plupart paraissaient vifs et curieux, c'était normal. Il ne s'agissait pas d'un banal crime domestique. L'affaire promettait d'être compliquée, insolite et, Barnaby le redoutait, de tenir longtemps l'affiche.

— Vous avez tous lu les notes préliminaires? – Chacun de hocher la tête, marmonner ou remuer des papiers. – Comme vous le savez, j'insiste toujours sur le fait qu'il est important de garder un esprit ouvert... – Un soupir imperceptible fit frémir la salle. Un constable novice écrivit « esprit ouvert » : il n'allait pas finir d'en entendre parler. – Mais il faut bien commencer quelque part, poursuivit Barnaby. Et, dans ce cas, j'ai bien peur que notre point de départ ne se réduise à une présomption. À savoir que cette Ava Garret a été tuée parce qu'elle croyait pouvoir décrire le meurtre de Dennis Brinkley. Et, probablement, l'assassin.

Il y eut des grimaces et de francs éclats de rire. L'enregistrement de l'émission les avait tous amusés. Comme la photo d'Ava en pied déjà connue à la cantine comme « Le Coup préféré de Rocky Horror ».

— Difficile d'imaginer qu'on puisse prendre ce genre de menaces au sérieux, chef, dit l'inspecteur Danciey, assis près de la constable Abby Rose Carter, aussi près que possible sans se mettre carrément sur ses genoux.

— Vous avez tué quelqu'un, dit Barnaby. Vous ne pouvez pas vous permettre de négliger la menace.

— C'est juste, dit le sergent Troy. Et il y a eu des faits authentiques...

— Garret et Brinkley habitaient le même village. C'est petit, ils se connaissaient peut-être. Je veux tout savoir sur eux deux. Brinkley est mort en début de soirée le mardi vingt-quatre juillet. Il y a trois semaines maintenant, malheureusement, mais il est possible que quelqu'un se souvienne de quelque chose. Demandez si on n'a pas remarqué un étranger rôdant autour de la maison ce jour-là. Ou les jours d'avant. Interrogez-les dans la boutique du village. Trouvez-moi le facteur qui apportait le courrier à Brinkley. S'il avait une aide ménagère ou un jardinier. Et n'oubliez pas le pub. Moi, je vais voir les gens à... – Il loucha vers le carnet à spirales : – Troy?

— Appleby House, chef.

— Et vous laissez la famille d'Ava Garret. La situation est délicate, il y a une petite fille.

— Ce serait mieux si vous nous donniez...

— L'adresse est au tableau, Audrey. J'ai besoin de vous pour annoncer la nouvelle à la petite Karen; il ne faut pas qu'elle l'apprenne par la télé ou par un voisin bavard.

Génial. Merci bien, monsieur! C'est toujours pareil. Zut, toujours la même chose! Tous les coups de marteau à assener, toutes les nouvelles douloureuses et choquantes, on les refile à une femme. Où ils sont passés, hein, ces nouveaux hommes sensibles? Ça joue les machos en apprenant à langer bébé?

— Et aussi, tâchez de me convaincre Roy Priest qui vit avec elle de venir faire un portrait-robot. Il a été agréable au téléphone. Une fois que ce sera fait, on pourra envoyer les portraits à la station d'Uxbridge. Lancer un appel à témoins.

— Il ne faut pas vérifier sa voiture, monsieur? demanda la constable Carter. Si elle l'a laissée près du métro, quelqu'un a pu la repérer quand elle est rentrée. Ce fameux Chris était peut-être encore dans les parages.

— J'en doute. Il n'est pas du genre négligent. Le portable a disparu, apparemment. Ni Priest ni la fillette ne connaissent le numéro et la marque.

— Et le premier appel qu'il a donné? À la maison?

— Numéro caché, dit le sergent Troy.

— C'est à peu près tout. – L'inspecteur se leva et les congédia. – Allez-y. Debriefing à six heures.

*

* *

Ce n'est que deux heures plus tard que Barnaby lui-même fut prêt à partir. Il passa devant Roy et Karen, escortés par le sergent Brierly, qui allaient entrer dans la salle des opérations et il prit une minute pour les remercier d'être venus.

Karen sourit et dit bonjour. Roy marmonna quelque chose. Il avait toujours du mal à croire qu'il se trouvait, de son plein gré, dans un commissariat, pour collaborer avec la police. Mais une fois qu'Audrey les eut installés près de cette machine super bizarre et que le type qui y travaillait leur eut expliqué ce qu'ils devaient faire, les choses devinrent vraiment intéressantes.

La photo d'Ava en pied, en perruque noire et en cape, était sur l'écran. Il s'agissait de la modifier de façon à ce qu'elle corresponde exactement à l'Ava qui était sortie le mercredi soir. Une fois ceci achevé, il ne demeurait de l'original que la forme du visage et les traits. Même les yeux, sans les faux cils, l'eye-liner épais et l'ombre à paupières, paraissaient différents. Quant à la perruque, on l'avait simplement effacée. Ils commencèrent par les vêtements. Roy décrivit la veste qui fut dessinée et redessinée jusqu'à ce que le résultat soit parfaitement exact. La couleur s'avéra difficile. Il ne voulait pas en présence de Karen utiliser le mot de cinq lettres qui s'en rapprochait le plus. Alors il dit : « Genre doré », puis « Kaki ». Ce fut Karen qui proposa « Moutarde ».

Les cheveux bouclés et auburn exigèrent une éternité, tantôt éclaircis, tantôt assombris. Plus de rouge, plus de blond. Lorsque enfin Roy jugea que c'était bon, Karen affirma qu'ils étaient trop roux. Ils étaient là depuis longtemps mais le temps filait. À mi-séance, le sergent Brierly leur apporta des sandwiches, des barres chocolatées et de l'orangeade. Roy regretta que ce soit fini et qu'il faille rentrer. Il en parla beaucoup après et songea sérieusement à se lancer dans l'informatique.

*

*   *

À neuf heures, ce même matin, les techniciens de la police scientifique commençaient l'examen minutieux des lieux du crime à Kinders. Forbes Abbot était en émoi. Le grand camion, tapissé d'étagères elles-mêmes remplies de tout un équipement fascinant, attira les curieux en un clin d'œil. Franchement inquisiteurs, ils regardaient, ébahis, et posaient des questions aux policiers qui ne répondaient pas.

Les autres villageois, tout aussi curieux mais jugeant dégradant de le montrer, eurent subitement besoin de promener leur chien, d'aller à la poste ou de passer rendre visite à un ami.

Les canards n'avaient jamais vu ça. La plupart du temps, un flâneur venait avec une poignée de pain ou de biscuits. Aujourd'hui, pour les nourrir il y avait foule. On ne se contentait pas de jeter quelques miettes dans l'eau et de s'en aller. On restait là. Les novices n'avaient pas seulement apporté du pain mais des gâteaux, des tartes, tout un tas de trucs. La mare devint infecte, charriant des monceaux de friandises. Les canards sortirent de l'eau et allèrent s'installer sur l'autre berge.

— Ils ne font pas ça pour rien, vous savez, dit une curieuse en indiquant de la tête l'intérieur du camion. Il y a eu un crime grave dans cette maison.

— On pensait qu'il était mort accidentellement, dit son voisin.

— Beuh ! fit un autre qui s'appuyait au capot du camion avec un air d'autorité. Ça va passer à *Crimewatch*, vous verrez. Une reconstitution.

— Nick Ross va débrouiller ça. Il est vraiment bon.

Ce fut à ce moment que le sergent Troy essaya de se frayer un chemin avec la voiture de l'inspecteur. Réprimant son inclination naturelle à klaxonner et à crier, inclination à laquelle il se serait certainement laissé aller s'il avait été seul, Troy baissa la vitre.

— Excusez... merci... si vous pouviez... merci.

— Donnez-moi un bon coup de klaxon, dit Barnaby.

Alors que la voiture se faufilait entre les retardataires, une femme qui berçait un bébé hurlant regarda par le pare-brise et dit à sa voisine :

— Je l'ai déjà vu, le gros type.

— Ah bon ?

— Il était chez les Garret, vendredi.

Troy garda les yeux fixés droit devant lui mais ne put éviter de percevoir le sifflement à son oreille. Le chef était très susceptible sur son poids. Costaud, il aimait bien. Bien charpenté, ça allait. Personne ne peut raisonnablement se plaindre qu'on dise : « Il a beaucoup d'allure. » Mais gros...

— Je crois que c'est là, monsieur.

— Vous ne savez pas?

— Eh bien, selon les indications...

— Allez jeter un coup d'œil. Et grouillez-vous, je ne vais pas y passer la journée.

Le pas lourd, l'injustice avec le sergent Troy remontèrent l'allée de conserve. Les fausses accusations et l'iniquité les escortaient. Il se retrouva en train de marmotter, comme il avait marmotté toute sa vie : pourquoi c'est toujours moi? Le bâtiment, c'était Appleby House. Il fit signe au chef qui, l'œil noir, descendit de voiture et claqua la portière. Troy sonna.

Barnaby estima que l'homme qui vint ouvrir avait à peu près son âge. S'il était plus jeune, il n'avait pas dû avoir la vie facile. Peut-être avait-il été malade. Mais il avait un sourire aimable.

— Monsieur Lawson?

— Qu'est-ce que c'est?

— Inspecteur Barnaby, de la PJ de Causton.

— Sergent Troy.

— Nous avons besoin de vous parler au sujet de la mort de Dennis Brinkley.

— Oui... que se passe-t-il? demanda Lawson. Des policiers sont venus tout à l'heure demander les clés de sa maison en agitant un bout de papier qui doit être officiel, je suppose.

— Peut-être pouvons-nous entrer?

Ils pénétrèrent dans une pièce curieusement meublée. Barnaby pensa à une maison de poupée dont le propriétaire, par ennui, aurait empilé les meubles à la diable. Lawson s'excusa vaguement.

— Asseyez-vous où vous trouvez de la place. Nous venons juste d'emménager.

Troy prit une chaise sur une pile, s'assit à la table, ouvrit son attaché-case et sortit un calepin. Lawson resta debout. Barnaby atterrit sur une chaise basse de nourrice. Il trouva l'homme plus nerveux que curieux, mais cela n'était probablement pas très significatif.

— Malheureusement, j'ai de mauvaises nouvelles. Des développements récents ont rendu nécessaire la réouverture de l'affaire. Il s'agit désormais d'une enquête criminelle.

Lawson se plia soudain et se laissa tomber sur le meuble le plus proche, une petite table. La mâchoire béante, il regarda l'inspecteur avec des yeux ronds puis dirigea son attention vers le sergent, comme s'il attendait un démenti.

Mais Troy haussa les épaules et déclara :

— Nous avons votre déposition à l'enquête judiciaire, monsieur, mais étant donné les circonstances, nous avons besoin de vous interroger de nouveau.

— Quoi?

— Je crois savoir que M. Brinkley était...

— Vous vous trompez. Ce n'est pas possible.

— Pouvez-vous, je vous prie, répondre aux questions, monsieur Lawson?

— Personne n'aurait fait de mal à Dennis. C'était l'être le plus inoffensif. Gentil, bienveillant.

— Vous le connaissiez depuis longtemps, je crois? demanda Barnaby.

— Depuis mon enfance. C'était le conseiller financier de ma tante.

— Comment le décririez-vous?

— Je viens de le décrire.

— En affaires?

— Scrupuleux, intelligent, parfaitement honnête. Carey lui faisait une totale confiance.

— Il réussissait?

— Très bien, je crois.

— Pourtant, il avait un associé.

Lawson se mit en devoir de rappeler l'histoire de Fallon et Brinkley, aujourd'hui Brinkley et Latham. Interrogé sur l'opinion qu'il avait de Latham, il répondit brièvement : – Aucune idée, je ne l'ai jamais rencontré.

— Vous vous attendiez à ce que Latham hérite de la part de Brinkley?

— Certainement pas. Dennis ne pouvait pas le supporter.

Troy demanda le prénom de Latham et écrivit : « Andrew Latham. Détesté de Brinkley. Il se méfiait? Raison? »

Barnaby passa alors à des questions plus personnelles. Il demanda à Lawson si à son avis quelqu'un aurait pu vouloir tuer Dennis Brinkley.

— Bien sûr que non. L'idée même est ridicule.

— Savez-vous si quelque chose le tourmentait?

— En fait... mais cela ne vous aidera nullement, malheureusement.

— Dites quand même, monsieur Lawson, intervint Troy.

— Il voulait discuter d'un problème qui le préoccupait. Nous étions convenus d'en parler après le dîner, le soir de sa mort.

— Il ne vous a pas dit du tout de quoi il s'agissait? demanda Barnaby.

— Malheureusement non.

— Même pas s'il s'agissait d'une affaire personnelle ou de travail?

Mallory secoua la tête.

— Savez-vous s'il aurait pu en parler à quelqu'un d'autre? Il devait avoir d'autres amis?

— Pas que je sache. Pourtant, il y avait du monde à son enterrement.

— Il nous faudra une liste de noms et d'adresses, monsieur, dit Troy.

— Dieu! je ne les connais pas. – Il commençait à prendre un ton exaspéré. – Il y a eu une annonce dans le *Times*. Ils sont venus, voilà.

— C'est fâcheux, dit Barnaby. Et les gens du village?

— Dennis ne se mêlait pas trop aux gens.

— Lui et Mlle Frayle étaient proches, je crois?

— Oh oui, pauvre Benny. – Il leva les yeux; il comprit subitement. – Si vous avez raison, ça veut dire qu'elle avait raison, j'imagine.

— Oui. – Mais Barnaby ne se sentait pas coupable et ne se reprochait rien. Quel est le policier qui se serait risqué à casser le verdict d'un coroner sans aucune preuve? – La nuit où M. Brinkley est mort...

— Dieu! On est obligés?

— Pouvez-vous me dire exactement ce qui s'est passé depuis le moment où vous êtes arrivé?

— Je... je suis allé dans la salle de guerre.

— La quoi?

— C'est un immense espace où il entreposait ses machines. Il était étendu par terre à côté d'une catapulte géante. Il y a une sorte de rigole avec une corde, où sont alignés de gros boulets de bois, aussi lourds que des boulets de canon.

La corde pendait, un boulet avait roulé et l'avait atteint à la tête.

— Seulement un?

— C'était suffisant.

On devait les avoir disposés de façon qu'ils tombent un par un. Barnaby avait vu les photos mais elles ne se rapportaient qu'aux détails matériels de la scène. Il examinerait la machine de plus près quand les techniciens en auraient terminé.

— Pouvez-vous me dire exactement ce que vous avez fait depuis votre arrivée jusqu'à votre départ de la maison?

Mallory relata les faits, la mort dans l'âme. Ces hommes ne savaient pas ce qu'ils demandaient. Le grand n'arrêtait pas de l'interrompre : quel téléphone avait-il utilisé pour appeler l'ambulance? Avait-il quitté la pièce pour revenir? Avait-il touché ou déplacé le corps? Pourquoi avait-il lavé le boulet? Alors, le mince, le plus jeune, demanda pourquoi il avait nettoyé.

— Bon Dieu! – À ce moment, Mallory perdit son calme. Rendu furieux par leur insensibilité, leur insistance, par leur présence même, il cria : – Et qu'est-ce que vous auriez voulu que je fasse avec de la cervelle, du sang et du vomi partout sur le plancher? Que je laisse tout ça à la femme de ménage?

Troy écrivit «femme de ménage» et demanda son nom. Barnaby poursuivit l'interrogatoire.

— Êtes-vous retourné à la maison depuis, monsieur Lawson?

— Non.

— Quelqu'un d'autre a-t-il les clés?

— Pas que je sache.

— Et la femme de ménage? demanda le sergent Troy.

— Doris? Ah oui, je suppose qu'elle les a.

Mallory se mit la tête dans les mains. Sa fureur s'évanouit aussi vite qu'elle s'était allumée. Ces types faisaient leur boulot. Si vraiment Dennis avait été assassiné, il serait bien le dernier à refuser de coopérer.

— Nous aurons besoin de vos empreintes, monsieur Lawson, aux fins d'élimination.

— Parfait.

— Donc, si vous pouvez venir au poste le plus rapidement possible? Et s'il vous plaît, apportez les chaussures que vous aviez...

— Elles étaient très abîmées. – Il fit un geste pour chasser le souvenir, esquissa une moue de dégoût. – Je les ai jetées.

Compréhensible, pour un innocent. Encore plus, pour un coupable. Il arrive plus fréquemment qu'on ne le croit généralement que le coupable soit la première personne présente sur les lieux, ou celle qui signale le crime.

Barnaby jugea le moment venu de laisser à entendre que l'interrogatoire était terminé. Il se leva péniblement de sa chaise de nourrice.

— Eh bien, je crois que c'est à peu près tout, monsieur Lawson. – Mais il n'obtint aucune réaction, pas de relâchement subit de la tension, pas de soupir de soulagement. Lawson paraissait à ramasser à la petite cuiller. Peut-être était-il vraiment temps d'en rester là. Pour le moment. – Mais pendant que j'y suis, j'aurais aussi besoin de parler à Mme Lawson et à Mlle Frayle.

— Elles sont à Causton. Benny avait un rendez-vous chez le notaire.

— Savez-vous de quoi il s'agit, monsieur? demanda Troy.

— Non, rétorqua Mallory. Et ce sont ses affaires, pas les vôtres.

— C'est peut-être le notaire de M. Brinkley? demanda Barnaby.

— Et alors?

— Alors, s'ils étaient si «proches», dit Troy avec un soupçon de polissonnerie dans la voix, elle figurait peut-être dans son testament?

— C'était une amitié platonique, ils s'aimaient beaucoup. – Mallory parut écœuré par les deux hommes mais adressa à Troy sa dernière remarque. – Ce qui dépasse votre entendement, sans aucun doute.

*

* *

Barnaby renonça à aller déjeuner au pub. Vrai, c'était l'occasion de recueillir quelques potins du cru mais les chances étaient minces. Restait Le Jardin Secret.

On leur proposa une table près de la fenêtre. Barnaby parcourut le menu. Le sergent Troy, qui aurait mille fois préféré le pub, boudait en contemplant un vase de freesias en plastique.

— Ils ont du foie et du lard.

— Bon.

— Vous voulez jeter un coup d'œil?

— Non, ça ira. Avec des frites.

— Pommes de terre sautées.

— N'importe.

Au Horses and Hounds, il y aurait eu un peu de vie. Rires, blagues. Un billard. Quelque chose à la télé. Après avoir soupiré sur l'absence de ces délices, Troy en revint à ce qui l'énervait vraiment, à savoir : pour qui il se prenait, ce type, ce Mallory Lawson? Et c'était quoi d'abord, ce nom, Mallory? Personne connaît ce nom. Et Troy encore moins. C'était probablement un nom de « famille ». Un de ces noms à la con qui remonte à Guillaume le Conquérant. Je t'en foutrais, moi! Qui remonte pas à Guillaume le Conquérant? J'aimerais bien le savoir. Tout le monde vient de quelque part. Tout ça parce qu'on n'a pas son bout de papier avec un sceau dessus. Ou des parents qui tombent en poussière sous les dalles de vieilles églises.

« Ce qui dépasse votre entendement, sans aucun doute. » Troy se répétait la remarque, la remarque condescendante, pour la énième fois. Il se vantait toujours de se ficher comme de sa première chemise de ce qu'on pensait de lui, mais c'était tellement évident qu'il ne s'en fichait pas que même Talisa Leanne s'en apercevait. Il n'arrivait pas à s'enlever l'insulte de la tête. Lui qui cherchait plus que tout à être admiré pour ses capacités et son intelligence, être traité de crétin insensible, c'était trop fort. Et en face, en plus.

— Si j'étais vous, je poserais cette fourchette.

— Quoi?

— Avant d'arracher le manche.

Troy jeta ses couverts sur la nappe et commença à étayer ses défenses. Il se rappela avoir entendu dire que ceux qui éprouvent le besoin de rabaisser les autres sont mal dans leur peau et il conclut que c'était absolument vrai. Sinon quelle raison auraient-ils? Dommage seulement qu'ils soient si nombreux.

Bien que la serveuse qui leur flanqua le repas sur la table ait une tête de citron pressé, la cuisine était savoureuse. Des tranches de lard croustillant, du foie bien cuit et des petits pois du jardin. Tout ça aux frais de la princesse. L'humeur de Troy commença à remonter.

— Bon. Après ça, on retourne à l'appartement de la miss Frayle, chef?

— Je veux d'abord voir où en sont les techniciens.

— Avec un peu de chance, personne n'est venu depuis la mort de Brinkley.

— On n'a que la parole de Lawson.

— Vous croyez qu'il est dans le coup, alors?

— Difficile à dire, à ce stade.

— On a le temps de prendre un petit sucre?

Une demi-heure plus tard, tout content, Troy suivait l'inspecteur dans la rue du village. Son cœur fut encore plus réjoui à la vue d'Abby Rose Carter qui faisait du porte à porte. L'homme qu'elle interrogeait avait l'air d'avoir été foudroyé. Troy sourit, agita la main, puis s'aperçut qu'il marchait tout seul. Il se retourna. Le chef était planté devant un bâtiment vétuste en bardeaux, avec un toit en zinc rouillé, pratiquement cerné de vieux ifs.

— Ben, ça alors! Bonjour le standing!

— C'est là. – Barnaby lut le panneau. – L'Église de la Proximité.

— Ça flanque la chair de poule. – Troy fit un petit tour. – Il y a une fenêtre cassée derrière.

Barnaby n'était pas, de nature, fasciné par l'étrange et le morbide mais aujourd'hui il songeait à l'église et aux gens qui la fréquentaient. Ô combien solitaires et désespérés ils devaient être pour croire que leurs chers disparus n'étaient pas disparus pour toujours. Comme il devait être réconfortant d'avoir la conviction qu'un jour, ils seraient réunis au paradis, pour l'éternité. Barnaby pensa à ses parents. À Joyce qui était avec lui, Dieu merci. À sa fille bien-aimée – à la seule pensée qu'il puisse la perdre, il était inondé d'une sueur froide. Il était trop honnête pour nier que, parfois, aux heures sombres de la nuit, il désirait profondément se bercer d'illusions. Mais il en était incapable et, à la lumière du jour, éclatante et rationnelle, il ne le regrettait pas. Éternellement heureux, voilà qui sonne bien, mais quand on y réfléchit, il apparaît que c'est un sort pire que la mort. Pense un peu ! Des siècles et des siècles de félicité radieuse. Être heureux tous les jours, à chaque seconde, à chaque minute, sans pouvoir dire stop. Il y a de quoi rendre fou.

— Il y a une forêt derrière. – Troy réapparut en retirant des aiguilles de pin de sa manche de veste. Les deux hommes poursuivirent leur chemin. – Vous pensez que Dennis Brinkley y allait ?

— Ça m'étonnerait. Tel que l'a décrit Lawson.

— Pourtant, il doit bien y avoir un lien.

Difficile à croire mais vrai, indubitablement. Quelque part, à un certain moment, quelque chose s'était passé, qui avait forgé un lien entre le conseiller financier timide, raide et correct et la flamboyante et vantarde sorcière Ava Garret.

— Je vous ai dit que Cully l'avait rencontrée ?

— À l'église ?

Troy était stupéfait. Il ne connaissait pas très bien la fille du chef mais elle lui paraissait la dernière personne à être portée sur ces fumisteries vaseuses. Pas du tout le genre mystique, Cully. Je dirais même un tantinet cynique.

— Elle a téléphoné hier soir pour me raconter la séance. C'est en rapport avec ses recherches.

— Sur quoi?

Jamais Troy ne comprendrait les acteurs. Il trouvait déjà difficile d'être lui-même. Alors faire semblant d'être toutes sortes de gens, fallait avoir le cerveau un peu dérangé.

— Elle joue le rôle d'une médium dans *L'Esprit s'amuse* et elle voulait parler à un vrai.

— Mais il n'y en a pas de vrais.

— Ma patience a des limites, Troy.

Oh, génial! Quand lui, il dit qu'ils n'existent pas, c'est parfait. Quand moi, je dis qu'ils n'existent pas, sa patience a des limites. Des fois, je me demande pourquoi je me casse la nénette. Ce qu'il veut, ce qu'ils veulent tous autant qu'ils sont, c'est un béni-oui-oui. Approuve tout, complimente, qu'il ait tort ou raison, tais-toi, fais de la lèche. Très bien, ça, je peux. À partir de maintenant, c'est ce que je vais faire.

— Ce doit être la maison de Brinkley, annonça Barnaby en indiquant de la tête le camion des techniciens et le bâtiment de forme bizarre.

— Je crois bien, monsieur.

Ils gravissaient le perron quand John Ferris, chef de l'équipe, sortit.

— Vous avez fini? demanda Barnaby.

— Pas tout à fait dans l'appartement. Mais c'est bon pour les lieux du crime.

— On va jeter un coup d'œil, alors.

— Vous allez être étonnés, lâcha Ferris avec un sourire épanoui. Très étonnés.

Étonnés, certes, ils le furent. Les clichés qui montraient le corps de Dennis Brinkley et l'environnement immédiat ne les avaient pas préparés au vaste espace lumineux qu'ils découvraient maintenant. Les immenses structures, les guirlandes de cordes enduites de cire, les énormes arbalètes, le croc de boucher auquel on aurait pu suspendre deux éléphants.

Les deux hommes furent troublés par les machines, le sergent surtout. Sans pouvoir le formuler, il les trouva épouvantables. Barnaby chassa rapidement son malaise et reporta son attention sur le mécanisme du trébuchet. Mais Troy qui se serait senti parfaitement décontracté dans une foire de matériel de guerre moderne avait la chair de poule. Résolu à cacher la moindre faiblesse, feignant de ne pas voir les ombres menaçantes qui semblaient se presser sur ses reins, il se mit à parcourir la salle en affectant un grand intérêt pour les constructions gigantesques : une cage en fer assez grande pour contenir plusieurs hommes et, à côté, une provision de bois. Troy passa quelques plaisantes minutes à s'imaginer Mme Sproat enfermée dedans tandis qu'il lui jetait des choux pourris, puis il se dirigea vers une tour en bois sur roues. Elle présentait sur les flancs de longues ouvertures étroites. Il s'approcha pour jeter un coup d'œil à l'intérieur. Un remous d'air frais lui effleura la paupière. Il recula d'un bond.

— Venez voir ça.

Le sergent Troy ne demandait pas mieux. Il se hâta de rejoindre le chef qui examinait l'appareil aux énormes boulets. Le râtelier, incliné à angle aigu, était couvert de poudre grise.

— Ben alors ! dit le sergent. Des couilles de dinosaure ! Ça rentre dans la catapulte ?

— Ça, ou de l'huile bouillante, ou des charbons ardents. Parfois, des têtes de prisonniers. Ils n'étaient pas trop difficiles sur les munitions.

— Comment vous savez tout ça?

— Les notes. – Barnaby indiqua les illustrations et le texte encadrés sur le mur. – Chaque machine a ses explications.

— Alors, pourquoi la corde n'est pas à sa place?

Le trébuchet avait été déplacé de deux mètres sur la gauche. On voyait les marques sur le plancher.

— Pour atteindre Brinkley, je présume.

— Mais il n'aurait pas eu la bêtise de se tenir là, quand même? dit Troy, qui se dépouillait déjà de son rôle tout neuf de béni-oui-oui. – Et comment ça marche, d'abord?

— Très simple. – Barnaby sortit un mouchoir et remonta ses manches de chemise. Cette saloperie de poudre d'aluminium, ça partait pas au lavage. – Les boulets sont retenus par cette cale de bois. La corde – il saisit une corde qui pendait – soulève la cale et les libère, un par un.

— Seulement si on la lâche. Si on la tient, ils tombent tous.

— Non. Regardez, il y a une crête à mi-chemin. Elle s'abaisse quand la cale bouge puis se relève après. Voyons voir un peu les clichés.

Troy ouvrit son sac et sortit les photos des restes de Dennis Brinkley. La seule surface plate, à part le plancher, était une dalle de marbre qui reposait en équilibre sur deux colonnes de pierre grise au centre de la salle. Troy les étala dessus.

— Donc, apparemment, il était étendu exactement... là. – Barnaby revint à l'endroit précis, une photo à la main. – Ça vous dérangerait, Troy?

Oui, ça me dérangerait vachement, pensa le sergent, qui se sentait quelque peu fragile après sa rencontre avec l'esprit de la barbacane.

— Ça permettrait de bien comprendre.

Troy s'allongea par terre.

— Vous approchez pas de cette corde, chef, d'accord?

Barnaby fit lentement le tour de la machine en examinant la silhouette étendue sous tous les angles.

— Je peux me lever maintenant?

— Encore une minute. – Il sortit son mouchoir. – Levez la tête.

L'inspecteur étala le mouchoir à l'emplacement exact de la tête de Troy. Celui-ci se remit sur pied et Barnaby tira sur la corde. Un boulet dégringola et atterrit presque directement sur le carré de lin.

— Voilà, c'est bien comme ça que ça s'est passé. – Il brandit la photo. – Vous voyez?

— Non, merci. On a de la pizza ce soir.

— Je crois que Brinkley a manœuvré lui-même la catapulte. Vous pouvez voir avec ces marques jusqu'où elle a été traînée, d'accord?

— Oui...

Nous y voilà! D'abord, je manque de justesse me faire écrabouiller. Et maintenant, la hernie. Je vais avoir besoin d'un soutien psychologique, moi, après ça.

— Tirez-la en arrière, voulez-vous? On voit l'emplacement premier, là.

— Monsieur.

Mais Troy avait oublié que, si elle était habilement patinée et usée, la machine n'était qu'un léger fac-similé. Il la poussa sans effort pour la remettre en place. Alors Barnaby tira de nouveau sur la corde. Un second boulet roula le long de la rampe pour tomber à soixante-dix centimètres environ du sac en cuir de la catapulte. Le sergent se mit à rire.

— Ils mesuraient pas les choses pareil, à l'époque, chef.

— Non, non. Regardez les finitions. La précision de toutes ces machines. Je suppose que ce devait être l'obsession de Brinkley. Il n'aurait jamais négligé une anomalie comme celle-là.

— Alors... ? – Troy fit le tour du trébuchet, les yeux levés. – On a saboté la rampe.

— C'est exact. Regardez si vous trouvez un escabeau. Assurez-vous qu'il a été saupoudré.

Troy dénicha un escabeau léger en métal dans le garage qu'il apporta. Il avait déjà pigé que c'était son jour pour subir le supplice de la planche, et il grimpa jusqu'en haut.

— Alors, à quoi ça ressemble ?

— Rochet, deux énormes vis, un bloc en dessous pour soutenir. Ils doivent peser une tonne, ces boulets.

— Comment est fixé le bloc ?

— Avec des vis.

— Donc, pour modifier l'angle... ?

— Il suffit d'enlever les vis, de remanier la rampe, de revisser et de resserrer.

— En sortant les boulets d'abord.

— Mince alors, oui ! Autrement, tout dégringole.

— Cela demanderait combien de temps ?

— Une demi-heure maxi, je dirais.

— Résultat, dès qu'il allonge le bras et tire sur la corde...

— Splatch !

Troy redescendit.

— Mais pourquoi tirer ?

— Peut-être qu'il jouait avec ces machins, dit Troy. Vous savez, comme au petit train.

Barnaby décida d'en rester là. Le rapport de la police scientifique devrait les aider à comprendre plus clairement la situation dans cette salle étrange, le jour où Dennis Brinkley avait été tué. L'inspecteur ramassa le reste des photos sur la dalle de marbre dont il remarqua alors l'inscription, gravée en belle calligraphie dorée.

« *Le premier, il l'atteint au cimier de son casque à l'épaisse crinière; il lui plante son arme au front. La pointe de bronze s'enfonce et traverse l'os : l'ombre couvre ses yeux. Il croule comme un mur dans la mêlée brutale.* Iliade, livre IV »

Après un moment de silence, le sergent Troy déclara :

— Des refoulés. Voilà ce qu'ils sont, ces solitaires. Timides, et respectables, et honnêtes citoyens, et, en même temps, ils accumulent ces trucs de fou. Les dossiers de la police regorgent de types comme ça.

— Mais lui, il n'a rien fait du tout, dit Barnaby à mi-voix.

— Je parie que si. Sinon, pourquoi le zigouiller ?

*

* *

Après avoir inspecté l'appartement de Dennis Brinkley, Barnaby retourna à Appleby House où on lui dit que Mlle Frayle était chez elle, au-dessus des écuries.

Si les écuries elles-mêmes étaient en piètre état, avec des portes manquantes et des dalles disjointes, en revanche l'architecte avait fait un beau travail de restauration en haut. Elle avait vu les deux hommes monter. Une étroite galerie à balustrade de bois courait le long de l'appartement; Benny sortit pour les accueillir. Elle souriait, et son sourire n'exprimait nul triomphe : il disait simplement le soulagement et la satisfaction.

— Inspecteur, c'est bon de vous revoir. – Elle tendit la main. – Bienvenue dans mon petit chez-moi.

Drôlement joli, le petit chez-moi, pensa le sergent en appréciant ce qui l'entourait. Il songeait à faire des travaux dans son loft mais c'était un petit gourbi qui ne ressemblerait jamais à ça.

— C'est joli, n'est-ce pas? dit-elle. C'est un espace ouvert, chaque pièce donne sur une autre, comme une boîte à malice. Mais comme je vis toute seule, cela ne fait rien. On engrangeait la récolte ici et la nourriture du bétail.

— Mademoiselle, dit Barnaby, il faut que je vous parle...

— Voudriez-vous un peu de thé? Nous sommes déjà dans la cuisine, comme vous voyez. Sur place, pour ainsi dire.

— Nous venons de déjeuner, merci, dit le sergent.

— Alors, par ici.

Ils s'installèrent dans le salon. Troy à une table ovale, l'inspecteur sur un canapé en tapisserie et Benny dans une bergère près de la cheminée ancienne. Barnaby ne put s'empêcher de remarquer avec quelle précaution elle s'y asseyait, avec quelle douceur elle posait les doigts sur les accoudoirs.

— Je tiens à vous remercier, inspecteur, d'être venu personnellement m'informer des derniers développements, mais Mallory m'a déjà mise au courant. Si j'avais su, j'aurais pu vous épargner le trajet.

— Il y a autre chose. Une ou deux questions.

— Ah, vraiment? – Elle redressa les épaules et les carra fermement en arrière. – Allez-y, alors!

— Malheureusement, je vais devoir vous demander de vous rappeler la nuit où M. Brinkley a été tué.

Il trouvait plus sage de commencer par le pire. Il s'attendait à la crainte et aux tremblements. À un refus parfaitement compréhensible de revenir à des souvenirs épouvantables. Mais Benny déclara simplement, avec calme : – Je comprends.

— Pourquoi étiez-vous là-bas, mademoiselle?

— Dennis devait venir dîner à sept heures et demie. Au bout de vingt minutes, je suis allée le chercher. Il n'était jamais en retard, vous comprenez.

— Comment êtes-vous entrée dans la maison?

— Par la cuisine.

— Vous n'avez pas sonné?

— Si, mais il n'a pas répondu. Cela ne m'a pas trop étonnée. La porte de devant était fermée à clé d'habitude, et verrouillée. Il disait que c'était plus facile d'entrer directement par le garage.

— Je vois.

La porte avait dû être ouverte pour les ambulanciers, probablement par Lawson. Alors, où avait-il pris la clé?

— Avez-vous remarqué quelque chose d'inhabituel quand vous êtes entrée?

— Non.

— Je vous en prie, prenez un moment pour réfléchir. Le moindre détail peut avoir son importance.

— J'ai traversé la cuisine, j'ai regardé dans les deux autres pièces et puis... je l'ai trouvé.

— La porte de la salle où il y a les machines était-elle fermée ?

— Oui.

Alors Barnaby comprit combien était précaire le calme de Benny. Il la vit rouvrir la porte. Il vit la terrible image qui surgissait de nouveau devant ses yeux. Elle devint livide. Même ses lèvres blanchirent.

— Je peux vous apporter quelque chose ? – Troy repoussa sa chaise. – Un verre d'eau ?

Elle secoua la tête. Barnaby remarqua qu'un tic lui crispait la paupière et il reconnut qu'il avait commis une erreur. Il aurait dû préparer un peu le terrain. Commencer par des questions apparemment anodines ; puis l'entraîner petit à petit jusqu'à cet endroit horrible. Son attitude décontractée l'avait induit en erreur. Trop tard, maintenant.

— Ensuite, êtes-vous entrée dans la salle, mademoiselle ?

— Oui. Je suis entrée. Ça m'a suffi. Je me suis enfuie.

— Directement vers Appleby House ?

— Je ne sais pas. Je ne me rappelle pas le retour. Je me rappelle seulement m'être réveillée à l'hôpital.

Elle regardait autour d'elle, les meubles, les fenêtres, les tableaux, comme si elle ne les avait jamais vus. Le silence embarrassant se prolongea. Barnaby hésita. Troy prit la parole.

— À vrai dire – j'espère que ça ne fait rien – , mais je changerais bien d'avis, pour le thé.

— Du thé ? Mais bien sûr, oui. Oui. – Poussée par les conventions et les bonnes manières,

Benny revint à l'instant présent. – Je vais mettre la bouilloire à chauffer.

Le sergent, encouragé par le hochement de tête de l'inspecteur, la suivit dans la cuisine. Barnaby les entendit bavarder et faire tinter les tasses. Il surprit des bribes de phrases. Ils parlaient de chats, de livres, d'un certain Ashley. De visite à Croydon. Il y eut un bruit de papier, et Troy s'exclama : « Oohh... je les adore. » Puis ils revinrent, le sergent portant le lourd plateau.

Tout en versant le thé, Benny se dit qu'on avait bien tort de juger les gens au premier regard. Elle avait cru le sergent mal élevé, méchant même, mais aujourd'hui, il était on ne peut plus gentil. Tiens, regarde, il passe les biscuits au gingembre.

Barnaby, qui se demandait comment formuler la question suivante, examinait rapidement le contenu des étagères près du canapé. Les noms, pour la plupart, ne lui disaient rien. Rosamund Pilcher, Josephine Cox, Mary Wesley. Il y avait une bible et un Nouveau Testament. Des livres de poche religieux : *Saint Jean de la Croix, Fidèle à Dieu*. Une collection complète de Jane Austen et de très vieux volumes qui devaient être des prix. Mlle Frayle semblait le genre de personne à garder toute sa vie des livres de prix.

Là encore, Troy dit exactement ce qu'il fallait :

— C'est un très beau tableau, mademoiselle.

— Oh, vous trouvez? Il m'a été laissé par ma... eh bien, je suppose qu'on dirait mon employeur. Quoique Carey ait été beaucoup plus pour moi. J'ai été sa compagne pendant trente ans.

Barnaby savait reconnaître une entrée en matière.

— Alors, vous connaissiez aussi Dennis Brinkley depuis tout ce temps?

— Vous savez, je crois bien. Mon Dieu, comme le temps passe!

— Était-il un ami de la famille? demanda Troy.

— Il s'occupait des affaires financières de Carey.

— Et des vôtres, peut-être? dit Barnaby.

— Grands dieux, non! – Elle faillit rire. – Je n'ai pas d'argent. – Puis son expression se transforma avec une rapidité presque comique en triste mélancolie. – En fait, ce n'est pas vrai.

Ça alors! pensa Troy. Comment peut-on être dans les vapes au point de ne pas savoir si on est fauché ou non?

— Je ne l'ai appris qu'il y a une heure ou deux mais il paraît que Dennis m'a laissé Kinders et tout son contenu dans son testament.

— Et qu'est-ce que vous en pensez?

Barnaby avait lancé la remarque en l'air, c'était à peine une interrogation. Juste un commentaire, pour gagner du temps avant la question importante. Celle qui mettrait un point final.

— Mon premier mouvement a été de refuser, mais je ne le ferai pas, puisque c'est ce qu'il voulait. Mais je ne m'imagine pas remettre les pieds là-bas.

— Mademoiselle. – Barnaby se pencha en avant, avec aisance, sans l'ombre d'une menace. – Savez-vous qui pourrait l'avoir tué?

— Non. L'atrocité de ce crime ne s'explique pas. C'était un homme adorable qui n'a jamais fait le moindre mal à qui que ce soit.

— Alors, pourquoi, depuis le verdict du coroner, avez-vous persisté à dire qu'il avait été assassiné ?

— Je savais que vous me poseriez la question, inspecteur. Et j'ai bien peur que ma réponse ne vous satisfasse aucunement. – Un rideau bougea à la fenêtre et elle se leva pour le tirer. Elle ne revint pas s'asseoir mais se mit à tripoter un géranium, en lui retirant ses feuilles mortes. – Dennis aimait la vie simple. La bonne cuisine. Les livres d'histoire. Un match de cricket à la télévision. Et ses machines. Tous les soirs, il passait une heure dans la salle de guerre et ce, depuis longtemps. Il n'autorisait personne à les toucher. Quand elles avaient besoin d'être nettoyées ou huilées, il s'en chargeait lui-même. Il en connaissait parfaitement le fonctionnement, il savait comment ça marchait, donc il est impossible qu'il s'agisse d'un accident. Vous voyez?

S'il voyait? Le service des urgences tous les week-ends, plein de gens qui se tiennent un pouce en sang ou qui sautent sur un pied. Les mordus du bricolage, eux aussi, ils savent comment ça marche. Il suffit d'une seconde de distraction.

— Et il y a autre chose.

L'inspecteur ne demandait pas mieux que de l'entendre. Selon lui, prendre ses désirs pour des réalités, ce n'était pas considéré comme d'un grand secours dans l'analyse d'un meurtre.

— Il m'avait invitée à dîner, quelques jours avant sa mort. J'ai trouvé Dennis devant cette affreuse catapulte. Il avait l'air si inquiet que je lui ai demandé ce qui n'allait pas. Il a dit : «Je crois qu'il y a un fantôme dans la machine.»

Les deux policiers échangèrent un regard. Troy ne s'était pas attendu à grand-chose, de toute façon, mais Barnaby était déçu, mécontent même. Il se rappela la scène dans son bureau, deux semaines auparavant, quand elle avait révélé cette « information ». Toute cette obstination passionnée, alors qu'elle n'avait comme indice que cette remarque débile sur un fantôme. D'un autre côté...

— Vous rappelez-vous exactement quand c'était, mademoiselle ?

— Le week-end avant sa mort. Samedi soir. Nous avons mangé un superbe turbot.

— Aurait-il voulu dire que la machine n'était pas... bien alignée, par exemple ?

— Oh, non. Dennis était un perfectionniste. Il aurait remarqué s'il y avait eu la moindre anomalie et il y aurait remis bon ordre. Pas de déséquilibre. – Benny hésita, au bord des larmes, et répéta : – Dans sa vie, il n'y avait pas de déséquilibre.

Question inutile, du reste. L'inspecteur, qui luttait toujours contre sa déception, se reprocha de l'avoir posée. Mais il avait la confirmation que la machine n'avait pas été trafiquée avant le jour de la mort de Brinkley. Agacé, à court de patience, il fit signe à son sergent de continuer.

Troy vida sa tasse, murmura « délicieux, ce thé ». Puis, avec un sourire bienveillant, il demanda à Benny si elle avait assisté à une réunion à l'Église de la Proximité.

— Une fois ou deux. – Elle lui rendit son sourire. – Ce n'est pas vraiment de mon goût.

— Si je vous pose la question, poursuivit Troy, c'est à cause de la médium qui est morte. Ava Garret.

Elle hocha la tête. Elle avait l'air préoccupée et désireuse d'aider.

— Vous l'aviez vue à l'église?

— Je ne suis pas très douée pour retenir les noms.

— Comme apparemment elle avait un lien avec cette affaire...

— Si je puis me permettre, intervint Benny timidement, pourquoi écrivez-vous tout cela?

La suite n'apporta plus rien d'intéressant. Le sergent Troy expliqua ce qu'était une déposition. Barnaby requit les empreintes de Mlle Frayle qui l'assura qu'elle se rendrait au commissariat de Causton dès le lendemain. Puis les deux hommes redescendirent l'escalier étroit et se retrouvèrent dehors, en plein soleil.

— Vous vous êtes bien débrouillé en haut, sergent, déclara Barnaby.

Transformé, Troy prit une grande respiration. Puis parvint à marmonner un « Monsieur ».

— On réessaye la maison pour Mme Lawson. Cela nous évitera de revenir. Il nous faut aussi les empreintes de la femme de ménage. On verra ça au bureau.

— Bien, chef.

— Et arrêtez de sourire bêtement comme ça.

Par chance, ils trouvèrent Kate Lawson mais leur chance s'arrêta là : ils ne récoltèrent rien de neuf. Elle confirma tout ce qu'avait dit son mari et n'avait rien à ajouter.

*

* *

Roy avait du mal à croire qu'Ava n'était morte que depuis cinq jours. Il s'était passé tant de choses! Il y avait tant de changements. Même la maison paraissait différente, surtout grâce aux fleurs. Les gens avaient commencé à en déposer près du portail et Karen s'était amusée à arranger les roses, les lupins et les beaux iris jaunes dans de vieux pots dénichés sous l'escalier. Des voisins avaient glissé des petits mots dans la boîte aux lettres. Et Fred Carboy avait pris les clés de la Honda, l'avait garée convenablement à l'autre bout de l'Hémicycle, et leur en avait proposé un bon prix, selon lui, s'ils voulaient un jour s'en débarrasser.

Il était presque onze heures et Roy qui était en train de repeindre la chambre de Karen faisait une pause. La deuxième couche du rose princesse séchait et il admirait le plafond, d'un bleu pâle semé d'étoiles autocollantes. À cause de l'odeur, Karen dormait dans le salon sous sa nouvelle couette Cendrillon. Ils avaient jeté ses vieux rideaux dans le feu de joie qui brûlait encore derrière dans le jardin.

Il ne restait rien du matelas d'Ava. Ni de la literie. Ni du lit. Pas grand-chose non plus de ses vêtements qui continuaient de flamber. Doris avait aidé Roy et Karen à trier, la veille, et il en restait très peu qui ne sente le moisi, pour parler poliment. Des chaussures neuves, une ou deux écharpes et une robe avaient été rangées dans un carton, les cosmétiques et vernis jetés. Et c'était tout. Plus rien.

Mme Crudge était une fois de plus en chemin vers Rainbow Lodge. Elle ne le quittait pratiquement pas, du reste, car elle ne pensait guère à autre chose depuis l'histoire navrante que Roy lui avait racontée et qui lui avait donné le vertige. Elle ne pouvait s'enlever ça de la tête. Elle avait même rêvé de la petite orpheline et du gamin rejeté et désespéré. Quant à cette affreuse maison...

Elle avait prudemment attendu le bon moment pour faire part à Ernest de son inquiétude. Elle ne lui en avait révélé que la moitié, à peine, et affecta un ton détaché en suggérant qu'ils pourraient venir prendre un repas, un de ces jours, mais Ernest ne fut pas dupe. Il connaissait sa Doris. Elle n'avait pas d'enfant, ce qui avait été la grande déception de sa vie. Plus jeune, tout l'amour qu'elle avait à donner avait été voué à ses neveux. Elle les avait tellement gâtés qu'elle avait failli se brouiller avec sa sœur. Alors Ernest lui répondit qu'il ne voyait pas d'inconvénient à ce que Roy et Karen viennent prendre le thé. Ce serait bien d'avoir un peu de jeunesse dans la maison, pour une fois.

Doris avait rempli un panier avant de partir. Juste quelques provisions du garde-manger – de la confiture maison et des chutneys, un gâteau au café et des légumes provenant du potager voisin. Elle prit aussi à la boutique un flacon d'aspirine pour enfant ; les maux de tête continuels de la fillette la préoccupaient. Karen ne s'en plaignait pas. C'était Roy qui se faisait du mauvais sang, comme un gros bêta, pour ce qu'il appelait « les têtes » de Karen. Un cachet toutes les vingt-quatre heures, cela ne pouvait faire de mal. Elle aurait aimé montrer la petite fille à un médecin mais c'était encore prématuré, elle comptait y aller avec précaution.

Dès que Doris eut passé la porte, Karen se précipita vers elle en criant : – On fait un dessin incroyable. Sur une machine !

— De quoi s'agit-il ? demanda Doris.

Elle trouva Karen toute mignonne dans son nouveau jean et son T-shirt blanc avec des chiots dans un panier.

— Et Roy repeint ma chambre. Viens voir.

Elles montèrent. Doris admira le rose princesse et la ravissante couette.

— Je vais peindre la chambre à côté tout en blanc, dit Roy.

En revenant sur le palier, Doris jeta un coup d'œil dans le coin et découvrit une pile de coussins et d'oreillers sur un matelas mince, une étagère en bois chargée de revues. Devant son air perplexe, Karen expliqua : – C'est la chambre de Roy.

— Enfin, c'était, corrigea-t-il.

Doris descendit en retenant les mots qui lui brûlaient les lèvres. On ne devait pas dire du mal des morts, d'accord, mais il n'était pas interdit d'en penser, et elle pensait beaucoup de mal d'Ava, pour sûr. C'est une chambre, ça? Pas plus spacieuse qu'une boîte à œufs. En bas, elle mit à chauffer la bouilloire, prépara le thé et coupa pour Roy une énorme tranche de gâteau.

20

LE lendemain, l'assassinat d'Ava Garret faisait non seulement la une de la radio locale et des bulletins télévisés mais aussi de *L'Écho de Causton*. Donnez-leur vingt-quatre heures, et les journalistes vont grouiller partout, pensa Barnaby. Le patron du pub ne comprendra même pas ce qu'il lui arrive.

Depuis sept heures et demie, l'inspecteur se trouvait dans la salle des opérations, presque vide si l'on exceptait les standardistes civils, à consulter les comptes rendus du porte-à-porte de la veille. Comme il s'y attendait, étant donné le temps écoulé depuis la mort de Dennis Brinkley, on n'y trouvait aucune information vraiment utile. On n'avait vu ni rien ni personne d'anormal dans le village ce jour-là. Les réactions sur le comportement général de Brinkley et sa personnalité confirmaient le peu que Barnaby savait déjà. Il était civil sans être vraiment amical. Il était réservé mais donnait généreusement quand il était sollicité et offrait toujours un beau prix à la tombola de la fête locale. Ses relations avec Benny Frayle étaient considérées avec indulgence. La patronne du pub avait résumé d'une phrase gentille quoique légèrement condescendante : ils se tenaient compagnie l'un à l'autre mais tout le monde savait qu'il n'y avait rien de sérieux entre eux.

Ava Garret, c'était autre chose. Rares étaient ceux qui admettaient la connaître mais ceux-là avaient beaucoup à dire. La façon dont elle traitait cette pauvre petite gosse, c'était une honte ! L'enfant avait peur de son ombre. En plus, les grands airs et les minauderies d'Ava, c'était à se tordre. Et son histoire de mariage avec un ancien élève d'école privée ! Qu'est-ce qu'il aurait fait avec une fille dont le père était terrassier et la mère dame pipi ? Quant à ses pouvoirs surnaturels, de l'avis général, Ava n'était pas plus psychique que vous et moi. Personne n'avoua fréquenter l'Église de la Proximité.

L'éventualité d'un lien personnel entre Garret et Dennis Brinkley était unanimement exclue. Comme un vieux bonhomme bourru l'avait formulé, Dennis était peut-être bizarre mais il n'était pas maboul.

Sur le bureau de Barnaby, il y avait une pile de photos d'Ava telle qu'elle était le jour de sa mort. On avait du mal à la reconnaître si on la comparait au cliché de vampire épinglé au tableau.

L'inspecteur referma les dossiers, repoussa sa chaise pivotante en arrière et prit un moment pour savourer l'atmosphère rafraîchissante. Ah ! les joies de l'air conditionné ! Il repensa à la chaleur de l'été précédent, avec les gros ventilateurs au plafond.

Il consulta sa montre. Vingt minutes avant le briefing. Juste le temps de faire un saut en bas pour des saucisses, des œufs au bacon. Certainement pas de frites. Ni de pain frit. Quand il reviendrait, repu et content, son équipe serait là, l'œil vif, la queue touffue, impatiente de démarrer. Tu peux toujours rêver, Tom!

*
* *

Le briefing ne dura pas longtemps. On distribua les nouveaux clichés, les indemnités pour la journée, et ils filèrent. Tous sauf le sergent Brierly.

— Alors, Audrey, dit l'inspecteur, bravo pour avoir fait venir Priest hier.

— Cela n'a pas été difficile, monsieur. Je crois qu'ils se sont bien amusés tous les deux.

— Comment ça allait à Rainbow Lodge?

— Je ne sais pas. – Elle tira une chaise jusqu'à son bureau. – C'est une étrange petite.

— Karen? – Il revit l'enfant, effrayée et triste, avec sa peau transparente et ses cheveux incolores. Comme une apparition, dans une histoire de fantôme. – Oui, l'adjectif lui va bien.

— J'ai jeté un œil sans en avoir l'air. La maison est propre. Il y a tout ce qu'il faut à manger. Et quelqu'un s'occupe d'eux.

— Ah, bien!

— Une tante Doris, à ce qu'il paraît.

Audrey avait été très soulagée que la tantine soit présente. Elle ne s'était pas rendue seule à Rainbow Lodge mais avait soigneusement choisi pour l'accompagner un jeune constable totalement inoffensif qui, avec trois mois à peine de service à son actif, aurait été parfaitement nul s'il avait fallu réconforter un adulte.

Mais le constable Cotton n'avait pas été entièrement nul. Il avait admiré les chambres récemment repeintes, parlé de foot en déplorant le manque de clubs convenables à Causton, s'était bien entendu avec Roy sans soupçonner le moins du monde que celui-ci le jugeait un parfait connard.

Le sergent Brierly avait été très tenté de prendre à part la tantine pour lui révéler la terrible vérité sur la mort d'Ava et de laisser à Doris Machin le sale boulot. Mais elle ne pouvait pas faire ça. On n'oublie pas le messager de mauvaises nouvelles. On s'en souvient avec révulsion, avec haine même. Un enfant, surtout, n'oublie pas. Alors, Audrey s'était assise avec Karen sur le canapé taché, lui avait pris la main et lui avait doucement expliqué que quelqu'un avait donné exprès à sa mère un verre empoisonné et que c'était pour ça qu'elle était morte.

— Comme la pomme dans Blanche-Neige? avait demandé Karen.

— Oui, avait dit Audrey qui ne connaissait pas l'histoire.

— Mais elle a toussé, et la pomme est sortie, et après elle allait bien.

— Les contes de fées, ce n'est pas pareil, avait dit Audrey.

— Je me demande bien qui c'est.

— Nous pensons que c'est l'homme avec lequel elle est sortie mercredi soir.

— L'homme de la BBC?

Doris entra avec une théière et de la limonade pour Karen et épargna ainsi à Audrey d'avoir à chercher une réponse.

— Va appeler Roy, tu seras gentille, dit Doris.

La fillette s'en alla en courant et Audrey répéta la nouvelle. Elle avait beau essayer de garder une voix atone, les mots paraissaient absurdement mélodramatiques. Mais Mme Crudge réagit calmement, en déclarant que beaucoup de gens avaient envisagé cette éventualité mais que personne n'avait eu envie de l'exprimer tout haut.

— Karen a à peine réagi, murmura Audrey en entendant les enfants arriver. Mais plus tard... je crois qu'elle va certainement éprouver... hum...

— Ne vous inquiétez pas pour elle. Je vais m'en occuper. Elle a été négligée pendant trop longtemps, cette petite demoiselle. Elle a besoin de beaucoup d'amour.

— Comme nous tous, non? avait murmuré Audrey. (Mais dans sa tête.)

Manifestement, Karen avait mis Roy au courant car il descendit, les yeux brillants. Geoff Cotton les suivait, en driblant un ballon imaginaire tandis que la fillette criait : « But ! But ! » Roy se mit à bombarder Audrey de questions. Elle y répondit patiemment puis elle aborda la question de leur venue à tous les deux au commissariat pour aider à établir un portrait récent d'Ava.

Il hésita mais Doris intervint : il le devait, ne serait-ce que par respect des convenances. Quand on eut décrit l'opération, Karen trouva que c'était passionnant et voulut partir sur-le-champ. Elle adorait les ordinateurs. Et l'affaire fut réglée.

— Elle est là en permanence, la tantine? demanda le sergent Troy.

La petite fille fragile, vulnérable, qui avait presque l'âge de sa fille, l'avait touché.

— Je crois. Mme Crudge...

— Crudge? s'exclama Barnaby. Ça me dit quelque chose.

— C'est la femme de ménage de Brinkley, monsieur, dit Troy. Elle vient aujourd'hui.

— Quand ça? – Troy répondit : «vers une heure», et Barnaby consulta sa montre. – On devrait être rentrés.

— D'où?

— Je voudrais passer au bureau de Brinkley. Pour voir à quoi ressemble son associé.

— D'après Lawson, il ne pouvait pas le supporter.

— Mais ce n'est pas un observateur impartial.

— Comme vous dites, chef.

Imparssal. Encore un mot à chercher dans le dictionnaire de Talisa Leanne. La culture, c'est sans limites.

*

* *

L'ancienne plaque de cuivre à la porte indiquait toujours «Brinkley et Latham : conseillers financiers». Très sage, pensa l'inspecteur Barnaby. D'après ce qu'il avait entendu dire sur la perspicacité et la probité de Dennis Brinkley en affaires, le nom continuerait à inspirer confiance même si l'homme lui-même n'était plus là.

Le sergent Troy ouvrait la marche; il avait hâte de mater les petites minettes. Hélas, la réceptionniste se révéla être un thon mais une fois qu'elle les eut introduits dans le bureau principal, les choses commencèrent à s'améliorer. Une très jolie blonde était en train de faire des photocopies. Pas aussi jolie qu'Abby Rose, mais bon, elle, c'était une exception.

Tandis que Barnaby se présentait et exposait l'objet de sa venue, un homme émergea d'un des boxes. Il avait l'air d'un responsable et il se présenta : Leo Fortune.

— Nous attendions une visite. Depuis qu'on a appris que Dennis avait été... hum... depuis qu'on a appris...

— Ce qui lui était vraiment arrivé, conclut la fille de la réception.

Barnaby remarqua sans surprise l'hésitation de Fortune. C'est un drôle de mot, meurtre. Il fait vendre, plus que tout autre, journaux, livres et films. Pas un feuilleton TV qui ferait l'impasse aux dépens de l'indice d'écoute. Les reconstitutions de crimes réels étaient suivies par des millions de gens. Bien malins après coup, ils disaient ce qu'ils « avaient à dire » par téléphone et par courriel. Mais quand la victime vous est personnellement connue, ça change tout. Alors la réaction est étouffée et l'euphémisme s'installe.

— Il y a des absents, aujourd'hui? demanda Barnaby.

— Deux, qui sont en vacances.

— Une en vacances, l'autre en lune de miel, précisa Gail Fuller en indiquant deux tables vides.

— Et...? – Barnaby lança un coup d'œil vers un bureau désert.

— M. Latham ne nous a pas honorés de sa présence jusqu'ici.

— Oh, sois juste, Leo, intervint un jeune en chemise rayée rose. Il est à peine midi.

Il y eut quelques ricanements, vite réprimés. Tout le monde redevint silencieux et sérieux comme il convenait à la gravité de la circonstance. Ils paraissaient soucieux mais on ne sentait aucun malaise dans la pièce ; ils soutenaient le regard de Barnaby avec franchise. Mais l'inspecteur était un vieux briscard, il savait que cela ne voulait rien dire.

— M. Brinkley est mort mardi vingt-quatre juillet. Vous étiez tous présents ?

La benjamine du bureau, qui n'était que stagiaire, était à l'école. Et une femme bien en chair, avec un gros nez et un téléphone de Snoopy, reconnut avoir été absente ce jour-là.

— Et M. Latham ?

— Il est arrivé en milieu de matinée, comme d'habitude.

Barnaby leur demanda s'ils étaient sortis durant la journée. Seuls Leo Fortune et Latham n'avaient pas quitté le bureau. Les autres avaient fait « un saut » dans les magasins, étaient allés déjeuner ou à la bibliothèque. L'absence n'avait pas duré plus de cinquante minutes.

— Et vous fermez à quelle heure ?

— À cinq heures et demie, officiellement, dit Fortune. Mais Dennis et moi-même, nous restons souvent plus tard.

— Et ce soir-là ?

— Franchement, je ne me rappelle pas. Je n'avais pas de raison de m'en souvenir.

— Tout à fait, dit Barnaby.

Il achoppait toujours là-dessus. À moins qu'un événement vraiment intéressant ou épouvantable se soit passé dans la journée en question, qui pouvait se souvenir, trois semaines après ?

— L'un de vous connaît-il l'Église de la Proximité ? – Personne, apparemment. – M. Brinkley a-t-il jamais mentionné ce nom ?

— Il ne parlait pas de sa vie privée, dit Belinda, la jolie blonde.

— Cela a un rapport avec l'au-delà? demanda la dame corpulente, qui s'appelait Dimsie. – Elle paraissait triste et un tantinet fâchée. – Hélas, M. Brinkley ne témoignait pas d'un grand intérêt pour le spirituel.

— Avez-vous écouté l'interview de cette médium, Ava Garret?

— Je ne crois pas. Nous étions tous au travail.

— Qui, selon vous, aurait pu vouloir tuer M. Brinkley?

La réaction fut immédiate. De véhémentes dénégations suivies de protestations incrédules, sincères et chaleureuses.

— Ce sera un étranger.

— C'est juste. Personne connaissant Dennis n'aurait...

— Absolument.

— J'aimerais bien le rencontrer au coin d'un bois, le salaud.

La chemise rayée fléchit le bras et un muscle saillit, se souleva.

— Comment se fait-il que le coroner se soit trompé?

Barnaby passa quelques minutes à expliquer ce qu'ils n'allaient pas tarder à lire dans les journaux, puis leur demanda une nouvelle fois de se projeter en arrière, dans les semaines ayant précédé la mort de Dennis.

— L'un de vous a-t-il remarqué un changement chez M. Brinkley? Paraissait-il inquiet?

Ils secouèrent la tête mais Barnaby constata que Leo Fortune fronçait les sourcils.

— Vous êtes toujours à la réception? demanda-t-il à la femme qui les avait fait entrer.

– Elle acquiesça d'un hochement de tête. – Pouvez-vous me dire si quelqu'un que vous n'aviez jamais vu avant est venu lui rendre visite ? Un nouveau client, peut-être ?

— Non.

— Des appels ? Quelqu'un de particulièrement insistant ? Pas nécessairement un client.

— Je vous assure, dit-elle en rougissant, furieuse, j'ai autre chose à faire qu'à écouter les conversations des autres.

Barnaby élargit quelque peu ses questions. En quoi la mort du patron affectait-elle les membres du personnel ? Conservaient-ils leur travail, par exemple ?

À ces mots, l'atmosphère changea. Ils se regardèrent, l'œil un peu embué. Sourirent et hochèrent la tête. Leo Fortune parla au nom de tous. Barnaby les félicita. Mais ça, pour des mobiles, c'étaient sept bons petits mobiles qu'il tenait là. D'aucuns plus puissants que d'autres, sans doute. Peut-être était-il allé un peu vite en écartant la compagnie. Il se leva de son perchoir, un coin de bureau, et fit un signe de tête en direction de son adjoint occupé à gribouiller.

— Le sergent Troy va noter vos noms et adresses. Ainsi que ceux des absents.

Il haussa les sourcils en indiquant de la tête l'enclos de verre de Fortune.

Celui-ci suivit l'inspecteur, s'assit à son bureau.

— Non, ce n'est pas moi, déclara-t-il.

— Vous anticipez, monsieur Fortune.

— Personne n'était au courant du testament. On est tous tombés des nues. Il y a eu beaucoup de larmes le jour où le notaire est venu. Et ce n'étaient pas que des larmes de gratitude.

— Vous êtes là depuis... ?

— Le plus ancien. Vingt-quatre ans.

— Donc, je suppose que vous avez repris les clients de M. Brinkley ?

— Oui, ils sont peu nombreux mais ce sont des gens de choix.

— Ce qui veut dire ?

— Super riches.

— Vous les connaissez ? Ou vous opérez à froid, comme on dit ?

— Je connais leurs comptes, bien sûr. Ce sont nos clients les plus importants, donc il fallait bien que quelqu'un d'autre soit au courant. Même s'il n'était jamais malade.

— Et l'autre associé ?

— Latham ? – Il poussa un cri qui ressemblait à un franc éclat de rire. – Il est pitoyable. C'est son beau-père qui l'a fait entrer dans les affaires, apparemment pour qu'il ne soit pas dans les pattes de sa femme. Il sait à peine se servir d'un ordinateur.

— Alors qu'est-ce qu'il fait toute la journée ?

— Il fume, il boit, il se balade, il lit les journaux. Il disparaît pendant de longues périodes.

— Et pour ça il touche un salaire ?

— Non. Gilda, c'est sa femme, lui fait l'aumône, quand elle estime qu'il l'a méritée.

— Et les clients ?

— Il n'en a pas. Il en a hérité certains du vieux Fallon mais ils ont tous décampé. Certains sont venus chez moi. D'autres sont partis.

— Et sa part de l'affaire ?

— Sa part à elle. Quarante-cinq pour cent. – Il eut un sourire radieux qui dévoila des dents aiguës et blanches. – Donc, on aura toujours le dessus.

— Je ferais bien de prendre son adresse et son numéro de téléphone.

Tout en les notant, Leo Fortune déclara :

— À propos, le soir de la mort de Dennis, je jouais David Bliss dans *Hay Fever*. – Il tendit la feuille de papier. – Amdram, vous connaissez.

— Oui, dit Barnaby.

— Pourquoi avez-vous demandé si nous étions sortis pendant la journée? D'après les journaux, Dennis est mort en début de soirée.

— C'est vrai. Mais l'appareil qui l'a tué a été trafiqué avant qu'il n'arrive chez lui.

Fortune sembla perplexe en entendant le mot «appareil». Barnaby expliqua en détail ce qu'il s'était passé et le regretta immédiatement.

— Dieu... c'est absolument...

Fortune avait viré au vert pâle et commençait à glisser de sa chaise.

Cinq minutes plus tard, les deux policiers se retrouvaient dans la rue. Ils ne partirent pas en odeur de sainteté : quelqu'un poussait la tête de Leo entre ses genoux tandis qu'un deuxième passait précipitamment avec un verre d'eau devant l'inspecteur, en lui jetant un regard d'amer reproche.

Les autres s'étaient rassemblés autour de Belinda. La belle Belinda, qui venait de se marier, éperdument amoureuse et tout juste enceinte, pérorait d'une voix perçante en faisant voler ses boucles. En substance : quel sacré culot! Alors qu'elle portait une alliance, et tout ça. Ceux qui ne regardaient pas méchamment Barnaby se retournèrent contre le sergent Troy.

— On croirait, disait-il, à présent sur le trottoir, la mine boudeuse, que je lui ai demandé son tarif pour une pipe !

— Qu'est-ce que vous lui avez demandé ?

— Si elle voulait prendre un verre après le travail. Qu'est-ce qu'il y a de si terrible ? – Troy donna un coup de pied sauvage dans une boîte de hamburger et l'expédia dans le caniveau – Je croyais qu'on vivait au vingt et unième siècle.

— On commence tout juste.

— J'aurais dû me rappeler mon horoscope. – Toujours prêt à mettre sur le dos du destin ce qu'il refusait de concéder à la lucidité, Troy développa son thème. – Maureen me l'a lu, au petit déjeuner. « Tout désir d'intimité est à écarter cette semaine. »

— Peut-être qu'elle a pris ses désirs pour des réalités ?

— Non. – Troy, sans piger, s'inclina devant l'inévitable. – Il paraît qu'Orion est au zénith.

— Vous allez être au zénith d'ici peu si vous n'arrêtez pas de taper sur cette fichue boîte.

*

* *

Barnaby était en train de s'expliquer avec une tourte à la viande et des carottes au beurre à la cantine quand on l'avertit de l'arrivée de Mme Crudge.

— Allez, sergent.

— Monsieur ?

— Vous occuper d'elle, la chercher, l'emmener à mon bureau, lui faire du thé. Le truc habituel.

Troy contempla le chef qui mastiquait bruyamment, puis baissa les yeux sur son assiette. Sur sa tranche de succulent haddock, ses croquettes de pommes de terre et sa purée de pois. Pas la peine de demander qu'on les lui garde au chaud. Quand on quitte la table, c'est râpé. Pas étonnant que je sois si maigre. Je dépéris. Ils le regretteront bien, tiens, quand je ne serai plus.

Barnaby termina son repas. L'espace d'une honteuse minute, il caressa l'idée de manger le poisson de Troy. Pour excuser cette poussée de gloutonnerie, il se demanda ce qui l'attendrait ce soir à Arbury Crescent et s'imagina allant se coucher le ventre creux, ce qu'il n'avait jamais fait de sa vie. Il se hâta avant que l'avidité ne prenne le dessus.

*

* *

— Regardez-moi un peu ça ! – Mme Crudge agitait ses doigts tachés. – Et le machin qu'on vous donne pour vous nettoyer, ça vous essuierait pas un cul de souris.

— Désolé. Merci d'être venue...

— Et d'abord, pourquoi avez-vous besoin de mes empreintes ?

— Élimination, expliqua Barnaby. Comment le...

— Personne n'y croit. Vous les auriez entendus, à la poste. Un meurtre... à Forbes Abbot !

On lui disait toujours ça, à l'inspecteur. Avec exactement le même mélange de surprise et d'indignation. Comme si leur territoire particulier bénéficiait d'une exemption divine et que le Tout-Puissant se soit subitement débiné.

Le sergent entama l'interrogatoire en demandant s'il pouvait avoir quelques renseignements, à commencer par son prénom.

— J'ai tout dit à ceux qui sont venus à la maison. Je vais pas recommencer.

— Ne vous en faites pas, dit Barnaby. D'abord, pouvez-vous me dire depuis combien de temps vous étiez employée chez M. Brinkley?

— Depuis qu'il s'était installé au village, c'est-à-dire plus de vingt ans. Mais, au bureau, presque cinq. Quand leur femme de ménage a pris sa retraite.

— Il était facile comme employeur?

— Un homme adorable. Franc comme l'or. La courtoisie même. Remarquez, il était très pointilleux.

— Dans quel sens?

— Il fallait que ce soit comme ça et pas autrement. Par exemple, les bibelots, je devais les remettre exactement à leur place. Un centimètre d'écart et il le remarquait. Un faux pli sur un coussin ou un rideau, et il passait la main dessus.

— Ma foi, voilà qui est singulier.

— C'était plus fort que lui, visiblement, dit Mme Crudge.

— Et la salle avec les machines? demanda le sergent Troy. Vous y faisiez le ménage?

— Juste le plancher. Il ne me laissait pas toucher au reste. J'aurais pas eu envie, d'ailleurs, ces choses horribles.

— Le jour de sa mort... commença Barnaby.

— Je suis pas entrée. Mes jours, c'est le mercredi et le vendredi.

— Et le vendredi d'avant, quand vous avez nettoyé le plancher, tout était comme d'habitude?

— Je pourrais pas le jurer. J'ai juste passé le … et j'ai fichu le camp.

— …uriez-vous remarqué s'il y avait des traces s… le sol, comme si on avait déplacé un appareil ?

— Oh, oui, j'ai bien remarqué ça.

L'assassin savait-il que la femme de ménage ne viendrait pas le jour où la machine serait trafiquée ? Si Dennis était aussi secret qu'on le disait, le meurtrier pouvait ignorer jusqu'à l'existence de Mme Crudge. À moins qu'il n'habite le village. Comme Lawson.

— Je suppose que vous avez les clés de la maison ? – Mme Crudge acquiesça de la tête. – Vous savez si quelqu'un d'autre en possède un jeu ?

— Personne. M. Brinkley était très pointilleux sur la sécurité.

L'inspecteur ne pouvait laisser passer cela.

— Nous avons vu des clés suspendues à un tableau, dans le garage.

— C'est les clés de la cabane de jardin et autres, dit Mme Crudge. De toute façon, ce n'est pas tant les cambrioleurs qu'il craignait que des dégâts causés à ses précieuses machines.

Barnaby s'efforça, pour la centième fois, de se mettre à la place de Dennis Brinkley. Et échoua, une fois de plus.

— Et les visiteurs ? Des gens qui venaient régulièrement ?

— Comment je le saurais ? Quand j'étais à Kinders, il était au bureau.

— Et des appels téléphoniques ? Avez-vous pris des messages ?

— Non. M. Brinkley m'avait dit de ne pas m'occuper du téléphone.

— Vous avez les clés du bureau, aussi?

— C'est exact. J'y vais le samedi matin quand les bureaux sont vides.

— Et maintenant, dit Barnaby en souriant, je suppose que vous êtes actionnaire?

— Ernest et moi, on était déjà actionnaires, dit Mme Crudge, en se rengorgeant.

À ce moment, on frappa à la porte et une femme policier entra avec un plateau. Trois gobelets et une cuiller en plastique, du sucre.

— On fait la fête, alors? suggéra Mme Crudge. – On lui avait appris qu'il n'était pas correct de boire le thé en chapeau : elle retira son feutre noir qu'elle posa par terre près de sa chaise et prit trois sucres. – Je vous ai vus sortir d'Appleby House hier. Comment ça s'est passé?

— Vous connaissez les Lawson? demanda le sergent Troy.

— Je travaillais chez la vieille dame depuis l'âge de quinze ans, dit Mme Crudge. J'y suis toujours, pour le moment, en tout cas. J'ai connu Mallory tout petit. Et quand Benny est arrivée, j'étais là.

— Vous devez bien la connaître, Mlle Frayle.

— J'aime beaucoup Ben. Bien sûr, c'est grâce à moi si elle a eu ce message de M. Brinkley.

— Le message...?

— Du monde des esprits. C'est moi qui l'ai persuadée d'y aller.

— À l'Église de la Proximité?

— Je suis membre depuis longtemps. Je suis au courant de tout ce qui s'y passe.

— Vraiment? – Barnaby repoussa son thé, croisa les bras et posa les coudes au bord du bureau. Il avait l'air bien disposé et très, très intéressé. – Alors, dites-nous tout, madame Crudge.

*

*   *

Andrew Latham se reposait dans une grande balancelle décorée de roses sous un auvent à franges qui le protégeait du soleil. Allongé sur les coussins moelleux, il tirait sur une cordelette de soie, la faisait glisser entre ses doigts, tirait de nouveau pour se balancer doucement. À portée de main se trouvait une table basse avec une carafe d'eau gazeuse, une soucoupe de rondelles de citron et une bouteille de vodka. Il y avait aussi un réveil, avec des grands chiffres. Le réveil était l'objet le plus important. Il indiquait à Andrew à quelle heure il lui faudrait partir, après avoir effacé toute trace de sa récente présence.

Il était en train de se dire qu'il était temps de mettre les bouts quand une voiture tourna dans l'allée.

Bien qu'il s'agisse d'une voiture banalisée et que les deux hommes qui en descendaient soient en civil, Andrew devina immédiatement qui ils étaient. Il leur avait échappé de justesse assez souvent. Qu'est-ce qu'ils avaient donc de particulier, les policiers? Une sorte d'assurance circonspecte. À croire qu'ils réclament le droit de se trouver au même endroit que vous rien qu'en agitant leur fichue carte. C'est ce qu'ils faisaient maintenant.

— Monsieur Latham?

— Oui. Qu'y a-t-il?

— Nous enquêtons sur la mort de Dennis Brinkley et d'Ava Garret. Vous n'étiez pas au bureau ce matin quand nous y sommes passés et...

— Vous voilà donc, cet après-midi.

— Exactement. – Le jeune tira une chaise et s'assit à la table ronde, sous le parasol. – Ça va si nous...

— En fait, j'allais justement...

— Ce ne sera pas long, j'en suis certain, monsieur.

Alors le gros s'assit à son tour. Merde alors! pensa Andrew en jetant un coup d'œil au réveil.

— On m'a donné quelques informations sur votre passé dans le cabinet de conseil. – Barnaby répéta ce que lui avait dit Leo Fortune, en omettant les insultes. – C'est exact?

— En gros.

— Comment vous entendiez-vous avec M. Brinkley?

Latham haussa les épaules.

— Il faisait son boulot, moi, le mien. On ne se fréquentait pas.

— Vous rappelez-vous ce que vous faisiez le jour de sa mort?

— Je travaillais, je suppose.

— On nous a dit...

— Pas forcément à mon bureau. Je bouge beaucoup. Je vais voir des clients chez eux.

— C'est ce que vous faisiez cet après-midi-là, monsieur?

L'expression du sergent Troy était innocente, son ton poliment perplexe, son regard extrêmement respectueux. Tout juste s'il ne faisait pas la révérence.

— Ça a un rapport avec votre enquête? – Andrew ramassait les bouteilles, la carafe et le réveil. – Je dois aller me changer.

Il disparut dans la maison pour vider l'eau et cacher la vodka dans son tiroir de sous-vêtements.

— Ce type transpirait pour de bon.

— Il fait très chaud, dit le sergent Troy.

— Il ne transpirait pas quand nous sommes arrivés.

Latham revint au bout de quelques minutes. Il portait à présent une veste élégante, une cravate, un nouveau pantalon et il mâchonnait quelque chose de vert. Barnaby devina que c'était du persil.

— Je dois vous mettre à la porte maintenant, malheureusement.

— Encore quelques questions, monsieur Latham.

— Je ne peux vraiment pas...

— Concernant Ava Garret.

— Qui?

— La médium qui a été tuée il y a juste une semaine. Elle est liée à l'affaire Brinkley.

— C'était partout dans les journaux, dit Troy. Et à la télé.

— Oui, bien sûr, j'en ai entendu parler. Mais...

— Connaissiez-vous Mme Garret?

— Non.

— Elle habitait à Forbes Abbot.

— Eh bien, cela ne vous a sûrement pas échappé, inspecteur, moi, je n'habite pas à Forbes Abbot. Je n'ai donc pas de raison de l'avoir rencontrée.

— Êtes-vous jamais allé à l'Église de la Proximité?

— Je ne vais jamais à aucune église. Avec le jeu que j'ai eu en main, Dieu a de la chance que je ne les aie pas entièrement rasées, les églises.

À ce moment, une grande BMW s'arrêta, à côté de la Punto qui parut avoir rapetissé. Une femme colossale se souleva péniblement et en descendit à grand-peine. Elle était drapée dans des flots de gaze gris argent. La comparaison avec un ballon de barrage était inévitable. Un beuglement sonore franchit la distance qui les séparait.

— Qu'est-ce que tu fais ici?

Latham se lança aussitôt dans tout un cirque de client, de rendez-vous annulé, de collaborateur idiot et de dossier perdu. Les bons mensonges recèlent toujours une pointe de vérité et ceux-ci étaient assez convaincants, mais Troy lui-même se rendit compte qu'il y en avait un de trop.

En tout cas, la femme ne fit plus attention, se présenta et demanda si leur visite avait pour objet le «pauvre Denny chéri». Elle répondit à toutes leurs questions, confirmant ce qu'ils savaient déjà du personnage de Brinkley sans ajouter grand-chose de neuf. Elle n'avait jamais rencontré Ava Garret.

— Nos chemins ont peu de chances de se croiser, inspecteur. D'après ce que j'ai lu dans *L'Écho*, elle logeait dans un pavillon.

Elle refusa de confirmer la présence de son mari à la maison, le soir du mercredi huit août.

— Tout ce que je peux dire, c'est qu'il était là quand je suis rentrée de ma séance d'aromathérapie.

— Et c'était?

— Vers les dix heures.

— Et à quelle heure êtes-vous partie pour cette... séance, madame Latham?

— Vers sept heures. J'arrive toujours en avance. J'ai besoin de m'asseoir tranquillement et de recharger mes énergies. Ça demande beaucoup de dynamisme.

Barnaby et Troy prirent congé. Avant qu'ils soient montés en voiture, elle s'était déjà déchaînée. Elle attaqua fortissimo puis prit de l'altitude.

— Mazette ! ça pète sec, dit Troy en démarrant.

La voiture fit halte aux grandes grilles de bronze et Barnaby observa l'heureux couple dans le rétroviseur. Latham, épaules voûtées, yeux fixés sur les dalles comme un vilain petit garnement. Madame qui braillait et faisait des moulinets avec ses manches à air de bras. Un éclat de rire exubérant déchira la douce atmosphère estivale. Il devait se palper une sacrée aumône pour supporter ça.

— Vous avez vu le regard qu'elle lui a lancé, chef ?

— Quel regard ?

— Le genre de regard que Joe Pesci lancerait à un type qui ferait tomber de la cendre sur sa chaussure.

— Tenons-nous-en aux faits. En ce qui concerne le minutage, on sait maintenant que Latham pourrait être notre « Chris ».

— Cette lavette ?

Les grilles s'ouvrirent et Troy démarra de bon cœur.

— Il aurait pu appeler Garret vers cinq heures, probablement d'une cabine. Mme Latham s'en va vers sept heures. Il sort pour son rendez-vous avec Ava. Il passe une heure à lui faire miroiter des promesses, peut-être un contrat, il l'emmène faire un bon petit dîner. Il verse le poison dans son vin, s'excuse de ne pouvoir la raccompagner à Uxbridge et la met dans un taxi.

— Plus logiquement dans le métro, étant donné ses finances.

— Peu importe. Puis retour à l'épouvantable ranch Dallas pour s'aplatir un peu.

— Tout ça paraît... sais pas... invraisemblable. – Troy avait trouvé le bungalow plutôt superbe. – On dirait une pièce de théâtre débile.

Forcément, étant donné la profession de sa fille, Barnaby avait vu un tas de pièces dont une ou deux assez débiles, selon lui, mais aucune qui soit aussi invraisemblable que l'affaire dans laquelle il se débattait aujourd'hui.

21

Il ne s'était écoulé que quarante-huit heures depuis le premier briefing de l'enquête sur le double meurtre, et la salle des opérations avait déjà bien changé. Un brouhaha continuel, la sonnerie des téléphones, on enregistrait les informations, on posait des questions. Les cartes et les photos ayant un rapport avec les deux crimes étaient épinglées aux murs, ainsi que de grands croquis détaillés de l'intérieur de Kinders.

Une demi-heure plus tôt, l'inspecteur Barnaby recevait le rapport complet de la police scientifique sur la maison de Dennis Brinkley. Après avoir rassemblé son équipe à l'extrémité la plus calme de la salle, il décida de commencer le briefing par les points les plus marquants.

— Certaines des empreintes relevées sont celles de la femme de ménage et de Mallory Lawson. Les autres, identiques dans la Lexus et dans l'appartement, on doit supposer qu'elles appartiennent à Brinkley. Celles sur le trébuchet sont un peu brouillées. Seules les siennes sont nettes mais elles apparaissent sur des traînées estompées qui, d'après les techniciens, ont été laissées par des gants. Jusqu'ici, pas de surprise.

» Les traces de pas nous en disent un peu plus. Nous savons, d'après sa femme de ménage, que Brinkley portait toujours des pantoufles souples en tweed quand il allait voir ses machines. Il les gardait à l'entrée de la salle. Il y en avait des traces partout sur le plancher mais elles n'étaient pas toutes les mêmes.

— Qu'est-ce que vous voulez dire, chef? demanda l'inspecteur Julie Lawrence.

— Certaines ont été laissées par des pieds légèrement plus grands.

— Il avait dû deviner à quoi servaient les pantoufles, dit Troy, et en profiter.

— La cuisine n'a rien révélé, pas même la poignée de porte. Les gars pensent que l'assassin s'est déchaussé sur le perron.

— Et il semble qu'il n'ait pas pénétré dans l'appartement proprement dit.

— On a le rapport sur ça?

— Oui. Et avec Troy, nous avons examiné l'endroit.

Et quelle expérience! « Ordre », ce n'était pas le mot. Les crayons et les stylos sur le bureau, les chaussures dans le placard, alignées si serré qu'on n'y aurait pas glissé un cheveu. Les bibelots à égale distance, au millimètre près. Si ce n'était pas de la rétention anale, ça!

— J'ai étudié ses relevés de comptes sur plusieurs mois. Pas de grosses sommes au débit ni crédit. Quelques modestes virements, probablement les impôts. Malheureusement, ses notes de téléphone ne sont pas détaillées, mais la compagnie va nous communiquer la liste des appels.

— Pas beaucoup de résultats, hein, chef? dit Colin Jarvis. Tout ce qu'on savait déjà.

— Oui, merci, Jarvis. Alors. – Barnaby promena sur son équipe un regard quelque peu agressif. – Qui a quelque chose à dire que je ne sache déjà ?

Beaucoup d'informations s'étaient accumulées, inutiles pour la plupart. Rien que de normal. Barnaby prit un des portraits-robots et l'agita.

— Et avec ça ?

— Oui, chef, dit le constable Saunders qui s'était chargé de la gare d'Uxbridge. L'homme qui lui a vendu un ticket s'est souvenu d'elle tout de suite. Elle a demandé un aller pour Piccadilly.

— On a l'heure ?

— Il prenait tout juste son service et pense qu'il était six heures dix. J'ai vérifié les départs. Le premier, c'était un urbain. Le suivant, quinze minutes d'attente pour la ligne de Piccadilly.

— Espérons qu'on va découvrir quel train elle a pris, quand les portraits auront été largement diffusés. Et, avec un peu de chance, la station où elle est descendue.

Barnaby savait que c'était beaucoup demander. Même si les wagons étaient presque vides au départ, ils se remplissaient à mesure qu'on approchait du centre ville. Si elle était descendue à Piccadilly Circus, il y avait peu de chances qu'on l'ait repérée, même sur les caméras de surveillance.

— Et la voiture ?

Quelques réactions, là aussi. On avait suivi les pistes valables mais si les véhicules en question étaient tous des Hondas rouges, ce n'était pas celle d'Ava. Malheureusement, elle ne l'avait pas laissée au parking près de la gare, comme Barnaby l'avait espéré. Deux témoignages, arrivés tard dans la nuit, allaient être explorés dans la matinée.

Il les laissa à leur travail et s'apprêta à interroger l'homme qui « connaissait Ava comme sa poche », d'après Doris Crudge. C'était George Footscray, paraît-il, qui avait lancé la médium dans le circuit psychique, l'avait soutenue pendant sa formation et, une fois établie, qui avait fait le chauffeur pour la conduire à ses différentes réunions. C'est lui aussi qui dirigeait l'église spirite de Forbes Abbot. George, avait expliqué Mme Crudge, était lui-même psychique, il avait le don inné de percer l'éther inférieur, aussi noir et dense soit-il.

Tout cela avait infiniment réjoui le sergent Troy. À présent, roulant sur l'A413, il avait hâte de rencontrer Footscray, qu'il s'imaginait du genre à se fabriquer ses propres habits. Une chochotte farfelue qui mâchait du mungo, emperlousée et chapeautée de paille. Ce qui ne voulait pas dire que le type serait incapable de leur filer des tuyaux sur le piercing de l'éther. Et puis Troy espérait une mise à jour de son horoscope, qui le démolissait, comme d'habitude.

Comme s'il lisait dans les pensées de son sergent, Barnaby prévint : – On s'en tiendra au sujet, d'accord ?

— Ça me va.

— Je n'ai pas envie que vous preniez la tangente sur des quiddités ésotériques.

— Je croyais que c'était un groupe de rock.

Troy riait d'avance. Il avait repéré les Trois Tonneaux, où ils étaient censés tourner. Manœuvre, clignotant, rétroviseur. Et les voilà dans Clover Street, Camel Lancing. Les numéros pairs de son côté.

— Vous cherchez le 13, chef ?

Troy ne savait trop à quoi s'attendre. Peut-être une petite masure de guingois avec un chapeau de sorcière sur le toit, comme sur l'illustration d'un livre d'histoires de Talisa Leanne ? Ou une construction grise genre château, enveloppée d'un sinistre brouillard. Le numéro 15 Clover Street était une petite maison d'une banalité extraordinaire. Même le jardin était si terne qu'il en était presque invisible.

— C'est là, dit Barnaby. Garez-vous près du laurier.

Terrassé par la déception, Troy se gara. Mais, en sonnant, il reprit un peu courage. D'abord, le paillasson était couvert de tout un tas de signes et de symboles mystérieux et en guise de sonnette, une chèvre gravide avec des yeux de verre vert.

— Inspecteur Barnaby ?

— En effet. Monsieur Footscray ?

— Nous vous attendions. Et c'est... ?

— Sergent Troy, dit Troy en sortant sa carte qu'il rangea en l'agitant.

— Entrez, je vous prie. Que je vous présente à Mère.

Ils se retrouvèrent dans un vestibule exigu, sur un grand tapis représentant un lion, une licorne, une femme au front ceint qui tenait un chardon. Il y avait aussi un majordome : il était en bois, grandeur nature, hideusement mais soigneusement peint et différant quelque peu du commun des majordomes en ceci qu'il était doté d'ailes en vraies plumes frangées d'or. Sur son plateau, il présentait des journaux soigneusement pliés et une note « Dons : merci ».

— Ils sont là, chérie. – George ouvrit une porte puis s'aplatit contre le battant pour que les deux policiers puissent se faufiler. – Je suppose que vous voudrez des rafraîchissements?

Ni l'un ni l'autre ne répondirent. Ils restaient cois, les yeux écarquillés. Ils avaient pénétré dans un sanctuaire consacré au culte de la déité la plus révérée du XXe siècle. Les murs étaient entièrement recouverts d'assiettes, de chopes, de boîtes, de photos, de dessins et de peintures à son effigie. Sur des étagères, des figurines en porcelaine. Elle ornait des tonnelets de biscuits, saluait de la main dans des voitures dorées. Dans une vitrine, une tête à perruque de coiffeur sur laquelle trônait un chapeau vert acide, orné de brocart, et ruisselant de plumes.

Dans un fauteuil, glissant un œil de dessous un amas de couvertures immatérielles, était assise une minuscule vieille dame. De petites touffes de cheveux blancs cotonneux semblaient s'être posées au hasard sur son crâne blanc. Son visage était sillonné de rides mais ses yeux bleu pervenche étaient brillants et perçants.

— Bienvenue, dit-elle. Je vous en prie, asseyez-vous.

La voix, quel choc! Assez forte, une diction cliquetante et crépitante, comme le bruit que ferait un bâton passé sur les barreaux d'une grille. Elle indiquait un canapé, drapé d'une tapisserie illustrant différentes résidences royales. Barnaby s'assit sur le château de Windsor. Troy hérita du mausolée de Frogmore. Ni l'un ni l'autre ne savaient trop que dire.

— Bonjour, dit la vieille dame, je suis Esmeralda Footscray.

Barnaby se présenta ainsi que le sergent Troy. Il y eut encore un silence, rompu seulement par un cliquetis de couverts, en coulisses, comme qui dirait.

Enfin, Troy désigna le décor d'un geste et déclara :

— Quelle collection!

— Depuis sa naissance.

Elle indiqua plusieurs rangées de boîtes à dossiers empilées sous des étagères bourrées d'albums photo.

— Ça doit avoir de la valeur.

— De l'argent? – Le dédain d'Esmeralda ne connut plus de bornes. Comme Troy le raconta après coup, il eut l'impression d'avoir été pris à péter en pleine église. – Tous ces objets sont saturés d'énergie sublunaire pour être transmis quand la nécessité s'en fera sentir. Comme vous pouvez l'imaginer, elle exige d'être sans cesse rechargée, surtout après la dernière opération.

— Énergie sublunaire, oui, répéta le sergent, comme s'il s'agissait d'une conversation banale.

Il regarda les fenêtres munies d'épais barreaux et remarqua la porte pourvue d'une serrure compliquée.

— Voici la source qui nous guide. – Elle allongea le bras avec quelque difficulté et posa la main sur un globe d'un blanc laiteux. L'intérieur rougeoyait et palpitait doucement comme un cœur illuminé. Troy chercha des yeux le fil électrique mais il n'en détecta pas. – Élaborée et entretenue en permanence par mon guide, Hu Sung Kyong.

— C'est très... euh...

Barnaby ferma les yeux et les oreilles. Dans cette affaire, il avait eu sa dose de mystères, de convulsions vertigineuses de l'esprit pour le reste de sa vie.

Troy était intrigué par le duvet gris à la commissure des lèvres de Mme Footscray. Il présuma qu'il s'agissait des prémices d'une moustache, puis un examen plus attentif lui révéla des petites plumes. Il en fut fort troublé. Elle ne se nourrissait pas d'oiseaux, tout de même ! Il avait toujours cru que les gens de type spirituel étaient végétariens. Elle s'était remise à parler en s'adressant indirectement à lui.

— Vous devez vous rappeler la dernière fois qu'elle a passé les troupes en revue à Clarence House ?

— Je ne suis pas certain...

— Et comme elle a trébuché en quittant l'estrade ?

— Ah oui ! s'écria le sergent Troy.

— J'ai été distraite, juste un instant, mais c'était suffisant. Je me suis immédiatement excusée, bien sûr.

— Ça s'est arrangé, alors ?

— Naturellement, la ligne à haute tension n'était pas coupée, vous comprenez.

George entra en poussant une table roulante. Redoutant quelque potion magique d'entrailles déterrées en pleine nuit « sous une lune gibbeuse et arrosées de la semence de pendus », l'inspecteur chef déclina.

— Petit déjeuner Sainsbury's ou Earl Grey, sergent ?

— Eh bien, juste une tasse alors, dit Barnaby.

Troy était en train d'admirer les biscuits. En forme d'étoile, aussi gros que des biscuits au gingembre, saupoudrés de blanc. Il en accepta un avec gratitude, mordit dedans. Il n'avait jamais rien goûté de semblable. Il mâchonnait tout en cherchant le nom de l'étrange épice qu'il sentait sur sa langue. De gingembre, point.

Ayant nourri et abreuvé les visiteurs, et installé Mère, George prit la parole.

— Vous vouliez me parler d'Ava Garret?

Il y eut un reniflement du côté d'Esmeralda quand Barnaby répondit : – Je crois que vous la connaissiez bien, monsieur Footscray?

— En effet. J'étais son mentor et la première personne à avoir apprécié ses dons remarquables. Je l'ai prise sous ma tutelle et l'ai accompagnée, pendant les premiers mois du moins, à ses réunions.

Lui aussi avait une voix incongrue. Très faible, elle tremblotait, chevrotait, comme celle d'un vieux grognon. Peut-être était-ce Esmeralda qui l'avait rendu tel, au fil des années. Aspirant les forces de son fils pour alimenter les siennes. Il y a des gens qui ont de ces vies! pensa Barnaby, tout à coup plein de gratitude à l'égard de Joyce, de Cully. Et même de Nicolas.

— Vous n'avez jamais douté de sa sincérité?

— Pas un instant, dit George. Après chaque service, les gens l'attendaient pour lui parler, pour la remercier. Souvent en larmes.

— Et les séances? Il y avait des séances privées?

— Quant à ça, impossible de la convaincre. Ava se croyait née pour la scène.

— Et étiez-vous présent le jour où Dennis Brinkley... hum...?

— A transpercé la matrice divine? Certainement. Et je peux vous dire, monsieur Barnaby, que ce fut une expérience impressionnante.

Tandis que George développait, le sergent Troy prenait quelques notes. Pour dire le vrai, il n'était pas très concentré sur l'affaire en question. Il n'arrêtait pas de penser à l'étrange friandise qu'il venait d'avaler. Sans aucune raison, le film *Rosemary's baby* lui revint à l'esprit. Il se rappela la racine bizarre pilée par les sorcières qu'on faisait avaler à Mia Farrow, et qui s'appelait quelque chose comme « anisss ». Maintenant, à la grande inquiétude de Troy, un discret renvoi lui confirma la saveur de graines d'anis.

Il jeta un regard accusateur à George, qui était en train de préciser ses responsabilités à l'Église de la Proximité. Il le dévisagea. Une figure longue et ovale, comme un œuf étiré, des mèches de cheveux jaunes assombris de brillantine, un teint qui évoquait un produit de la mer recyclé, le derrière de son pantalon qui tombait directement de la ceinture aux pieds, sans obstacle. Troy repensa au conseil donné par sa mère à une cousine quand celle-ci avait commencé à accumuler les liaisons amoureuses : « Ne te fie jamais à un homme qui n'a pas de fesses. » Et s'il y avait du vrai là-dedans? Il remarqua aussi que Footscray ne fermait pas tout à fait la bouche en parlant, et on entendait remuer et cliqueter ses fausses dents. On aurait dit une souris qui faisait des claquettes. Troy se rebrancha sur la conversation qui était devenue maintenant un trio.

— Mère a hâte d'aller rejoindre le monde des esprits, n'est-ce pas, chérie?

— En effet, aquiesça Esmeralda. Je connais beaucoup plus de monde là-bas qu'ici-bas.

— Mais nous resterons en contact permanent, dit George. On l'ignore en général mais il y a un excellent système télégraphique, Toile d'Ariel SÀ à la planète Terre.

— Vraiment? dit Barnaby.

Il ne comprendrait jamais pourquoi les gens s'obstinaient à dire « planète terre ». Existait-il dans l'univers une autre terre qui ne soit pas une planète ? George continuait à cliqueter.

— Mère a un orifice psychique au sommet de la tête.

— Avec des myriades de connexions, expliqua Mme Footscray, qui remontent à l'époque préhistorique.

Il n'y avait rien à répondre à cela et Barnaby eut la sagesse de s'abstenir. Il se contenta de sourire à la vieille dame, se leva et se préparait à prendre congé quand elle s'écria tout à coup :

— La boucle, George, la boucle !

La lumière dans le globe faiblissait de seconde en seconde. Elle voletait aussi, comme un grand papillon pris au piège. George se précipita vers une petite table roulante surmontée d'un téléviseur portable et d'un magnétoscope, et il appuya sur « play ». La Reine Mère apparut dans toute sa splendeur jaune et cerise, passant en revue un rang de cavalerie. Mme Footscray posa les doigts de sa main droite sur la lampe, la paume de sa main gauche sur l'écran et se mit à bourdonner. Puis elle commença à fredonner : « Amour divin de moi à toi... lumière divine de moi à toi... force divine de moi à toi... »

Les autres restaient là, à regarder. George hochait gravement la tête. Barnaby flegmatique, imperturbable. Troy, les yeux fixés sur le couvre-théière, s'efforçant de garder un visage impassible.

L'intervention ectoplasmique s'acheva subitement. Esmeralda adressa à tout le monde un sourire radieux et déclara :

— La guérison s'est accomplie. Elle va aller bien maintenant.

— Jusqu'à la prochaine fois, soupira George.

— On n'y peut rien, chéri. À son âge, il faut s'y attendre. J'espère, fit-elle en élevant la voix alors que Barnaby entamait une retraite vers la porte, que nous quitterons le même jour notre tabernacle terrestre. Elle aura besoin d'aide pour s'installer.

— La hiérarchie est différente, dans l'au-delà.

— J'ai lâché une livre pour ce spectacle, dit le sergent Troy en quittant le 15 Clover Street.

Dans le vestibule, on l'avait prié de prendre un journal sur le plateau du majordome, et George avait bloqué le passage, s'était éclairci la gorge et avait regardé fixement la carte « Dons ». Et maintenant, le voilà avec ce torchon de *Nouvelles Psychiques*. – On pourrait pas les inventer, hein, des gens comme ça?

— Celui qui pourrait, dit Barnaby, aurait grand besoin d'un soutien psychologique.

— J'aimerais bien avoir un guide spirituel. Je me demande ce qu'ils font, en fait.

— Ils vous préviennent quand il faut ajouter le Schweppes.

— Un Chinois, ce serait génial.

Les remarques préliminaires de Troy, teintées de regret, étaient plutôt téléphonées. L'inspecteur rassembla tout son courage.

— Ho Lap Hin Dahn? suggéra Troy.

Pas un sourire, pas un atome de réaction. Bon, il avait fait de son mieux. Ce n'était pas la première fois. Peut-être était-il temps d'affronter la dure vérité. Il travaillait pour un homme qui n'avait pas le sens de l'humour.

*

*   *

Heureusement, personne dans la rue ne vit la porte d'Appleby House s'ouvrir avec une violence telle qu'elle en craqua sur ses gonds. Mallory Lawson sortit en trombe comme un forcené. Il se rua sur la Golf, tira et tourna la poignée, puis jura et cria, fouilla dans ses poches, en sortit la doublure. Enfin, il trouva les clés et débloqua les serrures. La voiture fit demi-tour en crissant, bondit sur la route et disparut.

*

* *

Mallory ne pensait à rien de particulier en décrochant le téléphone. Son irritation à l'égard de la police avait disparu. Il avait eu la vague intention d'aller dans le verger, mais sans donner suite. Continuer de déballer, peut-être? Ou lire. Ou flâner, simplement, en prolongeant cet état d'agréable indolence. Il dit : « Allô? » et quand une voix féminine répondit : « C'est Debbie Hartogensis », il reconnut le nom immédiatement. Il revit la carte fixée sur la porte de l'appartement du sous-sol : « Fforbes-Snaithe. Hartogensis. Lawson ». Glacé, contracté, il s'écria : « Polly? »

Et maintenant, il fonçait, à cent soixante à l'heure sur l'autoroute, la bouche remplie de salive amère et il avait si chaud qu'il avait l'impression de fondre. Il ne pouvait maîtriser les frémissements et les tics qui lui crispaient la figure. Ses mains moites glissaient sur le volant qu'il serrait jusqu'à faire saillir ses articulations, terrifié à l'idée de perdre tout à fait le contrôle du véhicule.

Il avait abandonné sa fille. Il n'avait pas téléphoné, il n'était pas allé la voir. Quand il y était allé, il n'avait pas insisté. Il l'avait négligée. Il avait supposé qu'elle était en vacances simplement parce que Benny le lui avait dit, que tout le monde le lui avait dit. Pire, il l'avait oubliée. Et maintenant elle était...

C'était bien là le nœud de son angoisse : il ne savait pas. Debbie Hartogensis avait expliqué mais il avait été à ce point paralysé par la peur qu'il ne pouvait se rappeler qu'un fatras de mots clés. Des mots comme des couteaux à cran d'arrêt : dangereux terrible camée profond puer cachets pleurer défoncée cachets pleurer cachets.

La sortie que Mallory devait emprunter approchait. Il essaya de ralentir. Il se rappela le rétroviseur. À quoi lui servirait-il, à sa fille, une fois mort ? Les voitures filaient et hurlaient derrière lui ; il s'engagea trop vite sur la bretelle de sortie.

Il respira lentement, freina brutalement, tenta de se calmer. Ce n'était pas la bonne heure pour traverser Londres, mais ce n'était jamais la bonne heure, de toute façon. Il ne devait pas se laisser embarquer dans une provocation. Pas d'altercation, pas de queue de poisson, même si le temps pressait.

Il repensait à la dernière fois qu'il était allé voir Polly à Cordwainer Road, il était fou d'inquiétude alors qu'elle allait parfaitement bien. Pourquoi n'avoir pas écouté attentivement les explications de sa colocataire ? Pourquoi n'avoir pas posé de questions raisonnables ? Il aurait pu se faire une idée de la situation.

Dans la rue où elle habitait, rien d'anormal. Mallory comprit qu'il avait redouté de voir une ambulance ou une voiture de police. Il gara la

Golf n'importe comment sur une double ligne jaune et dévala les marches menant au sous-sol.

La porte s'ouvrait à peine que Mallory la poussa et se rua dans l'appartement. Tombée sur sa bicyclette, Debbie Hartogensis se releva, redressa le vélo et le suivit.

— Vous m'avez fait tomber.

— Quoi? – Mallory sortait de la salle de bains et regardait partout. Il se dirigea vers la seule porte fermée, se mit à cogner dessus et à crier : – Polly!

— Monsieur Lawson.

— Polly, ça va? *Polly*.

— Arrêtez! – Debbie lui prit le bras. – Qu'est-ce que vous voulez? La terroriser?

Il imagina Polly recroquevillée derrière la porte, et s'arrêta net. Il dévisagea la fille. C'était elle, certainement, qui avait téléphoné. Il ne se rappelait même plus son nom.

— Venez vous asseoir.

— Qu'est-ce qu'on va faire?

— Si vous vouliez bien m'écouter...

— Pourquoi est-elle enfermée là-dedans comme ça?

— J'ai essayé de vous expliquer.

Debbie le tira vers un fauteuil et le poussa dedans.

— Oui, je sais. Mais je... je n'ai pas saisi.

— Je suis rentrée de vacances il y a deux jours. Je savais qu'Amanda serait encore à Majorque. La porte de Polly était fermée à clé, alors j'ai cru qu'elle était partie aussi. Mais au milieu de la nuit, j'ai entendu du bruit dans les toilettes. La vache, qu'est-ce que j'ai eu peur!

— Qui était-ce?

— Bon Dieu, vous croyez que je suis allée voir? Je me faisais dessus de trouille. J'ai rampé sous le divan quand la porte de Polly s'est refermée.

— Alors c'était elle?

— Elle faisait comme des gémissements puis elle s'est tue. Le lendemain, quand elle a pigé que j'étais rentrée, elle est pas sortie. Fallait que j'aille acheter du pain et du lait et de la bouffe. Quand je suis rentrée, elle était allée à la salle de bains et elle s'était renfermée. Je l'ai entendue pleurer.

Pleurer! Il ne se souvenait pas d'avoir jamais vu Polly pleurer. Même toute petite, elle hurlait plutôt qu'elle ne pleurait. Et si larmes il y avait, c'étaient des larmes de rage.

— Vous lui avez parlé?

— J'ai essayé. – Elle secoua la tête. – Que dalle!

Mallory se leva et appuya la tête sur l'encadrement de la porte. Il écouta, fronça les sourcils.

— Ça a continué comme ça, elle sortait que quand j'étais pas là. Alors j'ai commencé plutôt à m'inquiéter. Peut-être qu'elle était vraiment malade, vous voyez?

— Vous avez parlé de cachets.

— J'y arrive. Alors, la fois d'après quand je suis sortie, je suis pas sortie. J'ai juste claqué la porte, et je me suis cachée. Au bout d'un moment, Polly s'est levée, elle est allée dans la cuisine. Elle avait l'air complètement défoncée. Je me suis faufilée dans sa piaule et alors là, c'était dégueulasse. Comme la chambre dans *Seven*. Ça devait faire un bout de temps qu'elle s'était enfermée là-dedans. J'ai vu mes somnifères près de son lit...

— Oh, mon Dieu! – Mallory s'écarta de la porte mais ne put se rasseoir. Il allait et venait. – Elle en a pris?

— Un peu.

— Vous avez appelé un médecin?

— Non.

— Pourquoi?

— Elle voulait pas me laisser entrer. Vous croyez qu'elle aurait laissé un inconnu?

— Mais des trucs comme ça... une dose trop forte...

– Elle en prenait pour dormir.

— Comment le savez-vous? Comment savez-vous qu'elle n'en a pas pris plusieurs d'un coup? Bon Dieu, et personne pour s'occuper d'elle...

— Si personne s'occupe d'elle, comment ça se fait que vous soyez là?

— Vous auriez dû me prévenir immédiatement. Je serais...

— Hé, hé! Maintenant, vous m'écoutez, hein? Je me suis cassé le cul à essayer de l'aider, votre fille. Merde, j'ai pédalé jusqu'à Parsons Green. J'ai tapé à toutes les portes pour avoir votre nouvelle adresse. J'ai finalement mis la main sur l'agent immobilier qui a vendu votre baraque. Son notaire m'a donné votre numéro. Et je vous ai appelé tout de suite, et pas en PCV au cas où vous auriez pas remarqué. Et puis voilà que vous débarquez ici, vous me foutez par terre. Et même pas un «pardon», putain, quant à un «merci», putain...

Mallory la regarda, ébahi. Debbie Hartogensis s'était donné tant de mal pour passer ce coup de fil qui avait manqué le terrasser d'une crise cardiaque. Elle était jeune. Elle portait un pantalon de combat et un débardeur rose moulant et des petites lunettes aux verres bleus.

L'affolement commença à céder. Il était là, il ne partirait pas. Quoi qu'il arrive, il n'y aurait plus de messages de ce genre, qui lui tomberaient dessus. Il ne restait que le chagrin et la gratitude. Le chagrin pour sa fille, quel que soit son état. La gratitude à l'égard de cette jeune fille qui avait tant fait et qui aurait facilement pu ne rien faire.

— Je suis tellement désolé. Pardonnez-moi, je vous en prie. J'étais affolé.

— Ouais. C'est bon.

— Je sais que la mère de Polly voudrait aussi vous remercier... vous dire...

— Ça va, monsieur Lawson.

Bon Dieu, on dirait qu'on lui a arraché les entrailles, à celui-là, et qu'on les a piétinées. Pas de gosse, se jura Debbie pour la centième fois. Pas de gosse, jamais.

— Écoutez, j'dois me casser.

Elle avait pris un casque noir, une paire de patins à roulettes et se dirigeait vers la porte.

— Casser?

— J'ai rendez-vous. Y a du thé et des trucs à bouffer dans la cuisine, si vous voulez.

Chose surprenante, quand elle fut partie, Mallory s'aperçut qu'il en avait envie. Après avoir frappé doucement à la porte de Polly, sans obtenir de réponse, il prépara deux chopes de thé et les rapporta au salon. Puis il renouvela sa tentative.

— Je nous ai fait du thé. Tu sors ou j'entre?

Il attendit en silence. Il se rassit en silence. Il but son thé et attendit encore. Il était prêt à attendre éternellement pour savoir ce qui était arrivé à Polly.

*
* *

Voici ce qui était arrivé à Polly. Après ces moments étonnants passés dans l'appartement de Billy Slaughter, elle était rentrée chez elle en dansant. En gambadant comme une enfant. Elle avait dévalé la rue jusqu'à son appartement, toujours fébrile et jubilante. Incapable de rester en place, elle avait mis un CD et dansé comme une folle, sans prêter attention au secret d'initié qui grondait dans sa tête comme un bâton de dynamite.

Elle en avait du temps à tuer. Des heures, en fait. Pas question de s'introduire en plein jour dans les bureaux de Brinkley et Latham. Et merde pour l'heure d'été, s'écria Polly, mais sans aigreur. Elle ne pouvait rester comme ça à traîner dans l'appartement. Elle allait exploser. Elle décida d'aller au cinéma voir le dernier film des frères Coen et de s'acheter quelque chose au retour, pour fêter ça.

Polly se mit finalement en route vers huit heures et demie pour Baker Street. Elle attrapa un train pour Amersham et fut agréablement surprise par le wagon spacieux, haut de plafond. C'était mieux que le métro. Toujours trépidante de joie, elle regardait par la fenêtre, enchantée par la beauté du paysage.

Elle décida de s'acheter une maison à la campagne, le Buckinghamshire, ce serait l'idéal. Un air frais, sain, tout près de la ville. Ce serait une maison moderne, naturellement. Une structure aérienne d'acier et de verre.

Cette plaisante rêverie et ses variations durèrent jusqu'à Chorleywood. De la cabine téléphonique de la gare, elle appela un taxi qui arriva très vite. Causton se trouvait à une quinzaine de kilomètres. Il faisait presque nuit quand Polly atterrit sur la place du marché.

En approchant de la porte de Brinkley et Latham, elle s'était retenue de regarder par-dessus son épaule, avait glissé la clé dans la serrure, avait pénétré dans l'immeuble d'un air détaché, comme si elle était dans son droit le plus strict. Une fois dans le bureau de Dennis, par précaution, elle avait baissé les stores.

Tout en cherchant son site Intermédiaire et en mettant en place son écran, Polly pensa à son père. Elle se rappela le mensonge qu'elle lui avait dit après qu'il avait accepté de lui verser une partie de son argent. Elle avait prétendu qu'elle s'était lancée dans ces désastreuses spéculations uniquement pour lui. Pour qu'il puisse abandonner son travail qui le tuait et qu'il soit libre. Mallory l'avait crue, avait été touché, jusqu'aux larmes. Mais si... si... si cette fois *c'était vrai de vrai* ?

L'idée d'utiliser ses compétences particulières pour en faire bénéficier autrui n'avait jamais effleuré Polly. Mais là, c'était différent. Quelque chose de personnel. Imagine un peu, être capable de doubler l'héritage des Lawson du jour au lendemain ! Qu'est-ce qu'ils diraient, ses parents ? Ils n'y croiraient pas, bien entendu. Pas au début. Elle imaginait leur incrédulité. Puis l'étonnement de son père quand il commencerait à comprendre. Sa mère serait contente, aussi. De plus en plus d'argent qu'elle pourrait jeter dans le puits sans fond de la littérature. Mais peu importait comment on l'utiliserait, cet argent. L'important, c'était que Polly les aiderait et que, par-dessus le marché, cela ne lui coûterait rien. Le seul inconvénient, c'était qu'elle ne pourrait pas s'attribuer le mérite d'un coup aussi génial. Il lui serait impossible de jamais révéler qu'elle avait volé les clés, pénétré de manière illégale dans les bureaux, piraté un dossier, même si ce dossier la concernait personnellement. D'accord, la première fois, elle avait une excuse. Elle avait une dette qui grossissait rapidement, elle était aux abois. Mais aujourd'hui, c'était une simple maximisation de profits. Ou, comme diraient les aigris hypocrites qui n'avaient pas accès à la mine d'or, de la pure cupidité. Bien sûr, il deviendrait vite évident que quelqu'un avait trafiqué avec profit les finances des Lawson. Voilà qui serait drôle. Elle se demanda si Dennis en assumerait la responsabilité mais rejeta aussitôt l'idée. Il avait trop le sens de l'honneur (c'est-à-dire de la modération, du respect de soi et des principes). Non, en fin de compte, il faudrait qu'elle avoue. Et ils reconnaîtraient tous que la fin justifiait les moyens.

Satisfaite de sa conclusion, Polly compléta ses transactions et dispersa une terrifiante somme d'argent. Elle avait beau avoir vu Billy Slaughter en transférer beaucoup plus, et avoir constaté une augmentation, légère mais indiscutable, du prix des actions, le moment était profondément angoissant.

Désireuse, à présent, de s'en aller, elle chercha dans l'annuaire un numéro de taxi. Elle eut la prudence de ne pas risquer une communication tardive, au cas où la facture serait détaillée, et appela d'une cabine, sur la place du marché.

Elle eut tout juste assez d'argent pour rentrer chez elle. Elle n'aurait pas dû être à court : plus tôt, en revenant du cinéma, elle avait retiré à un distributeur de billets le maximum d'argent liquide autorisé (cinquante livres humiliantes, à la suite d'une virulente prise de bec avec la banque). Mais, planant sur ses grandes espérances, elle avait alors claqué un gros paquet dans une bouteille de Veuve Clicquot. Peu importait. Si, en arrivant à Londres, elle n'avait plus que quelques sous en poche, elle trouverait bien un bus de nuit qui la ramènerait chez elle.

Polly s'était imaginé que, tel un espion ou un commando s'étant acquitté d'une mission périlleuse, elle rentrerait pétillante d'euphorie et de soulagement. Elle se voyait se détendre, écouter un peu de musique, boire le champagne. Flâner jusqu'à la sortie des premiers journaux. Jusqu'à ce que le monde financier apprenne ce qu'elle savait déjà. Mais, en fait, une fois la tension retombée, comme une corde coupée, elle se sentit très tranquille. Tranquille mais fatiguée. Elle ôta sa robe, se glissa dans le lit et quelques secondes après elle dormait à poings fermés.

Quand elle se réveilla, il était plus de midi. Incroyable ! Comment était-ce possible ? La circulation, le téléphone qui sonnait toujours, les passants qui tapaient contre la rampe, les chiens qui aboyaient, où étaient-ils donc tous passés quand elle avait besoin d'eux ? Midi !

En fulminant, elle sauta dans son jean et enfila une vieille chemise rayée. Les baskets, les clés, et dehors. Le marchand de journaux le plus proche était à cinq minutes. Elle prit le *Financial Times*. Gillans et Hart faisaient la première page.

L'attention de Masood Aziz, en train de rendre la monnaie, fut vivement attirée vers le présentoir à journaux. Une jeune femme se tenait là. Elle avait l'air accablée. Sur le point de tomber. Des feuillets imprimés roses glissaient de ses mains et flottaient jusqu'au sol.

M. Aziz appela sa femme à grands cris; celle-ci apparut en faisant voler des lanières de plastique du rideau de l'arrière-boutique. Ils voulurent faire asseoir la fille sur un tabouret, en vain. Elle repoussa farouchement le gobelet d'eau que Mme Aziz lui tendait. Elle alla vers la porte, chancela, se redressa. Les gens se groupèrent à l'entrée de la boutique et la suivirent des yeux tandis qu'elle descendait la rue en titubant. À un moment, elle s'arrêta et vomit dans le caniveau. M. Aziz ramassa le journal sali et marmonna sur l'argent perdu.

Polly ne se souvenait pas d'être rentrée à l'appartement. Mais, subitement, elle était là, devant le miroir de la salle de bains, à se rincer la bouche à grande eau, à se brosser les dents jusqu'à faire saigner ses gencives.

Anéantie par la peur et la rage, incapable de penser de façon cohérente, elle arpentait l'appartement, en tapant sur les meubles, en cognant sur le mur. À un moment, elle s'arrêta au milieu de la pièce en hurlant : « Ruinée... ruinée... ruinée... », un ululement sauvage, comme le cri d'un oiseau dans la jungle. Juste après, le téléphone se mit à sonner, elle arracha la prise et le lança à travers la pièce.

Enfin, la gorge à vif, Polly se sentit exténuée. Physiquement, en tout cas. Son esprit continuait sa course folle. Elle s'assit et, pour la première fois, elle regretta de ne pas ressembler à son emmerdeuse de colocataire américaine. Debbie faisait toujours ce qu'elle appelait ses « exercices ». Installée sur un coussin, elle regardait dans le vide pendant une demi-heure. Elle disait que ça lui calmait les nerfs et modérait son agressivité. Polly devrait essayer. Polly n'avait aucune envie d'essayer. Elle voulait que son agressivité soit aussi tranchante que la hache du bourreau. C'était ça à la Bourse, ou tant pis pour vous.

Elle avait beau dédaigner cette façon de penser inepte et fumeuse, elle s'accroupit et se mit à respirer lentement pendant cinq minutes. Ce qui ne lui calma pas les nerfs ni ne modéra son agressivité mais elle commença, en effet, à considérer les choses avec un peu moins de passion. Ce qui l'amena à réfléchir sur ce qu'elle allait faire maintenant. Elle savait, sans hésitation aucune, ce qu'elle allait faire. Mais la question, c'était : comment devait-elle s'y prendre pour affronter Billy Slaughter? Impossible d'assouvir son envie. Aller lui planter dans le corps un instrument très pointu. Il était plus grand et plus fort qu'elle et l'affaire aboutirait sans aucun doute à une totale humiliation. Et si, par extraordinaire, elle réussissait à le blesser grièvement, elle serait arrêtée par la police, ce qui aggraverait encore sa situation.

Polly enfila une veste en jean sur ses vêtements dépenaillés, prit sa carte de crédit plus les trois livres qui lui restaient, et sortit en courant. Dans le bus, elle s'assit à l'impériale, se pencha en avant, pour qu'il aille plus vite. Elle tambourinait sur ses hanches, les poings serrés, et marmonnait : « Allez, allez, allez... »

Polly n'avait pas pensé une seconde à son apparence. Elle ignorait que ses cheveux hérissés d'un côté étaient complètement aplatis de l'autre. Que l'odeur légèrement désagréable, faisandée, en haut du bus, ne venait pas du vieux monsieur assis derrière elle. Qu'il y avait des traces de vomi sur sa chemise. Aussi franchit-elle sans hésiter les portes battantes de Whitehall Court et se dirigea-t-elle vers l'ascenseur.

Un portier derrière le comptoir l'appela. Un autre se hâta de la rattraper à la porte de l'ascenseur.

— Je peux vous aider?

Si les mots et la voix étaient calmes et polis, les yeux ne l'étaient point.

— Je viens voir Billy Slaughter.

Polly agita la poignée dans son impatience alors que l'ascenseur descendait déjà en grondant.

— M. Slaughter?

— Appartement dix-sept.

— Ah oui. Malheureusement, il n'est plus ici.

— C'est ce qu'on va voir. – Elle jeta un regard menaçant vers le treillage métallique. – Descends, espèce de machine à la con!

— Je me demande... Vous ne seriez pas mademoiselle Lawson, par hasard?

Elle regarda l'homme d'un air soupçonneux.

— Pourquoi?

— Il y a un paquet pour vous au bureau.

Il recula, tendit le bras pour lui indiquer le chemin. Elle le suivit tandis que l'ascenseur qui s'était subitement arrêté semblait remonter dans la stratosphère.

Rejoignant son collègue derrière l'immense comptoir miroitant, le portier prit un petit sac dans une des cases. Bien que les deux hommes n'aient pas échangé de coup d'œil, Polly devina qu'ils partageaient le même mépris.

— Vous avez une pièce d'identité, mademoiselle ?

Elle fit claquer sa carte de crédit sur le comptoir. Elle avait décidé de s'éviter l'humiliation d'un voyage en ascenseur vers un appartement vide.

— Vous savez quand M. Slaughter sera de retour ?

— Il ne reviendra probablement pas, dit le second portier. Il n'habite pas ici.

Il dévisagea Polly qui avait pâli subitement. Une femme qui s'évanouit, ils n'avaient vraiment pas besoin de ça.

— Il n'habite pas...

— C'est ça. Il ne vient que de temps en temps. – Le premier portier prit un grand registre relié. – C'est un ami de M. Corder.

— Corder ?

— Qui, lui, habite ici. – Il ouvrit le registre et lui tendit un crayon. – Voulez-vous signer, s'il vous plaît, mademoiselle ? Pour le paquet.

Polly eut du mal à tenir le stylo mais parvint à gribouiller quelque chose, tout de travers. Elle prit le paquet et sa carte de crédit puis, sous le choc, complètement désorientée, elle se trompa de chemin, enfila un long couloir et se retrouva dans une vaste pièce garnie de fauteuils confortables et de tables basses. À l'autre bout, elle aperçut un bar, il y avait beaucoup de monde. Surtout des hommes qui se mirent à la regarder, mais pas comme on la regardait d'habitude. Elle comprit alors en interceptant son reflet dans une grande glace. Les yeux hagards, les cheveux emmêlés, la chemise tachée. On aurait dit un souillon, une folle.

Elle se força malgré tout à sortir dignement. Elle atteignit les portes, descendit les marches jusqu'à la rue. Mais son aplomb avait disparu, elle comprit qu'elle avait l'air tout simplement grotesque.

Dans la chaleur étouffante et la poussière de la rue, au milieu des touristes avec leurs chapeaux souvenirs, elle se mit à pleurer. En courant sur la chaussée, elle fit signe à plusieurs taxis, avec l'intention de sauter de voiture au feu rouge à Dalston, sans payer la course. Mais aucun ne s'arrêta. Elle retourna sur ses pas, passa devant le Ministère de la Défense, se dirigea vers l'Embankment à la recherche d'un distributeur de billets. Elle en trouva un dans la station de métro mais l'écran lui renvoya un hargneux « Impossible de procéder à la transaction » et recracha la carte.

Il fallait qu'elle rentre pour ouvrir le paquet. Pourquoi, elle l'ignorait, mais elle savait en revanche qu'elle devait être seule pour en découvrir le contenu. Malgré sa confusion et son effroi, Polly en avait la certitude. Elle caressa brièvement l'idée de chercher un ticket de métro composté, d'attendre l'ouverture du portail pour les chaises roulantes et bagages lourds et de se faufiler. Mais elle serait alors obligée d'exécuter la même manœuvre à l'arrivée et elle risquait d'être arrêtée. Tandis qu'elle hésitait, la décision fut prise pour elle par un employé qui cria : « Dehors ! Pas de mendiants ! »

Elle finit par rentrer en sautant d'un bus à l'autre, prétextant s'être trompée de direction quand le contrôleur se présentait. L'air troublé et contrit, elle descendait, attrapait le bus suivant et recommençait. Le trajet dura plus d'une heure, avec cinq changements.

De retour dans l'appartement, Polly se prépara à ouvrir le paquet de Billy Slaughter. Elle l'avait tenu si serré que ses doigts étaient roides, comme des serres. Elle s'assit sur le lit, lut et relut son nom, impeccablement libellé d'une écriture autoritaire. Puis elle appuya les doigts sur le sac. Le souffle court, elle tâta les contours d'un objet dur et rectangulaire. Ces derniers temps, on avait parlé de lettres piégées; de certains départements de ministères où des spécialistes étaient tenus en alerte permanente pour manipuler tout courrier suspect. Mais on devait opérer par des moyens détournés, non? Pas impudemment, à visage découvert.

Polly déchira le sac et le retourna. Une cassette tomba, enveloppée d'une feuille au format A4. Elle défroissa le papier et lut :

Ma chère Polly,

Rappelez-vous ceci : les rumeurs de progression des matières premières naissent facilement. Les transactions d'initié sont un délit, qu'il y ait profit ou perte. Les ordinateurs disent ce que la personne qui les manipule leur fait dire. Si vous avez cru que j'avais acheté des actions Gillans et Hart, vous avez dû être grandement déçue. Écoutez la cassette. Et réfléchissez bien avant de reparler à qui que ce soit sur ce ton.

BS.

Les doigts tremblants, Polly inséra la cassette dans son baladeur. Dès les premiers mots, elle se souvint, bien qu'elle eût été complètement soûle à ce moment-là. Elle avait seulement commencé à comprendre dans quel gouffre financier elle venait de tomber. Quand Billy Slaughter lui avait lu tout haut la clause en petites lettres qu'elle avait signée avec tant d'insouciance, et lui avait rappelé ses obligations légales, elle avait ri. Elle s'était crue immunisée contre toute forme de contrainte, à plus forte raison contre la méchanceté pure ou le harcèlement. Il était fou d'elle, tout le monde le savait. Puis, petit à petit, alors que les mailles du filet se resserraient, elle avait pris la mesure de la situation réelle. Quelque temps après, il avait proposé d'annuler la dette si elle acceptait de « partir quelques jours » avec lui.

En proie à la rage et au dégoût à l'idée d'être à la merci d'un homme, et encore plus d'un type aussi révoltant que Billy Slaughter, Polly avait alors passé le coup de fil qu'elle écoutait maintenant. Elle l'avait appelé au milieu de la nuit, encouragée par l'insomnie et quelques verres de Southern Comfort.

Elle avait supposé qu'il serait là et peut-être, en effet, était-il là. Il ne décrochait pas, tout simplement. Il ne lui donnait pas cette satisfaction. Une haine farouche lui avait délié la langue. Elle s'était appesantie sur son apparence physique, sur sa graisse suifeuse, la puanteur de son haleine, la laideur de ses grosses lèvres et de sa physionomie porcine. Sur son cul qui valait mieux que sa figure et sur ses parties génitales qui faisaient de lui la risée des femmes, dans les bars à vin de la City. Elle décrivit la répugnance qu'elle avait éprouvée, comme au contact de vers grouillants, quand il lui avait une fois effleuré le bras. Elle s'était moquée de sa vie sans amour. Il prétendait refuser délibérément les amis mais la vérité c'était que, le connaissant, on ne pouvait que le haïr. Si on lui enlevait son argent, il restait quoi ? Un tas de graisse malsaine et puante, etc.

Elle éteignit la machine et s'assit sur le lit, tremblante. Quelle idiote elle avait été. Quelle idiote de penser que le simple remboursement d'une dette avait suffi à neutraliser le venin d'une sortie aussi grotesque. Bien sûr, il avait cherché à se venger. Et quelle vengeance! Elle avait perdu tout son héritage. Et plus encore, et pire encore. Elle avait perdu de l'argent qui ne lui appartenait pas.

Alors, Polly se mit à pleurer d'angoisse et de dépit. Elle hurla, sanglota jusqu'à se rendre malade. Puis elle sombra dans un sommeil misérable, se réveilla, se réfugia de nouveau dans le noir. Le cycle se répéta plusieurs jours durant, comme elle s'en aperçut après coup. Elle rêvait de vengeance, avec le désespoir et l'impuissance d'un enfant maltraité. Elle émergeait de l'inconscience en s'imaginant la forme que prendrait sa vengeance, puis replongeait. Pour quelque cinq cents livres, on pouvait faire assassiner quelqu'un, elle avait lu ça dans un journal du dimanche. Ou, mieux encore, mutiler. Une balle dans la colonne vertébrale, Billy Slaughter vivrait des années, paralysé dans un fauteuil roulant. Mieux encore, aveuglé, ou brûlé à l'acide, ou lacéré au couteau si affreusement que les gens frémiraient à sa vue et se détourneraient, en se signant.

Polly finit par se réveiller sans pouvoir se rendormir. Elle prit conscience de l'infecte odeur de sa chambre, et du grand creux béant à la place de son estomac. Elle alla en titubant à la cuisine. Il n'y avait rien qu'elle puisse manger sans devoir attendre. Du pain verdâtre et moisi, du lait tourné, pas de fromage, pas de fruits. Dans le frigo, une bouteille de Veuve Clicquot. Polly résista à l'envie de la balancer sur un miroir doré au-dessus de la cheminée. De toute façon, il ne pouvait rien lui arriver de pire. Mais elle alluma le micro-ondes et y plaça un hachis Parmentier trouvé dans le congélateur. Elle l'avala en se brûlant les lèvres. Et le rendit aussitôt. Prit un torchon et de l'eau chaude pour nettoyer. Peu de temps après, Debbie rentra de vacances.

Polly n'aimait pas ses colocataires et ceci pour différentes raisons. Amanda Fforbes-Snaithe, secrétaire parlementaire, pour l'indemnité écœurante qu'elle touchait et parce qu'elle se vantait de connaître « le grand monde », comme elle disait. Deborah Hartogensis pour son indéfectible optimisme et ses petits amis vulgaires. Des deux, Polly aurait préféré que ce soit Amanda qui revienne. Bien que, à l'instar de nombreux riches, elle soit rapiat comme pas deux, elle aurait au moins eu de l'argent dans son porte-monnaie. Et un portable qui fonctionnait. (Debbie refusait de se servir d'un portable, elle avait peur que ça lui donne une tumeur au cerveau.) Elle essaya à grand-peine d'envisager une discussion avec sa banque, pour mendier un petit découvert supplémentaire, mais la tête lui tournait de faim, et d'épuisement, et elle glissa au fond d'un puits de ténèbres absolues.

Quand elle revint à elle, elle s'aperçut que son père s'était matérialisé. Qu'il lui parlait derrière la porte. Gentiment, avec amour, ignorant qu'elle lui avait causé un préjudice irréparable.

Anéantie, Polly se boucha les oreilles, se mit un oreiller sur la tête. Il ne s'en allait pas. La porte d'entrée claqua. Elle se traîna hors du lit et jeta un coup d'œil à travers les rideaux mais ce n'était que Debbie qui partait à vélo.

Peu à peu, elle comprit que Mallory s'était installé pour rester. Et que, tôt ou tard, elle devrait l'affronter. Au moins, si c'était maintenant, ils ne seraient que tous les deux. Le cœur rempli de crainte, elle se fraya péniblement un chemin à travers la pagaille sur le tapis. Et ouvrit la porte.

22

LE retour au poste, l'inspecteur Barnaby et Troy trouvèrent la salle des opérations encore plus animée qu'à leur départ. Des informations continuaient à parvenir du Métro de Londres. Et on avait du nouveau à propos de la voiture d'Ava.

— Une certaine Mme McNaughton est venue à la réception, monsieur, expliqua la constable Carter. Elle s'était garée près de Camberley Street à six heures passées. Elle allait voir un film avec des amis puis ils ont dîné à l'Hirondelle. Elle est revenue à dix heures et demie pour constater que la Honda rouge collée à sa voiture l'empêchait de sortir. Elle était furieuse. Elle a attendu cinq minutes et elle allait nous appeler quand l'autre s'est pointée.

— Elle correspond au signalement de Garret?

— Pile. Mme McNaughton s'est déchaînée, dit la constable en s'aidant de son papier, « mais après, j'ai mis la sourdine parce que j'ai cru qu'elle était malade. Elle avait vraiment une sale tête, elle se balançait, mais elle ne sentait pas du tout l'alcool. Je lui ai demandé si je pouvais l'aider mais elle est simplement montée en voiture et elle est partie ».

Donc, c'était ça. Ils avaient bien deviné, c'était confirmé. Mais qu'y avait-il de neuf? Barnaby avait touché du bois : les photos d'Ava devaient être affichées partout sur le quai à Uxbridge, maintenant, et à l'intérieur des wagons. Si l'on ajoutait les informations télévisées locales et les journaux, il se trouvait certainement quelque part quelqu'un qui l'avait vue, ne serait-ce qu'un instant. Barnaby se laissa brièvement aller à rêver que le passager assis en face d'elle était descendu au même arrêt. La station était pratiquement déserte. À l'entrée, quelqu'un l'attendait. Oui, il se trouvait que ce voyageur pouvait décrire l'homme avec précision. Il les avait même suivis pendant un petit moment. Ils étaient allés dans un restaurant appelé...

Ici, Barnaby eut la sagesse de s'arrêter. Ce n'était pas impossible, bien sûr, encore qu'il y ait peu de chances. Peu de chances aussi pour qu'on découvre le mobile du meurtre de ce Dennis Brinkley, scrupuleusement honnête, tranquille et inoffensif. Comme tout le reste, la réponse était dans les mains des dieux. Et on sait bien comme ils peuvent être salauds, des fois, les dieux!

Un téléphone se mit à sonner sur un bureau voisin. Un constable en civil répondit, croisa le regard de Barnaby et demanda : – Vous êtes là, monsieur?

— Qui est-ce?

— Un M. Allibone. Il désire parler au responsable de l'enquête. Il dit qu'il a des informations importantes.

— Inspecteur Barnaby. – Il écouta. – Je vois. J'envoie quelqu'un... Alors, ce sera demain, monsieur Allibone... Naturellement. Je ne peux être plus précis là-dessus... dès que possible. Au revoir.

— On ne peut pas y aller maintenant? demanda Troy.

— Non. Ma fille et mon gendre viennent à six heures. Je ne les ai pas vus depuis des semaines. Si je suis en retard, on m'a menacé de repas sans viande pendant six mois. Et des repas sans viande maison, par-dessus le marché.

— Ça avait l'air quand même prometteur, chef?

— Extrêmement prometteur. C'est pourquoi je vais me l'enlever de la tête jusqu'à demain matin.

*

* *

Il était sept heures passées quand Mallory repartit pour Appleby House. Entre-temps, Kate était passée par toutes les émotions possibles et imaginables.

La colère qui l'avait poussée à sortir dans la cour en criant après Mallory alors que la voiture filait la poussa à rentrer dans la maison et à foncer vers le téléphone. Elle composa le numéro de Polly parce que, bien sûr, il s'agissait de sa fille. Il n'y avait qu'elle pour le faire se sauver ainsi à toutes jambes, dans cet état d'angoisse et de peur. Oui, la peur. Kate l'avait lue sur son visage. Il aurait quand même pu dire *quelque chose*, gémit-elle intérieurement, la gorge douloureuse d'avoir crié après lui. Le téléphone sonnait, sonnait. Elle finit par raccrocher.

Ni l'un ni l'autre n'avaient le numéro du portable de Polly. Elle avait refusé de le leur donner, prétendant qu'elle se sentirait « fliquée ». Kate savait qu'elle ne devait pas appeler Mallory sur le téléphone de la voiture. Il avait quitté la maison à une vitesse affolante. Elle se défendit d'imaginer sa conduite sur l'autoroute.

Alors commença la longue attente qui dura près de six heures. Elle passa un certain temps à triturer les coussins, puis elle vida le placard à linge, pliant et repliant tous les draps, les serviettes et les taies d'oreiller pour les ranger soigneusement. Hors de question de lire. À la télévision, il n'y avait que des idiots qui caquetaient, s'applaudissaient eux-mêmes et mutuellement. Le jardinage, qui aurait pu l'apaiser, était à exclure : Benny serait certainement venue l'aider et Kate aurait été incapable de cacher son désarroi et son désespoir.

Au fil des heures s'était ajoutée une nouvelle appréhension, plus profonde. Quoi qu'il soit arrivé à Polly, sa responsabilité à elle, Kate, commençait à se faire jour. Si seulement elle avait encouragé Mallory à aller à l'appartement la veille du déménagement. Et pourquoi avait-elle accepté sans réserve l'assertion de Benny sur le voyage en Crète ? Polly n'était jamais partie en vacances sans avoir prévenu ses parents. Pour être franche, pensa Kate avec honte, j'étais soulagée. Je me réjouissais d'avoir deux semaines à nous tout seuls. Et pendant ce temps-là...

*

*   *

Lorsque la voiture tourna à la grille, à neuf heures, Kate était presque hystérique. Elle dut se retenir de ne pas se ruer dehors, elle se força à rester dans la cuisine en faisant mine d'essuyer des tasses et des assiettes on ne peut plus sèches. La porte d'entrée s'ouvrit, elle entendit des voix. Il l'avait ramenée.

Polly était vivante. Elle n'était pas morte terrassée par un méchant virus, ni électrocutée, ni écrasée, ni assassinée par un cambrioleur ou un amant jaloux ou un maniaque en liberté. Elle allait bien. Kate respira plusieurs fois, avec prudence, puis, encore étourdie par l'intensité de son soulagement, elle alla dans le vestibule.

Mallory lui tournait le dos, il soutenait sa fille. Le sourire de bienvenue de Kate se figea. Elle était trop épouvantée pour parler.

Polly, chancelante, avait l'air d'un fantôme. Son visage était livide avec de profondes meurtrissures sous les yeux. Ses cheveux, ses beaux cheveux épais et brillants, pendaient en mèches emmêlées et graisseuses. Ses habits étaient sales. Elle pleurait, les larmes s'écrasaient par terre à ses pieds.

Kate s'avança sans hésiter. Ce fut plus fort qu'elle. L'armure qu'elle s'était forgée contre des années de rejet, l'indifférence qu'elle s'était forcée à cultiver pour répondre à l'insulte et au manque d'égards, l'abandonnèrent.

Polly se détourna de Mallory et, d'un mouvement aveugle, se jeta dans les bras de sa mère. Kate la tint serrée doucement puis murmura : – Viens, ma chérie... viens te reposer.

Elles montèrent lentement l'escalier en trébuchant, la tête de Polly reposant gauchement contre la poitrine de sa mère qui lui entourait l'épaule. Kate l'emmena dans la chambre, lui trouva une chemise de nuit propre. Elle la déshabilla comme une petite fille, lui bassina la figure à l'eau chaude, l'aida à se mettre au lit.

La clarté du soleil couchant, faiblement teintée de rouge, s'étalait sur le couvre-lit, colorant la physionomie livide de Polly. Elle se mit à tourner la tête de tous côtés pour éviter la belle lumière dorée et Kate alla tirer un peu le rideau.

Puis elle s'assit au chevet du lit, en tenant la main de sa fille jusqu'à ce qu'elle s'endorme. Petit à petit, elle prit conscience d'un bonheur qui s'insinuait en elle, plus fort que la peur ou l'angoisse provoquées par l'état de Polly, plus fort même que le besoin de savoir. Sa fille s'était tournée vers elle, avait eu besoin de sa mère. Kate avait tenu son enfant dans ses bras. Dans ces bras-là, se dit-elle en les touchant, presque incrédule. Et elle resta ainsi assise, des heures durant. Immobile dans la clarté de la lune et des étoiles, surprise par la joie.

23

SACHANT que le premier rendez-vous du chef, ce jour-là, était avec le poissonnier à Causton, le sergent Troy fut étonné, en le prenant à huit heures et demie sur le parking du commissariat, qu'il lui demande d'aller à Forbes Abbot. Par chance, il y avait peu de circulation, il ne leur fallut qu'un quart d'heure.

Le village avait belle mine, il se chauffait au soleil, la journée promettait d'être splendide. Troy se disait souvent qu'il aimerait bien quitter sa maison dans le quartier moche de Causton pour un endroit comme celui-là. Mais ça n'arriverait jamais. Les prix ici étaient astronomiques. Et on ne pouvait accuser les citadins de les faire monter : c'était une région de banlieusards.

— L'immobilier, chef... hein?

— Quoi?

— C'est de la folie.

— Oui, je n'aimerais pas débuter dans la vie aujourd'hui.

Troy aussi aurait dû être content de n'être pas au début de sa carrière. Neuf ans auparavant, Maureen et lui avaient raclé les fonds de tiroir et économisé pour une mise de fonds de dix pour cent afin d'acheter leur maison, considérant qu'ils gravissaient le premier degré de l'échelle immobilière. Trois ans plus tard, Talisa Leanne était née. Maureen avait renoncé à son travail à plein-temps et leurs rêves de déménagement s'étaient envolés. Aujourd'hui, Troy n'avait pas les moyens d'acquérir ne serait-ce qu'une niche de chien dans sa ville natale.

— Je me garerais près du mur, si j'étais vous, suggéra Barnaby alors qu'ils tournaient dans l'allée d'Appleby House. Ils auront peut-être besoin de sortir la Golf.

— C'est bien ce que j'avais l'intention de faire, monsieur.

— Bravo !

— C'est Croydon. – Benny était à sa porte, tenant un magnifique chat tigré. Elle le déposa avec précaution sur la galerie. – C'est le chat de Carey mais maintenant il est à moi. Chut, Croydon. Va jouer.

Le chat s'assit, bâilla et commença sa toilette.

— Il s'est passé quelque chose ? demanda impatiemment Benny, une fois qu'ils furent dans son petit salon. Vous avez arrêté quelqu'un ?

— Je dois vous poser quelques questions, mademoiselle Frayle.

Barnaby leva la main vers le sergent Troy qui s'apprêtait à sortir son calepin.

— Ça sera long ? demanda-t-elle. Je prends le café avec Doris... Mme Crudge, à onze heures.

— Tout dépendra de votre franchise avec nous.

— Je ne mens pas. – Elle s'assit brusquement. – J'ai répondu à toutes vos questions l'autre jour.

— Pas tout à fait précisément, je le crains.

— Oh, je suis sûre que... Quoi ? Que voulez-vous dire ?

— Je vous ai demandé si vous aviez vu la médium, Ava Garret, à l'église. Et si je me rappelle bien, vous avez répondu que vous n'étiez pas douée pour mettre des noms sur les visages.

— C'est vrai.

— Vrai, peut-être, mais aussi équivoque. Parce que vous l'avez rencontrée, mademoiselle Frayle. Vous lui avez donné de l'argent et elle vous a rendu service. Voudriez-vous nous parler de ce service ou je le fais?

Le cœur de Benny se mit à battre plus vite. Elle voulut parler mais sa voix était voilée, confuse et les mots n'avaient pas de sens.

— Quand Ava Garret a prétendu, poursuivit Barnaby, que Dennis Brinkley avait « communiqué » avec elle, on dit comme ça, je crois, elle a décrit très précisément la pièce dans laquelle il est mort. Les murs blancs, les fenêtres, la machine qui l'a tué. Elle connaissait même la couleur de ses vêtements...

— Elle était médium! s'écria Benny.

— C'était une menteuse!

Elle émit un petit jappement et se ratatina dans son fauteuil. Troy grimaça. Comme s'il avait vu un chiot recevoir un coup de pied. Il se garda bien d'intervenir mais, en quelques instants, elle reprit le dessus : son attitude devint belliqueuse, la voix se mouilla de larmes.

— Tout ça, c'est votre faute!

— Quoi?

— Je vous ai demandé, je vous ai supplié d'enquêter sur la mort de Dennis. Si seulement vous m'aviez écoutée au lieu d'envoyer cette horrible lettre, rien de tout ceci ne serait arrivé.

— À l'époque il n'y...

— Qu'est-ce que je devais faire? – Elle regardait toujours Barnaby dans les yeux. – Qu'auriez-vous fait, *vous*?

— Combien d'argent?

— Mille livres. Cinq cents avant le service du dimanche et cinq cents après.

— Vous avez tout payé?

— Non. Elle m'a donné une semaine pour réunir l'autre moitié mais elle est morte trois jours après le service.

— Et si elle n'était pas morte?

— Je ne comprends pas.

— Qu'allait-elle dire le dimanche suivant? Quand le meurtrier était censé se démasquer?

— Nous espérions recevoir avant un vrai message de Dennis.

L'inspecteur marqua une pause, soupira et posa son front dans la paume de sa main. *Le Penseur* de Rodin, sans les muscles.

— Quelqu'un d'autre est-il au courant?

— On n'y avait aucun intérêt, ni l'une ni l'autre. – Son aveu accompli, elle se redressa, soulagée et beaucoup moins intimidée. – Ça a très bien marché, apparemment.

— Je doute que Mme Garret aurait été d'accord avec vous.

— Oh, ça! dit Benny, d'un ton assez désinvolte.

Elle haussa les épaules avec une sorte d'indifférence. D'ici peu, pensa Barnaby, on aura droit au coup de l'omelette et des œufs cassés. Il avait obtenu ce qu'il était venu chercher mais se sentait irrité et insatisfait, forcé de reconnaître que, loin de constituer une pièce importante du puzzle, cette nouvelle révélation ne trouvait sa place nulle part. Ils n'étaient pas plus avancés, pas plus éclairés sur ce qui s'était passé avant. Le fiasco.

*

* *

— Alors, comment vous en êtes arrivé à ça, chef? demanda le sergent Troy en se faufilant entre une Land Rover et un camion, sur la place du marché de Causton.

— Grâce à quelque chose que ma fille a dit hier soir. J'ai compris que, si Garret n'était pas de bonne foi, quelqu'un devait lui avoir donné tous ces détails sur les lieux du crime.

— Et Benny Frayle était la seule à avoir une raison de le faire.

— Exactement, dit l'inspecteur.

M. Allibone, poissonnier, était en train d'ouvrir. L'impeccable banne vert et blanc fut déroulée et l'homme lui-même, le canotier de biais pour se protéger du soleil, était sur le pas de sa porte.

— Inspecteur? Bonjour.

— Monsieur Allibone. Voici le sergent Troy.

Un jeune lavait des filets de harengs à l'intérieur de la boutique en jetant les entrailles dans un seau et en grattant les écailles étincelantes. De la glace partout. En bloc dans la vitrine et pilée entre les poissons. M. Allibone, tout fier, fit remarquer qu'il n'y avait pas d'odeur.

— Pas d'odeur avec les produits frais. Lui, par exemple. – Il indiquait un beau gros crabe. – Il y a deux heures, il disait au revoir à sa femme et à ses mômes.

Attristé, Troy se félicita de ne pas aimer les fruits de mer. On l'avait persuadé de goûter une huître, un jour. C'était comme s'il avait avalé de la morve gelée. Enjambant soigneusement un vieux chien replet et odorant, il suivit le chef et M. Allibone dans un escalier étroit recouvert d'un tapis, pour déboucher dans une pièce encombrée de meubles désuets. D'un grand vase de chrysanthèmes s'échappait une senteur aigre.

— Ma chère moitié, dit M. Allibone. Alicia, dis «comment allez-vous?» à l'inspecteur.

Mme Allibone cligna timidement des yeux et sourit. Elle-même faisait un peu penser à un animal marin. Ses cheveux, un casque d'un rouge orangé brillant, étaient coupés au ras de sa tête en petites coquilles Saint-Jacques qui se chevauchaient. Sa bouche rose s'avançait en une moue de bienvenue. Troy conclut qu'elle ressemblait à un joli poisson rouge.

— Un petit quelque chose, messieurs?

Elle avait une voix à porter des gants en dentelle. Une table était dressée avec une cafetière en argent, un pot à lait, des tasses et soucoupes à décor de saule. Des tas de petites choses succulentes et variées étaient présentées avec raffinement sur des napperons de papier.

— Un petit peu tôt pour moi, dit Barnaby.

— Je veux bien, dit Troy.

Mme Allibone versa le café et y ajouta du lait chaud. Elle poussa un des napperons en murmurant : – Des friandises? – Puis, le petit doigt en l'air, elle commença à siroter son café.

— Je crois que vous avez des informations à me communiquer, monsieur Allibone?

M. Allibone prit Barnaby par le bras et l'entraîna vers une grande fenêtre en saillie à trois pans, à l'autre bout de la pièce. Dessous, une banquette rembourrée sur laquelle reposait une paire de jumelles, à demi dissimulée par les plis d'un épais rideau de peluche.

— J'ai pour habitude, annonça M. Allibone, de jeter un coup d'œil de temps à autre par cette fenêtre.

— Compréhensible, dit Barnaby. – La vue sur la place du marché était splendide. – On dirait que toute la vie s'est concentrée ici.

— Exactement. Un spectacle permanent. – En tendant un bras négligent derrière lui, M. Allibone tordit le rideau. – Et c'est ainsi que j'en suis venu à observer ce que j'ai décidé d'appeler Le Mystère de la Lampe-Serpent en Cuivre.

— Troy? fit hargneusement Barnaby.

Les joues gonflées comme un tamia, le sergent essuya précipitamment ses doigts poisseux sur une serviette et sortit son calepin. Il écrivit, rapidement et avec soin, un tas de détails sur de mystérieuses lumières intermittentes. Absolument aucun rapport, n'importe quel idiot aurait vu ça, mais ce n'était pas à lui de discuter.

— Ma devise, disait M. Allibone, tous ceux qui me connaissent pourront le confirmer, c'est «si tu n'as pas de bien à dire de quelqu'un, ne dis rien». C'est juste, Alicia?

Mme Allibone, qui engloutissait ses friandises, hocha la tête et agita la main. Troy remarqua que même en mâchant elle levait le petit doigt. Elle avait peut-être de l'arthrite.

— Mais quand ce pauvre M. Brinkley m'a dit qu'il s'agissait d'une minuterie, je suis persuadé qu'il m'a raconté un bobard.

— Pourquoi aurait-il dit ça?

— Aahh... c'est là le mystère.

— Eh bien, c'est très intéressant, monsieur Allibone. Et nous allons certainement...

— Oh, mais ça, c'est les amuse-gueule, inspecteur. Attendez le plat de résistance.

Barnaby s'installa sur la banquette dans l'embrasure de la fenêtre. Le crayon de Troy arriva en bout de course. Il en tira un de sa réserve et promena un œil curieux autour de la pièce. On pouvait à peine respirer, avec tous ces meubles. Le manteau de la cheminée sculptée était orné d'un tas de petits miroirs. Des bouquets de fleurs en pierre blanche sous des globes de verre. Des centaines de bibelots dans des vitrines, et même un brochet empaillé. Quand on parle d'apporter son travail à la maison !

— Nous sommes victoriens dans l'âme, chuchota Alicia Allibone. – Elle prit une photo encadrée. Elle en crinoline, son mari en habit et tuyau de poêle, se hissant péniblement dans une diligence. – La sortie annuelle du club d'Eatanswill.

Barnaby continuait à assimiler les révélations de M. Allibone et sentait son cuir chevelu se resserrer. L'information était purement circonstancielle et n'avait peut-être rien à voir avec le meurtre de Brinkley mais elle était d'un intérêt extrême.

— Donc, vers vingt-deux heures, vous l'avez vue descendre du taxi...

— Un minicab Cox, pour être précis.

— Mais comment savez-vous qu'elle est rentrée chez Brinkley et Latham ? Il y a des appartements...

— La porte de la rue ouverte et refermée. Deux minutes plus tard, la lumière de leur bureau était allumée.

— Vous pourriez m'indiquer la date et l'heure précises ?

— Mais certainement. C'était le jour où on a incisé l'abcès de Neptune. Alicia, le carnet de rendez-vous, s'il te plaît.

— Neptune ? fit Troy en regardant autour de lui.

— Notre chien, chuchota Mme Allibone. Il vit dans le vestibule, maintenant. Il a tendance à lâcher des vents. C'était lundi vingt-trois, Brian.

— Mais ce n'est pas tout, inspecteur.

— Ah oui ? répondit Barnaby.

— Croyez-le ou non, M. Brinkley lui-même était dans les parages quand s'est produit cet étrange incident.

— Vraiment ? Où ?

— Il était en fait dans sa voiture de luxe, sur la place. Tout au bout, près du Magpie. Presque comme s'il s'attendait à ce qu'il se passe quelque chose.

Une pointe de doute effleura l'inspecteur. Il avait l'impression de s'avancer dans un pays imaginaire. Ce qu'il avait entendu dire de Brinkley ne cadrait pas avec le personnage qui traîne près d'un pub en pleine nuit pour faire l'espion. Cela ne collait pas. À moins que...

— Comment est-elle entrée, cette fille ?

— Elle avait une clé. – Comme s'il sentait que son numéro perdait en crédibilité, M. Allibone se lança dans une description passionnée. – Elle était belle. Des cheveux noirs bouclés, de jolies jambes. Mince mais avec... – Il mit ses mains en coupe comme s'il pesait des melons.

Oui, il inventait. Car comment peut-on observer en détail quelqu'un à vingt mètres de distance, dans l'obscurité? Barnaby ressentit les picotements de la déception.

— Vous devez avoir une vision de chat, monsieur Allibone. Ou des rayons X à la place des yeux.

— Pardon? Oh... non. Je l'avais déjà vue.

— Quoi?

— Une semaine avant environ. J'étais en train de choisir du maquereau, pour lady Blaise-Reynard, en fait; il se trouve que j'ai levé les yeux et elle était là. La même, qui sortait en trombe de l'immeuble. Elle s'est jetée au pied de Reuben. – Il hocha la tête en direction de la statue. – Et elle était en rogne! Elle donnait des coups de pied. Et sa figure...

Il se pencha vers Barnaby qui retint un mouvement de recul. Le poissonnier transpirait beaucoup. Il se pourléchait les babines aux visions furtives de longues jambes, de seins juvéniles et de cheveux bouclés.

— Du feu. De la haine pure. Si vous cherchez quelqu'un capable de meurtre, inspecteur, vous n'avez plus qu'à retrouver cette fille.

*

*   *

Le sergent Troy prit une longue goulée de monoxyde de carbone dans la file de voitures arrêtées au feu. Profondément rafraîchissant, après avoir été enfermé pendant près d'une heure dans le salon des Allibone. L'odeur âcre des chrysanthèmes, mêlée au parfum entêtant d'une coupe de fruits tellement mûrs qu'ils se liquéfiaient, lui avait donné la nausée. Puis, au pied de l'escalier, le postérieur de Neptune avait pétaradé. La détonation vigoureuse et sulfureuse était si puissante qu'elle les catapulta jusque dans High Street. Là, Troy commença à se plaindre que le biscuit aux dattes et caramel d'Alicia toujours fermement collé à son palais était beaucoup trop sucré.

— Ce qui ne vous a pas empêché de vous bourrer, marmonna Barnaby.

L'envie qu'il ressentait à la vue de son sergent s'empiffrant continuellement d'aliments hyper caloriques n'avait d'égale que sa rancœur, car Troy ne prenait jamais un gramme. Joyce avait essayé de remonter le moral de son mari en décrétant que Gavin cherchait les emmerdes, par quoi elle entendait une crise cardiaque ou une attaque. Mais Barnaby avait eu beau attendre patiemment près de quatorze ans, les emmerdes n'avaient pas eu la décence de se manifester.

— Allez voir au Magpie, voulez-vous, dit-il, comme ils atteignaient la voiture, si quelqu'un se souvient de Brinkley ou de la Lexus la veille de sa mort.

— Il ne vaudrait pas mieux attendre d'avoir une photo?

— On est sur place. Ça vaut le coup d'essayer. – Barnaby prit son portable, composa le numéro de la salle des opérations et le sergent Brierly décrocha. – Audrey, pouvez-vous m'envoyer quelqu'un aux minicabs Cox? Une course, une jeune femme déposée près de la NatWest vers vingt-deux heures, lundi vingt-trois du mois dernier... C'est ça. Dégotez-moi tout ce que vous pourrez.

Quelques minutes plus tard, Troy revint, rayonnant de satisfaction. Il grimpa en voiture, radieux.

— J'ai un résultat, chef.

— Je ne m'en serais pas douté.

— J'ai parlé au barman. Le même qui était là ce lundi soir. Il dit que Brinkley est entré, qu'il a commandé un verre puis qu'il s'est assis près de la fenêtre, en se cachant derrière un journal pour observer la rue. Le type lui a demandé s'il faisait de la surveillance et Brinkley lui a fait de l'œil et lui a filé dix livres pour qu'il se la ferme.

— Comment le barman savait-il qui c'était?

— Il ne le savait pas sur le moment mais il a vu une photo dans *L'Écho* le lendemain de l'enquête judiciaire. Si Brinkley attendait la fille qu'Allibone a repérée, poursuivit le sergent Troy, elle était peut-être une cliente régulière.

— Une cliente, murmura Barnaby, avec les clés du bureau dans sa poche.

*

* *

Lorsque les deux policiers retournèrent chez Brinkley et Latham, Gail Fuller chuchota par-dessus son épaule en les introduisant dans le bureau principal : – On est au complet, aujourd'hui. – Puis, penchant la tête en direction du box à l'arrière : – On va fêter ça.

Barnaby aperçut Andrew Latham qui les regardait. Il se leva et, avant que Leo Fortune ait eu le temps d'accueillir les deux policiers, il trouva le moyen de les rejoindre en expliquant qu'en qualité d'associé principal, il tenait à être présent.

— Il peut s'agir d'une affaire personnelle, qu'en savez-vous? dit Leo Fortune sèchement.

— Mais non, n'est-ce pas, inspecteur?

— Nous poursuivons notre enquête sur la mort de M. Brinkley.

— Alors allez-y, dit Latham, le temps c'est de l'argent.

Fortune éclata d'un rire ironique qu'il eut du mal à refréner. Enfin, il parvint à articuler : – Excusez-moi. Vous nous apprenez des choses aujourd'hui, inspecteur? Ou vous nous interrogez?

— Un peu des deux, monsieur. Que pouvez-vous me dire au sujet de cette affaire de lumières allumées après...

— Oh, non! s'écria Latham, avec un geste d'horreur dramatique. Pas les lumières!

— Je vous en prie, monsieur Latham. Si vous avez quelque chose à dire, dites-le. Nous n'avons pas de temps à perdre.

— Il y a quelques semaines, cette espèce de fouine, là, de l'autre côté de la rue, a raconté à Brinkley ce qu'il vous a raconté à vous, probablement. Et au lieu de lui répondre de se mêler de ses oignons, Dennis est devenu malade d'inquiétude. Il a même eu le culot de me demander si je savais quelque chose.

— Et alors, monsieur? demanda le sergent Troy.

— Je me bourrais la gueule à un dîner au Lion's Club la première fois que c'est arrivé.

— Et la deuxième? s'enquit Barnaby.

— Au théâtre. *Mamma Mia*!

— C'est bien, non?

— Et avant que vous demandiez, continua Latham, il y avait trois témoins...

— Mais ce sont les soirs où Allibone a vu quelque chose, intervint Leo. Pour les autres fois, on ne sait pas.

Barnaby, qui se souvint des jumelles, estima qu'il ne devait pas en avoir manqué tant que ça.

— Vous êtes combien à avoir les clés?

— Dennis et moi, dit Latham.

— Et des doubles?

— Dennis en avait. Pas moi.

— L'immeuble a certainement une entrée de service? demanda le sergent Troy.

— Oui, mais qui ne donne pas accès aux bureaux. Il y a un mur intérieur.

— M. Brinkley en a-t-il discuté avec vous, monsieur Fortune?

— Bien sûr. Nous avons décidé de faire changer les serrures le plus tôt possible. Il se trouve que ce devait être le mercredi suivant.

— Le lendemain de sa mort?

— C'est exact. J'ai quand même fait exécuter le travail.

— Leo pensait que c'est ce qu'il aurait voulu.

Les paroles de Latham étaient empreintes d'une admiration sirupeuse si manifestement fausse que Fortune rougit, furieux.

— Et qui a les nouvelles clés?

— Nous deux, dit Leo.

Il avait été très contrarié d'avoir dû les donner à Latham, alors que Dennis n'avait pas voulu les confier à son associé.

— Et quel rapport avec ce prétendu meurtre, d'ailleurs?

— Vous ne croyez pas qu'il a été assassiné, monsieur Latham?

— Bien sûr que non. Une de ces fichues machines lui est tombée dessus. Quant au joueur d'interrupteur fantôme... je dirais que c'est un produit de l'imagination surchauffée d'Allibone.

— Pas du tout. En fait, on a vu la personne entrer et sortir de l'immeuble.

— Et c'est une femme, dit le sergent Troy.

Leo Fortune eut l'air absolument stupéfié.

— C'est le jour le plus passionnant de ma vie, dit Latham.

— Ce qui est la principale raison de notre présence ici.

Et Barnaby expliqua.

— Allibone a vu cette personne *en plein jour*?

Fortune était franchement incrédule jusqu'à ce que Barnaby répète la description d'Allibone, et achève sur la traversée furieuse de la place du marché.

— Oh, je vois de qui vous voulez parler, maintenant. Elle s'appelle Polly Lawson. La famille a hérité de la propriété de Carey Lawson, qui a été la cliente de Dennis pendant de nombreuses années.

— Et maintenant, les Lawson sont vos clients?

— Seulement par défaut. Ils ont peut-être déjà un autre conseiller financier...

— Monsieur Latham! s'écria le sergent Troy. – Il avait lâché son calepin et bondissait sur ses pieds. – Vous vous sentez bien?

— Excusez-moi... – Latham avait une mine affreuse. Il s'appuyait au chambranle de la porte. – J'ai... ces... crises... des fois. J'ai seulement besoin de...

— Je vais chercher de l'eau. – Leo Fortune repoussa sa chaise.

— Non, non. C'est... euh... si étouffant... de l'air... je...

Il sortit en titubant.

Fortune frappa à la vitre, fit le geste insistant : «aidez-cet-homme», vit une des femmes s'approcher de Latham, qui la repoussa d'un geste furieux de la main.

— C'est déjà arrivé, monsieur Fortune? demanda Barnaby.

— C'est une première pour moi.

Tandis que Troy rangeait son calepin, l'inspecteur observa Andrew Latham qui prenait son attaché-case et sa veste. Un instant plus tard, la porte du bureau claquait.

— Bon, revenons à Polly Lawson. Pouvez-vous me dire la raison de cette visite à M. Brinkley?

— Malheureusement, il ne s'en est pas ouvert à moi. Et même si je le savais... eh bien, vous comprendrez, naturellement, les affaires des clients sont strictement confidentielles.

— Dans une enquête criminelle, je crains bien que la confidentialité ne passe à la trappe. Avez-vous connaissance des comptes de la famille?

— Non, j'ai à peine regardé les dossiers de Dennis. J'ai été très occupé avec Steve Cartwright qui va prendre ma place. Je suppose que les parents ignorent tout ceci?

— Jusqu'à plus ample informé.

— Mallory va être dans tous ses états.

— Qui ça? – Barnaby fronça les sourcils en cherchant à se souvenir.

— Appleby House, intervint Troy.

Bien sûr. Appleby House. Là où Dennis Brinkley devait aller dîner, le soir de sa mort. Où habitait Benny Frayle, qui avait trouvé son corps. Et Mallory Lawson qui avait passé un certain temps avec ce même corps avant l'arrivée de la police, et qui avait effacé d'éventuels indices, et qui avait brûlé les chaussures qu'il portait.

Barnaby tenait-il donc le bout de cet écheveau embrouillé qui le guiderait hors de cet obscur labyrinthe, vers l'ordre et la clarté? Si ce n'était pas *le* fil, c'était au moins *un* fil.

— Savez-vous si la fille vit chez ses parents?

— Je crois qu'elle a un logement à Londres. Dennis a dit qu'elle était en fac d'économie.

— Bien. Parlez-en à votre personnel, monsieur Fortune. Voyez s'il y a des réactions. Il serait peut-être sage de vérifier d'autres comptes. Mais je désire tout particulièrement être informé de l'état des finances des Lawson. – Il tendit une carte. – C'est ma ligne directe. Faites-moi savoir le résultat, même s'il n'y a rien de fâcheux.

— Cela prendra quelques jours...

— Vers six heures ce soir, ce sera parfait.

24

QUAND Polly se réveilla, elle espéra aussitôt retomber comme par magie dans l'inconscience. Pour toujours. Ou au moins pour des années. Elle avait les nerfs à vif. Sa peau la brûlait comme si elle s'était endormie sous un soleil éblouissant. Ses sinus et ses muscles étaient douloureux. La nausée ne la quittait pas.

La lumière du jour se déversait à flots dans la chambre par un interstice des rideaux. Elle se traîna hors du lit pour les fermer en se couvrant les yeux. Dehors, le chant des oiseaux heurtait ses oreilles. En regardant autour d'elle, elle s'aperçut qu'elle se trouvait dans la chambre de ses parents. Où avaient-ils dormi? Quand viendraient-ils voir comment elle allait? Bien que la maison soit silencieuse, elle sentait le poids écrasant de leur inquiétude qui pesait sur les murs et la porte. Elle les imagina en bas, angoissés et affolés, qui se parlaient à mi-voix pour ne pas la déranger.

Polly se rappelait à peine son retour à la maison. Elle se souvenait de s'être sentie étrangement lointaine, comme si sa personnalité l'avait désertée. Elle se souvenait qu'on l'avait aidée à monter. Et c'était à peu près tout. Que ne donnerait-elle pas pour retrouver maintenant cette sensation ?

On frappa doucement à la porte. Tentée de l'ignorer et de faire semblant de dormir, elle s'entendit murmurer : « Entrez. » Étourdie, elle essaya de se lever mais ses jambes se dérobèrent sous elle.

— Je t'ai apporté du thé, chérie. Tu n'as pas besoin de te lever.

— Non, ça va.

Polly jeta un bref coup d'œil à sa mère puis se détourna. Kate paraissait avoir vieilli. La voix enjouée était forcée et un peu tremblante.

— Tu voudrais prendre un bain ?

— Oui. Merci.

Cela retarderait le moment de les voir tous les deux ensemble. Comme c'était étrange, et triste, que ce soit son père qu'elle redoute le plus d'affronter. Elle aimait sa mère (une autre bouleversante découverte) mais le pragmatisme lucide dont Kate faisait preuve dans la vie atténuerait sa déception.

— Je vais t'y ajouter de l'essence de verveine. Et te chercher de quoi t'habiller.

Polly s'assit un moment puis apporta son thé dans la salle de bains. Elle se pelotonna dans un fauteuil en rotin et regarda l'eau jaillir des énormes robinets en cuivre dans la baignoire émaillée. Ils étaient très durs à tourner. La baignoire reposait sur des pieds en fonte, verdis par le temps. Elle y grimpa avec précaution, s'allongea, et examina son corps.

Comme elle était mince. Elle pouvait faire largement le tour de son poignet en joignant pouce et auriculaire. Elle ferma les yeux et se laissa aller, remua les membres avec langueur en faisant de doux clapotis. Puis elle respira profondément et glissa sous l'eau parfumée. Elle reposait hors de vue, hors de portée. Le monde et tous ses soucis partaient à la dérive. Elle aurait pu être au fond de l'océan. Mais, très vite, la marée des soucis remonta.

Sa mère paraissait malade d'inquiétude. Hier, Mallory était fou d'angoisse. Mais ni l'un ni l'autre n'avait manifesté le moindre signe de rage, ni proféré la moindre condamnation qui hantait les cauchemars de Polly. La seule explication, c'est qu'ils ignoraient encore, à propos de l'argent. Cela signifiait-il que Dennis ne leur avait rien dit?

Polly était prête à le croire. Il se souvenait de sa visite, de son besoin urgent de mettre la main sur son héritage, et il avait probablement deviné la vérité. Il voulait lui parler à elle d'abord parce que c'était un homme bien, et gentil, qu'elle avait méprisé, comme un vieux jeton. Oh, pourquoi n'avait-elle pas tenté de lui parler...?

Un cri terrifié la fit s'asseoir toute droite. Sa mère était sur le pas de la porte, les bras chargés de vêtements. Elles se regardèrent. Polly, les cheveux ruisselants, étonnée et ahurie. Kate, pâle comme une morte, horrifiée. Elles se mirent à parler toutes les deux à la fois.

— Pardon, pardon.

— Ça va, je t'assure.

— C'est si bête. Pardon. J'ai cru.

— Ça va.

— Tu ressemblais à... Ophélie.

— Mais non.

— Non, excuse-moi. Cette robe rayée. Tout ce que j'...

— C'est très bien. Merci.

— Je la mets là, avec les sous-vêtements.

Sa mère s'en alla presque en courant ; Polly se leva et se sécha soigneusement. Elle enfila le slip mais pas le soutien-gorge, qui était beaucoup trop grand. La robe était rose et blanche, trop large aussi, mais peu importait.

Elle mit beaucoup de temps à s'habiller. À se laver les dents avec la brosse à dents de sa mère. Elle entortilla ses cheveux trempés sans se regarder dans la glace et descendit, pieds nus.

Elle s'était imaginé ses parents assis à l'attendre, comme si de rien n'était. La situation serait embarrassante. Ce ne serait pas le bon moment pour leur dire ce qu'elle avait fait. Mais serait-ce jamais le moment ?

Kate était seule dans la cuisine, à arranger des tournesols dans une cruche en terre cuite. Elle se retourna et sourit quand Polly entra. Elle eut grand-peine à garder le sourire. Le sommeil n'avait pas contribué à effacer les cernes sombres sous les yeux de sa fille. Elle semblait perdue dans la robe ample qui pendait sur le devant révélant ses clavicules qui pointaient comme des ailerons.

— Tu es prête pour le petit déjeuner. – Il était presque midi. – Ou tu préfères attendre la soupe ?

— Où est papa ?

— Dans le jardin avec Benny. Arrosage. Et ramassage des haricots pour le déjeuner.

— Bien.

Elle avait oublié Benny. Pas question de se confesser devant un tiers.

— Je viens de faire du café. Ou tu préfères du jus ?

— Du café, c'est parfait, maman.

Kate souleva le percolateur du fourneau, d'une main légèrement tremblante. Voilà des années que Polly ne l'avait pas appelée « maman ». À une époque, durant son adolescence, elle l'avait appelée « Kate », et puis plus rien.

— Un toast?

— Plus tard, peut-être.

Polly, qui n'avait pas mangé depuis des jours, avait atteint le stade dangereux où l'on ne ressent plus la faim. De toute façon, tant que la vérité ne serait pas sortie de sa bouche, elle savait qu'elle serait incapable d'avaler. Elle sentait sa gorge se rétracter rien que d'y penser. Elle allait s'étrangler en prononçant ces mots affreux, qui infecteraient l'air doux.

— Bonjour, chérie ! – Mallory entra avec des bouquets d'herbes, une laitue et les haricots. Il se déplaçait d'un pas lourd, comme au ralenti, mais il souriait avec une légèreté forcée. – Alors, comment vas-tu?

Polly réussit à lui rendre son sourire. Comme Kate, il avait vieilli. Et s'ils sont dans cet état seulement parce que j'ai disparu quelque temps et que je suis tombée malade, pensa-t-elle, qu'est-ce que ça va être quand ils vont découvrir que j'ai volé, joué et perdu leur argent, que j'ai commis un délit d'initié? Elle ne pouvait pas le leur dire. Elle ne pouvait pas. Alors quoi?

Elle considéra les conséquences éventuelles de son silence. Que pouvait-on prouver? Ses visites chez Brinkley et Latham avaient eu lieu la nuit. Si quelqu'un l'avait remarquée, personne ne savait qui elle était. Peut-être pouvait-elle revenir et arranger les choses? Prendre de l'argent sur un autre compte et le transférer sur celui de ses parents. Elle avait toujours les clés du bureau. L'imagination de Polly largua les amarres et les pensées les plus folles se mirent à tourbillonner dans sa tête. Kate l'observait avec une inquiétude croissante.

Mallory, qui leur tournait le dos et lavait la laitue dans l'évier, aperçut une voiture qui s'arrêtait dehors et gémit tout haut : « Oh non ! Encore eux ! »

*

* *

Dans la demi-heure qui suivit la visite de Barnaby au bureau de Brinkley et Latham, le chauffeur de taxi, un certain M. Fred Carboy, avait été retrouvé et convaincu, non sans quelque difficulté, de répondre aux questions de la police en confirmant les dires de M. Allibone.

En se dirigeant vers Forbes Abbot pour la seconde fois de la journée, le sergent Troy coula un regard en biais au patron et conclut que toutes ces petites révélations lui faisaient sacrément du bien. Regarde-le. Le dos droit, légèrement penché en avant, les doigts tambourinant sur ses genoux. Trop impatient d'arriver.

— Je réfléchissais, chef. À deux choses, en fait.

— Expliquez-les-moi, alors, Gavin. J'ai l'impression que c'est mon jour de chance, aujourd'hui.

— D'abord, la femme de ménage... le lien, c'est qu'elle travaille pour les Lawson et Brinkley. Elle a les clés de la maison et du bureau. Et c'est aussi grâce à elle que Benny Frayle a rencontré Ava Garret.

Si tu nous annonçais du nouveau, hein? pensa Barnaby. Mais il se sentait l'âme charitable, aussi dit-il simplement :

— Et l'autre?

— Vous vous souvenez que Brinkley avait quelque chose derrière la tête dont il voulait parler à Lawson?

— Mais il est mort avant.

— On n'a que la parole de Lawson pour ça.

— Continuez, dit l'inspecteur.

— Et si, en fait, ils avaient parlé et qu'il s'agissait de cela? Nous savons que Brinkley a vu Polly Lawson entrer, vu que la lumière s'est allumée dans son bureau. N'aurait-il pas vérifié les comptes pour savoir ce qu'elle avait fabriqué? N'importe qui d'autre... nous aurait appelés et ç'aurait été l'arrestation.

— Mais à cause de leur amitié...

— Qui remonte à trente ans.

— Il a essayé d'arranger ça avec le papa.

— Qui l'a tué pour protéger sa fille.

Barnaby se détendit et se renfonça dans son siège.

— Oui, je pense que c'est dans le domaine du possible, sergent.

Troy était si content de ces paroles d'encouragement qu'il leva une jambe et passa en seconde d'un grand geste très classe.

— Ce qui veut dire qu'il n'est pas question qu'ils nous filent son adresse à Londres.

— On peut l'obtenir par son école.

Mallory Lawson regardait par la fenêtre quand ils descendirent de voiture. Il avait l'air contrarié et exaspéré mais, hélas pour les suppositions de Troy, nullement inquiet. Il se tourna vers les deux hommes sans guère de cérémonies.

— Je ne voudrais pas être impoli, inspecteur...

— J'en suis ravi, monsieur.

— Mais nous avons plein de cartons à déballer. J'ai répondu à toutes vos questions au cours de notre premier entretien. Je n'ai rien d'autre à ajouter.

— Mais, moi, j'ai quelque chose à ajouter, monsieur Lawson.

Troy dévisageait la loque tassée sur une chaise. Se pouvait-il que ce soit la fille décrite par Brian Allibone comme « absolument ravissante, avec des cheveux noirs bouclés et de jolies jambes » ? La fille pleine de feu et capable de tuer.

Elle avait l'air anorexique, la peau sur les os. Ses cheveux, ramassés n'importe comment sur la tête, commençaient à se détacher et à pendre en queue de rat. Les yeux étaient meurtris, même les lèvres étaient violacées. Le chef s'adressait à elle mais elle ne paraissait pas s'en rendre compte. Il fit une nouvelle tentative.

— Vous êtes Polly Lawson ?

Elle ne répondait toujours pas. Son père intervint : – Poll ?

— Oui. – Un souffle. Un soupir.

— Je dois vous demander de nous accompagner au commissariat de Causton, mademoiselle Lawson, où nous aurons quelques questions à vous poser. Si vous désirez la présence d'un avocat...

— Qu'est-ce que c'est ? Bordel, de quoi s'agit-il ? – Mallory Lawson, assommé, regardait méchamment les deux policiers. – Vous êtes fou ? – Le sang lui monta au visage. Même son cou semblait enfler. – Allez-vous-en... *allez-vous-en !*

— Mallory, pour l'amour du ciel. – Kate le prit par la main, par le bras. – Je t'en prie, chéri, calme-toi. Il y a manifestement une terrible erreur.

— Une erreur... oui. – Il se balançait comme un grand arbre. – Mon Dieu...

— Je m'assiérais, si j'étais vous, monsieur Lawson, dit Barnaby.

Ouais, c'est ça, assieds-toi, mon pote, pensa Troy, avant de tomber. Il avait observé la fille pendant ce temps, essayant de se faire une idée. Elle était ratatinée, pieds nus, dans cette tente rayée comme une pitoyable réfugiée. Mais à quoi pensait-elle? Était-il possible que son indifférence soit sincère? Ou lui servait-elle à dissimuler sa peur? Peut-être était-elle tellement HS qu'elle n'en avait rien à foutre. À la regarder, on était prêt à le croire. Sa mère avait apporté une paire de sandales.

— Essaye-les, chérie.

Alors la fille leva les yeux et sourit. Ou tenta de sourire. Et Troy vit, l'espace d'un instant radieux, ce qu'ils lui trouvaient tous, à cette fille.

— Et tu auras besoin d'un manteau. – Kate se rendit compte trop tard de ce qu'impliquaient ses paroles. Il faisait chaud, très doux en tout cas, jusque tard le soir. – Ou alors d'un cardigan.

— Nous devons y aller, dit Barnaby.

— Je monte avec toi, dit Kate en embrassant sa fille. Papa nous suivra dans la Golf. Comme ça, il pourra nous ramener à la maison.

*

* *

Ils se retrouvèrent tous dans une salle d'attente, près de la réception. Mettre sur pied l'interrogatoire ne fut pas une mince affaire. L'avocat des Lawson était en vacances et son associé au palais. L'avocate de permanence au commissariat se fit copieusement insulter, heureusement en son absence, par Mallory Lawson que sa femme essayait de raisonner.

— Tout le monde connaît le genre de personnages : incompétents, douteux, fainéants... des gens qui ne trouvent pas de travail autre part.

— Ce n'est pas vrai, je ne crois pas.

— Bien sûr que si. Tu crois que la police a besoin d'un as du barreau pour assister aux interrogatoires ?

— Monsieur Lawson...

— Ou alors, ils sont tordus. Ils prennent leur pied à fréquenter des criminels.

— Je dois vous demander...

— Eh bien, ma fille n'est pas une criminelle !

— Si vous êtes si préoccupé de votre fille, pourquoi lui faire subir tout ça ?

— *Moi ?*

— L'interrogatoire serait déjà bien avancé, à l'heure qu'il est, et peut-être même terminé sans votre attitude négative.

C'est parti ! Le sergent, devinant ce qui allait suivre, sentit sa peau le picoter. On n'avait pas souvent la chance d'assister au spectacle impressionnant du chef perdant son sang-froid. D'observer le regard glacé et déterminé, de sentir la colère monter. Troy s'écarta.

L'explosion aurait encore pu être évitée si Lawson s'était abstenu et résigné. S'il s'était assis et se l'était fermée. Mais non, aveugle à l'ouragan qui se préparait, il continua à mettre les pieds dans le plat.

— Et j'exige de rester avec ma fille tout au long de...

— Vous *exigez*? Monsieur Lawson, vous n'êtes pas en position d'exiger quoi que ce soit. C'est moi qui commande et je vais vous dire ceci : si vous continuez, je vous coffre pour entrave à l'action de la police. S'il m'en prend l'envie, je peux vous retenir ici jusqu'à ce que vous soyez présenté devant un magistrat. Et je n'hésiterai pas. Si vous ou votre femme insistez, au nom de Mlle Lawson, pour que votre avocat soit présent à son interrogatoire, c'est votre droit. Mais si vous croyez qu'elle va rentrer avec vous en attendant qu'il soit disponible, vous vous trompez lourdement. Elle sera détenue ici le temps qu'il faudra. Est-ce que je me fais bien comprendre?

On pourrait dire que oui, conclut Troy. En fait, on peut même en être sûr. Tous les claviers qui cliquetaient et les murmures à la réception s'étaient tus afin d'accorder une totale attention à la force et à la vigueur du discours du chef.

Troy répondit au téléphone, écouta, puis annonça : – Jenny Dudley est arrivée, monsieur. Salle trois.

— Mademoiselle Lawson?

Kate qui avait entouré l'épaule de Polly retira son bras et lui prit la main. Mallory, déchiré par le doute et la peur, se leva et se rassit aussitôt. Sa femme se mit à pleurer. Ce genre d'incontinence émotionnelle exaspérait Barnaby. À croire qu'on emmenait leur fille à l'échafaud.

*

*   *

Polly ne savait pas comment ils avaient découvert le pot aux roses. Elle s'en fichait. L'affaire formait un tout cohérent, d'une certaine façon. Il fallait s'y attendre. Elle s'était crue si intelligente ! Égarée par l'orgueil, étourdie par la cupidité, elle avait volé trop près du soleil. Pourtant, dans cet abîme de honte et de désarroi, un fil ténu d'instinct de conservation subsistait. Ainsi, lorsque durant leur bref entretien privé l'avocate l'informa de ses droits, y compris celui de rester silencieuse, elle décida de se taire. Coupable, d'accord, mais inutile de se livrer pieds et poings liés. Quand le plus âgé des policiers lui demanda si elle savait pourquoi elle était là, Polly ne répondit pas.

Alors le jeune consulta son carnet en citant des dates. Il déclara qu'on l'avait vue pénétrer à deux reprises dans les bureaux de Brinkley et Latham quand lesdits bureaux étaient fermés. Dans les deux cas, un témoin était prêt à l'identifier et à déposer. De même que le chauffeur de taxi qui l'avait conduite de Chorleywood à la place du marché de Causton.

Puis ils voulurent savoir où elle s'était procuré les clés, pourquoi elle était entrée dans l'immeuble et, surtout, dans le bureau de Dennis Brinkley. Que cherchait-elle ? Qu'espérait-elle y faire ?

Polly essayait de comprendre ce qui se passait. Quelle était la part de Dennis dans tout cela ? Qui était ce « témoin » prêt à déposer ? Certainement pas Dennis. Il n'aurait pas fait ça, aller trouver la police derrière leur dos, à tous. Peut-être était-ce cet horrible type, Latham. Ça y est, ils remettent ça !

— Où avez-vous pris les clés, Polly ?

Alors, maintenant, c'est Polly.

— Où avez-vous pris les clés?

— Vous les avez volées?

— Avez-vous volé les clés de sa maison, aussi?

— En même temps, peut-être?

— Vous venez souvent à Forbes Abbot?

— Y étiez-vous le mardi vingt-quatre juillet?

Cette question-là au moins était claire. Était-elle là-bas? Un regard en arrière vers le chemin indiciblement obscur d'un souvenir, et elle était en train de vomir dans le caniveau, elle entrait comme une furie dans le hall de Whitehall Court, elle pleurait et criait dans sa chambre. Polly s'adressa brièvement à Me Dudley qui la rassura.

— Non, je n'étais pas là.

— Vous pouvez le prouver, n'est-ce pas?

— Absolument.

Les portiers à l'entrée n'oublieraient pas sa visite.

— Toute la journée?

— Je me suis réveillée à midi. Un peu après, je suis sortie. J'ai vu... des gens. Puis je suis rentrée chez moi.

— C'est qui, ces gens? demanda le sergent Troy.

— Je n'ai aucune idée de leurs noms.

Elle expliqua où on pouvait les trouver.

— Y avait-il quelqu'un dans l'appartement avec vous?

— Non.

— Alors nous n'avons que votre parole, pour votre réveil tardif.

Polly qui s'était cru totalement dénuée d'énergie, de la moindre étincelle de jugeote, commença à éprouver un vague ressentiment.

— Et alors ? Qu'est-ce que ça peut faire que je me sois levée tard ? Qu'est-ce qu'il a de si particulier, ce mardi vingt-quatre ?

Barnaby la regarda avec dédain. Il n'appréciait guère qu'on insulte son intelligence. Ni qu'on essaie de jouer au plus malin. Il prit un ton délibérément agressif.

— Vous n'allez tout de même pas prétendre que vous n'êtes pas au courant ?

Elle se ratatina à la dureté de la question et sous le regard sévèrement accusateur. C'était assez effrayant. Et certainement un peu exagéré. Certes, elle avait enfreint la loi, elle serait sans doute inculpée, mais elle n'avait volé que sa famille. Elle n'avait pas causé de dégâts.

— Polly ?

— Je ne prétends rien du tout, s'écria-t-elle. Je ne sais pas.

Troy regarda le chef. Remarqua le sourcil menaçant et la mâchoire crispée. Pas étonnant qu'il soit furieux. Elle voulait leur faire croire que, trois semaines après la mort de Brinkley, dont le corps avait été découvert par son père, elle n'était au courant de rien ? En admettant que le père ait oublié de mentionner le fait, ce qui était franchement incroyable, la machine extraordinaire avait fait les gros titres dans les journaux. On avait même publié des dessins d'un trébuchet. Le décor dramatique, à côté du verdict concernant la mort d'Ava Garret, avait été aussi amplement décrit. Non, conclut le sergent Troy, aussi sincère que paraisse son étonnement, elle les faisait marcher.

— Vous semblez déconcertée par la situation présente, commenta Barnaby. Laissez-moi vous éclairer, au moins en partie. L'une des personnes qui vous ont aperçue quand vous êtes entrée dans l'immeuble la nuit du vingt-trois était Brinkley lui-même.

— *Dennis*?

— Vous ne l'avez pas vu?

— Non.

— Il vous a certainement suivie à l'intérieur. La fille d'un vieil ami de la famille, qui se comporte de façon étrange. Qui plus est, illégalement. Il vous a confondue. Probablement sans colère, il voulait simplement comprendre.

— Je ne..., balbutia Polly d'une voix rauque... l'ai pas vu.

— Vous êtes restée là-bas, cette nuit-là?

— Je vous ai déjà dit...

— Peu importe. Londres n'est pas loin. Largement le temps de redescendre à Forbes Abbot le matin, de s'introduire dans la maison, de faire le nécessaire et de regagner Londres. Prête à se «réveiller», dit-il en esquissant les guillemets, à midi.

— Nécessaire?

— Vous avez pris les clés sur le tableau du garage, n'est-ce pas?

Là, il y va fort, pensa Troy. Sans prévenir, sous la ceinture. La fille pâlit davantage. L'avocate pleine de sollicitude lui effleura le bras en murmurant des conseils. Polly secoua la tête. Elle était fatiguée et voulait en finir.

— Oui.

— Quand les avez-vous prises?

— J'avais rendez-vous avec Dennis à Causton.

— En début d'après-midi. On sait.

Elle baissa la tête. Elle n'était pas surprise. Y avait-il quelque chose qu'ils ne sachent pas?

— Le bus s'arrête près de Kinders. Il n'y avait personne, alors...

— Comment saviez-vous où se trouvaient les clés?

— J'étais venue quelques jours avant mais il n'était pas là. Je les ai remarquées à ce moment-là, avec l'étiquette « Bureau ».

— Et les clés de la maison?

— Les clés de la maison, pour quoi faire? – Sa voix, déjà faible, devenait de plus en plus monocorde et traînante, comme une pile qui se décharge.

— Parce que je crois, dit l'inspecteur, que mardi vingt-quatre...

— Je vous ai dit où j'étais. Combien de fois faut-il le répéter? Et qu'est-ce que ça peut faire, de toute façon?

— Ça fait beaucoup, dit Barnaby, parce que, vous le savez parfaitement, c'est le jour où Dennis Brinkley a été assassiné.

Polly eut un mouvement de recul devant la violence de ces paroles. Pendant un instant, elle sembla sur le point de parler. Sa bouche se tordit bizarrement d'un côté. Puis elle tomba en avant, en renversant la carafe. L'eau se répandit, lui trempa les cheveux et le visage. S'égoutta en formant des flaques sur le sol poussiéreux.

*

* *

Assis à son bureau dans la salle des opérations, Barnaby en était à sa troisième tasse de café bolivien, du très fort et du meilleur. Il en avait besoin. Qui plus est, il le méritait. Il n'était pas homme à pleurnicher ni à se décharger sur les autres. Selon lui, entre le « ce n'est pas ma faute » et le « c'est eux qui ont commencé », il n'y avait qu'un pas et on devait renoncer aux deux au plus tard à l'adolescence. Mais aujourd'hui, durant un bref instant, il avait été très tenté de s'y abriter. Il finit par se décider pour le « Comment est-ce que je suis censé savoir, moi ? », qui revenait pratiquement au même.

Le sergent Troy, en écoutant, avait tâché de prendre un air compatissant mais n'avait réussi qu'à paraître sévère. Pendant des années, il avait été suffisamment exposé à des laïus sur l'ouverture d'esprit pour ne pas être vachement content de constater que le chef avait gardé son esprit hermétiquement fermé et qu'il s'était mis dans la merde jusqu'au cou. Parce que si la possibilité, même infime, que la fille n'ait pas entendu parler du meurtre de Dennis Brinkley lui avait effleuré l'esprit, il aurait été contre-productif de lui balancer ça si violemment à la figure. Après, ç'avait été le bordel complet, Polly étalée sur la table, l'avocate qui criait au harcèlement, le chef qui jurait en éteignant le magnétophone. Et lui, Troy, qui courait chercher du secours.

Les Lawson, qui étaient toujours dans la salle d'attente, entendirent les cris et se précipitèrent pour voir ce qu'il se passait. Un agent de la circulation vint leur dire de se calmer mais le père, surtout, ne voulait rien entendre. Il commença par exiger de voir sa fille puis il leur somma d'ouvrir les portes. Sa femme, tout aussi affolée, surtout pour lui, suppliait tout le monde de lui dire si « Polly » allait bien.

Barnaby arriva à grands pas au milieu de cette agitation. Ayant décidé, malheureusement, que la meilleure défense, c'était l'attaque, il s'en prit directement à Lawson.

— Pourquoi ne m'avez-vous pas dit que votre fille n'était pas au courant de...

— Où est-elle ?

— Que s'est-il passé ? s'écria Mme Lawson alors que le sergent Troy filait rapidement. Pourquoi court-il ?

— Mlle Lawson s'est évanouie. Il n'y a pas de raison de...

— Espèce de salaud.

Lawson décocha un coup de poing. Il ne visa pas avec précision mais il était enragé. Le poing atterrit sur la figure de Barnaby, lui écrasant l'aile du nez et l'œil droit.

Peu après, la fille parut revenir à elle. Elle n'avait toujours pas été inculpée. À la surprise du commissariat, Mallory non plus, alors qu'il avait agressé un policier. Enfin, les trois Lawson, considérablement calmés, étaient partis, ensemble mais visiblement divisés, en direction du parking des visiteurs. Bien qu'infiniment soulagé d'être débarrassé d'eux, Barnaby songeait qu'il aurait bien aimé être une mouche sur le mur, une fois qu'ils seraient de retour chez eux.

Tout ceci s'était déroulé trois heures auparavant. À présent, il essayait de chasser de son esprit l'échauffourée humiliante et déplaisante, et attendait beaucoup des claviers cliquetants et des téléphones un peu moins insistants. Troy vint ramasser la tasse de café vide.

— Alors, elle n'a pas avoué, notre Poll ?

— Avoué quoi ?

— Ce qu'elle fabriquait dans le bureau.

— J'espère que Leo Fortune va le découvrir.

Et moi, j'espère coucher avec Cameron Diaz, songea le sergent Troy, et si la fille Lawson n'est qu'à moitié aussi maligne qu'on le dit, je parie que j'ai toutes mes chances. Tandis qu'il entretenait ces lubriques et félonnes pensées, Troy gardait les yeux fixés sur le casier « arrivée » du chef. À l'instar des autres présents dans la salle, il évitait de regarder ce qui allait manifestement se transformer en un magnifique œil au beurre noir.

— Même s'il trouve, chef, cela ne nous aidera pas à résoudre le meurtre de Brinkley.

— Pourquoi?

— Si Lawson n'était pas au courant, comment pourrait-elle être impliquée?

Avant que Barnaby puisse répondre, on l'appela à l'autre bout de la salle. Il se leva et rejoignit en vitesse le sergent Lessing.

— Qu'est-ce que c'est, Bruno?

— Vous devriez peut-être prendre l'appel, monsieur. Un certain Alan Harding de Northwick Park prétend avoir vu Ava Garret, le soir de sa mort.

— Lui et la moitié d'Uxbridge, soupira Barnaby.

Il y avait déjà eu des centaines d'appels.

— Ça a l'air d'être une version hypersophistiquée.

Le sergent Bruno Lessing lui passa l'appareil.

— Monsieur Harding? Inspecteur Barnaby, de la PJ de Causton... Oui, c'est moi.

Troy le rejoignit à son tour. Le sergent Lessing et lui observaient et écoutaient. La voix du chef s'accéléra, il posait des questions.

— Seriez-vous prêt à faire une déposition, monsieur?... Non, non, au commissariat le plus proche. Ou on pourrait venir chez vous, si vous préférez... Parfait. Où pouvons-nous vous contacter?

Barnaby raccrocha, assez satisfait. Il arborait son air «chien policier», comme Troy l'appelait. Narines dilatées, lèvres serrées, léger sourire, tête inclinée comme s'il tendait l'oreille vers un bruit imperceptible aux autres. Il paraissait rouge aussi, mais difficile à dire, à cause de l'œil, et tout ça.

— C'est pas du toc, apparemment. Harding était dans le même wagon qu'Ava Garret. Il a décrit ses vêtements, ses bijoux, même son sac à main, qui n'est pas sur l'affiche. Il était assis à une certaine distance mais il l'a entendue parler à deux adolescentes. Selon lui, elle n'arrêtait pas. Elle n'a pas reçu ni passé d'appels sur son portable mais elle est descendue comme lui à Northwick Park.

— Génial! dit Lessing.

— Il marchait devant elle vers la sortie et il n'a pas vu de quel côté elle allait. Mais quand nous saurons l'heure exacte d'arrivée du train, on pourra refaire un appel à témoins. Non seulement pour les adolescentes mais pour quelqu'un qui serait descendu en même temps.

— Ce serait formidable si ce «Chris» l'avait attendue à la sortie du train, dit Lessing. On aurait un signalement.

— Formidable, en effet.

Barnaby se rappela sa rêverie qui, somme toute, n'était peut-être pas si fantastique que ça.

— Et s'il était déguisé? demanda le sergent Troy.

— Et si vous renonciez à Agatha Christie pour le carême? dit l'inspecteur.

*
* *

À l'heure où Barnaby accusait réception de son coquard et les Lawson entamaient leur pénible voyage de retour, Roy et Karen s'apprêtaient à aller chez Doris pour le thé. La fillette avait mis son autre T-shirt neuf (celui avec des chatons dans un panier), des chaussettes propres et les baskets. Elle avait bien essayé de se coiffer avec des macarons tenus par des élastiques roses mais ses cheveux étaient si soyeux qu'ils glissaient et retombaient dans son dos. Elle parlait à sa Barbie. Roy l'entendait à travers la porte de la salle de bains. Pendant des années, il s'était contenté d'une toilette de chat mais maintenant, il prenait un bain tous les jours. Aujourd'hui, c'était le second car il avait transpiré en peignant.

Cette histoire de visite, se disait Roy, c'est pas la mer à boire, non? Non. Pourtant, il en était arrivé à la conclusion qu'il n'avait rien à se mettre pour la circonstance. Ses habits, ça allait avant mais maintenant, ça n'allait plus du tout. Alors ils avaient pris le bus pour Causton et avaient fait le tour des boutiques d'occasion. Ils avaient trouvé deux chemises chic, un pantalon kaki plus un col roulé, qui proclamait « Gare à vous ! Me voilà ! ».

Roy avait soigneusement repassé une des chemises, avait mis des sous-vêtements et des chaussettes propres, son nouveau pantalon, et il était en train de brosser ses cheveux frais lavés pour la énième fois. En s'approchant tout près du miroir au-dessus du lavabo, il fut convaincu que les trous dans les narines et aux lobes d'oreilles s'étaient un peu refermés. Mais il ne pouvait rien pour le tatouage autour de son cou. Elle lui faisait horreur, cette ligne en pointillé qui disait : « Coupez ici. » Il avait trouvé ça génial à l'époque, marrant. Ça valait le coup d'avoir mal. Maintenant, il reconnaissait que c'était tout simplement stupide.

Roy n'avait pas hâte d'aller chez les Crudge. En fait, c'était peu dire ! Quand il pensait à tous les impairs qu'il pouvait commettre, son cœur se serrait et faisait des bonds. Lorsque Doris était partie l'autre jour, son bref moment de bonheur, – il n'en revenait pas d'être non seulement accepté mais tenu, bercé, caressé, – s'était évaporé. Il reconnaissait qu'il s'était senti réconforté mais il comprenait aussi que cette attention qu'elle lui avait prodiguée ne lui était probablement pas destinée personnellement. Les femmes, elles sont comme ça. On pleure, on est bouleversé, elles vous font un câlin. Les gars de l'orphelinat se vantaient que c'était le truc le plus sûr pour baiser. Peut-être que Doris avait un faible pour lui ?

Alors cette visite au pavillon allait sûrement se révéler une arnaque, à long terme. Peut-être même à court terme. Elle avait sans doute seulement un peu pitié de lui. Pourtant il fallait qu'il s'y conforme. Une tasse de thé, un morceau de gâteau. Qu'avait-il à perdre ? Mais s'il surprenait le moindre signe, la plus petite allusion, la moindre suggestion qu'il était de trop, il filerait comme une flèche. Un gars surnommé Crapaud l'avait tuyauté là-dessus : largue avant d'être largué. À cette époque, Roy croyait encore, malgré toutes les preuves du contraire, qu'on finirait par le trouver acceptable. Et si on me largue pas, avait-il demandé? Mon vieux, avait répondu Crapaud, on te largue toujours.

— Tu es prêt, Roy?

— Une minute.

Il enleva la chemise et décida d'enfiler le col roulé qui cacherait le tatouage. Et le slogan lui donnerait de l'assurance. Il se brossa les cheveux encore, appliqua de la lotion après-rasage bon marché et regretta de n'être pas plus grand.

— Roy! que tu es beau!

— Gare à vous! Me voilà!

Il y avait eu une brève averse, plus tôt dans la journée, mais à présent, il faisait de nouveau chaud et sec. Karen sautait, courait en avant, revenait, faisait voler des nuages de poussière. Le pavillon de Doris et d'Ernest, à cinq minutes de là, s'appelait «Dunroamin». Le jardin était bizarre : quatre grands triangles de pierres multicolores et une plante épineuse en pot placée au milieu. C'est Barbie qui sonna, Karen appuyait les doigts de l'astronaute sur la sonnette. Un doux carillon tinta. Doris ouvrit la porte. Karen entra en dansant et Roy suivit en adoptant une démarche légèrement arrogante alors qu'il était malade d'appréhension.

Ce fut un thé délicieux. Un gâteau à la confiture d'orange, trois sortes de sandwiches si petits qu'on pouvait en manger deux ou trois en même temps sans s'en rendre compte. Mais Roy s'en abstint. Il paraissait se conduire de son mieux, comme Doris le remarqua à part soi. Ce n'était pas tout à fait le cas. En réalité, il était figé dans l'attente du désastre.

— Ça va... hum...?

— Roy. – Il sourit timidement au mari de Doris. – Ça veut dire roi en français.

— C'est vrai? – Ernest lui rendit son sourire. – Je ne m'y connais pas beaucoup en français.

Il avait l'air sympa, le vieux branque. Quand Roy était arrivé, il regardait un match de foot, ce qui voulait dire qu'ils pourraient au moins parler de quelque chose. C'est-à-dire à condition que Roy reste assez longtemps. Il avait déjà fait des siennes. Un sandwich avait glissé de ses doigts sur le tapis. Alors que les autres bavardaient, il l'avait ramassé et fourré dans sa poche.

— Tu veux de la salade, chéri?

— Oui, s'il vous plaît, madame Crudge. – Pourquoi avait-il répondu oui? Il détestait la salade.

— Tiens, voilà. – Elle l'avait copieusement servi, avec de la betterave en plus. Tout était rouge sombre. Il prit l'assiette, on aurait dit qu'elle saignait. – Et oublie le « madame Crudge ». C'est Doris.

— Tante Doris, insista Karen.

Ce qui rappela brutalement à Roy le matin de la mort d'Ava. Les ambulanciers. Les policiers. Comme il avait eu peur. Encore maintenant. Qu'est-ce qu'ils avaient dit, Karen et lui, pour échapper à la séparation, à la solitude? Une tante devait venir. La tante de Karen. Cette nuit même. Demain matin. D'un moment à l'autre. Bientôt. C'était sûr et certain.

Et si quelqu'un de la municipalité venait à vérifier? Il pouvait se débarrasser d'eux une fois, peut-être deux, mais ils reviendraient. Si Karen et lui en produisaient une, de tante, et pas n'importe laquelle, mais une tante fiable et gentille, et qui vivait à cinq minutes de là, voilà qui changerait tout.

— Vous savez quoi, disait-elle, je crois que cette betterave n'est plus très bonne.

— Je trouve que ça va, dit Ernest.

— Elle est aigre, trop vinaigrée. – Elle reposa ses couverts. – Peux pas manger ça. Roy?

Roy, muet, incrédule, tendit son énorme tas de salade. Quel coup de pot!

— Et un peu de gâteau, ça te dirait? Pour enlever le goût.

Il eut droit à deux tranches de gâteau plus encore des sandwiches. Ernest dit : – À la bonne heure, j'aime bien qu'on ait un bon coup de fourchette!

Après le thé, Doris et Karen débarrassèrent et les hommes sortirent par derrière. Roy ne sut que penser de la volière. Ernest y pénétra et resta là, tandis que les oiseaux volaient autour de lui, petites tornades multicolores. Et ils faisaient un de ces potins! Même les tout petits pépiaient.

— C'est Charlene. – Il prit un frêle oiseau jaune pâle dans sa main. – Elle a été un peu malade.

— Oh, quel dommage, monsieur Crudge.

Roy s'approcha craintivement de la cage. Les oiseaux voletèrent, effarouchés, et il recula.

— T'en fais pas, mon gars. Ils s'habitueront vite à toi.

Une chaleur trompeuse se diffusa dans le plexus solaire de Roy : ainsi, il y aurait d'autres visites! Il attendit un peu puis dit, d'un ton détaché : – J'espère bien.

Dans la maison, Doris et Karen faisaient la vaisselle : Doris lavait, Karen rinçait et empilait. Les pensées de Doris étaient tout entières tournées vers ce qu'elle considérait maintenant comme ses deux enfants. Roy s'était montré un peu réservé aujourd'hui et elle comprenait très bien pourquoi. Se laisser aller comme ça – et devant une femme en plus –, il avait dû le regretter. Il avait fait marche arrière, peut-être même voulait-il oublier ce qui s'était passé. Elle l'acceptait. Quelle que soit la façon dont il se comporterait, elle ne changerait pas et, tôt ou tard – il faudrait probablement du temps –, il commencerait à leur faire confiance.

— Tu fais du beau travail!

Elle se donnait tellement de peine, Karen. Elle tenait la grande assiette à deux mains sous le robinet d'eau froide avant de la poser avec soin dans l'égouttoir en plastique. Doris dut ralentir pour se mettre à son rythme. Mais elle n'en était nullement irritée. En fait, elle n'avait jamais été aussi heureuse. Elle se sentait comme une de ces femmes à la télé, dans les publicités pour lessive, qui sourit et secoue la tête aux petits qui rentrent tout crottés de leurs jeux.

Elle remarqua alors que la fillette fronçait les sourcils et plissait les yeux, comme si elle avait mal.

— As-tu toujours tes maux de tête? – Karen eut l'air effrayée. – Tout va bien, ma chérie. Qu'est-ce qu'il y a?

— Rien.

— Repose ça.

Doris prit doucement une tasse des mains de l'enfant et s'essuya les mains à un torchon. Il y avait un vieux fauteuil usé près du fourneau. Elle s'assit et attira Karen à elle. Puis, en brûlant ses vaisseaux : – Tu sais que je vais m'occuper de toi, maintenant?

La fillette hocha vigoureusement la tête, en serrant la taille de Doris.

— Ne t'en va pas.

— Je ne m'en irai jamais. Mais si je suis responsable de toi, il va falloir que tu m'aides.

— Je t'aiderai.

— Alors, est-ce que tu as encore tes maux de tête ?

— Ne le dis à personne.

— Bien sûr que non. – Doris, troublée, perdant pied, se força à prendre un ton calme.

— Mais il faut qu'on fasse quelque chose pour que tu ailles mieux. Trouver un docteur...

— Non ! – Karen se dégagea brusquement. – Je ne peux pas. Je ne dois pas...

— Allons donc ! Tu as bien déjà vu un docteur...

— Jamais.

— Karen, allons...

— C'est vrai, tante Doris.

— Tu étais sûrement trop petite pour t'en souvenir.

— Non, elle voulait pas que j'y aille. C'était pour mon bien. – Elle prononça les derniers mots d'une voix blanche, monocorde, comme si on les lui avait mille fois serinés. – Ava disait... elle disait que les docteurs, ils...

Si je l'avais sous la main, celle-là ! Je lui tordrais le cou, et bien. L'enfant avait l'air terrifiée. Doris allongea le bras et l'attira doucement à elle.

— Dis-moi, ma chérie.

Karen secoua la tête puis grimpa de nouveau sur les genoux de Doris.

— Alors, dis-le tout bas. – La petite fille secoua la tête. – Allez... je ne le répéterai à personne.

— Promis ?

— Juré craché par terre.

Karen dit tout bas.

Doris fut saisie de vertige : c'était sa tension qui grimpait. Quand elle fut capable de parler, sa voix tremblait.

— C'est un vilain mensonge. Et il ne faut plus y croire, jamais. – Elle embrassa Karen sur le front, en la berçant doucement. – Ton oncle Ernest et moi, on ne laisserait jamais faire une chose pareille.

Tâchant de dissimuler la colère qui l'enflammait, elle installa l'enfant plus confortablement et l'embrassa encore. Comment s'en sortir? Le médecin de Doris allait bientôt prendre sa retraite. Elle était sa patiente depuis presque trente ans et il l'avait suivie dans d'innombrables maladies et opérations mineures. C'était un homme gentil, doué d'un très bon diagnostic. Elle aurait encore le temps de prendre un rendez-vous pour lui demander son avis au sujet de Karen. Peut-être accepterait-il de faire une visite à domicile et de parler avec la petite fille. Comme un ami de la famille, qui ferait un saut pour bavarder.

Si vraiment elle n'était enregistrée nulle part, il fallait y remédier immédiatement. Dunroamin servirait d'adresse. Et eux, Ernest et elle, seraient les plus proches parents. Ou mieux, les parents adoptifs; on réglerait les détails plus tard. Bien que le mot «respectable» eût pu être inventé pour elle, Doris se vit prête à concocter toutes sortes de mensonges, aussi pittoresques que les circonstances l'exigeraient. Une enfant perdue avait trouvé un foyer, et ce pour toujours.

*

* *

Le temps s'était gâté. Après le déjeuner, il avait plu et les fleurs exhalaient leur parfum. L'herbe sur la pelouse de croquet étincelait encore et une poussière de pollen flottait dans les rayons du soleil.

En se voyant avec Polly, dans leurs longues robes d'été et leurs chapeaux de paille, alanguies sous le grand cèdre, Kate songeait qu'elles devaient ressembler à des personnages d'un roman du début du siècle. *Retour à Howard's End*, peut-être. Ou *Le Messager*. L'atmosphère était suffisamment lourde et oppressante pour correspondre aux deux. À portée de main, de la limonade sur un plateau, que Benny avait préparée pendant leur absence, et à laquelle personne ne touchait.

Le trajet de retour avait été singulier. Ils avaient tous les trois gardé le silence, assis très droit, redoutant ce qui allait advenir, comme des condamnés dans leur charrette. À l'arrivée, Polly était descendue de voiture, avait erré dans le jardin et Mallory avait suivi. Pressentant l'imminence du malheur, et tout en reconnaissant la puérilité de son geste, Kate était rentrée dans la maison pour chercher son chapeau porte-bonheur. Elle avait déniché pour Polly un vieux panama de Carey.

Mallory, qui avait fait les cent pas depuis leur arrivée, s'arrêta net devant sa fille.

— Tu ne vas pas nous dire...

— Si, je vais, répondit-elle. – Elle tremblait, à bout de nerfs. – J'allais le faire. J'étais sur le point de le faire. Je savais qu'il le fallait. Mais la police est arrivée. Je suis désolée.

— Viens t'asseoir, Mal. – Kate tira une chaise de jardin à côté d'elle. – Tu te dresses au-dessus d'elle, comme ça.

Il s'exécuta mais son énergie et son attention sans défaillance continuaient à s'échapper à flots en direction de Polly. Il ne sentait même pas la main de Kate sur son bras. Sa fille se mit à parler et il écouta intensément tandis qu'autour de lui son univers s'écroulait lentement.

*

* *

Les effets sur Mallory furent dévastateurs. Apprendre comment sa fille, sa joie et sa fierté, l'avait trompé lui lacéra le cœur. Quand elle eut achevé, il resta là, humilié, sa jobardise exposée aux yeux de tous. Il avait été la dupe de l'amour.

Tous ces mensonges. Combien encore, qu'il ignorerait toujours? C'était peut-être cela, le pire. Parce que, désormais, jusqu'aux souvenirs qu'il gardait d'elle enfant étaient souillés. Comment avait-il pu se leurrer à ce point, en se persuadant que la fille moqueuse, égoïste et impitoyable que tout le monde connaissait n'était pas la vraie Polly? Pas sa Polly.

Il se rappela la scène où elle l'avait amené à reconnaître qu'il gérait son héritage. Elle l'avait amené comme un imbécile qu'il était à admettre ce qu'elle savait déjà. Et ses yeux s'étaient élargis d'étonnement. Elle s'était jetée à son cou, et avait versé des larmes sincères. Et puis, pour parfaire le mensonge, elle avait prétendu être entrée dans ce groupe uniquement pour lui. Pour qu'il puisse quitter son école, recouvrer la santé. Comme il avait été sûr de son amour, alors; et comme il avait été fier!

D'innombrables souvenirs convergeaient; il fut paralysé par l'indignation, le chagrin, la stupéfaction. Quand, après un long silence, elle reprit la parole, il passa à l'attaque.

— Je suis tellement désolée, papa.

— Ne m'appelle pas papa. Tu n'as plus cinq ans.

— Je rembourserai.

— Et arrête de raconter n'importe quoi.

— Je travaillerai...

— Tu nous as complètement plumés.

— Je gagnerai de l'argent. C'est possible, à la City. Cinq ans...

— Ne mens pas. Tu n'as aucune intention...

— Si, si...

— J'en ai marre de tes mensonges.

— Je te promets...

— Et j'en ai marre de toi.

— Mallory...

— Quand même, il y a toujours un côté positif. Au moins, on sera débarrassés de ces visites que tu nous faisais à contrecœur. La plupart du temps, tu ne te donnais même pas la peine d'ôter ton manteau.

— Débarrassés de...?

— Maintenant qu'on est fauchés, je ne doute pas que tu vas très vite te passer de nous.

— Je t'en prie, papa.

— Remarque, il y a encore la maison, dit-il, l'œil dur. Elle ne doit pas être donnée. Mais ça peut prendre un petit moment avant que tu passes à la caisse.

Polly sécha les larmes qui tombaient sur sa robe rayée. Elle n'avait pas regardé ses parents depuis le début de la confession. Elle se leva lentement.

— Tu peux toujours courir, je ne vais pas mourir uniquement pour te faire plaisir.

— *Mallory... ça suffit...*

Kate rattrapa sa fille sur les marches de la terrasse. Elle lui prit le bras mais Polly se dégagea doucement en secouant la tête.

— Reste avec lui, dit-elle à mi-voix avant de rentrer dans la maison.

Tout ceci se passait il y a des heures. Les Lawson, qui avaient abandonné l'agrément désormais gâché de l'ombrage du cèdre, avaient gagné la terrasse et étaient toujours assis là, sous le ciel menaçant. Un vent frais se leva et froissa les roses.

Pendant un long moment, Mallory n'avait guère ouvert la bouche et Kate n'avait rien dit. Il était content qu'elle soit là. Il ne voulait pas être seul mais il n'aurait pas pu supporter un autre témoin de son humiliation. Maintenant, elle lui prenait la main, l'embrassait, la posait sur sa joue. La magnanimité du geste le bouleversa. Il pensa à sa vie à elle, à ce qu'il lui avait fait subir. Elle n'avait qu'une ambition modeste : vivre tranquille et heureuse avec sa famille et publier quelques livres de valeur. Et, à présent, même cela lui était refusé.

— Écoute, disait-elle en prenant son autre main, tout ce que nous avions hier, nous l'avons aujourd'hui. – Puis, alors qu'il la regardait, incrédule : – D'accord, on a découvert des choses qu'on ignorait...

— Par exemple, que notre fille est une voleuse.

— Mais rien d'important n'est changé.

— Je croyais en elle. Je croyais qu'elle m'aimait.

— Chéri, elle nous aime tous les deux, autant qu'elle en est capable. C'est... Polly.

Le son même de son nom faisait mal. C'était ridicule. Ainsi, on lui avait ouvert les yeux : ses illusions étaient détruites. N'était-il pas temps? Un homme de son âge devrait être délivré de ce genre de rêveries nostalgiques. Le bon sens aurait dû lui apprendre que rien ne dure, que les apparences sont trompeuses. Il valait beaucoup mieux considérer la vie d'un point de vue clair et dégagé; ainsi elle se présente, aride et incolore, il faudrait simplement qu'il s'habitue. Lorsqu'on est enfoncé jusqu'au cou dans un égout de mensonges, on est dépassé.

Il se rappela ce que disait sa tante : les êtres humains sont faits pour vivre à l'intérieur de certaines limites. Si l'on dépasse ces limites, tout va de travers. Avait-il dépassé ces limites sans le savoir? Peut-être en saisissant avec trop d'avidité le bonheur qui semblait enfin lui échoir.

— Comment tu fais, Kate?

— C'est ma nature. – Elle avait compris ce qu'il voulait dire. – Alors je n'ai pas vraiment de mérite.

— Tu crois que... cette spéculation... – Le désir d'y croire lui serrait la gorge. Il eut du mal à prononcer les mots. – Elle l'a fait pour nous?

— Bien sûr qu'elle l'a fait pour nous. – Kate était stupéfiée. – Pour qui d'autre l'aurait-elle fait?

— Je ne sais pas. Je ne sais plus rien.

Ils retombèrent dans le silence. Le bleu du ciel s'approfondit. De petits points de clarté argentée apparurent.

— Regarde... on commence à voir les étoiles, dit-elle.

— Pas de là où je suis, rétorqua-t-il.

Elle regagna la maison pour préparer le dîner. Tout était tranquille et silencieux. La cuisine embaumait les pois de senteur et la coriandre, hachée par Benny pour la soupe de carottes que personne ne devait manger. Sur la table, il y avait un mot.

Chère maman,

Je suis rentrée à Londres. J'ai l'intention de me trouver du travail et d'économiser autant que je peux avant septembre. J'emprunterai pour mes frais d'inscription au prochain trimestre et je chercherai un logement moins cher. S'il te plaît, ne t'inquiète pas pour moi. Je t'enverrai ma nouvelle adresse. Merci pour tout. Baisers, Polly.

25

En milieu de matinée, le lendemain, l'appel à témoins pour les voyageurs descendus à Northwick Park du train d'Uxbridge de dix-huit heures dix, le mercredi huit août, fut largement diffusé. L'inspecteur Barnaby de la PJ de Causton, qui dirigeait l'enquête, fit une apparition à la fin des informations télévisées locales à une heure trente. Son appel fut retransmis aux stations de radio privées et à la BBC.

— Voilà qui devrait le débusquer, dit le sergent Troy quand le chef revint de la salle de presse, en se frottant la figure d'un air fâché avec un torchon.

— Je ne peux pas supporter ce machin. Qu'est-ce que ça peut bien foutre si la lumière joue sur mon nez?

Troy pensa : au moins, ça lui a caché son coquard.

— Je vous remplacerai la prochaine fois, si vous voulez.

Un chœur de huées et de « ooohh » s'éleva subitement. Le sergent renifla avec dédain, remarqua que la ravissante Abby Rose, qui ne s'était pas jointe aux moqueries, lui souriait avec sympathie, et il fut de nouveau frappé par sa beauté. Fidèle pendant une éternité à son ardent désir, non partagé, pour le sergent Brierly, Troy avait constaté, ces derniers temps, un durcissement indéniable des traits d'Audrey, du flou dans ce profil sans égal. Et aussi, depuis sa promotion qui la plaçait au même rang que lui, elle était devenue un peu trop sûre d'elle-même, un tantinet sarcastique, même. L'admiration n'était décidément pas au menu. Non plus que le respect.

L'inspecteur Barnaby intercepta l'échange de regards et espéra que les choses n'iraient pas plus loin. S'enticher de quelqu'un, c'était humain, et le lieu de travail suscitait forcément des attirances qui, sans la proximité, mourraient de leur belle mort. La promiscuité physique et émotionnelle qu'entraînait le service dans la police rendait ces situations particulièrement dangereuses. Barnaby lui-même n'avait jamais été infidèle, bien qu'il s'en soit fallu de peu, à deux reprises. La deuxième fois, il s'en était fallu de si peu qu'il avait demandé son transfert.

Troy se détournait maintenant, et reportait toute son attention sur la sonnerie de la ligne directe de Barnaby. L'inspecteur allongea la main et son sergent lui tendit l'appareil.

— Leo Fortune, monsieur.

— Monsieur Fortune?

Troy observait le chef en essayant de déchiffrer sa réaction. Le bon vieux sérieux, quelques froncements de sourcils. Il cherchait à tâtons un crayon.

— C'est remarquable. Allez-vous porter plainte?... Et les autres dossiers?... Si vous vous rappelez, je vous avais suggéré de... Je suis au courant que demain, c'est samedi...

La conversation s'acheva après quelques phrases du même genre.

— La fille a pratiquement vidé le compte des Lawson, dit Barnaby en raccrochant.

— Fichtre ! Qu'est-ce qu'ils vont faire ?

— Fortune ne sait pas. Il n'y a eu ni effraction, ni dégâts, elle a seulement pris l'argent qui leur appartenait, à ses parents et à elle.

— Ça n'est pas bon pour le cabinet si ça vient à se savoir. Défaut de sécurité.

— Exactement. Ce qui l'a étonné, c'est que l'argent est passé dans l'achat d'actions notoirement sans valeur.

Perché sur le bureau du chef, Troy eut un reniflement de satisfaction.

— Autant pour les jeunes loups. – Il s'assit plus confortablement sur une chaise pivotante. – Comment elle est entrée dans le compte ? Il ne devrait pas y avoir des mots de passe ?

— Ils étaient tous en vieux français. Brinkley croyait que seul un érudit était capable de les comprendre et il a laissé la disquette dans un tiroir non fermé à clé. Quant au reste...

— Vous croyez qu'elle a volé sur d'autres comptes ?

— Sais pas. Et je ne saurai pas avant lundi quand ces fainéants se traîneront au bureau.

— Soyez juste, chef. Même les financiers ont besoin de se changer les idées.

Barnaby était irrité et impatient. Deux meurtres avaient été commis. La première victime, qui avait tant d'estime pour ses employés qu'il leur laissait sa part de l'affaire. Et où ils étaient, ces employés, quand la police avait besoin d'eux ? Ils jouaient au golf, ils faisaient des courses, ils allaient à la piscine avec les gosses, ils flânaient dans les jardineries. Fortune se rendait à un mariage, sous le piètre prétexte que le marié était son fils aîné.

— Courage, chef! dit le sergent Troy dont le moral remontait toujours quand il voyait celui des autres baisser. Il n'y a pas le feu.

*
* *

Durant l'office du matin à Saint-Anselme, Benny s'assit, s'agenouilla, se leva et s'assit encore, se débattant dans la confusion et la désolation. Elle ne parvenait pas à comprendre ses émotions. Le sentiment de solitude, aussi aigu qu'un poignard, dominait tout. Elle avait essayé de le neutraliser en noyant son esprit de souvenirs heureux. Tout à l'heure, alors que le pasteur débitait son sermon, elle s'était rappelée sa dernière soirée avec Dennis. Le superbe turbot, le succulent gâteau au chocolat. Leur conversation sur les éditions Chélidoine, l'avenir qui leur souriait.

Aujourd'hui, tout cela avait disparu. La colère contre celui qui avait si cruellement mis fin à l'existence de cet être doux et inoffensif rôdait sans cesse à la frange de la conscience de Benny, cherchant une prise. En tant que chrétienne, elle s'appliquait à lutter mais la foi simple et aveugle qui l'avait soutenue toute sa vie s'effritait. Soyez bon, gentil, ne faites de mal à personne, et Dieu prendra soin de vous, c'est un mensonge flagrant. Et la prière, à laquelle elle avait toujours eu recours aux moments difficiles, ne lui laissait plus désormais qu'un goût de cendres dans la bouche.

Debout pour l'hymne finale, elle récita les mots qui n'avaient pas de sens, puis elle quitta son banc en trébuchant et remonta l'allée. Reculant devant la poignée de main molle et le regard de compassion du pasteur, elle se dirigea vers la tombe de Dennis. Comme elle paraissait nue maintenant qu'on avait enlevé les couronnes, négligée, soudain ! Il fallait ériger une stèle. Se sentant observée, et se méfiant des tentatives maladroites de consolation, Benny ne s'attarda pas.

Mais où aller? Pour la première fois, le refuge évident, la maison, ne lui dit rien. Il était arrivé quelque chose à Appleby House. Quelque chose de fâcheux. D'abord, Mallory qui s'était précipité à Londres pour revenir avec Polly. Le lendemain, Benny coupait les lupins fanés quand l'inspecteur Barnaby était revenu. Il avait emmené Polly, en lui tenant le bras comme si elle allait s'enfuir. Kate et Mallory étaient partis aussi.

Affolée et désorientée, Benny avait attendu leur retour, en se tenant à l'écart, instinctivement. Elle était restée dans l'appartement avec Croydon pour seule compagnie, ce soir-là, et le lendemain, après avoir donné un bref coup de téléphone, pour qu'ils ne s'inquiètent pas. Prétextant qu'elle couvait un rhume et qu'elle ne voulait pas le passer à tout le monde.

Maintenant, hésitant sur le porche de Saint-Anselme et attirée par le murmure paisible du ruisseau, elle se dirigea vers les berges. Elle s'assit sous un saule pleureur, en croisant les mains sur ses genoux jusqu'à ce que le tumulte de son esprit s'apaise et se transforme en simple chagrin. Puis, pour tenir à distance le vacarme, elle se mit à faire des projets d'avenir.

*

* *

Tout le verger vibrait du bourdonnement des abeilles et des guêpes. Mallory ne savait pas ce qu'il y faisait, mais qu'importait où il se trouvait, autant là qu'ailleurs. Les échelles étaient encore appuyées aux arbres et des paniers à demi remplis de pommes mûres, soigneusement étiquetées, étaient empilés sur des tables à tréteaux. Dans la chaleur, les fruits exhalaient leur senteur riche et charnue.

Il aurait donné n'importe quoi pour décrocher. La moitié de son royaume, comme on dit dans les contes de fées. Ceux qu'il lisait à Polly. Sauf qu'aujourd'hui, il n'avait pas de royaume. Pas de royaume financier, pas d'autre royaume. La confiance et le bonheur, les seules richesses qui valaient d'être possédées, avaient disparu. Kate pouvait toujours dire qu'ils allaient établir entre eux trois des relations plus honnêtes. Elle n'avait rien perdu, elle, au contraire. Sa jalousie ne faisait qu'accroître le dégoût que Mallory avait de lui-même. Mesquin autant que jobard.

Sa femme apparut brièvement sur le pas de la porte bleue. De temps à autre, elle le cherchait, sans toujours déclarer sa présence. Elle était là. Que pouvait-elle de plus? Tôt ou tard, la situation changerait. Il changerait. En attendant, elle s'absorberait dans le développement des éditions Chélidoine.

Bien que Mallory ne l'eût pas exprimé aussi clairement, elle se rendait compte que pour lui l'aventure était terminée. Pas d'argent, pas de maison d'édition. Au contraire. Elle était plus résolue que jamais à aller de l'avant. Ils avaient deux titres à lancer. Elle avait écrit à l'auteur de *The Sindewinder Café*, l'un des romans remarquables dont elle avait en vain recommandé la publication, avait trouvé le titre toujours disponible et proposé une petite avance plus des droits d'auteur élevés. Si on perdait sur ce titre, *L'Armurier du roi* viendrait compenser. Bien qu'il n'y ait aucune certitude dans le domaine de l'édition, elle était dans le bain depuis trop longtemps pour ne pas flairer un succès quand elle en tenait un. Toujours pas de réponse d'E.M. Walker, mais on était en août, mois de vacances, donc ce n'était pas surprenant.

La nuit dernière, tandis que son mari était affalé devant le téléviseur – quand on parle de revenir à la case départ ! –, elle s'était installée à la table de la cuisine pour faire les comptes. Il y avait la retraite de Mallory, ses propres économies, leur bénéfice sur la vente de la maison de Londres et vingt mille livres par an de revenus avec Pippins Direct. La retraite et le loyer seraient imposables mais ils pouvaient vivre raisonnablement avec ce qui restait.

Les ordinateurs et imprimantes étaient déjà réglés et Kate prévoyait de s'occuper elle-même de la préparation des manuscrits et de la fabrication. Financièrement, c'était à leur portée. Ce qui coûtait cher, c'étaient la promotion et la distribution, non l'impression. Les grandes maisons dépensaient des milliers de livres pour la publicité d'un seul titre. Il n'était pas rare qu'elles corrompent les libraires. Le budget des éditions Chélidoine serait très modeste. Mais Kate avait beaucoup de relations dans le métier et elle avait bien l'intention de s'en servir. Elle avait déjà des idées pour créer un site internet et songeait même à publier des «bonnes feuilles» sur le Net.

Elle avait le moral, et elle était heureuse. En vérité, c'était étonnant quand on pensait à ce qu'ils avaient vécu ces deux dernières semaines. Jusqu'à ce que son cœur ait été arrosé de façon inattendue par les larmes de Polly, elle ne s'était pas aperçue qu'elle était devenue sèche et fermée. Maintenant, quoi qu'il arrive, elle ne traverserait plus ce désert.

En refermant la porte du verger, elle revint en flânant par le jardin. Les figues en espalier étaient mûres, pulpeuses, elles éclataient de suc. Elle en cueillit une et la tint, douce et chaude, dans sa paume. Elle renversa la tête en arrière et en pressa les graines vermeilles dans sa bouche puis, s'essuyant les doigts sur sa chemise en jean, elle se dirigea vers l'appartement de Benny. Elle était déjà passée mais la porte était fermée. Ne sachant pas si elle dormait encore, soignait son rhume ou si elle était allée à l'église, Kate avait décidé de repasser plus tard.

Mais Benny n'était nulle part en vue. Inquiète, car l'office du matin était terminé depuis longtemps, Kate gagna en hâte le cimetière, espérant vaguement la trouver près de la tombe de Dennis. Avec un sentiment de culpabilité, elle se rappela son vœu de toujours s'occuper de Benny. Quand avait-elle fait ce vœu? Il y avait une quinzaine de jours, tout au plus.

La boutique du village était certainement fermée à cette heure. Peut-être était-elle allée chez Doris? Ou elle était chez elle mais trop malade pour venir ouvrir. Sérieusement inquiète, Kate allait quitter le cimetière quand elle l'aperçut assise près du pont en dos d'âne, les yeux perdus dans l'eau vive. Elle se hâta dans sa direction, mais avant qu'elle l'ait appelée, Benny s'était retournée, levée et s'était aussitôt mise à parler. Elle avait pris une décision. À propos des éditions Chélidoine. Pouvaient-ils avoir une réunion aussi vite que possible? Une réunion d'affaires, c'est-à-dire.

Intriguée, Kate sourit.

— Bien sûr qu'on peut. Mallory est dans le verger. On va aller le chercher tout de suite.

*

* *

Troy se penchait sur le fax tandis que le papier se déroulait. Seule une petite fraction de son attention était fixée sur les détails des appels téléphoniques de Dennis Brinkley. Le reste était porté sur Abby Rose Carter, assise près de la machine. Sur le parfum de ses cheveux, la douceur duveteuse de sa nuque. C'était surtout le sexe qu'il avait en tête, Troy, à ce moment.

— Les communications de Brinkley, chef. – Il déchira le papier. – Pauvre vieux! Cinq ou six en autant de semaines, et encore en comptant large.

Barnaby tendit la main. Il songea à ses propres notes de téléphone, surtout quand Cully était à la maison. Une fois, devant l'étendue des dégâts, il avait demandé une facture détaillée et reçu sept pages imprimées si serré qu'il avait louché pour essayer d'y comprendre quelque chose.

Les appels de Dennis, donnés et reçus, étaient effectivement peu nombreux. Aux yeux de Barnaby, il n'en devenait pas «pauvre vieux» pour autant mais il apparaissait comme quelqu'un qui vivait simplement, en se contentant de sa propre compagnie. Il n'était certainement pas dépourvu du don d'éveiller l'affection, comme l'avaient clairement démontré les interrogatoires au cabinet de Brinkley et Latham.

En regardant le fax, l'inspecteur sentit des picotements au bout de ses doigts. Un appel avait été donné de Kinders le vingt-trois juillet à vingt-trois heures dix-sept. Appel donné au retour de Brinkley, après qu'il avait surpris Polly Lawson s'introduisant illégalement dans son bureau. Avait-il passé ce coup de fil lui-même? Certainement. Brian Allibone l'avait vu s'en aller en voiture, seul. Il était fort improbable que Dennis ait pris quelqu'un en chemin pour le ramener chez lui.

L'inspecteur composa le numéro inscrit. Il ne vérifia pas, persuadé que c'était celui d'Appleby House. Mais il se trompait. C'était le répondeur des Latham. Gilda était sortie. Latham devait se prélasser dans sa balancelle, à s'envoyer quelques verres de vodka et ignorant sagement le téléphone pour ne pas trahir sa présence. Voilà qui convenait parfaitement à l'inspecteur.

Il demanda la voiture. Troy s'en occupa en deux temps trois mouvements, ce qui était dommage car ils n'avaient pas plus tôt quitté le parking que de désastreuses nouvelles arrivaient, via Leo Fortune, qui semblaient jeter sur toute l'affaire une lumière brutale.

*

* *

Andrew faisait sa valise. Il avait laissé ses affaires sur le lit, se souciant peu que Gilda les remarque. Il avait passé des années à camoufler le moindre de ses gestes, à cacher le moindre sou dépensé, et elle l'épiait d'un œil d'aigle, bondissant au plus petit écart de conduite, réel ou imaginaire. Maintenant, tandis qu'il lançait dans un fourre-tout les quelques objets de valeur qu'il avait réussi à voler ou à soutirer, elle était en bas, étendue sur le canapé, en train de s'empiffrer de cacahuètes et de lorgner la télé.

Il inspecta son attaché-case. Passeport, billet d'avion, argent anglais plus des euros et tous les papiers de son compte personnel ouvert récemment. Ces documents, d'abord envoyés au bureau, avaient été conservés dans la cabane du jardin parmi des paquets de graines et des étiquettes dans une vieille boîte à biscuits. Là, ils étaient en sûreté, à l'abri de la curiosité de toutes celles qui tenaient à la forme et au vernis de leurs ongles de fainéantes.

Le taxi devait arriver dans cinq minutes. Andrew avait déjà ouvert la grille. Il avait décidé de ne pas prendre la Punto parce que a) il la détestait et b) il croyait Gilda capable de la déclarer volée et de lui flanquer les poulets aux trousses. « L'enfer n'a pas de furie comparable... », et tout le baratin. En fredonnant « Viens avec moi », il descendit dans le salon.

— Tu vas être en retard au bureau, dit Gilda, toujours collée à la télé.

— Et alors ?

Il lui fallut un certain moment pour enregistrer. Air intrigué suivi d'une totale incrédulité. Elle avait dû mal comprendre.

— Qu'est-ce que tu as dit ?

— Je ne vais pas au bureau, Gilda.

— Qu'est-ce que tu entends par là?

— Tu n'attends tout de même pas que je m'épuise pour les misérables sous que tu me lâches au compte-gouttes?

— Ne t'en fais pas. – Les yeux toujours fixés sur l'écran, Gilda eut un reniflement de mépris. – Je n'ai jamais pensé que tu les méritais.

— Je ne les mérite pas? *Je ne les mérite pas*? Essaye un peu de baiser une montagne de lard cinq fois par semaine pendant dix ans. Tu verras si je ne les ai pas mérités, merde!

Alors, elle le regarda pour de bon. Elle tourna sa grosse face de lune, écarquilla ses petits yeux au point que les paupières bleu électrique disparurent.

— Non, à la minute où tu quittes les parages, je reviens ici pour boire et regarder la télé. Et pas toujours seul. – Il sourit avec entrain. – Tu serais surprise de connaître le nombre de partenaires qui sont disponibles pour un solitaire.

Maintenant, elle ouvrait la bouche. Ouvrait, fermait. Ouvrait, fermait. Andrew feignit l'inquiétude.

— Ne t'en fais pas. Ce n'était jamais du sérieux. C'était seulement pour m'enlever ton goût de la bouche.

— Ouz... cra... – Elle remuait les lèvres qui tressautaient comme de petites éponges vivantes. – Fid... fid...

— Quoi?

— J'ai... fid.. ail...

— Bien sûr que tu as été fidèle. Tu crois qu'un homme normal pourrait baiser une femme de la taille d'un éléphant avec un petit pois dans le cerveau et un cou plus large que sa figure?

Cette fois, il y eut un bruit encore plus étrange. Un peu comme quelqu'un qui se gargariserait avec du verre pilé.

— Trop tard, maintenant, pour les excuses. Et ferme la bouche. C'est dégoûtant.

Gilda luttait, en se balançant et en se débattant, pour s'extirper du canapé.

— Ne crois pas que je vais t'aider, dit Andrew. Les hernies, j'en ai soupé. Prends-toi une fourche pour te lever.

Elle se soulève et tremble et...

— Oh, non, des larmes? J'ai toujours fait tes quatre volontés, et voilà le résultat. Je t'ai gâtée, c'est tout. Mais, maintenant, j'ai l'intention de réparer. Je t'offre la liberté. Pense un peu! Tu peux faire tout ce que tu veux. Tu pourras travailler un peu, pour la première fois de toute ton existence. Tu pourras te trouver un autre pauvre type à torturer. Tu pourras te louer comme château gonflable. Les possibilités sont...

Zut! C'était le taxi qui s'arrêtait et il n'avait pas sorti les trois quarts de son discours longuement mijoté. D'un mouvement vif et joyeux, Andrew ramassa son sac et se prépara à partir. Il se retourna sur le pas de la porte, savourant les derniers instants de sa victoire.

Gilda n'avait pas l'air contente du tout. À vrai dire, elle paraissait complètement anéantie, et malade par-dessus le marché. Il hésita puis fit un geste qu'il devait regretter pour le restant de ses jours. Il prit le téléphone à l'autre bout de la pièce et le posa sur une petite table à portée de sa main.

— Courage, ma grosse! Parle à quelqu'un, décharge cette poitrine gargantuesque. Essaye Les Samaritains. Ou mieux, tiens, cria-t-il par-dessus son épaule en fermant la porte, « Sauvez les Baleines ».

*
*   *

Quarante-cinq minutes après, environ, la voiture de police se présenta devant les premières grilles électroniques de Mount Pleasant et fut admise. Barnaby aperçut immédiatement l'ambulance, qui tournait dans l'allée.

— Bordel de merde!!!

Troy se rangea au ras d'une plate-bande, pour laisser passer le grand véhicule. Sirène hurlante, l'ambulance fila tandis que Barnaby descendait en trombe et traversait la pelouse en courant.

Un jeune homme se tenait sous le porche. Pâle, inquiet, élégamment vêtu. Barnaby montra sa carte et se mit à poser des questions. L'homme était Simon Wallace, un notaire. Le notaire de Berryman.

— Nous serons peut-être mieux à l'intérieur, dit l'inspecteur. – Puis, quand ils furent entrés : – Vous m'avez l'air d'avoir bien besoin d'un verre.

— Oui. – Il se servit un whisky, les mains tremblantes. – Dieu, quelle journée!

— Qu'est-ce qui s'est passé?

— Elle a eu une crise cardiaque.

— M. Latham est là?

— Il n'y a personne. Nous avons eu un appel de Mme Latham. Elle paraissait... bizarre. Il fallait que quelqu'un vienne immédiatement. Elle hurlait presque.

— Et quand vous êtes arrivé?

— La porte était ouverte. Je l'ai trouvée sur ce canapé. Elle ne pouvait pas bouger.

— Et elle vous appelait pourquoi?

— Elle voulait que j'apporte son testament.

— A-t-elle dit pourquoi?

— La raison habituelle. Pour le modifier.

— Ça lui prenait souvent?

— Pas du tout. Le testament a été rédigé juste après son mariage. Elle voulait le changer depuis longtemps. Mais elle n'en a pas trouvé l'occasion.

— Les détails?

— Oh, allez! Vous savez bien que je ne peux...

— Je dirige une enquête criminelle, maître Wallace. Nous pouvons suivre la procédure officielle mais, pour être franc, le temps presse.

— C'est que je ne suis pas l'associé principal.

— Alors, je vais lui parler, à l'associé principal. Votre numéro?

— Eh bien... – Simon les entendait d'ici, au cabinet. Incapable de gérer une situation difficile. Peut pas prendre de décisions. Valait mieux ne pas lui confier le nouveau client. – Elle a annulé le testament, qui laissait tout à son mari. Puis elle en a fait un autre et elle l'a signé.

— Elle laisse tout à...?

— Des œuvres de charité. Elle n'en avait aucune en tête, elle était dans un tel état. Mais il fallait que ce soient des animaux. Les gens sont méchants, ce sont ses derniers mots. J'ai suggéré la Société Protectrice des Chats, ma femme et moi en sommes membres.

Ça alors! pensa le sergent Troy, ils en ont de la chance, ces minous. Rien que la maison, ça doit valoir plus d'un million.

— Il y avait aussi un contrat prénuptial élaboré par son père, il y a des années, qui, en cas de séparation, devait interdire au mari d'avoir sa part du gâteau.

— Mais il n'est pas valable ici, dit Barnaby.

— M. Berryman comptait qu'il ne le découvrirait pas.

— Alors quand Mme Latham s'est-elle sentie mal ?

— Dès que l'affaire a été terminée. Pour être honnête, j'ai eu l'impression qu'elle s'était accrochée jusqu'à mon arrivée. Les ambulanciers ont dit que son état n'était pas fameux.

— Je vois. Merci beaucoup, maître Wallace. – Barnaby se leva. – Vous nous avez grandement aidés.

— Je peux m'en aller, maintenant ?

— Bien sûr. Mais laissez-moi votre carte, je vous prie.

Barnaby regarda la Mercedes du notaire s'éloigner dans l'allée et le petit rassemblement de badauds juste derrière le mur de séparation. Il songea que la nature humaine ne variait pas beaucoup. Quel que soit le bâtiment, masure, pavillon de banlieue, ou propriété de luxe, on s'occupait toujours des oignons du voisin.

— Voyez ce que vous pouvez tirer de ces gens, dit Barnaby. Moi, je vais jeter un œil dans la maison.

Il commença par la plus spacieuse des quatre chambres. Des vêtements d'homme étaient jetés un peu partout. Sur le lit, sur le sol, sur un fauteuil. Une valise vide béait près de la coiffeuse. Des tiroirs étaient renversés.

Barnaby essaya d'ouvrir les portes coulissantes des placards. Il venait de découvrir le bouton électronique quand il entendit Troy courir dans le vestibule, et monter quatre à quatre l'escalier.

— C'est Latham, monsieur. – Troy s'arrêta sur le seuil, les yeux ronds à la vue de la pagaille. – Il est parti.

— Dites-moi.

— Il y a une heure, une heure et demie. Il est parti en taxi, avec un grand fourre-tout. Le taxi était noir, de la compagnie Britannia Building.

— Bien. Lancez un avis de recherche. Gares, aéroports et ports. Signalement complet. Et dégotez-moi le taxi.

Troy s'empara du téléphone. Barnaby abandonna l'inspection du placard et se mit en quête du passeport de Latham. Il commença par la bibliothèque. Il savait que c'était la bibliothèque parce qu'il y avait des reliures rouge et or collées sur les étagères. Il y avait aussi un portrait encadré de Shakespeare, la plume en l'air, qui contemplait d'un air lugubre un astrolabe. Mais il s'attaquait à peine au bureau Chippendale que Troy l'appelait de nouveau. L'inspecteur revint dans la chambre, irrité.

— Pour l'amour du Ciel, mon vieux! Vous ne pouvez pas vous... – Puis il remarqua l'expression de Troy. – Qu'est-ce qu'il y a? Qu'est-ce qu'il se passe?

— Je crois que vous devriez entendre ça vous-même, monsieur, dit le sergent qui lui passa l'appareil.

*

*   *

Les bureaux de Brinkley et Latham étaient presque désertés. La réceptionniste était encore là, les yeux très rouges et gonflés d'avoir pleuré. Une corbeille à papiers à ses pieds était remplie de mouchoirs trempés. Quand Barnaby et Troy arrivèrent, elle commença à parler puis se remit à pleurer. Ils se dirigèrent vers le bureau principal.

Leo Fortune était dans son réduit, le regard perdu dans le vague. Son bureau était encombré de papiers, de notes et de lettres comme si, tout récemment encore, il avait été fort affairé. Il y avait aussi une tasse de thé froide avec une pellicule figée à la surface.

Quand Barnaby dit : « Monsieur Fortune ? », il leva la tête avec effort comme si elle était de pierre. Il paraissait avoir vieilli de dix ans, sa bouche n'était qu'un pli irrégulier et pitoyable.

— C'est une bien triste affaire, monsieur.

— Vous l'avez trouvée ?

— Trouvée... ?

— La fille Lawson. – Sa voix cassée résonnait dans tout le bureau. – Vous l'avez arrêtée ?

— J'ai besoin de clarifier certaines choses. Le message que j'ai eu...

— Qu'est-ce qu'il y a à clarifier ? Vous savez ce qui s'est passé. Vous savez qui est responsable.

— J'ai quand même besoin de...

— Vous n'avez rien fait ?

— Calmez-vous, monsieur, suggéra le sergent Troy.

— Me calmer ?

Il les regarda, ahuri, l'un après l'autre, masque d'incrédulité qui frisait le tragique. Ce qui, aux yeux de Troy, le rendait comique. Il se détourna et chercha son calepin.

Barnaby devina que l'homme s'efforçait de retenir ses larmes. Il dit à mi-voix :

— Si vous pouviez nous donner quelques détails, monsieur Fortune?

Puis il s'assit dans le fauteuil confortable qui faisait face à l'ancien bureau de Dennis. Sa présence flegmatique et le silence qui envahit la pièce petit à petit permirent à Leo Fortune de se ressaisir.

— On a volé de l'argent sur presque tous les comptes gardés ici. Des milliers de livres. Des centaines de milliers.

— Mais vous êtes assurés?

— Bien sûr, forcément. N'empêche, nous sommes finis. Quand vous vous occupez de l'argent des autres, une fois que la confiance n'existe plus, c'est fichu. Dieu sait ce que va dire Mme Latham.

Ce n'était peut-être pas le moment d'annoncer que Gilda était en soins intensifs et qu'elle risquait de ne pas passer la journée.

— Avez-vous un moyen de retrouver une trace de l'argent?

— Il doit être sorti du pays à l'heure qu'il est. Des fonds à l'étranger, insaisissables. Sur des comptes fantômes, probablement.

— Fantômes? – Barnaby leva brusquement la tête. – Comment ça marche?

— C'est une vieille arnaque. Vous trouvez la tombe d'un enfant, du même sexe que vous, et qui aurait à peu près le même âge. Vous demandez une copie de son acte de naissance. Avec ça et une photo récente, vous demandez un passeport. Vous pouvez alors ouvrir un compte et commencer à y déposer de l'argent. Et le propriétaire de ce compte ne peut pas être pisté parce qu'il n'existe pas. D'où le fantôme.

— Ce n'est certainement pas aussi simple que ça.

— Si c'était le cas, dit le sergent Troy, tout le monde en ferait autant.

— Il y a un risque. Les procédures de vérifications ont été renforcées, surtout quand les documents présentés sont des copies. Et vous pouvez vous attirer de sérieux ennuis simplement pour avoir essayé.

Barnaby fut brièvement distrait par le téléphone à la réception. Il avait sonné assez souvent depuis leur arrivée. Était-ce normal ou les nouvelles de la catastrophe avaient-elles déjà transpiré ? Avec les employés affolés lâchés dans la nature, ce ne serait guère étonnant.

— Allez-vous fermer le bureau, monsieur Fortune ?

— J'hésite. Si je ferme, on croira que j'ai fichu le camp. Et si je ne ferme pas, quand la nouvelle s'ébruitera, on va être lynchés.

— Vous n'allez pas prévenir personnellement les gens ? demanda le sergent Troy.

— Bien sûr que si. – Il agita une feuille de papier ministre. – C'est ce que j'ai fait toute la journée. Essayer d'avertir les clients qu'un incident fâcheux s'était produit sans leur révéler l'étendue de la catastrophe.

— Manœuvre avisée, approuva Barnaby.

— Alors vous voyez pourquoi je vous ai sauté dessus pour que vous arrêtiez la fille Lawson. Chaque minute compte.

— Nous ne pensons pas que Polly Lawson soit responsable de cela, monsieur.

— Pas... ? Mais elle doit l'être. Je veux dire... on sait ce qu'elle a fait. Vous avez dit vous-même...

— Nous croyons que ces vols n'ont rien à voir avec l'incident précédent.

— Comment cela? – Leo avait l'air vraiment malade. Aussi terrible que soit la situation, il avait cru que la police tenait au moins un nom. Un point de départ pour démarrer les recherches. – Je ne comprends pas.

— Vous vous souvenez de notre conversation, il y a quelques jours? Quand Andrew Latham nous a rejoints et qu'il s'est trouvé mal?

— Bien sûr.

— Et ça s'est produit à quel moment de notre conversation?

— Nous parlions du poissonnier. Comment il avait identifié Polly Lawson.

— Pourquoi, à votre avis, ceci a provoqué une réaction pareille?

— Comment je le saurais? – Fortune posa les coudes sur le bureau, se couvrit les yeux et gémit. – Je ne sais plus rien de rien. Je ne sais même pas quel jour on est. – Puis il releva brusquement la tête. – En revanche, je sais que je n'ai pas le temps de jouer aux devinettes. Alors, dites franchement ce que vous avez à dire. Ou allez-vous-en!

*
* *

On retrouva Latham avant la fin de la journée. La photo fut d'un grand secours. Un cliché où il souriait avec sa femme, pris des années plus tôt. Gilda dûment effacée, la police l'avait fait circuler dans l'heure. L'édition de midi de *l'Evening Standard* lui consacrait sa première page. Le taxi noir avait aussi été retrouvé très rapidement. Le chauffeur avait conduit Latham à South Ruislip; la station de métro la plus proche de Bunting St Clare.

Là, il fut reconnu car il avait usé de son charme, sans grand effet, sur l'employée préposée aux billets. Il avait pris un aller pour Londres via High Wycombe. Il était, paraît-il, d'une humeur exceptionnellement joyeuse. À croire, ajouta l'employée, qu'il avait gagné à la loterie.

Ignorant complètement que la police s'intéressait à lui, Latham avait voyagé ouvertement et, dommage pour les rêveries romantiques de Troy, sans se déguiser. Il fut arrêté vers quatre heures à Waterloo, au moment où il tentait d'embarquer dans le train pour Southampton. À six heures, il était assis dans une salle d'interrogatoire au commissariat de Causton, ayant refusé, avec une expression de complet ahurissement, la présence d'un avocat. Deux policiers en civil étaient installés à la table où étaient posés un dossier et une grosse enveloppe. Il reconnut les deux hommes avec aigreur; c'étaient eux qui s'étaient présentés chez lui quelques jours plus tôt et qui l'avaient mis dans la merde.

S'ils avaient su quelque chose alors, ils l'auraient arrêté. Donc que savaient-ils aujourd'hui? Que pouvaient-ils savoir? Il y avait un ou deux détails qu'une chasse astucieuse pouvait déterrer. Mais il fallait savoir ce qu'on cherchait; or, ils savaient que dalle.

On lui avait lu ses droits. On ne pouvait le contraindre à parler, donc il était en position de force. Rien de tel que la force du silence.

— Vous partiez en vacances, monsieur Latham?

Andrew sourit.

— Tout seul? – Barnaby marqua une pause. – Peut-être deviez-vous retrouver quelqu'un plus tard? – Rien. – En France, peut-être? – Rien.

— Où avez-vous pris l'argent? demanda le rouquin maigrichon.

— Ça vous regarde pas. – Zut, c'était une erreur! Il aurait dû répondre : « Quel argent? » – C'est qu'ils sont lestes pour piéger et provoquer.

— D'après nos renseignements, vous ne touchez pas de salaire régulier.

— Et c'est Mme Latham qui tient les cordons de la bourse.

— Elle vous donnait de l'argent de poche chaque semaine, je crois.

— Très peu.

— Alors, où avez-vous pris l'argent?

— Quel argent?

Le gros ouvrit le dossier et en sortit des papiers qu'Andrew reconnut immédiatement. On lui avait pris son sac quand il était arrivé, contre un reçu comme si, allez savoir pourquoi, ça rendait le fait acceptable. Manifestement, on l'avait fouillé. Ce n'était sûrement pas autorisé sans un mandat spécial, si? Et s'ils avaient enfreint la loi, cela ne signifiait-il pas que toute preuve ainsi découverte serait irrecevable? Andrew regretta alors d'avoir refusé l'avocat.

— Vous êtes autorisés à faire ça?

— Il y a ici un crédit de quatre cent mille livres. – Rien. – Aviez-vous une raison particulière d'ouvrir un compte à l'étranger? – Rien. – Comme protection contre le fisc, sans doute?

Andrew haussa les épaules. Une fois qu'il eut surmonté le choc que lui avait causé l'énoncé détaillé de sa fortune récemment acquise, il comprit d'autant mieux l'importance de son silence.

Il ne devait surtout pas se laisser entraîner dans le circuit question-réponse quand ils revenaient à la charge, traquant la faille ou la contradiction pour lui sauter dessus. Il allait camper sur ses positions et se la fermer. Dieu sait s'il avait de l'entraînement.

— Qu'est-ce qui vous a fait choisir aujourd'hui pour disparaître, monsieur Latham?

— C'était bien une disparition, non?

— Pas un simple voyage au «gai Paris».

Gai Paris? Ben voyons! C'était Cherbourg, une bagnole, la Provence, et l'Italie. Sorrente, Positano, Capri. Tous les endroits où il avait prétendu autrefois posséder des biens immobiliers. Sauf que la villa serait pour de vrai, cette fois.

— Peut-être qu'on commençait à brûler dans l'enquête sur la mort d'Ava Garret?

— *L'Écho de Causton* ne parlait que de ça.

— Comment elle a retrouvé son assassin à Northwick Park.

Andrew adopta une expression de totale stupéfaction. Pas commode parce que c'était justement cette série d'événements qui avait provoqué sa fuite.

— Tôt ou tard, il se présentera un témoin qui vous a vu.

— Ou votre voiture.

— Ça se remarque, une voiture jaune.

À ce moment, une femme policier divinement jolie entra avec un plateau de thé et des sablés. Dieu! Voilà qui réchauffe le cœur! Il perdit brièvement les pédales. Il lui sourit chaleureusement mais elle ne quittait pas des yeux le plus jeune des enquêteurs qui lui adressait un sourire encore plus chaleureux.

— Abby Rose, vous êtes une étoile.

Abby Rose! Andrew enregistra le nom. Il pouvait se la payer maintenant. Une fille comme ça.

Le thé était bouillant et insipide. Les policiers n'y touchèrent pas et changèrent de tactique. Maintenant, c'était Dennis qui les occupait. Dennis la Menace, à ce qu'il paraissait. S'il s'était occupé de ses oignons, celui-là, il serait en vie à l'heure actuelle. Allégé d'un million, c'est vrai, mais vivant.

De quoi s'agissait-il? On lui tendait un imprimé des Télécom. Son numéro y figurait parmi quelques autres. Ainsi que l'heure et la date de l'appel. Mais cela ne leur apprendrait pas ce qui s'était dit. Et sans ça, leur information était insignifiante. Il sourit poliment et rendit le papier.

— Quelle coïncidence, monsieur Latham.

— Peut-être vous souvenez-vous d'avoir parlé de cette même soirée avec nous récemment dans votre bureau?

— Quand vous avez eu ce malaise désagréable.

— Vous étiez sonné, si mes souvenirs sont bons, monsieur.

— Vous n'avez pas mentionné cette conversation téléphonique.

Il n'avait pas pu s'empêcher d'appeler, Dennis. Il s'était justifié, enfin. En mesure de prouver que toutes ses histoires à propos de la lampe-serpent étaient fondées. Pas de triomphalisme, Dennis n'en aurait pas été capable. Mais vachement content, à sa façon pépère. L'imbécile, l'imbécile!

Parce qu'il avait vu qui c'était. Il connaissait la femme. La famille habitait Forbes Abbot. Il se chargeait de régler l'affaire au mieux, avait-il assuré avec le plus grand sérieux. Mais Andrew ne pouvait laisser passer ça. L'enjeu était bien trop considérable. L'argent, naturellement. L'amour aussi (quoique pas pour lui). Et, plus important que tout, la liberté, sans laquelle les deux premiers ne laissent qu'un goût de cendres dans la bouche.

Maintenant, il maudissait l'indolence dont il avait fait preuve durant ce dernier mois. Il aurait eu le temps de planifier soigneusement son départ. Il aurait pu se procurer un autre passeport. Sous un autre nom. Se créer un personnage totalement différent. Mais comment aurait-il pu savoir que Dennis déciderait de jouer les Sherlock Holmes? Ou que cette crétine – alors, là, quelle crétine! – aurait des visions qui mettraient en péril toute l'entreprise?

L'interrogatoire recommençait; le costaud se répétait. Andrew fronça les sourcils, pencha la tête, feignant la bonne volonté.

— Et nous croyons que cet appel tardif...

— Que vous n'avez pas jugé bon de mentionner...

— A entraîné directement sa mort.

Prouvez-le. Allez, chiche!

— Quand Brinkley est parti pour le bureau, le lendemain matin, vous êtes entré dans la maison et vous avez saboté une des machines.

Andrew ne put se retenir. – J'ai traversé les murs, c'est ça?

— Non. Nous pensons que vous avez utilisé ceci.

Il renversa l'enveloppe qui contenait un tas de pics, datant de l'époque où il était un minable voleur. Gilda, qui n'avait pas la moindre idée de leur usage, les avait découverts dans une vieille boîte. Elle les avait trouvés « pointus, fascinants » et avait eu envie de les faire monter en collier.

Allait-il nier que ces objets lui appartenaient ? À quoi bon, puisqu'il n'avait pas été capable de réprimer un sursaut d'inquiétude quand ils avaient été lancés sur la table. Pourtant, prouver que les pics lui appartenaient, c'était une chose. Prouver qu'il s'en était servi pour pénétrer dans la maison de Brinkley, c'était autre chose. Andrew se mit à respirer lentement et calmement. Le rouquin replaça les pics dans l'enveloppe en les tenant dans un mouchoir propre.

— Ils ne sont pas encore passés par la police scientifique.

— Et nous fondons de grands espoirs sur la police scientifique.

— Apparemment, la serrure de la cuisine avait été huilée quelques jours avant.

Ça, c'était un piège. Parce que ce n'était pas vrai. Il s'était assuré que rien ne pouvait marquer. Il avait vérifié la poignée. Et ils ne seraient pas en mesure de produire de témoin surprise. Après s'être garé tout au bout du village, à la lisière d'un champ désert, il s'était assis sur le banc en face de la maison, en s'abritant derrière *le Times* jusqu'à ce que la voie soit libre. Puis, il était entré à la vitesse de l'éclair et ressorti en redoublant de prudence.

— Ce n'est pas sorcier de saboter la machine, monsieur Latham. Vous l'avez déjà vue, je crois ? – Silence. – Mais ce que j'ai eu du mal à comprendre, c'est comment Dennis Brinkley a pu être poussé à tirer sur la corde pour libérer le boulet qui l'a tué.

— Ouais, ça nous a vraiment intrigués.

— Il a dû s'apercevoir qu'on avait déplacé le trébuchet...

— Il y avait des marques partout sur le plancher.

— La chose était mystérieuse, on pourrait même dire suspecte. Pourtant, sans essayer d'examiner...

— Et alors qu'il aurait pu remarquer l'altération de la rampe...

— Il a tiré sur la corde.

— Alors qu'est-ce qui aurait pu l'amener à faire ça?

Andrew soupira et secoua la tête d'un air solennel. Manifestement, la chose était tout aussi mystérieuse et suspecte à ses yeux. Si seulement il avait pu être d'un quelconque secours...

En fait, la clé de tout le stratagème se trouvait dans l'obsession que Dennis entretenait pour l'ordre, sa tendance à redresser, à ranger. Andrew avait laissé la corde accrochée par un nœud, avec l'extrémité lâche. Dennis serait forcé de la dénouer. Mais pour atteindre le nœud, il fallait qu'il se penche sur la machine et qu'il tire. La corde avait été très précisément placée; trop haut pour pouvoir l'attraper autrement. Andrew était assez fier de ce tour astucieux. La police ne comprendrait jamais. Et même s'ils devinaient, alors quoi? Depuis quand une devinette tenait-elle devant un tribunal? Il fallait des preuves solides, et jusqu'ici ils n'avaient que dalle. En conséquence, soit ils devaient le laisser partir, point final, soit le libérer sous caution. Auquel cas, Sorrente, me voilà!

Il s'écoula encore une heure avec questions-réponses du même acabit, puis ils firent une pause.

*
* *

Les deux interrogateurs ayant quitté la pièce, on proposa à Andrew de manger quelque chose, sans doute était-ce le règlement, au bout d'un certain temps. Malheureusement, ce ne fut pas la ravissante Abby Rose mais un jeune constable boutonneux qui apporta le plateau, le posa et s'en alla, en laissant la porte ouverte. Andrew l'apercevait assis sur une chaise dans le couloir. Le repas était assez savoureux : du hachis Parmentier avec des petits pois et une portion de flan. Il demanda à aller aux toilettes, qui étaient exiguës et sans fenêtre. Pour se faire la belle, c'était raté ! Puis il passa le reste du temps seul, à récapituler les événements et à rassembler ses forces pour les questions à venir. Du côté de Brinkley, l'affaire paraissait en béton. Son seul lien éventuel avec le meurtre – cet appel téléphonique tardif –, la police l'avait déjà découvert et il ne leur avait servi à rien. Mais Ava Garret ?

Il se rappelait avec une netteté parfaite le moment où à la radio elle avait commencé à décrire les lieux du crime. La salle, les hautes fenêtres étroites, les machines. Elle savait même comment Dennis était habillé ; la couleur de ses cheveux. Si ce bébé n'avait pas commencé à pleurer...

Jusque-là, Andrew, assis sur un tabouret en train de siroter son café, s'en était payé une bonne tranche aux dépens de la médium. Puis était venu le choc. Violent, comme un grand coup de poing en pleine poitrine. Il était tombé en arrière, la respiration coupée. Le café s'était renversé, lui brûlant les jambes, tachant le sol.

Ses doigts tremblaient tellement qu'il n'avait pu éteindre la radio.

Il avait ramassé les débris de la tasse, les avait jetés à la poubelle, puis était resté là, les bras ballants, parmi les flaques de liquide brunâtre, incapable de retrouver son souffle. On aurait dit qu'une chose énorme, féroce, était entrée dans la pièce et dévorait l'air environnant. Clairement dessinée devant ses yeux comme sur une carte, il vit la fin de tout. Adieu, argent, soleil, sexe, sable ! Adieu, paysages dorés et sans ombre, vie d'éternelle débauche.

Une médium authentique. Il n'avait jamais cru que ça puisse exister. Un peu plus tard, quand il avait commencé à réfléchir plus raisonnablement, il s'était rappelé plusieurs occasions où des médiums avaient aidé la police. Ils avaient même retrouvé des corps.

En remplissant l'évier et en sortant de l'eau de Javel pour nettoyer le plancher, il essaya de maîtriser la peur panique que le choc avait déclenchée.

Selon son point de vue, il avait les mains propres. Certes, il avait trafiqué la catapulte géante et poussé l'autre dans une situation périlleuse, mais c'était Brinkley qui avait accompli le geste ultime. Même les obsessionnels sont libres ; il avait pris la mauvaise décision. Objectivement, on ne pouvait parler de meurtre.

Pourtant, cette femme était en mesure de le faire coffrer, pour des années peut-être. Des années dont il ne disposait pas, à cause des dix ans passés à ramper comme un lâche, acheté par le père de Gilda avec le butin de sa ferraille.

Dennis était mort de façon indirecte, pour ainsi dire. Empêcher Ava de parler serait plus...

L'expression « les mains sur » lui vint à l'esprit et il la rejeta, horrifié. Pas question de tuer à mains nues. Il n'en avait pas le cran. Il n'était pas du genre violent.

Il s'assit et réfléchit longuement ; il eut tout juste le temps de disparaître sans laisser de trace avant le retour de Gilda. Caché derrière l'église de Bunting St Clare en attendant l'heure de rentrer chez lui, il se souvint alors du méthanol. Il l'avait conservé depuis des années. Quelqu'un dans le milieu louche qu'il fréquentait jadis avait fait allusion à l'efficacité du produit et lui avait donné les « restes », comme il avait dit sinistrement.

Andrew, qui éprouvait dans une égale mesure intérêt et répulsion, avait gardé le flacon sans étiquette sans se demander pourquoi. Il ne s'en serait jamais servi pour Gilda. Prendre des risques sans aucun avantage financier, ce n'était décidément pas son truc. Peut-être le gardait-il pour lui-même. Quand il serait trop vieux et trop usé pour courir le jupon ; trop croulant pour quitter la maison. Être enfermé avec Gilda vingt-quatre heures sur vingt-quatre, il y avait de quoi pousser le plus patient des hommes à se foutre en l'air. En tout cas, quelle que fût la raison, le flacon était toujours dans la cabane du jardin, sur l'étagère des désherbants.

Chose curieuse, à peine s'était-il rappelé son existence que des scénarios variés s'étaient bousculés dans sa tête. Étonné et impressionné, car il n'était pas d'une nature inventive, Andrew avait décidé de considérer la fertilité de son imagination comme un bon présage.

La première étape, évidemment, consistait à prendre contact avec cette voyante. De la cabine la plus proche, il essaya les renseignements, en donnant le nom et pour seule précision la région de Causton. Pas de chance. Il appela à *L'Écho*; on lui communiqua le numéro de l'agent, un certain Footscray. Encore moins de pot. Andrew avait à peine eu le temps d'ouvrir la bouche que Footscray lui raccrochait au nez. Restait le studio.

Tout en inscrivant le numéro, il reconnaissait que les chances étaient minces : on n'allait pas le gratifier de renseignements personnels sur un invité de l'émission. Il était sur le point de composer le numéro lorsqu'il eut une idée géniale. Pourquoi ne pas prétendre qu'il travaillait pour cette institution honorable et universellement respectée qu'était la BBC? Une station de radio tenue par des adolescents ratés et des *has been* qui n'avaient plus rien à perdre, voilà qui allait les impressionner. Et le coup marcha. Il y eut un petit silence gênant quand on lui demanda son nom. Andrew remarqua alors une publicité pour des cours d'informatique juste sous son nez. Il dit « Chris Butterworth ». Les dés étaient jetés.

Ayant deviné les idées de grandeur d'Ava, sa soif d'attention et son manque total de conscience de soi durant l'interview, Andrew ne doutait pas qu'elle accepterait de le rencontrer. La faire sortir de chez elle s'était révélé un jeu d'enfant. De même, lui donner des indications sur son portable, la rattraper juste avant qu'elle prenne le train.

Où allait-il l'emmener? Le problème était déjà moins évident. Uniquement pour satisfaire à la symétrie, il avait été tenté par l'hôtel Peacock. Sa bonne fortune avait commencé à cet endroit quelques semaines auparavant, grâce à une rencontre de hasard. Il aurait été plaisant de boucler la boucle dans les mêmes lieux. Mais il fréquentait souvent l'hôtel et on pouvait le reconnaître. Le bon sens le dissuada.

Autrefois, avant sa rencontre avec Gilda, Andrew sortait vaguement avec une femme qui habitait à Northwick Park. Une banlieue anonyme, donc des restaurants anonymes. Il décida d'y emmener Ava. Naturellement, tout avait changé, mais le quartier offrait toujours de nombreux cafés et restaurants. En chemin, il hésitait entre un endroit très animé où ils passeraient inaperçus, et une salle presque vide avec seulement un serveur et un type à la caisse qui risqueraient de se rappeler leur visite. Finalement, il choisit un petit restaurant grec, le café Trudos. Là, Andrew connut le mauvais côté des deux situations, car il n'y avait pas un chat à leur arrivée et foule quand ils s'en allèrent.

Ava n'avait pas arrêté de parler. Il s'était tracassé pour rien en pensant devoir répondre à des questions embarrassantes sur son travail à la BBC. Elle ne lui demanda qu'une fois son avis : comment valait-il mieux la présenter? Pas de décor quelconque, et il fallait absolument que son interlocuteur soit une étoile d'une certaine magnitude. Elle lui demanda aussi de contacter Michael Aspel et d'expliquer qu'Ava n'appréciait pas les surprises.

Au bout d'une demi-heure, Andrew n'était plus gêné outre mesure à l'idée de liquider un être humain. Le miracle, se disait-il, c'était qu'on ne l'ait pas fait plus tôt.

Il s'était demandé avec inquiétude comment il s'y prendrait pour lui administrer le méthanol. Mais son plan – le verser dans son verre à lui, qu'il prévoyait de cacher sur ses genoux, puis faire l'échange – se déroula à la perfection. Pour distraire son attention, il n'avait qu'à dire : « Ce n'est pas Judi Dench qui est là-bas ? » (Ben voyons !) Et voilà qu'Ava, bouche bée, se dévisse le cou, se retourne, se lève même, puis se rassied, déçue. Andrew s'excusa de son erreur mais elle lui en tint rigueur. Il chercha à se faire pardonner en lui servant un ragot inventé sur Esther Rantzen. Elle ne voulut rien savoir.

En sirotant sa petite tasse de café sucré et boueux, Andrew expliqua qu'il fallait songer à s'en aller car il devait être au studio à huit heures. Elle le prit très bien, encore heureux, d'ailleurs, puisqu'on venait de lui proposer de présenter un documentaire sur le spiritisme victorien. Il régla la note, le serveur aida Ava à mettre son manteau. Profitant de cet instant de distraction, Andrew lui vola dans son sac le portable qu'il détruisit ensuite en l'écrasant avec sa voiture.

En la raccompagnant jusqu'au quai du train d'Uxbridge, il guettait avec inquiétude les signes de malaise. Il n'avait guère eu le loisir de potasser les effets du méthanol et ignorait le temps de réaction du poison. Peut-être avait-il eu de la chance que le dîner se soit terminé sans qu'elle s'écroule le nez dans la feta. À l'extrême inverse, il se pouvait que le méthanol soit périmé, auquel cas elle se réveillerait demain matin avec un léger mal de tête et tout serait à recommencer.

Sauf qu'il ne recommencerait pas. Il avait pris son courage à deux mains, et une fois, ça suffisait. Tant pis pour l'argent qui restait à encaisser, il s'en irait, non, il s'enfuirait, aussi loin et aussi vite que le vent le porterait.

Les policiers revenaient. Le plus âgé, l'inspecteur, entra en premier. À son expression,

Andrew devina qu'il s'était passé quelque chose. Quelque chose de fâcheux. Il se leva en repoussant sa chaise qui grinça sur le sol en ciment.

*

* *

Barnaby contemplait le soleil couchant par la fenêtre de son bureau. Depuis le jour le plus long, huit semaines s'étaient déjà écoulées, et les soirées s'allongeaient insidieusement.

Le sergent Troy enfila sa veste, consulta sa montre. Il jeta un regard au chef, en se demandant si un petit mot guilleret ne risquait pas d'être mal pris.

Le profil de Barnaby n'était pas facile à déchiffrer. Aujourd'hui, il était fermé, impénétrable. Cette impassibilité se révélait effrayante parfois, ce qui était étrange, car elle ne dissimulait rien d'inquiétant. Et elle était trompeuse. Troy se souvint d'un soir où il était venu voir le chef, il l'avait trouvé assis tout droit dans son fauteuil pivotant en cuir, montrant le même profil impénétrable, et il dormait à poings fermés.

Pour l'heure, il devait être tout simplement crevé. Même Troy se sentait fatigué et il avait vingt ans de moins. Barnaby était un vieux cheval fourbu, couturé de cicatrices. Lui-même, en comparaison, était un jeune étalon bouillant caparaçonné avec à peine une égratignure sur sa robe luisante.

L'après-midi avait été dramatique, sinon tout à fait stérile. Après la pause, quand ils eurent avalé avec lassitude ce qui restait à la cantine, un repas tiède trop cuit et de la gelée verte avec du raisin, que Troy eut fini son paquet de Benson's qu'il jeta dans la poubelle de la cour, ils avaient regagné la salle d'interrogatoire pour découvrir que, finalement, Latham s'était décidé à demander un avocat.

Malgré le retard qui s'ensuivit, la requête ne déplut pas à l'inspecteur. Cela signifiait que, quand on en venait aux questions sur Ava Garret, Latham était loin d'être aussi sûr de lui qu'il le paraissait ce matin. Non que son *modus operandi* ait beaucoup varié. À part quelques chuchotements de temps en temps audit avocat, il persista dans son silence.

Comme il n'obtenait pas de réponses à ses questions, Barnaby décida de changer de tactique. Il allait décrire le meurtre de Dennis Brinkley tel qu'il l'imaginait et observer les réactions de Latham.

Il n'apprit pas grand-chose. L'autre écoutait avec un petit sourire, en fronçant les sourcils ou en secouant la tête. À aucun moment il ne parut surpris, mais il réagit malgré lui quand Barnaby en vint pour la seconde fois à la scène étrange dans le bureau de Leo Fortune.

— Qu'est-ce qui vous avait contrarié, monsieur Latham? Au point que vous ayez dû quitter l'immeuble?

Latham haussa les épaules.

— Et si je vous disais ce que je crois?

L'autre ouvrit les bras du même air résigné que prend un vendeur de marché aux puces quand vous lui rapportez une marchandise non conforme.

— C'est parce que vous avez découvert que la personne aperçue par Brinkley la veille de sa mort était Polly Lawson.

À ces mots, Latham devint mortellement pâle. Des gouttes de sueur perlèrent à son front ; ses aisselles s'auréolèrent de demi-lunes sombres.

— Et non, comme vous l'aviez cru, la femme qui était votre complice.

Latham sortit un mouchoir et s'épongea la figure.

— Cela pourra peut-être vous intéresser d'apprendre qu'Ava Garret n'a eu aucune vision du meurtre de Dennis Brinkley. Si elle a été en mesure de décrire les lieux, c'est parce que quelqu'un dans l'assistance lui avait fourni toutes les informations.

Latham était maintenant blanc comme un linge, et il se balançait légèrement comme si on le poussait. Son avocat devint attentif ; il réclama à boire.

— Alors, quel effet ça fait, insista Barnaby, d'avoir tué deux personnes pour rien ?

Sur ces entrefaites, les protestations de l'avocat furent interrompues par un policier en tenue qui apportait un message. Le sergent Troy lui demanda d'aller chercher de l'eau et Barnaby, après avoir lu la note, fit signe d'éteindre le magnétophone.

— Malheureusement, j'ai une mauvaise nouvelle à vous annoncer, monsieur Latham.

Il prononça la phrase machinalement, comme il l'avait fait des centaines de fois pendant trente ans, le boulot se prêtant naturellement à ce genre de situation. La suite provoquait invariablement chagrin et désespoir. La peur, parfois. La rage, souvent. Mais posséder le pouvoir d'infliger un tourment aussi cruel et raffiné que celui qu'il allait infliger aujourd'hui était chose nouvelle pour lui. Sa voix ne trahit pas le moindre atome de sympathie quand il poursuivit :

— Nous venons d'apprendre de l'hôpital de Great Missenden que votre femme est décédée.

Barnaby ne s'en tint pas là. Il relata les circonstances de l'admission de Gilda, la conversation qu'il avait eue avec le notaire de la famille. Latham apprit qu'il avait été le seul bénéficiaire du testament de sa femme; qu'il avait été remplacé par la Ligue Protectrice des Chats. Que vu l'état de santé de Gilda, un collapsus était à prévoir. Et que s'il avait divorcé, étant donné les circonstances, n'importe quel tribunal lui aurait accordé des dommages et intérêts.

Lorsque l'inspecteur eut achevé, Latham était pratiquement méconnaissable. On aurait dit, comme le sergent Troy le fit remarquer plus tard, qu'il s'était vidé de son sang. De son sang mais pas de sa bile. Après quelques secondes, sans crier gare, un liquide jaune jaillit en l'air et retomba sur le magnétophone.

— Monsieur? – La voix de Troy ramena Barnaby au présent. – Vous croyez qu'on va avoir des témoins pour ce qui s'est passé à Northwick Park?

Barnaby en était persuadé.

— On a fait circuler des clichés des deux ainsi que le signalement et des photos de sa voiture. Quel que soit l'endroit où il l'a emmenée, il y a bien quelqu'un qui se souviendra.

— Pas étonnant qu'il ait paniqué quand on l'a coffré.

— Pour l'instant, c'est un homme fini. Si on le pousse un peu, il va craquer, probablement. De plus, il y a la question de sa complice. On peut lui faire miroiter une éventuelle réduction de peine s'il est prêt à la trahir.

Le sergent Troy, qui avait boutonné sa veste, la redéboutonna, puis la reboutonna. Il examina son plastron de chemise, frotta les bouts de ses chaussures avec le bas de son pantalon et commença à se peigner.

Barnaby se mit à rire.

— Elle vous emmène faire la connaissance de sa mère ?

— Je vous saurais gré de ne pas mentionner les mères, dit Troy. Ni le mot Sproat.

Il renifla l'intérieur de sa veste.

— Ne faites pas ça. On dirait la cage des singes au zoo.

Mais Troy était déjà parti, vite, sans même un bonsoir.

Barnaby retourna à la fenêtre et à sa contemplation du ciel qui s'obscurcissait, « au déclin du jour ». Il était toujours frappé par la mélancolique beauté de l'expression, aussi rebattue qu'elle soit.

Bien qu'il se défendît de s'appesantir sur le sujet, il songeait de plus en plus à sa retraite. Il allait saisir la première occasion qui se présenterait sans risquer de perdre sa pension. Il aurait pu encore servir cinq ans mais Joyce avait été très contrariée quand il en avait avancé l'idée et Cully avait farouchement soutenu sa mère. Il comprenait leur point de vue, il n'aurait pas aimé qu'il en fût autrement. L'amour, ça implique que les autres ont des droits sur vous.

Il y avait plus de six mois à courir avant la date fatidique mais on l'interrogeait déjà sur ce qu'il ferait. Barnaby ne savait jamais que répondre. Il aurait aimé dire « rien » mais il savait que ce serait certainement mal vu. Et chacun d'y aller de son histoire sur le retraité en bonne forme physique, financièrement à l'aise, psychologiquement mort. Au bout de six mois, il mange les pissenlits par la racine, c'est la chute favorite de l'histoire.

Barnaby ne savait pas ce qu'il ferait. Il ne deviendrait pas collectionneur. Il ne s'embourberait pas dans le désert technologique des puces électroniques. Pas plus qu'il ne se mettrait à porter le short et la casquette de base-ball à l'envers. Il ne jouerait pas les adolescents attardés. Pas de marathon ni de jeux de ballon ni, Dieu l'en préserve, de golf. Pas de bridge ni rien qui l'oblige à rester vissé sur une chaise pendant des heures à se chamailler avec de vieux ronchons. Pas de chirurgie esthétique, son double menton pouvait rester où il était. Et, surtout, pas de boules !

Il en connaissait, des types de ce genre. L'autre jour, il était tombé sur un ancien collègue. Ils avaient échangé quelques mots et Barnaby avait proposé d'aller prendre une petite mousse au Magpie. L'autre avait refusé. En se vantant d'être débordé, il avait énuméré toutes les choses qui lui restaient à faire avant de se coucher, puis avait disparu comme le lapin blanc d'Alice, en agitant sa montre et en la portant à son oreille.

Barnaby s'était senti vaguement déprimé à la suite de cette rencontre. Il se savait incapable d'encombrer sa vie d'activités qui ne lui procuraient aucun plaisir, à seule fin d'échapper au vide et à l'ennui. Quelle perspective aride, squelettique ! Et tout ça pour éviter de voir le sable couler dans le sablier.

En Orient, on s'y prenait autrement. Le premier tiers de la vie, on le passait à apprendre à vivre, le deuxième à devenir propriétaire et à élever une famille. Enfin, on se retirait dans une hutte dans la forêt pour méditer sur le sens de la vie, dissoudre peu à peu son ego et apprendre à mourir. Cully lui avait raconté tout ça un soir. Il râlait d'être obligé d'avaler des pilules pour la tension et elle avait cherché à le convaincre que la relaxation profonde était une bonne solution.

Barnaby s'imaginait très bien assis, jambes croisées, un pagne pour tout vêtement, sous un grand noyer. Il éclata de rire, le son lui plut, et il rit encore. Cela lui fit un bien fou.

Il allait s'écarter de la fenêtre quand son attention fut attirée par un mouvement sur le perron du commissariat. Son sergent quittait le bâtiment accompagné de la constable Carter. Ils marchaient, têtes rapprochées, en pleine conversation, vers la Ford Cosworth bien-aimée de Troy. Abby Rose grimpa sur le siège du passager mais parut incapable de boucler sa ceinture. Troy hésita puis, sur le point de refermer la portière, il allongea le bras pour l'aider en gardant la position un peu plus longtemps que nécessaire.

Barnaby se détourna avant d'être tout à fait attristé par ce qu'augurait l'incident. Il sauta en pensée au lendemain. Joyce et lui iraient dîner *chez*[1] Bradley. Cully avait dit qu'il fallait fêter leur première visite en choisissant à l'avance ce qui leur plaisait. Joyce avait jeté son dévolu sur un consommé de bœuf en gelée et du boursin au poivre sur toast. Barnaby apprécierait une tourte aux rognons et à la viande avec du chou-fleur et

1. En français dans le texte.

des pommes de terre nouvelles. Ils se mirent d'accord sur un sorbet à l'abricot, qui terminerait agréablement le repas. Barnaby sentait déjà clapoter son estomac.

Oh, l'heureux homme! Le bonheur lui faisait signe. Il éteignit la lumière et rentra chez lui.

ÉPILOGUE

26

UN mois s'était écoulé depuis que l'homme soupçonné du meurtre de Dennis Brinkley avait été arrêté, inculpé et placé en détention préventive en attendant son procès qui devait se dérouler devant les assises d'Aylesbury. L'indignation soulevée par l'assassinat de l'un de ses habitants étant retombée, comme il se doit, Forbes Abbot, qui avait joui d'un bref prestige dans tous les journaux, retrouva sa routine rassurante et confortable.

L'automne s'annonçait. Des feux de joie crépitaient et l'on boudait ceux qui enfreignaient la règle « pas avant le crépuscule », à cause de la fumée. L'équipe de fléchettes du pub Horse and Hounds fixait les dates des matchs avec les villages voisins.

Les brouillards et la douce fécondité étaient à l'ordre du jour, et les fruits mûrissaient, veloutés comme les belles pommes qui étaient maintenant soigneusement calibrées et remisées dans le verger d'Appleby House. Durant ces deux dernières semaines, les employés s'étaient faits plus rares et la dernière équipe venait d'être payée.

David et Helen Morrison de Pippins Direct aidaient au chargement des cageots restants à l'arrière d'un camion qui devait les transporter au marché de Seven Dials. Mallory regardait, en tournicotant d'un air emprunté. Il avait lié vaguement connaissance avec les Morrison ces dernières semaines mais, étant donné les événements qui s'étaient déroulés dans sa vie, et leurs tâches accaparantes, les relations étaient restées limitées. Se sentant obligé d'être présent, il tint le coup jusqu'au bout, sourit et agita la main en direction du camion qui s'éloigna enfin. Ils reviendraient quand les feuilles seraient tombées, avait expliqué David, pour commencer la taille.

Seul à présent, il erra dans le verger désert, jouissant de l'espace et du silence. Jouissant aussi de sentir s'écraser sous ses pieds les fruits infestés de guêpes. Il marchait sans but dans la pâle lumière du soleil couchant, il aspirait à être consolé tout en se méprisant pour sa faiblesse et son apitoiement sur lui-même. Durant ses flâneries du soir, il luttait pour se concentrer sur les choses les plus ordinaires qu'il avait sous le nez. Il savait, bien sûr, que cet effort intense était dû au besoin d'écarter le souvenir amer de ce qu'il considérait toujours comme la trahison de sa fille. D'après Kate, il aurait mieux valu qu'il en parle mais il en était incapable et elle était assez intuitive pour laisser les choses en l'état.

Elle avait parlé avec Polly. Une semaine auparavant, elle lui disait au revoir au téléphone quand il était entré dans la pièce. Il avait entendu : « Bien sûr, chérie », et elle avait raccroché. Puis elle s'était tournée vers lui et avait dit en souriant : « Polly t'embrasse. »

Mallory n'avait pas pu ouvrir la bouche. Il avait traversé la terrasse et s'était dépêché de gagner les arbustes où il avait commencé à déterrer au hasard de pleines poignées de mauvaises herbes, à grands gestes violents. À un moment, il avait saisi un long rameau qu'il avait enroulé autour de son poignet, en tirant de toutes ses forces pour en extirper les racines. Il s'arracha en même temps la peau de sa paume.

Il préférait passer la plus grande partie de sa journée dehors, à présent, quand le temps le permettait. Il y avait toujours quelque chose à faire et il fallait qu'il apprenne. À l'occasion, il demandait conseil à Benny et se débrouillait tant bien que mal. Kate lui avait dit un jour qu'en désespoir de cause il faut cultiver son jardin. C'était une citation célèbre. Lui, il l'avait trouvée complètement débile. Il fallait vraiment être désespéré pour se lancer dans une activité aussi inutile et fastidieuse. À présent, il n'en était plus si sûr. Parfois, en arrachant et triant des bulbes de tulipes ou en récoltant des graines de lupin dans une petite enveloppe, Mallory se rendait compte qu'il avait momentanément le cœur plus léger. Il éprouvait même une sensation fugace de paix.

*

*   *

Polly était facilement retombée sur ses pieds. Elle avait atterri dans un appartement au dernier étage, à Eaton Square. Le propriétaire, un Brésilien richissime d'un certain âge, marié à une femme aussi jeune et jolie que Polly, possédait des maisons à Paris et sur la Costa Smeralda, ainsi qu'un ranch dans le Kentucky, où il élevait des chevaux. Ils n'étaient pratiquement jamais à Londres.

Polly avait trouvé cet emploi par une agence. Lorsqu'on lui annonça le montant de ses gages, à savoir quatre cents livres par mois, elle en resta bouche bée et se leva pour partir. Puis elle se rassit. Il devait y avoir des avantages substantiels avec un salaire aussi dérisoire, ce qui se révéla être le cas, en effet. Le travail n'était pas prenant, c'était le moins qu'on puisse dire. Elle devait renvoyer le courrier ou les messages téléphoniques à un bureau, boulevard Haussmann, à Paris. L'appartement devait être entretenu, les factures acquittées et, en cas de problème domestique, elle devait en informer le portier. Elle n'était pas obligée de rester à la maison. Ces tâches simples accomplies, elle avait quartier libre. Naturellement, on exigeait des références. Polly en obtint de son professeur à l'institut et fabriqua les autres sur du papier à en-tête de la Chambre des Communes volé dans l'attaché-case d'Amanda Fforbes-Snaithe. Ce furent ces dernières, elle en resta persuadée, qui firent pencher la balance en sa faveur.

Elle quitta Dalston sans regret. Quoique reconnaissante, en fin de compte, à Deborah Hartogensis pour son intervention, Polly se sentait mal à l'aise en sa présence. On n'aime guère déchoir aux yeux d'autrui. Deborah paraissait le comprendre et tâchait d'éviter Polly, en souriant timidement quand leurs chemins se croisaient. Mais elle renvoya un petit paquet de courrier, y compris une splendide carte postale des Alpes françaises. Ashley écrivait qu'il se sentait mieux de jour en jour. Mieux et plus fort. Il avait hâte de la revoir. Il l'embrassait. Polly eut toutes les peines du monde à se rappeler son visage. Elle jeta la carte.

Sa chambre dans le nouvel appartement était exiguë, sans fenêtre et meublée simplement. Les autres pièces, au nombre de sept, étaient bourrées d'antiquités et d'œuvres d'art. Les salles de bains et la cuisine étaient superbes.

Quand elle fut installée, elle chercha un moyen de gagner de l'argent. Elle prit le premier travail venu près de chez elle, pour économiser les frais de transport. Serveuse dans un bar à vin, le Calypso, sur la King's Road. Destiné à servir de bouche-trou, l'endroit se révéla si convivial et le propriétaire si accommodant sur les horaires que Polly décida de continuer à y travailler après le début du trimestre. Le salaire était ridicule mais les pourboires faramineux. Certains jours, un homme sur deux au comptoir voulait lui offrir un verre. Une fois, elle gagna près de trois cents livres en une semaine. Un repas était compris dans ses heures de service, ce qui était un avantage supplémentaire.

Ainsi occupée, elle vécut plus facilement les premières semaines de son retour dans la capitale. Elle envoya sa nouvelle adresse à Appleby House et parla deux ou trois fois au téléphone avec sa mère. Kate espérait se rendre bientôt à Londres. Jusqu'ici, pas un mot de Mallory. Polly le comprenait parfaitement, elle était même soulagée de cette séparation forcée. Son père lui manquait mais elle voyait bien désormais que son soutien constant et indéfectible – affectif, psychologique et financier –, quoi qu'elle fasse, quoi qu'elle dise, lui avait été extrêmement préjudiciable. Il n'était pas responsable. Il l'aimait et voulait qu'elle soit heureuse. Mais ce qui vous rend heureux, comme Polly l'avait appris à ses dépens, ne vous rend pas nécessairement sage.

Elle avait obtenu un prêt pour sa dernière année d'études et était farouchement résolue à ne pas demander un sou à ses parents. Les remords de leur avoir causé ce tort étaient encore vifs et cuisants. Et étant donné la situation actuelle de la City, la promesse qu'elle avait faite de les rembourser paraissait maintenant bien creuse. Mais elle pouvait au moins décrocher brillamment son diplôme. Fini le laxisme, fini les drogues, fini la spéculation.

La spéculation, surtout, n'était plus à l'ordre du jour. Plus déterminée et ambitieuse que jamais, Polly avait changé sur un point important. La cupidité excessive lui était passée, ainsi que l'envie de tromper. Tricher et mentir lui faisaient horreur. Entamée aussi, irréparablement, – elle en avait été si fière, – sa précieuse agressivité.

Mais, si elle avait pu apprendre ce qu'on disait d'elle, Polly aurait insisté clairement sur un point : il n'y avait pas eu de chemin de Damas. Elle n'avait toujours pas la fibre altruiste et ne l'aurait probablement jamais. On ne la verrait pas mettre son intelligence et sa formation au service des pauvres dans d'innommables HLM. Elle ne savait que trop à quoi pouvait mener ce genre de chose.

Billy Slaughter n'avait pas quitté ses pensées. Elle s'efforçait de se libérer de lui, de retirer son dard, mais c'était impossible. Elle se l'imaginait constamment entrant dans le bar à vin, même si le Calypso ne se trouvait nullement à proximité de la City. Elle ignorait où il habitait, ce qui ne faisait qu'augmenter son appréhension. Si c'était Knightbridge ou Sloane Square? Ou pire, s'il logeait dans une de ces magnifiques pièces montées hors de prix qui s'élevaient près de King's Road?

La nuit, devant le miroir en pied de la grande chambre, elle s'exerçait parfois à travailler son attitude au cas où ils viendraient à se rencontrer. Polie, réservée, indifférente. Une fois, haussant les sourcils d'un air interrogateur et distant, elle rit d'elle-même. Ce qu'elle n'avait jamais fait de toute sa vie.

Mais ces répétitions étaient vaines. Billy Slaughter ne se montra pas dans le bar à vin pas plus qu'elle ne le vit ni n'en entendit parler durant l'année. Quand elle commença à travailler à Gracechurch Street, au cœur de la City, elle n'entendit jamais mentionner son nom. Lorsqu'elle eut acquis l'assurance suffisante pour s'enquérir de lui, elle découvrit que personne n'en gardait le souvenir. Enfin, laissant libre cours à son imagination, elle commença à se demander s'il n'avait pas été un esprit démoniaque qu'un être de bonté inconnu avait forcé à s'incarner et à se mettre au milieu de son chemin pour la contraindre à changer de direction. Et dans la froide lumière du jour, cette idée continuait à la séduire. En effet, Polly voyait maintenant clairement quel genre de personne elle aurait pu devenir s'ils ne s'étaient jamais rencontrés.

*

*   *

Si on avait demandé à Roy Priest où il habitait, il aurait été bien en peine de répondre. Remarquez, ça lui allait bien. Pas de problème ! Mme Crudge avait concocté un petit système auquel il participait de grand cœur. Le plan de Doris couvrait toutes les éventualités. Si Roy travaillait de nuit, Karen dormait à Dunroamin et il la rejoignait directement après le travail. (Doris et Ernest n'aimaient pas l'idée qu'il rentre dans une maison vide.) Les autres jours, il accompagnait Karen jusqu'au bus scolaire et l'un des époux Crudge allait la chercher à l'heure du thé. Le week-end, Roy et Karen flottaient : le déjeuner du dimanche au pavillon, pour sûr ; le reste du temps, moitié-moitié.

Rainbow Lodge, maintenant que Roy avait fini de le repeindre et de le décorer, était un petit bijou. Il passait une partie de son jour de congé à le nettoyer et à arranger le jardin de derrière. Ernest se montrait d'un grand secours à cet égard. Son propre jardin étant déjà bien entamé par la cabane en bois, une jolie petite serre et la volière, il saisit avec joie l'occasion de « se mettre un peu de terre sous les ongles », comme il disait. Ils se plongeaient tous deux dans l'almanach du *Reader's Digest* d'Ernest, se renseignaient sur ce qu'on pouvait planter maintenant ou ce qui devait attendre le printemps. Ernest proposa de commander quelques framboisiers. Et des jonquilles. Après avoir bêché et nettoyé un carré, ils se décrottaient et allaient au pub se rincer les tuyaux.

Roy s'était senti gêné au début. Il serrait fort son demi de bière, et ne parlait que quand on s'adressait à lui. Puis, petit à petit, il se mit de la partie. Soucieux d'éviter le moindre conflit, il approuvait Untel, puis Untel. S'il y avait du foot, il se lâchait un peu, mais comme tout le monde en faisait autant, ce n'était pas grave. Mercredi dernier, il avait lancé quelques fléchettes.

Il continuait à payer le loyer de Rainbow Lodge, en liquide, à la municipalité de Causton, jugeant que si quelqu'un dans l'Hémicycle avait voulu le dénoncer, ce serait déjà fait. Et plus longtemps il habiterait là, sans loyer de retard, en entretenant la maison, plus il avait de chance d'y rester au cas où on découvrirait le pot aux roses. Dans le cas où on l'obligerait à partir, eh bien, ça serait moche mais, comme il en était venu à le penser depuis peu, ce ne serait pas la fin du monde.

Parce que désormais Roy avait une famille. Il se le répétait à chaque fois qu'il s'allongeait pour se reposer dans l'ancienne chambre d'Ava. « J'ai une famille », murmurait-il, encore et encore, et parfois même en dormant. Il y croyait de plus en plus jusqu'à ce que, petit à petit, les années passant, il finisse par comprendre que c'était vrai.

*

* *

Avec le temps, Sa Majesté la Reine Mère Elizabeth quitta cette terre. Esmeralda Footscray, immédiatement informée par son guide spirituel, poussa un grand cri : « Qu'une myriade de rayons de lumière accompagne Votre Majesté ! », sauta elle-même sur un rayon qui passait et fonça à sa suite.

George, qui plongeait un macramé dans un bain de colle, entendit le cri mais n'y prêta guère attention. Elle appelait toujours pour un oui ou pour un non. Un bâton de cannelle à brûler, du cognac à verser sur ses gencives douloureuses, des saucisses à faire rôtir sur la plaque électrique. Tout ce qu'elle faisait amorçait une catastrophe. Rien que l'autre jour, elle avait mis le feu à une coupe de plumes et il avait dû nettoyer le foutoir.

Pour dire le vrai, George se découvrait une certaine dureté et cette découverte n'était pas désagréable. Il n'accourait plus au moindre signe, au moindre appel. En fait, il n'accourait plus du tout.

Parfois, il arrivait d'un pas tranquille. Le plus souvent, il feignait de ne pas entendre.

Il n'avait aucun mal à dater l'apparition des premiers symptômes de ce durcissement : ils s'étaient manifestés durant la réunion de commémoration d'Ava Garret. Se souvenant du congé cruel et insultant qu'elle lui avait signifié une semaine plus tôt, il avait eu grand-peine à venir à bout de son discours sans cracher. Mais à la fin du service, la malice s'était transformée en satisfaction : elle n'avait pas tardé à avoir ce qu'elle méritait. George avait trouvé difficile de conserver un visage impassible, avait dû se cacher dans les toilettes des dames, où il avait étouffé des jappements de joie en se fourrant un mouchoir dans la bouche.

*

* *

Doris ne regretta pas vraiment qu'on réduise ses heures de ménage à Appleby House. En réalité, il s'était passé tant de choses en si peu de temps qu'elle n'était pas fâchée de respirer un peu. Désormais, elle avait à s'occuper de quatre personnes au lieu de deux. Étonnant, le surcroît de travail que cela représentait. Non qu'elle s'en plaignît. Doris avait pris son rôle de mère poule avec une calme assurance. Comme si elle s'y était préparée toute sa vie, avait-elle dit à Benny lors d'un de leurs rendez-vous qui se raréfiaient.

La véritable surprise avait été pour elle de constater avec quelle facilité Ernest s'était adapté à cette nouvelle situation domestique. Dès le début, il l'avait soutenue à cent pour cent mais il avait passé la soixantaine, il tenait à ses habitudes et à sa tranquillité. Alors que Karen passait de plus en plus de temps à Dunroamin, avec Roy pas très loin derrière, Doris s'était imaginé qu'Ernest déserterait davantage la maison. Qu'il disparaîtrait dans la cour pour bavarder avec ses oiseaux. Qu'il bricolerait dans sa cabane.

Point du tout. Il s'engagea complètement dès le premier jour. Il préparait le thé de Karen si Doris était retenue. Il regardait la télévision avec elle, s'efforçait de faire des commentaires sur les chanteurs pop ou les aliens, même s'il ignorait souvent qui était qui. Il essayait même de l'aider dans ses devoirs. Apparemment, elle en avait énormément et il ne tarda pas à s'apercevoir avec sa femme que les livres manquaient chez eux. Il en avait quelques-uns sur les oiseaux ; Doris avait des romans à l'eau de rose, des revues de cuisine et de tricot. C'était à peu près tout. Ils tentèrent de remédier à la situation. Ernest dénicha dans le fouillis de la paroisse une encyclopédie ; Doris s'inscrivit à la bibliothèque ambulante, bien fournie. Elle découvrit aussi qu'on pouvait y commander les ouvrages désirés, bien que le service ne soit pas gratuit.

Il y avait des hic bien sûr. Et des bizarreries. L'école se révéla un domaine des plus compliqués. Dans son ignorance, Doris croyait que les enfants allaient à l'école le matin, rentraient l'après-midi, un point c'est tout. Mais non. Elle ne tarda pas à apprendre qu'il y avait les exposés et les sorties, les activités parascolaires, les activités pré-scolaires. Les jours de sport, les pièces de fin de trimestre et les concerts. Les tombolas, les fêtes de charité et une certaine APP (association parents d'élèves-professeurs). Karen, honteuse que sa vraie mère n'y ait jamais mis les pieds, traînait fièrement Doris dans toutes ces activités extrascolaires.

L'argent manquait un peu à ce moment-là mais la situation devait s'améliorer quand la question de l'allocation de Karen serait réglée. Les services sociaux, qui examinaient très favorablement une demande d'adoption, expliquèrent que les versements seraient rétroactifs. Et Roy avait donné à Doris quatre cents livres, qu'il avait trouvées dans la chambre d'Ava. Les Crudge avaient décidé d'en placer la moitié sur un compte de Caisse d'Épargne pour Karen et d'employer le reste à offrir de beaux cadeaux de Noël aux deux enfants. La nourriture n'était pas un problème. Doris faisait toute la cuisine, étant contre les « cochonneries industrielles » et doubler les proportions ne revenait pas tellement plus cher. Roy apportait toujours sa contribution de Tesco.

Malheureusement, le petit bénéfice que devaient rapporter les actions de Doris chez Brinkley et Latham s'était réduit à rien. L'affaire avait fait faillite peu de temps après la mort de Mme Latham. On ne s'était pas soucié d'expliquer à Doris les tenants et les aboutissants et elle ne voulait pas savoir. Ce qu'elle savait en revanche, et qu'elle répétait à qui voulait l'entendre, c'était que ce dénouement aurait brisé le cœur de ce pauvre M. Brinkley.

Pourtant, malgré tout ceci et plusieurs autres petites déceptions, Doris n'avait jamais été aussi heureuse. Mais le bonheur se paie, n'importe quel parent aurait pu le lui dire. Dans son cas, le prix était une angoisse perpétuelle au sujet de la santé de Karen. Très occupée, elle la repoussait la plupart du temps au fond de sa tête, mais dans ses rares moments de repos, l'inquiétude prenait la forme d'une grosse boule sinistre qui roulait et finissait par s'installer au creux de son estomac. Parfois elle rêvait de la fillette et ses rêves se terminaient toujours mal.

Les maux de tête de Karen n'avaient pas disparu. Doris avait doucement essayé de la persuader d'aller chez le médecin mais en vain. Après la terrible menace que la mère avait proférée, elle n'en était pas surprise. Elle essaya alors la corruption, qui avait toujours marché avec ses neveux et nièces, mais là aussi, en vain.

L'enfant n'avouait jamais qu'elle se sentait mal. La peur du médecin était trop fermement ancrée. Mais Doris remarquait ses yeux plissés, et la semaine dernière, elle s'était bouché les oreilles et retenue de pleurer. L'angoisse fut la plus forte et Doris finit par en parler à sa sœur. Celle-ci déclara avec conviction qu'il s'agissait d'une tumeur au cerveau et que chaque minute comptait.

La pauvre femme s'affola. Elle ne pouvait supporter l'idée de compromettre la toute nouvelle et précieuse relation qui s'était établie entre Karen et elle. Les dégâts, la confiance brisée, si elle tentait d'emmener la petite fille par la ruse au cabinet médical. Et si l'on concluait qu'elle avait besoin d'une radiographie? Doris s'imagina la fillette forcée «pour son bien» de subir cette pénible expérience, entourée de machines bizarres, saisie d'une peur panique.

Il advint alors que Karen attrapa un rhume. Elle toussait. Il fallut la soigner. Doris prit rendez-vous avec le Dr Dickenson, qui n'était qu'à deux semaines de la retraite. Il accepta de la recevoir en urgence à la fin de sa consultation du matin. Elle lui raconta tout depuis le début, en s'efforçant de garder son calme sans toujours y parvenir.

Le médecin lui dit qu'il existait autant de causes qu'il existait de maux de tête. Il expliqua que les tumeurs au cerveau, extrêmement rares chez les adultes, l'étaient plus encore chez les enfants mais que, bien sûr, Karen devait être examinée. Il proposa à Doris de l'inscrire à son cabinet dès que possible et assura qu'il passerait à Dunroamin pendant sa tournée de l'après-midi. Il avait sa petite idée, à laquelle Doris réfléchirait peut-être, sur la façon dont il devrait s'y prendre.

Donc, vers quatre heures, le Dr Dickenson se présenta, et laissa sa serviette dans le vestibule. Ernest, prévenu, avait préparé du thé. Il apporta le plateau en demandant à Karen de le servir puis il s'éclipsa. Pendant que la fillette remuait le thé dans la théière, en se demandant s'il était assez fort, Doris remonta sa manche et se laissa tâter doucement le poignet.

— Pourquoi il te serre le poignet, tante Doris?

— On ne dit pas «il», Karen, c'est impoli.

— Je suis le médecin de ta tante. J'ai bien peur qu'elle n'ait une petite foulure.

— Oh, ça fait mal?

— Ça pourrait être pire, dit Doris sincèrement. – Puis se laissant emporter : – Faut-il que je mette une bande?

— Le repos, voilà tout, madame Crudge. Et, à ce que je vois, vous ne manquerez pas d'aide.

— C'est une bonne petite. – Doris sourit tandis que Karen versait le lait dans les tasses décorées de boutons de rose. – Je ne sais pas ce que je ferais sans elle.

La fillette passa une assiette de biscuits et commença à tousser, en mettant la main devant la bouche, comme Doris le lui avait appris.

— Il te faut du sirop de bouton d'or pour ta toux, dit le Dr Dickenson.

— Ça n'existe pas. – Karen hésitait : peut-être se moquait-on d'elle? Était-il correct de rire? – Si?

— Il s'achète en pharmacie.

— C'est fait avec des boutons d'or?

— J'en ai pris, il y a longtemps, dit Doris. Ma mère ne jurait que par ça.

Ils burent et mangèrent tranquillement; le Dr Dickenson souriait et mâchait, comme s'il avait tout son temps. Doris épiait Karen à la dérobée. Soudain, la petite fille bondit.

— Oncle Ernest n'a pas eu de thé.

— Je le lui apporte. – Doris se leva péniblement de son fauteuil. – Cela me fera du bien de bouger un peu.

— Et ton bras?

— Je peux porter un plateau. – Elle apporta une chope, la remplit, découpa une bonne tranche de gâteau. – Tu t'occupes du Dr Dickenson, Karen.

— En fait, il va falloir que je me sauve.

Mais il resta assis et se mit à interroger l'enfant. Regardait-elle beaucoup la télévision? Elle répondit par la négative. Portait-elle des lunettes? Elle plissait souvent les yeux et il se demandait si elle n'avait pas un problème de vue.

— Hum... j'ai mal à la tête, des fois, dit Karen. – Puis très vite : – C'est-à-dire, avant.

— Mon petit-fils, il a ton âge à peu près, a de terribles maux de tête.

— Et vous pouvez le soigner?

— En fait, oui, je l'ai guéri. Cela a pris du temps, il a dû subir toutes sortes d'examens.

— Ça fait mal?

— Grands dieux! non. Mais c'était bien ennuyeux.

Karen resta bouche bée, les yeux ronds.

— Il se trouve qu'il était allergique au chocolat.

Doris qui tournait en rond dans la cuisine tendait l'oreille. À un certain moment, Karen se mit à rire et elle soupira de soulagement. C'était certainement le signe que tout allait bien, non? Ils bavardèrent encore un peu puis elle entendit le Dr Dickenson souffler en s'extirpant du canapé et elle regagna le salon.

— Karen va venir me voir pour sa toux.

— C'est une bonne idée, dit Doris.

— Je peux avoir encore du pain d'épice?

— Tu manges comme un ogre. – Doris raccompagna le médecin et ouvrit la porte d'entrée. – Cela ne lui ferait pas de mal de prendre un peu de poids.

Sur le perron, il se retourna et elle aperçut son visage en pleine lumière. Il était grave et triste. Elle posa la main sur son cœur. Le souffle court, elle s'écria :

— Qu'est-ce que c'est? Dites-moi.

— Je ne sais pas...

— *Dites-moi.*

— Je vous en prie. Elle va vous entendre.

Il battit en retraite dans le jardin. Elle le suivit en chancelant et, quand ils eurent atteint le portail, elle se plaça devant pour lui barrer le passage.

— Je suis sa mère. J'ai le droit de savoir.

— Je voudrais qu'elle soit examinée. Par un spécialiste.

— C'est une tumeur au cerveau ? – Elle le prit par la veste, les yeux voilés de peur. – Il faudra qu'elle se fasse opérer ?

— Non, je suis certain que ce n'est rien... – Il hésita. – Rien de ce genre.

Que pouvait-il dire ? Il n'était pas en mesure de diagnostiquer avec précision une maladie mentale ; pourtant, Dieu sait s'il en avait vu dans sa vie, des enfants gravement traumatisés. Traumatismes dus à la pauvreté, à la maltraitance ou à la négligence des parents, sans doute ce dernier facteur dans le cas de Karen. La maladie pouvait être génétique, se déclarer subitement, et prendre des formes effrayantes et catastrophiques, chez un enfant jusqu'ici bien équilibré et choyé. Il n'y avait aucune explication à ces terribles affections.

— Alors... quel genre de spécialiste ? demandait Doris.

— Il y a quelqu'un à Princes Risborough. Une femme, spécialisée en pédiatrie. Elle est jeune, très sympathique, et je suis sûr que Karen « s'ouvrira » à elle, comme on dit.

— S'ouvrira ?

— Lui parlera.

— À propos de quoi ?

La question était parfaitement sensée mais le Dr Dickenson fut bien en peine d'y répondre. Il aurait aimé dire : « de ses maux de tête », puis s'en aller. Évidemment, c'était inconcevable. Pourtant, s'il parlait franchement de la nature de la maladie, il chargerait cette pauvre femme d'un lourd fardeau. Il marqua une pause, en pesant le pour et le contre. Il cherchait une autre solution. Et s'il avait été trop rapide dans ses conclusions ? Il désirait et espérait que ce soit le cas, tout en constatant que les événements funestes paraissaient encore pires quand on les nommait.

Il commença à faire machine arrière, en se disant que son diagnostic était prématuré ; il tâcha de considérer les confidences de Karen d'un autre point de vue. Comme un profane, par exemple. L'esprit délesté de toute connaissance médicale, que penserait-on de ces étranges divagations ? La réponse lui vint trop rapidement. On penserait qu'elle inventait. Quelle imagination, dirait-on. Et en allant plus loin, la jugerait-on vraiment dérangée, comme lui l'avait jugée ? Probablement pas. On expliquerait qu'elle regardait trop la télé. Ou qu'elle mangeait du fromage avant de se coucher.

Il avait chaud dans sa veste de tweed et l'affolement de Doris l'exaspérait plus que de raison. Il se faufila par le portail et s'arrêta pour déconseiller d'exercer la moindre pression sur la fillette.

— De faire quoi ?

— Hum... de discuter avec elle.

— Mais bien sûr que non !

Doris était indignée. Plus désorientée, à présent, qu'avant la visite du médecin, elle fut cependant contente de lui voir les talons. Son seul regret était de n'avoir pas le nom de cette spécialiste. Elle aurait pu au moins se faire une idée. Pour l'heure, il ne restait qu'à attendre.

*

* *

Dans la bibliothèque d'Appleby House, Kate était en train de corriger *The Sindewinter Café*. La veille, l'auteur était venu déjeuner à Forbes Abbot. L'expérience avait été exaltante pour tous les deux. L'écrivain plein d'entrain, ravi à l'idée d'être publié, avait bu une bouteille de chardonnay quasiment à lui tout seul tandis que Kate, au comble du plaisir d'être l'agent de pareil bonheur, en ouvrait une deuxième. Ils terminèrent l'après-midi en buvant à leur succès : n'était-ce pas un petit éditeur (connu, néanmoins) qui avait raflé *Harry Potter* quand tous les grands l'avaient refusé ? N'était-ce pas un plus petit encore qui avait publié le dernier lauréat du prix Booker ?

À présent calme et sobre, Kate se sentait en pleine forme. Elle débordait d'énergie, ces derniers temps, et se demandait si ce dynamisme était dû au bonheur qu'elle ressentait. L'équation lui paraissait trop simpliste. En tout cas, quelle qu'en soit la cause, cela tombait à pic car elle avait des tas de choses à faire.

En ce qui concernait les éditions Chélidoine, Mallory n'était pas d'un grand secours. Il assistait aux réunions, écoutait avec attention et lisait à son tour les quelques manuscrits qui continuaient à leur parvenir au compte-gouttes. Mais, mentalement, il était constamment ailleurs et Kate l'acceptait. L'affaire, après tout, c'était son bébé à elle, son rêve, et elle y mettait tout son cœur.

Il n'y avait toujours aucune réponse de E.M. Walker, bien qu'elle eût déjà écrit deux fois à l'adresse de Slough. Ce silence lui posait un dilemme. Manifestement, l'homme – elle était persuadée qu'il s'agissait d'un homme – désirait que son roman soit édité, sinon pourquoi l'aurait-il envoyé ? Mais pouvait-elle se lancer dans la publication sans avoir au préalable signé de contrat ? Elle décida de téléphoner à ses anciens employeurs et de prendre conseil auprès du service des droits.

L'élément inattendu, dans cette nouvelle entreprise, c'était la contribution de Benny. Kate découvrait ce que Dennis avait toujours su : si on lui permettait de respirer, libérée de toute contrainte et assurée de la confiance de quelqu'un qu'elle respectait, Benny se révélait étonnamment capable. D'abord intimidée par la présence des ordinateurs, elle se laissa convaincre de suivre un stage de traitement de texte à Causton. Reconnaissant rapidement les avantages de l'informatique sur sa vieille machine à écrire, elle se mit à sortir des lettres standard qui accompagnaient les manuscrits refusés.

Elle tenait un registre de toutes les arrivées et des dates de renvoi, et la comptabilité. Kate avait fait installer une ligne téléphonique professionnelle. Elle n'avait pas encore annoncé le nouveau numéro mais elle pouvait entendre la douce voix flûtée de Benny qui s'exerçait (« Les éditions Chélidoine, bonjour ! Benny Frayle à l'appareil ») quand celle-ci se croyait seule.

À un moment donné, Kate s'était trouvée dans une situation embarrassante. Malheureusement, le sujet en question, à savoir l'argent, étant encore douloureux et sensible, il lui était impossible d'en discuter avec Mallory.

Benny avait souhaité clarifier sa position réelle au sein de l'entreprise. Il lui semblait que les quelques tâches simples qu'elle accomplissait étaient disproportionnées par rapport à la part, un tiers, qu'elle possédait dans l'affaire. Kinders avait déjà été évalué à une somme époustouflante et quand la maison serait vendue, elle désirait investir la moitié du produit de la vente dans les éditions Chélidoine. Pour devenir « une sorte d'associée commanditaire ».

Kate fut bouleversée. Benny ignorait le désastre financier qui les avait frappés, Mallory et elle. Quoiqu'elle ait dû remarquer les allées et venues de la police et le départ précipité de Polly, elle n'y avait jamais fait allusion. Les bonnes manières et la délicatesse le lui interdisaient. Kate qui ne s'attendait pas à moins lui en était cependant reconnaissante. Et maintenant, cette proposition.

Elle remercia Benny en disant, sincèrement, qu'elle était très touchée par cette offre généreuse, ajoutant qu'il serait peut-être bon de différer la décision jusqu'à la sortie du premier livre, quand on verrait plus clairement où on en était. Benny fut satisfaite et embrassa Kate de bon cœur.

Kinders tracassait les deux femmes. Benny jurait qu'elle ne voudrait jamais plus y remettre les pieds. En effet, elle se donnait beaucoup de peine pour éviter de passer devant la maison. Kate comprenait parfaitement. D'un autre côté, Dennis avait légué à son amie non seulement la bâtisse mais tout son contenu et il fallait s'en occuper.

Chose curieuse, les machines étaient le dernier de leurs soucis. Kate les avait fait photographier et avait faxé les clichés au musée royal de l'Arsenal, qui avait été étonné et ravi de l'occasion de pouvoir entrer en possession d'une pareille collection. Ni Londres ni Manchester ne disposaient de l'espace suffisant pour exposer les machines, mais elles seraient démontées et entreposées jusqu'à ce qu'on soit en mesure de les présenter comme il convenait.

Mais restait l'appartement, rempli de meubles, de tableaux et de livres. Kate avait déjà emballé le linge, la literie et les vêtements de Dennis et les avait apportés à Oxfam. Elle décida de procéder à un inventaire que Benny pourrait examiner afin de décider ce qu'elle désirait conserver. La cuisine et la chambre avaient déjà été inspectées. Benny avait choisi la cocotte bleue dont Dennis s'était servi pour le délicieux turbot mais sa vue la bouleversa et elle pria Kate de la rapporter, ce que celle-ci se garda bien de faire : elle cacha la cocotte dans un des placards caverneux de la cuisine à Appleby House, certaine que, dans l'avenir, même lointain, Benny regretterait de n'avoir aucun souvenir de son ami.

Cet après-midi-là, Kate devait terminer avec l'inventaire du salon. Elle se rendit en voiture à Kinders munie de tas de journaux et de cartons pour les livres et autres bibelots.

Avant qu'elle s'en aille, Benny avait précisé qu'elle ne désirait aucun meuble. Elle avait la bergère dans laquelle Dennis s'asseyait toujours, et cela lui suffisait. Le notaire et exécuteur testamentaire de Brinkley, Gilbert Ormerod, avait déjà recueilli tous les papiers personnels, qu'il avait pour instruction de brûler.

Donc, pensait Kate qui à présent foulait pieds nus les beaux tapis chinois, je m'occupe surtout des livres et des tableaux. Ces derniers illustraient des scènes de batailles. Elle les décrocha, les rangea face au mur. Les livres étaient quasiment tous de la même veine : des histoires de guerre, des mémoires de soldats, *L'Iliade*, des classiques écrits par des guerriers depuis longtemps réduits en poussière, des biographies de Churchill, Montgomery, Nelson, Alexandre, Napoléon... Quelques volumes sur le cricket.

Elle entreprit de remplir les cartons. Elle commença à faire la liste des bibelots. L'inventaire fut bientôt achevé. Benny n'avait plus qu'à le vérifier et Kate pourrait téléphoner à l'antiquaire d'Amersham qui débarrasserait la maison. Il y avait quelques beaux objets qui devraient rapporter une coquette somme. Et une ou deux curiosités plus difficiles à classer. Par exemple, un coffre de soldat à l'emblème d'un régiment, laqué d'un bordeaux profond, entouré de sangles. Elle saisit une des poignées de cuir et le souleva. Le coffre paraissait vide mais il était plus sage de s'en assurer. Il fallut enlever toutes les sangles, ce qui lui prit une éternité, et quand elle l'ouvrit enfin, elle n'y découvrit que quelques vieux journaux jaunis, marbrés de taches brunes. Elle les sortit avec précaution. Certains dataient de plus d'un siècle. Tous les gros titres parlaient de guerre. Des documents pour le musée.

Sous le dernier exemplaire, elle trouva une grande enveloppe non cachetée, assez lourde. Elle la renversa et une pile de feuillets A4 perforés et noués d'un fil rose tomba. Quatre cents pages manuscrites environ. La belle écriture tracée à l'encre noire, régulière et équilibrée, insufflait au cœur de l'heureux lecteur un sentiment d'harmonie. Intriguée et perplexe, Kate s'installa dans un fauteuil et commença à lire.

*

* *

Dans sa chambre individuelle d'un confort extrême, au dernier étage de la Clinique pour les Maladies Tropicales, Ashley Parnell retrouvait la confiance. Et avec elle, sa belle mine. Il n'avait nul besoin de la confirmation du miroir. Le changement d'attitude progressif de son infirmière en témoignait. Elle avait une façon de le toucher subtilement différente. Quand elle lui prenait le pouls, sa main s'attardait un instant et elle exerçait une légère pression du pouce dans sa paume. Elle le regardait rarement en face et son sourire restait professionnel.

La veille, elle avait apporté des cartes postales, comme il le lui avait demandé, le panorama habituel destiné à épater les copains. Un ciel d'un bleu impossible, les sommets parfaitement glacés, les chèvres immaculées qui broutaient une herbe veloutée et des fleurs sauvages. La petite pile était posée sur sa table de nuit, écrite et signée par Judith et lui-même. L'infirmière proposa de les poster. Ashley la remercia, retira une carte qu'il avait glissée dans un livre et la lui tendit.

Ils n'échangèrent pas un mot mais son expression se modifia. Elle sourit, elle devait croire que la carte secrète était adressée à sa maîtresse. Elle lui demanda s'il désirait autre chose, il réclama de l'eau. Alors qu'elle se dirigeait vers la salle de bains, il remarqua que sa démarche aussi avait changé : plus déliée, plus indolente.

Une glace était fixée à la porte de la salle de bains et il voyait son reflet. Elle posa la carafe d'eau et s'examina dans le miroir, se lissa les cheveux en dégageant le front. Puis elle dégrafa lentement les deux boutons de sa blouse et desserra le col.

La peau bronzée se fondit en une blancheur laiteuse. Ashley s'aperçut qu'elle l'observait. À ce moment, sa passivité l'abandonna. Conscient depuis quelque temps de sensations sexuelles vagues et sans objet, il sentit tout d'un coup la chaleur et le désir monter en lui. Quand elle revint dans la chambre et se pencha sur le lit pour tapoter les oreillers, il passa un bras autour de ses épaules et l'attira à lui. Il l'embrassa, dégrafa les autres boutons, écarta soie et dentelles pour trouver une chair tiède et docile... Ce fut un choc pour lui qui avait presque oublié les merveilles du sexe.

*

* *

À quelque distance de là, au troisième niveau d'un superbe jardin en terrasses, Judith Parnell sirotait un jus d'orange et de grenade frais. Le verre était joliment servi, dans une coupe de glace pilée enveloppée d'une serviette en lin, plus blanche que neige. Du sucre en poudre, dans un bol en argent. Des boutons de rose jaune pâle achevaient la présentation.

Pourtant, Judith n'était pas satisfaite. Elle découvrait que lorsqu'on a de l'argent, on est facilement mécontent. Les choses qui coûtent cher devraient être parfaites. Plus que parfaites. Le jus d'orange n'était pas assez sucré. Sans doute était-ce pour cela qu'il y avait du sucre en poudre, mais il était certainement possible de trouver des fruits naturellement sucrés, non?

L'hôtel Mimosa avait été choisi en raison de sa proximité avec la clinique. À un quart d'heure de marche à peine, et si elle n'avait pas envie de marcher, il y avait toujours des taxis disponibles. Judith allait rendre visite à Ashley deux à trois fois par jour.

Il allait de mieux en mieux et elle avait du mal à accepter sa propre réaction devant cette fantastique amélioration. La rapidité même avec laquelle elle était survenue lui faisait craindre une régression prochaine.

La raison était assez évidente mais, à son grand tourment, Judith ne la discernait pas. L'émotion lui troublait la tête quand elle y songeait. Elle essayait d'isoler et de clarifier ses pensées, une à la fois, par une introspection rigoureuse. N'était-ce pas cette guérison extraordinaire qu'elle avait appelée de ses vœux, à laquelle elle avait travaillé pendant des mois?

Mais elle avait été si heureuse d'avoir son mari à la maison, malgré les soucis d'argent. Comme ils n'étaient ni l'un ni l'autre impliqués dans la vie du village, on leur rendait rarement visite. Elle l'avait à elle toute seule, pour l'aimer et s'occuper de lui. Maintenant, il y avait les autres. Judith leur en voulait, ils lui déplaisaient tous, même le spécialiste, un homme déjà âgé, plein de compassion, très disponible et bienveillant.

Si on lui avait demandé qui elle détestait le plus, Judith n'aurait pas hésité : de toutes les infirmières qui se succédaient dans la chambre d'Ashley quand elle lui rendait visite, c'était Christiane Blonde qu'elle redoutait. Elle s'arrêta net. À quoi pensait-elle? Avait-elle vraiment pensé « redouter » ?

Elle devinait entre son mari et l'infirmière une intimité qu'elle ne cessait de taxer d'imaginaire. Ce soupçon était dénué de fondement solide. Enfin, pas tout à fait. Un incident s'était produit, peu après l'admission d'Ashley. Judith les avait croisés : ils venaient à sa rencontre dans un long couloir, l'infirmière tenait le bras de son malade. Les rayons du soleil couchant entraient à flots par les immenses fenêtres et il s'était arrêté pour lever le visage vers le ciel. Il avait souri puis, prêt à reprendre sa marche, il avait chancelé. L'infirmière avait passé un bras autour de lui et il s'était appuyé brièvement à elle avant de se redresser. C'était tout. Si ç'avait été quelqu'un d'autre...

Qu'ont-elles donc de particulier, les Françaises? Elle n'était même pas jeune. Probablement de l'âge d'Ashley mais il y avait en elle quelque chose. Rien d'artificiel. Son teint était irréprochable mais elle ne paraissait pas maquillée. Elle faisait simplement partie de ces rares personnes, conclut Judith avec dépit, qui peuvent évoquer la beauté d'un mouvement de tête, d'une main reposant sur la joue.

En se rétablissant, Ashley avait retrouvé sa bonne mine, ses yeux pleins de chaleur et de vivacité; quand Judith prenait sa main, son étreinte était plus vigoureuse.

Elle avait si longtemps contenu son amour, elle était retombée amoureuse et ne pouvait s'empêcher de se demander quand ils coucheraient de nouveau ensemble. Chaque soir, elle s'asseyait sur le balcon de sa chambre en s'imaginant la scène. Ce qu'ils feraient. Ce qu'ils diraient. Ses caresses et ses baisers passionnés.

Dans le hall de l'hôtel, il y avait des boutiques de luxe et elle avait acheté une chemise de nuit presque transparente en dentelle gris fumée et en mousseline, avec des rubans de satin. Incapable de résister à l'envie de la faire admirer, elle avait emporté la boîte lors d'une de ses visites à la clinique. Les doigts tremblants, elle avait replié les couches de papier de soie, retiré le ravissant déshabillé qu'elle avait tenu sur son cœur dans une cascade de plis nacrés. Elle n'était pas arrivée à comprendre la réaction d'Ashley. Pendant une fraction de seconde, elle aurait juré qu'il était inquiet. Puis il y eut un moment d'embarras, que Judith fut prompte à chasser par de bonnes raisons : cela faisait si longtemps, il avait été très malade. Elle aurait dû se montrer plus patiente. Enfin, il dit un mot gentil bien que la sensation de gêne persistât dans sa voix. Elle avait oublié les paroles exactes.

Mais tout finirait par s'arranger. Il le fallait. Autrement, elle aurait triché, menti, et se serait livrée au mal pour rien. Criminalité en col blanc, on appelait ça, comme si ça rendait la chose plus propre. Comme si voler de l'argent en tapant sur un clavier n'était pas aussi grave que d'arracher son sac à une vieille dame en lui flanquant une peur bleue. Effrayer les gens par commande à distance, ça devait être forcément moins traumatisant.

En tout cas, il fallait s'y attendre, de nos jours. Des travailleurs avec des fonds de pension se réveillaient chaque matin pour découvrir que leurs placements avaient perdu la moitié de leur valeur, si ce n'est pire. Les compagnies d'assurances formaient leurs employés pour leur apprendre comment éviter de rembourser. Les investisseurs honnêtes perdaient des milliers de livres dans des entreprises qui continuaient à payer à leurs directeurs des primes scandaleuses. Si ce n'était pas du vol, alors c'était quoi ?

Mais les raisons d'un crime, on doit les prendre en compte, non ? Dans son cas, elles étaient admirables, ces raisons. Elle avait volé par amour. C'était pour elle une question de vie ou de mort.

Pour son associé, c'était différent. Elle jugeait sa participation entièrement motivée par la cupidité. Il l'avait niée. Pour lui, le vol était une question de liberté. « Appelez-moi un combattant de la liberté ! » avait-il crié, en riant, à moitié ivre, peu après leur première rencontre à l'hôtel Peacock.

Il l'avait sauvée d'une terrible agression. En prenant prétexte d'un rendez-vous d'affaires, un homme répugnant l'avait attirée là-bas, l'avait coincée et pressée de coucher avec lui. Quand elle avait refusé, il lui avait pratiquement grimpé sur les genoux en déversant dans son oreille un flot d'obscénités.

Tremblante, au bord des larmes, elle avait croisé le regard de quelqu'un qui avait fait fuir le type. C'était là que tout avait commencé. Confondue de gratitude, elle avait été surprise de découvrir que son sauveur la connaissait. Il l'avait vue, paraît-il, aux obsèques de Carey Lawson, bien qu'ils n'aient pas été présentés. D'une certaine façon, le fait justifiait qu'elle engage la conversation. Deux cognacs plus tard, Judith lui avait tout raconté. Ashley qui s'étiolait sous ses yeux, les clients qui disparaissaient, son besoin urgent d'argent. Comment elle avait vendu presque tout ce qui leur appartenait, il ne restait plus que la maison qui était hypothéquée.

Lui aussi avait raconté ses malheurs. Marié à une gorgone qui lui allouait au compte-gouttes de l'argent de poche pour services rendus et s'il ne pouvait pas, elle ne donnait rien. Humilié car forcé de rester assis dans un bureau toute la journée, à faire semblant de travailler alors qu'on savait bien qu'il n'était là que grâce à sa femme, propriétaire de la moitié de l'affaire. L'autre moitié, eh bien, Judith connaissait sans doute Dennis Brinkley? N'y avait-il pas moyen de s'entraider tous les deux? Pourquoi ne pas commencer par mettre en commun leurs forces et leurs faiblesses?

Il ne leur fallut pas longtemps. Il devint vite évident que Judith avait toutes les forces de son côté alors que Drew, comme il avait demandé d'être appelé, reconnaissait avoir toutes les faiblesses. Pourtant, alors que la conversation se prolongeait, les deux termes se révélèrent inadéquats. Il fallait s'y connaître pour jouer le jeu.

Judith en savait long sur les comptes offshore, les fraudes fiscales, les combines boursières et les arnaques financières en tout genre. Les comptables finissent par apprendre les ficelles. Seuls les pourris en font usage. Et l'informatique n'avait plus de secrets pour elle. Elle avait travaillé sur ordinateur toute sa vie.

Drew, lui, était ignorant de tout cela. Ce qu'il avait à proposer, c'était l'accès à des tas, des tas d'argent grâce à une clé des bureaux de Brinkley et Latham, plus la combinaison du coffre qui renfermait les mots de passe de tous les comptes du bureau. Pour faire bonne mesure, il pouvait fournir des tuyaux pour éviter qu'on les repère. Ce qui incluait d'avoir à l'œil cette fouine de poissonnier d'en face quand on entrait ou sortait de l'immeuble. Et la rapidité, une fois à l'intérieur, était essentielle. Transférer un maximum en deux ou trois visites, en ratissant large. De petites sommes prélevées sur de nombreux comptes, suggéra Drew, qui s'additionnaient, étaient moins susceptibles d'être détectées. Judith expliqua qu'il faudrait de toute façon un certain temps pour découvrir l'affaire, puisqu'on devait simuler des rentrées fictives afin de couvrir les débits, aussi modestes soient-ils. Drew fut impressionné.

Ils parlèrent, parlèrent, de plus en plus exaltés. Il offrit une bouteille de mousseux, qu'ils vidèrent puis Judith en commanda une autre. Plus tard, cependant, en descendant de voiture et en titubant dans l'allée du jardin, elle commença à se dégriser. Lorsqu'elle eut retiré son manteau et bu quelques verres d'eau, elle ne parvint pas à comprendre ce qui lui avait pris. Mon Dieu, elle avait perdu la tête !

Elle s'était fait couler un bain, avec de l'huile parfumée, et elle avait tenté de laver la souillure de la première partie de la soirée et les chimères insensées, dangereuses des deux dernières heures. Enfin, elle s'était glissée dans le lit pour sombrer dans un sommeil agité. Il doit éprouver exactement la même chose, avait-elle pensé en s'endormant. Mais au matin, quand le téléphone sonna et qu'il demanda si ça tenait toujours, elle dit « oui » immédiatement.

Par la suite, ils se rencontrèrent à deux reprises seulement, et communiquèrent plusieurs fois par téléphone. Tout marcha comme sur des roulettes. Comme Judith n'avait pas accès au bureau, l'accident mortel de Dennis Brinkley ne brouilla pas grand-chose sur l'écran de ses activités. Mais quand la police intervint, même indirectement, elle décida qu'il serait plus sûr d'extorquer une somme finale qui les rapprocherait de leur but puis de tout arrêter.

Ne lisant pas le journal local, qu'elle considérait comme une feuille de chou, elle avait ignoré complètement le fait qu'une soi-disant médium, s'étant vantée de détenir des informations sur la mort de Dennis Brinkley, était elle-même morte dans des circonstances quelque peu mystérieuses. La nouvelle faisait les gros titres des quotidiens nationaux alors qu'Ashley et elle embarquaient sur Swiss Air à Stansted. Et le double meurtre eût-il même attiré son attention, elle n'aurait jamais fait le lien avec l'homme qu'elle ne connaissait que sous le nom de Drew. Judith l'avait jaugé avec précision lors de leur première rencontre. Faible, désespéré, pas mal de sa personne dans le genre star sur le déclin de série télévisée de second ordre. Il n'aurait pas fait de mal à une mouche.

*

* *

Les nouveaux propriétaires de Kinders avaient rebaptisé le bâtiment La Vieille École. Lui était un banquier, elle était designer et travaillait chez elle. Ils avaient trois enfants et une nurse à demeure. Leur architecte avait transformé l'endroit. Quatre chambres, deux salles de bains et séjour, et une cuisine en forme de demi-lune qui occupait la moitié du rez-de-chaussée. Les meurtrières avaient été murées et remplacées par de grandes fenêtres. L'intérieur était maintenant inondé de lumière et il y avait une porte neuve d'un rouge éclatant.

Tout le monde disait à Benny: « Vous ne reconnaîtriez pas la maison. » Mais elle la reconnaîtrait toujours, naturellement. Sa dernière visite restait imprimée comme au fer rouge dans sa tête. Elle avait accepté qu'il en soit ainsi, qu'il en serait toujours ainsi. Elle comprenait aussi que la douleur atroce et aiguë à laquelle son cœur s'était enfin ouvert s'émousserait et s'adoucirait avec le temps. Malgré tout, elle était contente de se dire que la plus grande partie de sa vie était derrière elle.

Après s'être réveillée brutalement du mensonge protecteur qui lui avait fait croire au bonheur éternel, elle oublia complètement son talisman. Le désir forcené de sécurité qui l'avait obsédée disparut simplement. Pourquoi aspirer à quelque chose qui n'existait pas, qui ne pouvait exister ?

Heureusement, l'amour et l'amitié demeuraient présents dans sa vie. Mallory s'était toujours montré affectueux mais elle en était venue à chérir Kate, qui était extrêmement gentille et encourageante. Celle-ci paraissait deviner quand Benny avait envie de parler – ce qui était tout récent – et quand elle désirait se taire. Et les Lawson insistaient pour qu'elle vienne dormir à Appleby House si elle se sentait seule.

Au tréfonds d'elle-même, Benny se sentait toujours seule, bien qu'elle soit grandement réconfortée par leur gentillesse à tous deux. Mais, chose étonnante pour elle, ce fut surtout l'entreprise, les éditions Chélidoine, qui l'aida à traverser ces premiers mois après le procès et les poursuites judiciaires engagées avec succès contre le responsable de la mort de Dennis

Il y avait tant à faire au bureau, et tout était nouveau pour elle. Mais Kate expliquait clairement, elle était toujours là en cas de problème. Il était évident, depuis le début, que les Lawson avaient pleine confiance dans ses capacités. Et Benny se débrouilla, calmement et même avec un certain *élan*[1]. Elle était particulièrement douée pour s'occuper des auteurs en détresse, qui étaient nombreux. Il n'était pas rare que les gens la réclament au téléphone, refusant de parler à qui que ce soit d'autre. À la fin de la

---

1. En français dans le texte.

conversation, et bien que rien de précis n'ait été dit sur l'accueil réservé à son manuscrit, l'auteur raccrochait, à la fois consolé et valorisé. Mallory avait demandé une fois à Benny comment elle s'y prenait et elle avait répondu simplement : « Je comprends ce qu'ils ressentent. »

Tous les jours, à cinq heures, heure de fermeture du bureau, elle se rendait au cimetière. En fait, cet après-midi-là, elle était un peu en retard, elle eut du mal à ouvrir la porte, encombrée de son pliant, d'une petite fourche et d'un chiffon humide.

La tombe de Dennis, qui ne renfermait que ses cendres, était plus petite que les autres. Avec la permission du pasteur, on l'avait bordée de tuiles venant du jardin d'Appleby House. Benny avait souhaité y planter du romarin, pour le souvenir, mais le révérend Johnson avait refusé, arguant que la plante serait trop envahissante pour un espace si exigu. Alors elle en glissait un ou deux brins dans les fleurs qu'elle apportait.

Les feuilles avaient commencé à tomber. Dures, parcheminées, flammées et ambrées, elles recouvraient la tombe. Elle les enleva, arracha une mauvaise herbe apparue pendant la nuit, déplia son siège et s'installa.

C'était une heure propice, à la charnière du jour. Les visiteurs étaient rares, même en été. Quand elle n'était pas seule, elle parlait en silence à Dennis. Elle lui avait déjà annoncé la découverte de *L'Armurier du roi*. Elle lui avait raconté comment Kate, ahurie, l'avait rapporté de Kinders. L'émoi que cette découverte avait provoqué : le bonheur, le chagrin. À présent, elle décrivait brièvement la préparation du manuscrit. Selon Kate, il n'y avait guère de corrections, à peine une ou deux coupures. Le livre se lisait d'une traite. Aussi prenant qu'un rêve.

Pour changer un peu, Benny parlait de ses petites préoccupations domestiques : la commande de lis de la Madone, la patte blessée de Croydon, une paire de rideaux neufs pour la cuisine, avec des myosotis bleu ciel.

De temps à autre, elle abordait les affaires du village, ou elle pleurait doucement pour évacuer son chagrin tandis que les freux tournoyaient et criaient au-dessus d'elle sans qu'elle les remarque.

Souvent, Dennis était présent. Il ne se manifestait pas de façon bizarre ou mystique – Benny ne voulait plus rien avoir à faire avec l'Église de la Proximité – mais sa présence était irréfutable. Elle aurait été bien en peine d'expliquer le phénomène. Tout dans la tête, aurait-on dit. Mais elle savait que ce n'était pas vrai. Autrement, elle aurait pu conjurer Dennis à volonté. En l'occurrence, il n'y avait jamais de signe avant-coureur : simplement une sorte d'énergie qui s'accumulait lentement puis s'intensifiait. Ses oreilles bourdonnaient un peu. L'air changeait, devenait tiède et dense, elle ressentait comme une légère pression. Et elle n'était plus seule.

Alors, elle éprouvait une gratitude éperdue. Elle n'oubliait jamais de remercier Dieu dans ses prières pour cette grâce. C'était déjà une bénédiction d'avoir connu une amitié sincère durant trente ans, mais pouvoir encore sentir sa chère présence...

Benny respira profondément et se redressa. Elle entendait des voix. Un couple âgé remontait l'allée avec des chrysanthèmes et un arrosoir. Elle replia son tabouret, prit le chiffon et nettoya la terre sur la tombe de Dennis, une stèle de marbre gris, veiné de beige. L'inscription, en lettres d'or, disait :

DENNIS BRINKLEY
ÉCRIVAIN
1946-2001

*
* *

Karen s'était habituée au Dr Dickenson. Elle s'était rendue à la consultation à plusieurs reprises, pour sa mauvaise toux, mais aussi après être tombée des barres parallèles à la gym où elle s'était blessée à la jambe. Tante Doris l'avait accompagnée à l'hôpital où on avait pris une photo et, après, on avait mis la photo sur le mur afin qu'elle puisse la voir. Une autre fois, on lui avait examiné la tête, et ça s'appelait un scanner.

Mais le plus important, c'était que le docteur n'avait pas menti. Elle lui avait avoué ce qui l'effrayait, ce qu'elle avait promis à Ava de ne révéler à personne, et cela s'était très bien passé. On n'était pas venu l'enlever ni l'enfermer dans un placard en jetant la clé dans un puits sans fond, comme Ava le lui avait affirmé. Le docteur avait seulement déclaré qu'il connaissait quelqu'un capable d'aider Karen et qu'il allait prendre rendez-vous le plus tôt possible.

Il semblait qu'un temps infini se soit écoulé. La fillette ne s'en souciait pas, pour elle le pire était passé. Mais tante Doris, elle, s'inquiétait. Karen remarquait qu'elle guettait le facteur. Quand la lettre arriva enfin, elle déchira presque l'enveloppe dans sa hâte de sortir la feuille. Après l'avoir lue, elle se calma soudain et la passa à Ernest. Plus tard, la fillette surprit Doris en train de pleurer. Elle grimpa sur ses genoux et l'embrassa, il ne fallait pas être triste maintenant que tout allait s'arranger. « Tu verras, expliqua-t-elle d'une voix solennelle et assurée, bientôt, tout ce qui fait mal va s'en aller. »

Bien que la lettre soit signée « Dr Barbara Lester », et que le rendez-vous soit fixé dans une clinique, Karen se retrouva au jour dit dans un endroit qui ressemblait davantage à un jardin d'enfants. Des fauteuils moelleux, un canapé, et plein de jeux. Des étagères remplies de peluches, de poupées, de tanks et d'avions et de Lego. Des tas de crayons de couleur, et des peintures, et du papier sur une table basse, et un ordinateur sur un bureau près de la fenêtre ouverte à côté d'une pile de cassettes. Il y avait même une maison de poupée.

— Où veux-tu t'asseoir, Karen?

Le Dr Lester ne ressemblait pas non plus à un docteur. Non seulement elle ne portait pas de blouse blanche ni de truc autour du cou pour écouter la poitrine, mais elle ressemblait à..., eh bien... un peu au professeur d'éducation physique. Elle était vêtue d'une jupe courte en jean et d'une chemise qu'on attache avec un nœud autour de la taille. Elle avait des sandales blanches. Elle s'asseyait déjà sur le canapé jaune. Karen s'installa dans le fauteuil le plus proche, avec une grande boîte de mouchoirs en papier sur l'accoudoir.

— Je peux mettre ça par terre?

— Bien sûr.

— C'est que mon rhume va mieux.

Karen regarda le médecin ajuster ses lunettes et prendre un dossier dans un attaché-case sur le tapis. Il n'y avait pas grand-chose, apparemment, dans le dossier. Elle le lut en « moins de deux », comme aurait dit Ernest.

Le Dr Lester était assez surprise par l'image que présentait la petite fille. Psychiatre pour enfants depuis treize ans, elle en avait vu beaucoup, dont quelques cas assez incroyables. Mais Karen était tout à fait extraordinaire. Elle semblait sûre d'elle, heureuse même, assise impatiemment sur son siège comme si elle attendait que le spectacle commence.

— J'ai attendu drôlement longtemps pour vous voir.

Toi et des centaines d'autres, ma chérie. Et déjà l'horloge égrenait les minutes qu'elles avaient à passer ensemble. Les notes du médecin relataient une histoire familière : négligence, maltraitance psychologique, manque d'amour. Malheureusement, pas de grands-parents pour faire tampon. Mais la mère était morte et l'enfant avait été adoptée, avec bonheur, au dire de tout le monde. Elle se plaignait de constants maux de tête, d'entendre des bruits et des bavardages.

Le Dr Lester ne fut pas étonnée que le généraliste ait suspecté une schizophrénie précoce. Même les profanes sautaient à cette conclusion, devant ces symptômes. Pourtant, elle n'en présentait pas les autres signes. Il fallait aussi prendre en compte l'imagination. Des enfants malheureux et solitaires s'efforçaient de conjurer des mondes imaginaires pour fuir les horreurs de la réalité. Les fantaisies de Karen étaient remarquablement inventives.

Le Dr Lester sourit, offrit des bonbons, et proposa à Karen de l'appeler Barbara. Elles parlèrent quelques minutes de l'heureux présent. De la gentillesse de tante Doris. Des oiseaux d'oncle Ernest. Du beau chien de Roy, Danseur.

— Et j'ai monté d'une classe à l'école. On va apprendre le français.

— Tu aimes l'école?

— C'est génial. Je jouais dans la pièce de Noël.

— J'ai joué Aladin une fois, dans une pantomime à l'hôpital. Comment ça s'est passé?

— Je ne suis pas arrivée à apprendre par cœur.

— À cause de ton mal de tête?

— C'est ça. C'est dur quand tout le monde parle à la fois.

— Ça a commencé à la mort de ta mère, je crois?

— C'est *pour ça* que ça a commencé. Je l'ai expliqué au Dr Dickenson.

— Oui. Mais il peut y avoir d'autres causes à un mal de tête, Karen. Par exemple, quand on pleure beaucoup...

— Et elle n'est pas morte comme ça. Quelqu'un lui a donné du poison.

— Vraiment?

— Comme Blanche-Neige.

— C'est un conte de fées, non? – Le Dr Lester marqua une pause, attendit. – Tu aimes les contes de fées?

— Non. – Elle se souvint qu'elle s'était piqué le doigt et s'était réveillée sans prince charmant. – C'est rien que des mensonges.

— Tu trouves ça difficile de faire la différence? – Karen eut l'air perplexe. – Entre ce qui est vrai et ce qu'on invente?

La fillette secoua la tête et les cheveux nacrés flottèrent au ralenti, comme du duvet de chardon.

— J'aimerais qu'on parle de l'époque où tu étais petite, ça va? – Karen haussa les épaules. – À quand remontent tes souvenirs?

— À toujours.

— Raconte-moi le premier.

— Vous voulez dire quand je suis née?

— Un peu plus tard. À la garderie, disons.

— Qu'est-ce que c'est, la garderie?

— D'accord, alors quand tu es allée à l'école primaire. Tu avais des amis là-bas?

— Je n'ai jamais eu d'amis.

Les mots furent prononcés sans la moindre trace d'apitoiement sur soi. Elle aurait aussi bien pu dire : «Je n'ai jamais eu de portable. Ou de bicyclette.»

— Et des amis imaginaires?

Karen regarda le Dr Lester, les yeux ronds. Elle ne pouvait s'empêcher de penser que c'était elle qui ne savait pas faire la différence entre ce qui est vrai et ce qu'on invente. Puis elle se demanda s'il ne s'agissait pas d'une question piège. Ou d'une plaisanterie, peut-être. Certainement très drôle. Elle dit poliment :

— On ne peut pas avoir d'amis imaginaires, docteur... euh... Barbara.

— Et pourquoi pas?

— Parce qu'on ne peut pas jouer avec eux ni se promener ni aller chez eux ni rien.

— Tu peux faire tout ça dans ton imagination.

Karen fronça les sourcils. Elle commençait à avoir l'air inquiet.

— Je ne comprends pas.

— L'esprit peut nous jouer toutes sortes de tours, Karen. Et l'un de ses tours, c'est de rendre parfaitement réelles des choses qui n'existent pas.

La brillante assurance de l'enfant fondait à vue d'œil.

— Écoute... – Le Dr Lester consulta brièvement ses notes. – Qu'est-ce que tu dirais si nous...

— Je croyais que vous alliez m'aider.

— Avant que qui que ce soit puisse t'aider, il faut diagnostiquer ta maladie. Parler avec moi, c'est la première étape.

— Je ne suis pas malade.

Définir la maladie. Pas toujours facile sur le plan physique, et sur le plan mental, un vrai champ de mines. Si l'on excepte les fous manifestes, il reste les milliers d'âmes affligées, qui souffrent de maux divers depuis la dépression jusqu'aux pires tourments, si graves qu'on est obligé de les enfermer pour leur sécurité et celle des autres.

Après avoir lu le rapport sur Karen, le Dr Lester était convaincue que ses maux de tête étaient d'origine psychosomatique et liés directement aux extraordinaires fantasmes que l'enfant avait tissés autour d'elle-même. Non que ces fantasmes soient en eux-mêmes dangereux, loin de là. Si l'on n'a pas de rêve, comme dit la chanson, comment peut-il se réaliser? Le Dr Lester avait déjà rencontré des adultes qui avouaient une vie imaginaire complètement dingue, ce qui ne les empêchait nullement de vaquer à leurs affaires et ne nuisait à personne. Hélas, Karen ne rentrait pas dans cette catégorie.

Il était inutile, pour le moment, de contester son histoire. Il fallait l'amener petit à petit à un endroit où elle se sentirait en sécurité et suffisamment confiante pour commencer à démanteler toute la structure, et à accepter enfin de reconnaître l'irréalité de tout cela. Diverses techniques pourraient être mises en œuvre à cette fin. Il était simplement fâcheux que le scénario soit si grotesque et effrayant. Pas étonnant qu'elle souffre de maux de tête. Le miracle, c'est qu'elle ait évité jusqu'ici la dépression nerveuse.

Le Dr Lester jeta un coup d'œil à la pendule Mickey au-dessus de la porte. Il restait dix minutes. Soudain, elle frissonna. Une brise provenant apparemment de la fenêtre ouverte lui rafraîchissait la nuque et les bras. Elle se leva pour la fermer. Le loquet métallique était moite sous ses doigts. Elle remarqua alors un papillon accroché aux rideaux et se haussa sur la pointe des pieds pour l'examiner de plus près. Il était extraordinaire; complètement noir; non seulement les ailes veloutées mais le corps et les antennes. Surprise et ravie, Barbara le scruta pendant quelques secondes en secouant doucement le rideau pour le faire s'envoler. Quand elle se rassit, Karen la dévisagea avec un mélange d'appréhension et de tendresse.

— Alors, Karen... ces gens dont tu as parlé au Dr Dickenson, ils sont comment?

— Normaux.

— Quand as-tu commencé à les voir?

— Je les ai toujours vus.

— Où?

— Partout. Enfin, pas dans la maison. Dans les magasins, dans le bus, ils se promènent.

— Et tu leur as toujours parlé?

— Seulement quand ils me parlent. Ça m'a causé des ennuis, remarquez.

— Quel genre d'ennuis?

— J'étais dehors et il y en a une, une vieille dame très gentille, qui m'a demandé de porter un message.

— À qui?

— À Elsie, la voisine. Elle était dans le jardin. Ils ne demandent que si la personne est là.

Le Dr Lester retint un sourire. Les détails, tous les aspects impossibles décrits si rationnellement, ça collait, c'était impressionnant, pour ne pas dire plus.

— Je ne l'avais jamais fait avant. Je me suis dit que j'allais essayer mais Ava est sortie à toute vitesse. Elle m'a tirée par les cheveux et m'a fait rentrer. Qu'est-ce qu'elle était furax! Elle a dit que si les voisins m'entendaient parler toute seule, on dirait dans le village que j'étais cinglée.

— Mais tu ne parlais pas toute seule.

À ces mots, il arriva quelque chose à Karen. Son front se déplissa, ses petits doigts osseux cessèrent de triturer sa jupe, elle les croisa et les posa calmement sur ses genoux. Ses épaules se détendirent, ce qui fit ressortir la longueur de son cou. Son port de tête était gracieux, assuré. Ses yeux étincelaient de bonheur. Elle sourit.

— Je savais que vous comprendriez.

Le Dr Lester éprouva un moment de doute profond. Avait-elle eu tort de paraître accepter l'histoire de Karen? Dans ce cas, elle était coincée, impossible de faire machine arrière. L'important, c'était que l'enfant apprenne à lui faire confiance.

— J'ai vraiment essayé d'expliquer, poursuivit la fillette. Ava ne voulait rien entendre. Je ne savais pas quoi faire. Alors, elle a rencontré cet homme, George, à un club. Et tout est allé mieux, d'un coup.

— Je vois. – Rien sur lui dans ses notes. – Et comment il était, George?

— Très gentil. Il m'a donné un sac fait en ficelle. Et des Smarties.

— Donc... – pour l'instant, elle laissait au donneur de bonbons le bénéfice du doute —... c'était l'ami d'Ava?

— Oui.

— Il dormait chez vous des fois?

— Bien sûr que non, dit Karen en riant. Il vivait avec sa mère.

— Alors comment il s'y est pris pour que ça aille mieux?

— Eh bien, elle l'a invité à Rainbow Lodge pour le thé. Il était sur le patio quand le vieux monsieur a tourné au coin.

— L'un de tes...?

— C'est ça. Il m'a donné des messages pour George mais j'ai eu peur et je suis rentrée en courant. Le vieux monsieur m'a suivie. Je ne savais pas quoi faire. Alors je l'ai dit à Ava. J'ai répété, répété jusqu'à ce qu'elle m'écoute. Je savais qu'elle ne me taperait pas s'il y avait quelqu'un.

C'était incroyable. L'enfant était si convaincante que le Dr Lester se surprit à se pencher en avant pour mieux écouter.

— Et alors, qu'est-ce qui s'est passé?

— Elle a dit qu'elle espérait beaucoup de George; elle ne voulait pas qu'il pense qu'elle avait une gosse complètement dingue. J'ai promis que je le ferais plus jamais si elle m'aidait juste pour cette fois.

— Et elle l'a fait?

— Oui. Elle a inventé qu'elle avait eu un rêve. Sur un vieux clochard, qui essayait de lui dire des choses. Mais quand elle a répété ce que c'était, George a commencé à trembler et à pleurer. C'était glauque. Elle a cru qu'il piquait une crise. Et puis il est parti en courant et en criant : « Il faut que je le dise à maman, il faut que je le dise à maman. »

Un peu tard, le Dr Lester se rendit compte que cette scène n'était pas dans ses notes et elle griffonna quelques lignes.

— Continue, chérie, continue.

— Après ça, Ava m'a crue. Elle a dit qu'il fallait qu'on parle sérieusement parce qu'un don comme le mien venait de Dieu et que ça valait quelque chose. Plus tard, George a téléphoné qu'il s'y connaissait en.. hum... paraquelque-chose...

— Paranormal.

— Aussi, il faisait partie de cette église et lui a demandé de l'accompagner.

— Où c'était, cette église?

— Dans notre village, expliqua Karen patiemment. Elle s'appelle Proximité.

Le Dr Lester ne doutait pas que l'église existât réellement. Parfois, les fantaisistes créent un décor imaginaire pour leurs fantasmes mais la plupart du temps, ils les situent dans des endroits réels. Souvent fréquentés par des célébrités qui entrent par intermittence dans l'action. Des monuments connus se déplacent avec désinvolture pour venir agrémenter l'histoire. Inutile de discuter. Essayez un peu de montrer un globe terrestre à un membre de la Société Terre Plate.

— Et elle y est allée?

— Oui, mais elle n'a rien pu faire.

— Parce que tu n'étais pas là?

— Oui!

Karen rayonnait de joie d'être appréciée à sa juste valeur. Mieux, d'être parfaitement comprise.

— De retour à la maison, elle a pas arrêté de marcher de long en large. Je suis allée me coucher et quand je me suis réveillée, elle marchait toujours. Elle a dit qu'elle se triturait la cervelle.

Cette fois, le Dr Lester sourit. Ce fut plus fort qu'elle. L'extravagance absolue de l'invention combinée à la fervente sincérité de Karen aurait dû être troublante; pourtant, parce qu'elle était si jeune, le verbe anodin «imaginer» n'était jamais très loin.

— Alors elle a eu cette idée étonnante. Je l'ai dit au docteur.

— Oui. C'est écrit là.

Si l'invention avait été extravagante jusqu'ici, elle s'envolait maintenant jusqu'au délire. Apparemment, Ava avait trouvé une méthode infaillible pour exploiter le «don» de Karen. Elle cachait l'enfant derrière les rideaux, et elle avait installé un micro qui relayait les messages de tous ces êtres étranges et invisibles. Ava les recevait par un écouteur inséré dans l'oreille et les transmettait à la congrégation.

Ce que le Dr Lester jugeait dérangeant dans cette histoire inouïe, c'était la somme de détails quotidiens, ordinaires qui y étaient mêlés. Karen décrivait avec précision la boutique à Slough où elles avaient acheté le matériel. Sa mère avait payé en liquide pour éviter d'avoir à donner son nom. Les vendeurs avaient ri derrière son dos quand elle avait voulu leur faire jurer le secret.

— Et ça te plaisait, cet arrangement?

— C'était génial. Ils venaient dans ma tête, je transmettais les messages et ils s'en allaient.

— Je vois.

— Mais elle ne répétait que les bonnes choses. Il y avait aussi des histoires terribles.

— Merci, Karen. – Le Dr Lester sourit, rangea ses notes dans le dossier. – Mais il faut laisser ça pour la prochaine fois.

— Qu'est-ce que vous voulez dire?

— Malheureusement, nos séances ne durent qu'une demi-heure.

Karen la regarda fixement.

— Vous avez dit que vous m'aideriez.

— Et je vais t'aider...

— Vous avez dit que vous trouveriez quelqu'un pour leur parler. Comme faisait Ava.

— Je ne crois pas...

— Ils viennent tout le temps, ils m'embêtent. Ils ne me laissent jamais tranquille.

— Je peux te donner quelque chose pour tes maux de tête.

— *Ce n'est pas des maux de tête!* hurla Karen. Elle lança les bras avec une violence telle qu'ils paraissaient s'être déboîtés. Elle battit, gifla l'air comme si elle repoussait un grand oiseau.

Surprise par la soudaineté de l'explosion, le Dr Lester hésita. Son premier mouvement fut d'essayer de maîtriser la fillette mais à peine se levait-elle que Karen s'était calmée.

Le changement fut si rapide que le Dr Lester conçut aussitôt des soupçons. Pourtant, elle aurait juré que l'enfant n'était pas manipulatrice et qu'elle n'avait pas joué la comédie. Une pâleur mortelle s'était répandue sur son visage. La peau d'un blanc laiteux semblait presque translucide. Ses cheveux, cette mousse de lumière éblouissante, bougeaient légèrement, alors qu'il n'y avait pas la moindre brise. La commissure de ses lèvres décolorées s'affaissa, tant elle était déçue.

Barbara n'était pas fâchée que la séance se termine. Et que ce soit la dernière de sa pénible journée. Elle était fatiguée. Elles avaient déjà dépassé de dix minutes le temps imparti.

— Tu vas bien, maintenant ? dit-elle prudemment.

— Oui, merci.

Immobile, Karen assimilait le fait nouveau qui s'était présenté si brutalement à elle : le Dr Lester, en qui elle avait mis toute sa foi, n'allait pas l'aider. Elle eut un moment de panique, une voix frêle cria en elle, puis elle abandonna volontairement tout espoir de ce côté-là.

Mais alors que faire, à présent, avec cette clameur dans sa tête ? Elle ne pouvait pas continuer comme ça, impossible. Elle allait devenir folle. Si seulement elle était plus vieille. Si elle était une grande personne, ils comprendraient tous. Même maintenant, il suffirait d'une seule personne...

Le Dr Lester ramassa sa serviette, y rangea le dossier, en sortit un cardigan qu'elle jeta sur ses épaules. Mais presque aussitôt, elle se secoua et l'enfila complètement. Comme ses bras étaient froids. Elle en avait la chair de poule.

— Brr..., fit-elle.

Pourtant le soleil était toujours là, qui brillait à travers les arbres et projetait sur le mur de jolis reflets gris pâle. Cette masse imprécise qui glissait et se traînait imperceptiblement l'hypnotisait. Il aurait été si facile de se laisser aller à une douce rêverie. Délassée par une longue minute paisible, le Dr Lester se leva.

— Il est temps de rentrer à la maison, déclara-t-elle avec fermeté.

Elle brancha son répondeur, éteignit l'ordinateur, ferma son bureau à clé et vérifia les fenêtres. La fillette n'avait pas bougé, elle demeurait muette, les yeux fixés au sol.

— Maintenant, Karen...

Elle bondit et se jeta sur le canapé à l'endroit exact que le Dr Lester venait de quitter. Celle-ci hésita. Sans doute le moyen le plus rapide et le plus avisé de se sortir de cette situation était d'appeler la femme qui l'avait accompagnée et de lui demander d'emmener l'enfant. Mais, d'un point de vue psychologique, la solution n'était pas envisageable. Cette pièce, cet espace, appartenait désormais à Karen et à son médecin. Avec le temps, c'est là qu'elles construiraient, il fallait l'espérer, une relation solide. Avec l'introduction d'une tierce personne, aussi bienveillante qu'elle soit, la future intimité serait beaucoup plus difficile à établir et à maintenir.

— Qu'est-ce qui t'inquiète, Karen? Tu as peur de ne plus pouvoir revenir si tu t'en vas?

— Non.

Elle posa la main sur le coussin, le tapota, le caressa.

— Bien. – Le Dr Lester se rassit. – Parce que j'ai ton prochain rendez-vous dans mon carnet.

Karen l'examinait attentivement et le médecin lui adressa un sourire amical, quoique un peu forcé. Quel singulier petit être! Des yeux si étranges; les iris argentés autour des pupilles étaient si brillants. En vérité, ils parurent rayonner plus intensément, devenir presque lumineux. Elle remarqua la qualité extraordinaire du silence qui avait envahi la pièce. Si dense qu'il en était presque étouffant.

L'enfant dirigea son regard vers le mur où les ombres tremblaient, puis le reporta sur le médecin, l'encourageant à suivre ses yeux. Irritée – elle avait eu l'intention d'entraîner Karen vers la porte d'une main douce mais ferme –, Barbara Lester se laissa attirer. Le mur n'avait pas changé d'aspect. Enfin... à peine. Peut-être les nuances de gris avaient-elles un peu foncé. Les feuilles et les branches dansaient avec un peu plus de vigueur. Elle remarqua alors une petite feuille, plus sombre que le reste. Presque noire. Qui se déplaçait en trois dimensions, quittant le mur pour se poser de branche en branche. Le médecin reconnut le papillon.

Il se produisit ensuite deux choses, simultanément, à ce qu'il sembla. Un courant d'air glacé glissa sur le sol, s'enroula autour de ses chevilles, recouvrit ses pieds d'une sueur glaciale. Et il y eut un bruissement étouffé : un susurrement, un frottement soyeux qui paraissait provenir des quatre coins de la pièce.

Le mur s'était transformé. Le dessin délicat s'était épaissi en une masse solide qui bougeait et tourbillonnait comme de la fumée. Soudain, la masse sembla se resserrer, s'intensifier et s'avancer dans la pièce, en ménageant un vide au milieu, telle l'entrée d'une grotte. Puis au centre de ce creux, à demi dissimulée par des filandres arachnéennes de vapeur mouvante, s'éleva une forme blanche, immatérielle.

Le froid était si intense à présent que le Dr Lester se trouva incapable de bouger. Ses membres étaient lourds comme du plomb. Elle voulut respirer mais fut saisie de nausée. Les battements de son cœur étaient extraordinairement lents. Puis une forte odeur envahit la pièce, une odeur de terre fraîchement retournée. La jeune femme reconnut qu'elle s'était trompée : le bruissement était en réalité un chuchotement.

Un choc électrique lui tira un cri. Elle regarda son bras fixement, craignant une coupure ou une brûlure. Mais ce n'était que la fillette qui posait doucement les doigts sur son poignet. Maintenant, le visage de Karen l'effleurait, son haleine rafraîchissait la joue déjà gelée du Dr Lester.

— N'ayez pas peur.

— Je suis... je ne peux...

— Tout va bien, je vous assure. – Les doigts se resserrèrent. La voix avait une sonorité dilatée, comme si l'enfant parlait en bâillant, et les mots s'étiraient bizarrement. – Vous comprenez ce que je dis?

— Oui.

— J'ai un message pour vous. De la part d'Alice.

— Aahh...

— Votre sœur est heureuse. Elle vous embrasse ainsi que votre mère. Elle demande comment va Henry.

— Il s'est enfui. Alice... Oh! Alice...

— Elle ne peut pas vous entendre, malheureusement.

— Mais... toi, elle peut t'entendre?

— Oh oui. – L'éclat surnaturel de ses yeux s'intensifia. Karen relâcha son étreinte et se rassit, satisfaite. Confiante. Légitimée. – Elle peut m'entendre.